아르카

아르카

1

＼ 마법사의 도시

엘레오노르 드빌푸아
이원희 옮김

차 례

1 뱀과 시신 • 7

2 웰컴 투 히페르보레아 • 41

3 바실레우스 그랑프리 대회 • 83

4 7지구 • 106

5 마법 평가전 • 139

6 미로의 성 • 187

7 날개팔찌 • 243

8 파란연꽃파 • 293

9 비프아주르 • 322

10 어둠에 잠긴 방 • 368

11 저주의 거울 • 402

12 정의의 탑 • 444

13 아마존 전사들 • 480

14 마지막 마법사 • 504

15 생령의 주인 • 522

16 바람 부는 도시 • 540

에필로그 • 556

부록 • 558

I

뱀과 시신

라스티아낙스

위험과 불확실성에도 불구하고 수년 전에 세운 계획이 끝내 이뤄질 때 인생이란 때때로 놀라울 정도로 경이롭다. 졸업 심사를 받는 날, 라스티아낙스는 결론 부분에 이르는 동안 마음 한구석으로는 자신의 목소리만 울려 퍼지는 이 조용한 방에 오기까지 거쳐야 했던 과정을 돌아보고 있었다. 그는 초지일관 매진해 온 계획이 마침내 결실을 맺게 될 거란 생각에 가슴이 벅차올랐다.

"따라서 이 탐지기를 사용하면 **아니마**의 형태와 힘, 그리고 이동 흐름을 관찰할 수 있습니다." 라스티아낙스는 발표를 마쳤다.

그는 시연하는 동안 잔뜩 긴장해서 작동시킨 자신의 발명품, 외알박이 안경을 탁자에 내려놨다.

"관심 가져주셔서 고맙습니다."

단상에 앉은 심사위원들이 고개를 끄덕였다. 라스티아낙스는 많은 걸 기대하지 말아야 한다는 걸 알지만 1년간의 고된 작업 끝에 완성한 발명품에 대한 심사위원들의 반응에 실망하지 않을 수 없었다. 그가 논문을 정리하는 사이, 신비학 교수가 심사가 끝날 때까지 밖에 나가서 기다리라고 말했다. 라스티아낙스는 고개를 까딱 숙이고 나서 심사위원들이 발명품을 찬찬히 살펴볼 수 있도록 **아니마 탐지기**를 제출했다. 교수 네 명이 그가 밖으로 나가고 문이 닫히는 걸 지켜봤다.

밖으로 나온 라스티아낙스는 한숨을 내쉬면서 벽에 기대고 섰다. 마침내 끝났다. 어깨를 짓누르던 긴장이 사라지면서 이상한 공허감을 느꼈다. 그는 이제 더는 입지 않게 될 문하생의 튜닉을 내려다봤다. 히페르보레아의 마법사가 되면 직책과 수입이 있고, 특히 멘토가 필요 없게 된다.

그런데 멘토는 어디 있는 거지? 회랑이 텅 비어 있었다. 라스티아낙스는 푸른 담쟁이덩굴이 넝쿨진 기둥 사이로 머리를 내밀고 바로 옆에 있는 테라스를 힐끔 쳐다봤다. 아무도 없었다. 팔라테스는 아주 바쁘거나, 아니면 제자의 졸업 심사를 깜빡 잊어버린 걸지도 모른다. 라스티아낙스는 신경질적으로 갈색 머리를 흩트렸다. 5년 동안 문하생으로 지내면서 스승에게 대단한 걸 기대하지 말아야 한다는 걸 터득한 터였다. 수집벽이 있는 그의 멘토는 평등화 장관의 의무에 전념하는 대신 도시를 돌아다니며 희귀한 물건들을 찾는 데 주력했다. 멘토가 최근에 집착하는 것은 닭이었다. 한 달 사이에 멘토는 집 안에

색칠한 달걀과 닭 조각품, 닭의 깃털—살아 있는 닭이 아니라서 다행이었다—등 상당히 많은 걸 쌓아놓았다. 이 시간에도 멘토는 3지구의 어느 골동품 가게에서 닭 그림 가격을 흥정하고 있을 게 틀림없었다.

멘토의 수집벽 때문에 힘든 사람은 라스티아낙스밖에 없었다. 다른 장관들은 모른 체하면서 방관했다. 팔라테스가 딴 데 정신이 팔려 있을수록 정치적 경쟁자가 한 명 줄어들기 때문이다. 라스티아낙스는 바로 이런 목적으로 다른 장관들이 팔라테스가 장관으로 선출되도록 부추겼을 거란 의심이 들었다. 팔라테스가 제자를 팽개쳐 두고 무사태평하게 히페르보레아를 쏘다니는 동안 졸업 심사 준비에 필요한 작업을 하면서도 문서 정리를 도맡아 한 사람은 라스티아낙스였다.

라스티아낙스는 테라스에 앉아서 기다리기로 했다. 심사가 끝나려면 시간이 걸릴 터였다. 그는 논문을 겨드랑이에 끼고 모자이크로 장식된 회랑과 아치를 지나 테라스로 나갔다. 이글거리는 태양에 이내 눈이 부시더니 침침해졌다. 그의 눈이 화분들과 분수대 사이를 지나 난간으로 향했다. 난간 너머로 히페르보레아의 고층 탑들이 솟아 있었다. 그의 눈길이 한 벤치 아래 누운 시커먼 형체에서 멈췄다. 심상치 않은 형체라는 걸 알아차리기까지 몇 초가 걸렸다.

팔라테스의 시신이었다.

아르카

아르카는 엄지장갑을 낀 손으로 후드를 젖혔다. 청소년기에 막 들어선 앳된 갸름한 얼굴이 드러났다. 소녀는 추위로 인해 얼굴이 불긋불긋하고, 콧물이 흘러내리다 얼어붙은 자국이 입술 언저리에서 반짝이고 있었다. 눈이 덕지덕지 들러붙은 가죽장화 바로 앞 빙하에 폭이 3미터에 이르는 크레바스가 쩍 벌어져 있었다.

"길을 잃은 것 같아."

이 말은 사흘 전에 했어야 했는데. 아르카는 대답 같은 건 듣지 못할 걸 알면서도 나보에게 말을 건넸다. 아르카의 길동무인 나보는 몸체가 작아서 '난쟁이'란 뜻의 이름이 붙었다. 하얀 털이 북슬북슬한 나보는 앙상하게 말랐고, 성미가 고약하고 게을러터져서 먹을 때를 빼고는 온종일 귀를 뒤로 젖히고 이빨을 드러낸 채 누워서 보냈다. 하지만 지금은 굶어서인지 공격적인 성향이 누그러져 있었다. 뼈대가 드러나 보일 정도로 말라비틀어진 백마가 머리를 쑥 내리고 소녀를 쳐다보고 있었다. 아르카는 서리가 앉아 뻣뻣해진 금발을 흔들면서 내뱉었다.

"빌어먹을 안개!"

아르카와 백마는 리파이아 산악지대의 빙하에 이른 뒤로도 갈피를 못 잡을 정도로 짙은 안개 속에서 계속 헤매고 있었다. 낮인데도 태양이 걷어내지 못할 정도로 깊디깊은 안개였지만 밤에는 그 고유의 빛을 띠는 것 같았다. 바로 코앞에서 쩍 벌어져 있는 크레바스를 만난 것이 벌써 세 번째였다.

카라반들이 히페르보레아에 가려면 산악 빙하를 횡단해야 하는데 길이 너무 가팔라서 위험하니 가지 말라고 말렸다. 하지만 아르카는 히페르보레아에 가야 한다는 일념밖에 없었고, 열세 살의 어린 소녀치고는 다부지고 확신에 차 있었다. 지금은 깊이 후회하고 있었다. 아르카와 백마, 둘 다 마지막으로 요기를 한 것이 이틀 전이었다. 아르카는 나보의 엉덩이를 쳐다보다 구운 말고기를 떠올리는 자신에게 화들짝 놀랐다.

아르카는 입으로 엄지장갑을 벗고 나보에게 다가갔다. 길마*에 매단 망가진 설피 한 켤레와 텅 빈 가죽주머니들이 말의 옆구리 양쪽에 늘어져 있었다. 손가락이 곱아서 얼어붙은 가죽 끈을 푸는 데 시간이 걸렸다. 길마가 마른 장작 소리를 내며 땅바닥으로 떨어지자 짐에서 해방된 나보가 머리를 흔들며 콧바람을 냈다.

아르카는 두꺼운 가죽주머니를 눈밭에 펼쳐놓고 설피를 떼어냈다. 그러고는 펼쳐놓은 가죽에다 설피를 부러뜨려서 모아놓고 손가락을 팅겨서 불을 피웠다. 길마에서 빼낸 나무틀을 불 위에 세운 다음 얼음 조각이 든 그릇을 모닥불에 올리고 고정시켰다. 불길이 올라오자 가까이 다가와 있던 나보의 콧구멍 주위에서 연기 소용돌이가 일었다. 쭈그리고 앉은 아르카는 불에 손을 쬐면서 기다렸다. 그릇에서 수증기가 올라오자 소녀는 옷깃에서 작은 주머니를 꺼내 남아 있는 마른 잎 부스러기를 끓는 물에 털어 넣었다. 그리고 마른 잎이 우러나길 기다렸다가 사발에 따랐다.

길마 주로 짐을 싣기 위해 동물의 등에 얹는 기구.

11

아르카는 열이 빠져나가지 못하게 사발에 코를 댄 채로 주위를 둘러봤다. 일반적으로 빙하는 경사가 급했다. 빙하 끝에 도달하려면 경사면을 따라가야 할 텐데 짙은 안개에 잠겨 있어 지표가 보이지 않았다. 심지어 나보까지 백마라서 하얀색 일색인 풍경과 구별되지 않았다.

차를 몇 모금 마시고 나자 아르카는 몸이 좀 풀리는 것 같았다. 마음을 다잡아야 했다. 여기서 빠져나갈 방법이 분명히 있을 터였다. **날개팔찌**를 사용하면 빙하 상공으로 빠르게 날아갈 수 있을 테지만 추위 때문에 작동하지 않는 데다 안개 속에 나보를 버리고 갈 수도 없었다.

가죽을 깔고 피운 모닥불이 사그라지면서 불씨가 피식거리더니 이내 녹은 눈과 시커먼 재만 남았다. 아르카는 든든한 음식을 넣어주지 않는다고 아우성치는 배를 애써 무시하면서 그릇과 빈 사발을 챙겨서 호주머니에 넣었다. 거의 만져질 듯 농밀한 안개가 소녀 주위로 피어오르고 있었다.

갑자기 무슨 묘안이 떠오른 듯 아르카는 허공을 응시했다. 어딘가에 분명히 맑게 갠 하늘과 어디로 걸어가야 할지 방향을 알려줄 지평선이 있을 테니 구름층을 벗어나기만 하면 되는 것이었다.

그리 멀지 않은 곳에 얼음 언덕의 윤곽이 안개 속에서 드러나고 있었다. 아르카는 일어나 안전한 거리를 유지하면서 끝이 보이지 않는 크레바스를 따라 걷기 시작했다. 마치 어디선가 흘러온 뜨거운 시냇물이 눈을 녹여놓은 듯 발밑의 땅에 구불구불한 고랑이 패어 있었다. 아르카는 언덕 앞에 이르자 꼭대기로 기어올랐고 커다란 얼음덩어리 위에 올라섰다. 이제는 공중부양을 하면 되었다.

아르카는 공중을 향해 아니마를 집중시켰다. 오랜만에 공중부양 시도를 해서 그런지 몸속에서 이동하는 에너지의 느낌이 아주 이상했다. 중력으로부터 몸이 자유로워지면서 얼음덩어리에서 두 발이 떨어졌다. 지면이 서서히 멀어지다 안개 속으로 사라지고 있었다. 밑에서 아르카 쪽으로 시커먼 콧구멍을 쳐들고 있는 나보가 안개 속에서 둥둥 떠다니는 것처럼 보였다. 아르카는 상반신에 냉기가 스며드는 느낌이 들기 시작했다. 팔다리가 떨리기 시작하더니 머리가 윙윙거렸다. 그리고 갑자기 아니마 통제력을 잃었다.

곧바로 몸이 땅으로 낙하했다. 아르카는 추락을 늦추려고 필사적으로 버텼지만, 얼음덩어리를 맞고 튕겨서 비탈진 언덕을 따라 굴러떨어졌다.

땅바닥에 내동댕이쳐진 아르카는 한동안 꼼짝하지 못했다. 두건에는 얼음 조각이 잔뜩 붙어 있었다. 나보가 콧바람을 내면서 약간 빠른 속보로 다가왔다.

"아이고 아파." 아르카가 구시렁거리면서 귓가에서 킁킁거리며 냄새를 맡는 말의 머리를 밀어냈다.

아르카는 낙심한 얼굴로 일어났다. 마법까지 실패하면 여길 어떻게 빠져나가지? 카라반들이 말한 대로 빙하에 휩쓸렸다가 세월이 흐른 뒤 해빙된 급류에서 으스러져서 죽은 상태로 발견되는 건가. 왜 그들의 말을 듣지 않았을까?

아르카가 외로움과 굶주림 때문에 뼈저리게 후회하고 있을 때 말이 귀를 앞쪽으로 쫑긋 세우며 거칠게 콧숨을 내뿜었다. 아르카는 신경을 곤두세우고 나보의 귀가 가리키는 방향을 살펴봤다. 얼마 후, 이상한 소리가 계속 들려왔다. 브르르루이시…… 브르르루이시…… 브르르루이시……. 눈밭을 달리는 썰매 소리 같기도 했다.

깜짝 놀란 아르카가 천천히 일어났다. 카라반들과 헤어진 후로는 인간의 흔적을 발견한 적이 없었다. 이런 행운이 있나, 빙하 횡단에 나선 미친 인간이 또 있는 건가.

"야호! 거기 누구 있어요?" 아르카가 소리쳤다. "이쪽이에요!"

마치 외치는 소리를 들은 것처럼 썰매가 점점 더 빠르게 눈을 긁으면서 다가오고 있었다. 아르카는 까치발을 들고 더 크게 고함을 질렀다. 마침내 누군가를 만나게 된다는 기쁨에 아르카는 누구와 맞닥뜨리게 될지 불안하지 않았다. 빙하에서 얼어 죽는 것보다 더 최악이 있을까.

"네 과거가 보인다……."

아르카의 얼굴이 굳어졌다. 방금 이상하게 메아리친 소리가 안개를 뚫고 명료하게 들려왔는데 고음도 저음도…… 인간의 목소리도 아니었다.

브르르루이시 브르르루이시 브르르루이시……. 소리가 점점 더 빠르게 가까워졌다. 이제는 썰매 소리 같지 않았다. 식은땀이 흘렀다. 아르카는 용기를 내기 위해 나보의 꺼칠한 갈기를 움켜쥐었다.

"거기 누구예요?" 아르카가 소리를 질렀다.

정면, 안개 속에서 윤곽을 드러낸 형체가 물결치듯 아르카 쪽으로 다가왔다.

"네 과거가 보인다……. 있을 수 없는 결합의 결실……. 늙은 여자가 거둔 외로운 아이……. 셀 수 없이 많은 나무들, 허리띠의 파란 광채……. 갑자기…… **불!**"

거대한 흰 얼음뱀이 안개를 빠져나왔다. 길이가 6미터에 이르는 뱀이 아르카를 향해 끝이 갈라진 시커먼 혀를 날름거리고 있었다. 눈꺼풀 없는 눈의 타원형 동공이 뚜렷이 보였다. 몸뚱이에 뒤덮인 얇고, 얼음처럼 반투명한 수많은 비늘이 바짝 세워져서 번뜩였다. 거울 같은 비늘에 아르카의 휘둥그레진 눈이 비쳤다.

아르카가 황급히 뒷걸음치자 나보도 따라했다. 그들 뒤쪽은 크레바스가 길을 막고 있었다. 앞에서는 뱀이 머리를 곧추세웠는데 키가 어찌나 큰지 머리가 안개 속으로 사라졌다. 아르카는 나보의 어깨에 손을 얹고 떡 버티고 서서 뱀과 맞섰다.

갑자기 말이 겁에 질린 울음소리를 내지르면서 전속력으로 달아났다. 아르카는 화가 나서 잠시 괴물을 잊고 소리쳤다.

"야, 겁쟁이!"

그때 뱀이 달려들었다. 아르카는 뱀을 피해 재빨리 옆으로 굴렀고 뱀의 이빨이 다리에 스치는 걸 느꼈다. 아르카는 가슴을 졸이며 뒤쪽으로 엉금엉금 기어가다 손을 헛짚는 바람에 공포의 비명을 질렀다. 크레바스로 떨어질 판이었다. 얼음뱀은 땅 위를 물결치듯 이동하면서 닫힌 아가리에서는 나올 수 없는 소리로 계속 말하고 있었다.

"재를 뒤집어쓴 늙은 여자……. 방화범의 도주, 그리고 세 나라를 거쳐 가는 너의 도주……. 또다시 나포카에서 살다가 또다시 나포카에서 맞닥뜨리는 죽음……. 그리고 이제는 히페르보레아!"

뱀이 몸뚱이를 풀었다. 아르카는 비죽비죽한 이빨을 드러내고 다가오는 걸 보면서 날쌔게 옆으로 굴렀다. 아르카가 좀 전에 있던 얼어붙은 땅에 뱀의 머리가 부딪혔다. 비늘에서 부러지는 소리가 났다. 뱀이 물결치는 듯한 움직임으로 몸뚱이의 체절을 풀면서 곧추섰다.

"네 현재가 보인다……. 내 공격을 피한답시고 얼음 위에서 요리조리 빠져나가는 저주받은 계집!"

얼음뱀이 또다시 덤벼들었다. 아르카는 옆으로 몸을 날리면서 불을 한 다발 발사했다. 뱀이 휘파람 같은 소리를 내면서 물러서더니 커다란 머리를 마구 흔들었다. 불에 맞은 비늘에서 물이 스며 나오고 있었다. 아르카는 뱀의 약점을 공략하면서 빠져나갈 방법을 궁리했다. 언덕 위에 떡하니 앉은 얼음덩어리가 눈에 들어왔다. 아르카는 옆으로 미끄러지면서 전속력으로 비탈진 언덕을 올라갔다. 밑에서는 뱀이 소녀의 냄새를 따라 뒤쫓아 왔다. 브르르루이시, 그 이상한 소리가 물결치듯 구불거리는 움직임에 리듬을 맞추고 있었다.

"네 미래가 보인다……. 사랑받으려는 웃음……. 네 손가락에 감긴 그리핀……. 영묘에서 너를 기다리는 열세 번째 후계자……."

언덕 꼭대기에 오른 아르카는 힘껏 얼음덩어리를 떠밀었지만 꿈쩍도 하지 않았다. 소녀는 숨을 헉헉거리며 두 걸음 뒤로 물러서서 발길질을 했다. 얼음덩어리가 삐걱거리면서 약간 움직였다. 뱀이 아르카의 위치를 포착하고 속도를 냈다.

아르카는 아니마를 다리에 집중시키고 다시 한번 세게 발길질을 했지만 그 힘에 중심을 잃고 벌렁 자빠졌다. 마침내 떨어진 얼음덩어리가 비탈을 따라 굴러 내리면서 작은 눈사태를 일으켰다. 우지끈!

소리에 이어 성난 뱀이 쉭쉭거리는 소리가 들렸다.

아르카는 몸을 일으키고 아래쪽을 내려다봤다. 부서져 쌓인 얼음 더미에 깔려 몸뚱이가 으스러진 거대한 뱀이 무력하게 꿈틀거리고 있었다. 긴 꼬리를 비틀어서 흔들어보지만 얼음 더미에서 빠져나오지 못했다.

"오예, 내가 이겼다!"

아르카는 비탈을 따라 미끄러지다 얼음 더미에 뛰어올라 뱀을 좀 더 깔아뭉갰다. 뱀이 머리를 쳐들고 쉭쉭거렸다. 아르카는 발밑에서 얼음이 움직이는 걸 느꼈다. 뱀은 계속 이대로 깔려 있지는 않을 터였다. 다른 때 같으면 부리나케 도망쳤겠지만, 빙하에서 헤매고 다닌 지 사흘 만에 만난 첫 생명체였다. 게다가 말까지 하는 존재인데.

"이제 대화를 좀 해도 되겠네." 아르카는 아주 당찬 어조로 말했다. "너 정체가 뭐냐?"

"과거와 현재, 미래를 예언하는 존재……. 너 같은 종족은 나를 피톤이라고 부른다."

"난 들어본 적 없는데." 아르카는 얼음 더미 위에 책상다리를 하고 앉으면서 말했다.

뱀이 꼬리를 마구 휘젓자 얼음 더미가 흔들렸다.

"나는 전설이다……. (뱀의 초월적인 소리가 갑자기 버럭하는 것 같았다.) 나는 인간을 죽음으로 이끌고 나를 이기는 인간에게는 미래를 말해주는 뱀……. 네 미래를 알고 싶지?"

아르카는 엄지장갑 낀 손으로 얼음 더미를 탁탁 쳤다.

"별로 듣고 싶지 않은데." 아르카는 입술을 삐죽거리면서 대답했다. "그보다는 히페르보레아로 가는 길을 알려주는 게 어때? 이 안개 지옥에서 벗어나는 방법이라든가?"

뱀이 신경질적으로 혀를 날름거렸다. 꼬리가 더 격하게 허공을 가르는 걸 보면서 아르카는 뱀이 얼음 더미에서 빠져나올까 봐 불안했다. 뱀이 몸뚱이를 비틀 때마다 아르카가 올라앉은 얼음 더미가 무너지고 있었다.

"나는 과거와 현재, 미래를 예언하는 뱀, 피톤이다……. 지도 같은 건 없다."

울화가 치민 아르카는 주변을 훑어보면서 신경질적으로 머리카락을 질겅질겅 씹었다. 상황이 진짜 좋지 않았다. 아르카는 길을 잃었고, 말은 도망쳤고, 이젠 먹을 것도 없는데 집채만 한 뱀은 자기를 집어삼킬 기회만 엿보고 있고, 안개는 여전히 농밀했다.

그때 발굽 소리가 울려 퍼졌다. 다시 나타난 나보가 뱀에게서 멀찍이 떨어진 거리에 멈춰 섰다. 길동무가 돌아오자 아르카는 힘이 났다.

"내가 결국은 길을 찾는다고 치자." 갑자기 묘안이 떠오른 아르카가 말했다. "그럼 내가 가는 길이 내 미래에 나타날 거잖아, 그치? 그러니 내게 길을 알려줄 수 있겠네."

"아마도……."

"좋아, 그럼 이 빙하를 벗어날 수 있는 길을 알려줘."

뱀이 화가 나서 쉭쉭거렸다.

"그건 미래를 예언하는 방식이 아니다."

"내가 듣고 싶은 방식은 그래. 대답해."

뱀의 꼬리가 허공을 갈랐다.

"이틀 동안, 이 긴 크레바스를 따라가야 한다……. 그러면 빙하를 벗어날 것이고, 히페르보레아의 문이 열릴 것이다……. 거기서 너는 누군가를 만나게 될 거다……."

"그럼 됐어!" 아르카는 자신의 예측이 맞아떨어진 것에 기쁜 티를 내지 않으려고 소리쳤다. "더 말해주지 않아도 돼. 그러니까 이 크레바스를 따라가면 된다는 거지?"

뱀이 또다시 시커먼 혀를 날름거리자 아르카는 그렇다는 뜻으로 해석했다. 아르카는 얼음 더미에서 뛰어내린 다음 조심스럽게 뒷걸음치면서 뱀이 얼음 더미에서 빠져나오는지 살폈다. 하지만 뱀은 더는 꿈틀거리지 않고 타원형 눈으로 음험하게 쳐다보고 있었다. 무슨 꿍꿍이지? 아르카는 게임에서 이겼지만 주도권을 쥐고 있는 건 여전히 뱀이라는 느낌이 들었다.

뭔가가 지그시 누르는 느낌이 들면서 등이 따뜻했다. 나보가 다가와서 머리를 비비고 있었다.

"비겁하게 도망치더니." 아르카가 말했다.

말은 그렇게 하면서도 아르카는 나보의 목을 긁어주었다. 초월적인 소리가 들렸다.

"네 미래를 알려줬잖아……. 그럼 이걸 치워줘야지."

아르카는 뱀 쪽으로 돌아서서 조롱했다.

"또 나를 공격하려고? 좋은 거 알려줄게. 해빙이 다가오고 있으니 그 얼음 더미는 어차피 녹겠지……. 그래도 너는 안 녹을 거니까 걱정 말고."

뱀의 타원형 눈이 좁아지는 것 같았다. 아르카는 걸어가기 시작했고, 말이 뒤따라왔다. 눈앞의 크레바스가 안개 속으로 사라지고 있는데 옆쪽으로 무시무시한 낭떠러지가 드러났다. 이제는 뱀이 안개 속에 묻히고 있었다. 그 순간 불현듯 미심쩍은 생각이 들어서 아르카는 걸음을 멈추고 돌아섰다.

"내 과거와 현재, 미래를 안다면서 왜 나를 공격했어? 내가 너를 이길 거고 그래서 네가 어쩔 수 없이 나를 도와주게 되리라는 것도 알고 있었잖아."

뱀의 머리가 흔들거리는데 무슨 뜻인지 아리송했다. 아르카는 뱀이 비웃는 거라고 생각했다.

"누가 그래, 내가 너를 도와서 히페르보레아로 가는 길을 알려준다고?"

라스티아낙스

그러니까 팔라테스는 졸업 심사가 끝날 즈음에 와서 제자를 기다린 것이 분명했다. 나포카 원산 난초 화단에 두 팔을 벌리고 누운 멘토는 숨이 끊어지면서 멀어버린 눈으로 라스티아낙스를 응시했다. 평소에는 단정하던 희끗희끗한 머리가 관자놀이 주위에 뭉쳐 있었다. 벌겋게 부어오른 머리는 마치 죽으면서 미끄러진 것처럼 돌 벤치 다리에 기대어 있었다. 오른손에는 마지막으로 구입한 세라믹 닭 조각품이 쥐여 있었다.

라스티아낙스는 하인들이 고인을 들것에 싣고 상포를 덮어씌우는 모습을 망연히 바라봤다. 하인들이 들것을 들고 안치실로 향했다. 시신이 발견된 지 한 시간이 지났는데도 라스티아낙스는 멘토의 죽음이 실감나지 않았다. 도저히 이해가 되지 않는 사건이었다. 전날 봤을 때 팔라테스는 건강 상태가 좋았고, 늘 그렇듯 활기차고 온화했다.

테라스 주위에 모여든 관료들이 회랑에 기대어 현장을 지켜보았다. **마기스테리움**에서 사람이 죽었는데 더군다나 장관이 죽었으니 엄청난 사건이었다. 관료들 사이에서 여러 억측이 난무했다.

"심장 마비가 틀림없어요. 마법사들에게 가장 문제가 많이 발생하는 것이 심장이잖아요."

"하인 중 한 명이 하는 말을 들었는데 술에 취해서 길을 잘못 든 거 같다네요."

"내 생각엔 뇌출혈이 틀림없어요. 작년에 내 사촌이 뇌출혈로 사망했거든요, 훅 가는 거죠."

"살해된 걸지도……."

"어떻게 살해됐다는 겁니까? 상처가 있는 것도 아니고, 비명 소리를 들은 사람도 없는데."

라스티아낙스는 집게손가락에 낀 반지를 내려다봤다. 그의 이름이 새겨져 있고, 그리핀으로 장식된 반지였다. 좀 전에 마법역학 교수가 팔라테스의 시신이 눕혀 있던 현장을 황급히 지나쳐서 라스티아낙스에게 반지를 건네주었다. 보통은 수여식에서 멘토가 문하생에게 반지를 주는 것이 관례였다. 마법사의 지위를 상징하는 이 인장

반지를 소지하고 있으면 히페르보레아의 일곱 개 지구를 자유롭게 다닐 수 있고, 공식 문서에 인장을 찍을 수 있었다. 마법역학 교수는 조의를 표하면서 라스티아낙스에게 졸업 심사 결과를 알려주었다. 12점 만점에 11점, 지난 10년 동안 아무도 받지 못한 점수였다.

제정신이 아닌 상태에서 좋은 소식을 전해 들은 라스티아낙스는 마냥 기뻐하지도, 멘토의 죽음을 슬퍼하지도 못하고 있었다. 팔라테스에 대해 불평하면서 5년을 지내다 보니 그는 멘토에게 조급증과 울화 이외의 다른 감정을 느낄 준비가 되어 있지 않았다.

정신적인 혼란이 몰려왔다. 라스티아낙스는 테라스를 왔다 갔다 걸어 다니기 시작했다. 갑작스럽게 떠나버린 스승을 원망하는 만큼 이런 이기적인 반응을 보이는 자신이 싫었다. 항상 멘토를 짐으로 여긴 라스티아낙스는 괴짜 노인이 자신의 삶에서 아주 중요한 자리를 차지하고 있었다는 걸 이제야 깨닫기 시작했다.

그는 테라스 중앙에 멈춰 서서 눈을 감았다가 다시 뜨고는 도시를 감싸는 돔 너머 파란 하늘을 응시했다. 그의 정신은 이 사건과 관련 있는 뭔가 증거가 될 만한 확실한 것에 매달릴 필요가 있었다. 납득할 만한 이유가 필요했다.

라스티아낙스는 마지막 순간에 멘토에게 무슨 일이 있었는지 알 수 있는 단서를 찾기 위해 난초 화단을 훑어봤다. 팔라테스는 병색을 보인 적이 전혀 없었다. 멘토의 죽음은 자연사였을까, 아니면 한 관료의 추측처럼 살해당한 것일까? 어이없는 돌연사에 비하면 살해되었을 거란 가설이 오히려 위안이 되는 것 같았다. 비록 멘토를 제거하고 싶어 한 사람이 누군지 모르지만. 팔라테스는 무능하고 타협적이었던 만큼 히페르보레아의 정치인이 장수하는 데 필요한 두 가지 자질을 갖추고 있었다.

테라스 끝에 '민중을 계몽하는 마기스테리움'이라는 제목이 붙은 기념비가 서 있었다. 경탄해 마지않는 군중 위로 번쩍이는 천구를 흔드는 근엄한 마법사를 형상화한 기념비 아래 무언가 반짝이는 것이 그의 시선을 끌었다. 그곳으로 다가간 라스티아낙스는 세라믹으로 만든 닭 조각품을 발견했다. 하인들이 시신을 수습할 때 팔라테스의 손에서 떨어진 것이 틀림없었다. 그는 한참을 살펴봤지만 하찮은 조각품과 이걸 구입한 사람의 비극적인 죽음은 연관 지을 수 없었다.

"라스티아낙스!"

그는 고개를 들어 활기차게 토가 자락을 휘날리며 종종걸음 치는 신비학 교수 실렌을 봤다. 걸음을 내딛을 때마다 뒤뚱거리면서 다가온 배불뚝이 교수가 라스티아낙스 앞에서 숨을 몰아쉬었다.

"라스티아낙스, 삼가……" 신비학자는 말을 잇지 못했다.

실렌은 숨을 헐떡이면서 사과의 몸짓을 하고는 허공이 내려다보이는 테라스 난간에 기대어 섰다. 마기스테리움은 히페르보레아에서 둘째로 높은 탑의 꼭대기를 차지하고 있었다. 눈앞에 거대한 원통형 탑들이 숲처럼 펼쳐져 있는데 하늘이 부럽지 않을 정도로 엄청나게 큰 반투명 돔에 둘러싸여 있었다. 라스티아낙스는 튜닉 주름으로 조각품을 가렸다.

"삼가 고인의 명복을 비네." 실렌이 말했다. "각료 의회는……휴…… 큰 인물을 잃었어. 나는 좀 앉아야겠네, 다리가 후들거려서."

신비학자는 팔라테스가 죽으면서 머리를 기대고 있던 것과 비슷한 돌 벤치에 주저앉았다. 투실투실한 살 때문에 토가가 금방이라도 터질 것 같았다.

"어떻게 이런 비극이 일어난단 말인가, 더군다나 자네가 심사를 받는 날에! 아, 누군가 반지를 전해줬나 보군, 다행이야⋯⋯. 물론, 오늘은 기뻐할 마음의 여유가 없겠지. 하지만 나는 늘, 발명품을 제출한 뒤 마법사로 승격하는 문하생들을 축하하는 조촐한 연회를 여니까 자네를 축하해줄 기회가 있을 걸세." 신비학자가 손으로 라스티아낙스의 팔꿈치를 톡톡 치면서 위로를 전했다. "자네의 멘토가 심사받을 때 모습이 아직도 생생히 기억나는군." 그가 밝은 어조로 말을 이었다. "그때 나는 아주 젊은 교수였지. 자네의 멘토는 당시 너무 긴장한 탓에 한 2분 동안 입도 뻥긋 못 했어. 하지만 그 후로는 일사천리로 발표를 했지. 게다가 그해에는 나도⋯⋯."

신비학자는 라스티아낙스의 지친 표정을 보면서 말을 멈췄다. 사실, 라스티아낙스는 장황한 애도사를 피할 수만 있다면 뭐든 내주고 싶은 심정이었다. 실렌은 수업 중에 장광설을 늘어놓는 경향이 있었다. 제자들이 헛기침을 하거나 짜증스럽게 한숨 소리를 내도 대부분 모르는 체했다. 이번에는 다행히 그가 수다를 자제했다.

"미안하네, 힘든 순간이다 보니 옛 기억을 떠올리지 않을 수가 없군. 심장 마비겠지?"

"그런 거 같습니다." 라스티아낙스는 짧게 대답했다. "팔라테스 스승님이 먹는 걸 즐기긴 하셨지요."

"그럼 나도 그렇게 가겠군, 틀림없이." 신비학자가 자신의 배를 가리키면서 말했다. "미안하네, 농담할 때가 아닌데⋯⋯. 그렇지 않아도 황망해 있는 자네를 더 힘들게 하려고 온 건 아니고, 라스티아낙스, 정치 얘기를 잠깐 나누세." 그가 옆자리를 가리키면서 말했다.

당황스러운 라스티아낙스는 잠시 머뭇거리다 교수가 엉덩이 한 쪽을 약간 들어서 내어준 작은 공간에 앉았다. 실렌은 멘토 대학에서 신비학과 마법서를 가르쳤다. 따라서 둘 사이는 지금까지 교수와 제자의 관계로 국한되었다. 하지만 실렌은 히페르보레아의 군주 바실레우스와 가까운 사이여서 영향력이 막강했다. 군주가 그를 최고 부재판관으로 임명할 정도로 신망이 두터웠다. 비록 이 직위는 아무런 책임도 따르지 않는 명예직이긴 하지만. 정치에 관한 얘기를 시작함으로써 그들의 대화는 통상적인 범위를 벗어나고 있었다.

"한 장관의 문하생이 된 지 5년이 지나면 일이 빠르게 진행되지. 각료 의회의 장관들은 이미 팔라테스의 사망 소식을 알고 있어서 공석이 된 평등화 장관 자리에 자기 사람을 앉히려고 혈안이 되어 있어. 이번만은 나도 그 쟁탈전—이렇게 표현하는 거 용서하게—에 뛰어들 생각이네. 나는 자네만큼 총명한 열아홉 살 젊은이를 본 적이 없어. 자네가 평민 출신인 것과는 상관없는 말이네. 더구나 자네는 팔라테스에게 직접 가르침을 받았으니 다른 잠재적 경쟁자들보다 훨씬 우위에 있지. 바로 그래서 내가 도와주고 싶네……."

실렌은 말을 중단하고 윙크를 하고는 말을 이었다.

"……자네가 평등화 장관이 되도록!"

라스티아낙스는 교수가 무슨 말을 하는 건지 알아들었지만, 그렇다고 불신이 줄어드는 건 아니었다. 팔라테스가 사망한 지 얼마나 됐다고. 그리고 자신은 아직 문하생의 튜닉을 입고 있었다. 언젠가 장관 자리를 차지하는 자신의 모습을 상상하곤 했지만 아직 어리기도 하고 더구나 지금은 때가 아니었다.

"이렇게 일찍 자네를 위해 나설 생각은 아니었어." 실렌은 라스티아낙스에게 생각할 겨를을 주지 않고 말을 계속했다. "좀 더 경험을 쌓는 것이 더 바람직할 테니까……. 하지만 자네보다 더 나은 적임자가 보이질 않아서 말이지. 평등화 장관의 직무는 하위 지구 주민들의 생활에 대해 잘 알아야 하는데……. 불행히도 우리 마법사들은 거의 대부분 그렇지가 않아. 자네야말로 그 장관직에 활력을 불어넣을 수 있을 거야, 라스티아낙스."

신비학자는 말을 마친 후 친절하게도 고개를 기울이며 기다려주었다. 라스티아낙스가 잠시 침묵을 지키면서 뭐라고 답변할지 궁리하는 사이 실렌은 눈동자를 좌우로 굴리면서 탐색하고 있었다. 라스티아낙스는 멘토의 시신이 발견된 지 두 시간도 안 됐는데 직위를 계승하는 일에 대해 얘기하고 싶지 않았다. 하지만 이런 제안은 라스티아낙스 같은 1지구 출신에게는 일생에 한 번 올까 말까 한 기회라는 걸 잘 알고 있었다. 도시국가를 운영하는 데 핵심인 장관 자리는 그가 몇 년째 꿈꿔 온 것이었다.

"정말 고맙습니다." 라스티아낙스가 마침내 말했다. "멘토의 뒤를 이으라는 말씀을 해주시니 무한한 영광입니다만……. (그는 눈을 반짝이며 마법사 기념비를 바라봤다.) 저를 후보자로 지지하면 교수님이 위험해질 수도 있습니다."

라스티아낙스의 말은 자신을 지지해주는 대가로 뭘 원하는지를 정중하게 물은 것이었다. 신비학자의 제안에 어떤 사심이 있는 것 같지는 않지만 라스티아낙스는 경계했다. 실렌은 라스티아낙스의 의중을 바로 알아차렸다.

"나는 마법사들의 가정에서 성장할 기회가 없었던 젊은 유망주들을 도와주고 싶은 건데. 하지만 이것이 유일한 동기라고 하면 위선적으로 보일 수도 있겠군." 실렌은 차분한 어조로 덧붙였다. "털어놓자면 최고 장관은 분별력이 부족한 데다 바실레우스에 대한 영향력이 걱정되기 때문이야. 새로운 시각을 가진 합리적이고 믿을 만한 사람이 각료 의회에 참석한다면 안심이 될 것 같고. 당연히 의회에서 거론되는 전반적인 내용을 알고 싶기도 하고⋯⋯. 그렇다고 내정 간섭을 하겠다는 건 아니야. 각료 의회는 독립성을 유지해야 하니까."

라스티아낙스는 안도하면서 고개를 끄덕였다. 실렌과 최고 장관의 긴장 관계는 공공연했다. 실렌은 오랜 숙적을 향해 당길 화살을 찾는 중이었다. 라스티아낙스는 최고 장관에게 호감을 품고 있지 않았기에 부담 없이 실렌에게 화살을 제공할 터였다. 각료 의회의 의석을 차지하기 위해 치러야 할 대가는 작았다.

"제가 각료 의회에 들어갈 확률은 매우 희박합니다." 라스티아낙스가 반론을 제기했다. "방금 마법사로 승격했고, 영향력 있는 마법사들을 거의 모릅니다. 그런데 멘토 대학에서 과반수 표를 받아야 하는 데다 바실레우스의 동의도 필요하고요."

"어디서 찾을지 알면 지지자는 늘 있기 마련이지." 신비학자가 태연하게 대꾸했다. "자네는 이미 돔 엔지니어와 수석 건축가의 표를 받은 것으로 쳐도 되네. 우리 편이고, 내가 두 사람에게 **수력 전신**을 보낼 거니까⋯⋯."

실렌이 연줄을 열거하고 있을 때 한 남자가 빠른 걸음으로 중정을 둘러싸고 있는 회랑에 들어섰다. 라스티아낙스는 금방 알아봤다. 작은 키가 콤플렉스인지 늘 우거지상을 하고 다니는 최고 장관이었다. 행정 장관이자 각료 의회 의장인 최고 장관은 한낱 문하생에게 관심을 기울이기에는 너무 바쁜 거물이라서 라스티아낙스는 그와 말할 기회가 전혀 없었다. 실렌이 계속 말을 이어 나가는 사이 구시렁거리는 소리가 들렸다.

"멍청한 팔라테스……. 이런 식으로 죽다니, 예고도 없이……. 그렇지 않아도 바빠 죽겠는데……."

실렌은 라스티아낙스가 자신의 말을 듣지 않는다는 걸 알아차리고 돌아보다가 메젠스 최고 장관을 발견하고 소스라쳤다.

"아, 메젠스!" 실렌이 인사했다. "집안에 별일 없는가? 자네 아들의 **마법 평가전** 준비는 잘 되어 가나?"

"진정성이라곤 눈곱만큼도 없는 인사 받을 시간 없네, 실렌. 파벌 간의 싸움, 5지구의 운하 붕괴, 나를 들들 볶는 카라반 길드……. 이 와중에 공석이 된 장관 자리도 채워야 하고!"

라스티아낙스는 옆에 있는 실렌이 신이 나 있는 걸 느꼈다.

"그래서 말인데." 신비학자가 쾌활하게 말했다. "그 자리에 추천할 후보자가 있네."

그는 배불뚝이치고는 놀라울 정도로 민첩하게 최고 장관에게 다가갔다. 라스티아낙스는 주뼛거리며 따라갔다. 각료 의회 의장이 발을 동동 구르면서 시간이 없다는 티를 냈다.

"바빠 죽겠다는데 대체 그 후보자가 누군데 내 시간을 뺏는 건가?"

"여기." 실렌이 라스티아낙스를 앞으로 떠밀면서 말했다.

메젠스 최고 장관이 웃음을 터뜨렸다.

"문하생이잖아! 장난하나, 실렌?"

"아니, 아주 진지하게 말하는 거네. 라스티아낙스는 지난 5년 동안 멘토 밑에서 가르침을 받아 왔으니 일곱 지구 간의 평등에 관해서는 어느 누구보다도 자격이 있지. 그리고 한 시간 전에 끝난 졸업 심사에서 나를 포함한 교수들로부터 12점 만점에서 11점을 받고 통과했으니까 이제는 문하생이 아니지."

"흥, 무슨 말도 안 되는 소리!" 메젠스가 소리쳤다. "12점 만점에서 11점이라니. 심사 기준이 예전 같지 않은 건가. 내가 심사할 때는 9점도 준 적이 없는데. 날이 갈수록 자네에 대한 신뢰가 떨어지는군, 실렌."

신비학자가 미소를 지으며 어깨를 으쓱했다.

"팔라테스가 추진해 온 내용을 잘 알고 있는 후보자가 있으면 어디 한번 찾아보든가. 지금 직접 질문해보면 알겠지."

메젠스는 경멸하는 표정으로 코를 킁킁거리면서 라스티아낙스 쪽으로 고개를 돌렸다. 실렌과 마찬가지로 메젠스 최고 장관도 그를 똑바로 쳐다보려 하지 않았다. 라스티아낙스는 이런 반응에 익숙했다. 그의 홍채가 밤색이긴 한데 색이 똑같지 않은 짝짝이 눈이었기 때문이다.

"카라반 숙소를 드나드는 카라반의 수는?" 메젠스 최고 장관이 마침내 오른쪽 눈을 선택하고 물었다.

"그건 반칙이지, 메젠스. 평등화 장관 자리와는 아무 관련 없는 질문이잖아!"

"461입니다." 라스티아낙스가 대답했다.

메젠스 최고 장관이 회심의 미소를 지으며 몇 걸음 걷다가 거만한 시선으로 주위를 둘러보는데, 이목을 끌려는 것 같았다.

"틀렸네, 462. 가서 공부 좀 더 하게, 젊은이."

"열흘 전만 해도 462팀이었습니다만." 라스티아낙스는 흔들리지 않고 침착하게 대답했다. "카라반 두 팀이 테미스키라 부근에서 습격을 받았거든요. 그리고 오늘 아침에 카라반 한 팀이 새로 도착했는데 모르고 계셨습니까?" 라스티아낙스는 해맑은 얼굴로 눈을 찡긋했다.

메젠스 최고 장관은 불쾌한 내색을 가려보겠다고 입술을 실룩거리는 반면, 실렌은 라스티아낙스를 향해 눈을 반짝였다. 몰려와 있던 구경꾼들이 흩어졌다. 시신을 수습하러 온 하인들 발에 밟혀 으스러진 꽃들을 제외하면 이제 팔라테스의 죽음을 상기시켜주는 것은 아무것도 없었다. 라스티아낙스는 각료 의회에서 멘토의 자리를 차지하겠다고 한심한 기 싸움을 하고 있는 자신이 부끄러웠다.

"평등화 장관 자리에 앉힐 잠재적 후보자를 용케 찾아냈군." 최고 장관이 갑자기 생각난 것처럼 실렌에게 덧붙였다. "근데 말이지, 유감스럽게도 자네가 추천하는 후보자는 받아들여지지 않을 거야. 설사 자네가 투표권이 있는 대학을 설득하는 데 성공한다고 해도."

실렌은 눈살을 찌푸렸다.

"무슨 이유로?"

"이 젊은이에게는 문하생이 없으니까." 최고 장관이 의기양양하게 능글맞은 미소를 지었다. "장관 후보자는 반드시 누군가의 멘토여야 한다는 건 자네도 잘 알 텐데."

신비학자가 웃음을 터뜨리자 뚱뚱한 배가 가볍게 흔들렸다.

"메젠스, 파벌 간의 싸움이니, 운하 사고니 너무 바쁜 나머지 평가전이 9일 후에 열린다는 걸 잊었나보군. 자네 아들도 참가하는데."

최고 장관은 어깨를 으쓱하면서 반론을 제기했다.

"군주에게 능력 있는 후보자를 천거하는 데 9일이나 기다릴 필요는 없지. 각료 의회를 주관하는 건 나니까."

"그 각료 의회가 평가전 바로 다음 날 열리니까 하는 말이네." 실렌이 미소를 지으며 응수했다. "라스티아낙스가 문하생을 찾을 시간적 여유는 있지. 그리고 바실레우스는 며칠만 기다려 달라는 내 제안을 분명히 받아들일 거야."

화가 난 최고 장관이 떠나려고 하다가 돌아와서 손가락으로 라스티아낙스의 가슴을 찔렀다. "젊은이, 교수가 꾸미는 정치 공작에 말려들다니, 자네 큰 실수 하는 거야! 위험한 일에 말려드는 건지도 모르고. 아주 사소한 실수만 해도 비난받게 되겠지. 각료 의회에서는 어떤 장관도 자네의 발언을 신뢰하지 않을 거야. 불 보듯 뻔해. 내가 가장 먼저 쌍지팡이를 짚고 나설 거니까. 이 희괴한 야심은 아주 비싼 대가를 치르게 될 테니 명심하게."

그렇게 말하고 나서 최고 장관은 짧은 다리에도 불구하고 빠른 걸음으로 자리를 떴다. 당황한 라스티아낙스는 멀어져 가는 최고 장관을 바라보면서 정말로 큰 실수를 저지르는 게 아닐까 생각했다. 순간 팔라테스 스승과 의논해야겠다고 다짐하다가 더는 그럴 수 없다는 걸 깨달았다. 옆에 있는 실렌은 흡족한 미소를 지으며 뚱뚱한 배를 내밀고 있었다.

"아무튼 최고 장관을 자극하는 게 세상에서 제일 재미있다니까. 메젠스가 하는 말에 너무 신경 쓰지 말게. 질투하는 거니까. 메젠스는 각료 의회에 들어가기 위해 마흔 살이 될 때까지 기다려야 했는데 자네는 이제 겨우 열아홉 살이잖아! 하지만 한 가지는 최고 장관의 말이 맞아. 장관이라는 직위의 막중한 책임을 견디려면 든든한 어깨가 필요할 거야. 각료 의회는 끊임없이 불쾌한 일이 일어나는 온상이지. 그게 내가 새로 장관이 되는 사람을 지켜주는 이유고. 아무튼 자네는 머지않아 멘토가 될 거야, 라스티아낙스. 자네는 어떤 문하생이 이상적이라고 생각하나?"

생각에 잠긴 라스티아낙스는 깨진 콧잔등에 손가락을 얹은 채 마법 평가전에 합격하고 팔라테스를 처음 만난 날을 떠올렸다. 마법사가 되는 미래를 생각할 때마다 혼자서 정치 사다리를 올라가는 자신의 모습을 상상했다. 하지만 문하생을 선택해야 한다는 건 상상도 해본 적이 없었다.

"똑똑하면 좋겠지요." 라스티아낙스가 대답했다.

아르카

"저 빌어먹을 문을 빨리 통과하지 않으면 내 배가 혼자 살겠다고 히페르보레아로 줄행랑치게 생겼어."

나보는 아르카에게 숨소리를 길게 내뱉는 것으로 불만을 표시했다. 그들 앞에는 바람 부는 눈 덮인 황야를 지그재그로 가로지르면서 도시로 향하는 사람들의 행렬이 끝이 보이지 않을 정도로 길게 이어져 있었다. 저 멀리 히페르보레아의 돔이 거대한 황금빛 구슬처럼 눈밭 위로 우뚝 솟아 있었다. 아르카는 배가 고파서 죽을 지경만 아니면 몇 시간이고 도시를 구경하면서 돌아다닐 수 있을 것 같았다. 구름이 비치는 투명한 돔 안에 수많은 둥근 탑들이 돔의 내벽 곳곳에 스칠 듯 서로 높이를 뽐내고 있었다. 초록색, 파란색, 황갈색, 분홍색의 둥근 탑들, 이 화려한 색의 향연은 황야와 하늘, 산의 회색 풍경 속에서 비현실적으로 보였다.

뱀이 알려준 대로 빙하를 떠난 뒤로 아르카는 하루를 꼬박 평원을 가로지르면서 도시에서 눈을 떼지 않았다. 마법사들의 도시는 영원한 여름처럼 덥고, 금으로 길을 포장할 정도로 부유하다는 소문이 자자했지만 아르카는 포장도로가 뭔지도 몰랐다. 소녀는 너무 추워서 귀가 떨어져 나갈 것 같은데 저 멀리 보이는 히페르보레아 사람들은 태평하게 활동하고 있었다. 작은 탑 사이를 연결하는 하얀 석재 수도교를 오가는 사람들이 나뭇가지를 타고 이동하는 개미떼처럼 보이고 돔의 곡선 때문인지 사람들의 실루엣이 길쭉해 보였다.

성벽 중앙에 보이는 아치형의 웅장한 청동 성문 앞에서 사람들을 검문하고 있었다. 파란색 에나멜 벽돌로 쌓은 성곽의 측면에 낸 문은 동서남북, 네 방위의 성문 중 하나였다. 문의 상인방*에는 원형과 사각형이 얽혀 그리핀과 방패를 에워싼 형상이 새겨져 있었다. 아르카는 '인장'이라고 생각했다.

　성벽을 따라 도시 전체를 에워싸고 있는 돔은 겉보기에는 크리스털 구슬처럼 보여서 쉽게 깨질 것 같았다. 하지만 돔은 3미터 두께의 투명한 물질인 **아다만트**로 만든 것이었다. 이렇게 견고한 구조 덕분에 히페르보레아는 건국 이래 침략을 받은 적이 없었다. 지리적으로 너무 먼 북쪽에 자리 잡고 있는 데다 마법 덕분에 방어력이 아주 강한 도시라서 이에 맞설 만큼 강력한 적을 이제껏 경험한 적이 없었다.

　히페르보레아는 아르카와 아주 잘 맞는 도시였다. 1년 남짓한 사이에 아르카는 집과 소중한 두 사람을 잃고 이 나라에서 저 나라로 떠돌아다녔다. 아르카디아에서는 화재로 후견인을 잃었고, 나포카에서는 반란으로 친구를 잃었다. 아르카의 꿈은 오로지 전쟁이 없는 나라에 가는 것이었다.

　아르카는 검문하는 데 왜 이렇게 시간이 많이 걸리는지 보려고 까치발을 했다. 하지만 줄을 선 사람들의 긴 행렬—대부분 산골 마을 사람들—에 막혀서 보이지 않았다. 좀 떨어진 곳의 통관 사무소 앞에는 카라반 행렬이 길게 이어져 있었다. 등에 물품을 잔뜩 실은 사향소들이 눈밭에 누워서 되새김질하고 있었다. 바다와 면해 있지 않은 내륙 도시 히페르보레아는 카라반들 덕분에 수많은 식민지에서 오는 식량을 공급받았다. 식량 외에도 매일 들어오는 어마어마한 양의 목재와 금속, 석재를 각종 무기와 도구, 물품으로 재생산해 세

상인방 문틀 위의 받침목.

계 각지로 수출했다. 여러 도시국가들 중에서도 히페르보레아는 수세기 동안 독보적으로 상업과 문화가 발달한 강대국이었다.

끝이 나지 않을 듯 길게 느껴지던 한 시간이 지난 후, 아르카는 입국 사무소 앞에 이르렀는데 탑 중 하나에 붙여서 지은 작은 석조 건물이었다. 사무소 안에서는 여성 세관원이 비리비리한 아이 둘을 데리고 온 산골 아낙에게 질문을 하고 있었다. 몇 분 후, 아낙이 눈물을 흘리면서 나오는데 아이들이 엄마의 외투 자락을 붙잡은 채 따라 나왔다. 세관원이 보초에게 하는 말이 들렸다.

"하여튼 아줌마들은 아이들을 달고 오면 내가 얼렁뚱땅 넘어갈 거라고 생각한단 말이야. 저런 여자가 도시에 들어가면 제일 먼저 무슨 짓을 할지 내가 아주 잘 알지. 부양도 못 할 거면서 애를 또 하나 낳는 거지. 히페르 없이 입국은 어림도 없어. 다음!"

아르카는 불안에 떨면서 사무소 안으로 들어갔다. 나보는 문 앞에 남았다. '히페르'가 뭐였더라? 히페르보레아의 화폐? 하지만 아르카는 돈이 없었다.

책상 앞에 앉은 세관원은 신고서를 작성하고 있었다. 듬성듬성한 회색 머리털 밑으로 분홍빛 두피가 드러나 보이고, 모피의 깃 밖으로 이중 턱이 비죽 나와 있었다. 여자는 작달막한 손가락으로 조심스럽게 그리핀 문양—히페르보레아의 문장—의 검인을 신고서에 찍었고, 종이를 손톱으로 눌러서 접은 다음 오른쪽에 놓인 서류 더미 위에 놓았다. 경찰관 둘은 멀찍이 떨어져서 무지막지해 보이는 금속 곤봉에 몸을 기대고 서 있었다. 그들은 세관원이 산더미처럼 쌓인 서류를 보고 문진 대신에 동전 통을 올려놓는 모습을 재수 없어 하는 얼굴로 지켜보고 있었다. 마침내 세관원이 아르카를 쳐다봤다. 여자의 눈길이 소녀의 해진 털옷을 지나 엉망진창으로 엉킨 금발에서 멈췄다. 몇 달은 감지 않았을 것 같은 머리를 보면서 세관원이 눈살을 찌푸렸다.

"히페르보레아에는 무슨 일로 왔나?" 세관원이 신고서 한 장을 새로 꺼내면서 단도직입적으로 물었다.

이 질문에 대한 대답은 준비되어 있었다. 아르카는 적절한 대답이라고 확신했기에 단숨에 대답했다.

"제가 히페르보레아에 온 것은 아직 마법이 허용되는 유일한 도시이기 때문이고, 제 능력을 자유롭게 사용하면서 살고 싶어서입니다. 제가 살던 나포카와는 달리……."

"그러니까 나포카 출신인가?" 세관원이 말을 끊었다.

"네." 아르카는 거짓말했다.

"그런데 나포카 억양이 전혀 없는데."

허를 찔린 아르카는 뭐라고 대답해야 할지 몰랐다. 아르카가 히페르보레아어를 할 줄 아는 것은 아마존족이 히페르보레아어를 사용했기 때문이다. 그렇지만 고향 사람들은 여기서 수천 킬로미터 이상 떨어진 곳에서 살고 있는 데다 아르카가 아는 한, 이 마법의 도시와는 아무 관계가 없었다. 아마존족의 평판이 좋지 않기 때문에 아르카는 그들 속에서 자랐다는 말을 하지 않으려고 조심했다. 아르카는 거짓말을 설명하려고 허둥지둥 또 다른 거짓말을 이어 나갔다.

"제 아버지가 히페르보레아 사람이라서 말을 가르쳐주셨습니다. 제가 여기 온 것은 아버지를 찾고 싶어서이기도 합니다."

반은 거짓말이었다. 아버지가 히페르보레아 사람인 건 사실이지만 만난 적이 없었다. 아버지는 아르카가 태어나기 전에 어머니를 떠났기 때문이다. 아르카는 정말로 아버지를 찾을 생각이었다.

세관원이 신중한 표정으로 고개를 끄덕이며 신고서에 뭔가를 적었다.

"마법에 대해 말했는데 수준이 어느 정도라고 생각하는가?"

"그저 아주 간단한 것들을 할 줄 압니다." 아르카는 조심스럽게 말했다. "불 피우기, 사물을 공중부양시키기, 마술처럼 일종의 눈속임이라든가……."

세관원이 또 무언가를 적었다.

"히페르보레아에서는 어떻게 먹고살 생각이지?"

아르카는 이 질문도 준비해뒀다.

"나포카에 살 때 케이크를 만들어 거리에서 팔았으니까 여기서도 비슷한 일을 하겠습니다."

사실, 아르카는 케이크를 만들어본 적도 없고 돈 버는 방법도 전혀 생각해보지 않았지만 거짓말이 통한 것 같았다. 세관원이 고개를 끄덕이면서 신고서에 한 줄을 추가했다.

"지금부터 내가 하는 질문에 네, 아니요로 간단하게 대답해. 히페르보레아에 들어간 뒤 조직범죄에 가담할 생각인가?"

당황한 아르카는 질문의 의도가 뭘까 생각했다.

"아니요."

"타인의 재산을 빼앗거나 특정인의 집에 불법으로 침입할 생각이 있는가?" 세관원이 신고서의 빈 칸에 표시를 하면서 물었다.

"아니요."

"도시의 수로를 무너뜨리거나 탑을 파괴할 생각이 있는가?"

"아니요."

"바실레우스를 비롯해 고위층 인사를 살해할 생각이 있는가?"

"아니요."

"아마존인가?"

당황한 아르카는 즉시 대답하지 않았다. 의례적인 질문인 것 같지만 왠지 아마존이면 입국을 거부당하는 결격 사유가 될 것 같아서 아르카는 불안했다. 세관원이 신고서에서 얼굴을 들었다.

"그냥 절차상의 질문이니까 대답해."

"아니요, 저는 아마존이 아닙니다." 아르카는 대답했다. 이건 거짓이 아니었다.

"이름과 나이." 세관원이 신고서의 마지막 칸에 표시를 한 뒤 물었다.

"아르카, 열세 살입니다." 소녀는 즉시 대답했다.

"아르카, 열세 살, 나포카 출신, 금발, 회갈색 눈." 세관원이 요약해서 기록했다. "혼자 여행하기에는 너무 어린데." 세관원이 신고서에서 눈을 떼지 않은 채 말했다.

아르카는 뭐라고 대답해야 할지 몰라 머뭇거렸다. 아르카도 동행이 있길 바랐지만 상황이 여의치 않았다. 세관원이 의심쩍은 눈초리로 잠시 아르카를 훑어봤다.

"뭐, 그렇다 치고." 여자가 고개를 들면서 말했다. "이제 신고서 작성은 끝났다. 성문 위 게시판을 읽어서 알겠지만 도시 안으로 들어가려면 1히페르를 내야 하는데. 돈은 있겠지?"

아르카는 세관원의 얼굴이 일그러지는 걸 느꼈다. 여자는 처음부터 아르카에게 돈이 없다고 의심한 것이 틀림없었다. 세관원은 절차상의 질문들을 던짐으로써 소녀에게 도시 안으로 들어갈 수 있다는 희망 고문을 한 것이었다. 아르카는 난처한 얼굴로 머리를 긁적이면서 어물어물 대답했다.

"그게 그렇지 않아도 물어보려고…… 사실은 문제가 좀……."

그때 갑자기 뒤쪽에서 줄방귀 소리가 들렸다. 나보가 입국 사무소 지붕에서 떨어지는 큼직한 눈덩어리를 피하려고 뒷발질하다 방귀를 뀌면서 도망치는 소리였다. 밖에 있는 사람들이 그 광경에 웃음을 터뜨리고 있었다. 세관원이 마땅찮은 듯 혀를 끌끌 찼다.

"그래서 무슨 문제가 있다는 건가?" 세관원이 독촉하듯 물었다.

아르카는 호주머니에서 세모꼴의 금화와 은화, 동화 세 개를 꺼내서 세관원에게 보여줬다.

"제가 이곳의 화폐를 아직 잘 모릅니다. 그래서 이게 히페르인지 확실하지 않은데, 맞습니까?" 아르카는 천진난만한 얼굴로 물으면서 바실레우스의 초상이 새겨진 금화 한 개를 내밀었다.

세관원은 의심쩍은 얼굴로 동전을 받아서 진짜인지 확인하기 위해 작은 저울에 올렸다.

"맞아." 세관원은 히페르를 동전 통에 넣으면서 말했다. "은화는 보레온, 동화는 칼코스라고 하고, 1히페르는 36보레온, 1보레온은 12칼코스에 해당하지."

세관원은 신고서에 도시의 문장이 새겨진 검인을 찍고 손톱으로 눌러서 접은 다음, 서류 더미 맨 위에 올리고 동전 통을 다시 올려놨다.

"너는 공식적으로 입국이 허가되었다. 오늘부터 1년 동안 히페르보레아의 법을 어기지 않는 한 정식 절차 없이 추방될 일은 없다. 사형에 처하는 범죄를 저질렀을 경우에만 재판을 받을 수 있다. 알아들었나?"

"네." 아르카가 대답했다.

이제 가능한 한 빨리 도시 안으로 들어가기만 하면 마침내 따뜻한 음식을 먹는 꿈을 이룰 수 있을 터였다. 아르카는 남은 동전 두 개를 호주머니에 넣고 입국 사무소를 나갔다. 밖에서 기다리는 사람들이 여전히 웃고 있었다. 아르카는 나보를 불렀다. 이내 백마가 더부룩한 꼬리를 흔들면서 위풍당당하게 나타났다.

"미안해, 나보." 아르카는 나보의 옆구리를 톡톡 치면서 속삭였다.

말의 엉덩이에 눈덩어리를 떨어뜨린 사람은 아르카였다. 세관원과 경찰관들이 말에게 정신이 팔려 있는 사이, 동전 통 안에서 둥둥 떠오른 동전 세 개가 감쪽같이 아르카의 호주머니 안으로 들어왔던 것이다.

히페르보레아의 돈으로 도시에 들어가게 된 것이 마냥 신난 아르카는 경찰관들의 시선을 받으며 당당한 걸음으로 웅장한 청동 성문을 넘었다.

게다가 이제는 먹을 것도 살 수 있을 만큼의 돈까지 지니고 있었다.

2
웰컴 투 히페르보레아

아르카

성벽과 앞쪽 탑들의 경계를 이루는 드넓은 풀밭을 가로지르는 동안 아르카는 습한 열기에 숨이 턱 막혔다. 바람 한 점 없는 히페르보레아의 공기는 엉겨 있는 것 같았다. 털옷 속에 파묻힌 아르카는 카라반들이 초원에 풀어놓은 사향소만큼이나 자신이 이 도시와 어울리지 않는 느낌이 들었다. 그래서 엄지장갑과 두건 달린 망토를 벗었고, 속옷에 순록 가죽 바지를 입고 털가죽 장화를 신은 차림이 되었다.

아르카는 도시에 들어서자 망토를 겨드랑이에 낀 채 고개를 쳐들고 거리를 둘러보기 시작했다. 멀리서 볼 때는 히페르보레아의 탑들이 갈대 줄기처럼 높고 가냘파 보였는데 가까이에서 보니 외관이 각양각색이었다. 여기저기 사다리꼴 창문이 뚫린 탑들은 거인 석상들이 서 있는 것 같고, 탑들 사이는 공중 수로로 연결되어 있는데 간간이 빨랫줄 같은 것들도 보였다. 기하학적 그림으로 알록달록한 벽에는 향기로운 허브 정원이 수직으로 자라고 있었다. 한참 위쪽에 보이는 2층 창문에서 한 여자가 투덜거리는 소리가 들렸다.

"아, 진짜 빌어먹을 새들, 또 **실피온**을 뽑아놨으니 다시 심어야 되잖아!"

바로 그 순간, 비둘기 떼가 탑 사이를 지나, 공중 운하에서부터 커튼처럼 치렁치렁 늘어진 넝쿨식물 속으로 날아갔다. 여자가 분노의 눈빛으로 새들을 바라보다가 창밖으로 요강의 오물을 쏟자 아래쪽 수로로 풍덩, 떨어졌다. 이 장면에서 아르카는 현실로 돌아왔다. 좁고 어둡고 파리가 우글거리는 주변 거리에서 악취가 코를 찔렀다. 길도 황금으로 포장되어 있다는 히페르보레아의 신화가 깨지는 순간이었다. 수많은 탑의 그림자에 잠긴 도시의 바닥은 더럽기가 이루 말할 수 없었다. 구석구석에 오물이 쌓여 있는가 하면 도랑의 구정물이 운하로 흘러들고 있었다. 배설물 위에서 자란 큼직한 분홍색 버섯을 따는 아이들도 있었다. 사람들이 쓰레기를 치워야 대문을 열 수 있을 정도로 히페르보레아는 쓰레기 천국이었다.

아르카는 길을 가다 처음으로 만난 행상에게서 보리와 채소 빵 하나를 샀다. 이제 10칼코스밖에 남지 않았다. 아르카는 운하 둔치에 앉아서 허겁지겁 빵을 먹었고, 나보는 보리를 게걸스레 삼켰다. 아르카는 남은 빵 조각을 입에 털어 넣고는 손가락을 핥고 나서 땅바닥에 누워 안도의 숨을 내쉬었다. 나흘을 굶다가 배를 채우고 나니 그렇게 좋을 수가 없었다.

　귓가에서 모기들이 윙윙거리기 시작했다. 아르카는 땅바닥에 드러누워서 햇빛에 잠긴 탑들의 꼭대기와 그 너머 돔에 반사되는 빛을 오랫동안 관찰했다. 웬만한 나무 밑동만큼이나 굵은 넝쿨식물들이 탑을 타고 꼭대기까지 올라가고 있었다. 가장 높은 탑은 몇 층이나 될까? 30층, 어쩌면 40층? 고층의 둥근 벽들은 채색 그림에 가려져 있고, 코니스*마다, 돋을새김마다, 현관마다 화려한 기하학 무늬가 장식되어 있었다. 반면에 저층의 천연 석재 벽들은 노점에서 새어나오는 연기에 그을려 있거나 곰팡이가 슬어 있었다. 가장 높은 층에는 부자들이 사는 것이 분명했다. 기발한 방식으로 끌어올려지는 도시의 물은 맑고 깨끗한 상태로 탑 꼭대기에 이르렀다가 공중 수도교를 통해 히페르보레아의 밑바닥까지 내려오기 때문에 악취가 나고, 모기 유충이 가득한 푸르스름한 물로 변질되었다. 아르카는 한쪽 손으로 머리를 받치고 몸을 반쯤 일으켰다. 땡땡하게 부푼 죽은 닭 하나가 운하를 떠내려갔다. 바로 눈앞에서 도시 전체의 하수구를 통과한 시궁창 물이 흐르고 있었다.

　바로 그때 아르카의 시야에 90센티미터 너비의 커다란 거북이 들어왔는데 큰 통을 싣고 있었다. 초록색과 밤색 비늘이 덮인 늙은 등갑에는 이끼가 붙어 있었다. 앞쪽에 앉은 남자가 거북의 머리에 맨 고삐를 잡아당기면서 몰고 있었다. 아르카는 별난 거북 보트가 눈앞을 지나 천천히 멀어져 가는 모습을 바라봤다.

코니스 장식용 처마 돌림띠.

또 다른 거북들이 뒤따랐다. 등갑의 색도 크기도 다채로운 거북들이 평온하게 인간과 식량을 가득 싣고 운하를 거슬러 가고 있었다.

"와, 진짜 계속 놀라운데." 아르카는 나보에게 말하면서 거북을 이용한 히페르보레아인의 운송 수단을 관심 있게 지켜보았다.

아르카는 돈이 생기면 바로 거북을 빌려서 몰아봐야겠다고 다짐했다. 그러려면 돈을 벌어야 했다. 그리고 아버지가 아직 살아 있다면 찾아야 한다고, 마법 능력을 키우려는 노력도 하겠다고 다짐했다.

배도 부르고 더워서 몸이 무거워진 아르카는 일어나서 하품을 했다. 아르카는 나보와 함께 다시 길을 가면서 세 가지 목적 사이에 절충점을 찾을 수도 있겠다고 생각했다. 아버지에 대해서는 나포카에 살았고 히페르보레아의 마법사였다는 걸 제외하고는 아는 것이 별로 없지만, 일단 아버지를 찾기만 하면 마법을 가르쳐줄 것이고, 거북도 사줄 수 있을 터였다. 아르카는 속으로 외쳤다. '그래, 그거야.'

아르카는 너무 자신만만해서 아버지를 찾더라도 환영해줄지 확실하지 않다는 걸 비롯하여 자신의 계획에 몇 가지 결함이 있다는 건 아예 생각도 못 하고 있었다.

아르카는 발길 가는 대로 걷다 보니 거북들로 혼잡한 운하 교차로에 이르렀고, 그 중앙에서 누런색 폭포가 쏟아지고 있었다. 미완성 건축물처럼 두 탑 사이에서 끊긴 6미터 높이의 공중 수도교에서 쏟아지는 물이었다. 그 수도교 끝에 커다란 도르래 같은 것이 설치되어 있고, 기름 먹인 굵은 밧줄로 도르래와 연결된 그물이 물속에 잠겨 있었다.

운전사가 모는 대로 거북 한 마리가 그물추가 달린 그물 승강기 안으로 들어갔다. 승강기 기사들이 도르래를 작동하자 밧줄이 팽팽해지고 거북이 큰 소용돌이를 일으키며 들어 올려졌다. 도르래가 저 혼자 체인을 감고 있는데 마법의 도움을 받는 것이 분명했다. 아르카는 허공에서 지느러미를 휘저으며 폭포를 따라 올라가는 커다란 거북을 멍하니 바라봤다. 거북이 위에 도착하자 도르래가 빙글 돌더니 공중 운하로 들어갔는지 시야에서 사라졌다. 잠시 후, 다른 거북을 실은 그물이 다시 나타났다.

아르카가 물가에 앉아서 배불뚝이 거북을 끌어올리고 내리는 기계를 관찰하는 사이, 나보는 탑의 주춧돌 틈새에서 자란 풀을 뜯어 먹고 있었다. 한 운전사가 갑자기 거북을 바로 앞에 세웠을 때 아르카는 소스라치게 놀랐다. 거북의 등갑이 파란색으로 칠해져 있었다.

"2지구에 가고 싶니?"

아르카는 운전사가 호객 행위를 하고 있음을 알아차렸다.

"2지구가 뭐예요?"

운전사가 공중 운하를 가리키면서 말했다.

"저 위. 그 위로 3지구도 있고, 4지구도 있고……."

"마법사를 찾고 있는데요." 아르카가 말했다. "마법사들은 어디에 살아요?"

"마법사들? 그 사람들은 7지구에 살지."

아르카는 높이가 100미터쯤 되어 보이는 한 탑의 꼭대기를 바라봤다. 아버지는 저 위에 있다. 공중부양으로 올라갈 수 있는 높이는 대략 1에서 2미터에 불과한 데다 날개팔찌를 사용하더라도 아르카는 아직 그렇게 높이 고공비행을 할 정도로 훈련이 되어 있지 않았다. 아르카는 호주머니 안의 동전들을 만지작거렸다. 털옷을 팔면 어쩌면 거북을 탈 수 있을지도 모른다.

"7지구까지 가는 데는 얼마예요?"

"통행료는 각 지구의 숫자만큼 요금이 부과되니까 2 더하기 3 더하기 4 더하기 5 더하기 6 더하기 7 더하기를 하면 27이니까…… 통행료는 총 27히페르가 되지."

아르카는 숨이 막힐 뻔했다.

"네? 이 도시 뭐예요? 사기꾼 집단이에요?"

"짐이 있으면 2보레온을 추가로 내야 하고."

"완전 사기잖아요!"

운전사가 미소를 지었다.

"여긴 히페르보레아야, 산골 마을이 아니라. 지구가 바뀔 때마다 통행료를 내야 해."

아르카는 호주머니 안에 손을 넣은 채로 얼굴을 찌푸리면서 오물이 떠다니는 운하를 쳐다봤다. 돈 많은 부자들만 탑 꼭대기에 살 수 있다니, 심각하게 오염된 운하의 상태가 더는 놀라울 일이 아니었다.

"뭘 하면 히페르를 벌 수 있어요?"

라스티아낙스

라스티아낙스는 자동의자에 털썩 주저앉았다. 멘토의 서재를 벌써 열 번이나 뒤졌다. 진짜 난장판이었다. 팔라테스는 생전에 정리와는 담을 쌓았고, 하인들의 서재 출입을 금지했다. 라스티아낙스를 제외하고는 아무도 서재에 들어갈 권리가 없었다.

서재는 햇빛이 드는 밝은 방이었다. 라스티아낙스는 멍한 얼굴로 벽화들과 문서가 가득한 낡은 상자들을 훑어봤다. 그는 전날, **콜룸바리움**에서 팔라테스의 장례에 참석한 조촐한 행렬에 놀랐다. 먼 친척 몇 명, 하인들, 동료 장관에게 조의를 표하기 위해 마지못해 참석한 장관들이 전부였다. 고인의 위대한 업적을 의례적으로 읊조리는 진부한 추모사를 들은 뒤에 라스티아낙스는 납골당을 나왔다. 특히 메젠스 최고 장관을 비롯해 몇몇 장관들은 장례식이 진행되는 동안 내내 적의에 찬 눈빛으로 그를 쳐다봤다. 마치 평등화 장관 자리에 입후보했다는 것 자체가 모욕적이라는 듯.

라스티아낙스는 분류해야 할 것을 추리기 위해 문서 더미를 훑어봤다. 어쩌면 이 문서들 속 어딘가에 팔라테스의 죽음에 대해 알려주는 것이 있을지도 모른다. 신비학자에게는 심장 마비가 사인일 수 있다고 말했지만, 팔라테스가 살해되었을 가능성을 배제할 수는 없었다. 그는 마기스테리움에서 구경꾼 한 명이 교수의 죽음에 대해 지적한 말을 떠올렸다. 하인 중 한 명이 하는 말을 들었는데 *술에 취해서 길을 잘못 든 거 같다고*……. 독극물로 살해되었을까?

바로 앞에서, 양피지 더미 위에 놓인 세라믹 닭이 비웃듯 그를 쳐다보고 있었다. 평소 같으면 당장 치워버렸겠지만, 그는 멘토에 대한 향수 때문에 참았다. 스승이 마지막으로 수집한 것이 아닌가. 라스티아낙스는 닭 조각품을 집어서 건성으로 만지작거렸다.

그때 갑자기 뭔가가 깨지는 소리에 그는 소스라치게 놀랐다. 그 바람에 닭 조각품이 그의 손에서 떨어지면서 부서졌다. 화가 난 라스티아낙스는 의자에서 벌떡 일어나서 서재 문을 열었다. 세라믹 난로 하나가 바닥에 박살이 나 있었다. 늙은 하인 부부인 아우스와 메타니르가 걸리적거리는 수집품들을 복도에서 치우고 있었는데, 특히 나포카에서 들여온 세라믹 난로 열 개는 돔 덕분에 굳이 난방이 필요 없는 히페르보레아에서는 쓸모없는 것이었다. 하인 부부는 서로를 탓하며 욕설을 퍼붓느라 라스티아낙스가 나온 걸 알아채지 못했다. 그는 한숨을 내쉬면서 서재 문을 닫았다.

며칠 전, 한 공증인이 와서 팔라테스의 유언을 알려주었다. 라스티아낙스는 멘토가 전 재산을 자신에게 물려주었다는 걸 알고 깜짝 놀랐다. 하인 부부를 계속 데리고 있겠다는 조건을 받아들이면 유산 상속이 이뤄지는 것이었다. 팔라테스가 상속자로 지정할 만큼 자신에게 애정을 품고 있으면서도 전혀 내색하지 않았다는 사실에 라스티아낙스는 감격했다. 그는 지난날을 돌이켜보면서 늙은 스승의 수집벽을 저주했던 것에 죄책감이 들었다.

그렇지만 유언장에서 한 가지 의문이 드는 것이 있었다. 서명한 날짜. 유언장은 팔라테스가 사망하기 전전날 작성되었다. 마치 자신이 죽을 날을 정확히 알고 있었다는 듯.

라스티아낙스는 바닥에 쭈그리고 앉아서 깨진 닭의 조각들을 주웠다. 그 세라믹 조각들 속에서 돌돌 말린 작은 종이 하나가 눈에 띄었다. 팔라테스가 조각품의 구멍에 쑤셔 넣은 것이 틀림없었다. 라스티아낙스는 고개를 갸웃하며 종이를 집어서 상감세공이 된 책상 위에다 풀었다. 원산지를 표시한 가격표였는데 팔라테스가 거금을 주고 구입했음을 알 수 있었다. 50히페르, 1지구. 그런데 팔라테스가 뒷면에 휘갈겨 쓴 글이 있었다.

밀반입…… 테미스키라……
아마조네스 숲에 불을 질러서 얻는 이득은……?
누군가 고의적으로 부추기는 피해망상증, 하지만 누가……?

라스티아낙스는 벌렁거리는 가슴으로 멘토가 남긴 글을 여러 번 읽었다. 뭘 밀반입했다는 거지? 전혀 모르는 일이었다. 반면 2년 전에 일어난 아마조네스 숲의 화재에 대해서는 들은 적이 있었다. 팔라테스가 지적한 대로, 테미스키라가 감행한 군사 행동은 아마존족이 즉시 그 지역의 주도권을 되찾았기 때문에 별 소득 없이 끝났다. 그리고 피해망상증이란 도시의 성문에 아마존족이 나타날까 봐 늘 신경이 곤두서 있는 바실레우스의 두려움을 의미하는 걸까?

라스티아낙스는 책상 위에 놓인 갈대 펜을 집어서 잉크병에 담갔다. 그는 잠시 생각한 뒤 멘토의 글 옆에 삼각형을 그려놓고 세 꼭짓점에 썼다. 아마존족, 히페르보레아, 테미스키라.

그때 누군가가 서재 문을 두드렸다. 라스티아낙스는 쪽지를 책 밑에 숨기고 문을 열어주러 갔다. 걸핏하면 저장고에서 벌꿀주를 훔쳐 마시면서도 나름 위생적인 건강 관리법이라고 주장하는 늙은 집사 아우스였다.

"라스티아낙스 마스터, 방해해서 죄송합니다." 아우스가 침을 튀

기며 말했다(그 노인은 침을 흘리는 버릇이 있었다). "뭐 좀 드시겠습니까?"

가는귀가 먹은 집사는 대답을 듣기 위해 머리를 앞으로 기울였다.

"고맙지만 배고프지 않아요." 라스티아낙스는 큰 소리로 대답했다.

라스티아낙스는 문을 열어 둔 채 다음 말을 기다렸다. 5년 동안 아우스는 일부러 찾아와서 간식을 먹겠는지 물어본 적이 한 번도 없었다. 할 얘기가 있어서 구실을 댄 것이 분명했다. 집사는 잠시 우물쭈물하다가 덧붙였다.

"너무 비통합니다, 팔라테스 어르신에게 이런 일이 일어나다니. 어르신을 발견한 사람이 마스터가 맞습니까?"

"네!" 라스티아낙스가 크게 대답했다.

"이렇게 일찍 우리 곁을 떠나실 줄은 정말 생각도 못 했습니다." 아우스가 고개를 저으면서 말했다. "그 침입 사건 때문에 힘드셨던 게 틀림없습니다."

"침입이요?" 라스티아낙스가 되물었다.

"네, 열흘 전, 아니 아흐레 전에 그런 일이 있었지요. 메타니르가 밤에 누군가 어르신의 서재에 들어가는 소리를 듣고 문을 열었는데 침입자는 사라지고 없었어요. 어르신은 문서 몇 개를 제외하고는 도난당한 것이 없다고 하셨지만 그래도 충격을 받으셨지요."

"문서요? 어떤 문서요?"

"아, 그건 모릅니다, 어르신이 말씀하시지 않으셔서. 메타니르도 모르고요."

라스티아낙스는 문서가 가득 들어차 있는 상자들을 보려고 돌아섰다. 다른 정보 없이는 어떤 문서를 도난당했는지 알 수 없었다.

"탐지 인장이 있잖아요?" 라스티아낙스는 다시 아우스를 향해 고개를 돌리면서 물었다.

"탑이 있다고요? 어르신이 탑을 수집하셨는지는 몰랐습니다. 하긴 어르신의 수집품들을 보면 놀랄 일도 아니지만……."

"그게 아니라 탐지 인장 말입니다!" 라스티아낙스가 다시 큰 소리로 말했다. "탐지 인장이 작동되지 않았냐고요!"

"아아, 탐지 인장……. 네, 작동하지 않았어요."

라스티아낙스는 눈살을 찌푸렸다. 점점 더 이상했다. 탐지 인장이 작동하면 아무도 집 안에 들어올 수 없었다. 그래서 마법사들은 자신의 거처에 있는 모든 문과 창턱에 탐지 인장을 새겨놓는다. 도둑이 서재에 들었다면 들키지 않을 수가 없었을 터였다.

"스승님께서 왜 나한테 그 얘기를 하지 않았을까요?"

"네?" 아우스가 한 손을 귀에 대고 되물었다.

"스승님이 왜 나한테 그 얘기를 하지 않았을까요?" 라스티아낙스가 고함을 질렀다.

"아아, 어르신이 왜 마스터에게 말해주지 않았냐고요……. 아마도 방해하고 싶지 않았을 겁니다, 발명품 심사 때문에."

"고맙습니다." 라스티아낙스는 잠시 생각에 잠겨 있다가 말했다. "그만 나가보셔도 됩니다."

집사가 허리를 굽혀 인사하는데 뼈마디가 우지끈하는 소리가 들렸다. 라스티아낙스는 창문 앞으로 가서 창턱에 탐지 인장이 새겨져 있는지 확인했다. 인장의 문양은 온전했다. 생각에 잠긴 그는 바깥을 보기 위해 고개를 쳐들었는데 새 떼가 날아가고 있었다. 히페르보레아의 모든 고관들과 마찬가지로 팔라테스도 7지구에 있는 탑 하나의 꼭대기 층 전체를 소유하고 있었다. 마기스테리움의 금빛 돔이 보였다. 열흘 이내에 그는 어쩌면 마기스테리움에서 다른 장관들 옆자리에 앉아 있을지도 모른다. 열아홉 살 마법사 중에 이런 기회를 얻은 사람이 몇 명이나 될까? 그야말로 그는 개천에서 용 난 격이었다.

하지만 팔라테스가 살해된 것이라면 그의 후임이 되는 것은 엄청난 위험을 감수해야 하는 일이다. 라스티아낙스는 아마존족과 테미스키라에 대한 멘토의 관심이 누군가의 계획을 방해했을 거란 느낌이 들었다. 그래서 가차 없이 멘토를 제거한 게 아닐까? 그렇다면 스승과 같은 관심을 보이는 순간, 라스티아낙스 자신도 가차 없이 공격을 받을 터였다.

진상을 명백하게 파악할 필요가 있었다. 라스티아낙스는 쪽지를 호주머니에 넣고 단호한 걸음으로 서재를 나갔다.

엠브론과 테토스

늘 그렇듯 엠브론과 테토스는 지겨워하고 있었다. 그들은 세관원 헤르미의 책상 뒤쪽에 서서, 벌써 몇 시간째 히페르보레아를 찾아온 이주민들을 윽박지르는 세관원을 지켜보고 있었다. 보통은 이주민들이 헤르미에게 사정사정하면서 봐 달라고 하지만 때로는 그녀에게 달려들어 목을 조르는 사건도 일어났다. 그럴 때는 엠브론과 테토스가 나서서 뜯어말려야 했다. 속으로는 오죽하면 저럴까 이주민의 마음을 충분히 이해하면서도.

헤르미는 두 경찰관의 이름을 알려고 한 적이 없다. 그들을 그냥 '나무들'이라고 부르거나, 기분이 좋을 때는 뿌리를 내린 것처럼 계속 서 있기 때문이라면서 '전나무들'이라고 불렀다. 그러다가 엠브론은 키가 더 크다고 '키다리 나무', 테토스는 살이 더 쪘다고 '뚱보 나무'라고 별명을 붙였다.

헤르미가 특히 기분이 아주 좋을 때가 있었다. 다섯 시간 동안 이주민 열다섯 명의 입국을 거부했을 때, 그리고 열흘에 한 번 알칸드로스가 방문하는 날이었다. 그날은 평소보다 훨씬 더 정성스레 이주민 신청서를 정리해놓는가 하면 눈두덩에 초록색 아이섀도를 칠하고, 오동통한 손가락에 반지를 주렁주렁 끼는 등 온갖 멋을 부리고 그를 유혹할 만반의 준비를 했다.

오늘이 그날인데 알칸드로스는 아직 나타나지 않았다. 엠브론과 테토스는 초조해진 헤르미가 맥이 빠진 듯 힘없이 검인을 찍는 것이 느껴졌다. 심지어 한 이주민이 1히페르를 금화 한 개가 아니라 36보레온으로 내는 데도 가만히 있었다. 평소 같으면 어림도 없는 일이었다. 헤르미가 갑자기 고개를 돌렸을 때 그들은 소스라치게 놀랐다. 그녀의 이중 턱이 파르르 떨리고 있었다.

"뚱보 나무, 몇 시지?"

테토스가 물시계를 보는 사이 그녀가 퉁명스럽게 덧붙였다.

"똑바로 서지 못할까, 멍청이들 같으니라고. 누가 보면 창에 기대 자는 줄 알겠어."

엠브론과 테토스는 즉시 똑바로 서서 제대로 된 경비 자세를 취하기 위해 **번개창**을 옆으로 치웠다. 바로 그 순간, 건장한 체격의 실루엣이 문턱에 나타났다.

"늦어서 미안해요, 헤르미, 붙들려 있느라고."

화들짝 놀란 헤르미가 고개를 돌리며 환한 미소를 지었다.

"알칸드로스!"

미소를 지으면서 사무소에 들어선 남자는 한 손으로 짧은 흑발에 내려앉은 눈송이를 털었다. 구릿빛 얼굴에 파란 눈, 뺨을 거뭇거뭇하게 가리는 짧은 수염, 삼십 대로 보이는 알칸드로스는 항해 원정에서 돌아온 선장처럼 보였다. 엠브론과 테토스는 그가 진짜 선원이 맞는지도 몰랐거니와 눈치가 없는 건지 헤르미가 알칸드로스의 흰칠한 외모에 홀딱 반한 것이 뻔한데도 그녀가 왜 기를 쓰고 그를 도와주려고 하는지 의아해했다.

헤르미는 떡진 머리를 매만지고 나서 물시계를 보는 체하면서 말했다.

"거기 계셔서 깜짝 놀랐어요, 시간 가는 줄도 모르고 있었는데!"

그녀는 끼를 부리듯 알칸드로스에게 윙크를 날렸다.

"좋은 소식이 있어요."

알칸드로스는 여전히 미소 띤 얼굴로 모피 망토를 벗어서 테토스의 창에 걸었다. 그러고는 헤르미의 책상 귀퉁이에 걸터앉더니 그녀가 늘 손 닿는 곳에 두는 상자(엠브론과 테토스는 감히 건드리지도 못

하는)에서 사탕 한 개를 꺼내어 윤곽이 또렷한 입 안에 집어넣고 굴렸다.

"나는 당신 사람이요, 헤르미. 무슨 소식인데요?"

알칸드로스가 바짝 다가앉자 헤르미는 좋은 소식을 알려주길 잊은 듯 입을 헤벌리고 남자의 파란 눈을 멍하니 쳐다보았다. 엠브론과 테토스는 헛기침을 하면서 자세를 바꿨다. 도저히 눈뜨고 보기 힘든 광경이었다.

헤르미가 마침내 환상에서 깨어난 것 같았다. 아이섀도를 바른 눈꺼풀이 파르르 떨렸다. 그녀는 약간 의기양양한 기세로 서랍에서 신고서 한 장을 꺼내더니 큰 소리로 읽었다.

"아르카, 열세 살, 나포카 출신, 금발, 회갈색 눈."

알칸드로스의 얼굴에 차가운 빛이 스쳤다. 엠브론과 테토스는 두 달 전부터, 알칸드로스가 열흘에 한 번씩 사무소에 나타나서 나포카 출신의 금발 소녀를 들여보냈는지 묻는 걸 봤다. 알칸드로스의 말에 따르면 나포카에서 종적을 감춘 뒤로 못 찾고 있는 소녀는 그의 조카였다.

"그 아이가 리파이아 산맥을 무사히 넘어왔군요." 알칸드로스가 말했다. "건강은 괜찮아 보이던가요?"

"좀 야위고 지쳐 있었지만 전반적으로 괜찮아 보였어요. 당신 조카인지는 확실하지 않아서 당신에 대해 말하지 않았으니까 원망하지 마요."

"그럴 리가, 내가 어떻게 당신을 원망하겠어요?" 알칸드로스가 세관원의 손을 토닥이면서 말했다. "아무튼 이제 그 아이가 히페르보레아에 왔으니 곧 만나겠군요."

"당신 집안은 참 흥미롭네요." 헤르미가 아양을 떨듯 말했다.

알칸드로스가 미소 지었다.

"얼마나 재미있는 집안인지 당신은 상상도 못 할 거요."

그때 사무소 밖에서 소란스러운 소리가 들렸다. 헤르미가 한숨을 내쉬면서 경찰관 둘을 향해 몸을 돌리는데 체중 때문에 의자가 삐걱거렸다.

"전나무들, 무슨 일인지 창문으로 봐요."

엠브론과 테토스는 복종했다.

"빼빼 마른 어린애 둘을 데리고 온 아줌마예요." 테토스가 말했다. "돈 없이 들어가려고 했던 그 아줌마네요."

"또 그 여편네군!"

"내가 해결할게요, 헤르미." 알칸드로스가 나섰다.

알칸드로스가 일어나서 테토스의 창에 걸쳐놓았던 망토를 집어 들면서 경찰관의 어깨를 토닥였다. 그가 호주머니에서 삼각형 금화 세 개를 꺼내서 세관원의 동전 통을 향해 던지자 찰그랑거리며 떨어졌다.

"어머니와 아이가 둘이니까 3히페르." 알칸드로스가 말하는 사이 그의 관대함에 홀딱 반한 세관원의 눈에 탐욕의 빛이 반짝였다. "저 사람들 때문에 더는 성가시지 않을 거요, 헤르미. 이건 나를 도와준 것에 대한 선물로 받아요." 그가 망토를 걸치면서 덧붙였다.

"벌써 가려고요?" 헤르미가 실망을 감추지 못한 채 말했다. "이제 조카가 온 걸 알았으니……. 그래도 나 만나러 올 거예요?"

알칸드로스는 웃으면서 다정하게 세관원의 이마에 입을 맞췄다.

"그야 물론이죠, 왜 그런 말을 해요? 다음에는 당신만 보러 올게요."

엠브론과 테토스가 세관원의 얼굴에 번지는 환한 미소를 보는 사이 알칸드로스는 휘파람을 불면서 사무소를 나갔다.

당연히, 그는 다시 오지 않았다.

라스티아낙스

라스티아낙스는 7지구에서 1지구로 내려가는 동안 여섯 번 인장 반지를 보여주었고, 톨게이트 승강기 기사가 고개를 끄덕이며 기계를 작동하는 걸 보면서 매번 뿌듯함을 느꼈다.

그사이 그는 아버지와 화해할 때가 되지 않았을까 생각했다. 어쨌든 그는 마침내 문하생 과정을 마쳤고, 아버지와의 관계를 악화시켰던 자신의 야망이 옳았다는 걸 증명해냈으니까. 그러나 마지막으로 만났을 때 아버지의 표정을 떠올리자 화해할 마음이 싹 사라져버렸다.

1지구로 내려갈 때면 늘 그렇듯, 라스티아낙스는 진창길의 악취에 충격을 받았다. 이런 데서 하루도 못 살 것 같은데 예전에는 어떻게 살 수 있었을까? 현재 그가 익숙해져 있는 곳의 풍경과 너무 달라서 새로운 도시로 들어가는 느낌이 들었다. 보라색 토가에 인장반지를 끼고 있는 지금은 예전처럼 군중 속에 묻히는 미미한 존재가 아니었다. 그는 어깨가 으쓱해지는 기분이었다.

"서구에 있는 장의사 말씀이죠?" 거북 운전사가 돌아보면서 물었다.

라스티아낙스가 고개를 끄덕였다. 운하 둔치에서 사람들이 쳐다보고 있었다. 파란색 거북이 다리 밑을 지나갈 때 한 거지가 투덜거리는 소리가 들렸다.

"잘나빠진 마법사 한 분이 또 납시었네. 자기들 오물을 이쪽으로 쏟아버리고, 통행료도 안 내고 다니는 것들이! 결국 그걸 다 부담하는 게 누구냐고!"

라스티아낙스는 얼굴이 화끈거려서 태연한 체하려고 노력했다. 좀 전까지 자랑스럽게 여기던 특권이 갑자기 정당하지 않게 느껴졌다. 이날 자신이 타고 있는 거북과 같은 순종 거북이 지나가는 걸 보면서 어릴 때 자신이 느끼던 적개심이 떠올랐다. 언젠가는 품종이 좋은 거북을 탈 권리가 생기길 소망했다. 사실 그는 1지구 주민들과 별반 다르지 않았다. 다른 점이 있다면 딱 한 가지, 그에게는 야망이 있었다. 1지구 주민들은 이토록 비위생적인 환경에서 태어나 살아야 하는 운명을 한탄하면서 하늘에 종주먹을 들이대는 것이 고작이었다. 하지만 라스티아낙스는 운명을 손에 쥐고 스스로 헤쳐 나갔다.

그는 자신이 평등화 장관이 된다면 각료 의회에서 이 특권에 대해 논하겠다고 다짐했다. 이 직책을 만든 목적은 평등을 주장하는 하위 지구 주민들의 요구를 들어주기 위한 것이었다.

금빛으로 번쩍이는 거북 하나가 반대 방향으로 질주하는 바람에 라스티아낙스는 정신이 번쩍 들었다. 운전사가 경로를 변경해서 가까스로 충돌을 피했다. 금빛 거북이 지나쳐 가는 순간 라스티아낙스는 금발을 얼핏 봤다. 잠시 후, 방금 지나간 금빛 거북보다는 덜 번쩍거리는 또 다른 거북이 옆을 지나갔다. 여자 한 명과 남자 세 명이 고삐를 당기면서 거북을 몰고 있었다.

"저기요, 엄마! 방향을 틀었어요." 남자 중 한 명이 외쳤다.

운하에서 그들이 방향을 바꾸자 라스티아낙스는 운전사와 어리둥절한 시선을 주고받았다.

"파벌 간 싸움이 틀림없어요." 운전사가 어깨를 으쓱하면서 말했다. "도착했습니다."

운전사가 운하 쪽으로 서 있는 음산한 탑의 벽에 낸 대문 앞에 거북을 세웠다. 간판 대신 해골 하나가 쇠사슬에 매달려 있었다. 모든 해골이 그렇듯 해괴한 미소를 짓고 있었다. 긴 계단을 오르면 검은색으로 칠한 장의사 대문 앞에 이를 수 있었다. 라스티아낙스는 일어나서 토가 자락을 움켜잡고는 미끄러운 계단을 올라갔다.

"한 바퀴 돌고 와요." 그가 운전사에게 말했다. "오래 걸리지 않을 겁니다."

라스티아낙스는 께름칙하지만 문 두드리는 노커 대신에 인간의 대퇴골이 달린 대문을 밀고 들어갔다. 어두컴컴한 복도에서는 1지구의 거리보다 훨씬 역겨운 냄새가 진동했다. 부패한 살과 방향제와 식염수가 뒤섞인 냄새였다. 라스티아낙스는 기름 램프 한 개가 불을 밝히고 있는 방을 향해 복도 끝까지 걸어갔다. 방 안에서 피골이 상접한 남자가 시체가 안치된 네 개의 작업대 주위에서 바쁘게 움직이고 있었다. 운하 때문에 생긴 곰팡이가 벽에 퍼져 있고, 입맛 떨어지는 것들로 가득한 표본병들의 무게로 선반들이 기울어 있었다. 장의사가 돌아봤다. 자신이 처리하는 시체들보다 훨씬 더 앙상하게 마른 남자였다. 안구에서 눈알이 튀어나올 것 같았다.

"아, 살아 있는 손님이 오셨네요!" 장의사가 간판으로 내건 해골 못지않게 싸한 미소를 지으며 말했다. "더군다나 마법사께서 오시다니!" 그는 보라색 토가를 보면서 덧붙였다. "관을 맞추러 오셨습니까? 어떤 목재가 마음에 드시는지요?"

장의사는 눈을 가늘게 뜨면서 뼈만 앙상한 두 팔을 내밀고 마치 키를 재듯 엄지 사이로 라스티아낙스를 쳐다봤다.

"소나무, 참나무, 느릅나무, 너도밤나무, 어떤 걸로 해드릴까요? 최근에 유행하는 건 뽕나무지만 권하지는 않습니다. 체액이 새는 경향이……."

"내 관을 짜러 온 게 아닙니다." 라스티아낙스는 토할까 봐 시체들에 시선을 두지 않으려고 애를 쓰고 있었다. "나는 라스티아낙스라고 하는데 최근에…… 들어온…… 시신에 대해 몇 가지 물어볼 게 있어서요."

장의사는 실망한 기색으로 시체들 쪽으로 고개를 돌렸다.

"유감입니다, 손님은 비쩍 마른 몸이라 얄팍한 관으로 뽑아드릴 수 있는데요. 장사 지낼 때 아주 근사해 보이는 효과가 있거든요." 장의사가 한 시체의 내장을 헤집으면서 말했다.

'비쩍 마른 몸이라고, 내가?' 라스티아낙스는 속으로 말했다. 물론 최근 몇 달 사이에 키가 많이 자랐고, 로도프만큼 근육질은 아니지만 그렇다고 약골은 아니었다. 그렇지 않아도 운동을 시작할 생각이었다. 이제는 졸업 심사도 끝났으니…….

라스티아낙스는 마음을 가다듬었다. 체격에 대해 논하러 온 게 아니었다.

"오십 대의 좀 뚱뚱한 마법사 한 분의 시신을 받으셨을 겁니다."

"아아!" 장의사가 손에 창자를 든 채로 고개를 들면서 대답했다. "알다마다요. 폭이 1.5미터에 이르는 으리으리한 검정 단풍나무 관, 맞지요?"

"네, 맞아요." 라스티아낙스가 대답했다. "아주 근사한 작품이었습니다. 그…… 손님을 처리하면서 사인을 뭐라고 생각했는지 말씀해주시겠습니까?"

"음." 장의사는 여전히 한 손에 창자를 든 채로 턱을 긁으면서 생각에 잠겼다. "내 기억에는…… 잠깐만요, 확인해보죠."

장의사는 푸르스름한 창자를 잡아당기면서 방을 가로질렀다. 라스티아낙스는 다리가 후들거려서 뒤꿈치에 힘을 딱 주고 서서, 피라가 뿌리는 향수 같은 좋은 냄새를 생각하려고 노력했다. 장의사는 시체실 반대편에 이르자 마침내 창자를 바닥에 놓고 큼직한 궤 안을 뒤졌다.

"운이 좋으십니다. 저는 항상 장기들을 며칠 더 따로 보관해 두지요." 그는 궤 안으로 머리를 들이밀고 설명했다. "이따금 유족들이 추억으로 간직할 만한 걸 가져가겠다고 찾아오거든요. 어제만 해도 한 가족이 와서 조부의 유골 단지를 가져갔지요. 그 가족은 유골 단지를 거실에다 두고……."

장의사가 마침내 궤에서 이름표가 달린 검은색 유골 단지를 꺼냈다.

"여기 있네요!" 장의사가 소리쳤다. "평등화 장관 팔라테스의 뇌, 간, 콩팥, 심장."

그는 단지 뚜껑을 열고 손을 집어넣었다. 라스티아낙스는 얼른 시선을 돌렸지만 귀를 통해 들리는 소리까지 막을 수 없는 것이 아쉬웠다. 뭔가 끈적거리는 소리가 들렸다. 눈앞에는 이름표를 붙인 투명한 표본병들이 놓인 선반이 있었다. *기형아 태반, 비장의 혹, 3호 생령의 표본.* 라스티아낙스는 눈을 감고 애써 피라의 향수를 떠올렸다. 향수의 주성분은 영초가 틀림없었다. 자극적이면서 지속적이고 명확한 향이지만 미들 노트*는 더 은은했다. 아마도 재스민······.

장의사의 목소리가 들렸다.

"내가 치료사는 아니지만 직업상 내 손님들이 어쩌다가 이곳에 이르게 되었는지 판별하는 데는 일가견이 있지요. 이 고인의 경우 사인은 내 생각에····· 음, 그러니까 창백한 걸로 보아 급성 콩팥 손상이에요. 그리고 몇 가지 작은 병발증도 의심되고요."

라스티아낙스는 한쪽 눈을 떴다. 장의사가 팔라테스의 장기를 단지에 다 집어넣은 뒤였다.

"혹시 동료 마법사를 추억할 만한 것을 간직하시겠어요?" 장의사가 뭔가를 흔들면서 장사치의 미소를 흘렸다.

한순간 라스티아낙스는 거실에 자리 잡은 단지 안의 내용물을 손님들에게 설명하는 자신의 모습을 상상했다.

미들 노트 향을 뿌린 후 약 30분에서 1시간 후에 느껴지는 향.

"고맙지만 괜찮습니다." 그는 얼른 화제를 돌렸다. "콩팥 손상이라고 하셨는데 원인이 뭐라고 생각하십니까?"

"원인이야 수두룩하지요." 장의사가 유골 단지를 궤 안에 도로 집어넣으면서 대답했다.

장의사는 바닥에 널브러진 창자를 다시 끌고 와서 시체의 배 위에 올려놓고서 원인이 되는 것들을 열거했다.

"격한 충격, 감염, 심장 발작, 중독……."

"중독이요?" 라스티아낙스가 되물었다. "독살된 것으로 볼 수도 있을까요?"

장의사는 칼과 냄비를 집어 들면서 갑자기 또 장사치의 표정을 지었다.

"하하하." 장의사가 웃음기 있는 어조로 말했다. "손님의 영혼이 인자하면 좋겠군요. 그러면 아주, 아주 좋을 텐데요. 마법사들은 항상 방부 처리비를 두둑하게 주시거든요."

장의사가 섬세하게 시체의 장기를 절개하자 그렇지 않아도 이미 숨이 막힐 것 같은 방 안에 지독한 냄새가 진동했다. 라스티아낙스는 한 손으로 코를 막고 어떻게든 똑바로 서 있으려고 노력했다.

"네, 독살일 가능성도 있지요." 장의사가 신중한 어조로 말하면서 덩어리진 물질을 냄비에 쏟았다. "독당근, 독성식물 벨라도나, 파란 연꽃 즙을 섞은 독을 사용한 게 틀림없어요. 요즘 아주 유행이니까요. 희생자는 잠이 들다가 몇 분 후면 죽으니까 아주 평온한 종말이죠."

장의사는 마치 무슨 탕약의 효험을 자랑하듯 독의 효과를 설명하고 있었다.

"자세히 설명해주셔서 고맙습니다." 라스티아낙스는 눈물을 글썽이면서 말했다. "아주…… 중요한 도움을 주셨습니다. 좋은 하루 보내십시오."

라스티아낙스는 비틀비틀 걸어가서 대문을 열고 바깥 공기를 들이마셨다. 1지구에서 나는 냄새가 이렇게 좋았던 적이 없었다.

"곧 다시 보기 바랍니다!" 장의사가 시체실에서 외쳤다.

'가능한 한 늦게 올게요', 라스티아낙스는 속으로 말하면서 대문을 쾅 닫았다. 그는 운하를 향해 세 계단을 내려간 다음 심호흡을 하면서 방금 본 것과 냄새를 잊으려고 노력했다. 어찌나 끔찍했던지 줄에 매달린 해골이 갑자기 음산해 보이기는커녕 반가울 정도였다.

어쨌든 장의사를 찾아오길 잘한 것 같았다. 이제는 누군가가 팔라테스를 독살했고, 사건을 어물쩍 덮으려 했다는 확신이 들기 시작했다. 그래서 의심 살 만한 문서를 훔쳐 간 걸까? 대체 누구였을까?

얼마 후 거북 운전사가 그를 7지구로 데려가기 위해 돌아왔다. 거북을 타고 가는 동안 라스티아낙스는 멘토가 왜 살해된 걸까 생각했다. 히페르보레아에 각료 의회의 일원인 마법사를 공격할 정도로 힘 있는 자가 있다고 생각하자 살이 떨렸다. 팔라테스가 발견한 것이 얼마나 끔찍한 것이기에?

라스티아낙스는 멘토가 어쩌면 자신이 생각한 것처럼 태만한 사람이 아니었을지도 모른다는 생각이 들었다. 어쩌면 제자를 보호하기 위해 아무것도 알려주지 않은 것인지도 모른다.

아르카

아르카는 왜 이따금 판단력이 흐려져서 바보 같은 짓을 저지른 다음에야 사태를 깨닫는 걸까 생각했다.

아르카는 아버지를 찾는 것이 생각만큼 간단한 일이 아니라는 걸 깨닫기까지 시간이 좀 걸렸다. 빈털터리라서 1지구에 머물 수밖에 없는데 마법사들이 드나들지 않는 곳이었다. 이 상황을 해결하려면 돈을 벌어야 하고, 그러려면 일자리를 찾아야 했다.

하지만 1지구는 일자리가 드문 데다 찾는다고 해도 임금이 낮았다. 아르카는 탑들을 돌아다니다 공방을 시작으로 장사판, 상점을 기웃거리는 것으로 첫날을 보내면서 여독 탓도 있고, 이해가 안 될 정도로 도시가 소란스러워서 정신이 멍했다. 상인들은 세상 물정에 어두운 아르카를 고용하지 않으려고 했다. 대부분 아르카를 외면하거나 내쫓기 일쑤였다. 날이 어두워졌는데 일자리를 찾지 못한 아르카는 잘 곳도 없고, 더는 돌아다닐 기력도 없었다.

아르카는 마지막으로 수레꾼에게 어디 가면 일자리를 구할 수 있는지 물었다. 수레꾼은 소녀를 졸졸 따라다니는 백마를 보면서 말에 대해 잘 아는 것 같으니 경주마 마사에 가서 한번 알아보라고 말해주었다. 바실레우스 그랑프리 대회가 가까워지고 있으니 경주 준비를 하려면 일손이 필요할 거라고 덧붙였다.

"바실레우스 그랑프리, 그게 뭔데요?"

"올해 열리는 가장 큰 경마 대회야. 각 지구마다 말을 출전시키는 대회라서 장관을 이루지! 조언 하나 해줄게. 1지구나 2지구나 7지구에서 출전한 말에는 돈을 걸어도 되지만 다른 지구의 말에는 걸지 마."

"왜요?"

"1, 2지구에서는 조직범죄 집단이 자금을 대고, 7지구에서는 마법사들이 자금 지원을 해서 좋은 말들이 있지만, 그 외의 다른 지구는 아니니까!"

아르카는 수레꾼에게 고맙다고 인사하고 알려준 방향으로 마사를 찾아 나섰다. 탑들의 외곽과 성벽 사이에 펼쳐진 초원 앞에 석조 건물들이 길게 늘어서 있었다. 울타리 안에서는 꼬리로 파리를 쫓는 어미들 주위에서 망아지들이 뛰놀고 있었고, 성벽을 따라 길게 뻗은 경주로에서는 기수들이 선선한 저녁 시간을 이용하여 말을 훈련시키고 있었다.

아르카는 나보를 울타리 부근에서 풀을 뜯어 먹게 두고 한 건물로 들어갔다. 똥 냄새가 진동하는 속에서 마부들이 소리를 질러대며 일꾼들을 독려하고 있었다. 하루의 일을 마무리하느라 바쁜 일꾼들이 이리저리 뛰어다니며 여물통에 보리를 붓고, 시렁 안에 건초를 던져 넣은 다음 서둘러서 빗자루로 바닥 청소를 했다. 아르카에게 눈길을 주는 사람이 아무도 없었다. 어차피 너무 피곤한 탓에 시선을 끌겠다는 생각이 없는 아르카는 우두커니 서 있었다. 어둠이 내렸는데 이 시간에 일꾼을 고용하지는 않을 터였다. 일꾼들이 하나둘 마사를 떠나자 아르카는 마초 곳간으로 기어 올라갔고 건초 더미에 그대로 쓰러져서 잠이 들었다.

다음 날 아침, 아르카는 눈을 떴다. 빈대에게 온몸을 물렸지만 정신은 맑았다. 1지구는 임금이 쥐꼬리만 하다는데 27히페르를 모으려면 몇 달은 걸릴 터였다. 따라서 돈을 내지 않고 도시의 꼭대기에 가려면 묘책을 짜낼 필요가 있었다. 아르카는 마사 밖으로 살금살금 나가서 풀을 소화시키고 있는 나보를 힐끔 살펴본 뒤 생각에 잠긴 채로 탑들이 있는 구역으로 들어갔다.

첫 번째 작전은 형편없었다. 아르카는 생선장수가 잠깐 한눈을 파는 틈에 2지구로 배달할 준비를 마친 대구가 가득 들어찬 통 하나에 숨었다. 끈적거리는 생선들 속에 웅크리고 있던 아르카는 통이 거북에 실리는 걸 느꼈고, 거북의 지느러미들이 운하를 헤엄치면서 내는 소리를 들었다. 생선장수가 승강기 앞에 도착했을 때 기사가 물품을 확인하겠다고 말하는 소리가 들렸다. 아르카는 심장이 벌렁거렸다. 생선 통에서 나온 아르카는 부두로 펄쩍 뛰어내렸고, 생선 비린내를 풍기면서 엉금엉금 기어서 도망쳤다.

두 번째 작전은 잘못 생각한 것이었다. 아르카는 팔의 힘으로 2지구로 간다는 목표를 세우고 한 탑을 타고 올라갔다. 퀴퀴한 생선 냄새 때문에 한 아줌마가 창밖으로 고개를 내밀었다가 도둑처럼 자신의 집 벽을 타고 올라가는 소녀를 발견했다. 아르카는 욕설과 함께 날아오는 헌 신발짝과 요강 속 오물을 피하기 위해 전속력으로 다시 내려가야 했다.

아르카는 이제 세 번째 작전을 짜고 있었다. 1지구에서는 특히 조직범죄 집단이 얼마나 막강한 힘을 행사하는지 알아차리는 데 하루면 충분했다. 조폭들은 대낮에도 버젓이 상인들에게서 돈을 뜯어내는가 하면 온갖 종류의 밀거래를 해서 착취한 돈으로 번쩍거리는 큰 거북을 타고 거들먹거렸다. 그런 거북을 모는 사람들에게는 승강기 기사들이 감히 통행료를 요구하지 못한다는 걸 파악한 아르카는 7지구까지 공짜로 가기 위해 거북을 훔치기로 했다. 그래서 한 틀에서 찍어낸 것처럼 똑같이 생긴 양아치 셋이 모는 금빛 거북 한 마리에 눈독을 들였다. 아르카는 그들을 멀찍이서 뒤따라갔고, 그들이 거북을 정박하고 선술집으로 들어가는 걸 보고 재빨리 거북의 등갑에 올라탔다.

그렇게 금빛 거북에 걸터앉은 아르카는 몇 걸음도 채 안 되는 거리의 선술집 창문 너머에서 노닥거리는 거북 주인들을 보면서 상황이 녹록하지 않다는 걸 알아차렸다.

"설마 야생마를 타는 것보다 더 힘들기야 하겠어." 아르카는 고삐를 움켜잡으면서 중얼거렸다.

이내 금빛 거북이 울음소리를 내다가 운하 기슭에 부딪히면서 요란한 소리가 났다. 선술집에서 의자들이 바닥을 긁는 소리가 나는 사이 아르카는 거북을 운전하는 방법을 찾는 데 집중하고 있었다. 아르카가 거북을 움직이는 데 성공했을 때 선술집의 문이 벌컥 열리고 거북 주인들이 뛰어나왔다.

"아니, 저건……." 한 남자가 말했다.

"무슨 일이……." 또 다른 남자가 말했다.

"엄마! 어떤 계집애가 거북을 훔쳐 가요!" 세 번째 남자가 돌아서서 선술집 안쪽을 향해 소리쳤다.

아르카는 마침내 전진시키는 방법을 알았다. 고삐를 흔들자 거북이 순순히 운하로 진입했다. 거북이 다리와 충돌해서 등갑 위로 회 반죽이 우수수 떨어졌다. 양아치들은 여전히 허둥지둥하고 있었다.

"잡히기만 하면 엄마가 저 계집애를 끝장 낼 거야……"

"다른 거 타고 추격하지 않고 뭘 하고 있어, 멍청한 놈들아!"

아르카가 지그재그로 멀어져 갈수록 떠들어대는 목소리가 작아 졌다. 거북을 모는 데는 생각보다 섬세한 기술이 필요했다. 거북은 고삐를 움직이는 대로 반응하는 것 같지 않았다. 가는 도중 거북이 다른 보트들과 몇 번 부딪히면서 등갑에 혹이 생긴 뒤에야 아르카는 요령이 생기기 시작했다. 부두에서는 한 소녀가 금빛 거북을 모는 걸 보고 놀란 구경꾼들이 손가락질을 했다. 아르카는 혀를 차면서 속도 를 높였고, 출렁출렁 흔들리며 앞서 가는 보트 세 대를 추월했다. 이 제는 대충 따돌렸다고 생각하는 순간 고함소리가 들렸다.

"저기 있다! 빨리요, 엄마, 계집애가 도망쳐요!"

아르카는 힐끔 뒤를 돌아봤다. 15미터 떨어진 거리에서 찌부러 진 늙은 거북을 타고 쫓아오는 양아치들이 손가락질하면서 발광을 하고 있었다. 그들의 어머니로 보이는 뚱보 아줌마가 고삐를 잡고 있 는데 빗자루를 타고 날아오르기 직전의 마귀할멈 같았다. 아르카는 더 속도를 올렸고 말의 속보와 버금가는 속력에 이르렀다. 아르카는 가는 도중 운전사와 보라색 토가 차림의 승객을 태운 파란색 거북과 충돌할 뻔했다. 쿵! 퍽! 하는 연속음에 이어 "아이고, 내 재산인데, 어 디서 난폭 운전이야!" 하는 소리가 추격자들이 가까워지고 있음을 알려주었다. 놈들이 바짝 추격해 오자 아르카는 가까운 운하 쪽으로 갑자기 방향을 바꾸다 하마터면 전복될 뻔했다. 뒤에서 양아치들이 바짝 쫓아오고 있었다.

"저기요, 엄마! 방향을 틀었어요."

아르카는 양아치들도 방향 트는 소리를 들었다. 눈앞에 아주 낮은 다리 하나가 보였다. 아르카는 거북의 등갑에 딱 달라붙었고 다리의 판자 바닥이 등에 스치는 걸 느꼈다. 얼마 후, 이번에는 추격자들이 다리 밑을 지나갈 차례였다. 꽝! 하는 소리에 이어 풍덩! 하는 소리가 울려 퍼졌다.

"엄마, 아리가 물에 빠졌어요, 수영할 줄 모르는데……."

"아들은 셋이지만 등갑에 순금을 입힌 거북은 하나밖에 없잖아!"

'순금이라고?' 아르카는 귀가 번쩍 뜨였다. 그게 바로 거북이 빨리 가지 못하는 이유였다. 그 순간 아르카는 물에서 삐죽 나와 있는 말뚝 하나를 가까스로 피했다. 뒤에서 양아치 가족이 계속 떠들어대고 있었다.

"알키, 너라도 쓸모 있는 놈이 되려면 고삐나 잘 잡고 있어."

"엄마는 뭐하려고요?"

"하하하, 생각이 있지! 또 방향을 트는지 잘 지켜봐, 알키."

조짐이 좋지 않았다. 아르카는 목을 틀어서 돌아봤다. 뚱보 아줌마가 떡 버티고 서서 상의 안으로 손을 집어넣더니 악마의 미소를 흘리면서 멜론만 한 크기의 동그란 것을 꺼냈다. 아르카는 반짝거리는 볼을 손에 쥐고 팔을 크게 휘두르는 뚱보 아줌마를 보면서 침을 꿀꺽 삼켰다. 볼이 날아와서 아르카의 등 뒤에서 터졌다. 새어 나온 보라색 연기에 휩싸인 아르카는 이상하게 졸음이 왔고 고삐가 손에서 빠지고 몸이 미끄러지는 것 같은…….

잠시 후, 꽝! 하는 소리에 놀라 정신이 번쩍 든 아르카는 몽롱한 상태에서 벗어났다. 금빛 거북은 계속 나아가고 있었다. 아르카는 다시 고삐를 움켜쥐고 뒤를 쳐다봤다. 보라색 연기가 옅어지면서 추격자들이 보였다. 그들의 거북이 방향을 잃었는지 반쯤 뽑힌 말뚝에서 지그재그로 멀어져 가고 있었다.

"알키! 왜 말뚝으로 돌진하고 지랄이야?" 뚱보 아줌마가 아들의 머리를 찰싹 때리면서 고함을 질렀다.

"엄마가 계집애를 잘 지켜보라고 해서……." 알키가 울먹이면서 두 손으로 머리를 감쌌다.

아르카는 웃음이 빵 터졌다. 눈물까지 난 아르카는 앞으로 고개를 돌리다가 벽과 마주했다. 운하가 끝나는 지점이었다.

퇴로를 막고 있는 양아치들 때문에 아르카는 거북을 버리고 물에 뛰어들었다. 잠깐 기슭을 따라 7지구까지 헤엄쳐 갈 생각을 하기도 했다. 길 끝에 이르는 동안 세쌍둥이 엄마가 내지르는 악다구니가 들렸다.

"오, 내 거북이, 저 망할 계집애! **경주**에서 이겼다고 생각하나 본데 잡히기만 해봐, 내가 아주 작살을 내줄 테니 기다려!"

아르카는 뚱보의 말을 생각하면서 줄행랑쳤다. 지금까지는 7지구까지 공짜로 갈 생각만 하고 있었다. 어쩌면 통행료를 내고도 남을 정도로 충분한 히페르를 의외로 쉽게 손에 넣을 수 있을 것 같았다.

마사로 돌아가는 길에 아르카는 경주로 앞에 걸음을 멈추고 질주하는 말들을 바라보다 좋은 생각이 떠올랐다. 해결책은 처음부터 바로 눈앞에 있었는데 전혀 보지 못하고 있었다.

푸발

돔 너머에서 아름다운 해가 지고 있고, 새들의 노랫소리가 들리는 가운데 말똥 냄새가 솔솔 풍기고 있었다. 모든 것이 기분 좋을 법한데 푸발은 그렇지 않았다. 오히려 그 반대였다. 푸발은 성벽의 그림자가 내린 경주로에 서서 기수에게 경주할 때 너무 빨리 달리지 말아야 하는 이유를 벌써 열 번째로 설명하고 있었다.

20년 전에 4지구의 조련사가 된 뒤로 푸발은 실패를 거듭했다. 그의 말들은 완주를 해봤자 꼴찌 아니면 꼴찌에서 둘째로 들어오기 일쑤였다. 그런데도 그가 20년 동안 자리를 지킬 수 있었던 것은 말을 사육하는 실력이 탁월해서였다. 푸발은 품종이 좋은 망아지들을 생산해서 파는 것으로 마사를 꾸려 가고 있었다. 그러나 그가 경주마로 훈련시키기로 결정하면 경주 전날에야 절름발이거나 게으름뱅이로 판명나곤 했다. 해가 갈수록 성적을 못 내자 푸발은 경마계에서 조롱거리가 되었다. 그러다 보니 '아이고 속 터져, 푸발처럼 빠르네', '그런 속도면 푸발이 너보다 빨리 도착하겠다' 같은 표현까지 생겼다.

마치 이런 조롱으로는 부족하다는 듯 푸발은 대머리, 절름발이, 심지어 혀짤배기라는 놀림까지 들어야 했다. 그는 '시옷(ㅅ)' 발음이 안 돼서 '피읖(ㅍ)'으로 발음하는 것 때문에 자신의 마사에서조차 웃음거리가 되는 것이 괴로웠다. "네 게으름뱅이는 팔짝만 몰아붙여야 한다니까!" 하고 그가 고함을 지를 때마다 경주로에서 훈련 중이던 기수들이 배꼽을 잡고 웃었다. '푸발'이라는 별명은 말이란 뜻의 '슈발'을 정확히 발음하지 못해서 붙은 것이었다. 그때부터 그는 일생을 바쳐 온 동물이건만 말을 '슈발'이라 부르지 못하고 뚝뚝이, 게으름뱅이, 늙다리, 고집쟁이 같은, 말에 붙인 온갖 은어를 사용했다.

어느덧 쉰 살이 된 푸발은 경마계의 웃음거리로 전락하자 은퇴를 결심했다. 따라서 사흘 후로 다가온 바실레우스 그랑프리 대회는 그의 이력에 마지막을 장식하는 경기가 될 터였다. 푸발은 돈이라도 두둑이 챙기고—아주 드문 경우지만—그만둘 생각에 자신의 말이 꼴찌로 들어오는 데 저축한 돈을 모두 걸겠다는 계획을 세우고 있었다.

물론 그렇게 경기를 조작하는 것은 위험천만한 일인 데다 패자라는 평판 때문에 배당금 책정에 그리 유리하지는 않을 터였다. 하지만 그가 그나마 챙길 수 있을 거라고 계산한 적은 금액은 4지구의 말들을 훈련시키면서 보낸 오랜 세월에 대한 정당한 보상이라고 생각했다. 물론 그의 기수가 너무 빨리 달리지 말아야 하는 이유를 경주 전까지는 이해해야 가능한 일이었다.

푸발은 땀이 나서 번들거리는 머리를 소매로 닦으면서 그들의 대화를 듣는 사람이 없는지 확인하려고 주위를 둘러봤다. 히페르보레아의 성벽을 따라 길게 이어지는 경주로에는 마사 일꾼 몇 명이 느린 구보로 달린 말들에게 휴식을 주고 있지만, 그들의 대화가 들리기에는 거리가 너무 멀었다. 푸발은 1지구의 회색 암말 아다만트를 눈여겨보고 있었다. 아다만트의 기수는 승리를 거듭하고 있지만 도시에서 가장 악질적인 칼리오스였다. 아다만트와 칼리오스 조합은 가장 유력한 우승 후보임에 틀림없었다.

"필리피데프, 내 말 잘 들어. 내가 여러 번 말했지? 아무도 일부러 그러는 거라고 눈치 채지 못하게 져야 한다고. 무슨 말인지 이해하지? 그렇게 되면 내가 받는 배당금의 핍분의 일을 주겠다고 약폭할게."

필리피데스라는 이름의 기수는 의욕이 넘치는 청년이었다. 그는 모든 기수들과 마찬가지로 바실레우스 그랑프리 대회에서 우승하길 꿈꾸고 있었다. 한때는 푸발도 그런 꿈을 꿨다. 도시 전체에 울려 퍼지는 함성, 히페르보레아의 챔피언 대열에 이름을 올리는 불멸의 영광…… 하지만 푸발은 낙마 사고로 다리를 절게 되면서 기수의 꿈을 접었다.

고집이 센 필리피데스는 레스쿠스의 고삐를 잡고 있었는데 푸발이 자신의 마사에서 바보같이 아다만트 대신에 선택한, 천식증이 있는 세 살 된 말이었다. 푸발은 경험이 없는 젊은 기수를 선택한 것도 실수였다는 생각이 들기 시작했다. 나이 든 기수였다면 더 타협적이었을 텐데.

"하지만 난 우승할 거예요, 경주에서!" 필리피데스가 레스쿠스의 고삐를 흔들면서 소리쳤다. "내가 몇 달 동안 얼마나 열심히 훈련했는데요. 심지어 칼리오스도 내가 말 타는 방식이 인상적이라고 했다니까요. 그게 나한테 승산이 있다는 거 아니겠어요?"

필리피데스가 내뱉는 바보 같은 말에 푸발은 한숨을 내쉬었다. 야망을 품고 있는 칼리오스가 수작을 부리는 것이었다. 아마도 노련한 칼리오스는 필리피데스를 부추겨 선두로 치고 나가게 두는 것으로 레스쿠스를 지치게 만들겠다는 속셈이었다. 하지만 풋내기 기수는 선두를 달리다가 다른 말들에게 밀리는 순간 말에 대한 통제력을 잃고 낙마할 위험이 있었다. 그런데 바실레우스 그랑프리 대회는 기수 없이도 말은 경주를 계속할 수 있다는 규정이 있다. 그러다 진짜 재수 없이, 레스쿠스가 높은 순위로 들어오기라도 하면 그가 도박에 거는 돈은 모두 날리는 것이다.

이제는 텅 빈 황토색 경주로에 성벽 그림자가 길게 드리워지고 있었다. 푸발은 머지않아 이곳에서 울려 퍼질 함성과 군중을 생각했다. 필리피데스가 계속 고집을 부려서 그는 한숨을 내쉬었다.

"좋아, 필, 레프쿠프를 들여놓고 내일 또 얘기하자."

필리피데스가 마지못해 떠나자 푸발은 무거운 다리를 질질 끌면서 경주로 울타리에 기대섰다. 그는 돔에 굴절되어 일그러져 보이는 하늘에 하나둘 나타나는 별들을 바라봤다. 히페르보레아인들이 대부분 그렇듯 그는 별자리 운세를 믿었다. 이따금 자신이 어떤 운명이기에 이런 짓거리까지 궁리할 정도로 인생이 고달픈 걸까 생각했다. 도시의 한 지구 전체가 푸발이 불리한 경주에서 승리하길 기대하고 있지만 출전시킬 챔피언감이 없었다. 그는 그저 조금만 더 운이 따라주길 바랄 뿐이었다.

"아저씨가 4지구의 조련사 푸발이에요?"

하늘을 바라보고 있던 푸발은 화들짝 놀랐다. 열두 살쯤 되어 보이는 소녀가 그를 쳐다보고 있는데 저무는 저녁 햇살을 받아 눈이 커 보였다. 공상에 빠져 있던 푸발은 소녀가 오는 소리도, 말발굽 소리도 듣지 못했다. 비쩍 마른 소녀는 큼직한 털 장화에 무슨 색깔인지 모를, 소매 없는 튜닉 차림이었다. 엉망진창으로 엉킨 짙은 금발에 갸름한 얼굴은 주근깨투성이였고, 냄새가 심하게 났다. 푸발은 이런 시간마저 왜 방해를 받는 건지 짜증이 났다.

"그래, 맞아." 푸발이 퉁명스럽게 내뱉었다.

그는 조련사답게 반사적으로 소녀의 말을 훑어봤다. 짧은 다리로 삐딱하게 서 있는 자세하며 우묵하게 들어간 등짝, 커다란 머리, 수레를 끌고 다녔을 게 틀림없는 개량종 조랑말이었다.

"무픈 일로 왔니?"

"바실레우스 그랑프리 대회에서 우승하려고요." 소녀가 씩씩하게 대답했다.

"그래? 난 7지구로 올라가는 게 꿈인데." 푸발이 비아냥거렸다. "딴 데로 가봐, 꼬맹아."

"아저씨가 한 번도 우승한 적이 없다고 들었거든요. 그걸 바꿔보고 싶지 않으세요?"

푸발은 귀에서 연기가 풀풀 나는 것 같았다. 그는 울타리에서 몸을 떼고 소녀의 기를 죽일 생각으로 바짝 다가서서 눈을 뚫어져라 쳐다봤다

"일자리를 얻을 팽각인가 본데 꿈 깨. 바필레우프 그랑프리 대회 준비로 아무리 바빠도 여자애를 고용하는 일은 없어. 더군다나 대회를 파흘 앞두고."

소녀는 위축되기는커녕 팔짱을 끼고 푸발을 빤히 쳐다봤다.

"그러시다면 3지구의 조련사에게 가보죠, 뭐. 손가락을 깨물면서 후회하실 거예요."

푸발은 이렇게 배짱 좋은 아이를 본 적이 없었다. 이번에는 그가

팔짱을 끼고 다시 울타리에 기대섰다.

"꾸물거리지 말고 가라, 꼬맹아, 난 아무에게나 내 말을 맡기지 않아."

생각에 잠긴 소녀는 집게손가락으로 머리카락을 돌돌 말면서 대꾸했다.

"나는 아저씨의 말이 필요 없어요, 이미 있거든요."

"아아, 저거? 펄마 저놈은 아니길 바란다." 푸발이 뒤에 서 있는 하얀 조랑말을 가리키면서 빈정거렸다.

"맞는데요, 저 말." 소녀가 뽀로통해서 응수했다.

푸발의 얼굴이 뻘게졌다. 경쟁자들이 조롱할 것이 뻔했다. 어디서 아주 못생긴 말을 찾아서 계집애에게 돈을 주고 데려왔다고. 푸발은 주변을 둘러봤다. 동료 조련사들이 마사 어딘가에서 배꼽 잡고 있을 게 틀림없었다.

하지만 각각의 칸을 차지한 말들만 건초를 우물거리고 있었다. 기수들도 경주로를 떠났고 그들만 남아 있었다. 소녀는 물러서지 않았고 집요했다.

"그냥 내 말이 달리는 것만 한번 보세요. 그리 빠르지 않다고 생각하시면 더 방해하지 않고 바로 꺼질게요."

푸발은 다시 한번 소녀를 찬찬히 뜯어봤다. 아무려면 어린애가 이렇게 천연덕스럽게 뻥칠 수 있겠어? 소녀가 말의 목덜미에 손을 얹더니 피아노 치듯 손가락으로 두드리면서 털을 자극하고 있었다. 자신의 조랑말을 대단한 말로 착각하고 있는 또라이가 틀림없었다. 푸발은 한숨을 내쉬면서 말했다.

"그래, 조용히 꺼져주겠다니까 네 말이 어떻게 달리는지 보기는 할게. 30초 줄 테니 나를 감동시켜보든가."

소녀의 얼굴에 환한 미소가 번지자 푸발은 또라이가 맞다는 확신이 들었다. 아무튼 기회를 주는 것으로 소녀를 행복하게 만들었으니 그걸로 된 거였다. 소녀가 손가락을 쳐들고 가장자리에 300미터 간격으로 푯말 두 개를 세운 경주로를 가리켰다.

"두 푯말을 통과하는 데 최고 기록이 몇 초예요?"

"응? 아, 아다만트가 보유한 기록이 21초."

"그럼 딱 21초만 주세요."

소녀는 고삐를 잡고 경주로 입구를 향해 말을 몰았다. 푸발은 내심 소녀가 훌륭한 기수감인지 궁금해서 유심히 지켜보았다. 소녀는 아주 사뿐히 말에 올랐고, 어깨뼈 사이의 융기 뒤쪽에 꼿꼿이 앉았다.

소녀는 첫째 푯말에서 좀 떨어진 지점에서 말의 방향을 돌리고 구보로 달리게 하다 가속을 붙이더니 눈 깜짝할 사이에, 균형이 잡히지 않은 말에서는 도저히 나올 수 없다고 생각하는 속도를 냈다. 푸발이 미처 세지도 못하는 사이 말은 이미 300미터를 주파했다. 푸발은 깜짝 놀라서 자세를 바로 했다. 소녀의 백마는 난다 긴다 하는 경주마보다 더 긴 보폭으로 경주로 위를 날아가듯 질주하고 있었다. 목덜미에 몸을 바짝 붙인 소녀는 엄청난 속도에도 불구하고 완벽한 자세를 유지하고 있었다. 잠깐 사이에 둘째 푯말에 이르더니 황토색 구름 같은 먼지를 일으키며 지나갔다. 푸발은 초를 세다가 까먹었다. 한 가지는 확실했다. 산골 조랑말이 기록을 경신했다.

소녀가 90미터쯤 더 달리다 말의 속도를 늦추고 의기양양하게 느린 평보로 돌아오고 있었다.

"어때요?" 소녀가 다가와서 숨을 약간 헐떡이며 내뱉었다.

"이런 말은 본 적이 없어." 아직 충격에 빠진 푸발이 대답했다.

그는 말에게 다가가서 땀도 나지 않은 옆구리를 쓰다듬다가 꿈이 아니라는 걸 확인하고 깜짝 놀랐다. 말이 콧바람 소리를 내며 돌아서서 엉덩이를 위협적으로 들이댔다.

"어떻게…… 이런 놈이 있지? 어디펴……?"

"나포카 부근에서 발견했어요." 소녀는 얼버무리듯 대충 대답하면서 말에서 미끄러지듯 내려섰다.

무능한 조련사라고 놀림받고 있긴 해도 푸발은 말에 대해서는 누구 못지않게 보는 눈이 있었다. 그런데 이런 기록은 본 적이 없었다. 더군다나 멀리서 보면 큰 염소랑 혼동했을지 모를 정도의 조랑말에게서 나올 수 있는 기록이 아니었다.

"이놈은 보통 말이 아니야." 푸발은 엉터리 수작 부리면 가만 안 둔다는 듯 눈을 부릅뜨면서 말했다.

소녀는 무슨 뜻인지 알아차렸다.

"이 말을 발견한 마을에서 사람들이 **하프유니콘**이라고 했어요." 소녀는 마지못해 털어놓으면서도 자신의 말이 불러일으킬 것이 뻔한 의심에 맞설 기세로 고개를 빳빳이 쳐들었다.

"하프유니콘?"

"네, 하프유니콘이요."

푸발은 지금까지 유니콘이란 존재 자체도 믿지 않았는데 게다가 잡종이라니, 처음 듣는 말이었다. 하지만 방금 목격한 장면에 비춰보면 이 설명은 그럴듯하게 들렸다.

"근데 그 파람들이 네가 가져가게 놔뒀다고?" 푸발이 훼손된 뿔이라도 있는지 찾으려고 말에게 다가가서 머리 앞부분을 만져봤다.

"뿔 같은 건 없으니까 찾을 필요 없어요." 소녀가 대답하는 사이 푸발은 하마터면 으르렁거리는 말의 이빨에 물릴 뻔했다.

푸발은 한 발짝 물러서서 호기심 어린 눈으로 말을 관찰했다. 아무리 봐도 그가 상상하는 유니콘과는 닮은 데가 없었다. 그의 생각을 알아차린 것처럼 말이 갑자기 땅바닥에 눕더니 진흙탕에서 노는 새끼돼지처럼 모래밭을 뒹굴다가 일어났는데 갈기는 텁수룩하고 옆구리는 시커멨다.

문제는 누군가가 의심을 품을 경우였다. 그랑프리 대회에는 말만 출전할 수 있다는 규정이 있었다. 20년 동안 푸발은 별의별 사기와 속임수를 수없이 봐 왔지만, 아무도 하프유니콘을 출전시킨 적은 없었다.

"그렇게 타는 건 어디서 배웠니?"

어둠 속인데도 푸발은 소녀의 얼굴이 빨개지는 것이 보였다. 소녀는 어깨를 으쓱하면서 대답했다.

"나포카에서요. 이제 우리가 대회에 출전할 수 있는 거죠?"

푸발은 눈살을 찌푸리면서 잠시 소녀를 훑어봤다. 소녀는 아직 뭔가 감추고 있는 것이 있었다. 하지만 그건 그가 상관할 바가 아니었다. 그는 협상이 쉽지 않을 거라고 느끼면서 말했다.

"하프유니콘이 출전해 우승하면 너에게 상금의 십분의 일을 주마. 너에게 천 히페르를 주는 거니까 적절한 금액이야. 그리고 내가 훌륭한 기수를 찾아줄 거니까 그건 걱정하지 마."

"네에? 그건 절대 안 돼요!" 소녀가 외쳤다. "기수는 나여야 하고, 상금의 십분의 일이 아니라 절반은 받아야……."

"바필레우프 그랑프리 대회를 본 적 있니?" 푸발이 말을 끊었다. "네가 규정을 알아?"

"그게…… 아니요."

"만만하게 볼 대회가 아니야."

푸발은 잠시 머리를 굴리다가 덧붙였다.

"온갖 공격이 허용되지. 유혈 경쟁이라 해마다 죽는 사람이 적어도 한 명은 나와. 더 강하게 후려치라고 기수에게 나무 채찍을 허락하기 때문에 경마 대회가 아니라 난투극에 가깝지. 그렇게 위험한데 그래도 하겠니?"

소녀는 어깨를 으쓱하면서 당차게 말했다.

"그보다 더한 일도 겪었어요. 아무튼 아저씨는 기수를 찾을 필요 없어요. 내 말은 남자를 아주 싫어하거든요. 그리고 아저씨가 나를 받아주지 않는다면 다른 조련사에게 가볼게요."

푸발은 난감한 얼굴로 또 팔짱을 꼈다. 그는 이렇게 어린애가 그런 피 터지는 경쟁에서 살아남을 수 있을지 생각하면서 소녀를 물끄러미 쳐다봤다. 마침내 별자리가 그에게 준마를 보내주는 것으로 응답해주었는데 기수 문제로 껄끄러운 상황을 만들 필요가 없었다. 최악의 경우, 말만 혼자서 경주를 마칠지도 모르는데.

"좋아. 너도 받아주고, 상금의 십분의 일을 주마."

소녀가 또 반박하려는 걸 눈치 채고 그가 얼른 덧붙였다.

"협팡 불가! 그 이팡은 안 돼. 그리고 그만큼 줄 조련파는 어디에도 없을 거다. 나는 이미 엄청난 위험을 무릅프는 거야."

소녀는 집게손가락으로 머리칼을 맹렬히 돌돌 말면서 중얼중얼 계산을 했다.

"대회까지 나를 먹여주고 재워준다는 조건이라면 받을게요."

"아내와 내가 보팔펴줄게. 이제 됐지?"

"아니요, 신발과 깨끗한 옷도 필요해요. 그리고 비누도요."

소녀는 썩은 생선들이 있는 통 속에 들어가게 된 사연을 구구절절 늘어놓기 시작했다. 조련사는 얘기를 끊기 위해 소녀에게 손을 내밀었다.

"이것으로 협팡 타결?"

"네, 협상 타결." 소녀는 조련사의 손에 손바닥을 마주치면서 말했다.

소녀는 만족스런 얼굴로 어둠에 잠긴 마사를 바라봤다.

"근데 나보가 들어갈 칸은 있어요?"

"나보? 그게 네 말의 이름이니?" 푸발이 물었다.

"물론이죠." 소녀는 세상에서 가장 자연스러운 일인 것처럼 대답했다.

푸발은 경주를 시작하기에 앞서 경마들을 호명할 때 관객들의 반응을 상상하면서 절망했다. 웃음거리가 될 게 불 보듯 뻔했다.

"몸집이 작으니까요." 소녀는 야무지게 말했다.

"고맙구나, 이해피켜주고. 그럼 너는 이름이 뭐니?"

"아르카예요." 소녀는 활짝 웃으며 대답했다.

3
바실레우스 그랑프리 대회

라스티아낙스

라스티아낙스는 성벽 지대로 올라갔다. 돌계단에 깔아놓은 카펫 덕분에 발소리가 나지 않았다. 오른쪽으로는 훤히 뚫린 경주로가 시야에 들어왔다. 바실레우스 그랑프리 대회가 열릴 때 이렇게 탁 트인 전망을 경험해본 적이 없었다. 난생처음 관람석에 앉아서 경마를 관람하는 것이었다. 눈앞에 고층 탑들이 빼곡히 솟아 있고, 도시 외곽을 둘러싼 넓은 건축 금지 구역이 성벽과 경계를 이루고 있었다. 탑들의 크기는 아다만트 돔의 곡선에 맞춰서 지어졌기 때문에 7지구의 탑 꼭대기들은 절묘하게 일정한 간격을 두고 늘어서 있었다. 간혹 5층이나 단층 탑도 보였다. 외곽에 줄지은 탑들의 벽을 따라 조성된 수직 정원의 식물들이 햇빛을 받아 꽃을 피우고 있었다. 각 지구마다

보도와 운하로 구성된 승강장이 건물들을 둘러싸고 있어서 주민들은 도보나 거북을 타고 드나들 수 있었다. 지금은 히페르보레아의 인구 전체가 아주 작정을 하고 나와 있는 것 같았다. 경주로 건너편 울타리에 수많은 사람들이 서로 밀치면서 몰려들고 있었다. 상위 지구들의 수많은 운하에도 군중이 넘쳐나는 것 같았다. 각 지구마다 정해진 다양한 색깔의 깃발을 흔들고 있어서 도시가 층층이 쌓아 올린 거대한 케이크처럼 보였다. 마법의 폭죽 소리가 도시 곳곳에서 흥겹게 울려 퍼지고 있었다. 이따금 관중 한 명이 자기가 사는 지구의 찬가를 시작하면 수백의 목소리가 화답했다.

라스티아낙스는 대회를 위해 성벽 지대의 순찰로에 설치된 관람석에 이르렀다. 톱니 모양의 산기슭을 따라 뻗은 눈 덮인 평원이 눈앞에 펼쳐져 있었다. 폭이 6미터에 이르는 성벽이 도시를 둘러싸고 있는 데다 성벽을 따라 하늘 높이 에워싸고 있는 아다만트 돔이 추위를 원천 봉쇄하고 있었다. 다가가서 아다만트의 매끄러운 표면에 손을 대봤다. 히페르보레아인인 라스티아낙스는 악천후의 영향을 받을 수밖에 없는 얼어붙은 바깥세상에 반감을 품고 있었다. 그는 자라면서 돔 안에서 사는 건 특권이며, 바깥세상의 미개인들을 멸시하라고 배웠다. 특히 1지구 사람들은 이 특권 의식을 아주 좋아했다. 자기들보다 운이 없는 이들이 있다고 생각하면 그나마 위안이 되기 때문이다.

그렇지만 라스티아낙스는 날이 갈수록 이 도시에서 사는 것에 답답함을 느꼈다. 문하생으로서 마지막 학년에 발명품 준비에 매달려 있을 때, 탐험가들의 이야기로만 알고 있는 바깥세상을 돌아다니면서 지도를 제작하고 싶다고 생각했다. 하지만 팔라테스의 후임이 되어 살해범을 찾겠다고 한 다짐 때문에 도시에 머물러 있어야 했다. 라스티아낙스는 팔라테스가 각료 의회 내부에 거미집—자신을 죽인 거미가 쳐놓은—이 있다는 걸 알고 있었다는 확신이 들었기 때문이다. 그 거미를 몰아내려면 이번에는 그가 거미집에 발을 들여야 했다.

한편으로는 도시를 떠날 수 없다는 것에 안도했다. 바깥세상보다는 어쩌면 살해범과 맞서는 것이 더 쉬울 터였다.

갑자기 뜨거워지는 열기에 그는 공상에서 깨어났다. 수천 명의 흥분한 관중이 후끈한 열기를 만들고 있었다. 라스티아낙스는 마법사 신분을 상징하는 보라색 토가의 묵직한 자락을 들썩거렸다. 이 순간만은 기꺼이, 더 얇은 문하생의 튜닉으로 바꾸고 싶은 심정이었다.

"와우, 벌써 마법사가 된 거야?" 등 뒤에서 누군가가 비웃었다. "졸업 심사 통과했다고 과시하는 건가?"

라스티아낙스는 돌아보다 피라와 마주쳤다. 열여덟 살인 그녀는 자신의 초록 눈빛에 맞춰 초록색 원피스와 검은색 긴 머리에 물결무늬 터번을 두르는 것으로 새로운 패션을 선보이고 있었다.

"나만 입은 거 아니잖아." 라스티아낙스가 대꾸했다. "그러는 너도 문하생의 튜닉을 안 입었잖아?"

"내 심사는 보름 후라는 건 너도 잘 알잖아, 라스티아낙스." 피라가 입을 샐쭉거리면서 말했다. "히페르보레아 최고의 패셔니스트는 바실레우스 그랑프리 대회에 문하생 차림으로 오지는 않지. 게다가 여기에 정복 차림으로 오는 사람은 아무도 없어." 피라가 그를 아래

위로 훑어보면서 덧붙였다.

라스티아낙스는 얼굴이 화끈거렸다. 그는 관람석에 앉은 마법사들 쪽을 힐끔 쳐다봤다. 마법사들은 모두 보라색 토가 대신 축제 의상 차림이었다. 조롱당한 느낌에 기분이 상했지만 라스티아낙스는 피라에게 고개를 돌렸다. 오래전부터 그의 오른쪽 눈만 쳐다봤던 피라가 고개를 절레절레 흔들면서 말했다.

"라스티아낙스, 수준이 딱 1지구 출신답다! 그리고 미안한데 먼저 갈게. 최고 장관이 귀빈석에 내 자리를 마련해주셨거든. 여자에게 관람을 허락하는 것은 백년 만에 처음이라는데 기회를 놓칠 수야 없지."

그렇게 말하고 나서 피라는 귀빈석을 향해 건들거리면서 멀어져갔다. '많이 변했네', 라스티아낙스는 씁쓸해하면서 뒤따라갔다. 피라가 관람석 중앙에 설치된 화려한 닫집* 밑에 가서 앉는 사이, 그는 팔을 흔들거리며 첫째 열에서 걸음을 멈추었다. 한 떼의 마법사들이 파도타기라도 하듯 차례대로 그 앞에서 일어섰다. 그는 갑자기 동료 마법사들이 토가를 언제 입는지도 모를 정도로 미숙한 열아홉 살의 장관 후보인 그가 실수하는 꼴을 구경하러 온 것 같은 느낌이 들었다. 라스티아낙스는 불편한 마음을 떨쳐내면서 전략적인 자리에 앉으려고 관람석을 두리번거렸다. 바실레우스 그랑프리 대회는 정치적으로 점수를 딸 수 있는 절호의 기회였다.

고관들을 위한 귀빈석은 그에게 금지된 자리였다. 귀빈석에 앉

닫집 옥좌 위에 만들어 다는 집 모형.

은 신비학자 실렌이 상무 장관과 열띤 대화를 하다가 관람석에 있는 제자를 발견하고 윙크를 보냈다. 신비학자는 라스티아낙스를 보호해주기로 결정한 뒤로 멘토 대학 내에서 그를 지지해줄 교수를 열심히 찾았는데, 상무 장관은 최근에 설득한 인물이었다. 하지만 아직 한 표가 부족한데, 각료 의회 날짜는 성큼성큼 다가오고 있었다.

라스티아낙스는 잠재적 우군을 찾으면서 재무 장관, 전쟁 장관, 서기관을 탐색했다. 모두 최고 장관에게 충성할 여지가 있는 인물들이었다. 이중에서는 누구도 위험을 감수하면서까지 그에게 표를 주지 않을 터였다. 그의 눈길이 뚱뚱한 몸집에 코안경을 쓴 트리에리오스 식민지 장관에게서 멈췄다. 새까만 염소수염에다 동그란 얼굴이어서 흡사 과일 배를 거꾸로 뒤집어놓은 것 같았다. 각료 의회의 다른 장관들과는 달리 트리에리오스는 귀빈석에 앉아 있지 않았다. 트리에리오스는 소문난 바람둥이지만 나름 정신이 깨어 있는 장관이었다. 테미스키라에 식민지를 팔아넘기는 데 반대한 뒤로 정치적 타격을 입었지만 여전히 각료 의회의 일원임에는 변함이 없어서 그의 지지를 받을 수만 있다면 우군이 되어줄 가능성이 있었다.

라스티아낙스가 트리에리오스에게 접근할 방법을 궁리하는 사이, 갑자기 장관이 손바닥으로 술잔 담긴 쟁반을 받치고 지나가는 예쁘장한 금발 여급에게 관심을 보이는 것 같았다. 장관이 여급을 소리쳐 불렀다. 여급은 다른 마법사들의 시중을 드느라 부르는 소리를 듣지 못했다. 다른 급사가 가서 장관에게 술잔을 내밀었지만, 장관은 짜증스러운 몸짓으로 물리쳤다. 장관이 술보다는 여자에게 관심이 있음을 간파한 라스티아낙스는 여급에게 다가가서 목 빠지게 기다리는 마법사를 가리켰다. 라스티아낙스는 서둘러서 장관에게 가는 여급을 뒤따라갔다. 그들이 오는 걸 보면서 트리에리오스의 얼굴이 환해졌다.

"장관님, 옆에 계신 젊은 마스터가 장관님께서 술을 원하신다고 알려주셨습니다." 여급이 트리에리오스에게 말하면서 대답을 듣기 위해 몸을 숙였다. "무슨 술을 드릴까요?"

"카시테리데스 군도에서 새로 들여온 히포크라스 한 잔과 아가 씨의 아름다운 미소 한 잔." 트리에리오스가 윙크를 보내면서 말했다. "그 술은 창고지기에게 물어봐요, 술 항아리가 아직 몇 개 남아 있는 걸 내가 알거든. 지난번 식민지 출장을 갔다가 내가 그이에게 가져다준 술이니까." 식민지 장관은 코안경을 다시 올리고 여자의 몸을 훔쳐보면서 덧붙였다. "황금빛 독주인데 진짜 맛있는 술이죠, 아 가씨랑 함께 마신다면 더 맛있겠지만."

장관의 수작이 부끄러운 라스티아낙스는 여급의 침착한 대응에 감탄했다. 여급은 트리에리오스에게 그 칭찬을 좋아한다고 착각하게 만드는 미소를 살짝 흘려 보이고는 조용히 물러갔다. 장관이 멀어져 가는 여급을 바라보며 "끝내주게 예쁘군……" 하고 중얼거렸다. 라스티아낙스는 장관의 관심을 끌기 위해 헛기침을 하면서 비어 있는 옆자리를 가리키며 물었다.

"앉아도 되겠습니까?"

트리에리오스는 몽상에서 깨어난 듯 누군지 보려고 고개를 들면서 대답했다.

"물론, 물론이지, 저 아가씨처럼 예쁜 여자를 데려오면 내 자리도 내줄 수 있지!"

"하하하!" 라스티아낙스는 토가 자락을 걷어 올리고 앉았다. 그러다 웃음이 너무 가식적이라는 생각에 입을 다물었다.

트리에리오스가 잠시 그를 쳐다보면서 기름진 염소수염을 쓰다듬는 사이 전령이 경마 시작을 알리기 위해 관람석 앞쪽에 자리를 잡고 섰다.

"복장을 보니 이제 막 마법사로 승격한 모양이군, 젊은이. 우연히 이 자리에 온 것도 아닌 듯하고."

라스티아낙스는 등받이에 기대고 편안한 자세로 앉았다. 트리에리오스는 에둘러 말하지 않고 핵심을 바로 찌르는 직설적인 사람이었다.

"네, 맞습니다. 아시다시피 평등화 장관의 사망으로 각료 의회에 의석 한 자리가 비었고……."

"흐흠, 누군지 알겠네. 아까 여학생과 함께 있는 걸 봤지." 트리에리오스가 자세를 바로하면서 말을 끊었다. "그 유명한 라스티아낙스! 최고 장관의 반대에도 불구하고 팔라테스의 후임이 되려고 한다는 그 배짱 좋은 라스티아낙스. 자네에 대해서 들은 게 있지. 5년 전 마법 평가전 때 자네의 성적도 기억하고 있고. 당시 나는 자네를 문하생으로 선택하길 주저했지. 자네는 뭐랄까…… 얼마나 가치가 있을지 확실치 않았거든. 아무튼 아무리 총명해도 하위 지구 출신 제자를 떠맡는 것은 항상 위험 부담이 있으니까. 시험을 치를 때 자네가 자해했다는 소문이 돌았는데 자네는 거짓이라고 반박도 하지 않았지."

라스티아낙스는 무의식적으로 마법 평가전 때 깨진 콧잔등을 만졌다.

"맞습니다, 장관님, 이제 그런 역경을 딛고 올라온 저의 이력으로 판단하실 때 전도유망한 가치에 투자하실 의향이 있으신지요?"

바로 그때, 마법에 의해 증폭된 전령의 목소리에 대화가 중단되었다.

"히페르보레아인들이여, 히페르보레아인들이여!"

관중이 전령의 말을 듣기 위해 입을 다물자 왁자지껄하던 소리가 잦아들었다. 탑 안에서 창문 앞에 모여 있는 사람들이 있는가 하면 운하 둔치에 집결해 있기도 하고, 인파 위로 공중부양을 시도하는 이들, 허공으로 떨어지지 않으려고 나무를 타고 올라가 있는 이들도 있었다. 매년 열성적인 관중 가운데 십여 명의 사망자가 발생하곤 했다.

"백한 번째 바실레우스 그랑프리 대회에 오신 걸 환영합니다!"

군중이 환호하면서 발을 구르거나 각 지구에 정해진 다양한 색깔의 깃발을 흔들었다. 요란한 함성에 놀란 새 떼가 날개를 치며 날아갔다.

"히페르보레아의 시조이시자 위대한 건국자, 최고 마법사, 아마존족의 정복자이신 바실레우스 폐하의 재위 184년을 맞이하여……."

"아마존족의 정복자, 그건 맞지." 전령이 군주의 명예 칭호를 열거하는 사이 트리에리오스가 중얼거렸다. "그러니까 요컨대, 평등화 장관이 되기 위해 내게 한 표를 부탁하는 거로군. 자네는 나의 문하생도 아닌데."

이건 질문이 아니라 확인하는 것이었다. 트리에리오스는 군중의 환호성을 받으며 경주로에 입장하는 기수와 말들을 보기 위해 답을 하지 않고 고개를 돌렸다. 라스티아낙스는 그가 숙고하는 중이라고 확신하고 숨을 죽이며 침묵을 지켰다. 이번에는 그가 목이 말라서 여급이 장관이 주문한 술을 갖고 돌아오길 바라고 있었다.

"바실레우스 그랑프리 대회에서는 승자가 누구인가? 말인가 기수인가?" 트리에리오스가 갑자기 물었다.

흠칫 놀란 라스티아낙스는 잠깐 머뭇거리다 대답했다.

"말입니다."

"그렇지. 말은 기수에게서 해방되면 훨씬 빨리 달릴 거야. 자네를 지지하는 것처럼 보이는 사람들이 사실은 이 일의 승자라는 것이 아주 재미있단 말이야, 안 그런가?"

식민지 장관이 코안경 너머에서 날카로운 시선을 던졌다.

"장관직 경주를 위해 뛰어주는 자네의 말을 정말 믿는가?"

라스티아낙스는 쓸쓸한 기분으로 실렌 교수를 힐끔 쳐다봤다. 그는 귀빈석에서 과자를 게걸스럽게 먹으면서 즐거운 표정으로 경쟁 후보들에 대해 이러쿵저러쿵 평가하고 있었다.

"기수 없는 말이 우승하는 것은 아주 드문 경우입니다." 라스티아낙스는 직설적으로 대답했다. "누군가를 끝까지 지지한다는 것은 뭔가 얻으려는 것이 있기 마련이지요. 특히 그 누군가가 각료 의회의 일원이 되는 경우라면 더욱 그럴 겁니다. 그건 그렇고 최고 장관이 우리의 해군력을 강화하기 위해 카시테리데스 군도를 테미스키라의 군주 리쿠르고스에게 팔아넘기려 한다고 들었는데, 맞습니까? 그러면 포도주 수입이 줄어들 우려가 있는데요."

트리에리오스는 히죽 웃으면서 코안경을 콧대 위로 밀어 올렸다.

"민감한 부분을 건드리는군, 라스티아낙스. 하지만 술 걱정을 해준다고 내 표를 가져갈 수 있을 거란 생각은 하지 말게. 아, 드디어 나타나셨군!"

라스티아낙스는 바실레우스를 뜻하는 것이라고 확신하고 고개를 들었다. 황금빛 그리핀 문양이 그려진 커다란 어가가 성벽 지대에 등장하고 있었다. 가마꾼 여덟 명이 어가를 메고 이동하는데 마치 바퀴가 장착된 것처럼 똑바로 전진하고 있었다. 다른 관중들과 마찬가지로 라스티아낙스도 어가에서 내리는 군주를 보려고 몸을 앞으로 내밀었다. 옆자리에 있는 트리에리오스만 바실레우스의 등장에 별 관심이 없는 것 같았다. 드디어 그가 주문한 술을 여급이 가져왔기 때문이다.

"자네 집안에 남극지방 출신의 조상이 있는가? 그 지방을 방문할 기회가 있었는데 세상에서 가장 아름다운 여자는 거기 다 있다고 해도 과언이 아니지."

라스티아낙스는 시시껄렁한 이야기를 더는 듣고 싶지 않아서 바실레우스 쪽으로 고개를 돌렸다. 군주가 성벽 지대에서 환호하는 군중을 내려다보면서 손을 흔들고 있었다. 라스티아낙스는 이 정도로 가까이에서 군주를 볼 기회가 전혀 없었다. 수놓인 파란색 토가에 **라피스라줄리**와 **오레이칼코스**로 만든 호화로운 벨트를 차고 있는 바실레우스는 히페르보레아 곳곳에 놓인 흉상의 위풍당당한 군주의 모습과 유사했다. 환호성이 잦아들자 바실레우스는 돌아서서 수많은 근위병들을 거느리고 귀빈석에 마련된 옥좌로 향했다. 피부는 주름이라곤 없이 반들거리고, 검은색 머리는 윤기가 흐르지만, 세월은 비켜 갈 수 없는지 주저앉은 코와 앙상하게 드러나 있는 광대뼈, 처져 있는 귀, 야윈 얼굴 때문에 늙어 보였다. 2백 살에 가까운 바실레우스는 아무도 따라하지 못하는 마법 기술로 자신의 몸을 끊임없이 젊어 보이게 하면서 세월을 속이고 있었다. 그렇지만 그 마법도 한계가 있는지, 그토록 늙지 않으려고 애쓰던 군주도 마치 젊음을 잃을 수밖에 없는 저주에 걸린 것처럼 중년의 모습이었다.

라스티아낙스는 바실레우스가 오래전에 권좌를 넘기고 물러났어야 한다고 생각하는 히페르보레아인 중 한 명이었다. 바실레우스는 권좌에 집착하면서 조직폭력 집단들과 결탁하거나 조직적으로 아마존족을 적대하는 것 같은 구시대적 정책을 유지하고 있었다. 히페르보레아의 법에 따라 군주의 권력이 제한되어 있다는 것이 그나마 다행이었다. 바실레우스는 정책 결정을 할 때 각료 의회에서 논의를 거쳐야 하고, 각료 의회를 구성하는 장관들은 멘토 대학의 지명을 받아야 했다. 이 제도는 독재를 견제할 수 있지만, 각 지구 간 불평등 문제를 해결하지 못했다. 평등화 장관 자리를 만든 것은 그런 이유에서였다. 평등화 장관은 대체로 영향력이 별로 없는 인물에게 맡겨졌다. 막강한 힘을 지닌 마법사 중 누가 하위 지구 주민들의 운명을 걱정하겠는가?

바실레우스가 옥좌에 착석하자 관중이 차츰 조용해졌다. 이제는 시작을 알리는 군주의 손짓만 기다리면 되었다. 술 시중 들던 여급이

야한 농담으로 추근거리는 트리에리오스에게서 용케 빠져나갔다.

식민지 장관은 그제야 라스티아낙스와 대화할 준비가 된 것 같았다.

"자네를 지지해줄 수도 있어. 하지만 그 대가로 나를 도와줘야
해."

라스티아낙스는 경계 태세를 취했다. 트리에리오스가 무슨 부탁
을 하려는 걸까? 서류 위조? 4지구에서 독주 밀매 허가? 재판관 매
수?

"네, 말씀하시죠."

"음…… 좀 전에 관람석 아래쪽에서 젊은 여자와 얘기하는 걸 봤
는데……. 피라 맞지? 알고 싶은 게 있는데……."

그는 라스티아낙스 쪽으로 몸을 숙이고 요구 사항을 상세하게
설명했다. 그러고는 자세를 바로 하더니 눈을 반짝이며 물었다.

"그래주겠나? 약속하면 내가 표를 주겠네."

라스티아낙스는 바실레우스에게서 멀지 않은 자리에 앉은 피라
를 바라봤다. 피라는 군주와 가까운 자리에 앉는 영예를 누리지 못하
는, 여성을 혐오하는 늙은 마법사들의 질시 어린 시선을 일부러 모른
체하고 있었다. 지성과 정치적 능력을 발휘할 만한 뭔가 특별한 임무
를 기대하고 있던 라스티아낙스는…… 트리에리오스가 맡긴 임무에
머릿속이 하얘졌지만 대답했다.

"해보겠습니다."

라스티아낙스는 평등화 장관 자리를 위해서라면 좀 꺼림칙하지
만 들어줄 만한 부탁이라고 생각하면서도 차라리 재판관을 매수하
는 편이 더 나을 것 같았다.

전령이 이번에는 경주마들을 호명하기 위해 나타났다. 라스티아 낙스는 트리에리오스와의 거래로 불편해진 마음을 떨쳐내기 위해 경마에 집중했다.

"아다만트!"

1지구 쪽에서 우레와 같은 박수 소리가 울려 퍼졌다.

"디아고스!"

노란색 모자를 쓴 기수가 2지구 사람들의 박수를 받기 위해 채찍을 높이 쳐들었다.

"톡사리스!"

"하하, 내가 건 말이지!" 트리에리오스가 3지구의 함성에 맞춰 박수를 치면서 말했다. "자네는 몇 지구의 말에 걸었나?"

"저는 4지구의 말에 걸었습니다." 라스티아낙스가 대답하면서 덧붙였다. "저는 늘 4지구의 말에 겁니다."

"4지구 출신인가?" 트리에리오스가 물었다.

"아닙니다, 저는 1지구 출신입니다만 조련사를 잘 알고 있어서……." 라스티아낙스는 할 필요가 없는 말을 꺼냈다는 생각이 들었다. "얘기하자면 아주 길어서요." 그는 무뚝뚝한 어조로 말을 맺었다.

"나보!"

호명된 이름에 관중은 물론이고 관람석에 앉은 마법사들까지 박수 대신 웃음이 터져 나왔다. 경주로 출발선에서, 작고 앙상하게 마른 백마에 올라탄 남자인지 여자인지 모를 기수가 군중이 보내는 조롱 섞인 웃음에 인사했다. 4지구의 주민들만 굴욕적인 표정으로 입을 꾹 다물고 있었다.

"자네가 건 말은 우승할 가능성이 별로 없을 것 같군, 라스티아낙스." 트리에리오스는 너무 웃어서 맺힌 눈물을 닦으면서 말했다.

조련사에게 화가 치민 라스티아낙스가 몸을 움츠리는 사이, "리벨레!"라는 호명에 5지구에서 환호성이 터져 나왔다.

"기수가 훌륭할지도 모르죠." 라스티아낙스가 중얼거렸다.

아르카

더부룩한 말총을 흔들면서 나보가 앞발로 땅을 걷어차고 거칠게 콧숨을 내뿜더니 등짝을 올리고 뛰쳐나갈 준비를 하고 있었다. 근사하게 꾸미고 나선 다른 말들 앞에서 힘을 과시하는 나보의 모습이 우스꽝스러워 보였다. 경마 대회에 나가본 경험이 없는 아르카는 갈기를 짧게 다듬어주지 않은 것이 후회스러웠다. 빛바랜 털이 늘어져 있는 나보와 달리, 목의 근육이 돋보이도록 털을 짧게 자른 다른 말들이 훨씬 인상적으로 보였다.

아르카는 한 손으로 고삐를 움켜잡고 자기에게는 너무 큰 빨간색 등번호를 매만졌다. 기수들에게 허락된 유일한 무기로 받은 나무 채찍을 어찌나 꽉 잡고 있는지 손가락 뼈마디가 하얘졌다. 눈앞에 모래가 깔린 텅 빈 경주로가 반짝이고 있었다. 경주로를 따라 한쪽은 관중이 앉아 있고, 성벽 지대에는 바실레우스와 마법사들이 자리 잡고 있었다. 전령이 우승 후보 중 하나인 7지구의 말, 오레이칼코스를 외쳤을 때 관람석에서 박수가 터져 나왔다.

아르카는 나보가 유발한 폭소를 잊으려고 노력하면서 푸발이 당부한 말에 집중했다. 마지막 직선 주로에 들어설 때까지는 나보를 후미 대열에서 달리게 하라, 채찍질은 삼가라, 경주가 시작되자마자 선두로 치고 나갈 게 틀림없는 아다만트의 뒤에 바짝 붙어서 쫓아가지 마라. 물론 나보는 빠르지만 경쟁하는 말들만큼 지구력이 강하지도 않고 훈련도 되어 있지 않다는 걸 명심하라.

푸발은 지난 사흘 동안 조심스럽게 나보에 대해 비밀에 부쳐 왔다. 그는 레스쿠스에게 공을 들이는 체하면서 날이 어두워지고 경주로가 텅 비면 아르카와 나보를 훈련시켰다. 푸발은 출전 자격이 박탈될 위험이 있으니 아무에게도 나보의 혈통에 대해 발설하지 말라고 누누이 당부했다. 푸발은 징크스 때문에 말의 이름조차 입 밖에 내지 않고 그냥 '비밀 병기'라고 불렀다. 그래서 대회 당일까지도 아르카의 출전을 아무도 모르고 있는 바람에 장난이라고 생각한 주최 측으로부터 경주로 입장을 거부당할 뻔했다.

어린 소년 두 명이 경주마들 앞에서 가슴 높이로 실크 띠를 풀면서 반대쪽 경주로 끝에 가서 묶었다.

"야, 딱 기어가게 생긴 조랑말 데리고 어디서 깝죽거려." 아르카의 왼쪽에서 톡사리스의 기수인 리타스라는 이름의 빨간 머리가 조롱했다. "대체 언제부터 여자가 경마를 하지?"

아르카는 어깨를 으쓱했다.

"안 된다는 얘기 못 들었거든." 아르카가 쏘아붙이면서 앞발로 땅을 걷어차는 나보를 진정시키기 위해 고삐를 당겼다.

아르카는 푸발을 흘끗 봤는데 경주로 가장자리에서 주먹을 꽉 쥔 채 지켜보고 있었다. 둘은 서로에게 고개를 끄덕였다. 성벽 지대의 옥좌에서 바실레우스가 일어서자 관중이 숨을 죽였다. 아르카는 자세를 바로 하고 당장에라도 튀어나갈 것 같은 나보의 고삐를 잡은 손에 힘을 주었다. 아르카는 갑자기 화장실에 가고 싶어졌다.

바실레우스가 팔을 쭉 뻗었다가 박력 있게 내렸다.

즉시, 스물여덟 개의 발굽들이 실크 띠를 짓밟으면서 경주로를 내달렸다. 나보는 선두로 치고 나가려고 했지만, 아르카는 있는 힘을 다해 속도를 줄이면서 푸발이 충고한 대로 리벨레 뒤에서 달리게 했다. 이미 선두 대열이 형성되고 있었다. 경쟁자들이 말에게 채찍질을 하면서 서로 상대를 제치고 선두로 나가려고 했다. 한 기수가 아르카를 앞지르더니 그녀에게 채찍을 휘두르려고 했다. 아르카는 나보의 목에 납작 엎드리면서 아슬아슬하게 채찍을 피했다. 나보는 그 틈을 이용해 울타리에 바짝 붙어서 달리는 톡사리스를 추월하려고 했다. 하지만 곁눈질을 하던 리타스가 알아차리고 오른쪽으로 방향을 틀어서 나보를 관중이 몰려 있는 울타리 쪽으로 밀어붙였다. 그 바람에 풋말에 무릎이 부딪힌 아르카는 고통의 비명을 질렀다.

충돌로 중심을 잃고 땅바닥으로 미끄러지던 아르카는 가까스로 나보의 갈기를 붙잡았다. 아르카는 위기를 극복한 것에 안도하면서 이를 악물고 자세를 바로 했다. 다른 경주마 여섯 마리가 질주하면서 아르카의 얼굴에 모래를 흩뿌리고 있었다. 이미 100여 미터를 주파한 말들은 어느새 첫 번째 커브에 가까워지고 있었다.

아르카는 눈을 비비면서 무릎 통증을 무시하려고 노력했다. 선두 대열의 말들이 커브를 도는 순간 잠정적인 순위가 정해지고 있었다. 오레이칼코스가 선두로 나섰고, 그 뒤를 아다만트가 추격하고, 다른 말들이 뒤따르는 형국인데 격차는 그리 크지 않았다. 나보가 커브에 진입하는 순간 쿵 하는 소리와 욕설이 들렸다. 커브를 나가는 순간을 이용해 앞지르려던 아다만트의 기수 때문에 오레이칼코스의 기수가 말에서 떨어진 것이었다. 비명 소리가 울려 퍼지는 사이 질주하던 다른 말들에게 기수가 짓밟히고 있었다. 나보는 낙마한 기수의 몸을 펄쩍 뛰어넘었다. 아르카는 바실레우스 그랑프리 대회에 출전한 것이 잘한 일인지 의문이 들었다.

하지만 아르카는 더 깊이 생각할 겨를이 없었다. 경주에서 가장 까다로운 구간으로, 1지구의 탑들과 운하 사이의 구불구불한 경주로를 따라 도심으로 들어서고 있었기 때문이다. 아르카는 심호흡을 했다. 절호의 기회였다. 경쟁하는 말들은 중심을 잃지 않으려고 고역을 치러야 하는 반면에 키가 작고 몸이 가벼운 나보는 속도를 낼 수 있었다.

어디선가 "오레이칼코스!", "아다만트!" 하면서 응원하는 소리 속에 누군가가 "나보!"를 외치는 소리가 들렸다. 갑작스런 응원에 힘을 얻은 아르카는 고삐를 그러잡고 말을 내달리게 했다. 나보가 보폭을 늘리면서 톡사리스를 추월하자 리타스가 공연히 채찍을 휘둘렀다. 잠시 후 나보는 그림자가 내린 탑들 사이에 이르렀다. 갑자기 달라진 환경에 놀란 다른 말들이 속도를 늦추었기 때문에 아르카는 디아고스를 따라잡을 수 있었다. 그들은 이제 넓은 운하를 따라 달리고 있는데 수많은 보트에서 관중이 열광적으로 응원하고 있었다.

아르카가 디아고스를 추월하려는 순간 기수가 갑자기 방향을 틀었다. 물가를 따라 달리다 떼밀린 나보가 운하로 떨어질 판이었다. 아르카는 두 팔을 들어서 기수가 내려치는 채찍을 막으려고 애를 썼지만 디아고스의 옆구리가 다친 무릎을 계속 건드리고 있었다. 아르카는 경주가 시작된 지 얼마 안 돼서 채찍을 잃어버렸기 때문에 맞서 싸울 것이 없었다. 나보도 귀를 젖히고 디아고스를 깨물려고 했지만 허사였다. 보트에 있는 관중들이 질겁해서 비명을 질렀다.

"저러다 운하로 떨어지겠어!" 누군가가 내뱉었다.

채찍에 등을 맞는 와중에 아르카는 나보의 발굽 소리를 듣고 둔치로 미끄러져서 추락하기 직전이라는 걸 알아차렸다. 그때 갑자기 등 뒤에서 돌풍 같은 것이 몰아쳤고, 비명 소리가 나더니 매질이 멈췄다.

아르카가 얼굴을 드는 사이 나보는 균형을 되찾았다. 돌풍에 질겁한 디아고스가 옆으로 빠지더니 기수를 떨어뜨리려는 듯 머리를 크게 흔들었다.

돌풍이 어디서 불어온 건지 생각할 겨를도 없이 아르카는 한 남자가 보트에서 흔드는 빨간색 깃발을 낚아챘다. 아르카는 깃발을 겨드랑이에 끼고 아마존 전사처럼 깃발을 창으로 삼아 기수를 찔렀다. 기수가 중심을 잃고 땅바닥으로 굴러 떨어졌다. 디아고스는 바로 속도를 늦추고 나보 뒤에서 사라졌다.

"이제 다섯 마리 남았어." 아르카는 숨을 몰아쉬면서 깃발을 겨드랑이에 낀 채 전속력으로 급커브를 돌았다.

앞에서 말 세 마리가 나란히 질주하고 있었다. 양쪽 탑 사이로 난 경주로는 수레 한 대가 지나다닐 정도로 폭이 좁아서 말들이 서로 바짝 붙어서 달려야 했다. 기수들이 가운데에 낀 말에 채찍을 휘둘렀다. 격분한 말이 뒷발로 서다 중심을 잃고 나동그라지는 바람에 기수가 깔리고 말았다. 아르카가 몸을 세우자 전속력으로 달리던 나보가 귀를 쫑긋 세우더니 근육이 팽팽해지면서 쓰러진 말을 훌쩍 뛰어넘었다. 아르카는 갈기를 꽉 틀어잡고 함께 붕 날았다가 말의 어깨 위로 쿵 떨어졌다. 그 충격으로 무릎이 찢어질 듯 아프지만 아르카는 깃발을 겨드랑이에 낀 채로 나보를 계속 달리게 했다. 말의 숨소리가 거칠어지고 옆구리가 땀으로 얼룩지고 있었다. 100여 미터 떨어진 탑 사이로 다시 성벽이 보였다.

아르카가 자신의 아니마를 깃발에 집중하자 빨간 천에 불이 붙었다. 나보는 동요하지 않고 계속 질주하면서 앞선 말들과 거리를 좁혔다. 불붙은 깃발을 보고 겁먹은 리벨레가 옆으로 비키다 그 옆에서 달리는 말을 밀쳤다. 그렇게 해서 말 두 마리가 나보에게 길을 열어주게 되었다. 아르카는 타다 남은 깃발을 뒤쪽으로 던져버렸다.

"이제 둘 남았어." 아르카는 숨을 헐떡이면서 고삐를 다시 움켜잡았다.

나보는 탑들을 지나 성벽을 따라 나 있는 마지막 직선 주로의 커브를 돌았다. 경주로가 갑자기 넓어지며 불빛에 휩싸였다. 수많은 관중의 함성이 터져 나왔다. 이제는 기수 없이 계속 달리는 오레이칼코스와 칼리오스가 타고 있는 아다만트만 남아 있었다. 아르카는 말의 귀에 닿도록 몸을 앞으로 숙이고 고삐를 당기면서 마지막 힘을 내라고 독려했다. 나보가 속도를 더 높여서 아다만트를 따라잡자 칼리오스가 채찍으로 냅다 후려쳤다. 아르카는 말의 어깨뼈 사이의 융기에 몸을 기대고 발차기로 칼리오스를 안장에서 떨어뜨렸다. 아다만트의 속도가 느려졌다.

이제 기수가 없어서 몸이 가벼워지자 도착선을 향해 쏜살같이 내달리는 오레이칼코스만 남아 있었다. 나보는 조금씩 거리를 좁혀가고 있었다. 아르카는 울타리를 넘어오는 푸발을 발견했다. 푸발이 아르카를 응원하기 위해 절뚝거리면서 경주로를 따라오자 수백 명의 히페르보레아인들도 응원했다.

이제 남은 거리는 약 90여 미터, 오레이칼코스가 여전히 60센티미터쯤 앞서 있었다. 나보는 더 빨리 달릴 수 없었다. 기적이 일어나지 않는 한 경주에서 지는 것이다.

그 순간 아르카는 묘수가 떠올랐다.

알칸드로스

알칸드로스는 아이처럼 흥분해서 울타리를 뛰어넘었고, 다른 사람들과 함께 도착선을 향해 질주하는 두 말을 따라 달렸다.

사실 알칸드로스는 바실레우스 그랑프리 대회를 관람하지 않을 뻔했다. 경마를 보면서 시간 낭비를 하느니 아르카를 찾으러 다니는 게 더 낫다고 생각하는 사이 대회 날짜가 성큼성큼 다가오고 있었다. 아르카를 찾기 위해 사흘 동안 수소문한 끝에 얻은 단서 중 유의미한 것은 한 조폭 두목의 거북을 야만인처럼 모는 소녀를 보았다는 한 건달의 증언이 유일했다.

하지만 말을 좋아하는 알칸드로스는 대회를 관람하고 싶은 마음을 뿌리칠 수 없었다. 결과적으로 옳은 결정이었다. 조랑말을 데리고 가장 큰 경마 대회에 출전해서 경쟁자들을 이기는 것이야말로 아르카다운 도전이기 때문이다.

알칸드로스는 오레이칼코스를 추격하는 작은 백마의 엉덩이에 시선을 고정한 채 도착선을 향해 계속 달렸다. 백마가 경주 초반부터 기수 없이 달리는 오레이칼코스를 따라잡기란 불가능해 보였다.

아르카가 잠시 망설이는 것 같았다. 말은 여전히 전속력으로 달리고 있는데 갑자기 아르카가 몸을 세우더니 한 쪽 다리를 들어 앞뒤로 움직이다 옆으로 펄쩍 뛰어내렸다. 깜짝 놀란 군중 속에서 "어어!" 하는 탄성이 새 나왔다.

기수의 체중에서 벗어난 나보는 목을 쭉 펴고 오레이칼코스를 따라잡는 데 필요한 속도를 내며 질주했다. 말 두 마리가 어깨를 맞대고 함께 도착선을 통과하면서 모두를 놀라게 했다.

이윽고 외침이 울려 퍼졌다.

"나보!"

관중의 함성이 어찌나 쩌렁쩌렁 울려 퍼지는지 돔이 폭발할 것 같았고, 만 명에 이르는 관중이 울타리를 넘어 경주로로 뛰어내리는 바람에 땅이 진동했다. 우승을 놓친 7지구의 마법사들까지 성벽 지대에서 승자를 향해 환호했다.

알칸드로스는 의도적인 낙마로 다리를 절룩이며 일어나는 아르카를 향해 뛰어갔다. 벌써 수십 명이 아르카를 안아주고 손을 토닥이며 축하해주고 있었다. 알칸드로스는 아르카의 허리를 잡아 자신의 어깨에 올려놓는 것으로 얼굴을 볼 겨를이 없게 했다. 어쨌든 아르카도 목말을 태워주는 사람에게 관심을 보일 정신이 아니었다. 수백 명의 사람들에게 둘러싸인 아르카는 기뻐하면서 승리의 표시로 하늘을 향해 두 팔을 번쩍 들었다. 알칸드로스가 아르카를 목말 태운 채 군중 속에서 빙글빙글 도는 사이 아르카는 사람들이 던지는 꽃다발을 잔뜩 받았다. 얼마 후, 관중 몇 명이 경주로 끝에 멈춰 서 있는 나보를 데려왔다. 알칸드로스는 땀범벅이 된 말의 등에 아르카를 올려주고는 슬그머니 자리를 떴다.

그는 멀찍이 떨어진 곳에서 주최 측이 방금 목에 걸어준 화환에 이빨을 드러내는 나보를 바라보면서 흡족한 미소를 지었다. 모든 것이 자신의 계획에 완벽하게 부합했다. 그는 울타리 쪽으로 걸어가서 날렵하게 뛰어넘었고 텅 빈 마사를 가로질러서 도시 방향으로 멀어져 갔다. 모든 관중이 경주로를 향해 몰려가고 있었다.

"시람!" 알칸드로스가 계속 걸어가면서 큰 소리로 불렀다.

바로 옆에서 일어나는 돌풍에 그의 튜닉 자락이 펄럭였다. 먼지 회오리가 일어나더니 회갈색 눈빛을 한 금발 청년의 환영이 알칸드로스를 쫓아왔다.

"네가 도와줬어?"

"아주 조금."

이 대답을 들으면서 알칸드로스는 금발 청년도 아르카의 우승을 기뻐하고 있는 것 같은 이상한 느낌을 받았다. 그는 머릿속에서 이 터무니없는 생각을 떨쳐냈다. 시람은 기뻐하는 것이 아니라 복종하는 것일 뿐이었기 때문이다.

"이제 아르카가 어디 있는지 알았으니 마법 평가전에 참가하도록 이끌어주는 일만 남았구나. 그 아이를 계속 따라다녀."

금발 청년이 고개를 끄덕이고 나서 마치 존재한 적이 없던 환영처럼 공중으로 사라졌다.

4
7지구

라스티아낙스

경마 대회가 끝난 다음 날, 중앙도서관으로 향하는 라스티아낙
스는 졸업 심사를 받으러 가던 날 아침보다 훨씬 속이 더부룩했다.
무언가를 하겠다고 생각했을 때 이토록 께름칙했던 적이 없었다. 언
젠가 실렌이 미친 짓을 하게 만드는 인장의 효과를 보여주겠다면서
그에게 실험동물 놀이를 하게 한 적이 있었는데―신비학자가 인장
을 비활성화할 때까지 20분이나 행복한 토끼 흉내를 내면서 계단식
강당 곳곳을 깡충깡충 뛰어다녀야 했다―그때보다 눈앞이 캄캄했
다. 그는 중앙도서관에 도착하자 트리에리오스의 요구를 들어주는
것은 장관직에 대한 야심 때문이 아니라 각료 의회 내부에 있는 팔라
테스 살해범에 대한 단서를 찾기 위해서라고 자신을 설득하려 노력

했다.

7지구에 있는 중앙도서관 건물의 석재 돔은 파란색과 황금빛으로 칠해져 있고, 창문들은 사다리꼴이고, 둥근 벽들은 화려하게 장식되어 있었다. 학문과 지식 전달의 알레고리를 표현하는 조각상 두 개가 양쪽에 서 있는 아름다운 삼나무 목재 문을 지나야 들어갈 수 있었다.

늦은 시간이라 여러 층에 흩어져 있는 문하생 몇 명— 졸업 심사 준비 때문에 바쁜 5학년생이 대부분이었다 — 을 제외하고 도서관은 거의 비어 있었다. 라스티아낙스는 튜닉을 빨리 벗고 싶은 마음에 문하생 중 가장 먼저 발명품을 제출했다.

열람실 안은 사다리꼴 창문들을 통해 비쳐 드는 빛이 모자이크 바닥에 투사되면서 공기 중에 떠다니는 미세먼지 입자들이 반짝이고 있었다. 아다만트 돔 덕분에 굳이 유리창이 필요 없는 히페르보레아에서는 보기 드물게 유리를 끼운 창문들이었다. 최고 사서는 귀중한 필사본에 똥을 싸는 날짐승들—비둘기, 참새, 까마귀—과 치열한 싸움을 벌이고 있었다. 아직도 참새 몇 마리가 책장에 둥지를 틀고 버티고 있어서 이따금 도발적으로 짹짹거리는 소리가 들렸다.

라스티아낙스는 반구형 천장 아래 수십만 권의 책이 소장된 거대한 방을 훑어봤다. 이례적으로 커다란 발광체 전구들이 행성의 타원 운동을 흉내 내듯 여기저기 둥둥 떠다니는 모습이 흡사 거대한 천문 관측기처럼 보였다. 빛과 그림자가 유희를 벌이는 것 같은 몽롱한 빛이 서가를 밝혀주고 있었다. 중앙도서관은 한 탑의 상위 네 개 지구를 차지하고 있지만 오직 7지구를 통해서만 출입할 수 있었다. 라스티아낙스는 이것도 히페르보레아의 불합리한 점 중 하나라고 팔라테스에게 수차례 지적했지만 그의 멘토는 각료 의회에서 이 문제를 거론할 용기를 내지 못했다.

"안녕, 라스티아낙스. 특별히 찾는 책이 있나?"

라스티아낙스가 고개를 돌리자 최고 사서가 수사본 한 권을 들고 다가오고 있었다. 덥수룩한 백발에 구레나룻을 길게 기른 마법사의 모습이 마기스테리움을 장식하는 현자들의 흉상과 닮아 있었다. 라스티아낙스는 노인이 가장 총애하는 학생이었다. 라스티아낙스는 4학년이 끝날 즈음 책을 가장 많이 빌려 가는 기록을 세워 그에게 깊은 감동을 주었기 때문이다. 최고 사서는 오랫동안 라스티아낙스가 고문서 팀에 합류할 거란 희망을 품고 있었다. 하지만 그가 정치를 선택하는 바람에 크게 실망했다.

"안녕하세요, 마스터." 라스티아낙스가 대답했다.

라스티아낙스는 이제 자신도 같은 급의 마법사가 되었으니 유감스럽지만 최고 사서를 '마스터'라고 부르는 습관을 버려야 한다고 생각했다.

"책을 찾으러 온 것이 아닙니다, 제노도토스, 피라를 만나러 왔는데 혹시 보셨습니까?"

라스티아낙스는 경마 대회가 끝났을 때 피라를 만나려고 했지만 이미 사라지고 없었다. 동기생들은 모두 졸업 심사 준비로 바쁘기 때문에—페트로클루스를 제외하고—도서관에 오면 피라가 있을 거라고 그는 생각했다.

최고 사서는 방문 목적을 듣고 실망하는 빛이 역력했다.

"'신비학B' 칸에서 로도프랑 공부하고 있지." 최고 사서는 서운한 듯 입술을 실룩거리면서 멀어져 갔다.

라스티아낙스는 공중부양기 쪽으로 가는 동안에도 '로도프랑 공부하고 있다'는 말이 머릿속을 떠나지 않았다. 그가 그토록 싫어하는 로도프와 피라가 너무 많은 시간을 함께 보내고 있는 것이 영 마음에 들지 않았다.

라스티아낙스는 '신비학B' 칸으로 순식간에 데려다주는 기계에 대한 고마운 마음도 없이 마치 화풀이를 하듯 공중부양기를 작동했다. 만약 피라가 자주 만나는 사람이 로도프가 아니었다면 이토록 화가 나지는 않을 터였다. 로도프는 라스티아낙스와 정반대였다. 매력적이고 사교적인 데다 말 그대로 좋은 집안에서 금수저로 태어난 히페르보레아의 대표적인 귀공자였다. 라스티아낙스는 상대적으로 모든 면에서 부족하다는 열등의식 때문에 로도프를 참을 수가 없었다.

그가 '신비학B' 칸에 도착했을 때 로도프는 어깨가 닿을 정도로 피라 쪽으로 몸을 숙이고 그녀가 실험 중인 기계에서 뭔가를 가리키고 있었다. 라스티아낙스는 추잡한 스킨십이라고 생각했다. 그는 이성적으로 생각하려고 무진 애를 쓰면서 큰 소리로 헛기침을 하면서 통로로 들어갔다. 로도프와 피라가 그를 향해 고개를 들었다. 피라는 자신이 만든 마법역학 발명품을 실험하느라 확대경을 쓰고 있었고, 바실레우스 그랑프리 대회 때 입은 옷 대신 더 편안한 문하생 튜닉을 입고 있었다.

"라아아아스트!" 로도프가 일어나기 위해 의자를 뒤로 빼면서 외쳤다. "잘 지내지?"

로도프가 우악스럽게 라스티아낙스의 손을 잡고 손바닥을 마주
쳤다.

"아, 미안, '마스터'라고 불러야 하는데, 이제는." 로도프가 윙크를
보내면서 말을 이었다. (그럼 그렇게 불렀어야지, 라스티아낙스는 속으로
말했다.) "마침내 보라색을 입으니까 기분이 어때? 거물이 된 느낌이
려나?"

"아주 바쁘지." 라스티아낙스는 차갑게 대답했다. "피라, 잠깐 얘
기 좀 할 수 있을까?"

라스티아낙스는 말을 꼬아서 하는 버릇이 있는 피라가 이번만은
그러지 않길 바라면서 일부러 경쾌한 어조로 말했다. 피라는 자신의
발명품 쪽으로 고개를 숙이고 기계 머리에 작은 톱니바퀴를 올리는
데 몰두하고 있었다.

"괜찮다면 여기서 말해도 돼." 피라는 마치 라스티아낙스에게 손
톱만큼도 관심이 없다는 듯 기계에서 눈을 떼지 않은 채 대답했다.

"둘이서만 얘기하면 좋겠는데." 라스티아낙스는 물러서지 않았
다.

로도프는 활짝 웃으면서 자기가 머리의 절반 정도가 더 크다는
걸 강조하려는 듯 라스티아낙스의 어깨에 팔을 둘렀다.

"하하하, 라스트가 비밀리에 할 얘기가 있나 보네." 로도프가 친
한 척 라스티아낙스의 어깨를 흔들면서 말했다. "피라에게 고백이라
도 하려고?"

피라가 마침내 기계에서 눈을 떼고 확대경을 이마 위로 올렸다.
얼굴이 빨개진 라스티아낙스는 실실 쪼개면서 으스러져라 어깨를

움켜잡는 로도프를 무시하려고 노력했다. 누가 보면 되게 돈독한 사이로 보일 터였다.

"라스트, 진짜 나한테 고백하려고?" 피라가 놀렸다.

"그게 아니라는 건 네가 잘 알잖아." 라스티아낙스는 퉁명스럽게 대꾸했다. "정치에 관한 비밀 얘기를 하려고." 그는 어깻짓으로 로도프를 떼어내면서 말했다.

이번에는 피라가 관심을 보였다. 그녀는 확대경을 벗고 로도프 쪽으로 고개를 돌렸다.

"로도프,《마법역학 톱니바퀴》가져다줄래? '마법역학R' 칸에 가면 맨 끝 선반에 있는데."

로도프는 머뭇거리다가 공손하게 허리를 굽히면서 말했다.

"넵, 분부대로 하겠나이다."

로도프가 스스럼없이 툭 치면서 지나가자 라스티아낙스는 다시 한번 꾹 참았다. 로도프가 나가자 피라와 라스티아낙스는 잠시 말없이 서로를 쳐다봤다.

"분부대로 하겠나이다?" 라스티아낙스가 빈정거렸다.

"다른 여자 찾아보지 그래, 라스티아낙스." 피라가 신경질적으로 머리칼을 귀 뒤로 넘기면서 대꾸했다. "그러면 다른 사람들의 관계에 관심 끄게 될 텐데. 나한테 꼭 이야기하겠다는 정치적인 일이라는 게 뭔데?"

라스티아낙스는 피라를 만나러 온 목적을 잊어버렸다.

"아, 그게 뭐냐면……. 근데 '다른 사람들의 관계'라니 그게 무슨 뜻이야? 너 쟤랑 사귀어?" 라스티아낙스가 단도직입적으로 물었다.

피라가 팔짱을 끼고서 천천히 입을 열었다.

"아니. 설사 그렇더라도 네가 상관할 일 아니지. 그래서 용건이 뭔데?" 그녀가 발을 탁탁 구르면서 덧붙였다.

라스티아낙스는 차라리 마음이 훨씬 홀가분해지는 것 같았다. 그는 쾌활한 어조로 용건을 설명하다가 화가 난 피라가 입술을 오므리는 걸 보면서 자신의 결정을 후회했다. 그녀가 사나운 아마존 뺨치게 매서운 시선으로 노려봤다.

"꿈 깨시지!" 피라가 분노했다. "그게 네가 정치하는 방식이야? 나더러 그 늙다리 난봉꾼을 만나라고? 내가 장관이라면 껌뻑 죽을 줄 알았어? 그리고 내가 왜 그딴 일을 받아들이지? 그래서 네가 얻는 게 뭔데? 그리고 나는, 내가 얻는 건 뭐고?"

라스티아낙스는 피라가 그에게 이렇게 말을 많이 하는 건 몇 달 만에 처음이라고 생각했다. 상황을 생각하면 기뻐할 일은 아니었다. 그는 모자이크 바닥을 내려다보면서 뭐라고 말할지 궁리했다.

"네가 그래주면 나는 평등화 장관 자리를 위한 트리에리오스의 지지를 받아." 라스티아낙스는 솔직하게 말했다. "한 표가 부족해서……. 나… 나는 그 사람을 좋아해 달라는 게 아니라 그냥 음식점에서 반 시간쯤 같이 밥이나 먹으라는 거야. 믿어줘, 트리에리오스가 나에게 다른 걸 요구했으면 좋았을 텐데."

라스티아낙스는 입을 다물고 계속 모자이크 바닥을 응시하면서 피라의 반응을 기다렸다. 피라의 냉랭한 침묵이 길어지자 라스티아낙스는 점점 더 거북해졌다.

"이제 후임 지명권이 있는 팔라테스가 안 계시니 이 절호의 기회를 잡지 않으면 나는 도서관의 사서나 그런 비슷한 일을 하면서 살게 될 거야. 너도 알잖아, 권세 있는 가문 출신이 아니면 여기서 사는 인생이……."

"평등권."

라스티아낙스는 깜짝 놀라서 모자이크 바닥에서 시선을 떼고 고개를 들었다. 피라는 팔짱을 낀 채로 굳은 얼굴로 창밖을 바라보고 있었다.

"내가 부탁을 들어주고, 내 도움으로 네가 평등화 장관이 되면 각료 의회에서 이 도시의 **남녀평등권**을 위해 최선을 다하겠다고 약속해."

피라는 입을 다물고 라스티아낙스를 뚫어져라 쳐다봤다. 그는 한동안 한마디도 할 수 없었다. 피라는 몇 년째 히페르보레아 여성들의 법적, 사회적 불평등에 반기를 들고 있었다. 라스티아낙스는 그녀와 의견이 같지만 그 문제에 관련해 진지하게 생각해본 적이 없었다. 그런데 지금 피라가 그를 궁지에 몰아넣고 있었다. 이 거래를 거절하면 그는 피라의 호의적인 마음을 또다시 잃는 것이었다. 하지만 받아들이면 배반자로 전락할 위험이 있었다. 라스티아낙스는 각료 의회의 늙다리들에게 아내들이 원하는 삶을 살 수 있게 해주자고 설득할 힘이 없었다.

"약속할게."

그는 피라에게 멸시당하고 싶지 않았다.

"그럼 트리에리오스에게 함께 점심 먹자는 청을 받아들인다고 전해." 피라가 차가운 어조로 말했다. "딱 반 시간만. 그리고 내가 정하는 장소에서."

그는 피라가 의혹을 가질까 봐 시선을 피하면서 말했다.

"도와줘서 고마워. 트리에리오스에게 네 대답을 전할게." 라스티아낙스는 그렇게 말하고 공중부양기를 향해 돌아섰다.

"라스트……."

그는 조롱하는 것이 특기인 피라가 자신을 애칭으로 부르는 것보다 머뭇거리는 어조가 더 놀라워서 돌아봤다. 의자에 앉은 피라가 확대경을 만지작거리고 있었다.

"네가 그 약속을 지키길 진심으로 바랄게."

라스티아낙스는 고개를 끄덕이고 불편한 마음으로 돌아섰다.

아르카

바실레우스 그랑프리 대회가 끝난 지 사흘이 지났을 때 푸발의 아내 샤리클로가 꼭두새벽에 아르카에게 **인터니보 은행**의 금고에 드디어 상금이 입금되었다고 알려주었다. 경주를 하다 무릎을 다친 아르카는 집주인의 직업을 연상시키는 작은 집에서 대부분의 시간을 보냈다. 아르카가 자는 침대는 사실 말에게 씌어주는 덮개 더미였다. 거실 한쪽 구석에 쌓아놓은 수십 개의 안장에는 먼지가 뽀얗게 앉아 있었다. 모자걸이에는 낡은 가죽 띠와 재갈이 정렬되어 있었다. 말을 위한 약방 같은 선반에는 이상한 물질—아르카가 이해한 바에 따르면 경주 규정상 승인되지 않은—이 담긴 병이 잔뜩 놓여 있었다. 이런 것들 때문에 집이 너저분하고 마사처럼 보이는 것이 샤리클로의 큰 골칫거리였다.

대머리인 남편과 달리 머리숱이 많은 샤리클로는 얼굴이 동그랗고, 코가 길고 뾰족해서 분주하게 뛰어다니는 암탉의 부리를 연상시켰다. 경주 대회 전까지 그녀는 남편이 엉뚱한 짓을 벌이는 바람에 거리에 나앉게 될 거라고 확신하고 아르카를 아주 차갑게 대했다. 그런데 아르카가 평생 놀고먹을 수 있는 돈을 가져다주자 이 복덩이를 입양할 마음을 먹은 것 같았다. 샤리클로는 아르카의 퉁퉁 부은 무릎을 치료하기 위해 평소에 푸발이 말에게 하는 찜질을 해주었다. 1지구에 우글거리는 모기들에게 물리지 않으려면 아침마다 씹어야 하는 몇 가지 풀을 가르쳐주는가 하면 운하의 더러운 물을 식수로 사용하려면 어떻게 여과해야 하는지도 알려주었다. 그리고 특별히 그녀는 남편이 아르카에게 상금의 십분의 일을 주겠다고 한 약속을 지키도록 신경을 써주었는데 생각보다 힘든 과정이 있었다. 히페르보레아의 은행가들은 아르카의 이름으로 된 계좌를 열어주는 것에 난색을 표했다. 미성년자인 데다 대신 관리해줄 후견인이 없는 소녀에게 천 히페르를 내어준 전례가 없다는 것이 이유였다.

"아르카, 네가 독립심이 강한 아이라 다행이지만 아버지를 찾더라도 금화를 뺏기지 않도록 조심해." 샤리클로는 진지한 어조로 당부했다. "아버지가 자기 이름의 계좌에 넣게 해서는 절대 안 돼, 알아들었지?"

도시의 꼭대기로 빨리 아버지를 찾으러 갈 생각에 안달이 나 있는 데다 낙천적인 아르카에게 이 당부는 아무런 효과가 없었다. 아르카는 아침을 먹어치우고 샤리클로가 수선해준 낡은 갈색 튜닉을 걸치고는 빨리 집을 나가려고 인사도 하는 둥 마는 둥했다.

문 앞에는 샤리클로가 놓아 둔 낡은 운동화 한 켤레가 있었다. 아르카는 쭈그리고 앉아서 운동화를 신었다. 이 동작 때문에 경주로 인해 지친 근육과 붓기가 겨우 가라앉은 무릎에 통증이 몰려왔다. 아르카는 얼굴을 찌푸리면서 일어났다.

모든 조련사들이 그렇듯 푸발도 마사 인근 주거 환경이 열악한 동네에서 아내와 살고 있었다. 아래쪽 거리에서 곰팡이 냄새가 올라오고, 운하의 고인 물에서는 거품이 일었다. 탑을 둘러싼 나선형 층계를 통해 1지구에 속하는, 건물의 여덟 개 층을 오갈 수 있었다. 좁은 통로의 난간에 널어놓은 해진 속옷들의 밑단이 먼지구덩이에 끌렸다. 주변 탑들과 위쪽 수도교 때문에 건물의 정면은 늘 희미한 빛에 잠겨 있었다. 황폐하고 다닥다닥 밀집된 주거 환경은 주민들의 기분에도 영향을 주었다. 아르카는 일주일 사이에 집안싸움을 어찌나 많이 들었던지 서사시 한 편을 읽은 것 같았다.

아르카가 오리처럼 뒤뚱뒤뚱 층계를 내려갈 때 계단에 퍼질러 앉은 **파란연꽃 껌**을 파는 장사꾼들이 일제히 소녀를 쳐다봤다. 아르카는 치아를 누렇게 만들면서 황홀경에 빠트리는 이 마약성 껌의 불법 판매로 인한 해악을 알아차리는 데 그리 오래 걸리지 않았다. 이 마약에 중독되어 껌을 씹어대다 밥 먹는 걸 잊는 바람에 굶어죽는 이들도 있었다. 돈벌이가 되자 장사꾼들이 운하란 운하에는 모조리 파란연꽃을 재배하기에 이르렀고, 파란연꽃 군락지 위를 날아다니는 잠자리 떼가 뜻밖의 장관을 연출했다. 이 한 가지만은 긍정적인 면이었다.

아르카는 푸발에게 인사를 하러 마사로 향했다. 우승을 하고 은행에서 두 번 만난 뒤로 조련사는 나보와 시간을 보내면서 바실레우스 그랑프리상의 영광을 만끽하고 있었다. 아르카도 기쁨을 누리고 있었다. 오랜만에 집 밖으로 나온 아르카가 절룩거리면서 동네를 걷고 있을 때 많은 주민이 알아봐주었다. 아르카는 이 유명세가 은근히 기분 좋았다. 운하를 따라 걸어가는데 한 푸주한이 다가와서 축하해주었다. 좀 더 걷다가 한 무리의 십 대 아이들과 마주쳤을 때는 한 아이가 친구를 팔꿈치로 치면서 손가락으로 아르카를 가리켰다. 아이들은 눈이 동그래져서 아르카를 쳐다봤다. 어느 탑 앞을 지나갈 때 한 현관 앞의 계단에 앉아 있던 노인이 아르카를 보면서 엄지손가락을 치켜들었다.

"얘야, 아주 잘했다." 노인이 말했다.

한껏 우쭐해진 아르카는 누군가가 우승을 칭찬해주면 이번에는 겸손하게 머리를 숙일 생각으로 걸었다. 하지만 이후로는 아무도 소녀를 알아보지 못했다. 이에 실망한 아르카가 등번호를 달고 나올 걸 그랬나 생각하면서 걷는 사이 마사에 도착했다.

나보의 칸(다른 말들의 칸보다 두 배가 더 넓은) 옆에 앉은 푸발이 혀를 내밀고 팻말에 글자를 쓰고 있었다. 글자를 다 쓴 뒤, 그는 붓을 손에 쥔 채로 일어나서 팻말을 살펴봤다.

나보,

바실레우스 그랑프리 챔피언

그리고 그 밑에 이렇게 적혀 있었다.

관람 가격 1보레온

푸발은 망치를 집어 들고 나보의 칸 앞, 바닥에 팻말을 박았다. 그러고 나서 그가 슬그머니 말의 콧잔등에 입을 맞추자 나보가 깨물려고 했다.

"돈을 내고 얘를 보러 오는 사람이 진짜 있어요?"

푸발이 소스라치게 놀라서 아르카를 향해 돌아섰다.

"아, 왔구나! 좋아 보이네, 다리를 좀 덜 저는 것 같기도 하고. 벌써 얼마나 많이 다녀갔는지 넌 짱짱도 못 할 거야. 오늘도 계속 이어지고 있다니까!" 푸발이 신이 나서 말했다.

푸발의 말이 맞다는 걸 증명해주듯, 아르카 또래의 소년이 마사 입구에 나타났다. 낡은 등산 모자 밖으로 갈색 곱슬머리가 삐져나와 있었다. 돔 안에서는 늘 날씨가 좋기 때문에 아르카는 모자의 용도가 궁금했다.

"푸발이세요?" 소년이 물었다. "이 말이 나보예요?" 소년이 흥분된 얼굴로 작은 백마를 가리키면서 덧붙였다. "좀 봐도 돼요?"

소년은 발음이 명확하고 느릿느릿한 것이 귀족의 억양이었다. 그렇지만 튜닉은 남루했고, 팔찌처럼 손목에 알록달록한 천 쪼가리를 감고 있었다.

"관람 가격 1보레온!" 푸발이 팻말을 가리키면서 말했다.

소년은 호주머니를 뒤져서, 푸발이 내민 손바닥에 동전 한 줌을 쥐어준 뒤 완전히 홀린 얼굴로 나보에게 다가갔다. 아르카는 푸발의 손을 힐끔 쳐다봤다.

"아, 이거 1히페르는 되는 거 같은데……." 아르카가 속삭이는 사이 소년이 말을 쓰다듬으려고 했지만 나보가 돌아서버렸다.

"괜찮아, 마법파 아들인데 뭐, 장담하는데 동전을 폐지도 않았을 거야." 푸발이 대답하면서 동전을 반으로 나눴다. "자, 받아, 이건 네 몫이야. 이제 협상하자, 내가 나보를 돌보고 있으니까 이것도 나누는 게 맞아."

협상에 협상을 거듭한 끝에 그들은 합의에 이르렀다. 푸발이 약속을 지킬 거라고 믿어 의심치 않는 아르카는 고개를 끄덕였다. 푸발은 도덕성이 거의 실종된 경마계에서 보기 드물게 정직한 조련사였다. 샤리클로의 세심한 배려 덕분에 아르카는 받기로 약속한 상금을 전부 받을 수 있었다. 아르카는 이제 7지구로 올라가기에 충분한 돈을 갖고 있지만, 그곳에는 나보가 있을 데가 없었다. 바로 그때 넋을 놓고 쳐다보는 소년 앞에서 나보가 기분 나쁘다는 표시로 똥을 부지직 쌌다.

"저기요, 말총 몇 개 살 수 있을까요?" 똥 세례로는 열광하는 마음이 식지 않는다는 듯 소년이 물었다. "털을 갖고 있으면 오늘 오후에 치르는 마법 평가전에 행운이 있을 거 같아서요."

"얼마나 줄 건데……." 푸발이 물었다.

"안 돼요." 나보가 조련사처럼 대머리가 되는 걸 원치 않는 아르카가 말을 잘랐다.

"그럼 타볼 수 있을까요? 경주로를 한 바퀴만……."

이번에는 푸발과 아르카가 동시에 대답했다.

"안 돼!"

기분이 상한 소년이 마지막으로 쓰다듬어주려다가 말이 물어뜯으려 하자 얼른 손을 빼고 귀가 빨개져서 마사를 황급히 떠났다.

"에이, 마법파들 눈에 나면 안 되는데." 푸발이 침울한 얼굴로 멀어져 가는 소년을 바라봤다.

"쟤가 무슨 시험을 본다고 했는데 그게 뭐예요?" 아르카가 물었다.

아르카가 다가가서 쓰다듬어주자 이번에는 나보가 얌전히 있었다.

"내가 어떻게 알겠니? 나랑은 아무 팡관없는 부자들의 일인데." 푸발이 구시렁거렸다. "근데 여긴 무픈 일로 왔니?"

"작별 인사하러 왔어요." 아르카가 대답했다. "7지구에 가려고요."

"아, 마법파라는 네 아버지 찾으러? 아버지에 대해 알고 있는 게 뭔데?"

아르카는 나보의 이마를 긁어주면서 어깨를 으쓱했다.

"전혀 몰라요, 마법사라는 것과 나포카에서 살았다는 것 말고는."

"네 어머니가 더 말해준 게 없어?"

"어머니는 나를 낳다가 돌아가셨어요." 아르카는 말의 이마갈기를 비비 꼬면서 대답했다. "그것도 내 후견인한테 들은 거예요."

"그 후견인은 어디 있는데?"

"그분도 돌아가셨어요. 이제 진짜 가봐야겠어요." 아르카가 말했다(더 길게 얘기하고 싶지 않았다). "나를 위해서 나보를 잘 보살펴주세요." 아르카는 마지막으로 말의 둥근 머리를 비벼주면서 덧붙였다.

푸발은 걱정스러운 눈으로 잠시 아르카를 쳐다보다가 안아주려고 다가갔다. 하지만 생각을 바꾸고 멋쩍어하면서 아르카의 머리를 토닥여주었다.

"참 용감한 아이구나. 7지구에 가더라도 거기 파람들에게 물들면 안 돼, 멍청이들만 있는 곳이니까." 푸발이 무뚝뚝하게 덧붙였다.

아르카는 고개를 끄덕이고 나서 주먹으로 조련사의 어깨를 툭 쳐주는 것으로 친근함을 표하고 마사를 나갔다. 푸발이 소리쳤다.

"진짜 네 말이 맞았어. 네가 3지구의 조련파를 만나러 갔더라면 아, 나는 지금 폰가락을 물어뜯고 있을 테지."

"사실은 만나러 갔어요, 다른 지구의 조련사들도 모두." 아르카가 즐거운 어조로 대답했다. "아저씨는 내가 마지막으로 찾아간 조련사였어요. 그러니까 손가락을 물어뜯고 있을 사람은 그 사람들이겠죠."

푸발이 믿기지 않는 시선으로 쳐다보는 사이 아르카는 마사를 떠났다.

한 시간 후, 아르카는 인터니보 은행에서 금화를 인출했고, 출입문 앞에서 거북 운전사 한 명을 발견했다. 운전사는 아르카를 제일 가까운 톨게이트로 데려갔다. 그곳에서는 거북들이 2지구로 올라가기 위해 운하에서 대기하고 있었다. 차례가 되자 운전사가 자신의 거북을 그물추가 달린 그물 안에 넣었다. 아르카가 톨게이트 승강기 기사에게 2히페르를 내자 도르래가 작동했다. 도르래가 돌면서 그물이 당겨지고 거북이 들어 올려졌다. 거북 등갑에서 물이 뚝뚝 떨어지고 있었다. 아르카는 가장 가까이 있는 밧줄을 움켜잡았다.

"여기 사람 아니지? 처음 타면 늘 놀라워하지." 운전사가 즐거워했다.

위쪽 운하에 도착하자 거북이 2지구에서 운행을 시작했다. 아르카는 운전사가 하는 얘기를 건성으로 듣고 있었다. 공중 운하에 있으니 느낌이 이상했다. '땅'이나 '거리' 같은 말보다는 '수로', '다리', '톨게이트' 같은 용어에 익숙해질 필요가 있었다. 수로와 허공 사이에 작은 난간이 달린 좁은 보도가 있었다. 조금이라도 비틀거렸다가는 10미터쯤 아래로 추락하게 생겼는데도 행인들은 태연히 오갔다. 한 어머니가 위험하게 난간에 너무 바짝 붙어서 까불거리는 아이들을 야단치는 모습이 보였다. 더러운 운하를 따라 알록달록한 띠가 길게 퍼지고 있었다. 그 띠는 한 협소한 공장에서 새어 나오고 있었는데 벌겋게 달아오른 용광로들이 보였다. 공장 안에서 장인들이 고열로 가열한 불투명하고 물렁한 유리 반죽을 능숙하게 다루고 있었다.

"작은 나포카의 유리공장이야." 운전사가 이제는 열심히 도시에 대해 설명해주고 있었다. "나포카 이주민들이 여기 많이 사는데, 이 주민들이 모든 발광체 전구와 히페르보레아의 아다만트를 생산하고 있지."

그들은 또 다른 톨게이트에서 승강기를 타고 3지구로 올라갔다. 앞선 두 지구보다 깨끗하고, 상층의 벽들이 온통 벽화로 장식되어 있는 것이 인상적이었다. 그걸 빼고는 거대한 시장처럼 보였다. 1층은 운하를 따라 상점들이 줄지어 있었다. 수도교 위에서는 장사꾼들이 허공과 보도에 걸쳐 작은 노점을 설치하는 것으로 공간을 확보하고 있었다. 운하에서는 작은 보트에 좌판을 벌여놓고 먹거리와 도기, 마법 기계, 점술서, 그 밖의 희한한 물건들을 팔고 있었다. 거북이 혼잡한 수로를 비집고 나가려고 애쓰는 사이, 장사꾼 십여 명이 물건을 팔려고 아르카와 운전사를 소리쳐 불렀다.

그들은 그렇게 계속해서 주물 공장과 방적 공장, 도기 공장이 즐비한 4지구의 산업 지대를 지나갔다. 곳곳에서 장인들이 두드리거나 구부리고, 뭔가를 새기거나 다듬고, 물로 씻고 있었다. 마법 주문에 따라 재료들이 지면에서 떠오르다 불이 붙으면서 형태가 변하고 있었다. 물품을 잔뜩 실은 거북들이 오가면서 휘저어진 물에 폐기물이 쌓이고 있었다. 지구가 바뀔 때마다 끊임없이 오감을 자극하는 주변의 다채로운 경관에 빠져 있다 보니 아르카는 머리 위에 돔이 있다는 것도, 발밑은 허공이라는 것도 잊었다. 마치 나포카처럼 수평적인 대도시 한복판에 있는 것 같았다.

5지구로 가는 톨게이트에 이르렀을 때 운전사가 아르카가 미처 보지 못한 탑 하나를 가리켰는데 건물들 사이로 삐죽 솟아 있었다. 다른 탑들보다 여섯 배는 폭이 넓은 데다 창문이 없어서 더 웅장해 보였다. 둥근 벽면에 새긴 얕은 돋을새김 장식이 꼭대기까지 이어져 있어서 조각품처럼 보였다. 탑 위쪽은 회랑과 테라스 정원을 갖춘 근사한 궁전이었다.

"뭐예요?" 거북이 그물 승강기 안으로 들어가는 사이 아르카가 물었다.

"**물의 성**이야." 운전사가 대답했다. "바실레우스가 저기 살고 있지."

"저 탑에는 왜 창문이 없어요?" 아르카가 승강기 기사에게 5히페르를 주면서 물었다.

"물의 성이니까." 운전사가 대답했다. "탑 밑에 지하 하천이 있어서 마법 기계식 펌프로 물을 궁전까지 끌어올린 다음 물을 운하로 흘려보내지. 바로 그래서 마법사들은 제일 깨끗한 물을 사용하는 거야." 운전사가 못마땅한 어조로 덧붙였다. "저쪽을 봐." 그가 이번에는 총안이 뚫린 을씨년스러운 대형 탑을 가리켰다. "저건 교도소야. 사람들은 **엑스트락트리스**라고도 부르지."

"그게 뭔데요?"

"'추출소'란 뜻이야. 아니마와 관련 있어." 운전사가 대답했다.

조용하고 깨끗한 5지구에는, 공장장들과 부자 상인들이 거주하고 있었다. 창틀마다 도르래와 허브 화분이 놓여 있었다. 다리에는 덩굴식물들이 커튼을 드리우고 있고, 그 아래 맑은 물 속에서는 반짝이는 작은 물고기들이 유영하고 있었다. 탑들의 그림자가 사라지면서 벽을 장식하는 기하학 무늬들이 드러나 보였다. 관료들이 사는 6지구의 집들은 더 호화로웠다. 안쪽으로 휘어진 운하의 하얀 돌바닥이 해초 틈새로 보이고, 철제 난간들이 보도를 따라 세워져 있었다. 기분 탓일까, 아르카는 공기 자체가 더 깨끗하고 투명하다고 생각하면서 그 느낌을 운전사에게 말했다.

"공기정화 인장 때문이야." 운전사가 설명하면서 도시를 에워싸고 있는 아다만트 돔을 가리켰고, 아르카는 아다만트에 새겨진 여러 개의 커다란 원과 원 안에 가득한 문양들을 볼 수 있었다. "하위 지구에도 공기정화 인장이 새겨져 있지만 늘 고장이야. 재무 장관은 예산이 부족해서 계속 작동시키는 데 들어가는 비용이 만만치 않다는 이유를 대고 있지. 물론 그딴 말은 마법사들의 핑계에 지나지 않지만! 아무튼 공기 순환에 문제가 있으니 아래쪽에서는 모기가 득실거리고 질병이 퍼지는 것이 당연할 수밖에. 조폭들이 판을 치는 건 말할 필요도 없고. 그런데도 마기스테리움은 조직범죄 집단들이 멋대로 행동하게 방치하고 있어. 그러면 경찰관들에게 비용을 지불할 필요가 없으니 아주 실리적인 거지."

운전사가 마법사들을 신랄하게 비난하는 사이, 그들은 7지구로 가는 톨게이트에 도착했고, 마지막 승강기에 올랐다. 아다만트에 거북이 비칠 정도로 돔이 가까워지고 있었다. 각 탑의 꼭대기에 마법사들의 저택들이 보였는데 바실레우스의 궁전에 버금갈 정도로 아름다웠다. 회랑, 비취 분수대, 대리석 조각상들, 울창한 식물, 벽화들이 잘 어우러져 있었다. 아르카는 그물 위로 몸을 숙이고 눈앞에 펼쳐지는 깎아지른 절벽을 힐끔 쳐다봤다. 착시 현상인지 아래쪽의 탑들이 가까이 있는 것처럼 보였다. 조밀하게 구성된 수도교들로 인해 조망권을 잃은 탓에 1지구는 희미한 빛에 잠겨 있었다. 아르카는 잠시 운하와 탑 사이를 빙빙 돌면서 도시의 바닥으로 날아가는 상상을 했지만…… 그럴 능력도 없는 데다 도시의 꼭대기까지 오는 데 너무 많은 에너지를 쏟았기 때문에 바로 떠날 순 없었다.

7지구에 도착하자 아르카는 운전사에게 품삯을 주고 오색찬란한 모자이크 바닥으로 뛰어내렸다. 소문처럼 히페르보레아 도로가 금으로 포장되어 있는 건 아니지만, 7지구는 가히 그 소문에 손색이 없을 정도였다.

아르카는 마법사를 찾으려고 주변을 두리번거리면서 걷기 시작했다. 마법사가 육백 명이 넘는다고 했으니 도착하자마자 마법사를 볼 수 있을 거라고 기대하고 있었다. 하지만 하위 지구는 일하는 사람들로 북적이는 데 반해 7지구는 아주 조용했다. 1탑 1주택 비율로 계산하면 7지구는 히페르보레아의 다른 지구들보다 주민수가 훨씬 적었다.

운하를 따라 걸어가는 동안 보이는 것이라고는 열심히 일하고 있는 하인들밖에 없었다. 마법 송풍기를 사용해서 모자이크 바닥을 청소하는 하인, 덩굴식물을 베어내는 하인, 뜰채로 파란 물에 떠다니는 쓰레기를 건져내는 하인. 하인들로 보이는 사람들이 사실은 공동체를 위해 헌신하는 마법사들이 아닐까 생각하던 아르카는 드디어 한 저택의 현관 층계에서 마법사를 발견했다.

마법사가 집을 나서자 아르카보다 불과 몇 살 더 먹어 보이는 하인처럼 보이는 소년이 졸졸 따라다니면서 보라색 토가의 매무새를 만져주었다. 각 지게 주름 잡힌 토가의 묵직한 천이 오른쪽 어깨를 휘감으며 팔뚝을 따라 늘어지면서 땅바닥에 끌리는데, 히페르보레아의 열대 기후에 입기에는 아주 불편한 복장임에 틀림없었다. 한 운전사가 마법사 앞에 거북을 대령했다. 마법사가 짜증스러운 손짓으로 하인을 물러가게 하더니 옷자락을 홱 걷어 올리면서 거북에 올라탔다. 의기소침한 얼굴로 거북을 타고 멀어져 가는 마법사를 바라보던 소년이 고개를 돌리다 그를 향해 걸어오는 아르카를 발견했다. 그는 하얀 튜닉에 두 줄로 된 오렌지색 벨트를 차고 있었다.

"안녕!" 아르카가 말했다.

"안녕." 소년이 눈살을 찌푸리면서 대꾸했다.

"뭐 하나 물어볼게." 아르카가 대뜸 질문을 던졌다. "혹시 네 주인이 나포카에 사신 적 있니?"

"나의 멘토께서는 히페르보레아를 떠나신 적이 없어." 소년이 거만하게 대답하면서 돌아섰다.

"아, 그렇구나." 실망한 아르카가 대답하면서 어리둥절한 얼굴로 (멘토가 무슨 뜻이지?) 물었다. "그럼 나포카에 사셨을 것 같은 마법사는 알아?"

"몰라." 소년이 퉁명스럽게 대답했다. "잘 가."

그렇게 말하고 소년은 저택으로 들어가서 대문을 쾅 닫았다. 풀이 죽은 아르카는 하인들조차 이토록 불친절한데 어떻게 해야 마법사에게 접근할 수 있을까 생각했다. 하지만 이제 겨우 한 명 물어본 것일 뿐이었다. 마법사는 아직 많이 남아 있었다.

다행히 다음 운하에서 만난 하인들과는 대화를 좀 더 길게 할 수 있었다. 그들의 주인은 마법사가 맞지만 그들이 아는 한 나포카에서 산 적이 없었다. 그걸 왜 알려고 하는데? 아, 먼 친척을 찾고 있거든요……. 이 모호한 대답에 하인들이 경계를 하면서 대화는 끝이 났다. 아르카는 7지구에 있는 공중 운하 중 사분의 일에 해당하는 승강장들을 돌아다니면서 같은 질문을 반복했지만 아무런 소득이 없었다.

정오경, 기진맥진한 아르카는 거북들이 오가지 못하게 막아놓은 수도교에 조성된 정원에서 걸음을 멈췄다. 꽃이 만발한 덩굴식물로 아치형 지붕을 만든 정자가 하나 있고, 그 아래 군락을 이룬 수련이 수면을 뒤덮고 있었다. 아르카는 정자에 앉아서 운동화를 벗고 또

다시 퉁퉁 부은 무릎을 시원한 물속에 담갔다. 호기심에 몰려온 작은 물고기 떼가 아르카의 발가락을 건드렸다. 정자를 휘감은 포도나무에서 포도송이 하나가 오른쪽에 늘어져 있었다. 아르카는 포도송이를 따서 한 번에 네 알씩 허겁지겁 먹어치웠다. 오는 도중에 음식 파는 곳은 전혀 발견하지 못했다. 마법사들은 모두 개인 요리사가 있는 것이 틀림없었다.

수도교 끝자락에 열여섯 살쯤 되어 보이는 소녀 셋이 물 한가운데에 있는 커다란 수련 위에 앉아서 수다를 떨고 있었다. 반짝이는 초록색 잎들이 소녀들의 무게 때문에 약간 휘어져 있었다. 소녀들의 긴 옷에 금 브로치가 달려 있었다. 숱진 밤색 머리에 인형 같은 파란 눈의 통통한 소녀가 작은 붓으로 빨간 연지를 입술에 바르고 있는데 그중 가장 세련된 옷차림이었다. 같은 수련에 책상다리를 하고 앉은 빼빼한 금발 소녀는 친구에게 손거울을 비쳐주면서 부러운 눈으로 연지 단지와 붓을 쳐다보고 있었다. 그 옆의 잎에 앉은 주걱턱의 갈색 머리 소녀도 물속에 발을 담그고 있었다.

아르카는 아버지에 대해 물어보기 위해 그들을 방해해도 될지 망설였다. 아직 7지구의 행동 규범에 대해 아는 것이 없지만, 열세 살과 열여섯 살 소녀들 간의 암묵적이고 보편적인 서열은 엄연히 존재할 터였다. 서로 간섭하지 말고 무관심해야 하는데 그걸 깨려면 합당한 이유가 있어야 했다. 게다가 소녀 셋은 1미터쯤 떨어진 거리에 아르카가 있는데도 마치 공중 정원에 자기들만 있는 것처럼 노닥이고 있었다.

"이제 가야 해." 갈색 머리 소녀가 말했다. "마법 평가전이 곧 시작될 거야."

"아직 시간 좀 있어." 밤색 머리 소녀가 말했다.

입술을 다 바른 소녀가 오렌지색 튜닉의 드레이프 깃*을 매만졌다.

"그거 키톤* 이지? 되게 예쁘다, 아스파시." 금발 소녀가 감탄했다.

"아, 그래?" 아스파시라는 이름의 소녀가 옷자락을 잡아끌면서 말했다. "지난달에 단골 재단사에게 주문한 거야. 나한테 키톤 많은데 하나 줄까? 나한테 좀 작지만 너는 잘 맞을 텐데." 소녀는 부러워하는 시선으로 친구의 마른 몸을 힐끔 쳐다보면서 덧붙였다.

아스파시는 앵두 같은 입술을 마주친 다음 거울에 비친 얼굴을 보며 만족스러운 미소를 짓더니 친구에게 이제 됐다는 손짓을 했다. 금발 소녀는 거울을 잎에 내려놓고 다시 책상다리를 하고 앉더니 무릎에 팔꿈치를 괴면서 입을 삐죽거렸다.

"내가 원하는 옷을 마음껏 입기 위해서라도 난 일찍 결혼할 거야." 금발 소녀가 푸념했다. "엄마는 내가 옷을 고르게 놔두질 않아."

"하지만 부잣집에 시집을 가야 가능하지." 갈색 머리 소녀가 발가락으로 물을 휘저으면서 말했다.

"저택을 소유한 부자 마법사를 만날 수도 있잖아." 금발 소녀는 영악하게도 마치 처음 하는 생각인 것처럼 말했다. "네 연지 좀 빌려 줄래, 아스파시?"

드레이프 깃 자연스럽게 늘어뜨려 생긴 주름을 이용한 옷깃.
키톤 아마로 지은 튜닉.

"그러다 몰락해 가는 늙은이를 만날 수도 있어." 아스파시가 연지 단지와 붓을 건네면서 놀렸다. "젊은 마법사들은 대부분 빈털터리라서 6지구에 살 거나 가족이랑 살아. 늙은이 얘기가 나와서 하는 말인데, 얘들아, 유리클레가 수석 건축가와 결혼 준비하고 있는 거 알아?"

"말도 안 돼!" 금발 소녀가 붓에 연지를 묻히면서 외쳤다.

"수석 건축가는 유리클레의 사촌 언니와 결혼했는데 그 언니가 출산 중에 아기와 함께 죽었대." 아스파시는 따끈따끈한 소식을 알리는 걸 즐거워하면서 설명했다. "수석 건축가는 무슨 수를 써서라도 죽기 전에─더 늦어지면 안 되니까─후손을 원해서 엄청 화가 났지. 그래서 그가 처갓집에 보상 차원에서 다른 신붓감을 내놓으라고 요구했고, 그 바람에 불쌍한 유리클레가 선택된 거야."

"어머, 너무 끔찍해!" 금발 소녀가 얇은 입술에 연지를 바르다가 외쳤다.

"그 결혼은 당연히 거부해야지!" 갈색 머리는 한술 더 떴다.

"유리클레가 거부하면 가족과 등지고 살아야 하고 다시는 결혼이라는 걸 생각도 못 하게 돼." 아스파시가 반박했다. "노처녀로 늙어죽는다고 생각해봐, 얼마나 끔찍한 일인지. 그럼 누가 키톤을 사주겠어?"

갈색 머리 소녀가 주걱턱을 찌푸리면서 말했다.

"일자리를 찾아서 돈 벌면 되지."

이 말에 다른 두 소녀는 질겁했다.

"하지만 누가 평민으로 살고 싶겠어, 나이 서른에 벌써 손이 쭈글쭈글해지면 얼마나 못생겨 보이는데?" 금발 소녀가 반대했다.

"내 말은 평민이 하는 일을 하라는 게 아니야." 갈색 머리 소녀가 재빨리 덧붙였다. "문하생이 될 수도 있잖아, 아스파시, 네 언니처럼."

"언니는 좀 이상해." 아스파시가 거만한 어조로 말했다. "보통 이기적인 게 아냐. 그 일로 식구들을 아주 뒤집어놨다니까. 언니가 마법 평가전에 지원했다는 걸 알았을 때 우리 아버지 얼굴을 네가 봤어야 하는데. 그걸 뭐 하러 해? 서기가 되는 데도 자그마치 5년이 걸린다고. 그리고 네가 말하는 일자리 말이야, 일하는 게 뭐가 좋아? 더는 자기 자신을 위한 시간이 없다는 건데 그건 생지옥이나 다름없지."

"그래도 네 언니는 먹고살기 위해서 꼭 결혼해야 할 필요는 없겠지." 갈색 머리 소녀가 반박하면서 결정적인 말을 했다. "그리고 언젠가는 어쩌면 각료 의회에……."

"그걸 말이라고 해?" 아스파시가 머리를 뒤로 쓸어 넘기면서 응수했다. "마법사가 된다고 해도 마기스테리움에서 일할 수 없어. 여자는 안 된다고 법으로 정해져 있으니까. 그리고 우리 엄마는 언니를 결혼시킬 생각이야. 마침내 마법사가 된 라스티아낙스를 대하는 언니의 태도를 보고 엄마가 얼마나 화를 냈는지 너희는 상상도 못 할 거야. 다행히 로도프가 언니를 쫓아다니고 있어서 엄마가 꾹 참고 있다니까."

"아, 로도프." 금발 소녀가 한숨을 내쉬었다. "누가 나한테 로도프와 결혼하라고 명령하면 나는 냉큼 갈 텐데."

이 말에 의견이 일치하자 마침내 세 소녀는 옷자락을 쳐들고 수련 잎을 징검다리 삼아 건넌 뒤 운하를 떠났다. 소녀들은 화려한 튜닉 자락을 펄럭이면서 멀어져 갔다. 그렇게 셋이 떠나고 나자 아르카

는 쓸쓸해졌다. 아르카는 이따금 어떤 문제에 대해서는 너무 어른스
럽고, 또 어떤 문제에 대해서는 너무 어린애 같은 느낌이 들었다. 남
자, 화장, 옷, 이런 것들은 이상해 보였다. 아르카는 물에서 발을 빼고
운동화를 손에 든 채로 운하를 따라 걸으면서 난간 위쪽 풍경을 바라
봤다. 주변에는 호화로운 저택들이 긴 줄기 끝에 달린 꽃봉오리들처
럼 탑을 장식하고 있었다.

아르카는 발이 마르자 운동화를 신고 공중 정원을 나와 소녀 셋
이 걸어간 방향으로 걸었다. 어쩌면 아버지는 그쪽에 살고 있을지도
모르니.

아르카가 15분쯤 걷고 있을 때 갑자기 수도교 끝에 금빛 거북이
나타났다. 며칠 전 훔쳐서 몰았던 놈과 놀라울 정도로 닮은 거북이었
다. 딱 조폭같이 생긴 세 남자가 서로 근육을 과시하며 문신의 크기
를 비교하는 데 정신이 팔려 있었다.

금빛 거북의 주인이던 바로 그 양아치들이었다. 아르카는 재빨
리 난간 쪽으로 고개를 돌리고 경치를 구경하는 척하면서 하필 7지
구에서 놈들과 맞닥뜨리다니 참 재수가 없다고 생각했다. 그래도 조
금만 운이 따르면 놈들이 아르카를 알아보지 못한 채 등 뒤로 지나갈
텐데…….

가까이 있는 탑의 아래층에 근육질 노동자들을 묘사한 그림이
걸려 있고, 그 하단에 흰색 글씨로 큼지막하게 쓴 광고 문구가 보였
다. **이사는 공중부양의 전문가, 데마지코에게 맡기세요!** 아르카가 그 문구를
응시하고 있는데 거북이 전진하면서 내는 물소리가 들렸다. 거북이
아르카를 지나쳐 가는 순간 고함이 울려 퍼졌다. 아르카는 어깨가 뻣

뻣해졌고, 고개를 돌려보니 질주해 오는 세쌍둥이가 눈에 들어왔다.

아르카는 놈들을 따돌릴 궁리를 했다. 공중부양에 능숙하지는 않지만 이동 반경이 얼마나 되는지 알고 있었다.

세쌍둥이

알키, 악시, 아리는 천성적으로 머리가 나쁘지만, 적당한 교육을 시켰다면 어느 정도는 바로잡을 수 있었을 것이다. 다만 그들이 셋이라는 것이 문제였다. 아들이 하나면 가르쳤을 것이고, 둘이면 힘들기는 해도 가능했을 텐데 셋은 아예 불가능했다. 게다가 아버지는 죽고 조직범죄 집단의 두목으로서 항상 바쁜 어머니의 그늘 속에서 세쌍둥이는 오로지 조직의 폭력배들을 남성의 모델로 삼아 성장했다. 세쌍둥이는 바보 같은 짓을 저질러놓고는 더 못된 짓으로 일을 덮는 영락없는 깡패들이었다.

열세 살 계집애에게 애지중지하는 거북을 도난당할 뻔하자 세쌍둥이는 잡히기만 하면 아주 끝장을 내버릴 작정으로 닷새 전부터 당돌한 계집애를 찾고 있었다. 그들 조직의 관리를 받는 거북 운전사 길드는 현상금이 걸린 수배 전단을 받았다. 잘못된 제보—그에 대한 대가로 운전사들은 나쁜 결말을 맞았다—를 몇 번 받은 뒤, 세쌍둥이는 마침내 믿을 만한 정보를 얻었다. 그들은 7지구를 향해 추격에 나섰고, 이 이동에 대한 경비까지 피해 보상 목록에 추가했다. 가뜩이나 마법사들을 싫어하는데 7지구까지 가야 했기 때문이다.

그들은 거북을 전진시키다 부두에서 계집애를 낚아채기 위해 아르카 바로 옆에서 급정거하면서 물보라를 일으켰다. 난간에 팔꿈치를 괴고 있던 아르카는 세쌍둥이가 거북에서 내리는 걸 보면서 소스라쳤다. 이런 반응에 익숙한 세쌍둥이는 위협적으로 보인답시고 파란연꽃 껌을 뱉으면서 손가락 마디 꺾는 소리를 냈다. 알키가 장남으로서(다른 형제보다 30초 먼저 엄마 배 속에서 나온) 말했다.

"헤이, 꼬맹이, 우리가 왜 여기 있을까나?"

"거북 때문이겠지. 나 바보 아니거든."

알키는 어이없다는 얼굴로 고개를 삐딱하게 숙이면서 목덜미에 새긴 연꽃 문신을 내보였다.

"우리가 누군지 알지? 이게 무슨 뜻인지도 알고?" 알키가 험상궂은 얼굴로 문신을 토닥이면서 덧붙였다.

아르카는 관심 없다는 듯 어깨를 으쓱했다.

"이건 우리가 파란연꽃파라는 표시야." 알키가 거들먹거리면서 말했다. "그리고 우리가 바로 장대한 세쌍둥이다."

파란연꽃파라는 이름은 그들이 도서관에 들렀다가 우연히 만난 한 학자가 제안해준 여러 수식어 중 하나를 오랜 토론 끝에 고른 것이었다. 알키의 말은 알아서 기는 게 신상에 좋을 거라는, 아르카를 협박하는 것이었다. 알키는 과장된 몸짓으로 두 동생과 자신을 가리키면서 말했다.

"나는 알키, 얘들은 악시와 아리."

사실, 그들의 이름은 알키비아데스, 아낙시메네스, 아리스토불로스이지만, 어떤 양아치들이 그런 이름을 쓰겠는가?

"반가워, 나는 아르카. 그럼 이제 가도 되지? 내가 좀 바빠서."

계집애의 당당한 태도에 어이가 없는 세쌍둥이는 서로를 쳐다보면서 살살 다뤄서는 안 되겠다는 데 암묵적으로 동의했다. 그들이 호주머니에서 접이식 곤봉을 꺼내서 펼치자 보기만 해도 무시무시한 번개창이 되었다. 경찰관들에게서 훔친 게 뻔한 번개창의 끝에서 파바박, 전기 불꽃이 튀었다.

알키는 계집애의 얼굴에 불안한 기색이 스치는 걸 보고 흡족한 미소를 흘렸다. 아르카는 번개창 세 개를 재빠르게 훑어보면서 두 발을 벌렸다. 셋이 동시에 번개창을 세우고 다가왔다. 아르카는 한 걸음 물러서다 난간에 부딪혔다.

세쌍둥이가 독 안에 든 쥐라고 생각하는 순간, 아르카는 악시와 아리의 무기 사이로 넘어지는 척하면서 아리의 디딤 발을 걷어찼고 녀석이 중심을 잃는 틈에 손목을 비틀어서 창을 빼앗았다. 그러고는 고양이처럼 붕 날아올라서 세쌍둥이의 뒤쪽으로 몇 걸음 떨어진 곳에 착지했는데, 진짜 눈 깜짝할 사이에 펼친 묘기였다.

침묵이 흘렀다.

"조그만 게 어디서 까불어, 창을 쓸 줄도 모르면서." 아리가 소리쳤다.

대답 대신 아르카는 마치 타고난 것처럼 창을 빙빙 돌리다가 공격했다. 20초 후, 세쌍둥이는 운하를 따라 땅바닥에 길게 뻗어 있었고, 창 두 개는 그들의 발치에 있었다. 아르카는 환한 미소를 지으며 창을 접어서 알키 앞에 던졌다.

"이 정도로 끝내자, 응?" 아르카는 당차게 말했다. "차례로 귀싸대

135

기라도 올려붙이고 싶지만 내가 아주 중요한 일이 있어서 말이야."

아르카가 돌아서서 운하를 따라 멀어져 가는 사이, 얼이 빠진 세 쌍둥이는 멀뚱히 창을 쳐다봤다. 못된 짓을 저지르면서 살아오는 동안 그들에게는 몇 가지 원칙이 있었다. 첫째, 모욕을 당하고도 내버려 두는 것은 나약하다는 표시다. 둘째, 무장한 적에게는 절대 등을 보이지 않는다. 악시가 지체 없이 창을 집어 들고 아르카를 향해 있는 힘껏 던졌다.

그때 난데없이 먼지 돌풍이 일면서 뿌옇게 되더니 점차 금발 젊은이 모습의 환영이 나타났다. 환영이 공기를 가르며 날아가는 창을 손가락으로 튕기자 회색 회오리바람 속으로 사라졌다. 표적을 벗어난 창은 아르카의 어깨를 스쳐지나가다 난간을 맞고 튕겨 나갔다.

깜짝 놀란 아르카는 비명을 지르면서 돌아봤다. 세쌍둥이가 입을 헤벌린 채 환영이 있던 자리를 쳐다보고 있었다. 환영이 온데간데 없이 사라졌으니 그들은 방금 눈앞에서 일어난 장면에 대해 아무 말도 할 수 없었다. 그들은 허겁지겁 발치에 있는 창 두 개만 집어 들고 거북에 올라탔고 운하를 따라 줄행랑쳤다.

엠브론과 테토스

엠브론은 1지구에서 새 방탄복을 자랑하고 있었다. 그는 쪄 죽을 것 같은 무더위에도 한 총포상에게서 방금 산 방탄복을 입고 싶은 유혹을 떨치지 못했다.

"최신 모델이야." 엠브론은 부럽다는 얼굴로 잘 샀다고 칭찬해주는 테토스에게 전문가처럼 설명했다. "오레이칼코스와 강철을 혼합한 초경량 제품인 데다 전기가 통하지 않으니 번개창에 맞을 위험도 없지. 겨드랑이부터 발까지 통풍이 네 배는 잘되는 것 같다니까."

"그래, 진짜 좋아 보이네." 테토스가 맞장구쳤다.

"스라소니 털이 두 배로 들어갔고." 엠브론이 방탄복을 어루만지면서 계속 말했다. "석 달 동안 자동 발열하는 마법 장갑에 공기역학 기술이 강화된 투구까지. 이것만 착용하면 나한테 어떤 일도 일어날 수 없지." 엠브론이 뿌듯해하면서 자신의 부대를 완전무결하다고 평가하는 장군처럼 가슴을 쑥 내밀었다.

테토스는 격하게 고개를 끄덕이다가 갑자기 엠브론의 주장을 시험해볼 기회를 목격했다. 금속 물체 하나가 그들을 향해 엄청난 속도로 수직 낙하하고 있었다.

쿵!

금속 물체가 투구를 맞고 떨어졌지만, 충격을 흡수해준 투구 덕분에 엠브론은 면갑 너머에서 눈을 희번덕거릴 뿐 무사했다. 테토스는 물체가 번개창이라는 걸 확인했다. 그는 어느 경찰관이 높은 데서 장난을 치다 무기를 던진 모양이라고 생각하면서 창을 들고 아직도 알딸딸해 있는 동료에게 돌아갔다.

아르카

~

세쌍둥이의 거북이 운하에서 사라지자 아르카는 등 뒤에게 공격할 기회를 줄 정도로 어떻게 그토록 어리석었을까 생각했다. 조준이 빗나가서 천만다행이었다. 창이 목을 살짝 비켜 가면서 어깨에 상처가 났다.

예기치 않은 돌풍에 날아온 종잇조각이 파닥파닥 날다가 느리게 떨어지고 있었다. 아르카는 종이를 쳐다보면서 히페르보레아는 바람이 불지 않는 도시인데 난데없이 등 뒤에서 느껴졌던 돌풍은 뭐였을까 의문이 들었다. 종이가 빙그르르 돌다가 아르카의 발 앞에 떨어졌는데 두 줄의 글이 눈에 띄었다.

마법 평가전 등록 지원서

문하생 선발을 위한 연례 마법 토너먼트

5
마법 평가전

아르카

아버지를 찾으려면 마법 토너먼트보다 더 좋은 기회는 없을 것 같았다. 지원서를 자세히 보니 마법사들이 가르치는 문하생이 되면 마법사들을 만나는 건 확실했다. 지원서에는 마법 평가전이 이른 오후에 원형 경기장에서 시작된다고 써 있었다. 7지구의 해시계를 보니 서두르지 않으면 토너먼트가 시작되는 시간까지 가지 못할 가능성이 컸다.

아르카가 운하를 따라 뛰면서 원형 경기장을 찾고 있을 때 뒤에서 발소리가 크게 울렸다. 한 소년과 어머니가 보도를 거슬러 올라오고 있었다.

"빨리, 빨리!" 어머니가 허둥지둥하면서 아들에게 소리쳤다. "시험이 곧 시작인데! 빌어먹을 운전사, 가까운 데 내려주면 좀 좋아, 몇 칼코스 덜 줬다고 이렇게 꼬장을 부리다니!"

힘이 들어서 얼굴이 벌게진 소년이 대꾸 없이 고개를 끄덕였다. 작은 키에 좁은 이마, 눈두덩 위의 눈썹은 숯검정으로 칠한 듯 새까맸다. 어머니와 아들이 추월하는 순간, 아르카는 그들의 외양을 보고 7지구에 사는 사람들이 아니라는 걸 알았다. 아르카는 무릎 때문에 얼굴을 찌푸리면서 뒤처져서 그들을 쫓아갔다.

그들은 운하 세 개를 지나서 탑 꼭대기에 흰색 돌로 지은 거대한 원형 경기장 앞에 도착했다. 십 대 아이들이 입구에 몰려 있는데 모두들 아르카가 갖고 있는 것과 비슷한 종이를 들고 있었다. 경비원이 지원서를 일일이 확인하고 있었다. 어머니와 아들이 뛰어가서 줄을 서는 걸 보면서 아르카는 속도를 늦췄다.

아르카가 경비원 앞에 이르렀을 때 다른 아이들은 모두 안으로 들어가고, 숯검정 눈썹의 소년만 남아 있었다. 소년의 어머니는 숨을 헐떡이며 아들의 어깨에 손을 얹고 늦은 이유를 늘어놓으면서 아이를 들여보내 달라고 간청했다.

"알겠어요, 알겠어." 경비원이 말했다. "지원서는 갖고 오셨죠? 저한테 제출하고 들어가세요."

이윽고 경비원이 아르카 쪽으로 고개를 돌리다 손에 쥐고 있는 종이를 발견했다.

"너도 지원서를 갖고 있구나? 근데 아직 적어 넣지도 않았네? 어서 이름과 나이, 출신 지구, 부모님 직업을 써."

아르카는 경비원이 내미는 갈대 펜을 받고서 갑자기 망설였다.

무슨 시험을 보는지도, 원형 경기장에서 뭘 해야 하는지도, 문하생이 정확히 뭔지도 모른다는 걸 알면 주최자들이 어떤 반응을 보일지 전혀 알 수 없는데…… 아르카는 잠시 생각하다 결정을 내렸다.

"아르카, 열세 살, 1지구, 거북이 장사꾼의 딸." 아르카는 중얼거리면서 지원서에 적었다.

"됐구나." 경비원이 지원서를 눈으로 훑어본 뒤 말했다. "자, 이걸 핀으로 네 옷에 달아." 그가 큰 글씨로 43이라고 적힌 번호표를 주면서 덧붙였다. "왼쪽 첫째 문. 빨리 뛰어, 1차 시험이 곧 시작이야."

경비원이 자신을 뭘 하러 온 건지 아는 아이로 보는 것 같아서 아르카는 바보처럼 보이지 않으려고 튜닉에 번호표를 달았다. 원형 경기장 안으로 들어간 후 관람석에 이르는 어두컴컴한 복도를 걸어갔다. 소년은 보이지 않고, 어머니는 관중 속으로 들어갔다. 아르카는 불안한 마음으로 왼쪽에 있는 문을 밀고 들어갔다.

아래쪽으로 긴 복도를 따라 줄지은 작은 방들이 보이고, 달콤한 향을 풍기는 기름 램프들이 불을 밝히고 있었다. 작은 방의 쇠창살 문들은 마흔 명쯤 되는 십 대 아이들에게 공간을 내어주기 위해 한쪽 구석으로 치워져 있었다. 그중 대부분은 아르카 또래의 소년들이고, 소녀는 두 명인데 키가 작은 소녀는 수줍어 보이고, 키가 크고 몸집이 좋은 소녀는 거만한 눈초리로 주변을 훑어보고 있었다. 아르카는 계단 몇 개를 내려갔다. 긴장된 분위기 속에 중얼거리면서 왔다 갔다 걸어 다니는 아이들이 있는가 하면 벽에 기대고 앉아 자신의 발에 시선을 두고 있는 아이들, 정신을 집중하고 작은 물체를 공중부양시키는 아이들도 있었다.

아르카는 한순간 미치광이들의 소굴에 들어온 거라고 생각했다. 바로 옆에서 한 소년이 네 명의 아이들 앞에서 호언장담하고 있었다. 꽤 긴 밤색 머리가 눈 위로 흘러내려 와 있지만 여드름투성이인 이마를 완전히 가리지는 못했다. 오만하면서 짜증나는 목소리, 처진 아랫입술이 두드러져 보였다.

"물론, 나야 시험 준비를 많이 했지." 소년이 말했다. "어떤 종류의 시험을 보게 될지는 정확히 모르지만, 질문에 대해서는 대충 알 것 같아. 아무튼 내가 문하생 시험을 보는 건 그저 형식적인 절차에 불과해. 역대 최고 장관들은 모두 우리 집안에서 나왔거든. 아버지는 내가 그 전통을 깨게 놔두지 않을 테니까."

소년은 고갯짓으로 머리칼을 날리면서 자신의 말이 또래 아이들에게 미치는 영향을 흡족하게 지켜봤다. 다른 소년들은 과연 자기들은 선택될 가능성이 있을지 생각하고 있는 것 같았다.

"하지만 프레톤, 네 아버지가 최고 장관이라도 너를 문하생으로 받아들일 수는 없을걸, 그건 금지되어 있잖아?" 등산 모자를 쓴 소년이 의문을 제기했다.

아르카는 아침에 나보를 보겠다고 돈을 냈던 소년을 알아보고 깜짝 놀랐다.

"스테릭스, 스테릭스, 멍청하기는, 당연히 금지되어 있지. 아버지에게는 이미 문하생이 있기도 하고." 프레톤이란 이름의 소년이 시큰둥하게 말했다.

"피라." 또 다른 소년이 꿈꾸는 듯한 표정으로 말을 보탰다.

"그래, 맞아, 피라." 프레톤이 거들먹거리면서 대꾸했다. "피라가 우리 아버지의 문하생이니까 나는 피라의 멘토라고 할 수 있지. 피라는 내가 시키는 건 뭐든 하거든. 지난번에 내가 향료 넣은 포도주 한 잔을 갖다 달라고 했더니……."

"뭐라고, 프레톤?" 갑자기 냉랭한 목소리가 소리쳤다.

아르카는 소스라치게 놀라서 돌아봤다. 젊은 여자가 문턱을 넘어서고 있었다. 검은색 머리에 초록빛 눈, 날씬한 몸매, 여자는 흰색 튜닉에 다섯 줄짜리 오렌지색 벨트로 허리를 졸라매고 있었다. 프레톤은 그녀의 매서운 눈초리 앞에서 움츠러드는 것 같았다. 감히 그녀에게 포도주 한 잔을 갖다 달라고 한 적이 없던 것이 분명했다.

"향료 넣은 포도주? 하긴 너는 포도주스 마시고도 취하는 애니까. 정신 차려, 코흘리개."

달걀 프라이를 해도 될 정도로 얼굴이 벌겋게 달아오른 프레톤이 황급히 자리를 피했다. 피라는 빠른 걸음으로 복도를 가로질러서 육중한 참나무 목재 문 옆에 서더니 돌아섰다. 아이들 모두 하던 걸 멈추고 피라가 무슨 말을 할지 기다리고 있었다.

"모두 안녕." 피라가 낭랑한 목소리로 인사했다. "졸업 심사 준비로 바쁜데도 불구하고 너희들에게 평가전의 수칙을 알려주러 온 거니까 잘 듣기 바란다. 1차 시험을 위한 지시 사항을 알려주겠다. **오레이칼코스 큐브들을 이용해서 각자 열쇠 한 개를 획득해야 한다**."

피라는 서두로 꺼낸 말을 지원자들이 이해할 겨를도 주지 않고 덧붙였다.

"주의, 열쇠는 손으로만 획득할 수 있고 그 열쇠는 잘 간직하고 있어야 한다. 마지막 시험에서 사용할 것이기 때문이다. 너희들은 마흔세 명인데 열쇠는 서른세 개뿐이다. 따라서 열쇠를 획득하지 못한 지원자 열 명은 탈락이다."

피라가 손짓을 하자 건드리지도 않은 참나무 목재 문이 스르륵 열렸다. 햇빛이 복도에 쏟아져 들어오는 것과 동시에 군중의 열띤 함성이 터져 나왔다.

"이제 나가서 큐브 앞에 각각 자리를 잡고 시험 시작을 알리는 공 소리가 울리길 기다린다." 피라가 말을 이어 나갔다. "공이 울리기 전에 시작하는 사람은 탈락이다. 물론 너희들은 인장을 사용할 권리가 없으며, 덜 멍청할수록 승리한다." 피라는 아이들을 향해 거만한 시선을 던졌다.

잠시 후, 지원자들이 경기장으로 먼저 나가려고 열린 문을 향해 뛰어갔다. 아르카는 운이 좋다고 생각하면서 무리를 뒤따라갔다. 경마 대회에 이어 마법 토너먼트까지, 누군가가 아버지 찾는 걸 도와주고 있는 것 같았다.

피라의 매서운 시선을 받으며 지원자들이 하나둘 문을 통과했다. 그 북새통에서 아르카는 갑자기 앞으로 떠밀리는 느낌이 들었다. 아르카는 비틀거리다 본의 아니게 앞의 소년 세 명을 밀치게 되었다. 아르카는 연신 미안하다고 사과하면서 돌아봤다. 키가 크고 빨간 머리에 들창코인 소녀가 재미있다는 듯 어깨로 아르카를 떠밀고 있었다.

"그만해!" 신경이 날카로워진 아르카가 소리쳤다.

빨간 머리는 웃으면서 계속 아르카가 다른 아이들을 밀치게 만들었다.

"그만해!" 빨간 머리가 아르카의 목소리를 흉내 내면서 깐죽거렸다. "그만해!"

"나 좀 내버려 둬!" 아르카는 발로 차버리고 싶은 걸 꾹 참으면서 소리쳤다.

이번에는 좀 전에 프레톤의 얘기를 듣고 있던 소년들 중 두 명이 이죽거렸다.

"그만해! 그만해!" 두 소년까지 목소리를 흉내 내면서 아르카를 떠밀기 시작했다.

귀까지 빨개진 아르카는 고개를 돌리고 등 뒤에서 떠밀거나 말거나 무시하려고 노력하면서 앞에 있는 아이들을 밀치지 않기 위해 다리에 힘을 주었다. 보통 때 같으면 따귀를 세 방 갈기는 것으로 문제를 해결했겠지만 이목을 끌고 싶지 않았다.

세 얼간이들에게 괴롭힘을 당한 아르카는 화가 나서 얼굴이 붉으락푸르락 달아오른 상태로 경기장에 들어섰다.

햇살에 눈이 부시자 아르카는 방금 언쟁을 벌인 것조차 잊었다. 아르카는 눈을 깜박이다가 거대한 관람석과 손을 흔드는 수천 명의 관중을 발견하고 깜짝 놀랐다. 보라색 토가 차림의 마법사들이 관중의 사분의 일을 차지하고 있었다. 아르카는 굉장히 흥분되는 걸 느꼈다. 마법사들이 저렇게 많은데 저들 중에 아버지가 있을 게 틀림없었다.

나머지 관중은 어린아이들과 나이 많은 여자들 그리고 원형 경기장 가운데로 입장하는 자식을 바라보면서 손톱을 물어뜯는 어머니들이었다. 도시를 에워싼 아다만트 돔의 축소판 같은 불그스름한 금속 그물로 이루어진 돔이 관중과 경기장을 분리하고 있는데, 마치 거대한 새장처럼 보였다. 회백색 모래가 깔린 바닥에는 큰 원이 그려져 있었고, 그 안에 배치된 붉은색 큐브 사십여 개가 지원자들을 기다리고 있었다.

아르카는 자신의 날개팔찌와 같은 금속인 오레이칼코스를 알아봤고, 오레이칼코스는 마법을 활성화한다는 것도 알고 있었다. 아르카는 다른 아이들과 마찬가지로 가장 가까운 데 있는 큐브 앞에 섰다. 큐브는 무릎 약간 위에 오는 높이였고, 안에 불이 있는 것처럼 불그스레한 빛을 띠고 있었다.

어머니와 함께 뛰어왔던 소년이 아르카 왼쪽에 있었다. 신경 장애가 있는지 한쪽 다리를 떨면서 사방으로 고개를 돌리면서 피라가 말한 열쇠를 찾고 있었다. 소년의 눈길이 갑자기 공중의 한 곳에서 멈췄다. 이번에는 아르카가 올려다보다 열쇠들을 발견했다. 엄지보다 약간 더 큰 열쇠들이 머리 위, 3미터 높이의 공중에서 원을 그리며 둥둥 떠다니고 있는데 반짝반짝 빛나는 조그만 왕관 같았다. 열쇠들은 큐브보다 경기장 중앙과 더 가까운 공중에 떠 있었고, 확실히 수가 적었다.

마지막으로 경기장에 들어온 지원자들이 서둘러서 큐브 앞에 자리를 잡는 사이 전술을 짜고 있던 아르카는 다른 지원자들이 뭘 해야 하는지 이미 이해한 것 같아서 허망했다. 아르카는 날개팔찌를 사용할 수도 있지만, 피라가 반드시 큐브들을 이용해서 손으로 열쇠를 획득해야 한다고 분명히 말했다. 어떻게 해야 하지? 큐브들을 쌓아 올리면? 아르카는 지원자들을 차례로 곁눈질하면서 큐브를 쌓아 올리게 빌려 달라고 설득하는 것은 힘들 거라고 생각했다. 경기장과 관중석 사이에 놓인 새장의 창살을 타고 올라가서 큐브를 열쇠들이 있는 데까지 들어 올리면……. 하지만 그건 너무 바보 같은 전술이었다. 큐브는 분명히 어떤 쓰임새가 있을 게 틀림없었다.

아르카가 전술을 궁리하고 있을 때 지원자들 속에서 수군거리는 소리가 들렸다. 아르카는 관람석 쪽을 바라봤다. 귀빈석에서 배불뚝이 노인이 마른기침을 하면서 목소리를 가다듬었다.

"신비학 교수 실렌이야." 누군가가 아르카 오른쪽에 있는 소년에게 속삭였다.

아르카는 그들 옆에 빨간 머리 소녀가 있는 걸 보고 짜증이 났다. 그렇지만 빨간 머리는 아르카에게 관심을 두지 않고 얼굴을 찌푸리면서 실렌이라는 이름의 교수를 바라보고 있었다.

"젊은이들이여, 문하생 선발을 위한 평가전에 지원한 걸 환영한다." 마법사가 토가 자락을 걷어 올리면서 쾌활한 목소리로 말문을 열었다. "오늘 너희들이 경기장에 와 있는 것은 우리 아름다운 도시 국가의 고위 관직에 일생을 바치고 싶기 때문이다. 잠시 후 치르게 될 1차 시험에 앞서 이 토너먼트의 규칙을 상기시키겠다."

실렌은 말을 중단하고 호의적인 시선으로 큐브 앞에 서서 긴장해 있는 지원자들을 둘러봤다.

"올해 응시한 지원자는 마흔세 명이다. 경합이 다 끝나면 열세 명만 남을 것이다. 시험을 치를 때마다 너희들 중 열 명은 탈락이다. 1차 시험은 수완, 2차 시험은 힘, 3차 시험은 지식으로 평가되며, 1차와 2차 시험의 결과에 따라 3차 시험을 치를 수 있는 자격을 얻는다.

관중과 미래의 멘토들은 아브락산의 모래 덕분에 너희들이 활약하는 면면을 지켜볼 것이다."

아르카는 인상을 찌푸렸다. 수완에 대해서는 어떨지 모르겠지만 한 가지—지식—는 확실히 자신이 없었다. 아는 것이 전혀 없었기 때문이다. 특히 학문적인 것은 전혀. 게다가 아브락산의 모래는 또 뭐야?

"너희가 시험을 치르는 동안," 신비학자가 말을 이었다. "문하생을 양성할 의향이 있는 마법사들이 너희들을 관찰할 것이다. 마법사들이 토너먼트가 끝난 후 선발된 지원자들 중 한 명을 선택할 것이다. 선택받은 지원자는 앞으로 5년 동안 보라색 토가를 입을 자격을 얻을 때까지 자신의 멘토를 충실히 섬겨야 한다."

아르카는 '보라색 토가를 입는다'는 것이 마법사가 된다는 뜻일 거라고 짐작했다. 5년 동안 마법사 한 명에게 속박되어 있어야 한다는 점은 별로 마음에 안 들지만, 아버지를 찾는 즉시 미래의 멘토를 떠나면 된다고 생각했다. 운이 좋아서 선발된다면 누가 자신의 멘토가 될까 생각하면서 원형 경기장에 모인 마법사들을 바라봤다. 아버지가 자신을 선택한다면? 그러다 아직 열쇠를 획득할 전략조차 짜지 못했다는 생각에 정신이 번쩍 들었다.

"기다리는 시간이 길어질수록 더 초조해질 테니 이만 말을 줄이겠다." 신비학자가 마침내 연설을 마무리하고 있었다. "1차 시험에서 오레이칼코스 큐브들을 이용하여 머리 위에 있는 열쇠를 잡으려면 능력껏 수완을 발휘해야 할 것이다. 모두에게 행운이 있기를!"

연설이 끝나자 관중의 박수가 터져 나왔다. 신비학자는 대중에게 인기가 있는 것 같았다. 잠시 후, 아르카가 생각을 정리할 겨를도 없이 **공이 울렸다!** 곧바로 지원자들이 각자 큐브에 몸을 바짝 붙이고 오레이칼코스 금속 위에서 동작을 취하기 시작했다. 그 순간 갑자기 경기장의 모래가 솟아오르더니 후광처럼 아이들의 몸을 에워싸는 걸 보고 아르카는 깜짝 놀랐다. 하지만 다른 지원자들은 이 현상에 전혀 신경 쓰지 않는 것 같았다.

아르카는 아브락산의 모래라는 것이 육안으로 보이지 않는 아니마를 드러나 보이게 해주는 것임을 알아차렸다. 호기심이 생긴 아르카는 시험을 치르는 중이라는 걸 잊고 다른 지원자들의 손 주위에서 움직이는 모래를 관찰했다. 지원자들의 아니마가 작동하면서 오레이칼코스 큐브들이 늘어나더니 이상한 모양으로 만들어지고 있었다. 아르카는 왼쪽에 있는 소년이 이미 계단 몇 개를 만들고 있는 걸 봤다. 소년이 항아리를 만드는 도공처럼 정신을 집중해서 금속을 주물럭거리는 사이, 희뿌연 입자들이 손가락 주위를 무수히 날아다니고 있었다.

아르카는 그제야 열쇠를 잡아야 한다는 기억이 났다. 이제는 적어도 뭘 해야 하는지 알고 있었다. 오레이칼코스를 이용해서 층계를 만들어야 했다. 아르카는 경쟁자들처럼 큐브에 몸을 붙이고 오레이칼코스 금속의 반들반들한 표면 위에서 손가락을 움직였다. 날개팔찌를 작동할 때처럼 오레이칼코스가 지지직거리더니 뜨거워지기 시작했다. 아르카는 혀를 내민 채 자신의 아니마로 붉은 빛을 띠는 물질에 압력을 가했다. 아브락산의 모래가 손 주위에서 춤을 추고 있었다. 극도의 노력 끝에 아르카는 큐브를 직사각형으로 만들기에 이르렀다.

아르카는 고개를 들고 이마에 흐르는 땀을 닦았다. 주변에 있는 지원자들도 층계를 만들고 있는데 아르카보다 다소 앞서 있었다. 왼쪽의 숯검정 눈썹 소년이 만들고 있는 층계는 이미 절반 정도의 높이로 늘어나 있는데, 숙련된 철공의 작품처럼 정밀하고 완벽했다. 아치들이 보강된 층계는 소년의 손놀림에 따라 계속 높아지고 있었다. 오른쪽의 빨간 머리 소녀는 어려움을 겪고 있는 것 같았다. 층계를 빠르게 만들기는 했지만 불안정해서 계속 무너지고 있었다.

아르카는 겁이 덜컥 나서 다시 작업에 몰두했다. 물론 우연이 평가전으로 이끌어주었지만 이왕 참가한 이상, 더구나 아버지가 시험을 지켜보고 있다면 탈락하는 건 싫었다. 그런데 자신이 만든 직사각형 두 개를 포개놓은 것은 층계와 전혀 닮은 데가 없었다. 아르카는 분발하면서 계단 두 개를 더 만들고 굵은 기둥을 세워 전체를 안정시켰다.

그때 비명 소리가 들려서 아르카는 또다시 고개를 들었다. 반대쪽에 있는 한 지원자가 더 높이 늘리려고 자신이 만든 층계를 올라갔는데 구조물이 자신의 체중을 견딜 만큼 견고하지 못하다는 걸 너무 늦게 알아차린 것이다. 놀란 군중이 소리를 지르는 사이, 층계가 휘어지면서 중심을 잃은 지원자가 땅바닥으로 추락했다. 실의에 빠진 소년은 돌아간 발목을 두 손으로 잡고 신음 소리를 냈다.

점점 더 불안해진 아르카는 다시 작업을 시작하다 자신이 만든 층계에 심각한 문제가 있다는 걸 알아차렸다. 오레이칼코스를 전부 다 사용해서 계단을 너무 두껍게 만드는 바람에 층계를 더 높이기에는 금속이 턱없이 부족했다. 아르카는 오레이칼코스 금속을 늘이기 시작했다. 뿜어져 나온 자신의 아니마가 계단의 표면을 긁어내주었다. 경쾌한 종소리가 또 아르카의 집중력을 흩트렸다. 숯검정 눈썹의 소년이 자신의 예술작품 꼭대기에 올라서서 허공에 떠 있는 열쇠를 낚아챘고, 군중의 박수를 받으면서 내려오고 있었다. 소년은 피라가 다시 열어주는 문으로 경기장을 나갔다.

몇 분 후, 또 한 명이 열쇠를 낚아챘고, 잇달아 세 번째, 네 번째 경쟁자가 열쇠를 획득하는 데 성공했다. 빨간 머리 소녀까지 포함해 지원자 대부분이 열쇠를 획득함에 따라 종소리가 연달아 울렸다. 아르카가 열심히 여덟 번째 계단을 만들고 있을 때 경기장 중앙의 공중에 떠 있는 열쇠는 두 개밖에 없었다. 서른두 번째 경쟁자가 열쇠를 잡기 위해 이미 층계를 올라가고 있었다. 낙심한 아르카는 두 팔을 내리고 원의 맞은편에 있는 깡마른 소년을 쳐다봤는데 머리가 지끈거렸다. 소년은 머리 바로 위에 있는 마지막 열쇠를 잡기 위해 마지막 계단을 거의 완성해 가는 중이었다. 아르카는 목구멍을 타고 올라오는 실패의 쓴맛이 느껴졌다. 아르카는 마법 능력이 있다는 걸 발견한 날부터 자신이 비범하다는 걸 의심해본 적이 없었다. 하지만 실력자들과 경쟁하게 된 지금, 아르카는 자신의 능력이 별 볼 일 없다는 걸 알게 되었다. 게다가 아버지가 자신의 우스꽝스러운 층계를 지켜보고 있다고 생각하자 실의에 빠졌다.

갑자기 머리 한구석에서 묘안이 떠올랐다. 피라의 지시 사항이 떠올랐다. 오레이칼코스 큐브들을 이용해서 각자 열쇠 한 개를 획득해야 한다. 아르카는 경기장에 남아 있는 서른두 개의 층계를 쳐다봤다. 만약에 저것들을……?

아르카는 한번 해보자는 심정으로 옆에 있는 거대한 층계를 향해 돌진했다. 맞은편의 소년은 남아 있는 오레이칼코스를 빠른 속도로 늘이고 있었다. 거대한 층계에 펄쩍 뛰어오른 아르카가 엉금엉금 기어오르면서 은빛 모래구름을 일으키는 사이 체중에 눌린 금속이 흔들리고 있었다. 경악하는 외침이 관람석에서 울려 퍼졌다. 아르카는 마지막 계단에 이르는 순간 허공으로 몸을 날려서 소년의 바로 눈앞에서 열쇠를 낚아챘다. 그 짧은 순간, 아르카는 아연실색하는 소년의 눈과 마주쳤다. 그리고 중력의 법칙에 따라 자신이 떨어지고 있는 걸 느꼈다. 아르카는 양쪽 무릎을 구부리고 이를 악물면서 땅바닥에 발이 닿자마자 조금이라도 덜 다치려고 앞구르기를 했다.

다행히 모래가 충격을 완화해주었다. 약간 혼미해진 아르카는 열쇠를 손에 쥔 채로 일어났는데 무릎 통증이 도졌는지 욱신거렸다. 원형 경기장이 폭발할 것처럼 관람석에서 엄청난 야유가 터져 나왔다.

"창피한 줄 알아야지!"

"어떻게 저런 얌체 같은 짓을!"

"저 못생긴 계집애는 대체 어느 집 애야?"

아르카는 썩은 무가 날아올 걸 각오하면서 주변을 둘러봤다. 그리고 신비학자 쪽을 바라봤는데 귀빈석에서 재미있다는 듯 미소를 지으면서 그 장면을 지켜보고 있었다. 신비학자는 함성이 잦아들길 기다렸다가 일어났다. 일부 관중은 계속해서 분개하고 있었다.

"정말로 놀라운 결말 아닙니까?" 신비학자가 우렁찬 목소리로 외쳤다. "이로써 1차 시험의 서른세 번째 지원자가 결정되었습니다!"

신비학자는 박수갈채가 터져 나올 것으로 기대하면서 유쾌한 목소리로 말했다. 하지만 관중은 충격을 받은 듯 냉랭한 침묵이 이어졌다.

"파렴치한 짓을 저질렀단 말이오, 실렌! 당신은 저 지원자를 인정할 권한이 없어요. 부정행위를 했는데!" 귀빈석에 앉은 한 고위급 마법사가 엄한 얼굴로 외쳤다. "내 아들이 마지막 열쇠를 잡기 직전이었는데……."

"오레이칼코스 큐브들을 이용하여 열쇠를 획득하라는 것이 지시 사항입니다." 실렌이 즐거워하는 어조로 말을 끊었다. "오레이칼코스 큐브 **한** 개가 아니라 **여러** 개를 이용하라는 겁니다. 저 지원자만 유일하게 그 지시 사항이 뜻하는 바를 이해하고 기지를 발휘한 겁니다. 솔직히, 심판과 나는 그 전술을 쓰는 지원자가 한 명 이상 나오길 기대하고 있었지요."

반발하던 마법사의 얼굴이 일그러지면서 우거지상이 되었다.

"문장의 뜻을 제대로 파악했느냐 못 했느냐, 그딴 교묘한 지시 사항으로 내 아들이 탈락되는 걸 용납하지 않겠소." 마법사가 얼굴을 붉히며 소리쳤다.

그가 신비학자에게 다가가더니 집게손가락으로 실렌의 불룩한 배를 찔렀다.

"열쇠를 원래 있던 곳에 돌려놓고 저 사기꾼 계집애를 당장 경기장에서 내보낼 것을 요구합니다."

"친애하는 재무 장관." 신비학자가 손가락이 배를 더 깊이 찌르거나 말거나 아랑곳없이 마법사에게 바짝 다가서서 말했다. "재무 장관의 특권이 이 경기장에서는 통하지 않는다는 걸 잘 알고 있을 텐데요. 저 소녀는 완벽하게 규정을 지켰는데, 고위직 마법사의 자식에게 특혜를 주겠다고 소녀를 탈락시킨다는 것은 참을 수 없는 불공정을 보여주는 것입니다."

"내 자식에게 특혜를 달라는 것이⋯⋯." 재무 장관은 얼굴이 더 시뻘게져서 어물어물 말했다. "그게 아니라⋯⋯ 지켜야 하는⋯⋯."

"자, 자 진정하세요." 신비학자가 배를 쑥 내밀면서 말했다. "아드님 나이가 이제 열세 살이잖습니까? 내년에 평가전에 다시 지원할 수 있으니 두 번째에는 잘될 거라고 확신합니다." 신비학자가 더 큰 소리로 아르카를 향해 말했다. "지금부터 2차 시험까지 한 시간쯤 휴식 시간이 있으니까 선발된 다른 지원자들에게 합류하기 바란다. 빨리 가지 않으면 지시 사항을 놓치게 된다."

얼이 빠져 있던 아르카는 고개를 끄덕이면서 열쇠를 호주머니에 집어넣고 빠르게 경기장을 빠져나가는데 독설에 가까운 야유가 귓가에 들렸다. 아르카가 참나무 목재 문을 열고 나가자 새로운 통로가 나타났는데 시험을 치르기 전보다는 적은 수의 아이들이 모여 있었다.

지원자들이 1차 시험에서 합격한 걸 기뻐하면서 소감을 주고받고 있었다. 일부 아이들이 마지막으로 선발된 지원자는 왜 이렇게 시간이 많이 걸렸는지 의아하다는 시선으로 아르카를 힐끔 쳐다봤다. 하지만 대부분은 가장 먼저 열쇠를 획득하는 데 성공한 소년 쪽으로 시선이 쏠려 있었다. 관심이 집중되어 있는 것에 아랑곳없이 구석진

곳에 쭈그리고 앉은 소년은 이쪽저쪽으로 눈을 굴리면서 깊은 생각
에 잠겨 있었다.

"그만해!" 아르카가 지나갈 때 빨간 머리가 악랄한 미소를 흘리
면서 또 목소리를 흉내 냈다.

아르카는 외면하면서 마치 친구를 만나러 가는 것처럼—불행히
도 친구가 있을 리 없지만—당당하게 지원자들 틈을 비집고 나아갔
다. 대부분 멋진 튜닉에 금팔찌를 차고 있었고, 프레톤과 스테릭스처
럼 억양도 귀족적이었다. 그들은 7지구에 사는 귀족 집안의 자식들
이 틀림없었고, 서로 잘 아는 사이 같았다.

아르카는 꿰다 놓은 보릿자루가 따로 없다고 생각하면서 얘기할
사람을 찾아보다 자신과는 전혀 다른 부류의 경쟁자들에게 주눅이
들었다. 그래서 속내를 들키지 않으려고 복도 깊숙이 들어갔는데 반
가운 것이 눈앞에 나타났다. 과일이며 고기, 생선, 온갖 종류의 케이
크가 잔뜩 놓인 테이블 하나가 기름 램프의 은은한 불빛 속에 반짝이
고 있었다. 아르카는 옆에 있는 볼이 토실토실한 소년을 곁눈질하면
서 크레이프* 하나를 집어 들고 그 위에 치즈와 소금에 절인 양고기,
그리고 이름 모를 노란색 채소를 얹어 먹었다.

아르카가 그렇게 네 번째로 크레이프에 각종 재료를 얹고 있을
때 다섯 명의 아이들이 시시덕거리면서 테이블에 다가왔다. 그 무리
속에 빨간 머리 소녀와 시험 보러 나갈 때 아르카를 떠밀었던 소년
둘이 있었다. 아르카는 스테릭스와 그 무리의 왕초로 보이는, 최고

크레이프 밀가루에 달걀, 설탕, 우유, 버터를 섞어서 살짝 구운 것.

장관의 아들인 프레톤도 알아봤다. 이 무리는 아무도 호의적이지 않았기 때문에 아르카는 테이블 끝으로 자리를 옮기고 커다란 바구니에 담긴 과일 중 하나를 집었다. 그렇지만 그들의 대화가 들렸다.

"……2차 시험도 넌 걱정 없겠지. 좋겠다, 훈련할 수 있어서." 귀족 소년들 중 한 명이 프레톤에게 말했다. "물체를 변형시키는 문제가 나올 거란 예상은 했지만 층계를 만드는 것일 줄이야, 진짜 생각도 못 했어. 용케 해내긴 했지만 마지막까지 남아 있는데 정말 진땀이 나더라고, 그나마 내 뒤에 꼴찌가 있었기에 망정이지."

얼굴이 빨개진 아르카는 바구니에서 꺼낸 과일이 포도송이인 줄도 모르고 포도를 으스러뜨렸다. 포도즙이 튜닉에 튀었지만 아르카는 대화를 듣는 데 집중하느라 주의를 기울이지 않았다.

"층계 만드는 훈련은 받지 않았어, 제논." 프레톤은 오랫동안 준비한 덕분에 좋은 결과를 얻었다는 소리를 듣고 싶지 않은 듯 대꾸했다. "그랬다면 2지구 출신의 촌뜨기보다 내가 먼저 끝냈겠지. 그 자식은 시험 내용을 알고 있었던 게 틀림없어. 걔가 만든 층계 봤지? 장담하는데 걔 엄마가 신비학자의 집에서 청소부로 일할 거야, 그래서 정보를 얻은 거고."

빨간 머리가 낄낄거렸다.

"어쨌든 다음 시험에서도 걔가 이기게 내버려 둘 수는 없어." 프레톤이 단호한 어조로 말했다. "2지구 출신을 또 선발할까? 마기스테리움은 이미 야심 찬 라스티아낙스 때문에 골치를 썩고 있는데 한 명이 또 생기는 건 아무도 바라지 않을걸."

"하지만 걔가 이기는 걸 어떻게 막겠어?" 스테릭스가 물었다.

"2차 시험에 집중해야 되는데 언제 걔를 신경 써."

"그래서 하는 말인데, 스테릭스." 프레톤이 눈을 가리는 머리카락을 뒤로 넘기면서 말했다. "우리가 확실히 선발될 수 있는 전술을 아버지가 알려주셨어."

"무슨 시험을 보는지 너도 내용은 모른다고 했잖아." 스테릭스가 지적했다.

프레톤의 여드름투성이 얼굴이 빨개졌다.

"나는 그 모자가 5년 전에도 이미 구닥다리라고 생각했는데." 프레톤이 응수하면서 야비한 미소를 흘리자 다른 아이들이 빵 터졌다.

"유행은 돌아오는 것이고, 그런 점에서는 내가 앞서가는 거지." 스테릭스는 나름 패션 감각이 있다는 걸 보여주려는 듯 등산 모자를 좀 더 눌러썼다.

하지만 아르카는 스테릭스가 친구들이 한눈을 파는 사이 걱정스러운 표정을 짓는 걸 봤다.

"나한테 계획이 있어." 프레톤이 다시 스테릭스 쪽으로 고개를 돌리고 말했다. "하지만 우리끼리만 알고 있어야 해. 너희들 믿어도 되지?"

다른 아이들은 고개를 크게 끄덕였지만, 빨간 머리 소녀가 턱으로 아르카를 가리켰다. 아르카는 눈치를 채고 재빨리 과일 바구니에서 배를 고르는 척했다.

"여기서는 안 돼, 프레톤, 43번이 우리 얘기를 듣고 있어. 쟤가 실컷 처먹고 테이블을 떠나길 기다려야 하지만, 이렇게 많은 음식을 생전 처음 봤을 테니 금방 떠나지 않을 거 같거든."

스테릭스는 놀란 얼굴로 아르카를 힐끔 쳐다봤지만 얼른 친구들을 따라 거만한 표정을 지었다.

"포네리아, 그럼 우리가 다른 데로 가자." 프레톤이 경멸하는 투로 말했다.

이렇게 많은 음식을 생전 처음 봤을 거라는 포네리아의 말이 틀린 것이 아니기에 더 자존심이 상한 아르카는 배에서 시선을 떼고 그들을 노려봤다. 경쟁자들이 아르카가 듣지 못하도록 테이블에서 멀리 떨어진 곳으로 이동했다.

아르카는 주뼛거리다 지원자들 중 월등한 실력으로 마법을 행사한 2지구 출신의 소년 쪽으로 돌아섰다. 지원자들이 신발에 묻혀 온 아브락산의 모래에서 아니마가 희미하게 빛나고 있었다. 아이들 몇 명이 합세해서 골탕 먹일 궁리를 하고 있다는 걸 소년에게 알려줘야 할까? 하지만 뭐라고 말을 붙이면서 소년에게 접근하지? 그런데 머릿속에서 작은 목소리가 이렇게 말하고 있었다. '경쟁자 한 명이 줄어드는 거잖아.'

때마침 피라가 돌아와서 아르카는 갈등에서 벗어날 수 있었다. 지난번에도 그러더니 피라는 어린 지원자들에게 자기 시간을 빼앗기는 걸 짜증스러워하는 것 같았다.

"잠시 후, 2차 시험이 시작된다." 피라는 어서 빨리 이 일에서 벗어나고 싶은 듯 아주 빠르게 말했다. "지시 사항은 간단하다. **경기장으로 나가서 진자를 중심으로 그려놓은 원 위에 서 있는다. 공이 울리면 진자를 움직일 수 있는데, 가능한 한 오래 원 위에 남아 있어야 하며, 진자를 사용하지 않고 다른 방법으로 상대를 밀치는 것**

은 반칙이다. 원을 이탈하는 순서대로 열 명은 경합에서 탈락이다.
알아들었지? 좋아." 피라는 지원자들이 지시 사항을 이해할 시간도
주지 않고 덧붙였다. "아, 그리고 1차와 2차 시험의 채점 결과에 따라
마지막 3차 시험을 보는 순서가 정해질 것이다. 이상 끝."

피라는 그렇게 말하고 확 돌아서서 검은색 긴 머리를 휘날리며
참나무 목재 문을 활짝 열었다. '진자'가 뭘 말하는 건지 생각하던 아
르카는 몰려 나가는 지원자들에게 휩쓸려 나갔다. 경기장에 들어서
는 순간 아르카는 그것이 무엇인지 알아차렸다. 경기장에는 지원자
들이 만든 층계들은 다 사라지고, 2지구 출신 소년의 층계만 그것도
귀빈석 바로 앞으로 옮겨져 있었다. 대신에 경기장과 관중석 사이에
놓인 거대한 새장 상단에 커다란 진자가 매달려 있고, 그 끝이 회색
모래에 스치듯 닿아 있었다. 오레이칼코스 진자는 과일 배를 거꾸로
뒤집어놓은 모양으로 굵은 사슬에 묶여 있었다. 아르카는 마법사들
이 두세 개의 층계를 변형시켜놓은 것이라고 짐작했다. 아르카는 다
른 지원자들을 곁눈질하면서 모래에 그려놓은 커다란 원 위에 섰다.
원의 한복판에 진자가 있었다.

지원자들이 위협적으로 보이는 커다란 장치를 걱정스럽게 지켜
보는 가운데 프레톤과 그의 패거리만 알 만하다는 시선을 교환하고
있었다. 그들은 나란히 섰다. 아르카는 아직 뭘 해야 할지 파악하지
못하고 있었다.

피라는 진자를 사용하지 않고 다른 방법으로 상대를 밀치는 것
은 반칙이라고 말했는데……. 이 말은 진자를 움직여서 상대를 원 밖
으로 밀어내야 한다는 뜻이었다. 하지만 원을 나가면 안 되는데 그게

어떻게 가능하지?

아르카는 자신의 이마를 찰싹 때리면서 속으로 말했다. '경합시키는 이유는 마법 힘을 보려는 거잖아.' 이 시험의 목적은 반칙을 하지 않고 상대를 탈락시키는 것이었다. 아르카는 자신의 총기를 뿌듯해하면서 떡 버티고 서서 기세등등하게 진자를 쳐다봤다. 모형 제작은 장기가 아니었을지도 모르지만, 이 시험은 아르카의 적성에 딱 맞는 것이었다. 전통적인 실력 행사, 이게 바로 기다리던 것이었다. 아버지가 보면 감동할 터였다.

그 순간 신비학자가 또다시 귀빈석에서 일어나 그 어느 때보다 환히 빛나는 얼굴로 말했다.

"지시 사항에 대해서는 충분히 설명을 들었을 테니 나는 그중에서도 가장 중요한 것만 다시 한번 강조하겠다. 가능한 한 오래 원 위에 있어야 된다. 경합이 끝난 뒤 순위를 정하는 데 고려될 것이기 때문이다. 자, 이제…… 2차 시험을 시작한다!"

공이 울리자 일순간에 군중의 함성이 경기장을 뒤덮었다. 아브락산의 모래가 드러내준 아니마의 촉수가 길게 늘어나더니 진자를 건드렸다. 잠시 후, 오레이칼코스 진자가 좌우로 흔들리다 한 지원자를 강타했다. 소년은 너무 놀란 나머지 진자를 멈출 생각을 하지 않고 뒷걸음치다 원을 이탈했다. 곧바로 신비학자가 외쳤다.

"경기장에서 퇴장."

아연실색한 소년은 몇 초가 지나서야 자신이 실격되었음을 알아차렸다. 소년은 턱을 떨면서 경기장을 나갔다.

그사이 벌써 또 다른 경쟁자 세 명이 탈락했다. 퇴장하는 아이들 때문에 산만해진 아르카는 하마터면 성난 포탄처럼 자신을 향해 날아오는 진자를 못 볼 뻔했다. 아르카가 본능적으로 세운 아니마 장벽에 진자가 쾅 하고 부딪혔다. 맞은편에서 포네리아가 손짓을 하면서 입모양으로 '그만해'라고 말했다. 아르카는 기회가 생기는 즉시 포네리아를 탈락시키기로 마음먹었다.

그렇지만 진자의 진동이 어찌나 빠른 속도로 지원자들 사이를 오가는지 아르카는 정신이 없었다. 몇 분 사이에 소년 다섯 명이 반칙을 범했다. 포네리아가 이번에는 아르카에게 공격을 시도했다. 아르카는 할 수 있는 마법을 다 동원하여 방어하면서 그 공격이 고스란히 포네리아에게 되돌아가게 했다.

크게 실망한 포네리아가 진자의 속도를 늦추는 데 성공했다. 아르카는 포네리아를 도와주기 위해 다른 아니마 네 개가 합쳐지고 있는 걸 알아차렸다. 테이블 옆에서 음모를 꾸미던 5인방이 합동 작전을 펴고 있었다. 포네리아가 아르카에 대한 공격을 다시 시작하자는 손짓을 했다. 그 순간 프레톤이 포네리아의 팔을 잡았다.

"탈락시켜야 할 지원자는 딱 한 명이니까 쟤는 그냥 놔둬!"

바로 그때 진자가 아르카의 오른쪽으로 비켜 갔다. 아르카는 고개를 돌리다 그때까지 탈락한 지원자들에게 가려져 있던 숯검정 눈썹의 소년을 발견하고 깜짝 놀랐다. 과격한 시험에 당황해 있던 소년은 마지막 순간에야 아슬아슬하게 아니마 장벽을 세우고 공격에 맞섰다.

그런데 진자가 반대 방향으로 가지 않고 소년의 머리 앞에서 멈췄다. 소년의 눈이 휘둥그레졌다. 아니마의 촉수 다섯 개가 늘어나더니 원을 가로질러서 소년을 밀어내고 있었다. 진자가 조금씩 전진하는 동안 아르카는 망설였다. 공격자들에 대한 혐오감을 제외하면…… 고립된 소년을 도와줘야 할 이유가 전혀 없었다.

아르카는 원 위에서 조심스럽게 움직이면서 오레이칼코스 진자에 두 손을 얹고 미친 듯이 떠밀었다. 소년이 믿기지 않는 눈으로 아르카를 힐끔 쳐다봤다.

길게 느껴지는 몇 초 동안, 프레톤 무리와 그들 사이에 일종의 팔씨름이 벌어졌다. 아르카와 숯검정 눈썹의 소년이 조금씩 진자에서 멀어지자 감동한 군중이 웅성거렸다. 합동 작전을 했는데도 불리해지자 이마에 땀이 맺힌 프레톤이 패거리 넷에게 외쳤다.

"두 번째 전술! 셋에서!"

"뭐하는 거지?" 아르카가 계속 진자를 떠밀면서 구시렁거렸다.

"하나!"

"모르겠어." 질겁한 소년이 말했다.

"둘!"

힘을 쓰느라고 얼굴이 빨개진 아르카는 진자 너머로 프레톤을 봤다. 그 얼굴이 꼭 함정에 빠트리려고 할 때 펜테실레이아 공주를 상기시켰다. 그때 속셈을 알아차렸다.

"셋!"

바로 그 순간 5인방의 아니마 촉수들이 갑자기 수축했고, 동시에 아르카도 떠미는 걸 멈추고 아니마 장벽을 세워 넘어지지 않게 방어했다. 진자가 엄청난 속도로 원의 중심으로 돌아갔고, 갑자기 저항력이 없어지는 바람에 균형을 잃은 2지구의 소년은 앞으로 고꾸라지고 있었다. 아르카는 잽싸게 소년의 옷깃을 잡아 뒤로 끌어당겼다. 그들의 발은 원을 벗어나지 않았다.

이번에는 경기장을 가로지르는 진자를 피하려다 열 번째 지원자가 원 밖으로 밀려났다. 남은 경쟁자들은 긴장이 풀렸다. 이제 그들은 경합에서 탈락될 위험이 없었다. 비록 여전히 순위 싸움이 남아 있었지만.

"고마워." 숯검정 눈썹의 소년이 예민해진 눈초리로 아르카를 쳐다보면서 말했다. "내 이름은 카시크야. 왜 나를 도와줬어? 내가 탈락하면 너는 자동으로 3차 시험을 볼 자격을 얻는데."

"내 이름은 아르카. 어쨌든 선발됐잖아, 그럼 된 거지."

프레톤 무리는 또다시 진자로 공격할 기세였다. 그 무리의 대장은 경합에서 카시크를 탈락시키지 못한 것 때문에 신경질이 나 있는 것 같았다. 프레톤이 험악한 시선으로 쏘아보는 걸 보고 아르카는 이번에는 자신이 표적이라는 걸 알아차렸다. 아니마 다섯 개의 힘이 합쳐진 진자가 아르카를 향해 돌진했다. 화가 치민 아르카는 발밑에서 아브락산의 모래가 솟구칠 정도로 강력하게 오레이칼코스 진자를 걷어찼다. 그 충격에 아니마들이 수축되더니 진자가 마구 흔들리면서 반대 방향에 있는 포네리아를 향해 전속력으로 돌진했다.

퍽! 아르카는 허공에 대고 주먹을 날렸다.

포네리아가 진자가 자기 쪽으로 돌진하는 걸 너무 늦게 알아차린 것이다. 잠시 후, 진자에 정통으로 맞은 포네리아는 모래밭에 나가동그라졌고 숨을 가쁘게 몰아쉬었다.

자빠진 채로 포네리아가 시뻘게진 눈으로 아르카를 쏘아보았다. 그 꼴을 보자 아르카는 무시당하면서 느꼈던 모멸감을 잊고 입모양으로 '그만하라고 했지'라고 말한 다음 웃음을 터뜨렸다.

마침내 말할 상대가 생긴 아르카는 2차 시험과 3차 시험 사이의 휴식 시간이 덜 괴로웠다. 조금 늦게 복도에 들어선 카시크는 아르카와 함께 한쪽 구석에 조용히 앉았다. 소년은 아르카가 먼저 말을 걸 때까지 곁눈질을 했다.

또래 소년들과 얘기할 기회가 거의 없어서 평범한 소년의 기준을 모르는 아르카의 눈에도 카시크는 아주 특이한 소년이었다.

"2지구에서 왔어?" 아르카가 물었다.

"응." 카시크가 대답했다.

그러고는 카시크가 맞은편 벽을 관찰하기 시작했는데 마치 방금 어이없는 공격을 당하고 나니까 그걸 보고 있어야만 안심이 되는 듯했다.

"너는 왜 마법사가 되고 싶어?" 아르카가 2차 시험을 보는 동안 쿡쿡 쑤시던 무릎을 주무르면서 물었다.

"마법을 연구하는 것이 좋아서." 카시크가 정신을 집중하는 표정으로 대답했다.

아르카는 카시크가 다시 벽 쪽으로 고개를 돌릴 거라고 예상했는데 소년이 덧붙였다.

"우리 아버지는 내가 아버지처럼 목수가 되길 바라시지만 나는 그 직업이 나와 맞지 않는다고 생각해."

카시크는 아직 그 생각을 완전히 굳힌 것이 아니라는 듯 눈살을 찌푸렸다. 아르카가 다른 질문을 하려는 순간, 피라가 여전히 짜증이 난 얼굴로 종이 한 장을 들고 나타났다. 지원자는 스물세 명으로 줄어 있었다. 모두들 서로를 쳐다보면서 토너먼트가 끝난 뒤 이중에서 선발될 열세 명이 누구일지 생각하고 있었다. 아르카는 3차 시험이 지식에 관한 것임이 기억나자 갑자기 가슴이 답답했다. 지금까지는 마법 평가전이 흥미로웠고 2차 시험까지 통과했지만 3차 시험에서는 실패할 수밖에 없다는 생각에 의기소침해졌다.

아르카는 그 순간 마법의 도시를 찾아온 이유가 오로지 아버지를 찾기 위해서가 아니라는 걸 깨달았다. 배우고 싶고, 지도를 받고 싶고, 지난 몇 달처럼 더는 혼자서 곤경을 헤쳐 나가고 싶지 않았기 때문이다.

"자, 이제 마지막 시험이다." 피라가 예의 그 거만한 눈초리로 지원자들을 훑어보면서 말했다. "이번에는 마법이 아니라 묻는 질문에 답을 하면 되는 시험이다. 잠시 후, 너희들은 앞서 치른 두 시험에서 얻은 순위에 따라 한 명씩 경기장으로 들어갈 것이다. 각각 시험지가 들어 있는 스물세 개의 상자가 있다. 문제가 거기 적혀 있으니까 차례대로 그 상자들 중 하나를 선택하여 1차 시험에서 획득한 열쇠로 상자를 열고 시험지를 꺼낸다."

아르카는 호주머니에 손을 넣어보고는 까맣게 잊고 있던 열쇠가 있는 것에 안심했다.

"물론, 각각의 상자에 시험지가 한 장씩만 들어 있기 때문에 지원자들이 경기장에 들어갈수록 선택할 상자는 줄어들 것이다." 피라가 계속 말을 이었다. "책상에 가서 앉고 시험지에 답을 적은 다음, 층계를 이용해 신비학자에게 제출한다. 그런 다음 이곳으로 돌아와 채점이 끝나길 기다리면 된다. 첫 번째 지원자가 경기장에 들어가는 걸 시작으로 시험이 끝나기까지는 한 시간이 소요될 것이다. 너희들 중에서 좋은 점수를 얻는 이들이 선발될 것이다. 모두 알아들었지?" 피라는 부정적인 대답은 용납하지 않겠다는 어조로 덧붙였다. "이름을 호명하면 한 명씩 경기장으로 나간다."

피라는 종이를 확 펼쳤다.

"프레톤!" 피라가 내뱉는 이름을 듣고 아르카는 얼굴을 찌푸렸다.

지원자들이 1분 간격으로 경기장으로 나갔다. 아르카는 보나마나 자신이 꼴찌가 틀림없기 때문에 차례가 오려면 20분쯤 기다려야 할 거라고 계산했다. 아르카는 시간이 흐를수록 긴장감이 고조되는 걸 느꼈다. 지식이 없을 뿐만 아니라 프레톤보다 시간이 23분이나 적은 데다 마지막으로 남은 시험지를 선택해야 하기 때문에 상당히 불리한 조건에서 시작하는 것이었다. 게다가 문제도 분명히 어려울 텐데.

호명이 계속되고 있었다. 10분 후, 자신의 이름이 불리자 소스라치게 놀란 카시크가 벌떡 일어났다. 그 어느 때보다 흥분한 카시크는 피라를 향해 뛰어나갔고, 방금 전에 행운을 빌어준 아르카에게 눈길도 주지 않고 문턱을 넘어갔다. 아르카는 기분이 약간 상했다.

몇 분 후에 호명된 포네리아가 아르카를 밀치면서 지나갔다. 아르카는 발차기를 날리고 싶어서 다리가 근질근질했지만 간신히 참았다. 얼마 후, 스테릭스가 뒤를 이었고, 프레톤의 패거리 중 두 명도 경기장으로 나갔다. 마지막에서 두 번째로 크레이프를 만들어 먹던

볼이 토실토실한 소년이 나갔고, 복도에는 이제 아르카와 피라만 남았다. 마침내 영원히 계속될 것처럼 길게 느껴지는 기다림 끝에 피라가 고개를 까딱하는 것으로 경기장을 가리켰다.

"어서 나가!"

아르카는 움찔하면서 재빨리 문을 밀고 나갔다. 경기장이 또 달라져 있었다. 진자가 사라진 자리에 놓인 이십여 개의 책상에서 지원자들이 시험지 위로 얼굴을 숙이고 답을 쓰고 있었다. 경기장 맞은편에 있는 카시크의 층계를 올라가면 오레이칼코스 창살에 낸 통로를 이용해 귀빈석에 갈 수 있었다. 그 계단 앞에 나무상자 스물세 개가 나란히 놓여 있었다.

아르카는 상자를 향해 두 줄로 놓인 책상들 사이를 지나가면서 카시크가 시험지에 정교한 글씨로 열심히 적고 있는 걸 봤다. 좀 떨어진 곳에서 포네리아가 교활한 미소를 보냈다. 아르카는 뭐가 그렇게 기분이 좋을까 생각하면서 눈살을 찌푸렸다. 아르카는 빠르게 걷다가 거의 뛰다시피 하면서 상자들이 나란히 놓인 긴 테이블 앞에 도착했다. 테이블 끝에 있는 상자만 빼고 모든 상자가 열려 있었다. 아르카는 테이블을 따라가면서 지원자들이 이미 선택한 주제를 힐끗쳐다봤는데 더 불안해졌다. *식민지 무역, 히페르보레아 물의 역학, 아니마의 편의성, 테미스키라와의 외교 역사, 마법의 의식과 무의식…….* 아르카는 벌렁거리는 가슴으로 아직 닫혀 있는 마지막 상자 앞에 이르렀다. *아마존족*이라고 쓰여 있었다.

아르카는 눈을 깜빡였다. 이런 행운이 있다니 믿기지 않았다. 출제된 여러 주제 중에서 자신이 유일하게 아주 잘 아는 것이었다. 아르카는 약간 흥분해서 열쇠를 꺼내기 위해 호주머니에 손을 넣었다.

갑자기 심장이 납덩어리로 변하는 것 같았다. 열쇠가 없었다. 가슴이 철렁한 아르카는 다른 호주머니를 뒤졌지만 없었다. 책상들 사이를 뛸 때 열쇠가 떨어졌나? 아르카는 지체 없이 되돌아갔고 금속 조각이 보이길 바라면서 모래로 덮인 바닥을 살폈다. 방해를 받는 것에 예민해진 지원자들이 아르카를 흘겨봤다. 아르카는 열쇠를 계속 찾으면서 점점 더 공포에 질렸다. 심장이 터질 듯 방망이질 쳤다. 아르카가 지나갈 때 포네리아가 또 비웃는 눈초리로 쳐다본 뒤 시험지에 다시 몰두했다. 그 순간 아르카는 알아차렸다.

"아까 나를 밀치면서 열쇠 훔친 거지?" 아르카는 격분했다.

"그만 떠들지, 방해되니까." 포네리아가 시험지에서 눈을 떼지 않은 채 속삭이는데 입가에 미소를 머금고 있었다.

아르카는 도저히 참을 수가 없었다. 탈락하더라도 당당히 맞서는 것이 나았다. 아르카는 눈이 뻘게져서 포네리아에게 다가갔다. 바로 그 순간, 아르카는 어떤 손이 스치는 걸 느끼고 고개를 돌리다 깜짝 놀랐다. 카시크가 시험지를 제출하기 위해 지나가고 있었다. 아르카는 의아해서 튜닉 호주머니에 손을 넣었는데 열쇠가 있었다. 카시크가 방금 열쇠를 집어넣은 것이었다.

아르카는 복수를 접어 두고 상자들이 있는 곳으로 달려갔고, 떨리는 마음으로 마지막 상자를 열고 시험지를 꺼낸 다음 카시크가 앉았던 책상으로 뛰어갔다. 갈대 펜과 잉크가 놓여 있었다. 아르카는 첫 문장을 읽었다. *아마존족 현 여왕의 이름은 무엇인가?*

아르카는 미소를 지으면서 '안티오페'라고 썼다.

아르카는 철자를 많이 틀리면서 답을 적어 나갔다. 20분이 흐른 뒤 마지막 질문만 남았다. 숲의 화재가 어떻게 아마존 군대를 약화시켰는가?

그 화재로 마법 방지 구역이 줄어들면서 아마존 군대가 무너졌다.

'그래서 내가 아르카디아를 떠나야 했지.' 아르카는 가슴 아파하면서 시험지를 접었다. 그러고는 뛰어가서 신비학자 앞에 놓인 시험지들 위에 자신의 것을 올려놨다. 신비학자가 눈을 반짝이며 일어나서 우렁차게 말했다.

"시험은 끝났다! 시간이 다 됐다! 모두 갈대 펜을 내려놓고 시험지를 제출하라! 이제 너희들이 제출한 시험지를 채점할 것이다!"

남은 지원자들이 마지못해 쓰는 걸 멈추고 층계로 향하는 사이, 아르카는 가벼운 걸음으로 카시크를 만나러 경기장을 나갔다.

라스티아낙스

이따금 들려오는 관중의 열띤 함성이 라스티아낙스의 집중력을 흩트리고 있었다. 그는 시험 보는 지원자들을 힐끔 쳐다보고는 구시렁거리면서 다시 서류에 집중했다. 일하기에 이상적인 환경이 아니었다. 안락의자 팔걸이에 불안정하게 놓인 잉크, 무릎에서 미끄러지는 양피지 서류, 앞쪽 관람석 아래로 자꾸 굴러 떨어지는 갈대 펜, 특히 해가 기울고 있어서 읽는 데 지장이 있었다. 연구에 매진할 수만 있다면 어떤 희생이라도 치르겠지만, 마법 평가전에 관련된 의무는 선택의 여지가 없는 것이었다.

적어도 이런 진지한 태도는 어쩌면 라스티아낙스에 대해 아직 의구심을 품고 있는 선거인단을 설득하는 데 도움이 될 터였다. 멘토 대학의 투표는 오늘 저녁이고, 각료 의회는 내일부터 시작된다. 트리에리오스의 표를 받아야 과반수의 표를 획득하는 것이다. 라스티아낙스는 선거가 빨리 끝났으면 싶었다. 기다리는 시간이 너무 힘들었다.

마지막 시험이 끝난 지 한 시간 후, 실렌이 선발된 합격자들의 번호를 부르자 한 명씩 활짝 웃는 얼굴로 경기장으로 다시 들어왔다. 1차 시험에서 심사원단에 깊은 인상을 심어준 숯검정 눈썹의 소년과 최고 장관의 아들 프레톤을 비롯하여 소녀가 두 명 있었다. 매해 드물지만 소녀가 몇 명 도전했으나 준비 부족으로 선발되지 못했기 때문에 아주 이례적인 경우였다. 실제로 7지구의 귀족 가문에서는 딸이 마법 평가전 시험장에 나가는 걸 마땅치 않게 여기고 어떤 도움도 주지 않았다. 소녀들의 이름이 호명되자, 마법사들이 마치 남자만 선발될 자격이 있다는 듯 자기 아들들의 자리를 빼앗은 거라고 비난하는 수군거림이 들렸다.

라스티아낙스는 무릎 위에 펼쳐놓은 양피지에 시선을 두고 피라에게 한 약속을 생각했다. 죄책감이 그를 괴롭혔다. 그가 살펴보는 서류 중에 히페르보레아 여성의 권리에 관한 것은 전혀 없었기 때문이다.

신비학자의 쾌활한 목소리가 귓가에 울렸을 때 라스티아낙스는 얼굴을 찌푸렸다. 라스티아낙스는 미래의 멘토 자격으로 심사원단에 참여하여 귀빈석에 앉아 있는 건데 실렌의 우렁찬 성대가 너무 가까이 있었다. 신비학자는 경기장 전체에 목소리가 들리기를 바란 것이지만, 2차 시험이 끝났을 때 이미 많은 관중이 경기장을 떠났기 때문에—3차 필기시험은 볼거리가 없었다—쓸데없이 소리를 지르는 것이었다.

"브라보, 브라보! 모두 축하한다!" 신비학자가 우렁차게 외쳤다. "마법 평가전에서 합격했으니 너희들은 이제 문하생이다!"

선발된 신입 문하생들은 기뻐하는 시선을 주고받았다. 라스티아낙스는 손가락으로 의자 팔걸이를 두드리면서 식이 빨리 끝나길 바라고 있었다.

라스티아낙스는 불과 열흘 전까지만 해도 문하생이었는데 제자를 책임져야 한다고 생각하자 예민해졌다. 나이가 어리다고 멘토를 허물없이 대해도 된다는 전례를 만드는 것만은 무슨 수를 써서라도 피하고 싶었다. 문하생이 멘토를 존중하지 않고 건방지게 군다면, 그가 출마를 선언한 뒤에 일거일동을 주시하고 있을 최고 장관과 다른 장관들이 미숙하다는 증거라며 자격 미달이라고 깎아내릴 것이 불보듯 뻔했다. 라스티아낙스는 순해 보이는 것은 용납하지 않을 터였다. 따라서 그는 아주 냉철하면서 권위적이고 가능한 한 거리를 두는 멘토가 되기로 결심했다. 미래의 문하생이 그걸 힘들어하더라도 어쩔 수 없었다.

경기장에서 벨트 증정식이 시작되었다. 신비학자가 오레이칼코스 층계를 내려갔고 피라가 오렌지색 벨트 열세 개를 들고 뒤를 따랐다(피라는 조교 역할을 하는 것에 몹시 들떠 있는 것 같았다). 신비학자는 점수가 가장 높은 합격자를 시작으로 한 명 한 명에게 벨트를 수여했다. 라스티아낙스는 숯검정 눈썹의 소년이 1등이라는 것에 놀라지 않았다. 소년은 너무 감격한 나머지 벨트를 차는 데 애를 먹었다. 이어서 신비학자가 프레톤 앞으로 갔고, 소년은 자기가 2등이라는 사실이 못마땅한 듯 마지못해서 벨트를 받았다. 증정식이 계속되었고, 피라가 팔에 걸친 벨트는 두 개밖에 남지 않았다.

라스티아낙스는 몸을 앞으로 숙였다. 불확실한 지위 때문에 성적이 좋은 합격자를 주장할 수 없다는 걸 잘 알고 있었다. 다른 멘토들은 모두 고위직이기에 성적이 우수한 합격자를 얻으려고 술수를 쓰고 있었다. 열한 번째 합격자는 등산 모자를 쓴 소년이었는데, 라스티아낙스는 수자원 백작의 아들이라는 걸 알아봤다. 소년은 벨트를 받아서 독창적인 방식으로 허리에 찼다. 마지막 합격자는 2차 시험 중에 힘으로 진자를 떠밀었던 머리가 헝클어진 금발 소녀였다.

라스티아낙스는 다른 합격자들보다 더 오래 소녀를 관찰했다. 낯이 익은데 어디서 봤더라, 그는 기억을 더듬었다. 차림새로 봐서는 1지구에서 온 소녀가 틀림없었다. 단정치 못한 용모도 그렇고, 마치 경기장에 처음 온 것처럼 놀란 얼굴로 주변을 두리번거리는 것도 그렇고 뭔가 생각이 날 듯 말 듯했다.

소녀가 벨트를 차고 합격자들의 대열에 합류하는 순간 라스티아낙스는 기억이 났다. 바실레우스 그랑프리 대회에서 4지구의 경마 역사상 최초로 우승한 기수였다. 이 우연에 놀란 라스티아낙스는 의자에 등을 기대고 소녀를 계속 관찰했다. 그는 다른 마법사들도 소녀가 우승한 기수라는 걸 알아봤을지 궁금했다. 그는 잠시 생각하다가 소녀에 대한 정보를 혼자만 알고 있기로 했다. 그 사실을 알리면 소녀에 대한 관심이 커지면서 심사원단의 표결 과정에서 표가 몰릴 테니 그건 피하고 싶었다.

"평등화 장관이 되면 필기시험을 없애주기 바라겠네, 라스티아낙스." 갑자기 등 뒤에서 누군가가 말했다.

라스티아낙스가 돌아보니 오십 대의 마른 남자가 둥둥 떠 있는 마법의 휠체어에 앉아 있었다. 저작 장애가 있는지 수염 난 턱을 실룩거리는데 누런 치아가 언뜻언뜻 보였다. 사고로 다리를 잃은 마법역학자 게오르곤이었다. 파란연꽃 껌 중독자인 마법역학 교수는 성격이 까다롭고 교육자의 자질이 떨어지는 것으로 유명했다. 그는 경기장에 줄 서 있는 합격자들을 관찰하고 있는데 마치 아이들에게 자신의 전공을 가르친다고 생각하니 벌써부터 참을 수 없다는 듯한 얼굴이었다.

"히페르보레아 인구 중 사분의 삼이 문맹인데 필기시험을 강요하는 것은……" 게오르곤이 말을 이었다. "실렌이 해마다 질문을 같이 준비하자고 부탁하는데 그 지겨운 일을 안 해도 되니까 좋고."

라스티아낙스는 스승이었던 교수들과 대등하게 말하는 것이 아직은 어색했다. 그는 태연한 척하려고 마른기침을 했다.

"필기시험이 실력을 평가하기에는 좋지만, 필기시험 때문에 서민층은 평가전에 지원하는 것이 꺼려질 거라고 생각합니다. 참가 비용도 줄여야 하고……"

"비용? 무슨 비용 말인가?" 게오르곤이 눈살을 찌푸리면서 말을 끊었다. "참가하는 데 무슨 돈이 든다고."

"평가전이 7지구에서 열리기 때문에 이곳으로 오려면 통행료를 지불해야 합니다." 라스티아낙스는 마법 평가전에 참가하기 위해 자신이 봉착했던 어려움을 떠올리면서 대답했다.

마법역학자는 라스티아낙스의 목소리에서 쓰라린 경험을 간파하지 못한 것 같았다.

"아무튼 필기시험 말고 다른 시험들도 더 낫다고 할 수 없으니 이 토너먼트는 썩어빠진 정치가를 배출하는 기구로 전락하고 말았어." 마법역학자는 수염을 비비면서 라스티아낙스가 이 지적을 어떻게 받아들일지 신경 쓰지 않고 쓴소리를 내뱉었다. "큐브 시험의 지시 사항을 보면 다른 지원자들의 작업을 이용하라고 되어 있고, 힘을 겨루는 시험에서는 경쟁자들을 탈락시키겠다고 지원자들이 끼리끼리 연합하는 일도 있었으니. 이게 뭐야, 누가 더 교활한지 평가하라는 건가……" 마법역학자는 일목요연하게 꼬집었다.

신비학자가 서류 한 뭉치를 손에 들고 귀빈석에 모인 사람들을 돌아보는 바람에 대화는 중단되었다.

"친애하는 멘토들이여, 선택의 시간입니다." 신비학자가 서류를 나눠주면서 말했다.

라스티아낙스의 예상대로 고위직 마법사들이 성적이 우수한 문하생들의 서류를 차지했다. 누군가가 재무 장관에게 오크통에서 숙성된, 군도에서 들여온 포도주 여러 상자를 제안하는 소리가 들렸다. 아들이 탈락한 것 때문에 낙담한 재무 장관은 귓등으로도 듣지 않고 상무 장관 쪽으로 고개를 돌리더니 프레톤을 넘겨주면 카라반 숙소 관리를 위한 자금을 풀겠다고 약속했다. 협상이 순조롭게 진행되었고, 마법사들 대부분이 문하생을 선택하고 나자 라스티아낙스에게 서류가 넘어왔다. 모자 쓴 소년의 서류였고, 43번의 서류를 가진 최고 사서가 주변을 둘러보면서 구시렁거렸다.

"내 조카 스테릭스의 서류였으면 좋았을걸…… 평가전에서 합격하면 멘토가 되어주기로 약속했는데."

조카가 합격했으니 기뻐해야 하는데 그렇지 않은 것 같았다.

"스테릭스의 서류는 저한테 있습니다." 라스티아낙스가 서류를 내밀면서 말했다. "바꿔드릴까요?"

조카의 서류를 받아든 최고 사서의 주름진 얼굴에 슬픈 그림자가 스쳤다.

"소녀를 받아줌으로써 나를 희생하는 것도 보람 있는 일일 텐데." 그는 떨리는 목소리로 말했다. "스테릭스는 적어도 문맹은 아니니까. 소녀의 시험지를 내가 채점했는데 철자는 쉰여섯 개를 틀렸고, 심지어 지어낸 단어도 다섯 개나 되더군. 라스티아낙스, 자네는 위대한 인문학자가 되고도 남을 사람인데…… 이런 되지못한 인간들에게 둘러싸여 있다니 유감이야." 최고 사서가 서글픈 어조로 말했다. "그래도 내 실망이 자네에게 표를 주는 걸 막지는 못하지."

최고 사서가 서류를 건네주자 라스티아낙스는 서류에 적힌 소녀의 신상을 읽었다. 오자투성이의 글을 보는 순간 43번을 문하생으로 받아들이겠다는 결정이 크게 흔들렸다. *아르카, 열세 살, 1지구, 거부기 장사꾼의 딸.* 하지만 다시 생각할 시간이 없었다. 실렌이 불룩한 배를 내밀고 다니면서 이미 멘토-문하생을 한 쌍씩 기록하고 있었다.

"아, 친애하는 라스티아낙스, 명석한 문하생을 찾았는가?" 신비학자가 눈을 반짝이면서 묻다가 라스티아낙스가 내미는 서류를 보면서 말했다. "오, 43번을 선택했군. 이 소녀…… 아르카와 자네는 놀랍도록 뜻이 잘 맞을 거라고 확신하네." 그는 서류를 살펴보면서 말했다. 그러고는 마법사들을 향해 고개를 돌리고 덧붙였다. "친애하는 멘토들이여, 다들 선택하셨지요? 자, 그럼 문하생들에게 멘토를 소개할 시간입니다!"

라스티아낙스는 경기장으로 눈길을 돌렸다. 다른 문하생들은 똑바로 서서 마법 평가전의 결과를 기다리고 있는 반면에 아르카는 사팔눈을 하고서 머리카락 사이에 끼여 있는 지푸라기를 떼어내고 있었다. 또다시 그는 선택을 잘한 건지 의문이 들었다.

아르카

~

마침내 멘토들이 귀빈석에서 내려오고 있었다. 아르카는 (조금이라도 단정해 보이려고) 머리에서 마지막 지푸라기를 떼어내고 문하생들 앞으로 다가오는 마법사들을 뚫어져라 쳐다봤다. 저들 중 누가 멘토일까? 아버지와 맞닥뜨릴 가능성이 희박하다면 최소한 개인의 행복은 완전한 자유를 누리는 것이라는 걸 이해해줄 지혜로운 노인이 배정되길 바라고 있었다.

아르카는 실망했다. 자신을 향해 다가오는 마법사는 사춘기를 갓 넘긴 것처럼 앳돼 보이는 데다 편한 인상이 아니었기 때문이다.

"아르카." 젊은 마법사가 앞에 와서 말했다. "나는 너의 멘토 라스티아낙스다."

멘토가 손을 내밀자 아르카는 악수를 했다. 갈색 머리에 매부리코처럼 보이는 깨진 콧잔등, 호리호리한 체형의 멘토가 휘갈겨 쓴 서류 뭉치를 겨드랑이에 끼고 있는데 금방이라도 날려서 흩어질 것 같았다. 아르카는 어떻게 행동해야 할지 몰라 머뭇거렸다.

"히페르보레아인이 아니구나." 그가 대뜸 말했다.

기습 질문에 놀란 아르카는 부인하지 않았다.

"네, 나포카에서 왔어요. 어떻게 알았어요?"

"어떻게 아셨습니까, 사부." 라스티아낙스가 신경질적인 어조로 바로잡았다. "나포카식으로 손가락들을 붙이고 악수했으니까. 앞으로는 그렇게 악수하지 않도록."

아르카가 그게 그렇게 불쾌할 일인지 생각할 겨를도 없이 라스티아낙스는 완벽한 나포카어로 말을 이었다.

"*히페르보레아에 온 이유와 문하생이 되고 싶은 이유는?*"

"*나포카에서는 마법이 금지되어 있기 때문입니다.*" 아르카는 억양에 신경 쓰면서 대답했다. "*그리고 배우고 싶기 때문입니다.*" 아르카는 좋은 평가를 받기 위해 덧붙였다.

아르카는 나포카 출신이 모국어를 쓰지 않는 걸 수상히 여긴 거라고 생각하면서 멘토를 쳐다봤다. 하지만 라스티아낙스는 무표정한 얼굴로 아르카를 뚫어져라 쳐다보면서 이번에는 히페르보레아어로 말했다

"가자."

멘토가 참나무 문 쪽으로 걸음을 옮기자 아르카는 아주 젊지만 아주 위압적인 멘토에게 감히 아무 말도 못 하고 따라갔다

"3차 시험의 문제는 뭐였니?" 라스티아낙스가 물었다.

"남아 있는 문제가 하나밖에 없었고 아마존족에 관한 거였어요." 아르카는 경기장을 나가는 동안 대답했다.

"네가 잘 아는 문제였구나."

이건 질문이 아니었다.

"저는 아마존족을 흥미롭게 생각해요." 아르카는 얼버무렸다.

무슨 이유인지 모르지만 히페르보레아인들은 아마존족을 좋게 여기지 않는 것 같았다. 그들은 계단을 성큼성큼 올라가서 출구와 연결되는 복도에 들어섰다.

멘토가 더는 질문하지 않았기에 아르카는 몰래 관찰했다. 라스티아낙스는 아마존족에 대해 말하던 중이라는 걸 잊은 것 같았다. 그가 복도 끝에서 또래의 젊은 남자와 얘기하는 피라를 응시하고 있었기 때문이다. 아르카는 토너먼트가 시작되었을 때부터 피라가 미소 짓는 걸 보는 것이 처음이었다. 피라는 반들거리는 아름다운 머리를 뒤로 넘기면서 심지어 웃기까지 했다. 그녀가 남자와 팔짱을 끼고 멀어져 가는 동안 안색이 어두워지는 걸 보면 라스티아낙스는 기분이 좋지 않은 것 같았다.

그들은 마침내 복도를 지나 원형 경기장을 에워싼 승강장에 이르렀다. 저녁 햇살을 받아 운하의 가장자리가 금빛으로 물들고 있었다. 부두 뒤쪽에 번쩍거리는 거북들이 마법사를 기다리고 있었다. 하

위 지구는 이미 어슴푸레한 빛에 잠겨 있는 반면에 히페르보레아의 많은 탑들의 꼭대기에는 저물어 가는 해가 마지막 햇살을 뿌리고 있었다. 이 풍광에 기분이 좀 나아진 아르카는 용기를 내 라스티아낙스를 향해 고개를 들었다.

"근데요……, 음…… 뭘 가르쳐주세요, 사부? 마법을 가르쳐주시나요?" 아르카가 흥분해서 덧붙였다. "회오리바람을 만들고, 납을 금으로 바꾸고, 동물과 말하고 그런 것도 다 배울 수 있나요?"

침울해 있던 라스티아낙스는 문하생의 질문이 봇물 터지듯 쏟아지자 그제야 뭐 이런 애가 다 있지? 하는 얼굴로 걱정스럽게 아르카를 쳐다봤다.

"아니." 라스티아낙스는 퉁명스럽게 말했다. "나는 납을 금으로 바꾸는 것도, 동물과 말하는 것도 가르쳐주지 않아. 그게 너의 유일한 소망이라면 당장 떠나도 돼."

자존심이 상한 아르카는 잠시 입을 다물고 있다가 다시 물었다.

"그럼 지금은 뭐하는 거예요, 사부?"

라스티아낙스가 대답하려는 순간 말다툼하는 소리가 들렸다. 덥수룩한 백발의 마법사가 화가 잔뜩 난 얼굴로 원형 경기장을 나오고 있는데 옆에 문하생이 있었다. 아르카는 스테릭스를 알아봤다.

"겨우 5분 지났는데 벌써 나한테 서가를 떠다니는 목재 조각상으로 바꾸자고 말하다니, 이건 진짜 아니잖아……" 마법사가 그들을 지나쳐 가면서 구시렁거렸다.

마법사가 걸어가면서도 집안의 정신 상태에 대해 저주의 말을 퍼붓자 스테릭스는 일그러진 얼굴로 줄레줄레 따라갔다.

"가자, **미로의 성**에 데려가는 거야, 너에게 숙식을 제공해야 하니까." 라스티아낙스가 갑자기 말했다.

"아, 그래요?"

아르카는 문하생 생활에 대해서는 들은 기억이 없었다. 미로의 성에서 산다는 게 무슨 뜻이지? 아르카는 벌판 한가운데 우뚝 서 있고, 흉측한 괴물이 지키는 황폐하고 음침한 탑을 상상했다. 여러 쌍의 문하생과 멘토들이 원형 경기장 출구에서 수다를 떠는 사이 아르카는 이미 멀어져 가는 라스티아낙스를 쫓아갔다.

그들은 10여 분 동안 말없이 운하를 따라 걸었다. 젊은 마법사는 서류 뭉치에서 양피지 한 장을 꺼내더니 멍한 시선으로 응시했다. 아르카는 멘토가 다시 침울해졌다고 생각했다. 그는 문하생에게 전혀 신경을 쓰지 않고 있었다. 갑자기 그가 고개를 흔들면서 혼잣말을 했다.

"의회, 의회에 집중해."

그러고는 다시 양피지에 시선을 두고 눈살을 찌푸리면서 아주 빠른 속도로 읽어 내려갔다. 어떻게 걸으면서 동시에 읽을 수가 있을까 생각하던 아르카는 라스티아낙스가 무심한 손짓으로 운하의 물을 얼리고 즉석에서 만든 다리를 건너가면서 서류에서 눈을 떼지 않는 모습에 깜짝 놀랐다. 아르카는 잠시 머뭇거리다 얼어붙은 수면 위로 펄쩍 뛰었다.

풍덩!

아르카는 물속에 수직으로 처박혔다. 아르카 주위에서 물거품이 하늘을 향해 회오리치고 있었다. 아르카는 무슨 일이 일어났는지 알

아차릴 겨를도 없이 회오리에 휩쓸려 물 밖으로 밀려났다. 아르카가
운하 건너편에서 물을 뚝뚝 흘리고 있는데 바로 코앞에서 라스티아
낙스가 어이없다는 얼굴로 쳐다보고 있었다. 그 와중에 아르카는 적
어도 열흘은 목욕을 안 해도 되겠다고 생각했다.

"물의 상태를 지배하는 것도 모르니?" 라스티아낙스가 핀잔을 주
었다.

그가 대답을 기다리지 않고 손가락을 딱 튕기자, 농밀한 증기가
아르카 주위를 에워싸더니 귀를 녹여주었다. 이어서 흠뻑 젖은 몸이
말랐다. 그가 다시 걸어가면서 마치 아무 일도 없었다는 듯 서류를
읽었다.

"서둘러, 나는 할 일이 많아."

아르카는 냉큼 따라갔다.

몇 분 후, 그들은 다양한 간판들―빵집의 빵, 수레의 바퀴, 대장
장이의 망치―이 걸린 이상한 탑의 승강장에 이르렀다. 삼각형 창문
들이 나 있는 저택 꼭대기에 식물이 우거져 있는데 흡사 심술궂은 노
인의 머리 위에 초록색 앵무새가 앉아 있는 형상이었다.

"나의 옛 멘토가 간판을 수집하셨지." 라스티아낙스가 짧게 설명
했다.

그는 서른 개쯤 되는 각양각색의 손잡이와 노커의 무게에 주저
앉을 것 같은 문을 밀었다. 천장까지 잡다한 물건이 쌓인 큰 현관 복
도가 나타났다. 온갖 크기의 단지들, 구리 재질의 저울들, 희한한 모
양의 의자들, 심지어 개를 위한 매트 수집품까지 종류가 아주 다양했
다. 그들은 잡동사니 사이를 요리조리 피해 널찍한 아트리움*에 이

르렀는데 발광체 전구 열다섯 개가 둥둥 떠다니며 밝혀주고 있었다. 탑의 지붕에 낸 커다란 원형 통로까지 물건이 쌓여 있었다. 온갖 종류의 바퀴, 칼집, 박제동물, 쌓아놓은 테이블, 식물이 다 말라버린 화분들 사이사이로 거미줄이 얽혀 있었다. 수많은 판화가 곳곳에 포개져 있어서 벽면은 보이지도 않았다. 그렇지 않아도 잡동사니가 가득한 곳인데 쌓아 올린 물건들의 탑이 한두 개 무너져 있는 바람에 발 디딜 데가 거의 없어서 지나가는 것도 힘들었다.

"여기 뭐예요?" 아르카가 쫑알거리면서 이래서 '미로의 성'이라고 하는구나 생각했다.

"옛 멘토께서 나한테 물려주신 저택이야." 라스티아낙스가 짜증스러운 표정으로 대답했다. "이렇게 쓸데없고 거추장스러운 것들을 50년이나 수집해놓으셨으니. 다 처분해야지. 이미 하인들이 치우기 시작했어."

바로 그 순간, 잡동사니 속에서 욕설이 터져 나오더니 머리가 헝클어진 체격이 왜소한 늙은 여자가 빈 새장 더미에서 불쑥 나타났다. 그녀는 숭배에 가까운 표정으로 두 사람을 쳐다봤는데 머리에 허옇게 먼지를 뒤집어쓰고 있었다. 아르카가 어떻게 갑자기 나타난 걸까 생각하는 사이, 늙은 여자가 종종걸음 쳐오더니 아르카의 두 뺨을 움켜잡았다.

"아이고, 예뻐라! 어쩌면 이리도 눈망울이 또랑또랑하고 이마가

아트리움 건축물에 설치된 넓은 안마당으로 중앙부에는 분수가 있고 회랑으로 둘러싸여 있다.

환할까!" 늙은 여자가 날카로운 목소리로 우렁차게 말했다.

"메타니르, 이 아이는 나의…… 문하생 아르카예요." 라스티아낙스는 체념한 투로 말했다.

"오, 그렇게 빛나는 공부를 시작하는 어린 소녀를 만나다니 너무 기뻐요." 메타니르가 아르카를 놓아주지 않은 채 말했다.

늙은 여자의 손아귀에 뺨을 잡힌 아르카는 대답하려고 했지만 숨넘어가는 소리밖에 나오지 않았다. 아르카는 라스티아낙스에게 간청하는 눈길을 보냈다.

"늦었으니 궁금한 게 많더라도 얘기는 내일 하는 게 좋겠어요." 라스티아낙스는 메타니르를 아르카에게서 떼어놓으려고 단호한 어조로 말했다. "아르카를 방으로 안내해줘요."

"물론이지요, 라스티아낙스 마스터, 미안합니다. 존경하는 팔라테스 어르신이 돌아가신 뒤로 오랜만에 집에 생기가 도니까 너무 감격한 나머지 그만." 메타니르가 주절거리면서 달뜬 미소를 지으며 아르카의 뺨을 놓아주었다(하도 세게 잡혀 있던 탓에 광대뼈가 늘어난 것 같았다). "자, 가자, 예쁜아, 방을 보여줄게!"

메타니르가 종종걸음으로 멀어져 가다 한 베틀 뒤로 사라졌다.

질겁한 아르카가 멘토를 쳐다보면서 물었다.

"저 이상한 할머니는 누구예요?"

"살림을 맡은 찬모 메타니르." 라스티아낙스가 대답했다. "나는 다시 나가봐야 해. 내일 첫 수업을 위해 마기스테리움으로 데려갈 거니까 아침 8시에는 준비하고 있어야 한다."

그의 말이 끝나자마자 베틀 뒤에서 메타니르의 머리가 나타났다.

"이리 와, 예쁜아!" 찬모가 외쳤다.

아르카는 또다시 도와 달라는 눈빛으로 라스티아낙스를 쳐다봤지만, 멘토는 이미 사라지고 없었다. 아르카가 할 수 없이 찬모를 따라 여러 개의 방과 갈수록 물건들이 어지럽게 널려 있는 계단을 지나가는 사이, 메타니르는 봇물 터지듯 말을 쏟아냈다.* 아르카는 어마어마하게 쌓여 있는 잡동사니들이 없다면 저택이 어떤 모습일지 궁금했다. 넓은 집에 물건 더미에 가려진 삼각형 창문이 여기저기 보였다.

찬모와 아르카는 빗자루에 기댄 채 잠든 늙은 하인을 지나쳤다. 숨을 쉴 때마다 노인의 입가에 고인 침방울이 부풀었다. 메타니르는 성난 올빼미처럼 눈살을 찌푸리면서 계속 가다가 또 주절거렸다.** 그들은 마침내 한 방 앞에 도착했는데 방문 옆에 닭 조각상이 한 무더기 있었다.

"여기가 너의 새 보금자리란다, 예쁜아!" 메타니르가 우렁차게 말했다. "탁자 위에 간식을 준비해놨는데 입에 맞으면 좋겠구나. 라스

---

* "네가 와서 너무 행복하고, 네가 이 집에 좋은 기운을 가득 차게 해줄 것 같아! 친애하는 라스티아낙스 마스터는 좀…… 뭐랄까……? 과묵해서, 아니, 아니, 내가 무슨 문제가 있다고 하면 항상 주의 깊게 들어주기는 하시지. 아무튼 나는 얘기 나눌 사람이 새로 생겨서 기뻐. 나처럼 늙은 여자에게 말동무가 있다는 건 큰 즐거움이지. 나는 사람을 좋아하거든."

** "게으름뱅이 아우스! 항상 빗자루에 기대고 잔다니까, 망할 놈의 영감탱이! 게다가 또 귀가 먹어 가지고!"

티아낙스 마스터가 쓰시던 방이야."

아르카는 "잘 주무세요" 하고 우물우물 말하고는 귀가 따가울 정
도로 말이 많은 찬모에게서 벗어나려고 얼른 방으로 들어갔다.

방은 그 집의 다른 데처럼 어수선하지 않았다. 라스티아낙스가
이 방을 쓸 때 치워버린 것이 틀림없었다. 다만 물시계 서너 개가 한
쪽 구석에서 꾸르륵꾸르륵 소리를 내고 있었다. '적어도 지각은 안
하겠네', 생각하면서 아르카는 침대에 앉았다. 발광체 전구 하나가
다른 가구들을 비추고 있었다. 옷궤 하나, 의자 하나, 그리고 작은 책
상 위에 양피지와 갈대 펜, 삶은 생선과 해초류가 담긴 큼직한 사발
이 놓여 있었다.

침대 쪽 벽에 삼각형 창문이 있었다. 아르카는 사발을 들고 침대
가장자리에 책상다리를 하고 앉았다. 풍경을 바라보며 먹다가 전혀
모르는 멘토와 함께 사는 문하생의 생활을 생각했다. 저택은 도시를
굽어보고 있었다. 도처에 보이는 작은 불빛들이 누군가가 사는 집의
창문이라는 걸 알려주었다. 밤중에 보는 탑들은 검은 천을 씌운 거대
한 실루엣 같아서 유령처럼 보였다. 아다만트 돔에 굴절되어 일그러
져 보이는 리파이아 산맥이 얼어붙은 들판으로 훨씬 더 시커먼 그림
자를 드리우고 있었다. 아르카는 펜테실레이아와 둘이서 테미스키
라를 빠져나와 나포카로 피신했을 때가 생각났다. 아르카와 펜테실
레이아는 어디가 어딘지 몰라서 나포카를 헤매고 다니면서 현지 풍
습에 적응해야 했다. 그때와 똑같은 어려움이 재현되고 있었다. 한
가지 다른 것이 있다면 이곳에는 역경을 함께해줄 친구가 곁에 없다
는 것이었다. 억울하게 나포카인들의 반란에 연루된 펜테실레이아

공주는 아르카가 보는 앞에서 경찰들이 풀어놓은 늑대들에게 물려서 죽었다. 아르카는 눈을 감고 그 기억을 떨쳐내려고 애를 썼다. 갑자기 외로움이 엄습했다.

오래전에 사발을 비운 아르카는 침대에서 내려왔다. 옷궤에서 발견한 잠옷을 꺼내 입고 둥둥 떠다니는 발광체 전구를 겨드랑이에 끼고 침대에 누웠다. 그러고는 영롱하게 빛나는 유리 전구를 만지작거리면서 아는 사람도 친숙한 물건도 전혀 없는 머나먼 곳, 이 낯선 방으로 자신을 이르게 한 일련의 사건들을 되짚어보았다. 나보가 그리웠다. 자신에게 남은 유일한 친구였다. 아르카는 히페르보레아 어딘가에서 기다리고 있을, 머지않아 찾게 될 아버지, 그 혈육을 생각하면서 마음을 가라앉혔다.

발광체 전구에 작은 인장이 그려져 있는데 아르카의 날개팔찌에 새겨진 것과 비슷했다. 아르카가 인장을 누르자 불빛이 약해지다가 꺼졌다. 다시 눌러보자 조용히 다시 켜졌다. 다른 때 같으면 열두 번도 넘게 켰다 껐다 했겠지만 아주 긴 하루였고 피곤해서 눈이 따가웠다. 아르카는 광도를 낮추기 위해 인장을 살짝 건드린 다음 옆에서 둥둥 떠다니게 하는 것으로 빛을 분산시켰다.

이날 밤은 약한 불빛이 필요했다.

아르카는 턱 밑까지 이불을 끌어당긴 다음 눈을 감았고 이내 잠들었다.

6

미로의 성

아르카

뭉게뭉게 피어오르는 연기 사이로 회색 형체가 보였다. 불길이 가장 가까운 나무들을 핥고 지나가자 불붙은 나뭇잎들이 반짝이면서 빙빙 돌았다. 아르카는 눈을 반쯤 감고 전진하는데 심장이 벌렁거렸다. 불길이 널름거리는 소리와 죽어 가는 푸른 숲의 신음 소리가 고막을 울리면서 귀가 먹먹해졌다. 아르카는 기침을 하다가 또 들이마신 연기를 이내 뱉었다. 앞에 회색 형체가 누워 있었다. "시론은 아니야, 시론은 아니야, 시론일 리 없어." 아르카는 중얼거리면서 연기 장막 너머 점점 또렷해지는 형체를 향해 계속 나아갔다. 이끼 카펫을 매트 삼아 누운 후견인의 실루엣이 드러났다. 추운 겨울밤에 홀로 침대에 웅크리고 있는 노파 같았다. 그렇지만 아마조네스 숲이 이렇게 더운 적은 없었다. '더위 때문에 기절한 거야. 내가 부르면 깨어날 거야.' 아르카는 제발, 제발, 하면서 다가갔다. 불에 타서 딱딱해진 이끼 카펫에 누운 몸은 미동도 하지 않았다. 얼굴의 일부가 끔찍한 화상을 입었고, 군데군데 시커멓게 탄 옷자락에서 연기가 새 나오고 있었다. 움직이고 있다는 착각을 주는 것이 가냘픈 깃털 장식 때문인지, 진짜 숨을 쉬어서 시론의 가슴이 움직이는 건지 알 수 없었다. 몸을 만져 보고 확인하지 않는 한 시론은 죽은 것도 산 것도 아니었다.

아르카는 영원히 불확실한 상태로 두고 싶지만 선택의 여지가 없었다. 숲이 계속 불타고 있었다. 아르카가 맥박이 뛰는지 확인하려고 손가락을 시론의 목에 대려고 하는데…….

갑자기 시론이 두 눈을 떴고 파란색 섬광이 아르카의 악몽을 뚫고 들어왔다.

"일어나 일어나 일어나아아!"

아르카는 소스라쳤다. 불에 탄 시론의 얼굴이 아니라 또 다른 노파의 얼굴이 환한 미소를 짓고 있었다. 아직 꿈에서 빠져나오지 못한 아르카는 여기가 어딘지 알아차리는 데 몇 초가 걸렸다. 7지구. 마법 평가전. 라스티아낙스. 미로의 성. 메타니르.

"서둘러야 해, 예쁜아! 지각이야!" 메타니르가 소리쳤다.

찬모는 토스트를 듬뿍 담은 쟁반을 코앞에 들이댔다.

"배고프지 않은데……." 아르카가 중얼거렸다.

아르카는 악몽에다 문하생으로서 첫 수업을 받는다고 생각하자 속이 느글거리는 것 같았다. 하지만 이글거리는 눈빛으로 쏘아보는 찬모를 보면서 이내 후회하고 덧붙였다.

"······아주 맛있어 보여요!"

아르카가 토스트 여섯 개를 먹어치우는 사이 메타니르는 옷궤를 뒤져서 흰색 튜닉과 마법 평가전 때 받은 벨트를 꺼냈다. 아르카는 침대에서 펄쩍 뛰어내려서 후다닥 옷을 갈아입었다. 아르카가 문 쪽으로 가려고 하자 메타니르가 목을 조를 듯 깃을 움켜잡았다.

"아침 다 안 먹었잖아!" 찬모가 엄한 얼굴로 남은 토스트를 아르카의 손에 쥐어주었다.

아르카는 입 안에 토스트를 욱여넣고 저택을 가로질러서 헐떡거리며 현관에 이르렀는데 라스티아낙스가 서류 뭉치를 팔에 끼고서 기다리고 있었다. 아르카는 멘토가 잠을 자러 집에 들어오는 길인가 보다 생각했다.

"지각이구나." 멘토는 인사 대신에 지적했다.

"네, 죄송합니다, 사부, 저는······." 아르카가 말했다.

"튜닉이 얼룩졌다." 멘토가 아르카를 아래위로 훑어보면서 덧붙였다.

아르카는 사팔눈으로 상체를 내려다보면서 얼룩이 괜한 말이 아니라는 걸 확인했다. 아르카는 잼을 제거하려고 천을 비볐는데 더 번지고 말았다.

"다시는 그러지 마." 라스티아낙스가 말했다.

"얼룩이요, 지각이요?" 아르카는 바보같이 물었다가 입 다물고 있을걸, 뒤늦게 후회했다. "아, 네, 둘 다죠, 알겠습니다." 아르카는 더듬더듬 말했다.

라스티아낙스는 마치 문하생에게 느끼는 경멸감을 콧구멍 속으로 들여놓으려는 듯 숨을 깊이 들이쉬었다. 그러고 나서 고개를 절레절레 저으면서 문을 열었다.

해가 탑들의 꼭대기를 살포시 비추고 있는 반면 도시의 나머지 구역은 아직 어둠에 잠겨 있었다. 아르카는 아침인데 운하에 사람들이 많은 걸 보고 놀랐다. 보라색 토가 차림과 하인 복장인 사람들이 보였다.

"어제 내가 평등화 장관이 되는 것으로 결정되었다." 그들이 마기스테리움을 향해 가는 동안 라스티아낙스가 엄숙한 어조로 말했다(아르카는 무슨 말인지 전혀 모르지만 공손하게 고개를 끄덕였다). "오늘 각료 의회가 열리기 때문에 너에게 할애할 시간이 많지 않을 거다. 그래도 진지하고 주의 깊은 자세로 수업을 받길 기대하……"

"헤이, 라스트!" 갑자기 들리는 목소리에 라스티아낙스가 말을 멈췄다. "브라보, 내 친구!"

라스티아낙스와 아르카는 고개를 돌리고 그들을 향해 뛰어오는 깡마른 꺽다리를 봤다. 행인들이 조심스럽게 길을 비켜주었다. 꺽다리가 두 팔을 흔들었다. 피라가 입었던 것과 비슷한 문하생 튜닉에 다섯 줄짜리 오렌지색 벨트를 차고 있지만 차림새는 훨씬 덜 세련돼 보였다.

"내가 드디어 제시간에…… 휴…… 일어나는 데 성공했다니까." 라스티아낙스 앞에 이른 꺽다리가 헐떡거렸다.

그는 라켓처럼 큰 손을 휘둘러 가며 정말 힘들게 일어났다는 묘사를 했다. 아르카는 처음으로 멘토의 얼굴에서 환한 미소를 봤다.

"그 대단한 걸 어떻게 해냈어, 페트로클루스?" 라스티아낙스가 눈을 반짝이면서 물었다.

"이제 수업을 몇 개만 더 들으면 졸업이라고 생각하니까 저절로 눈이 떠지는 거 있지." 페트로클루스가 대답했다. "우리끼리니까 하는 말인데 나도 문하생 생활을 빨리 끝내려고. '오늘 할 일을 내일로 미루자'가 신조지만 나를 두고 치사하게 네가 먼저 졸업 심사를 통과하니까 좀 서글프더라고."

"왜 그래, 같이 수업 듣는 로도프가 있잖아." 라스티아낙스가 말했다.

라스티아낙스는 이 말을 가벼운 어투로 말했지만, 아르카는 멘토가 로도프라는 사람을 별로 좋아하지 않는다고 짐작했다.

"야, 걔 얘기는 하지도 마. 나보다 더 게으른 놈이니까!" 페트로클루스가 소리치면서 손을 휘두르다가 아르카의 목을 후려칠 뻔했다.

페트로클루스는 게으름에 한해서는 자기를 능가하는 사람이 있다는 것이 기분 나쁜 것 같았다.

"로도프가 패거리에게 돈을 주고 자기 발명품을 만들게 하는 거너도 알지? 나한테 그런 돈이 있으면……." 페트로클루스가 공상에 잠긴 어조로 덧붙였다.

"참담하다." 라스티아낙스는 공감했다. "그건 그렇고 마침 잘됐네, 나 좀 도와줘." 그는 인격체가 아니라 화분 쳐다보듯 아르카를 가리키면서 말을 이었다.

"아, 얘가 네가 선택한 문하생이야?" 꾀돌이처럼 보이는 페트로클루스가 손가락을 요란하게 움직이면서 물었다. "근데 나 얘 알아, 속임수를 써서 이겼던 43번 꼬마……. 1차 시험 때 재무 장관의 아들을 탈락시킨 아이잖아. 의회에서 우군을 찾는 데 도움이 안 되는 거 아닌가?"

라스티아낙스는 친구에게 눈을 흘겼다. 그러고는 마치 갑자기 생각났다는 듯 눈살을 찌푸리면서 팔에 끼고 있던 서류들을 훑어보기 시작했다.

"첫 수업인데 이 아이를 마기스테리움에 데려다줄래?" 라스티아낙스는 서류에서 눈을 떼지 않은 채 물었다.

페트로클루스는 못 들은 체하면서 장황하게 늘어놨다.

"5년 과정을 마치고 마침내 여러 가지 물질적인 문제에서 자유로워지면 맘껏 게으름 필 수 있겠지." 페트로클루스는 마치 푹신한 안락의자에 몸을 쭉 펴고 누우려는 것처럼 두 손으로 목덜미를 받치면서 꿈꾸는 얼굴로 말했다.

"발명품 제출 마감일이 다가오는데 그건 어쩌고?" 라스티아낙스가 서류 뭉치에서 한 장을 빼면서 무심코 물었다.

상상의 안락의자가 사라졌다.

"와, 분위기 깨는 거 봐! 라스트, 재수 없는 자식." 페트로클루스가 짐짓 화난 표정을 지으며 받아쳤다. "그래, 네 혹은 돌봐주겠는데 네 부탁 들어주는 건 이게 마지막이다, 이번 달에는."

"빡빡하게 굴지 말고 좀 봐주라." 라스티아낙스는 서류에서 눈을 떼지 않은 채 미소를 지으며 토를 달았다. "미안한데 나 지금 가야해……"

"……의회 준비하러 가셔야겠지, 알지, 넌 이미 거물이 됐다는 거. 나는 굽이굽이 굴곡진 구렁텅이에 빠져서 불쌍하고 고독하게 헤매고 있는데." 페트로클루스가 다소 과장해서 말했다. "그래도 오랜 우정을 망각 속에 던져 두지 않길 바랄게."

"오랜 우정은 잊히지 않지!" 라스티아낙스는 이렇게 내뱉고 나서 멀어져 갔다.

친구가 손을 흔들면서 탑 뒤로 사라지자 페트로클루스가 눈을 반짝이며 아르카를 돌아봤다.

"자, 43번, 네가 바로 꼬마 라스티의 미운털이구나?"

아르카는 라스티아낙스의 키가 그리 작다고 생각하지 않는데 페트로클루스가 꼬마라고 하는 것은 자신에 비하면 모든 사람이 작다고 생각하는 것이 틀림없다고 생각했다. 페트로클루스가 걸어가기 시작해서 아르카는 줄레줄레 따라갔다.

"라스티를 멘토로 삼게 된 것은 너한테 큰 행운이야. 내가 아는 사람 중에서 가장 명석한 존재니까. 그렇지만 나는 진가를 인정받지 못한 천재지. 라스티는 히페르보레아를 떠난 적이 없지만 3개 국어를 유창하게 해. 네 멘토는 1지구 출신이지만 박식함에 있어서는 우리 교수들을 다 합쳐도 못 따라갈 정도지. 그건 별로 놀랄 일도 아니야, 우리 교수진은 리파이아 산골 마을의 수프처럼 니글니글한 꼰대들이니까. 게다가 벌써 평등화 장관이 되었으니 머지않아 역사상 최연소 최고 장관이 될 거라고 확신해." 페트로클루스는 조숙한 아들의 수많은 자질을 입이 마르도록 칭찬하는 어머니처럼 애정이 묻어나는 어조로 말했다.

그는 계속 걸어가다가 호주머니에서 큼직한 토스트 하나를 꺼내서 한 입 크게 베어 먹었다. 아르카는 호주머니 속이 어떻게 생겼는지 궁금했다.

"아침 먹을 시간이 없었어." 그는 불룩한 입으로 말했다.

"근데요, 페트로클루스." 아르카는 큰 보폭을 따라가기 위해 뛰다시피 하면서 말했다. "문하생이 하는 일이 정확하게 뭐예요? 나는 여기 도착해서…… 음…… 우연히 마법 평가전에 참가한 거라서 그게 뭔지 전혀 몰라요." 아르카가 더듬더듬 말했다.

페트로클루스가 갑자기 걸음을 멈추는 바람에 아르카와 부딪힐 뻔했다.

"우연히? 평가전이 뭔지도 모르고 우연히 참가했다고? 나는 그 토너먼트에서 합격하는 데 2년이 걸렸는데!" 페트로클루스가 믿기지 않는다는 얼굴로 버럭 소리를 지르는 바람에 입 안의 빵 파편이 사방으로 튀어나갔다.

"네, 운이 좋았어요." 아르카는 짧게 대답했다. "근데 문하생은 뭐를 해요? 마법을 공부하나요?"

"희한하네, 43번, 희한한 아이야." 페트로클루스는 여전히 믿기지가 않았다.

그들은 멋진 거북들이 줄지어 지나가는 운하를 따라 다시 걷기 시작했다. 페트로클루스가 토스트를 또 한 입 베어 먹었다.

"문하생이란 (어험) 먹이사슬의 맨 아래지." 그는 현학적인 말투로 설명했다. "문하생은 멘토를 섬기고, 그 대가로 히페르보레아 최고위직들의 직무를 배우지. 다른 말로 하면 수습생인데 문하생이 되었다고 하는 것은 열흘에 아홉 번의 수업을 받는 특혜를 누린다는 뜻이지 (어험). 격이 아주 높은 특별한 수업이거든." 페트로클루스가 그 반대라고 확신하고 있는 것이 명확히 드러나는 어조로 덧붙였다. "보통 (어험) 1학년은 여섯 번의 신비학 수업과 세 번의 마법역학 수업을 듣지. 이 말은 실렌 교수와 보내는 시간이 엄청나게 길다는 걸 의미해. 신비학자가 한 달 전부터 (어험) 너희 '신세대들'을 어서 만나고 싶다고 우리에게 말했거든." 그는 신비학자의 걸걸한 말투를 완벽하게 흉내 내면서 말했다.

"아, 페트로클루스도 수업을 듣고 있어요?" 공중 운하 쪽으로 가면서 아르카가 물었다.

"물론이지!" 페트로클루스가 외쳤다. "너희들이 들어왔다는 건 내가 얼마 안 남았다는 거지. 나는 5년간의 문하생 생활이 거의 끝나고 있어." 그가 허리에 찬 다섯 줄짜리 벨트를 가리키면서 장난기 가득한 표정으로 덧붙였다. "먹이사슬의 끝에 있지만 너희들보다 먼저 시작했으니 너에게 잡일을 많이 시킬 권리가 있다는 걸 의미하지. 43번, 나를 깍듯이 대하지 않아도 돼. 내가 이미 보라색 토가를 입은 마법사의 인상이긴 한데, 이게 내 졸업 심사에는 도움이 안 된단 말이지."

"뭘 심사받는 건데요?" 아르카가 물었다.

"5년의 공부를 끝내고 의무적으로 제출해야 하는 발명품이지, 43번." 페트로클루스가 대답했다. "문하생은 의무적으로 유용한 마법 물건을 발명해야 하고, 그 발명품은 저 위에 보관되어 먼지가 쌓이고 있지." 그가 팔을 앞으로 휘두르면서 말했다.

그들은 한 탑을 에워싼 승강장에 이르렀다. 이 탑은 히페르보레아의 다른 건축물과 조화를 이루지 못해 경관을 해치고 있었다. 6지구까지는 높은 돋을새김이 장식되어 있고, 7지구 꼭대기는 거대한 육면체를 이루고 있는데 창문이 없었다. 건물 정면 위쪽의 박공에 새긴 큼직한 금색 글자가 그곳이 **발명의 탑**이라고 알려주었다.

"물론 라스트는 훌륭한 발명품을 만들어냈고, 피라도 곧 해낼 거야." 페트로클루스가 말했다. "애석하게도 나는 그런 성공과는 거리가 멀어. 이런!" 그가 탑의 벽면에 설치된 해시계를 보면서 덧붙였다. "지각이다."

두 사람은 서둘러서 공중 운하를 건넜다. 7지구의 부유한 주민들을 태운 거북 행렬이 이 건물에서 저 건물로 이동하고 있었다. 바실레우스가 사는 물의 성 못지않게 거대한 한 탑 앞에 도착했는데 꼭대기에 금박을 입힌 둥근 지붕 여러 개가 보였다. 마법사들이 보라색 토가를 휘날리면서 잰걸음으로 광장을 지나가고 있었다.

"여기가 마기스테리움이야." 페트로클루스가 알려주었다.

그들은 상감 세공한 높은 나무 문을 통해 커다란 원형 홀로 들어갔는데 꼭대기에 통풍구가 뚫린 반구형 격자 천장이 보였다. 인접한 회랑으로 가기 위해 홀을 지나가는 마법사들의 실루엣이 티끌 하나 없는 타일 바닥에 비치고 있었다. 텅 빈 공간에 그들의 발소리가 울렸다. 웅장한 분수대 하나가 중앙을 차지하고 있었다. 격자 천장의 통풍구를 통해 내려오는 빛이, 옥좌에 꼿꼿이 앉은 남자와 그 발치에 모여 있는 슬픈 눈빛의 아이들 열세 명을 형상화한 분수대를 비추고 있었다. 남자의 눈에서 마르지 않는 눈물처럼 물이 흘러내리고 있었다. 아르카는 무엇이 이 남자를 이토록 슬프게 하는 걸까 궁금했다.

그들은 원형 홀에서 방사형으로 뻗은 회랑 중 하나로 나갔고, 앞서 지나온 데보다 수수하고, 모자이크와 반암 기둥들로 장식된 일련의 반구형 천장 아래를 통과했다. 마침내 페트로클루스가 멈춰 섰다. '실렌 강의실'이라고 적힌 동판이 반쯤 열린 문짝에 박혀 있었다.

"여기야." 페트로클루스가 말했다. "신비학 교수는 언제나 제자들보다 더 늦게 오시니까 너는 제시간에 온 거야. 반면에 나는 게오르곤 마법역학 교수의 마지막 수업을 들어야 하는데 그분은 지각생을 아주 싫어하시지, 그래서……."

말을 꺼냈다 하면 장황하게 설명하던 페트로클루스가 더는 말을 못 하고 가버리자 아르카는 이내 그의 존재가 그리웠다. 아르카는 떨리는 손으로 문을 밀고 들어갔다.

반원형 계단석이 강의실의 일부를 차지하고 있고, 정면 단상에 교수의 안락의자가 놓여 있었다. 멘토의 저택과 마찬가지로 발광체 전구 열다섯 개가 둥둥 떠다니면서 강의실을 비추고 있었다. 문하생들이 이미 흑단 장의자에 앉아 있는데 모두 보란 듯이 새 벨트를 차고 있었다. 프레톤, 스테릭스, 포네리아 그리고 그 패거리의 아이들이 위쪽 열에 앉아서 동급생들의 외모에 대해 이러쿵저러쿵하면서 시시덕거리고 있었다. 아르카는 신이 나서 새로운 생활에 대해 얘기하는 호감 가는 소년 두 명을 발견하고 덤덤한 표정으로 계단을 내려갔다.

"야, 불평하지 마, 네 멘토는 돔 엔지니어잖아. 그거 중요한 직책이라서 많은 걸 배울 텐데." 한 소년이 말하고 있었다.

"바로 그게 문제야. 5년 동안 귀에 못이 박히도록 주변의 습도 조절이니 균열 관리에 대한 말이나 듣겠지." 상대가 짜증난다는 얼굴로

대꾸했다. "어제도 멘토가 저녁 내내 돔을 축소한 모형을 보여주면
서……."

그때 두 소년이 그들의 대화에 애써 관심을 보이는 아르카를 발
견했다. 그들은 눈짓을 교환한 뒤 아무 일도 없었다는 듯 등을 돌리
고 대화를 계속했다. 머쓱해진 아르카는 계속 계단을 내려가다가 첫
째 열에 앉아 있는 낯익은 실루엣을 발견했다.

"안녕!" 아르카는 카시크 옆에 앉으면서 인사했다.

"안녕. 너 지각이야." 카시크가 눈살을 찌푸리면서 지적했다.

"교수님이 아직 안 오셨으니까 나는 제시간에 온 거야." 아르카가
쾌활하게 대꾸했다.

카시크가 이게 맞는 말인지 생각하는 사이 아르카는 변색된 목
재 장의자와 교수의 안락의자 뒤편에 설치된 밀랍 먹인 칠판을 쳐다
봤다. 아버지가 마법사라면 예전에 여기서 공부했을 게 틀림없었다.
아르카는 수업이 끝나면 신비학 교수에게 물어보기로 마음먹었다.

교수가 오지 않자 아르카는 기다리는 동안 카시크와 이야기를 나
누었다. 카시크는 상무 장관—부러움을 사는 직위—에게 배정됐지
만, 돔 엔지니어의 선택을 받지 못한 걸 아쉬워했다. 아르카가 돔 엔
지니어가 하는 일이 뭐냐고 묻자, 카시크는 아다만트 건축물의 최적
의 각도에 대한 수학적 설명부터 시작했다. 아르카는 설명을 들으면
서 꾸벅꾸벅 졸다가 갑자기 오른쪽에서 들리는 소란스런 소리에 눈
을 번쩍 떴다. 프레톤이 패거리에게 카시크 옆에 앉으라고 시킨 것 같
았다. 아르카는 친구가 되자고 하는 짓이 아니라는 걸 알아차렸다.

"너 하위 지구에서 왔지?" 프레톤이 팔꿈치로 카시크의 팔을 떠

밀면서 묻는 바람에 돔의 포물선 형태에 대한 열정적인 설명이 중단되었다.

프레톤이 기분 더러운 미소를 짓고 있지만, 카시크는 호의적으로 받아들이는 것 같았다.

"응." 카시크는 따뜻한 어조로 대답했다. "부모님이 2지구에 사셔."

"무슨 일 하시는데, 네 부모님은?" 포네리아가 코맹맹이 소리로 물었다.

"아버지는 목수야." 카시크가 간결하게 대답했다. "어머니는 나의 남자 형제 셋과 여자 형제 넷을 돌봐주시지."

대답을 들은 프레톤이 아주 흡족한 미소를 지으면서 머리카락을 뒤로 넘겼다.

"그럼 가난하겠다, 그치? 너도 가사일 할 줄 알겠네, 아줌마?" 프레톤이 묻자 아이들이 빵 터졌다. "내가 아줌마라고 불러서 기분 나쁜 거 아니지?"

"내 이름은 카시크야." 소년이 얼굴이 빨개져서 대꾸했다.

"아줌마, 내 양말 좀 꿰매줄래?"

아르카는 개입할 때라고 생각했다.

"그러는 김에 네 낯짝에 있는 여드름도 꿰매 달라지 그래." 아르카가 표독스럽게 응수했다.

프레톤의 여드름투성이 얼굴이 파랗게 질렸다.

"와, 43번이 너한테 깝친다, 프레톤." 패거리 중 한 명이 손을 흔들면서 지적했다.

"네가 뭔데 나서, 43번?" 프레톤이 우거지상을 하면서 반격했다. "왜 부럽냐? 그럼 너도 아줌마라고 불러줄게. 새 신발 사려면 돈 필요하잖아?" 그가 아르카의 해진 운동화를 힐끔거리면서 깐죽거렸다.

그러고는 호주머니에 손을 넣고 동전 한 움큼을 꺼냈다.

"가져, 이거 갖고 1지구로 내려가면 오두막 하나는 살 수 있을 거다. 그러면 네 낯짝 더 볼 일은 없겠지."

프레톤이 아르카의 얼굴을 향해 동전들을 내던지자 다른 문하생들이 폭소를 터뜨렸다. 뺨이 화끈거리는 아르카는 필기도구에 떨어진 동전들을 손으로 쓸어버렸다. 모욕을 주어 입을 다물게 하고 싶지만 딱히 떠오르는 말이 없었다. 바로 그 순간 신비학 교수가 강의실에 들어왔다. 교수가 불룩한 배를 내밀고 안락의자를 향해 계단을 내려오는데 짧은 다리 주위에서 보라색 토가 자락이 펄럭거렸다. 교수는 흡사 커다란 자두 같았다.

"신입생 여러분!" 신비학 교수가 의자에 털썩 주저앉은 후 말했다. "모두 출석해 있는 걸 보니 멘토들이 잘 전달한 모양이구나. 지금부터 나의 모든 수업은 열흘에 6일, 이 강의실에서 같은 시간에 있다는 걸 알아 두기 바란다. 내 수업은 너희 멘토들이 가르치는 교육을 보충해주는 것이다. 1학년 수업은 신비학, 다시 말해 마법문자학이라는 경이로운 학문에 초점을 맞출 것이다."

"흥" 하면서 프레톤이 자신은 이미 완벽하게 알고 있다는 표시를 냈다.

"거두절미하고 이론에 대해 얼마나 알고 있는지 알아보도록 하자." 교수가 짓궂은 미소를 지으면서 자신의 배를 두드렸다. "어디 보자……."

교수가 제자들을 둘러봤다.

"……마법이 정확하게 뭔지 누가 말해보겠나?"

"아니마로 물질을 지배하는 것입니다." 프레톤이 곧바로 대답했다.

"정확하다, 아주 정확해." 신비학 교수가 칭찬했다. "프레톤이지? 오래전에 자네 아버지를 가르쳤지. 마법이 물질을 지배하는 것은 맞아. 하지만 나는 '아니마를 불어넣는 것'이라고 표현하는 걸 선호하지. 그게 더 시적이니까." 신비학 교수가 바로잡았다.

프레톤이 시건방진 미소를 흘렸다.

"마법을 다루는 세 가지 기본이 뭔지 아는 사람은?"

문하생들이 머리를 쥐어짜고 있었다. 아르카는 전혀 모르기 때문에 생각하고 말고가 없었다.

"장소의 변화, 형태의 변화, 상태의 변화입니다." 카시크가 단숨에 대답했다.

"훌륭한 답변이다!" 신비학 교수가 눈을 반짝이면서 칭찬했다.

신비학 교수는 호주머니에서 작은 물병 하나를 꺼내느라 거구의 몸을 비틀었다.

"장소의 변화." 교수가 말했다.

유리병 뚜껑을 열자 안에 있던 액체가 나와서 신비학 교수 앞을 둥둥 떠다녔다.

"형태의 변화."

물이 신비학 교수와 혼동할 정도로 닮은 뚱보 남자의 모습을 띠었다. 신비학 교수가 학생들에게 윙크를 보내자 강의실에 즐거운 미소가 퍼졌다.

"상태의 변화."

액체가 기화되면서 하얀 수증기에 신비학 교수의 머리가 가려졌다. 잠시 후 교수는 그 물질을 압축해서 작은 유리병 속으로 들여보냈다.

"방금 마법 실행의 아주 기본적인 예를 보여주었다." 신비학 교수가 결론지었다. "그렇지만 더 신비한 마법 형태들이 존재하는데 그건 앞으로 공부할 기회가 있을 것이다. 마법 실행을 방해하는 네 가지 한계에 대해 말할 수 있는 사람은?"

여러 명이 손을 들었다.

"거리입니다." 한 소년이 말했다.

"정확하다." 교수가 칭찬했다. "보통은 거리가 10보 이상, 능력자는 15보 이상 거리가 떨어져 있으면 마법을 실행하기 힘들지. 또 다른 것은?"

"추위입니다." 아르카가 주뼛거리면서 손을 들고 말했다.

"아주 좋아." 신비학 교수가 아르카를 향해 고개를 돌리면서 말했다. "자네가 바로 라스티아낙스의 문하생…… 아르카 맞지? 추위는 마법의 힘을 약화한다. 그런 이유로 우리는 따뜻한 돔 안에서 거주하는 것이다. 자네들 중에 리파이아 산맥을 일주하는 기회를 가져본 사람이 있다면 마법 능력이 굉장히 약해지는 걸 확인할 수 있었을 것이다." 교수는 마치 상상 속 추위가 강의실에 침투한 것처럼 손을 비비면서 덧붙였다. "또 다른 한계는?"

"피로입니다." 포네리아가 말했다.

"그렇지, 피로. 아니마의 일부가 몸 밖으로 이동하면 쇠약해지지. 마법을 많이 실행할수록 몸은 손상을 입는다. 이런 현상은 일시적이라서 휴식을 취하면 회복된다. 하지만 한계치를 너무 많이 넘으면 두통을 유발할 수 있고, 코피를 흘리고 아주 드물게는 기절할 수도 있지."

이 말에 문하생들이 놀라는 것 같았지만, 이런 현상을 두 번이나 경험했던 아르카는 고개를 끄덕거렸다.

"네 번째 한계는 누가 말해보겠나?" 신비학 교수가 물었다.

침묵이 흘렀다. 문하생들은 머리를 쥐어짜봐야 바닥이 나 있었다. 프레톤조차 당황한 기색이었다. 반면에 아르카는 답을 알고 있었다. 아르카디아의 아마조네스 숲에서 자라는 동안 바로 이 제약으로 인해 거의 12년 동안 마법을 할 수 없었다. 주목받는 것이 걱정돼서 아르카는 침묵을 지켰다.

"대답 못 하는 것이 놀라운 일은 아니지." 신비학 교수가 말했다. "아주 오래전 우리 히페르보레아 마법사들이 직면한 것인데, 그 한계는 바로…… **비프아주르**라는 금속 때문이었다."

신비학 교수가 마지막 말을 할 때의 어조가 어찌나 엄숙한지 문하생들의 눈이 동그래졌다.

"비프아주르란 오레이칼코스와 반대되는 것이라고 보면 된다." 신비학 교수가 말을 이었다. "비프아주르는 아니마로 물질을 지배하는 마법을 방해하는 아주 희귀한 금속이지. 이 물질은 아주 강력해서 천연 금속일 경우 반경 몇 보 내에서 블루존을 형성하고 마법을 격퇴

할 수 있지. 여기서 질문, 비프아주르를 사용하는 것으로 유명한 종족은?"

"아마존족입니다!" 프레톤이 외쳤다.

이전 질문에 대답을 못 한 것에 화가 나 있던 프레톤이 만회했다.

"정확하다, 프레톤." 신비학 교수가 말했다. "오늘날에도 아마존족은 비프아주르 조각이 박힌 허리띠를 차고 다니지. 아마조네스 숲역시 아르카디아의 광산에서 채굴한 천연 비프아주르로 이뤄진 연결망으로 보호되고 있다. 이 금속 덕분에 여전사들은 마법을 두려워하지 않아. 그런 이유로 그들은 수세기 동안 우리의 철천지원수였지. 바실레우스가 그들을 멀리 쫓아내기 전까지는……."

"그런데 우리는 왜 비프아주르를 사용하지 않습니까?" 한 문하생이 외쳤다.

"아마존족이 채굴하는 방법을 비밀에 부치고 있는 데다 우리가그들의 방법을 사용하는 것은 자연의 법칙에 어긋나기 때문이지." 신비학 교수가 설명했다. "아마존족은 마법을 쓸 수 없기 때문에 오직체력으로 싸우거든. 그래서 여자아이들을 아주 어릴 적부터 전사로훈련시키지. 무역이나 정치, 역사, 예술에 대한 취미가 없고 사냥과약탈로 살아가거든."

"야만인들!" 예술 없이 살 수 있다는 것에 분개한 스테릭스가 외쳤다.

"그럼 남자애들은 어떻게 되는데요?" 포네리아가 물었다.

"여자애들은 숲에서 살아요?"

"그게…… 진짜예요?"

얼굴이 빨개진 아르카는 고개를 숙이고 5년간의 군사 훈련으로 단단해지고 통증에 거의 무감각한 자신의 팔을 응시했다. 그러니까 히페르보레아인들이 아마존족을 싫어하는 것은 오랜 세월 전쟁을 했기 때문이다. 아르카는 숲에서 살 때 이런 과거에 대해서 들은 적이 없어서 적잖이 놀랐다. 하지만 신비학 교수의 말대로 아마존족은 역사를 중시하지 않았다. 전사들은 대부분 문맹이고 자신에 대한 자부심이 강했다. 아르카는 다행히 글을 깨우친 후견인이 있었기 때문에 호신술과 더불어 읽기와 쓰기를 배울 수 있었다. 아르카는 동무들이 창이나 활쏘기 훈련으로 수련하는 동안 자신은 **나무 위 오두막** 테라스에서 유칼립투스 나무껍질에 글자 쓰기 연습을 하던 때가 떠올랐다. 쓸데없는 연습으로 시간을 낭비하는 거라고 얼마나 많이 불평했던가? 그 힘든 시간들이 꼭 필요했다는 걸 그 시절에 알았더라면……. 만약 히페르보레아인 중 누구라도 자신이 아마존들 속에서 자랐다는 걸 알면 무슨 일이 일어날지 걱정스러웠다. 이 도시에 들어서면서 안전할 거라고 느꼈던 기대가 싹 사라졌다.

신비학 교수는 손뼉을 한 번 치는 것으로 끊임없이 쏟아지는 질문을 중단시켰다.

"자, 자, 수업의 주제는 아마존족이 아니라 마법과 마법문자학이라는 걸 잊지 말도록. 아마존족은 연구해볼 만한 흥미로운 사람들임에 틀림없지만 2학년 때 대외 관계를 담당하는 교수들이 그들에 대해 많은 걸 설명해주실 것이다. 이제 마법 이론에 집중하자. 좀 더 정교한 주제를 다룰 것인데 그걸 공부하면 우리가 방금 열거한 네 가지한계를 극복할 수 있을 것이다. 지금부터 인장에 관해 공부하겠다."

웅성거림이 일었다. 아르카는 몸을 앞으로 숙이면서 호기심을 보였다. 히페르보레아에 온 뒤로 아르카는 문이나 사물, 승강기에서 수많은 인장을 봤지만, 그 기능에 대해서는 전혀 모르고 있었다. 심지어 아르카가 차고 있는 날개팔찌에도 엄지손가락 한마디보다 약간 큰 인장이 새겨져 있는데, 원과 기호, 선이 얽혀 있는 한가운데에 브이(V) 두 개를 새의 날개처럼 합쳐놓은 문양이었다. 인장이란 마법의 핵심 골자인데 동기생들이 술렁거리는 걸 보면 아르카만 모르는 건 아닌 것 같았다.

"에이, 무식한 것들!" 프레톤이 나직한 소리로 야유했다. "나는 적어도 5백 개의 기호와 15종류의 원을 아는데."

신비학 교수가 손뼉을 쳤다.

"문하생들, 인장이 무엇인지 아는가?"

의자에 비스듬히 앉아 있던 프레톤이 느릿느릿 손을 들면서 삐딱하게 머리를 젖혔다. 옆에 앉은 포네리아는 마치 그가 '여유라는 건 이런 거다'를 보여줬다는 듯 프레톤을 우러러봤다.

"프레톤?"

"인장은 저장된 아니마이고 마법을 작동하는 데 사용됩니다."

"아주 정확한 답변이다! 마법사는 어떤 물체에 인장을 새길 때 물체 안에 자신의 아니마 일부를 봉인해놓고 마법의 속성을 부여하지. 그런 다음 그 인장을 활성화하면 부여된 마법의 속성을 사용할 수 있다. 예를 들어 이 발광체 전구들은……."

신비학 교수가 눈앞까지 발광체 전구 중 하나를 공중부양시켜놓고 말했다.

"……이중 원과 네 개의 기호로 이루어진 아주 기본적인 인장이 찍혀 있는데 이것은 두 가지 기능을 상징한다. 공중에 떠다니는 기능과 빛을 분사하는 기능." 교수가 발광체 전구를 공중으로 돌려보내면서 물었다. "이제 인장을 활용함으로써 한계를 극복할 수 있는 것에 대해 예를 들어 설명할 수 있는 사람?"

질문이 떨어지자마자 여러 명이 손을 들었다.

"인장에 아니마가 저장되어 있기 때문에 마법사가 인장을 사용하면 피로해지지 않습니다." 한 문하생이 대답했다.

"정확하다." 신비학 교수가 칭찬했다. "하지만 이 속성은 양날의 검이다. 물체에 인장을 새길 때 아니마를 주입하려면 엄청난 양의 에너지를 쏟아야 하기 때문이다."

"저장된 아니마가 고갈되면 어떻게 됩니까?" 아르카가 물었다.

"아주 좋은 질문이다, 귀염둥이 아르카." 신비학 교수가 아르카를 향해 손가락 하나를 흔들면서 말했다.

'귀염둥이 아르카?' 아르카는 닭살 돋는 표정을 지었다.

"물체의 마법 속성이 사라지지." 교수는 아르카의 표정에 개의치 않고 대답했다. "저 발광체 전구들을 잘 봐."

교수는 공중에 떠 있는 발광체 전구 중 다른 것들보다 빛이 덜 밝은 전구 세 개를 가리켰다.

"저장된 에너지가 거의 바닥이 난 것들이지. 그래서 주기적으로 아니마를 주입해서 되살려야 해." 신비학 교수가 설명했다. "이게 아주 성가신 일이기 때문에 대체로 오레이칼코스를 사용하여 인장을 만들지. 오레이칼코스는 자체에 아니마를 지니는 특성이 있거든."

"인장이 훼손되지 않게 하려면 어떻게 해야 합니까?" 스테릭스가 손을 들고 물었다.

"훌륭한 질문이다! 실력 있는 마법사들은 인장이 물리적 공격을 방어할 수 있도록 원들을 새겨 넣지. 하지만 이 단계는 다소 복잡해서 2학년이 되어야 다룰 것이다. 나의 임무는 앞으로 몇 달간 자네들에게 인장 그리는 방법을 가르치는 것이다. 쉽지 않은 훈련이 될 것이다. 수만 개의 기호 또는 상징, 그리고 백여 종류의 원이 존재하기 때문이다. 게다가 기호와 원을 조합한 종류도 셀 수 없이 많다. 한평생으로는 다 외우지 못할 정도로 많아. 따라서 우직하게 그 많은 인장을 베끼기보다는 창의적으로 고안하는 걸 배워야 한다. 신비학을 가르치는 목적은 자네들을 진정한 마법사로 양성하기 위한 것이다."

아르카는 마치 선택받은 사람들을 위한 신비의 세계에 입문한 것처럼 갑자기 특별한 감정으로 벅차올랐다. 아르카는 주위를 둘러보면서 이것이 느낌만이 아니라는 걸 알아차렸다. 도시 전체에서 뽑힌 열세 명의 문하생, 자신이 정말로 그 엘리트 무리의 일원이 되어 있었다. 비록 토너먼트에 지원한 것은 우연이었을지라도 결과적으로 당당히 자리를 차지했으니.

신비학 교수가 가죽으로 장정한 《기호와 원: 신비학의 원리, 제1권》이라는 제목의 두툼한 책의 복사본을 나눠주었을 때 아르카는 열의가 식었다. 교수가 인장의 기능에 대해 설명을 이어가는 동안 아르카는 복사본을 훑어봤다. 마법의 상징(기호)과 함께 그 의미를 기록한 일람표였다. 방패는 '방어', 매는 '신속함', 불꽃은 '화재'를 의미했다. 방패와 불꽃의 조합은 '화재 예방', 불꽃과 매의 조합은 '급속한 불'을 뜻했다. 그려진 기호의 크기도 문자를 에워싸는 원의 위치와 모양과 마찬가지로 의미에 영향을 주었다. 아르카는 이걸 다 어떻게 배워야 할지 걱정이 됐다.

수업 시간이 끝날 즈음 신비학 교수가 말했다.

"내일까지 5쪽에서 10쪽까지 열거된 기본적인 기호 50개와 4쪽에 있는 원 8개를 숙지하고 그릴 수 있기 바란다. 그리고 열흘 후 이 시간까지 각자 선택한 물체에 마법의 속성을 부여할 인장을 개발하기 바란다."

종이 바스락거리는 소리가 났다. 아르카는 질겁한 얼굴로 숙제를 외우려고 애를 썼다. 아르카는 숙제를 받아 적을 생각도 못 하고 있는데 옆에 앉은 카시크는 정교한 철자로 받아 적고 있었다.

"기호들을 조합할 때는 조심해야 한다. 특히 자신의 몸이나 생명체에 인장을 찍어서는 안 된다는 걸 명심하도록!" 교수가 주의를 주었다. "생명체의 살에 새겨진 인장은 계속해서 아니마를 흡수하기 때문에 피로로 죽음에 이를 수 있다. 과거에 나의 문하생 중 가장 영리하다고 생각했던 한 학생이 어느 날 자신의 몸에 공중부양 인장을 그렸지. 그러고는 돔을 향해 쏜살같이 날아가다가 6미터 높이에서 멈추고는 그대로 떨어져서 사망하는 사고가 있었다. 그 사건에서 긍정적인 점이라고는 공중부양으로 오를 수 있는 높이의 기록을 세웠다는 것뿐이다."

그 기억을 떠올리던 교수는 가슴 아파하면서 고개를 절레절레 흔들었다.

"항상 이런 종류의 숙제를 하는 게 아니면 좋겠다." 아르카가 투덜거렸다.

"그러게." 카시크가 뚱한 표정으로 짙은 눈썹을 찡그리면서 말했다. "사실 그렇게 많은 것도 아냐. 나는 기호를 4백 개 공부할 거야, 그게 현명할걸."

아르카는 대답하지 않았다.

문하생들이 떠들면서 강의실을 나가는 사이, 아르카는 교수를 만나러 갔다. 《기호와 원: 신비학의 원리》를 펼쳐놓고 들여다보던 교수가 고개를 들면서 물었다.

"아르카, 수업에 관해 질문이 있니?"

"아니요, 교수님. 수업에 관한 것이 아니라…… 물어보고 싶은 것이 있는데……."

아르카는 질문을 어떻게 해야 할지 몰라 머뭇거렸다.

"13년 전에 나포카에 살았던 마법사 한 분을 찾고 있습니다." 아르카는 용기를 내서 말했다.

신비학 교수가 눈살을 찌푸렸다.

"좀 막연해서 더 자세한 설명이 필요하구나. 그분을 왜 찾는데?"

"친척입니다." 아르카는 이 설명으로 충분하길 바라면서 대답했다. "나이가 서른에서 마흔 사이라는 것 말고는 그분에 대해 아는 것이 별로 없습니다."

교수는 생각에 잠긴 얼굴로 배를 문질렀다.

"흠, 나는 자네가 말하는 것과 일치하는 사람을 모르지만, 자네의 멘토는 알지도 모르지. 작은 나포카에서 일했으니까 나포카에서 온 이주민들을 많이 알 텐데. 마침 저기 오네." 교수가 강의실 문을 가리키면서 경쾌한 어조로 덧붙였다.

라스티아낙스가 문으로 들어서고 있었다. 멀리서 보니 멘토는 페트로클루스보다 훨씬 나이가 들어 보였다. 아르카는 멘토가 무슨 볼일이 있어서 왔는지 불안했다. 하지만 라스티아낙스는 빠르게 계단을 내려오더니 아르카에게는 눈길도 주지 않고 신비학자에게 말했다.

"어제 저를 지지해주셔서 고맙다는 인사를 드리려고 들렀습니다."

"이럴 필요 없는데!" 신비학자가 말했다. "이제 자네가 해야 할 일은 의회에서 실력을 보여주는 거지. 압박이 만만치 않을 거야. 자네가 임명된 것을 두고 떠도는 구설도 있고. 하지만 어떤 압박을 받든······." 그는 고개를 저으면서 말했다. "라스티아낙스, 문하생은 자네에게 맡기고 나는 이만 가겠네, 뭐 물어볼 게 있는 모양인데."

신비학자는 아르카의 어깨를 토닥여주고는 휘파람을 불면서 강의실을 나갔다. 라스티아낙스는 또 무슨 일이냐는 얼굴로 아르카를 돌아봤다. 아르카는 멘토의 눈과 마주치자 또 머뭇거렸다.

"저기······." 아르카는 어색해서 어쩔 줄 모르는 얼굴로 말문을 열었다. "13년 전 나포카에서 얼마간 살았던······ 나이를 좀 먹은······ 그러니까 삼십 대의 마법사를 아시는지······ 알고 싶어서요."

이번에는 라스티아낙스가 눈살을 찌푸렸다.

"모르겠는데." 그는 퉁명스럽게 말하고는 돌아서서 문으로 향했다. 아르카는 얼른 따라갔다.

"저기······ 사부? 오늘 오후에 사부가 의회에 있는 동안 저는 뭘 해야 합니까?"

라스티아낙스는 걸음을 멈추고 짜증스럽다는 듯 한 손으로 목덜미를 잡았다.

"중앙도서관에 가서 페트로클루스가 보이면 철자법을 가르쳐 달라고 해." 멘토가 내뱉었다. "너에게 해로운 일은 아닐 테니까."

그렇게 말하고 라스티아낙스가 잰걸음으로 나가버리자, 커다란 강의실에 홀로 남은 아르카는 멘토의 성격이 진짜 괴팍하다는 걸 그 어느 때보다 확신했다. 그러다 숙제 생각이 나서 의기소침해졌다.

라스티아낙스

라스티아낙스는 거의 뛰다시피 하면서 마기스테리움의 회랑을 가로질렀다. 각료 의회는 그가 없어도 시작될 터였다. 웃음거리가 되지 않으려고 장관들 앞에서 발표하고 싶은 자료들을 검토하는 데 오전 시간을 할애하다가 시간 가는 줄 몰랐다. 그리고 실렌 교수에게 인사하러 강의실에 잠깐 들렀을 뿐 아르카를 만나게 될 줄은 생각도 못 했다.

라스티아낙스는 그렇지 않아도 신경 쓸 일이 많은데 그 긴 목록에 어디부터 가르쳐야 할지 모르겠는 문하생을 추가하지 않을 수만 있다면 뭐든 내주고 싶은 심정이었다. 아르카가 쓸모 있을 거란 생각은 들지 않았다. 정확하게 글 쓰는 걸 배우는 데만 몇 달이 걸릴 테고, 제대로 된 보고서를 작성하려면 더 오래 걸릴 터였다. 5년 만에 처음으로 라스티아낙스는 자신의 멘토가 존경스러웠다. 팔라테스는 어떻게 그를 모범적인 마법사로 가르쳐놓을 수 있었을까?

팔라테스를 생각하다가 그는 조사해서 진상을 파헤치겠다고 다짐했던 기억이 났다. *밀반입······ 테미스키라······ 아마조네스 숲에 불을 질러서 얻는 이득은······? 누군가 고의적으로 부추기는 피해망상증, 하지만 누가······?* 라스티아낙스는 멘토의 서류들을 계속 살피다 보니 사망하기 전 뒷면에 휘갈겨 쓴 내용에 대해 합리적 의심이 들기 시작했다. 수사를 할지 말지는 의회에서 결정할 일이지만, 자신은 계속 그 방향으로 나아갈 터였다.

잠시 후 그는 마기스테리움 중심부에 있는 마법역학으로 설계된 문 앞에 이르렀다. 이 문을 지나면 각료 의회가 열리는 중정에 이를 수 있었다. 라스티아낙스는 한 번도 들어가본 적이 없었다. 방호 인장이 오레이칼코스로 만든 문의 톱니바퀴 장치를 뒤덮고 있었다. 라스티아낙스는 두근거리는 가슴으로 인장에 손을 얹고 활성화하기 위해 아니마를 방출했다. 문이 꿈쩍도 하지 않았다. 한순간 회의실이 그의 존재를 거부하는 거라고 생각했다. 하지만 갑자기 덜컹 소리와 함께 톱니바퀴 장치가 작동하면서 문이 접혀 안으로 들어갈 수 있었다. 바실레우스와 각료 의회 구성원들, 그리고 서기관만 통과할 수 있고 다른 사람들에게는 열리지 않는 문이었다.

불빛으로 환한 중정이 나타났는데 희귀식물이 넘쳐났다. 아다만트 창이 도시에서 가장 영향력 있는 마법사들이 열흘마다 모이는 장소를 방호하고 있었다. 의회의 의원 여섯 명이 현자들의 공의회처럼 원형으로 둘러앉아서 그를 기다리고 있었다. 기다린다는 것이 혼자

만의 생각일지도 모르지만 라스티아낙스는 그렇게 생각하면서 수로를 건너갔다. 그가 장관들의 지혜를 엿볼 수 있는 기회였다.

회의실에 감도는 엄숙함은 인상적이었다. 장관들이 흠잡을 데 없이 주름이 잡힌 보라색 토가 차림으로 작은 석재 의자에 앉아 있는데 흡사 조각상들 같았다. 거기서 멀리 떨어진 단상 뒤쪽에 서 있는 서기관이 채택된 결정을 기록할 채비를 하고 있는데 의회에서 결정된 정책은 마기스테리움의 고관들이 맡아서 집행할 터였다. 입구 맞은편에 바실레우스가 그 칭호에 걸맞게 위엄 있는 모습으로 각료 의회를 굽어보고 있었다. 나이를 가늠할 수 없는 바실레우스의 얼굴에서는 표정을 읽을 수 없었다. 그랑프리 대회 때와 마찬가지로 바실레우스는 금실 수를 놓은 긴 토가에 라피스라줄리와 오레이칼코스로 만든 큼직한 벨트를 차고 있었다. 장관들과 달리 바실레우스는 하얀 그리핀 가죽을 씌운 흑단 옥좌에 앉아 있었다.

라스티아낙스는 옥좌 앞으로 가서 군주의 눈과 마주치지 않고 머리가 땅에 닿도록 허리를 굽혔다. 그는 신비학자에게서 백 년이 넘도록 변치 않는 의회 신고식에 대한 설명을 이미 들었다. 바실레우스가 가까이 오라고 손짓을 했다. 라스티아낙스는 다가가서 군주가 내미는 손을 잡고, 의전대로 파란 정맥이 드러나 보이는 하얀 피부에 입술을 댔다.

이 행위에는 의도가 있었다. 라스티아낙스는 군주의 손등에 입술을 댔을 때 복잡하게 새겨진 희귀한 인장이 작동하는 걸 봤다. 그는 뒷걸음치려고 했지만 너무 늦었다. 입술이 바실레우스의 파리하고 차가운 살갗에 붙어서 떨어지지 않았던 것이다. 눈이 휘둥그레진 라스티아낙스는 인장이 자신의 아니마를 빨아들이고 있다는 걸 알아차렸다.

그 현상이 몇 초간 지속되는 동안 라스티아낙스는 몸에서 에너지가 고갈되는 느낌이 들었다. 이윽고 인장이 사라지자 마침내 라스티아낙스는 풀려날 수 있었다.

라스티아낙스는 충격 때문에 의전을 거의 잊을 뻔했다. 그는 바실레우스의 눈을 쳐다보지 않았고 잠깐 사이에 몇 년은 늙은 것 같은 느낌으로 천천히 뒷걸음쳤다. 힐끔 쳐다보니 군주는 포식을 한 것처럼 만족스러운 표정을 짓고 있고, 다른 장관들은 비웃음을 흘리고 있었다.

이것이 바실레우스가 그토록 오래 살 수 있었던 비결이었나? 각료 의회에 신임 장관이 들어올 때마다 아니마를 훔치는 것으로? 라스티아낙스는 바실레우스가 위험을 무릅쓰고 자신의 몸에 인장을 새겼다는 사실에 깜짝 놀랐다. 인장이 빨아들이는 아니마로 원기를 회복하는 능력이 아무리 탁월하다고 해도 도무지 믿기지 않았다.

라스티아낙스는 군주에게서 가장 멀리 떨어진 빈 의자에 가서 앉았다. 최고 장관 메젠스는 군주의 오른쪽에 앉아 있었다. 그는 못마땅한 시선으로 라스티아낙스를 힐끔거렸다. 깐깐하면서 청렴한 상무 장관은 바실레우스 왼쪽에 앉아 있고, 그 옆은 큰 키에 끝을 뾰족하게 기른 콧수염을 한 전쟁 장관이 자리 잡고 있었다. 눈썹이 브이(V) 모양인 재무 장관은 엄격해 보였다. 라스티아낙스와 시선이 마주치자 재무 장관의 눈썹이 활 모양으로 휘어졌다. 페트로클루스가 예상한 대로 평가전 때 자신의 아들을 떨어뜨린 아르카를 원망하는 만큼 라스티아낙스에게 앙심을 품고 있을 게 뻔했다.

　라스티아낙스는 자신에 대한 반감을 모른 체하면서 호의적인 시선을 찾으려고 주위를 둘러봤다. 그의 눈길이 각료 의회의 다섯째 서열인 트리에리오스 식민지 장관에서 멈췄다. 그는 라스티아낙스가 보내는 미소에 뻣뻣하게 고개를 끄덕여주었다. 라스티아낙스는 피라와 함께한 점심 식사가 별로 좋지 않았던 거라고 생각되자 기분이 좋았다. 동기생 피라가 트리에리오스의 음탕한 말을 군말 없이 받아들였다면 너무 싫었을 터였다. 의회가 그에게 적대적이라는 걸 확인하자 그나마 그것이 작은 위안이 되었다.

　"이제 전원 출석했으니 마침내 시작해도 되겠습니다." 최고 장관이 말했다. "의제를 다루기에 앞서 의회에 관심을 촉구하고 싶은 특별한 안건이 있는 분은 말씀하시지요."

　라스티아낙스는 여러 건이 있지만, 대부분의 장관이 그의 참여를 달가워하지 않는 분위기에서 발언하는 것은 시기상조라는 생각이 들었다. 그래서 그가 침묵을 지키는 사이 전쟁 장관이 발언했다.

　"제가 관할하는 주둔지에 관한 것으로, 카시테리데스 군도를 테미스키라에 양도하는 건을 확정짓고 싶습니다. 폐하, 오늘 아침에 리쿠르고스로부터 폐하께서 보내주시는 신뢰와 우정에 깊이 감사한다는 서신을 받았습니다. 리쿠르고스는 폐하와 함께 더 안전한 세상을 건설하겠다는 의지를 재천명하면서 섬에 사는 원주민들의 해상 전술을 활용하여 병기창을 향상시키겠다고 전해 왔습니다. 그의 추정에 따르면 테미스키라 군대는 지금부터 2년 내에 아르카디아의 연안에 상륙할 채비를 갖출 것으로 보입니다." 그는 손깍지를 끼면서 말을 마쳤다.

전쟁 장관이 최고 장관과 모종의 시선을 교환했다. 바실레우스는 이 협정을 만족스러워하는 것 같지만, 라스티아낙스는 전혀 그렇지 않았다. 그는 동료 장관들을 훑어봤다. 이 결정을 만장일치로 찬성하는 것 같지는 않았다. 트리에리오스는 굳은 얼굴로 코안경을 닦고 있었고, 상무 장관은 눈살을 찌푸리고 있었고, 재무 장관은 못마땅한 얼굴이었다.

"죄송하지만 저는 이해가 잘 안 됩니다." 라스티아낙스가 위험을 무릅쓰고 발언했다. "우리는 리쿠르고스에게 카시테리데스 군도를 대가 없이 내주는 것인데 그는 전투 함대의 힘을 키우겠다고 알리는 거잖습니까?"

전쟁 장관이 뾰족한 콧수염을 가다듬으면서 냉랭한 얼굴로 라스티아낙스를 쳐다봤다.

"리쿠르고스라는 이름의 군주가 여러 명 있는 거라면 몰라도 나는 이해 안 될 것이 없다고 보는데요." 장관이 짐짓 부드럽게 대답했다.

"그 전투 함대가 힘을 키우고 머지않아 우리의 남쪽 해안에 상륙할지 모르는데 그 위험도 고려하신 겁니까?" 라스티아낙스는 가능한 한 신중하게 물었다.

전쟁 장관의 오른쪽에 앉은 트리에리오스가 피라와의 일을 잊었는지 라스티아낙스에게 위험한 발언이라는 신호를 보냈다. 전쟁 장관은 불쾌한 얼굴로 눈썹을 치켜떴고, 최고 장관은 미소를 흘리고 있었다. 최고 장관이 몸을 앞으로 숙이는 걸 보면서 라스티아낙스는 그가 이 작전의 주동 인물이라는 확신이 들었다. 전쟁 장관은 최고 장관의 지시를 따르는 것일 뿐이었다.

"잠깐," 최고 장관이 비웃었다. "라스티아낙스 마스터는 우리와 한자리에 있을 수 있는 영광을 얻게 되니까 이 승진이 자신보다 훨씬 노련하고 적법한 마법사들의 직무를 비판할 권한을 준 것이라고 생각하나 봅니다. 졸업 심사에서 12점 만점에 11점을 받았다고 오만해진……."

"리쿠르고스는 아마존족과 전쟁에서 우리의 가장 든든한 동맹이다." 바실레우스가 '동굴 목소리'로 말을 끊었다. "우리보다 지리적 위치가 우세한 테미스키라에 어떻게 다스려야 할지 모르는 일부 섬을 양도함으로써 리쿠르고스의 군대를 지원하는 것은 합당한 결정이다. 라스티아낙스, 실렌이 나에게 그대가 아주 합리적인 사람이라고 보장했으니 이 정책에 대한 깊은 통찰이 있기 바란다."

군주는 입을 다물고 라스티아낙스를 유심히 관찰했다. 라스티아낙스는 군주가 생각하는 것보다 훨씬 화가 났지만 내색하지 않고 겸손한 어조로 대답했다.

"저는 리쿠르고스 군에 대해 몇 가지 우려해야 할 점과 특히 최근에 나포카에서 일어난 반란에 대해 경각심을 가져야 한다는 걸 주지시키고 싶었을 뿐입니다. 나포카는 모두 아시다시피 테미스키라의 보호령이며, 그 반란은 나포카 주민들을 가혹하게 다룬 결과였습니다."

"리쿠르고스에 대한 우리의 정책과 그게 무슨 상관이오?" 최고 장관이 야유했다. "평민은 늘 지배 계급의 압박에 시달린다고 주장하는데, 나도 그런 경험이 있지요."

장관 여러 명이 동의한다는 뜻으로 고개를 끄덕였다.

라스티아낙스는 턱에 경련이 일어나는 걸 느끼고 냉정을 유지하려고 노력했다. 그는 정보를 더 얻으려고 했지만, 전쟁 장관은 나포카에서 온 보고서를 공개하길 거부하고 있었다. 그가 지난 며칠간 만난 나포카 이주민들도 최근 동향에 대해 알지 못했다. 라스티아낙스는 갑자기 자신의 문하생에게 좀 더 관심을 두지 않은 것이 후회되었다. 아르카가 나포카에서 왔다고 했으니 어쩌면 그 도시에서 일어난 반란을 목격하지 않았을까? 그는 회의가 끝나면 아르카에게 물어보기로 했다.

"도시의 빈민촌들을 파괴했다는 정보를 얻었습니다." 라스티아낙스가 좀 더 큰 목소리로 말했다. "더구나 우리는 이미 수년 전부터 나포카의 권력 기관이 마법을 쓰는 사람들을 박해하고 있다는 걸 알고 있습니다. 리쿠르고스의 군대를 지원할 때 우리가 누구를 상대하는 건지 알기 위해서라도 좀 더 철저한 조사가 필요하다고 생각합니다."

"잘못 알고 있는 것이다." 바실레우스가 라스티아낙스를 쏘아보면서 반박했다. "리쿠르고스가 아무리 위험하다고 해도 아마존족에 비하면 하찮은 존재니까."

'또 아마존족 타령이네', 라스티아낙스는 속으로 말했다. 그는 바실레우스가 왜 그토록 아마존족을 두려워하는지 알고 있었다. 아마존족에게 당했던 일을 생각하면 당연한 일이긴 했다. 하지만 그 원한은 과거 시대의 일이었다. 그 시련을 겪은 뒤로 아마존족과 히페르보레아인들은 8세대째 대립하고 있지만 교전은 일어나지 않았다. 라스티아낙스는 안티오페 여왕이 바실레우스를 발새 티눈만도 못하게 여긴다고 거의 확신했다. 여왕의 급선무는 리쿠르고스의 공격에 맞서 싸우는 것이었다. 여왕은 그 공격의 대부분이 히페르보레아의 재정 지원을 받아 이뤄진 일이라는 걸 모르는 체하는지도 모른다.

어쨌든 바실레우스는 아마존족에 대한 원한 때문에 최고 장관과 전쟁 장관이 짠 조악한 작전의 문제점을 보지 못하고 있었다. 이들이 리쿠르고스를 격찬하는 이유는 분명히 뭔가 얻는 게 있다는 뜻이었다. 라스티아낙스는 신비학 교수가 의회에 새로운 사람을 집어넣으려고 한 이유가 이해되기 시작했다.

"폐하." 라스티아낙스는 더 신중한 어조로 말했다. "저는 우리의 입장을 다시…… 검토해보는 것이…… 타당하리라고 생각합니다. 이제는 아마존족이 여기서 수천 킬로미터 떨어진 곳에 살고 있고……."

라스티아낙스는 말을 중단했다. 갑자기 바실레우스의 눈알이 안구 속으로 사라진 것 같았다. 흑단 옥좌의 팔걸이를 잡은 하얀 두 손이 비틀리고 있었다. 그가 상체를 앞으로 숙이는데 흡사 먹잇감에게 달려드는 포식동물 같았다.

"아마존족이 가하는 위협을 잊게 하려는 것인가, 라스티아낙스?"

바실레우스의 동굴 목소리가 천둥 치듯 쩌렁쩌렁 울렸다. 라스티아낙스는 심장이 벌렁거려서 아무 말도 못 했다. 숨 막히는 긴장감이 중정에 감돌았다. 마법사들이 눈을 부릅뜨고 그를 쳐다보았다. 전쟁 장관마저 얼어붙어서 흡사 이제는 닳아빠진 말총처럼 보이는 뾰족한 콧수염만 조몰락거렸다.

"아닙니다." 입이 바싹 마른 라스티아낙스가 마침내 말했다. "저는 다만 우리가 아마존족에 대해 신중한 자세를 취함으로써 히페르보레아를 위협하는 또 다른 위험에도 경각심을 갖기를 바라는 것입니다. 저의 유일한 소망은 나라에 도움이 되는 것입니다."

바실레우스가 또다시 라스티아낙스를 뚫어져라 응시하는데 여전히 새까만 안구만 보였다. 이윽고 군주가 천천히 옥좌를 씌운 그리핀 가죽에 몸을 기댔다. 그제야 긴장감이 풀어지는 것 같았다. 그동안 손끝 하나 달싹하지 않던 마법사들이 토가를 매만지면서 고개를 끄덕였다. 전쟁 장관은 자세를 바로하고 눈을 찡그렸다가 빠른 손놀림으로 콧수염을 가다듬으면서 자신이 얼어붙어 있는 걸 본 사람이 있는지 살피려고 힐끔힐끔 쳐다봤다.

"너무 젊어서 아마존족이 한 사람에게 얼마나 잔혹한 고통을 안겼는지 알 턱이 없지." 군주가 먼 데를 응시하면서 침울한 목소리로 말했다.

나머지 회의는 아마존족에 대한 언급 없이 진행되었다. 장관들은 노후한 카라반 숙소나 파란연꽃 껌의 확산 같은 덜 민감한 문제들을 논의했다. 바실레우스가 장관들의 토의를 듣고 있다가 고개를 끄덕이면서 결정을 내리면 서기관이 바로 받아 적는 식이었다. 라스티아낙스는 하위 지구의 주거 환경 개선에 대한 몇 가지 제안을 한 다음 더는 토론에 참여하지 않았다. 통행료를 없애는 문제나 여성 평등권 문제에 대해서는 입도 벙긋할 수 없었다. 그는 상무 장관과 몇 마디 나눈 뒤 마침내 중정을 떠났다.

도서관으로 가는 도중에 그는 몇 번이나 자신의 뺨을 갈기고 싶은 걸 간신히 참았다. 어쩌자고 공개 석상에서 그런 말을 했을까? 거기가 어디라고. 라스티아낙스는 아마존족에 대해서는 다른 장관들도 자신과 의견이 같다고 확신했다. 그렇지만 총애를 잃을까 두려워서 아무도 감히 목소리를 내지 못하는 것이었다. 마기스테리움에서는 속내를 드러내지 않아야 승승장구할 수 있었다.

적어도 이 첫 번째 회의는 그의 의혹을 확인해주었다. 누군가가 바실레우스의 피해망상증을 이용하여, 무언가 비밀을 캐려고 하던 팔라테스를 제거했으리라는 의혹. 라스티아낙스가 생각하는 용의자는 최고 장관이었다. 최고 장관이 아마존족에 대한 증오심을 계속 부추기는 이유는 테미스키라의 흉악한 계책에 대한 관심을 딴 데로 돌리기 위한 것이리라. 리쿠르고스가 최고 장관을 뼛속까지 부패시켜놓은 것이 틀림없었다.

테미스키라의 군주는 배후에서 조종하는 것으로 얻을 수 있는 모든 것을 가졌다. 금, 아마존족을 상대로 거둔 승리, 그리고 그 끝에 있는 것이 바로 히페르보레아였다. 하지만 라스티아낙스는 리쿠르고스가 히페르보레아를 어떻게 점령할 생각인지 상상이 되지 않았다. 히페르보레아는 난공불락의 도시였다. 가장 가까운 연안에 상륙하고서도 혹독한 추위와 아다만트 돔을 극복해낸 군대는 없었다.

라스티아낙스는 토가 안에서 멘토가 쓴 쪽지를 꺼냈다.

밀반입…… 테미스키라……
아마조네스 숲에 불을 질러서 얻는 이득은……?

누군가 고의적으로 부추기는 피해망상증, 하지만 누가……?

수수께끼의 열쇠는 이 메모 안에 있다고 장담할 수 있었다. 하지만 확신이 있다고 해서 메모의 뜻을 이해할 수 있는 건 아니었다. 멘토의 신중한 행동은 이해하면서도 찾아낸 사실만이라도 알려주지 않은 것이 원망스러웠다. 히페르보레아, 아마조네스 숲에 난 불, 테미스키라는 무슨 연관이 있는 걸까?

라스티아낙스가 문하생을 찾으러 도서관으로 가고 있을 때 아르카는 따분해 죽을 것 같은 얼굴로 문법 공부를 하고 있었다. 공중부양기를 타고 층계참에 이르는 동안 라스티아낙스는 자신과 아르카의 처지가 많이 비슷하다는 걸 깨달았다. 법규조차 모르는 냉혹한 집단에 발을 들여놓은 것도 그렇고, 집단의 동료들은 자격도 없는 주제에 부당한 특혜를 받은 거라며 쫓아낼 기회만 노리고 있는 것도 그랬다.

공중부양기에서 내린 라스티아낙스는 조용히 책상에 다가가서 어깨 너머로 아르카가 들여다보고 있는 오래된 수사본을 봤다. 그 여백에 마치 여섯 살 철부지들이 그려놓은 것처럼 말 그림이 빼곡했다. 다른 때라면 기물파손행위라고 야단을 쳤겠지만 힘든 하루를 보낸 터라 더는 화를 낼 여력이 없었다.

"최고 사서에게 걸렸으면 너를 창밖으로 던져버렸을 거야."

소스라치게 놀란 아르카가 얼른 탁 소리가 나게 책을 덮었다.

"내가 이런 거 아니에요, 사부." 아르카는 얼굴이 빨개져서 말했다. "이미 그려져 있었고……."

"근데 손가락에 잉크는 왜 잔뜩 묻었을까." 라스티아낙스가 말을 끊었다. "그리고 너는 저 책을 공부하고 있어야지."

그가 선반에 꽂힌 비교적 최근의 책 한 권을 책상 위로 이동시켰다. 생각보다 너그러운 멘토의 태도에 놀란 아르카는 미심쩍은 표정으로 눈을 가늘게 뜨면서 책을 힐끔 봤다.

"이 책은 못 봤어요. 페트로클루스가 도서관을 나가기 전에 이걸 공부하라고 했거든요." 아르카는 책상에 펼쳐놓은 낡은 책을 가리키면서 말했다. "하지만 전혀 이해를 못 해서……."

"이 교과서는 너무 옛날 거야." 라스티아낙스가 옆에 있는 의자에 털썩 주저앉았다. "여기 쓰여 있는 문법의 절반은 이미 3세기 전에 무효가 된 것들이지. 페트로클루스가 내용을 살펴보지 않았거나 나를 골탕 먹이려고 그랬을 거야."

'멘토로서 내가 해야 할 의무를 자기에게 떠넘겼다는 걸 일깨워 주겠다고 심통을 부렸군', 속으로 말하면서 라스티아낙스는 건성으로 주변의 책장을 쳐다봤다. 중앙도서관은 그가 제일 좋아하는 곳이다. 니스 칠 한 목재 책장들의 통로에 흐르는 고요, 가지런히 꽂힌 책들과 양피지 두루마리들, 도시 쪽으로 나 있는 대형 창문들, 모든 것이 차분하게 정신을 집중하는 데 도움을 주었다. 그러나 옆에 앉은 아르카는 수사본에 빠져 있는 다른 사람들의 면학 분위기에 적응하지 못하는 것 같았다.

"그럼 오후 시간을 낭비한 거네요." 아르카가 마치 책에 책임이 있다는 듯 뾰로통한 얼굴로 문법책을 쳐다보면서 말했다. "책을 보는데 나보다도 철자가 틀린 것이 많아서 이상하다고 생각하긴 했어요."

"고전 히페르보레아어를 배울 생각이었다면 도움이 되겠지." 라스티아낙스가 턱이 빠져라 크게 하품을 했다.

"어떤 바보가 쓰지도 않는 언어를 배우겠어요?"

"너의 멘토." 하품을 하던 라스티아낙스가 내뱉고는 아르카가 또 다른 말을 하기 전에 덧붙였다. "이렇게 만난 김에 너에게 몇 가지 물어볼게."

아르카가 자세를 바로했는데 그 몸짓이 어찌나 거친지 라스티아낙스는 야생동물을 상대하는 느낌이 들었다. 간단한 질문부터 시작하기로 했다. 그는 문법책을 향해 손가락을 돌리는 것으로 문하생이 말을 그려놓은 페이지를 다시 펼쳤다.

"바실레우스 그랑프리 대회에서 우승한 기수가 너지?"

깜짝 놀란 아르카가 겸손한 척 조심스럽게 대답했다.

"네."

"그렇게 말 타는 건 어디서 배웠니?"

"내 고향 나포카에서요." 아르카는 이 대답이면 충분하다는 걸 강조하듯 어깨를 으쓱하면서 말했다.

라스티아낙스는 눈살을 찌푸렸다. 사적인 질문에 대한 이런 경계심은 나포카 이주민들의 전형적인 반응이었다. 리쿠르고스가 거칠게 휘두른 권력에 깊은 상처를 받은 탓이었다. 라스티아낙스는 듣는 사람이 없는지 주변을 훑어봤다. 아트리움 건너편에서 책들을 정리하느라 바쁜 고문서 사서 말고는 도서관은 텅 비어 있었다.

"반란이 일어났던 초겨울에도 나포카에 살고 있었니?"

"네."

아연실색한 라스티아낙스가 목덜미를 문지르면서 몸을 앞으로 숙였다. 의회에 가기 전에 왜 문하생에게 물어보지 않았을까?

"반란이 왜 일어난 거니?"

아르카는 이미 엉클어진 머리카락을 손가락으로 돌돌 말았다.

"나포카가 어떻게 테미스키라의 보호령이 된 건지 아세요, 사부?"

라스티아낙스는 눈을 치켜떴다. 당연히 알고 있었다.

"테미스키라는 원래 아마존족으로부터 나포카를 지켜주기 위해 고용된 용병들이 점령한 군사 전초 기지였어. 그런데 20여 년 전부터 용병들은 군대를 유지하는 데 드는 자금 조달과 새로운 무기 구입을 명목 삼아 나포카에 점점 더 많은 금을 요구하기 시작했지."

"나포카가 그 대가를 거부할 때까지는 그랬죠." 아르카가 덧붙였다. "갑자기 테미스키라가 돌변했대요. 리쿠르고스가 나포카를 포위 공격했고 엄청나게 많은 사람들이 죽었다고 했어요. 점령한 후에는 나포카를 통제하기 위해 마법을 사용하지 못하게 금지했고요."

라스티아낙스는 한창 설명하는 중에 말이 끊기는 걸 좋아하지 않지만, 아르카가 세 가지 역사적 사실을 제대로 알고 있는 것에 놀라면서도 기분이 좋았다. 아르카는 문법책을 만지작거리면서 말을 이었다.

"1년 전쯤 새 총독이 나포카에 오면서 다시 탄압이 시작됐어요. 끌려가 죽는 사람들이 늘고, 가난한 동네들이 쑥대밭이 되고……. 결국 사람들이 흥분하면서 반란이 일어난 거예요." 아르카가 간략하게 말을 맺었다.

아르카는 입을 다물고 무표정한 얼굴로 창밖을 바라봤다. 라스티아낙스는 아르카를 관찰하면서 어린 소녀가 마법을 쓰면 사형을 당하는 도시에서 끔찍한 시련을 겪었을 거란 생각에 가슴이 아팠다. 그런데도 바실레우스 그랑프리 대회에서 우승한 지 사흘 뒤에 마법 평가전에서 합격했다니 정말 놀라운 일이었다. 어떤 상황에서 나포카를 떠났니? 히페르보레아에서 살기로 한 이유는? 정말은 어디서 왔니? 이런 질문을 하면 아르카가 솔직하게 대답하지 않을 것 같은 느낌이 들었다. 라스티아낙스는 나포카에서 신중함을 배웠기 때문이라고 생각하면서 정보를 스스로 찾기로 했다.

어쨌든 아르카의 설명은 그가 하는 조사에 별로 도움이 되지 않았다. 라스티아낙스는 테미스키라가 그 지역에 어떤 방식으로 영향력을 행사했는지 알고 있었다. 야심에 찬 리쿠르고스가 이끄는 용병들이 나포카의 장군들을 암살한 뒤에 나포카로 진격하여 포위 공격하면서 도시에 피바람이 불었다. 히페르보레아에 사는 작은 나포카의 주민들은 아직도 괴로워하면서 약탈당한 도시에 대해 입도 뻥긋하지 않았다. 나포카 이주민들 가운데 사랑하는 사람을 잃지 않은 사람이 없었다.

20년 동안 리쿠르고스는 조용히 지내며 아마존족에 맞선 히페르보레아와 동맹을 강화하면서 마법사들에게 테미스키라군이 최강이라는 생각을 심어주고 있었다. 그렇지만 히페르보레아가 처한 위험을 알아차리는 데 천재가 필요한 건 아니었다. 게다가 리쿠르고스는 이른바 동맹국이라던 도시국가를 함락해버린 전적이 있었다.

하지만 아마조네스 숲의 화재 사건과는 어떤 관련이 있을까? 멘토가 남긴 단서를 추적할수록 의문이 쌓였다. 팔라테스가 두려워하는 이유를 자신에게 설명해줬더라면……

"어리석기는." 라스티아낙스가 내뱉었다.

"네?"

"너한테 하는 말 아니야." 라스티아낙스가 퉁명스럽게 대답했다. "나의 멘토 팔라테스에게 하는 말이다."

"사부의 멘토요?" 아르카가 어리둥절한 얼굴로 물었다. "사부에게도 멘토가 있어요?"

라스티아낙스는 천천히 코로 숨을 쉬었다. 그는 의회 장관들에게 의무적으로 문하생을 두게 하는 이 바보 같은 규정을 누가 만들었는지 궁금했다.

"이제는 없어, 그랬다면 내가 멘토가 될 수 없었겠지. 나의 옛 멘토는 내가 졸업 심사를 통과한 직후에 사망하셨고, 그래서 내가 의회에서 멘토의 후임이 된 거지."

"아, 그래서 사부가 장관이 되신 거예요? 근데 왜 사망하셨는데요?" 아르카가 물었다.

라스티아낙스는 잠시 아르카를 훑어봤다. 그래도 열세 살 소녀에게 의심하고 있는 것들을 말할 수는 없었다.

"심장 마비." 그가 짤막하게 대답했다.

나머지 시간은 아르카에게 형식에 맞춰 보고서 작성하는 법을 가르치는 데 할애했다. 멘토의 흐릿한 눈빛과 계속되는 하품 때문에 점점 더 짜증이 난 아르카는 숨이 막히는 것 같았다. 라스티아낙스는 마침내 추가로 숙제를 내주고 나서 아르카를 내보냈다. 어둑어둑해지자 이번에는 그가 도서관을 나섰다. 미로의 성 주방에서 저녁을 허겁지겁 먹은 뒤 그는 서재에 틀어박혔다. 종이 위를 긁는 갈대 펜 소리가 한밤중까지 계속되었다.

치직.

책상에 몸을 숙이고 있던 라스티아낙스의 귀에, 보이지 않는 장막을 씌운 방범창—집사 아우스에게서 서류를 도난당했다는 말을 들은 뒤에 추가로 탐지 인장을 찍어놓았다—에 부딪힌 야행성 벌레들의 날개 타는 소리가 간간히 들렸다.

치직.

방범창에 또 다른 나방 한 마리가 부딪혔다.

치지지지직.

라스티아낙스가 박차고 일어나는 바람에 자동의자가 서재 벽에 가서 부딪혔다. 방범창이 번쩍이면서 오로라처럼 영롱하게 빛났다. 곤충보다 훨씬 큰 어떤 동물이 뚫고 들어오려고 했던 것이다. 라스티아낙스는 몸을 숙이고 방범창의 파동이 차츰 사라지는 걸 관찰했다. 시커먼 창문은 마치 짐승의 살점들이 붙어 있는 것처럼 군데군데 계속 반짝거렸다.

이 소동의 주범이 방향을 잃은 박쥐라고 확신하기까지는 시간이 걸렸고, 잠자리에 들 시간이라는 걸 인지하기까지는 훨씬 더 오래 걸렸다. 그는 가장 작은 발광체 전구를 낚아챈 다음, 나머지 발광체 전구들을 끄고 문 잠김 인장을 작동시킨 뒤 서재를 나갔다.

미로의 성에서 거주한 지 5년이 되었는데도 밤중에 저택을 걸어 다니는 것은 이성적인 라스티아낙스에게 고역이었다. 그가 사용하는 침실은 저택의 다른 쪽 끝에 있었다. 손가락 사이로 새어 나오는 발광체 전구의 빛이 팔라테스의 잡동사니 위에 이상한 그림자들을 드리웠다. 그는 계단을 내려가서 수집품들이 쌓여 있는 사이로 난 구불구불한 통로로 진입했다.

팔라테스가 통로에 일정한 간격으로 매달아놓은 리파이아 산골 마을의 의식용 탈들을 하인들이 아직 치우지 않은 상태였다. 라스티아낙스는 이 탈들을 볼 때마다 겁이 났다. 이날 밤은 평소보다 더 마음이 편치 않은데 발광체 전구의 흔들리는 빛에 악마 얼굴을 한 탈들의 입이 일그러졌다. 그는 탈들이 움직이는 것 같은 느낌이 들었다.

통로 끝에 이르렀을 때 라스티아낙스는 갑자기 등 뒤에서 기척을 느꼈다. 잠시 후 무언가가 그의 목을 졸랐다.

즉시 폐가 공기를 흡입하려고 난리를 쳤다. 라스티아낙스는 발광체 전구를 손에서 놓고 목을 조르는 밧줄을 두 손으로 잡은 다음 손톱으로 긁었지만, 밧줄은 살을 점점 파고들었다. 라스티아낙스는 어깨로 치면서 몸부림쳤지만, 공격자는 그가 힘을 쓰지 못하게 뒤로 잡아끌었다. 시야가 흐려지고 상체가 활처럼 휘어진 라스티아낙스는 냉소적인 미소를 머금은 탈 하나가 거꾸로 떠 있는 걸 봤다.

의식이 가물가물해진 상태에서도 라스티아낙스가 손짓으로 공기를 가르는 시늉을 하자 바로 옆에 쌓인 키타라 악기들이 불협화음을 내면서 공격자에게 굴러 떨어졌다. 마침내 목을 조르는 밧줄이 느슨해지는 걸 느낀 순간 키타라들의 불협화음이 메아리쳤다. 그는 비틀비틀 앞으로 걸어가서 커다란 방패를 손에 들고 공기를 한껏 들이마셨다.

0.5초 후 그가 돌아봤을 때 공격자의 흐릿한 실루엣이 통로 끝으로 사라지고 있었다. 정신이 멍한 라스티아낙스는 상대가 왜 그렇게 빨리 공격을 포기한 건지 의문이 들었다.

그때 아트리움에 울리는 둔탁한 소리에 그는 정신을 차리고 고개를 들었다.

키타라들이 떨어지면서 불안정해진 잡동사니들이 점점 더 빠른 속도로 무너지고 있었다. 잠시 후, 가구와 자질구레한 장식품들이 그에게 우르르 쏟아졌다. 라스티아낙스는 당장이라도 그를 깔아뭉개게 생긴 묵직한 목재 카누를 간신히 공중에 멈춰 있게 했다.

라스티아낙스는 카누와 바닥 사이의 공간에서 허리를 구부린 자세로 카누를 두 손으로 받치면서 공기 밀도 때문에 자신의 아니마가 수축되는 걸 느꼈고, 오래 버티지 못하리라는 걸 알아차렸다. 목이 졸렸을 때 힘을 소진한 탓에 이미 온몸이 떨리고 있었다. 기적적으로 손상되지 않은 발광체 전구가 발치에서 몸 위에 산더미같이 쌓인 부서진 잡동사니들을 비추고 있었다.

라스티아낙스는 팔라테스의 잡동사니들에 깔려 죽는 것보다 더 우스꽝스러운 죽음이 있을까 싶었다.

쿡쿡 쑤시는 통증이 관자놀이를 죄어오고 있었다. 터널 같은 공간을 빠져나갈 수도, 인장을 그릴 수도, 카누를 떠밀 수도 없었다. 카누와 몸을 짓누르는 잡동사니 더미를 버텨내는 데 아니마를 쥐어짜고 있었다. 카누가 기어이 내려오고 있어서 등을 더 구부려야 했다. 그는 의식을 잃지 않기 위해 사투를 벌이고 있었다. 식은땀이 등줄기를 타고 흘러내리는 사이 날카로운 소리가 고막을 울렸다.

"사부? 그 밑에 계세요?"

라스티아낙스는 눈을 깜박이면서 눈썹에 매달린 땀방울을 떨어뜨렸다. 아르카가 부르는 소리가 아득히 들렸다. 그의 입에서 목소리가 새 나갔다.

"꼼짝도 못 해……. 도와줄 사람을 데려와. 빨리."

"조금만 버티세요, 금방 가요!"

머리 위에서 파헤치는 것 같은 요란한 소리가 고막을 울리고 있었다. 라스티아낙스는 마법사를 찾아오라고 소리치고 싶었지만 폐가 말을 듣지 않았다. 팔다리에서 경련이 일었다. 굵은 땀방울이 코를 타고 모자이크 바닥으로 떨어졌다.

"조금만 버티세요." 아르카가 같은 말을 반복했다.

라스티아낙스는 눈을 감고 경련이 일어난 몸이 더 버티지 못할 거란 생각만 했다.

갑자기 카누의 무게가 사라졌다. 라스티아낙스는 흐릿한 눈을 다시 뜨고 비틀거리면서 몸을 일으켰다. 두 발을 벌리고, 두 팔로 카누의 측면을 떠밀면서 다가온 아르카가 일그러진 얼굴로 멘토가 있는 데까지 오려고 물건들 속에 뚫어놓은 터널을 고갯짓으로 가리켰다.

"나오세요."

힘이 너무 없어서 대꾸조차 할 수 없는 라스티아낙스는 터널을 따라 잡동사니를 뚫고 기어나갔다. 그는 느려도 너무 느리다고 느껴질 정도로 길이 트인 터널 끝까지 꾸물꾸물 기어가다 모자이크 바닥에 널린 자질구레한 장식품들을 밀쳐내고 등을 돌리다 큰 항아리에 부딪혔다. 그 순간 발광체 전구의 불빛을 보면서 아르카가 파놓은 터널의 끝에 이르렀음을 알았다.

그때 갑자기 우지끈 불길한 소리가 아트리움에 울렸다. 쌓여 있던 잡동사니가 또 무너져 내리면서 불빛이 사라졌다. 라스티아낙스는 카누 밑에 몸이 깔려 있던 때로 돌아간 듯한 느낌이 들었다.

"아르카!"

"여기예요, 사부."

그는 고개를 들고 방금 통과한 터널에서 나타난 금발을 봤다. 이번에는 아르카가 몸을 몇 번 비틀더니 터널을 빠져나와서 멘토 옆에 길게 뻗고는 헐떡거렸다. 아트리움의 출입구를 통해 비쳐 드는 달빛에 아르카의 창백한 얼굴과 코에서 흘러내린 핏자국이 보였다. 아르카의 눈에서 짓궂은 빛이 반짝였다.

"이제 제가 왜 힘을 겨루는 시험에서 합격했는지 아시겠죠, 사부?"

라스티아낙스는 문득 의무적으로 문하생을 두게 한 규정이 그리 어리석은 것이 아니라는 생각이 들었다.

반 시간 후 라스티아낙스는 서재로 돌아와서 창턱에 새긴 인장을 아주 자세히 살펴보았다. 그는 방범창에서 치직거리던 소리가 공격자와 관련이 있을 거란 의심이 들었다. 자객은 벽을 타고 올라와서 이 출입구로 들어오려다가 처음에 침투했을 때처럼 저택의 다른 창문으로 방향을 바꾸고 경보 장치를 무력화한 것이 틀림없었다. 곳곳에 방범창을 설치해야 할 터였다.

아르카는 멘토 뒤에 있는 책상 앞에 앉아서 시끄러운 소리에 놀라 잠을 깬 메타니르가 가져온 간식을 먹고 있었다.

"그런데요, (쩝쩝) 사부. 복면 쓴 남자가 사부를 죽이려고 했는데 그자가 누구인지 진짜 몰라요? 그래도 의심 가는 것이 있긴 하죠? (쩝쩝)"

라스티아낙스는 목에 난 빨간 밧줄 자국을 문지르면서 케이크를 먹어치우는 문하생을 쳐다봤다. 그는 이 암살 기도 사건을 빌미로 아르카가 실컷 먹을 절호의 기회를 잡은 느낌이 들었다. 멘토의 목숨을 구한 중대한 사건이 일어났는데 아르카는 그닥 불안해하지 않는 것 같았다. 그는 잠시 눈을 감았다.

"내가 아까 나의 멘토에 대해 말해줬지?"

"네, 심장 마비로 사망하셨다고요." 아르카가 케이크가 가득한 입으로 고개를 끄덕이면서 말했다.

"사실은 심장 마비로 사망하신 게 아니야. 살해되셨고, 그 범인은 여전히 활보하고 있어. 오늘 밤의 돌발 사건으로 판단해보면 놈의 살인 명부에 내가 올라가 있는 것 같다."

이런 말을 입 밖에 내다니, 긴장이 풀린 걸까. 장의사에게서 팔라테스가 살해되었다는 걸 알게 된 뒤로 누군가에 털어놓는 것은 처음이었다. 하지만 이내 후회했다. 아르카가 입가에 케이크 크림을 묻힌 채 흥분한 얼굴로 벌떡 일어났기 때문이다.

"그럼 조사를 해서 살해범을 찾아야죠, 사부! 의심이 가는 사람을 말씀해주시면 제가 염탐할 수 있어요. 아니, 용의자 집에 침투해서 살인 흉기를 찾아올게요. 혹시 싸움이 일어나더라도 저를 믿으시면 돼요, 저는……."

라스티아낙스는 콧등을 찌푸리면서 한 손을 들어서 아르카의 입을 다물게 했다.

"첫째, 나의 멘토가 살해되었다는 것은 아무도 몰라. 공식적인 사인은 심장 마비니까. 더 많은 걸 알아내기 전까지는 아무에게도 발설하면 안 돼, 알았지? 둘째, 싸움이니 염탐이니 그런 건 잊어. 조사를 진척시키는 최고의 방법은 이걸 읽는 거야."

그는 손짓으로 서류가 가득 들어 있는 상자를 가리켰다. 아르카는 우거지상을 했다. 그러고는 자동의자를 빙글빙글 돌리면서 눈살을 찌푸렸다.

"왜 사부의 멘토를 살해했을까요?"

"음모를 꾸미고 있는데 나의 멘토가 눈치를 챈 거지. 테미스키라에 대한 관심을 다른 데로 돌리게 하려고 바실레우스가 아마존족에게 품은 두려움을 부추기고 있어. 나는 리쿠르고스가 히페르보레아를 나포카처럼 만들려는 걸까 봐 걱정……."

아르카는 불안한 얼굴로 의자 돌리는 걸 멈췄다. 라스티아낙스는 아르카가 그를 미친 사람으로 보지 않는 것에 안도했다. 비록 문하생이 그런 걸 판단하기에는 아직 어리지만. 히페르보레아에서는 모두 리쿠르고스를 신뢰하고 있었다. 공격받을 때 도시를 방어해줄 준비가 되어 있는 강력한 동맹국이 있다고 생각하는 것보다 더 안심이 되는 것이 있을까. 의회에서도 확인했지만 그가 생각하는 음모론을 귀담아들어줄 사람은 어디에도 없는 것 같았다.

하지만 아르카는 히페르보레아인들과는 달리 테미스키라 군주의 또 다른 면을 알고 있었다. 그리고 라스티아낙스의 말을 매우 심각하게 받아들이는 것 같았다.

알칸드로스

잠든 도시 어딘가에서 들려오는 개 짖는 소리에 잠을 깬 알칸드로스는 눈을 뜨고 아다만트 돔 안에서 울려 퍼지는 개 짖는 소리에 귀를 기울였다. 개는 1지구에 있는 것이 틀림없는데 그 소리가 그에게까지 들렸다. 그는 **로크새**를 타고 테미스키라 상공을 날아가면서 이미 이런 이상한 현상을 경험했다. 로크새가 날아가면 늘 겁먹은 개들이 합창으로 짖어댔다.

알칸드로스는 옆에서 자는 젊은 여자를 깨우지 않으려고 조심스럽게 침대를 빠져나왔고, 한밤중인데도 불구하고 경계를 하면서 방을 가로질렀다. 그의 알몸에서는 검은빛과 은빛 반점들이 미끄러지듯 움직이고 있었다. 그가 발코니에 이르렀을 때 그림자들의 움직임이 멈췄다. 아다만트 돔 너머에서 초승달이 도시를 희미하게 비추고 있었다. 알칸드로스는 난간에 몸을 기대고 석재 벽을 따라 가지를 뻗은 포도나무에서 포도 한 송이를 땄다. 풍광을 바라보면서 포도 한 알을 먹었다. 히페르보레아의 밤은 늘 아주 포근했다. 저택들의 대리석에 반사되는 달빛이 흡사 도시의 시커먼 창자에서 나오는 것처럼 보였다. 여기저기 보이는 불빛 몇 개만 하위 지구가 존재한다는 걸 상기시켰다.

알칸드로스는 15년 전 히페르보레아에서 맞은 첫 밤이 떠올랐다. 편안한 침대에서 자는 것이 실로 오랜만이었다. 테미스키라가 나포카 정복을 완료한 때였다. 1년에 걸친 포위 공격 끝에 나포카인들은 마침내 항복했고, 멍청한 저항에 대한 대가를 치르게 하려고 도시에 쳐들어간 테미스키라 군대는 늑대처럼 닥치는 대로 모조리 죽이고 약탈하고 강간하고 먹고 마시는 것으로도 모자라서 시신에 오줌까지 갈겼다.

다음 날 아침 술기운이 사라졌을 때, 알칸드로스는 그들의 야만적인 광기가 어느 정도였는지 깨달았다. 검붉은 피가 도랑에 흘러넘쳤고, 몇몇 동네는 통째로 불에 탔고, 거리에는 남자, 여자, 아이, 노인 할 것 없이 사지가 절단된 시체들이 널려 있었다.

아직 온전한 궁전에서는 리쿠르고스와 수하의 장군들이 승전을 자축하면서 벌써 다른 정복지를 생각하고 있었다. 그들은 알칸드로스를 히페르보레아에 파견하면서 평화에 대한 그들의 의지를 전하는 것으로 바실레우스를 안심시키는 한편, 도시국가의 약점을 알아내라는 임무를 주었다.

수천 명의 나포카인들이 카라반 행렬을 따라 유린된 도시를 탈출했다. 알칸드로스는 나포카인 행세를 하면서 함께 리파이아 산맥을 넘었고, 전쟁이 야기한 헤아릴 수 없이 많은 비극적인 이야기를 들었다. 이 여정이 그에게 세 가지 확신을 심어주었다. 첫째, 테미스키라인들은 절대 그들을 증오하는 이들의 주인이 되지 못한다. 둘째, 도시를 정복하더라도 인명 피해를 최소한으로 줄여야 한다. 셋째, 히페르보레아는 바실레우스보다 더 훌륭한 군주가 필요하다.

등 뒤에서 바람이 느껴졌다. 알칸드로스는 포도를 입에 넣으려다 주먹을 꽉 쥐었다. 히페르보레아는 바람이 불지 않는 도시였다.

"안녕, 시람."

그는 돌아섰고 자신이 만든 생령과 마주했다. 단색 배경에서는 생령의 금발이 하얗게 보였다. 생령의 젊고 매끈한 얼굴에서는 어떤 표정도 읽을 수 없었다. 시람에게는 주인이 주고자 한 것 이외의 다른 인격이 없었다. 알칸드로스는 난간에 등을 기대고 다리를 꼬았다.

"실패했구나."

"네, 주인님."

시람의 탁하고 쉰 목소리는 칼날에 목이 베었던 그의 과거를 상기시켜주었다. 이 신체적 결함에도 불구하고 시람은 그가 만든 가장 성공적인 생령이었다. 다른 생령들과 달리, 세월이 흘러도 신체가 손상되지 않았다는 것은 틀림없이 보존 인장 덕분이었다. 시람은 수십 년 전의 모습 그대로였다. 하지만 얼마 전부터 알칸드로스는 생령의 피부에서 빠져나오는 먼지 뭉텅이를 보면서 불안해졌다. 살갗이 벗겨진 것처럼 군데군데 살이 나타나는 것도 그랬다. 비물질화될 때마다 이 현상이 심해지고 있었다. 알칸드로스는 자신의 피조물이 또 한 번 죽을 수도 있다는 생각을 하자 침울해졌다. 그는 시람과 그의 침묵, 그의 힘과 충성심을 좋아해서 늘 신경 써서 보살폈다.

"어떻게 된 건데?"

"그는 방어했고 자신의 멘토 팔라테스의 수집품들에 깔려 죽을 뻔했지요."

"살았나?"

"아르카가 그를 구해줬습니다."

이 말에 알칸드로스는 화가 났다. 생령에게 욕설을 퍼붓고 싶지만 시간 낭비일 뿐이었다. 그는 유연한 동작으로 난간에 올라앉더니 허공에 대고 두 발을 흔들었다. 아다만트 돔 너머에서 희미한 달빛이 칠흑 같은 리파이아 산맥을 비추고 있었다. 눈에 덮인 하얀 능선이 드러나 보였다. 알칸드로스가 15년 전에 건넜던 빙하. 그날 뱀이 그에게 했던 예언이 실현될 때가 그 어느 때보다 가까워져 있었다.

"내일 다시 시도해서 그를 죽일까요, 주인님?"

알칸드로스는 여기까지 왔는데 두 번 다시 실수를 용납할 수 없었다. 목적을 이룰 수 있다는 확신이 있는 건 아니지만.

"아니, 지금은 둘이 서로를 알아 가게 두는 게 낫겠어. 잘못하면 아르카의 의심을 살 수도 있으니…… 할 수 없지, 지금은 그냥 내버려 두자. 이제 사라져, 시람."

알칸드로스는 시람이 분해될 때 으레 불어오는 돌풍을 기다렸다. 하지만 여전히 아주 고요했다.

깜짝 놀란 알칸드로스가 생령 쪽으로 돌아앉았다. 시람은 그의 명령에 늘 즉시 복종했다. 그렇지만 이번에는 움직이지 않았다. 시람의 얼굴에서 주저, 의혹, 망설임 같은 것이 읽혔다. 한 번도 보이지 않던 감정 표현이었다. 눈꺼풀에 미세한 떨림까지 있었다.

"왜 그래?" 알칸드로스가 물었다.

그가 생령을 창조한 뒤로 왜 그러냐는 질문을 한 것이 딱 두 번이었다. 알칸드로스는 가장 충직한 종복의 입에서 나올 대답이 두려웠다.

"내가 하면…… 안 될까요?"

"아르카를 함정에 빠트리겠다고?"

생령이 예의 무표정한 얼굴로 고개를 끄덕였다.

"너는 선택의 여지가 없어." 알칸드로스가 말했다. "이제 그만 사라져."

시람이 먼지회오리를 일으키면서 사라졌다. 허공을 등지고 난간에 걸터앉은 알칸드로스는 발코니 바닥에 닿을 듯 말 듯한 두 발을 응시했다. 그는 자신이 만든 생령에게서 제일 걱정되는 것이 뭔지 알수가 없었다. 질문, '나'라는 말을 사용한 것, 불복 표시……. 공기 중에 떠다니는 입자들이 어쩌면 이 갑작스런 감정 표현과 무관하지 않은 것일지도 모른다.

"누구한테 말한 거예요?"

알칸드로스는 생각을 멈추고 고개를 들었다. 여자가 어깨까지 내려오는 금발을 풀어헤치고 졸음이 가득한 얼굴로 서 있었다. 그녀가 침실에 방금 켜놓은 발광체 전구의 불빛에 어둠에 잠겨 있던 발코니가 환해졌다. 알칸드로스가 바실레우스 그랑프리 경마 대회에서 만난 마법사들의 술 시중 들던 여급이었다. 마법사들의 세계에 등장한 이 여자는 그의 계획을 도와주기에 충분할 정도로 영리했고, 뿌리치기 힘들 정도까지는 아니어도 꽤 매력적이고 아주 예뻐서 이용 가치가 있었다.

알칸드로스는 난간에 걸터앉은 채로 미소를 지었다. 그가 팔과 다리를 쭉 뻗더니 곡예사가 재주 부리듯 손발을 움직였다.

"내가 누구랑 말하겠어?"

그러고는 그가 균형을 잃은 척 두 팔을 허우적거리는 사이 몸이 허공으로 기울었다. 화들짝 놀란 여자가 재빨리 그를 끌어안았다.

"미쳤나 봐." 그녀가 웃으면서 말했다.

알칸드로스는 잠시 계획을 잊고 그 포옹을 만끽하기 위해 가만히 안겨 있었다. 여자는 마침내 그에게서 몸을 떼고 호기심이 가득한 얼굴로 그의 상체를 살피다 허리에서 사타구니까지 거칠게 꿰맨 것 같은 무지갯빛 흉터를 만졌다. 이어서 젊은 여자의 손가락이 피부에 퍼져 있는 무지갯빛 아라베스크 무늬를 따라 내려갔다. 그녀는 흉터 주위에 오묘하게 그려진 붉은색 선을 발견하고 말했다.

"이런 문신은 처음 봐요. 특히 이 색깔……. 이게 뭐예요? 혹시 인장 아니에요? 오레이칼코스 같은데……."

'생각보다 좀 지나치게 영리하군', 알칸드로스는 생각했다. 그는 문신을 가리기 위해 여자를 끌어안고 귀에 대고 속삭였다.

"이 문신 이야기는 다음에 해주지, 네가 나를 다시 만나러 오면."

이윽고 알칸드로스는 여자에게 기댔다. 그녀가 웃으면서 그를 꼭 끌어안았다. 알칸드로스는 여자가 다시 오겠다는 뜻으로 이해했다.

"당신이 마법사가 아니면 좋겠는데." 여자가 중얼거렸다. "나는 마법사들이 싫어요. 근사한 저택에 살면서 토가 차림으로 마법을 부려봐야 내면은 그들 역시 무례한 양아치들과 다를 바 없어요. 가령 식민지 장관 트리에리오스처럼요."

알칸드로스의 상체에 머리를 기댄 여자는 그의 입술에 번지는 미소를 볼 수 없었다. 그는 우연히 그녀를 선택한 것이 아니었다. 테미스키라의 장군들이 식민지 매각을 용이하게 해 달라고 그에게 요청했기 때문이다. 알칸드로스는 내심 히페르보레아는 물론이고 히페르보레아가 소유하고 있는 모든 영토를 차지할 야심을 품고 있기 때문에 그것이 쓸데없는 일이라 생각했지만, 히페르보레아에 파견되어 있는 걸 정당화해주는 이 임무를 피할 수는 없었다. 그런데 트리에리오스 식민지 장관은 매각 수락을 말리기 위해 바실레우스와 비공식 접견을 거듭하고 있었다. 알칸드로스는 가능한 한 자신의 계획에 도움이 되는 방식으로 처리할 작정을 하고 있던 참이었다.

"식민지 장관?" 알칸드로스가 물으면서 여자의 볼을 쓰다듬었다.

여자는 자신의 속마음을 털어놓기 시작했다.

"시중 들 때마다 나한테 수작을 거는 게 너무 싫은데…… 그를 화나게 하면 일자리를 잃을까 봐 겁이 나서…… 근데 더는 못 참겠어요." 여자의 목소리에 짜증이 묻어났다.

"그 짓거리를 멈추게 네가 골탕을 먹이는 건 어떨까?" 알칸드로스가 물었다.

7

날개팔찌

아르카

어쩔 수 없이 나포카를 떠나 우여곡절 끝에 리파이아 산맥을 넘어 히페르보레아에 도착한 뒤로 아르카는 평온한 건 아니지만 적어도 판에 박힌 일상이 뭔지 모를 정도로 하루하루 변화무쌍한 생활을 하고 있었다. 계절이 가는 줄도 모르게 여름이 지나갔다. 아다만트 돔 안에서는 계절이라는 것이 존재하지 않기 때문이기도 하고, 계절에 관심을 갖기에는 너무 바쁘기 때문이기도 했다. 어쩌다 아다만트 돔 너머를 바라볼 때 눈 녹은 평원에 진창이 드러난 광경이 흡사 털갈이를 하느라고 군데군데 갈색 털이 남아 있는 커다란 흰색 동물처럼 보였다.

팔라테스의 죽음에 관한 조사는 아르카가 기대했던 것만큼 단서가 될 만한 것을 아직 찾지 못하고 있었다. 라스티아낙스가 자신의 멘토가 남긴 문서들을 분석해보라는 지시를 내리는 데 그쳤기 때문이다. 아르카는 이따금 라스티아낙스가 자기 목숨보다 문하생의 철자법을 더 걱정하는 듯한 느낌이 들었다. 그는 피습을 당하고도 경찰에 신고하는 대신 마법으로 저택의 방범을 강화한 뒤에 다시 서재로 들어가 연구에 몰두했다.

아르카는 멘토를 구해준 뒤 내심 칭찬을 기대했는데 착각이었다. 라스티아낙스는 문하생의 보고서를 쓰레기 취급하면서 가학 취미가 있는 사람처럼 철자가 틀리면 가차 없이 줄을 쭉쭉 그어버렸다. 게다가 운하가 만성적으로 막히는 원인에 대한 보고서를 네 번이나 다시 쓰라고 했다.

그럴 때마다 아르카는 보고서를 멘토의 얼굴에 휙 던져버리고 싶은 충동이 일었다. 수업 시간에 받은 숙제도 있는데 보고서까지 다시 쓰라고 하면 아버지를 찾는 일은 할 수가 없었기 때문이다. 석 달 동안 아버지의 신원을 알려고 수소문했지만 전혀 진척이 없었다. 13년 전에 나포카에서 살았을 만한 마법사에 대해 아는 사람이 아무도 없었다. 히페르보레아인들은 마법이 금지된 나포카에 가려 하지 않았다. 그 시대에 나포카에 거주한 히페르보레아인은 아흔 살이 넘은 노망난 외교관이 유일했다.

아르카는 아버지가 히페르보레아 출신이 아닐지도 모른다는 의심이 들기 시작했다. 자신에게 애정을 주는 존재라고는 고작 열흘에 한 번씩, 그것도 1지구로 내려갈 시간적 여유가 있을 때만 겨우 만날 수 있는 나보가 유일한 이 낯선 도시에서 도대체 뭘 하고 있는 건지 점점 더 의문이 들었다. 멘토와 카시크 그리고 수업 시간에 자신을 조롱의 대상으로 삼는 프레톤을 제외하면 아무도 아르카에게 관심을 주지 않았다.

두 번째 수업 시간부터 프레톤은 아르카를 괴롭히기 시작했다. 그는 실렌 교수가 내준 숙제라는 걸 이용하여 신비학 교재가 아르카의 머리를 내려치게 하는 인장을 작동시켰다. 아르카는 그의 교재에 폭발 인장을 그린 다음 프레톤의 의자 밑으로 던져서 태워버렸다. 신비학 교수가 프레톤에 대해서는 창의력을, 아르카에 대해서는 순발력을 칭찬하면서 둘에게 체벌 대신 추가로 숙제를 내주었다.

그렇지만 프레톤은 곧 다시 도발했다. 공격과 보복이 계속되면서 둘 사이는 점점 더 앙숙이 되었다. 이 격한 싸움으로 아르카는 신비학 과목에서 많은 진전이 있었지만 다른 과목에는 관심이 없었다. 아르카는 쓸데없고 따분하다고 생각하는 마법역학 수업은 조금도 신경 쓰지 않았다. 아르카의 선택적 취향에 실망한 라스티아낙스는 몹시 화를 냈다.

아르카는 거북을 끌어올리는 그물 승강기의 기계장치에 관한 강의를 열심히 들으면서 마법역학 과목에서 뒤처진 것을 만회하려고 노력했다. 집중하고 필기를 하는데도 아르카의 양피지에 쓰인 글씨는 괴발개발인 데 반해 카시크의 양피지에는 글씨가 또박또박 쓰여 있고 정리가 잘되어 있었다. 아르카는 마법역학 교수 게오르곤이 칠판에 그린 설계도를 설명하는 사이 옆에 앉은 카시크 쪽으로 몸을 숙였다.

"있잖아, 좀……?"

"아니." 카시크가 대답했다.

아르카는 투덜거리면서 다시 마법역학 교수에게 집중했다. 떠다니는 휠체어에 앉은 교수는 칠판의 한쪽 끝에서 다른 쪽 끝으로 이동하면서 그려놓은 복잡한 기계의 설계도를 가리키기 위해 지시봉을 공중부양시켰다. 수업을 같이 들은 지 어느덧 석 달이 지나다 보니 이제는 카시크가 아르카의 말을 끝까지 듣지 않아도 필기한 걸 보여달라는 말이라는 걸 알아차린다는 것이 그나마 성과였다. 불행히도 대답은 늘 똑같았지만.

아르카 앞줄에 앉은 프레톤도 옆 친구 쪽으로 몸을 숙였다.

"야, 이리 줘봐." 프레톤이 속삭이면서 스테릭스가 기계 설계도를 그려놓은 양피지를 잡아당겼다.

"안 돼, 잠깐만⋯⋯!" 스테릭스는 양피지를 뺏기지 않으려고 했지만 허사였다. "그림 망가지면 안 돼, 나한테 꼭 필요한 거라서⋯⋯."

프레톤은 스테릭스의 불평을 못 들은 체하면서 팔꿈치로 양피지를 누르고 그 위에 뭔가를 끄적이면서 스테릭스가 수업이 시작됐을 때부터 공들여서 그린 설계도를 훼손했다. 아르카는 적어도 스테릭스보다는 더 신중하게 친구를 고른 거라고 생각하면서 양피지를 다시 들여다봤다. 사실 카시크를 친구라고 부를 수 있을지 모르겠지만⋯⋯. 아르카는 자주 만나지 않아서 친해지지 않는 걸지도 모른다는 생각이 들었다. 그렇긴 해도⋯⋯.

"야, 아르카." 프레톤이 몸을 돌리고 나직한 소리로 말했다.

깜짝 놀란 아르카가 양피지에서 고개를 들었다. 그렇지만 아르카는 프레톤의 도발을 무시해버리는 법을 터득하고 있었다. 그런데 프레톤이 '43번'이나 '거지'가 아니라 이름을 부르기는 석 달 만에 처음이었다. 그리고 프레톤이 어찌나 강렬한 눈빛으로 쳐다보는지 아르카는 이유 없이 얼굴이 빨개졌다.

"뭐?"

"너한테 할 말이 있는데 큰 소리로 할 수 없어서 글로 썼어." 프레톤이 소곤소곤 말했다.

그 옆자리에서 안 듣는 척하고 있던 포네리아의 목덜미가 갑자기 붉으락푸르락했다. 프레톤이 아르카 쪽으로 좀 더 몸을 숙이면서 스테릭스의 양피지를 내밀었다.

"자, 받아."

어리둥절한 아르카는 프레톤에게서 눈을 떼지 않은 채 무심코 양피지를 받았다. 잠시 후, 아르카는 실수라는 걸 알아차렸다. 스테릭스가 그린 설계도 위에 커다란 인장이 그려져 있었다. 기호들이 이글거리더니 갑자기 양피지가 폭발하면서 아르카의 머리에 잉크를 분사했다.

프레톤과 그의 패거리가 웃음을 터뜨리자 그제야 포네리아도 깔깔거렸다.

볼이 발갛게 상기된 아르카는 손에 남아 있는 시커멓게 탄 양피지 조각을 쳐다봤다. 어떻게 이토록 멍청할 수 있지? 대체 무슨 상상을 한 건지…….

"하하하, 얘 좀 봐, 무슨 생각을 했기에?" 프레톤이 강의실에 있는 문하생들이 다 들을 정도로 크게 외쳤다.

"프레톤에게 빠졌나 봐!" 패거리 중 한 명이 놀렸다.

"어이가 없네, 프레톤이 자기를 좋아할 수 있다고 생각하다니!"

포네리아는 한숨 더 떴다.

얼굴이 새빨개진 아르카는 강의실의 높은 창밖으로 내다보이는 나무들과 어우러진 운하의 경치에 빠져 있는 척했다. 포네리아가 낄낄거리는 소리가 계속 들렸다.

"……따라서 물레바퀴는 끌어당기는 인장을 보완해주면서 많은 아니마를 절약해줄 수 있다. 질문 있는 사람? 아르카, 질문 있니? 내 수업보다 풍경에 더 관심이 있는 거라면 몰라도."

아르카는 화들짝 놀라서 고개를 돌렸다. 마법역학 교수가 교단에서 나무라는 시선으로 쏘아보고 있었다. 옆에 앉은 카시크도 주의가 산만한 아르카를 못마땅한 눈으로 쳐다봤다. 앞줄에 앉은 프레톤이 연신 손 키스를 날리자 패거리가 키득거렸다. 아르카는 헛기침을 했다. 자신은 공상만 해도 걸려서 야단을 맞는데 수업 중에 걸핏하면 말썽을 피우는 프레톤에게는 교수들이 왜 아무 말도 하지 않는지 이해하는 데는 시간이 그리 오래 걸리지 않았다. 프레톤은 최고 장관의 아들이기 때문이었다.

"아니요, 질문 없습니다, 교수님, 다 이해했습니다."

마법역학 교수는 속지 않았지만 주의가 산만한 학생들에 대해 혀를 끌끌 차면서 강의를 이어 나갔다. 시비를 거는 프레톤 때문에 짜증이 난 아르카는 강의를 듣지 않았고 관심도 없었다. 수업이 끝났을 때 아르카는 필기를 제대로 하지도 않고 양피지를 가방에 쑤셔 넣고는 카시크 쪽으로 고개를 돌렸다. 언제나처럼 카시크는 강의를 꼼꼼하게 필기해놓았다.

"필기한 거 좀 보여줄래?" 아르카는 카시크가 딱 잘라 거절할 틈을 주지 않고 빨리 말했다.

"수업 시간에 너 집중 좀 해." 카시크는 단호했다.

아르카는 일어나서 강의실을 나가면서 그들의 우정은 뭘까 생각했다. 8형제 중 넷째인 카시크는 허약한 체질 때문에 문하생이 되었다. 목수인 그의 아버지는 아들들이 성장하면 일을 도와줄 거라 기대하면서 열 식구를 부양했다. 하지만 카시크는 육체노동을 하기에 적합한 체질이 아니었다. 카시크는 허약한 데다 행동이 어설퍼서 못질하다 손가락을 다치고, 비계를 넘어뜨리고, 들보를 놓쳐서 발을 다치기 일쑤였다. 그런 아들이 걱정된 어머니가 마침내 아들을 마법사로 만들어야겠다고 작정했다. 생활 감각이 부족한 아들에게 가장 어울린다고 생각한 직업이 마법사였다. 어머니는 미약하지만 마법에 대한 지식을 아들에게 전수했고, 순종적이고 끈기가 있는 카시크는 혼자서 계속 훈련했다. 그가 마법 평가전에서 합격할 수 있었던 것은 바로 끈기 덕분이었다. 공부를 열심히 하는 데다 다른 사람에게 무관심한 카시크의 태도가 아니꼬웠는지 프레톤은 마치 최고 라이벌의 꾸준한 노력을 강조해야 자신의 천재성이 돋보인다는 듯 걸핏하면 그를 책벌레라고 놀렸다.

어려서부터 목공일을 경험한 덕분에 카시크는 설계도나 삼각법 그리고 일반적으로 정확성과 정밀함이 필요한 모든 종류의 일에 남다른 애정을 보였다. 특별히 열정을 쏟을 것이 별로 없는 아르카와 대조적이었다.

복도로 나왔을 때 카시크는 자신의 멘토인 상무 장관을 발견하고 뛰어갔다. 상무 장관은 마기스테리움의 반대편 복도에서 제분업자 길드의 대표들을 만나고 있었다. 아르카는 강의실 문 옆의 벽에 등을 기대고 카시크가 돌아오길 기다렸다. 그때 문이 활짝 열리면서 동급생들이 강의실을 나왔고, 아르카는 본의 아니게 문 뒤에 숨어 있게 되었다. 아르카는 프레톤이 패거리와 떠들어대면서 멀어져 가는 소리를 들었다. 떠다니는 휠체어가 윙윙거린다는 것은 마법역학 교수가 강의실을 떠날 채비를 하고 있다는 신호였다. 바로 그 순간 경쾌한 발소리에 이어 토가 자락 휘날리는 소리가 복도에 울렸다.

"아, 게오르곤, 만나서 반갑소! 수업은 어땠습니까?" 신비학 교수 실렌이 쾌활한 목소리로 물었다.

"형편없어요." 마법역학 교수가 볼멘소리로 대답했다. "올해 문하생들은 짜증이 나네요. 이게 다 여자애들 때문이죠. 여자는 평가전 참가를 금지해야 했는데."

아르카는 화가 나서 속이 부글부글 끓었다. 신비학 교수의 웃음소리가 복도에 쩌렁쩌렁 울렸다.

"5년 전에 피라가 수업에 들어갔을 때도 나한테 똑같은 소리를 하더니. 하지만 피라는 당신이 양성한 문하생 중 가장 뛰어난 마법역학도인 걸로 아는데요."

"그건 그렇죠. 하지만 피라의 멘토는 최고 장관이지요." 마법역학 교수가 못마땅한 어조로 구시렁거렸다.

"나는 메젠스가 아주 훌륭한 마법역학자라고는 생각하지 않아요." 신비학 교수가 차분한 어조로 반박했다.

"아주 훌륭한 정치인도 아니죠. 마기스테리움에서 당신과 자주 언쟁을 벌인다는 얘기가 들리던데요."

"우리의 불화는 단순한 말다툼 이상이지요. 하지만 나는 우리 정부가 머지않아 더 진보적인 전환점을 맞을 거란 희망을 품고 있어요."

"아, 그래서 당신에게 라스티아낙스가 쓸모가 있겠군요. 하지만 바실레우스를 설득하려면 용기가 필요할 텐데."

"다들 그렇게 생각하지만 그럼에도 불구하고 우리의 군주가 영원히 살지는 않아요. 그 이후를 생각해야죠."

"그 이후를 생각하는 사람이 당신이 처음은 아니죠." 게오르곤이 냉소적으로 말했다. "조심해야지, 바실레우스가 당신을 매장시킬 겁니다. 다른 장관들에게 했던 것처럼."

"우리의 미래가 어떨지는 두고 봐야죠." 실렌은 즉답을 피했다. "점심 먹으러 갑시다. 마기스테리움 복도에서 나눌 얘기는 아니지요."

아르카는 떠다니는 휠체어의 윙윙거리는 소리가 사라지길 기다렸다가 숨을 내쉬었다. 모든 것이 매우 수상쩍었다. 아르카는 너무 성격 좋은 사람들은 경계했다. 그런데 문득 신비학 교수는 별로 위험해 보이는 인물이 아니었다는 생각이 들었다. 라스티아낙스가 무슨 쓸모가 있다는 걸까? 무슨 음모를 꾸미고 있는 거지?

아르카는 반대쪽 복도에서 나는 발소리에 깜짝 놀랐다. 카시크가 돌아오고 있었다.

정오에는 늘 그랬듯 둘은 미로의 성에 가서 점심을 먹으면서 수업 얘기를 했다. 이틀 전부터 가을이 오면서 눈이 내리기 시작했고, 히페르보레아는 회색 구름에 에워싸였다. 그들은 주방에서 메타니르가 그들에게 줄 음식을 푸짐하게 담으면서 떠들어대는 수다를 어쩔 수 없이 잠자코 들었다.* 이윽고 그들은 메타니르가 건네주는 냄비를 받아들고 아트리움으로 나가서 산더미처럼 쌓인 가구들을 타고 지붕으로 올라갔다. 머리 위쪽에 보이는 옥상 테라스는 도시 상공에 떠 있는 작은 초원 같았다. 아다만트 돔 너머에서 휘몰아치는 바람 소리가 들렸다.

아르카는 쥐방울덩굴 사이에 앉아서 생선 스튜가 담긴 자동 가열 냄비의 인장을 눌렀다. 잠시 후 연기가 올라오면서 식욕을 돋우는 냄새가 코끝을 간질였다. 아르카는 그릇 두 개에 요리를 담아서 하나를 카시크에게 건네주었다. 카시크는 허공을 바라보다 마치 아주 까다로운 수학 문제를 푸는 것처럼 눈살을 찌푸렸다.

"아까 수업 시간에 네가 프레톤에게 빠져 있다고 오르코스가 말하던데 그게 무슨 뜻이야?"

"전혀 모르겠는데." 아르카는 생선 스튜를 한 숟가락 떠먹으면서 시치미를 뗐다.

이 질문에 그 순간 느꼈던 모욕감이 기억난 아르카는 그때 상황

---

* "라스티아낙스 마스터를 위해 준비해놨더니 오늘도 식사하러 오질 않네! 아무리 장관이라도 내 눈에는 그저 한창 자라고 있는 젊은이인데, 식욕이 없다는 건 좋은 징조가 아니야. 아무렴, 좋은 징조가 아니고말고……. 예쁜아, 너라도 식욕이 왕성해서 얼마나 다행인지! 이젠 석 달 전 그렇게 말라비틀어져 있던 아이가 맞나 싶을 정도야!"

을 다시 떠올리고 싶지도, 카시크에게 설명하고 싶지도 않았다. 불행히도 카시크는 희롱당한 아르카의 기분을 배려해주지 않았다.

"그 자식에게 빠진 거야? 진짜로?"

"아니."

"근데 왜 얼굴이 빨개졌어?"

"아니라니까!"

카시크는 무심한 성격 탓에 모욕에 둔감한 편이었다. 그는 말없이 그릇을 비우고는 풀밭에 조심스럽게 내려놨다.

"네가 부탁한 거 다 읽었어." 카시크가 가방에서 장부 뭉치를 꺼내면서 말했다.

바로 이런 게 우정인가! 카시크는 지적인 일을 부탁하면 거절하는 것이 아니라 오히려 일거리를 더 많이 달라고 하는, 아주 보기 드문 아이였다. 카시크의 성격을 파악한 아르카는 멘토가 살펴보라고 지시한 장부를 카시크에게 떠맡겼다. 게다가 멘토의 의심을 사지 않기 위해 보고서에 철자를 틀리게 써 달라는 부탁까지 추가했다. 지금까지 라스티아낙스는 전혀 알아채지 못하고 있었다.

라스티아낙스는 팔라테스의 물건 속에서 지난 몇 달간의 카라반 숙소 장부들을 발견하고 아르카에게 살펴보라고 했다. 장부에는 히페르보레아에 운송된 물품들의 소유권과 원산지, 내용물과 아울러 검사한 세관원의 이름이 기록되어 있었다.

"이상한 점이 있어." 카시크가 말했다. "물품을 검사하는 세관원들은 시간과 요일에 따라 교대하게 되어 있어서 한 세관원이 두 번 연속으로 같은 카라반을 검사하는 경우는 아주 드물거든. 그런데 아리라는 이름이 소유한 이 카라반은……."

아르카는 고개를 들었다. 아리는 아는 이름이었다.

"……2개월 5일 동안 열 번이나 물품을 가져왔고, 매번 알키라는 이름의 세관원이 아리의 카라반을 검사했단 말이지."

밀수를 하면서 본명을 사용한 걸 보면 세쌍둥이는 진짜 멍청한 놈들이었다. 신비학 교수와 마법역학 교수가 주고받은 대화와 함께 라스티아낙스에게 보고해야 할 정보였다.

점심을 먹은 뒤 아르카는 알아낸 것들을 빨리 전하기 위해 멘토를 만나러 중앙도서관으로 달려갔다. 라스티아낙스는 의회 활동과 평등화 장관의 책무를 위해 하위 지구를 찾아다니며 조사하는 것 외에도 도서관에서 연구하는 데 시간을 쪼개 쓰느라고 늘 바빴다. 아르카가 보기에 라스티아낙스는 사무원에게 서류를 맡겨놓고 사교 모임을 기웃거리는 다른 장관들과는 달리 직무를 아주 중요시했다. 공적인 일 외에는 사람을 만나러 외출도 하지 않았다. 그런데 연구에 몰두한 나머지 날이 갈수록 안색이 창백하고 예민해졌다. 아르카는 휴식을 좀 취하라고 말하고 싶지만 일거리만 더 받게 될까 봐 겁이 났다.

도서관에 도착한 아르카는 멘토를 찾는 데 시간이 좀 걸렸다. 한 사서가 손가락으로 가리켜준 덕분에 어두운 통로의 수사본 더미 뒤에서 멘토를 발견했다. 아르카는 무작정 수사본 네 권을 치우고 그 더미 위에 장부를 올려놨다. 깜짝 놀란 라스티아낙스가 고개를 들고 아르카를 뚫어져라 쳐다보면서 올빼미처럼 눈을 깜빡였다.

"흥미로운 사실을 알아냈어요, 사부." 아르카가 말했다.

"또 그 옛날 문법책 얘기라면⋯⋯." 라스티아낙스가 불신하는 투로 시작했다.

"그건 아니지만 거의 비슷해요. 잘 보세요!"

아르카는 허리를 숙이고 소스가 묻은 손가락으로 통관 검사에 관한 정보를 가리켰다. 아르카가 위반 사항을 자세히 설명할수록 라스티아낙스의 눈이 반짝였다.

아르카의 설명이 끝나자 그가 중얼거렸다.

"파란연꽃파의 세쌍둥이가 밀수를 했네."

아르카는 멘토가 세쌍둥이를 어떻게 아는지 궁금했다. 거북 사건에 대해 얘기하지 않으려고 세쌍둥이가 누구인지는 멘토에게 말하지 않았다.

"팔라테스의 죽음과 관련이 있을까요, 사부?"

"음, 중요한 단서가 되겠어." 그는 그 정도로 대꾸하고 덧붙였다. "아무튼 너는 공부해, 아르카. 아무에게도 말 안 했겠지?"

"네, 안 했어요." 아르카는 얼굴이 빨개져서 거짓말했다.

아르카는 칭찬을 받은 것이 너무 기뻐서 사실대로 말할 수 없었다. 멘토에게 좋은 인상을 심어줬겠다, 내친 김에 아르카는 밀어붙였다.

"사부, 고위급 마법사 한 명이 리쿠르고스에게 매수된 것 같은 의심이 들어요."

라스티아낙스는 허리를 펴면서 눈살을 찌푸렸다. 그는 아르카의 엉뚱한 생각을 경계하고 있었다.

"누군데?"

"신비학 교수님이요." 아르카가 자신 있게 말했다.

라스티아낙스가 눈썹을 치켜 올렸다.

"그런 의심을 하는 근거는?"

"아까 마법역학 교수님과 나누는 대화를 들었어요. 최고 장관은 훌륭한 정치인이 아니며, 바실레우스가 영원히 사는 건 아니라고 했고 그리고…… 히페르보레아를 더 진보적으로 만드는 데 사부가 쓸모가 있을 거라고 했어요. 그리고 신비학 교수님이 수업 중에 나를 계속 '귀염둥이'라고 부르는 것도 너무 이상해요. 그분이 늘 쾌활하고 믿을 만해 보인다고 해도 무작정 믿어서는 안 된다고 생각해요. 어딘가 수상하고, 아니 그것보다는 무슨 꿍꿍이가 있다고 확신해요."

아르카는 이 정도면 빼도 박도 못할 증거라고 생각하면서 입을 다물었다. 불행히도 라스티아낙스는 아르카의 '설득력 있는' 주장에 넘어가지 않고 고개를 절레절레 흔들었다.

"실렌 교수가 히페르보레아를 더 진보적으로 만들고 싶어 하는 것이 어떻게 반역이지?"

"그건…… 그러기 위해서 사부를 이용할 생각이니까요."

"바로 그래서 내가 평등화 장관이 되도록 지원해주신 거야. 그리고 실렌 교수가 최고 장관을 싫어한다는 건 누구나 다 아는 사실이고. 게다가 나도 싫어해, 최고 장관을."

멘토의 설명을 들으면서 아르카는 확신이 흔들렸다. 어쨌든 실렌이 구체적으로 어떻게 하겠다는 말을 한 건 아니었다. 하지만 그가 뭔가 숨기고 있다는 석연치 않은 느낌은 여전히 남아 있었다. 라스티아낙스는 아르카의 불안을 알아채고 눈을 치켜떴다.

"참고삼아 말해주는데 수십 일 전부터 나도 실렌 교수와 리쿠르고스에 대한 의구심을 얘기하고 있는데, 교수도 나와 같은 생각이 야."

"그거야 사부의 의심을 잠재우려고 동의하는 거죠. 가택 수색이라도 해서 물증을 찾아야 해요, 사부." 아르카가 주장했다.

"가택 수색이라는 건 죄가 있다는 확증이 있을 때 하는 거야, 아르카." 라스티아낙스가 지겹다는 어조로 반박했다. "그리고 나는 1학년 문하생이 교수가 뭔가 수상한 짓을 꾸미고 있다고 확신한다고 해서 경찰에 그 교수의 집을 급습하라고 의뢰하지 않아. 비웃음이나 살텐데."

그가 갑자기 수상쩍어하는 표정으로 아르카를 쳐다봤다.

"근데 왜 갑자기 그를 의심하는 거니? 혹시 그 교수가 네게 나쁜 점수를 줄까 봐?"

"아니, 그건 절대 아니라고요!" 아르카는 화가 났다. "내 직감으로……."

아르카는 직감이 어떤지 말할 겨를이 없었다. 그 순간 통로 끝에 누군가가 나타났기 때문이다.

"라아아스트!"

라스티아낙스는 코로 숨을 들이쉬었고, 아르카에게 입 다물라는 눈짓을 보내고 돌아서서 억지 미소를 지어 보였다.

"로도프, 잘 지내지?"

로도프라는 이름의 남자가 뚜벅뚜벅 다가와서 라스티아낙스와 손바닥을 마주쳤다. 그는 보라색 토가를 걸치고 손가락에 아주 새것인 인장반지를 끼고 있었다. 아르카는 그 반지가 뭔지 알고 있었다.

프레톤보다는 나이가 더 들어 보이고, 몸집이 더 크고, 여드름이 별로 없는 5학년 문하생인데 방금 발명품 심사를 통과한 모양이었다.

"와, 후련해." 로도프가 말했다. "12점 만점에 8점! 그 노땅 실렌 교수가 내 매력적인 발명품에 푹 빠졌다니까. 게다가 그 교수만 그런 것도 아니고." 로도프가 점수는 이날의 두 번째 희소식일 뿐이라는 듯 먼 데를 쳐다보면서 행복한 미소를 지었다.

아르카는 페트로클루스에게 로도프가 돈을 주고 발명품을 만들었는지 물어봐야겠다고 생각했다.

"축하해!"

외향적이지 못한 라스티아낙스는 매정해 보일 정도로 말이 아주 짧았다. 로도프는 성의 없는 대답을 알아채지 못한 듯 말을 이었다.

"모레, 실렌 교수의 연회에 갈 거지? 신임 마법사들을 축하하는 자리라는데. 승격한 동기생들은 다 갈 거야."

"그럼 페트로클루스는?"

"왜, 페트로클루스한테 무슨 일 있어?"

"걔는 아직 심사를 받지 않았어." 라스티아낙스가 눈살을 찌푸리면서 말했다. "초대받지 못하겠네."

"아, 그러네." 로도프가 대꾸했다. "실렌 교수가 기다리다 지쳤을 거 같아. 그건 그렇고 우리는 모레 저녁에 보는 거지?" 그가 손바닥으로 라스티아낙스의 등짝을 갈기면서 외쳤다.

"나는 할 일이 있어서." 라스티아낙스가 수사본 쪽으로 고개를 돌리면서 중얼거렸다.

그는 진짜로 바쁘다는 걸 보여주기 위해 갈대 펜을 집어 들었다.

"그러지 말고 와." 로도프가 이번에는 라스티아낙스의 팔에 주먹질을 하면서 말했다.

라스티아낙스의 오른쪽 눈이 어두워졌다. 폭발하기 일보 직전이었다. 아르카는 속이 뻥 뚫리는 것 같았다. 이토록 성질이 나 있는 멘토를 본 적이 없는 아르카는 '잘됐다'고 생각하면서도, 멘토가 자신의 직감을 무시해버린 것을 도저히 이해할 수 없었다. 로도프는 포기한다는 표시로 두 팔을 벌리고 뒷걸음쳤다.

"나라면 노력해볼 텐데. 그래도 올 수 있으면 와. 피라와 함께 실렌 교수 댁에서 기다릴게. 아, 맞다, 너에게 하고 싶었던 말이 또 있었는데. 우리 이제 커플이거든. 그럼 나중에 보자!"

로도프가 최후의 일격을 날린 뒤 군중의 환호성을 받으며 나가는 권투 선수처럼 깍지 낀 손을 흔들어대면서 멀어져 갔다. 라스티아낙스가 쥐고 있던 갈대 펜이 두 동강이 났다.

"그래, 노력해보지." 그가 혼잣말로 중얼거렸다.

아르카는 애처롭다는 생각에 상처 입은 멘토를 잠시 가만 내버려 두었다. 라스티아낙스는 성질이 난 얼굴로 수사본을 뒤적거리다 한숨을 쉬고 나서 마치 산산조각이라도 낼 듯 책장을 쏘아보더니 갑자기 문하생에게 퍼부었다.

"카라반 숙소 장부를 2년 전 거부터 전부 찾아서 또 다른 위반 사항은 없는지 잘 살펴봐. 내일 정오까지 보고해, 빠짐없이!"

중요한 정보를 가져왔는데 애먼 사람에게 화풀이를 하는 멘토에게 화가 난 아르카는 벌떡 일어나서 장부를 챙겼다.

"이번에는 네가 직접 해, 카시크에게 부탁하지 말고." 라스티아낙스가 시큰둥한 표정으로 의자에 몸을 파묻으면서 덧붙였다.

라스티아낙스

도무지 집중이 안 되는 라스티아낙스는 여성에게 완전한 시민권을 부여할 필요성에 관해 작성한 긴 보고서를 침울한 얼굴로 응시했다. 피라, 밀반입, 피라, 실렌의 연회에 오지 않을 페트로클루스, 그리고 또다시 피라, 생각이 맴돌았다. 피라는 이미 로도프 같은 뺀질이에게 가버렸는데 그는 지난 몇 주간 뭐 때문에 이 보고서에 열중한 걸까?

라스티아낙스는 주먹 쥔 손으로 보고서를 꾸깃꾸깃 구겨서 책장 쪽으로 휙 던져버렸다. 종이 뭉치가 빈 공간을 지나 책장 뒤쪽의 어떤 장애물을 맞고 튕겼다. 놀란 비명이 꽂힌 책들 사이에서 새어 나왔다.

라스티아낙스는 신경이 곤두서서 벌떡 일어났다. 선반 뒤로 실루엣이 보였다. 누군가가 자신을 염탐하고 있었기 때문이다.

"거기 누구야?" 그가 소리쳤다.

라스티아낙스는 아니마를 두 손에 모으고 공격 준비를 했다. 석 달 전에 그를 죽이려고 했던 자객일까? 그는 아르카와 나눈 대화를 떠올렸다. 최악의 상황이 될 수도 있었다. 그들은 리쿠르고스에 대한 의혹, 실렌의 정치적 책략, 최고 장관에 대한 반감, 세라믹 닭 조각품 안에서 발견한 쪽지를 통해 팔라테스의 죽음과 관련이 있는 파란연꽃파의 밀반입 따위를 얘기했다.

실루엣이 책장을 따라 이동하면서 모습을 드러냈다. 피라의 여동생 아스파시였다.

라스티아낙스의 어깨에 들어가 있던 힘이 풀렸다. 아스파시는 자신의 미래를 설계하는 일이나 정치에 관심을 둔 적이 없었다. 오로지 상류 사회의 연회에 초대받기 위해 꾸미는 일에만 관심이 있었다.

"아스파시? 너 여기서 뭐하니?"

아스파시는 뾰로통한 얼굴로 밤색 머리를 쓸어 넘겼다.

"내가 도서관에서 뭘 하겠어? 책 읽고 있지, 당연히."

아스파시는 매니큐어를 칠한 손으로 수사본을 흔들어 보였다.

"《신비학의 원리와 파동이 있는 원》, 네가 그런 종류의 책에 관심이 있다고?"

"우리 집안에서 피라 언니만 지적인 거 아니야." 아스파시가 도도하게 대꾸했다.

아스파시는 테이블 끝에 앉아서 책의 중간 부분을 펼치고 집중한 얼굴로 파란 눈을 찌푸리면서 읽기 시작했다. 라스티아낙스는 잠시 아스파시를 지켜봤다.

"원을 그리는 파동이 뭔지 설명해줄래?"

"그건……."

키톤 차림의 아스파시는 한숨을 내쉬면서 책을 탁 덮고 팔짱을 꼈다.

"그래, 좋아, 이런 따분한 곳에서 시간 낭비를 하러 온 거 아니야. 너 만나러 왔어. 나를 비난하면 안 되지, 라스트, 네가 좋아하는 학문이라고 해서 나도 관심을 가져야 하는 건 아니니까."

"나를 만나러 왔다고?" 그가 어안이 벙벙한 얼굴로 되물었다.

"응, 실렌 교수의 연회에 갈 때 내 도움이 필요할 것 같아서. 나랑 동행하는데 네가 시골뜨기 같은 차림으로 가는 건 말이 안 되거든. 내가 단골 재단사에게 연락했으니까 네 치수를 재러 가서……."

라스티아낙스는 숨이 멎을 뻔했다.

"뭐라고?"

"이제는 평등화 장관이고 저택을 물려받았는데 혼자 연회에 갈 수는 없지, 라스트. 사람들이 누구랑 오는지 기대하고 있는데." 아스파시는 세상에서 가장 뻔한 일이라는 듯 단호하게 말했다. "그러니까 내 말은……."

라스티아낙스는 자신의 귀를 의심했다. 아스파시가 조숙하고 당돌하다는 걸 잘 알고 있는데도 피라의 세 살 아래 동생이 연회에 동행하겠다고 부탁 아니, 요구를 하는 데에는 낯이 붉어지지 않을 수 없었다. 그가 부리나케 서류를 챙기는 사이 아스파시는 자신이 설정한 의상 조합을 자세히 설명했다.

"짙은 초록색이 네 눈빛과 잘 어울릴 거고…… 어디 가려고?"

"미안한데 나… 나는 페트로클루스를 만나러 가야 하는데 이러다 느, 늦겠어." 라스티아낙스가 어물어물 말했다.

그는 서류를 옆구리에 끼고 아스파시의 모욕당한 시선을 피하려고 고개를 숙이고 도망쳤다.

밖으로 나온 라스티아낙스는 곧장 운하를 따라 걷다가 텅 빈 승강장에 이르자 걸음을 멈췄다. 아스파시가 아직 있을지 모르는데 다시 도서관으로 돌아갈 수는 없었다. 더구나 다음 의회 준비를 위해 죽치고 앉아서 공부할 기분도 아니었다. 아스파시에게서 도망치기 위해 페트로클루스를 만나러 가야 한다고 얼떨결에 둘러댄 핑계였지만 좋은 생각인 것 같았다. 정말로 친구와 의논할 필요가 있었다.

"라스티아낙스!"

그는 5분이 멀다하고 이름이 불리는 이런 갑작스러운 인기 같은 건, 차라리 없는 편이 낫겠다고 생각했다. 그는 돌아보다 몸을 흔들면서 빠르게 걸어오는 신비학자를 보고는 한숨을 쉬었다. 그가 얘기를 들어줄 기분이 아닐 때도 실렌은 자기 할 말을 다 하는 재주가 있었다.

"여기서 만나게 되다니 얼마나 반가운지!" 실렌이 다가오면서 소리쳤다. "자네에게 긴히 할 얘기가 있었는데……."

"그 연회에 페트로클루스는 참석할 수 없는 겁니까?" 라스티아낙스가 날카로운 어조로 내뱉었다.

"쯧쯧, 우리끼리는 편협하게 굴지 말자고. 페트로클루스가 조금만 열심히 했다면 벌써 몇 달 전에 발명품을 제출할 수 있었다는 걸 나만큼이나 잘 알면서. 나는 지금 완전히 다른 문제로 골치를 썩고 있네."

실렌은 라스티아낙스의 팔꿈치를 잡고 운하를 따라 걸었다. 그의 얼굴이 갑자기 어두워졌다. 라스티아낙스는 이렇게 심각한 얼굴을 본 적이 없어서 그에 대한 원망을 잠시 접어 두기로 했다. 그들은 방금 부화한 것이 틀림없는 새끼 거북들을 물에 띄우느라 바쁜 한 하인을 지나쳤다.

"우리 식민지들을 테미스키라에 매각하는 것은 상업적인 관점에서 상식 밖일 뿐만 아니라 군사 작전의 관점에서도 위험한 결정이라는 건 자네도 알 거야." 실렌이 심란한 표정으로 말했다. "이 결정은 갑자기 나온 게 아니야."

"그게 무슨 말입니까?"

실렌은 운하 중간쯤에서 걸음을 멈추고 난간에 뚱뚱한 배를 기대더니 각양각색의 탑들을 바라봤다. 그의 손가락들이 신경질적으로 난간을 두드렸다.

"리쿠르고스가 보낸 **밀사**가 우리 장관 중 몇몇과 접촉한 것 같은 의심이 들어. 지난번 의회에서 그 결정이 내려졌을 때 냄새를 맡았지." 그가 라스티아낙스를 향해 고개를 돌리면서 덧붙였다. "15년 전, 테미스키라가 나포카를 점령한 후, 바실레우스는 양국 간의 권력 균형을 위해 개입하길 주저했어. 하지만 그 밀사가 아주 능숙하게 각료 의회의 의원들과 우리의 군주를 조종해서 리쿠르고스와 협정을 맺게 만든 것 같아."

라스티아낙스는 눈살을 찌푸렸다.

"밀사의 이름을 아십니까?"

"불행히도 모르네. 아주 은밀하게 움직이고 있어서 나는 만난 적도, 말해본 적도 없어."

"의원들을 어떻게 구워삶았을까요? 뇌물이었을까요?"

실렌의 입에서 쓴웃음이 새어 나왔다.

"자네의 지성을 모욕하지 말게, 라스티아낙스. 금보다 훨씬 더 효과적인 설득 수단이 있다는 걸 나만큼 잘 알면서. 존경의 표시, 편향

된 정보……."

실렌의 동그란 얼굴에 조소가 번졌다.

"하지만 정치인을 부패시키는 최고의 방법은 그가 배후에서 조종하는 유일한 적임자인 것처럼 느끼게 하는 거지."

라스티아낙스는 최고 장관과 전쟁 장관이 마치 각자 자신이 주동자라는 생각에서 책략적으로 내린 결정인 것처럼 카시테리데스 군도 매각을 적극 지지했던 걸 떠올리면서 충분히 일리가 있다고 생각했다. 신비학자는 미소를 거두고 배를 내밀면서 천천히 숨을 내쉬었다.

"조심하게, 라스티아낙스. 자네는 최전선에 있고 그 밀사는 술책에 능한 정치가야. 자네와 달리 그자는 선한 의도로 움직이지 않아."

그는 깊은 뜻이 함축된 심각한 눈빛으로 라스티아낙스를 쳐다봤다.

"예기치 않은 팔라테스의 죽음, 그 사건이 하필이면 그 밀사가 히페르보레아에 와 있는 시점에 발생했다는 건 그런 죽음이 끝이 아닐 수도 있음을 암시하지."

라스티아낙스는 또다시 밧줄에 목이 졸리는 느낌이 들었다.

아르카

이틀 후, 아르카는 신비학 수업 시간을 이용해서 실렌 교수에 대해 더 깊이 파고들기로 했다. 라스티아낙스가 자신의 의심을 믿으려하지 않았기 때문이다. 이중 원에 대한 따분한 강의를 듣는 대신, 아르카는 수상하다고 생각되는 것들을 종이에 적었다.

그는 사브를 이용하려고 한다.
그는 바실레우스가 영원히 살지 않는다고 말했다.
그는 모든 사라메게 너므 친절하다. 진짜 이상하다.

아르카는 갈대 펜으로 턱을 톡톡 건드리면서 비판적인 시선으로 글을 응시했다. 사실, 허술해 보이는 추론이었다. 하지만 아르카는 잘못 생각했을 수도 있다고 여기기는커녕 명백한 증거들을 찾아야 한다고 결의를 다졌다. 그사이 신비학 교수는 강의를 계속 이어 갔다. 교수는 밀랍을 먹인 칠판에 일련의 도형을 그려놓고 조합하는 방법을 설명하고 있었다.

"2유형의 원에 기호를 조합하는 것보다는 2유형의 원에 파동이 있는 원을 조합하는 것이 우선순위를 가진 이중 주문을 얻을 수 있다. 사인곡선이 원 주위를 잘 둘러싸게 그려야 한다. 위대한 아바리스 마스터처럼 말이야. 안 그러면 큰 문제가 생기지. 언젠가 요강에 옮겨 붓기 인장을 그렸던 2학년 학생이 생각나는데 그 학생은 파동이 있는 원을 잘못 그렸고……."

모든 문하생이 탄식했다. 아르카의 두 줄 앞에 앉은 프레톤이 아는 척을 했다.

"요강 일화의 제4탄이 시작되는군."

그는 고개를 돌리고 뒷줄에 앉은 패거리를 힐끔 쳐다봤다.

"야, 저걸 허튼소리라고 해야 하냐 아니면 노망기라고 해야 하냐?"

포네리아가 키득거렸다. 그 반응에 우쭐해진 프레톤이 의자 등받이 위로 두 팔을 쭉 뻗더니 피아노 치듯 손가락으로 등받이를 두드렸다. 그 순간 아르카는 그가 검지에 낀 그리핀 모양의 반지를 봤는데 멘토의 반지와 비슷했다. 새긴 것이 아니라 시계 부품처럼 조립된 인장을 반지의 틀에 끼워 넣은 것이었다.

"와, 프레톤, 그 반지 뭐야?" 포네리아가 코맹맹이 소리로 물었다.

"아, 이거?" 프레톤이 마치 방금 반지 끼고 있는 걸 알았다는 듯 검지를 힐끔 쳐다보면서 말했다. "아버지의 인장반지야."

"와우." 스테릭스가 반지를 좀 더 가까이 들여다보면서 감탄했다. "이런 걸 아버지가 빌려줘?"

"오늘은 반지를 안 끼고 나가셨거든." 프레톤이 어깨를 으쓱하면서 대답했다. "그래서 내가 연습 삼아 끼어본 거야. 언젠가는 확실히 나도 이 반지를 끼게 될 테니까."

아르카가 "흥" 하면서 콧방귀를 꼈다. 프레톤이 머리를 쓸어 넘기면서 거드름 피우는 얼굴로 아르카를 쳐다봤다.

"뭐 문제 있어, 43번? 지난번에 장난친 것 때문에 아직도 꽁해 있는 거야?"

"천만에." 아르카가 응수했다. "나는 존재감을 느끼는 데 반지는 필요 없어, 그뿐이야."

평소와 달리, 프레톤이 잠자코 있었다. 신비학 교수가 요강 일화를 계속 말하는 사이 프레톤이 손을 앞으로 내밀더니 손가락들을 벌리고 공상에 잠긴 얼굴로 반지를 쳐다봤다.

"아주 특별한 반지야." 그가 패거리에게 말했다. "여기 새긴 인장 보이지? 서류에 서명할 때 사용해도 돼. 그런데 이걸 돌리면……."

그렇게 말하면서 프레톤이 반지의 장치를 돌리자 찰칵 소리가 났다.

"……초강력 파괴 인장을 얻을 수 있지. 대단하지?" 그가 전쟁놀이 장난감을 보고 신이 난 아이처럼 흥분한 얼굴로 덧붙였다. "어디 보자……. 이걸 어디다 시험해볼까?"

그는 주위를 둘러보다 아르카가 글씨를 쓰느라고 풀어놓은 날개 팔찌에서 눈길이 멈췄다.

"아, 이거네! 43번의 허접해 보이는 구리팔찌!" 그가 말했다.

아르카가 대응할 겨를도 없이 프레톤이 팔찌를 자기 쪽으로 공중부양시켰다. 아르카가 팔찌를 낚아채려고 했지만 너무 늦었다. 프레톤이 팔찌를 이미 손에 쥐었는데 무게에 놀란 얼굴이었다.

"내놔!" 아르카가 소리쳤다. "그거 망가뜨리면 내가 경고하는데……."

"쯧쯧, 걱정 마, 너를 도와주는 거니까, 43번." 프레톤이 말을 잘랐다. "이 팔찌는 너무 번쩍거려서 너 같은 거지에게는 전혀 안 어울리거든."

"내놔!" 아르카가 큰 소리로 반복했다.

"내놔!" 포네리아가 또 흉내 내면서 아르카를 조롱했다.

일화에 대해 한창 말하던 중 소동이 벌어진 걸 알아챈 신비학 교수가 입을 다물었다. 아르카를 골탕 먹이는 것이 너무 즐거운 프레톤은 전혀 눈치 채지 못했다. 그는 계속 웃으면서 반지에 팔찌를 가까이 가져갔다. 화가 치민 아르카가 벌떡 일어나서 프레톤에게 달려드는 순간 반지의 인장이 팔찌에 닿았다. 폭발음과 함께 눈부신 섬광이 일었다. 아르카는 뒤로 나자빠졌다. 필기한 양피지들이 사방으로 날아오르고, 발광체 전구들이 강의실 벽에 부딪혀서 폭발했다.

불빛은 약해졌고, 프레톤은 넋 나간 얼굴이었다. 평소에는 단정하게 구불거리던 머리털이 희귀조의 도가머리처럼 삐죽삐죽 서 있었다. 그는 여전히 반지와 팔찌를 손에 쥐고 있는데 둘 다 멀쩡해 보였다.

"무… 무슨 일이 일어난 거야?" 프레톤이 더듬거렸다.

"무슨 일이기는, 자네가 강력한 방어 인장을 새긴 물체에 파괴 인장을 맞대는 장난을 쳐서 생긴 일이지."

문하생들이 일제히 프레톤 쪽으로 다가오는 신비학 교수를 향해 고개를 돌렸다. 아르카는 이제껏 제자에게 망신을 줄 정도로 화가 난 교수를 본 적이 없었다.

"당장 반지를 비활성화한 다음 두 개 다 이리 내!" 실렌 교수가 호령했다. "다음 지시를 내릴 때까지 압수하겠다. 자네는 다음 수업 때까지 교과서 앞부분의 기호 60개를 50번 쓸 것. 그러면서 통제하지 못하는 인장을 가지고 함부로 장난을 치면 어떻게 되는지 깨닫기 바란다."

그렇게 기고만장하던 프레톤이 끽소리도 못 하고 복종했다. 아르카는 프레톤의 손에서 신비학 교수의 손으로 이동하는 팔찌를 쳐다봤다. 팔찌를 압수당하는 상황만 아니라면 프레톤이 혼나는 꼴을 즐겼을 테지만, 날개팔찌는 몇 차례나 자신의 목숨을 구해주었기에 충성스런 수호신처럼 늘 지니고 다니는 가장 소중한 것이었다.

아르카는 그런데도 침묵을 지켰다. 교수가 이 소동을 아르카가 일으킨 거라고 의심할 경우 처벌받을 위험이 있었다. 교수는 두 물건을 호주머니에 넣고 다시 안락의자에 앉았다.

"이제 조용해졌으니 다시 수업을 시작하자."

수업이 끝나자 아르카는 프레톤에게 뛰어가서 발길질을 했지만 그가 잽싸게 피했다.

"멍청한 자식!" 아르카가 고래고래 소리쳤다.

복도에서 문하생들이 웃음을 터뜨렸다. 얼굴이 빨개진 프레톤이 아르카의 팔을 잡고 다른 데로 끌고 갔다. 그는 어느새 머리가 단정해져 있고, 다시 거만해져 있었다.

"잘 들어, 우리 둘 다 곤경에 처했어." 그가 속삭였다. "너는 팔찌를, 나는 반지를 되찾아야 해."

"왜, 아빠한테 혼날까 봐?" 아르카가 빈정거렸다.

프레톤의 표정으로 보아 아르카가 정곡을 찌른 것이었다.

"내가 깜빡 잊고 아버지에게 반지 빌려간다는 말을 안 했어. 그래서 43번, 너에게 제안할게. 오늘밤 실렌 교수의 저택 앞에서 만나서 벽을 타고 올라가⋯⋯."

"잠깐, 설마 반지를 찾으러 교수 집에 몰래 침입하겠다는 말은 아니지?" 아르카가 말을 잘랐다.

아르카는 프레톤이 그 정도로 대담할 줄은 상상도 못 했다. 그가 바로 대답하지 않고 복도의 모자이크 바닥을 보면 묘안이 떠오르기라도 하듯 눈을 내리깔고 있었다.

"아버지의 분노에 맞서느니 실렌 교수의 저택을 샅샅이 뒤지는 편이 나아서 그래." 프레톤이 고백했다. "아버지가 별로…… 융통성이 없거든. 게다가 오늘 저녁이 절호의 기회야, 43번." 그가 단호한 어조로 말을 이었다. "실렌 교수가 신임 마법사들을 축하하는 연회를 여는데 손님이 많이 오기 때문에 탐지 인장을 비활성화할 거야. 그리고 왁자지껄해서 우리가 들어가는 소리를 아무도 못 들을 거……."

"잠깐만……." 아르카가 말하려고 했지만 프레톤이 계속 말했다.

"나는 오레이칼코스로 반지를 복제해서 아버지의 반지와 바꿔치기 할 생각이야. 실렌 교수는 알아채지 못해. 그러니까 너도 팔찌를 복제하고……."

"잠깐만." 이번에는 아르카가 큰 소리로 말을 잘랐다. "내가 문하생 벨트를 잃을 위험을 무릅쓰고 너랑 실렌 교수 집에 갈 거 같아?"

프레톤이 아르카를 훑어보면서 말했다.

"실렌 교수가 팔찌를 돌려줄 때까지 마냥 기다려야 할 텐데 그래도 안 할 거야? 내가 네 팔찌를 자세히 봤어. 구리가 아니라 고농도의 오레이칼코스로 만든 거던데. 아주 정교한 인장도 새겨져 있고. 내 말이 틀렸으면 말해. 어쨌든 너 그거 지니고 있어야 하잖아, 안 그래, 43번?"

아르카는 증오심이 치밀어 올랐다. 프레톤은 팔찌를 손에 넣을 때 이미 얼마나 귀한 것인지 다 알고 있었다. 그런데도 팔찌를 파괴하려고 한 것이다. 프레톤은 두 번 다시 상대하지 말아야 할 악질이고 교활한 놈이었다. 하지만 맞는 말이었다. 날개팔찌는 아르카에게 가치를 매길 수 없는 소중한 것이었다. 그리고 신비학자의 물건을 뒤져볼 절호의 기회이기도 했다.

"좋아." 아르카가 내뱉었다. "해가 진 뒤에 실렌 교수의 저택 뒤편에서 만나. 오레이칼코스 5백 그램을 가지고 와. 구할 수는 있지?"

"응." 아르카의 전문가 같은 말투에 압도된 프레톤이 대답했다. "뭐 하려고?"

"두고 보면 알아." 아르카가 말했다.

그날 저녁, 아르카는 히페르보레아의 법을 위반한다는 생각에 불안에 떨면서 약속 장소로 향했다. 외곽에 있는 한 탑의 꼭대기를 차지한 실렌 교수의 저택은 어둠 속에서 등대처럼 반짝이고 있어서 찾기 어렵지 않았다. 은은한 조명 불빛이 리파이아 산맥 쪽으로 나 있는 공중 정원을 드러내주었다. 먼저 도착한 손님들이 술잔을 들고 주랑을 거닐고 있고, 창문을 통해 음악 소리와 떠들썩한 소리가 새 나오고 있었다. 어두운 입구에 황금빛 등불을 매단 통로가 손님들을 맞아주었다. 운하 둔치에는 깔끔한 복장의 운전사 두 명이 기다리고 서서 손님들이 타고 온 거북을 정박시킬 채비를 하고 있었다. 신비학자가 철저하게 준비해놓은 것이었다.

아르카는 운전사들이 식민지 장관을 맞이하느라고 정신이 없는 틈을 타서 저택을 둘러싼 승강장으로 슬그머니 들어갔다. 저택의 측면은 불빛이 약했다. 아르카는 긴 커튼을 드리운 넓은 방과 통하는 발코니를 발견했다. 실렌 교수의 거처가 틀림없었다.

갑자기 속삭이는 소리가 들려서 아르카는 탐색을 중단했다. 실루엣 둘이 허리를 숙이고 벽에 붙어서 다가오고 있었다.

"우리 본 사람 있을까?" 그중 한 명이 말했다. (아르카는 스테릭스의 목소리라는 걸 알아차렸다.)

"아니, 그러니까 조심해, 발각되지 않게!" 프레톤이 대답했다.

"얼굴을 시커멓게 칠할걸!" 스테릭스가 구시렁거렸다. "아르카는 어디 있지?"

아르카가 헛기침을 하자 둘이 소스라쳤다.

"깜짝 놀랐잖아, 너 못 봤는데." 스테릭스가 허리를 펴면서 속삭였다. "너도 벽에 바짝 붙어, 테라스에서 누가 내려다보면 발각된다고!"

"아니." 아르카가 대꾸했다. "어두워서 괜찮아. 근데 너희 둘, 복면 같은 건 여기 와서 써야지 우리 도둑이에요, 광고하고 다녀? 그리고 그게 뭐냐, 꼬락서니 하고는!"

스테릭스와 프레톤은 몸에 찰싹 달라붙는 검은색 레오타드*에 발라클라바* 까지 뒤집어쓴 차림이었다. 다른 때 같으면 아르카는 폭소를 터뜨렸겠지만, 우스꽝스럽게 변복한 광대들과 저택에 잠입하는 상황이라는 걸 생각하면 전혀 재미있지 않았다.

"이게 뭐 어때서? 무예 시간에 입는 전투복인데." 스테릭스가 발라클라바를 올리면서 말했다.

레오타드를 입고 훈련하는 스테릭스의 모습을 상상하자 아르카

레오타드 다리 부분이 없고 몸에 꼭 끼는, 아래위가 붙은 타이츠.
발라클라바 머리, 목, 어깨를 덮는 복면.

는 터져 나오려고 하는 웃음을 꾹꾹 눌러야 했다.

"근데 너는 여기 왜 왔어, 스테릭스?" 아르카가 물었다.

"얘가 망을 볼 거야." 프레톤이 대신 대답하면서 호주머니에서 구릿빛의 금속 덩어리를 꺼내면서 물었다. "자, 오레이칼코스 가져왔어. 이걸로 뭐 할 건데?"

"이걸로 뭘 할지는 저 위에 올라가면 알게 되겠지." 아르카가 발코니를 가리키면서 대꾸했다. "탐지 인장에 대해 했던 말은 확실하지? 진짜 기능을 무력화해놨을까?"

"술에 취한 어떤 손님이 탐지 인장을 작동하는 바람에 경보음이 울려서 연회를 망친 적이 있다는 말을 적어도 세 번은 했어. 그 일이 일어난 뒤로는 탐지 인장을 비활성화한다고. 너도 수업 시간에 들었잖아?"

"그래, 생각나." 아르카가 대꾸했다. "올라갈 준비 됐어?"

두 소년이 마지못해 고개를 끄덕였다. 아르카에게는 벽을 타고 넘어가는 것이 식은 죽 먹기지만 그들은 아니었다. 역전된 역할 때문에 기세가 등등해진 아르카가 돌진하더니 탑의 돋을새김이 제공하는 수많은 요철 덕분에 쉽게 벽을 타고 올라갔다. 순식간에 발코니에 이른 아르카는 유연하게 난간을 뛰어넘었다. 예상대로 발코니는 침실과 연결되어 있었다. 희미한 빛 속에 닫집 달린 대형 침대가 보였다. 아르카는 혹시 경보가 울릴까 봐 조심스럽게 한 발을 방에 들여놨다. 프레톤의 말이 맞았다. 탐지 인장은 비활성화되어 있었다. 안심한 아르카는 방을 둘러봤다. 상감 세공한 가구들과 화분 세 개가 있고 사람은 없었다.

2분 후, 스테릭스가 헐떡거리면서 발코니에 올라왔다. 프레톤도 같은 상태로 올라왔다. 아르카는 그들 옆에 웅크리면서 속삭였다.

"이 방은 뒤질 필요 없겠어. 교수는 반지와 팔찌를 서재나 다른 어딘가에 뒀을 게 틀림없어."

스테릭스와 프레톤이 고개를 끄덕였다.

"오레이칼코스는 뭐에 쓸 거냐니까?" 프레톤이 짜증난 어조로 속삭였다.

아르카는 미소를 지으면서 손바닥에다 불빛을 만들었다.

"내 팔찌를 복제하는 데 쓸 거야. 마법 평가전 때 성적으로 봐서 너는 문제없이 잘할 것 같은데."

"왜 네가 직접 하지 않고?" 프레톤이 눈을 부릅떴다. "그리고 오레이칼코스를 구하는 데 비용이 얼마나 들었는지 알아?"

"복제하는 건 자신 없어." 아르카가 대답했다. "그리고 미안하지만 네가 돈을 얼마를 썼든 관심 없어." 아르카가 호주머니에서 구겨진 종이를 꺼내면서 속삭였다. "자, 이게 내 팔찌 인장을 복사한 그림이야. 그리고 오레이칼코스를 조금 남겨놔, 열쇠 만드는 데 필요할지 모르니까."

프레톤은 마지못해서 아르카가 비쳐주는 불빛과 지시에 따랐다. 그는 순식간에 겉으로 보기에는 아르카의 팔찌와 완전히 똑같은 것을 만들었다. 이걸로 날 수 없다는 것만 제외하면.

"이제 됐냐, 43번?"

"아주 잘했어." 아르카가 대답하면서 복제 팔찌를 호주머니에 넣었다. "이제 나가자."

살금살금 침실을 가로질러 아르카가 방문을 살짝 열고 내다봤다. 탑의 곡선 부분에 해당하는 어두운 복도와 연결되어 있었다. 끝에 층계가 둘 있는데, 하나는 위층으로 올라가고, 다른 하나는 1층으로 내려가는 층계였다. 1층에서 불빛과 웃음소리가 들렸다. 아래층에서는 연회가 한창이었다.

아르카가 복도로 나가자 두 소년이 불안에 떨면서 뒤를 따랐다. 스테릭스는 이를 딱딱 마주쳤고, 프레톤은 여드름 난 얼굴을 벅벅 긁으면서 작은 소리에도 소스라쳤다.

"저쪽을 살펴보자." 아르카가 복도를 따라 줄지은 방문 세 개를 가리키면서 속삭였다.

첫째 방은 욕실인데 바다코끼리가 풍덩거리며 물장구를 칠 수 있을 정도로 커다란 대리석 욕조가 네 개나 있었다. 둘째 방은 마사지실이라서 대형 비취 테이블 주위에 향유 단지들이 놓여 있었다. 셋째 방은 작은 실내 체육실로, 어둠 속에 바벨과 밧줄이 잔뜩 있어서 살풍경했다.

"이렇게 많은 걸 사용하다니 놀랍다." 스테릭스가 소곤거렸다. "이제 어떡하지?"

"올라가보자." 아르카가 위층으로 가는 층계를 가리키면서 말했다.

프레톤이 어둠에 잠긴 계단을 쳐다보면서 마른기침을 했다.

"한 사람은 여기 남아서 망을 봐야 해." 그가 경쾌한 어조로 말했다. "스테릭스, 네가 가, 내가 망볼게."

"알았어, 좋은 생각이야. 그렇게 하자." 스테릭스가 동의했다. "가짜 반지 나한테 줘, 내가 알아서 할게."

스테릭스의 우직함에 놀란 아르카는 그가 가짜 반지와 남은 오
레이칼코스를 받는 걸 보면서 고개를 절레절레 저었다. 아무튼 아르
카가 상관할 일이 아니었다. 스테릭스가 살금살금 층계를 올라가는
아르카를 따라가는 사이, 프레톤은 방문 구석에 쭈그리고 앉았다.

그들은 순금을 입힌 반구형 천장의 넓은 방으로 들어갔다. 커다
란 삼각형 창문 세 개는 리파이아 산맥 쪽으로 나 있었다. 은은한 달
빛이 서재의 세련된 실내 장식을 비추었다. 벽면을 따라 놓인 책장에
서적과 두루마리 양피지가 가득 꽂혀 있고, 자개를 박은 흑단 책상이
방 한가운데에 놓여 있었다. 서재의 다른 쪽에 낸 중이층의 창문은
아트리움 쪽으로 나 있어서 둥둥 떠다니는 색색 가지 발광체 전구들
이 보였다.

난간에 드리운 잎 무성한 식물 뒤에 숨은 아르카와 스테릭스는
위험을 무릅쓰고 아트리움을 내려다봤다. 분수대가 손님들의 열기
를 식혀주고, 크리스털 관이 비죽비죽 솟은 대형 악기에서는 멜로디
가 흘러나오고 있었다. 아르카는 야회복 토가 차림으로 춤추는 손님
들 속에서 낯익은 실루엣을 발견했다.

"이런, 나의 멘토잖아." 아르카가 중얼거렸다. "멘토가 오는 걸 깜
빡했네."

"실렌 교수도 밑에 계셔." 스테릭스가 덧붙였다.

그들은 살금살금 뒷걸음쳤다. 스테릭스가 책상으로 가서 서랍을
뒤지기 시작했다. 그사이 아르카는 책장을 따라가면서 양피지들을
뒤졌다. 라스티아낙스가 말했던 대로 아르카는 뭘 찾아야 하는지도

모르고 있었다. 서류들을 살펴보기에는 시간이 부족했다.

"열쇠로 잠긴 서랍이 하나 있어." 스테릭스가 책상 앞에 무릎을 꿇고 앉아서 소곤거렸다.

아르카가 다가가서 옆에 쭈그리고 앉더니 눈살을 찌푸렸다. 달빛이 강력한 은빛 반사경처럼 자물쇠를 비추고 있었다.

"남은 오레이칼코스 줘봐." 아르카가 나직하게 말했다.

스테릭스는 아르카의 손바닥에 오레이칼코스 조각을 올려놨다. 그는 아르카가 아니마로 오레이칼코스를 물렁하게 만들어서 자물쇠 구멍에 쑤셔 넣는 걸 지켜봤다.

"아까 복제는 자신 없다고 한 거 같은데?" 감동한 스테릭스가 소곤거렸다.

"이건 어려운 거 아니야, 오레이칼코스로 자물쇠 구멍을 꽉 메우면 되니까." 아르카가 설명했다.

"그렇게 하는 건 어디서 배웠어?"

"나포카에서." 아르카는 짧게 대답했다.

아르카가 오레이칼코스에서 자신의 아니마를 회수하자 오레이칼코스가 바로 딱딱해졌다. 아르카는 자물쇠 바깥부분에 남은 오레이칼코스 조각을 잡고 자물쇠를 돌렸다. 찰칵하는 소리가 나더니 서랍이 쉽게 열렸다. 스테릭스가 서랍 안으로 손을 넣었다.

"있다!" 스테릭스가 속삭이면서 반지와 팔찌를 흔들었다.

그들은 복제한 것들을 대신 서랍에 넣고 조심스럽게 다시 잠갔다. 아르카는 날개팔찌를 되찾은 걸 기뻐하면서 손목에 찼다.

바로 그때 2층에서 비명 소리가 들렸다.

아르카와 스테릭스가 질겁해서 서로를 쳐다봤다.

"무슨 일이지?" 스테릭스가 속삭이는데 턱이 파르르 떨리고 있었다.

"프레톤!" 아르카가 소리쳤다.

그들은 층계로 달려가서 아래층에서 무슨 일이 일어났는지 보려고 상체를 숙였다. 복도 중앙에서 눈이 동그래진 한 여급이 뒷걸음치면서 욕실을 나오고 있었다.

"도와주세요!"

여자가 울부짖었다. 욕실에서 뭔가를 보고 공포에 질려 있었다. 여전히 복도 반대쪽 방문 뒤에 숨어 있던 프레톤은 기겁해서 문을 열고 방으로 들어갔다. 같은 순간 복도 끝에서 발소리들이 울렸다. 층계에서 불빛이 깜박였다. 날카로운 비명 소리에 놀란 마법사들이 황급히 올라오고 있었다. 아르카는 발광체 전구를 손에 들고 층계를 올라오는 자신의 멘토를 봤다.

아르카는 스테릭스의 팔을 잡아끌었다. 무슨 일인지 모르지만 한 가지는 확실했다. 그들이 뭔가 아주 끔찍한 사건이 일어난 시간에 신비학자의 저택에 있다가 들키면 안 된다는 것이었다.

"여긴 너무 높아서 저쪽으로는 도망칠 수 없는데." 스테릭스가 우는 소리를 했다.

한편 아래층에 있던 프레톤은 침실의 발코니를 넘어서 내려가기 시작했다. 그들에게 알리지도 않고 혼자 도망친 것이다. 아르카는 구시렁거리면서 창턱 위로 뛰어올랐다.

"내 등에 올라타!" 아르카가 스테릭스에게 명령했다.

"응?"

"시키는 대로 해!"

너무 떨려서 말도 나오지 않는 스테릭스는 하라는 대로 아르카의 목에 매달렸다. 그의 체중에 아르카는 약간 휘청했다.

"뭐하는 거냐니까?!" 스테릭스가 귀에 대고 말했다.

"어지럽지 않길 바란다." 아르카가 아래쪽을 힐끔 쳐다보면서 말했다.

"그래서 나는 늘 1지구에서 살고 싶었는데."

"안 됐다!" 아르카가 외쳤다.

그러고는 아르카가 창밖으로 뛰어내렸다.

그들은 30초 동안 급속도로 떨어졌다. 공포에 질린 스테릭스가 딸꾹질을 했다. 아르카는 검지로 날개팔찌의 인장을 눌렀다. 팔찌가 펼쳐지더니 아르카의 상체가 금속성의 고운 깃털로 뒤덮였는데 구릿빛 광채가 났다. 이어서 깃털이 온몸으로 퍼졌고, 어깨에서 맹금의 커다란 날개 두 개가 솟아났다.

계속 낙하하던 그들이 아래쪽 승강장을 스치듯 지나갈 때 프레톤이 아연실색해서 쳐다봤다. 아르카는 모자이크 바닥에 가슴이 쓸리는 걸 느끼면서 다시 허공으로 날아올랐다. 등에 업힌 스테릭스가 비명을 지르면서 어찌나 꽉 매달리는지 목이 졸리는 것 같았다. 어둠 속에서 갑자기 탑 하나가 나타났다. 부딪히기 일보 직전에 아르카는 방향을 틀었다. 오레이칼코스 날갯죽지들이 돌과 마찰하면서 *끼이익* 소리가 났다. 아르카는 공중 운하를 피하기 위해 몸을 숙였다가 다른 운하의 상공을 날기 위해 몸을 곧게 펴면서 탑 사이를 지그재그로 날았다. 스테릭스의 체중 때문에 고도가 급격히 떨어지고 있었다. 이 속도로 떨어지면 둘 다 즉사할 터였다.

"운하에 착수할 거야!" 아르카가 스테릭스에게 소리치면서 시커 멓고 거대한 탑을 아슬아슬하게 피했다.

스테릭스는 대답 대신 울부짖었다.

2지구의 운하를 따라가던 아르카는 방향을 틀고 은빛 물 쪽으로 돌진했다.

"하나⋯⋯."

아르카는 날개를 최대한 펼치고 운하 위를 저공비행했다.

"둘⋯⋯."

아르카는 흘러가는 물을 쳐다보면서 갑자기 수영을 못 하는 것 이 기억났다.

"셋!"

아르카는 단번에 날개를 다시 접고 손으로 상체를 눌렀다. 곧바 로 깃털들이 오므라들더니 본래의 팔찌 형태로 돌아왔다. 아르카와 스테릭스는 돌덩이처럼 풍덩 떨어지면서 운하에 물결을 일으켰다. 아르카는 시커멓고 차가운 물속으로 점점 빠지는 느낌이 들었다. 여 전히 목에 매달린 스테릭스 때문에 깊은 물속으로 가라앉고 있었다. 아르카가 허우적거리면서 팔꿈치로 스테릭스의 옆구리를 가격하자 소년이 마침내 목을 놓아주었다. 아르카는 거품 소용돌이와 끈적이 는 해초 때문에 딸꾹질을 했다.

갑자기 신발이 운하의 진흙 바닥에 닿았다. 아르카가 마법을 더 한 발차기로 진흙 바닥을 빠져나와 코르크 마개처럼 솟구쳐 오르자 수면이 크게 출렁거렸다. 아르카는 팔다리를 마구 휘저으며 안간힘을 다한 덕분에 개구리헤엄으로 부두까지 갈 수 있었다. 스테릭스도 녹초가 된 상태로 반대쪽 기슭으로 올라갔다.

그들은 잠시 꼼짝도 못 한 채 숨을 가쁘게 몰아쉬면서 아직 살아 있는 것에 놀랐다.

"이게 누구야, 거북 도둑이잖아!"

아르카는 천천히 고개를 돌렸다. 몇 걸음 떨어진 곳에 실루엣 셋이 나타났다. 아르카는 분노의 욕설을 내뱉었다.

"무슨 일이야, 아르카?" 운하 반대쪽에서 소리쳤다. "저 사람들 누군데?"

"우리는 장대한 세쌍둥이다!" 아리가 소리쳤다.

"이름 한번 거창하네." 아르카가 내뱉었다. "지난번 완패로는 부족하냐?"

아르카가 얼굴을 문지르면서 일어나자 몸에서 운하의 썩은 물이 줄줄 흘러내렸다. 반대쪽 기슭에서 지켜보던 스테릭스는 안절부절 못하고 있었다.

"아르카……." 스테릭스가 울먹였다.

"스테릭스, 걱정 말고 7지구로 돌아가, 내가 알아서 할 테니까." 아르카는 젖은 튜닉의 물기를 쥐어짜면서 대꾸했다.

"이렇게 나오시겠다!" 알키가 소리쳤다.

알키가 호주머니에서 뭔가를 꺼내서 아르카에게 던졌다. 발사체가 아르카의 발치에서 유리 깨지는 소리를 내면서 터졌다. 아르카는 달콤한 냄새가 나는 보라색 연기에 휩싸였다.

'수면가스 볼이네, 빌어먹을.' 아르카는 잠에 빠져들기 전에 생각했다.

라스티아낙스

두 시간 전에 라스티아낙스는 신비학자의 저택 정문으로 들어갔다. 그가 아르카처럼 2층 발코니로 몰래 들어갔더라면 덜 불편했으련만. 7지구에 와서 지낸 5년 동안 그는 이런 연회에 참석할 기회가 별로 없었다. 이따금 멘토들이 자신의 문하생을 히페르보레아의 상류층에 소개해주기 위해 연회에 데려갔다. 하지만 팔라테스는 사교 생활에 관심이 없었고—정치인으로서는 융통성이 부족했다—여가 시간에는 희귀한 것들을 수집하러 다니길 좋아해서 히페르보레아 구석구석으로 라스티아낙스를 끌고 다녔다. 결과적으로 라스티아낙스는 도시를 속속들이 잘 알게 되었지만 사교계 연회에 대한 경험은 전혀 쌓지 못했다.

그의 첫째 잘못은 일찍 도착한 것이었다. 거물급 마법사들이 최소 한 시간 정도 늦게 도착한다는 것은 이미 알려진 사실이었다. 라스티아낙스는 술잔을 들고 흩어져 있는 손님들 사이를 오가면서 아는 얼굴이 있나 둘러보았다. 연회는 널찍한 아트리움에서 열렸는데, 아트리움 중앙에는 분수대에서 물을 공급받는 수력 파이프오르간이 놓여 있었다. 라스티아낙스는 페트로클루스가 오지 않는 것이 유감스러웠다. 페트로클루스가 노력을 기울이지 않아서 참석할 자격이 없다는 건 인정하면서도 친구를 초대하지 않은 신비학자가 여전히 원망스러웠다. 그는 마침내 얼마 전에 마법사로 승격한 동기생 두 명을 발견했다. 그 둘은 라스티아낙스를 만난 걸 반가워하면서 마법사의 책임감 운운하더니 무슨 대단한 일이라도 하는 양 우쭐해했다. 라스티아낙스는 쓸데없는 농담을 건성으로 들으면서 눈으로 피라를 찾았다. 피라가 이런 한심한 애들과 얘기하고 있는 걸 본다면…….

손님들을 맞이하느라 바쁜 신비학자를 제외하고 거물급 마법사는 단 한 명만 도착해 있었다. 트리에리오스 식민지 장관이 양손에 술잔을 하나씩 들고 수력 파이프오르간 옆에서 고개를 가볍게 흔들고 있었다. 라스티아낙스가 미안하다면서 자리를 뜨자 두 동기생이 실망한 얼굴로 쳐다봤다. 이른 시간인데도 트리에리오스는 벌꿀주에 취해 이미 눈동자가 풀려 있었다.

"아아, 라스티아낙스! 어서 오시게." 식민지 장관이 친근하게 어깨를 잡으면서 말했다. "멋진 토가로군." 그가 라스티아낙스의 복장을 훑어보면서 말했다.

"고맙습니다." 라스티아낙스가 대답했다.

바실레우스 그랑프리 대회에서 옷을 잘못 입었던 실수를 반복하지 않기 위해서 그는 아스파시의 지적을 참고삼아 이름난 재단사에게 도움을 청했다. 걸상에 올라선 채로 세 시간 동안 재단사의 괴상망측한 제안("……하지만 이 꽃무늬 실크가 아주 잘 어울리시는데")을 거부한 끝에 라스티아낙스는 눈에 띄지 않으면서도 세련된 파란색 토가를 선택했다.

"자네가 1지구 출신이라는 게 믿기지 않을 정도야." 트리에리오스는 누가 술에 취한 사람 아니랄까 봐 직설적으로 말했다. "여자들에게 인기가 아주 많겠어."

트리에리오스는 눈썹을 치켜 올리면서 음탕한 표정을 지었다. 라스티아낙스는 아스파시가 한 말을 기억에서 지우려고 벌꿀주를 한 모금 삼켰다. 피라의 동생만 유혹 전략을 쓰는 게 아니었다. 얼마 전부터 마법사의 딸들이 그에게 힐끔힐끔 눈길을 보내고 있었다. 그는 두 번이나 가족 식사에 초대하려고 하는 매파들을 피해 다녀야 했다. 이런 관심은 자신의 매력 때문이 아니라 장관이라는 직위 때문이라는 의심이 들었기 때문이다.

"여성에 대해 얘기하는데 때마침 가장 아름다운 여성 중 한 명이 등장하는군." 트리에리오스가 라스티아낙스의 어깨 너머를 바라보면서 말했다.

로도프와 함께 나타난 피라를 본 거라고 확신한 라스티아낙스가 무리하게 목을 틀면서 돌아봤다. 하지만 트리에리오스는 바실레우스 그랑프리 대회 때 이미 눈독을 들인 금발의 여급을 말한 것이었다. 여급이 쟁반을 들고 다가오고 있었다.

"이쪽으로 와요, 아가씨." 트리에리오스가 손짓을 하면서 말했다. "자, 받아요." 빈 술잔 두 개를 쟁반에 내려놓으면서 말했다. "그리고…… 나는 이걸로." 그가 새 술잔 두 개를 집으면서 덧붙였다.

여급이 떠나는 사이, 트리에리오스가 술잔 하나를 라스티아낙스에게 내밀었다.

"무엇을 위해 건배하는 게 좋겠나, 라스티아낙스?"

"각료 의회의 공익성을 위하여로 할까요?" 라스티아낙스가 던져봤다.

지난 의회에서 라스티아낙스가 제안한 안건들은 모두 정중히 무시되거나 경멸을 받으면서 거부되었다. 운하의 물을 정화하기 위해 톨게이트마다 새 그물을 설치하자는 제안에 대해서는 재무 장관으로부터 비용이 너무 많이 드는 사업이라는 질책을 받았다. 그래서 그는 자비를 들여서라도 깨끗한 그물을 설치해야겠다고 마음먹고 마기스테리움의 관료들을 달달 볶은 덕분에 그나마 고장 난 공기정화 인장 15개 중 5개를 활성화할 수 있었다. 이런 솔선수범은 평민들로부터 크게 호평을 받았다. 그렇지만 각료 의회는 그의 제안에 귀를 막고 날로 커지는 그의 인기를 못마땅해하는 것 같았다. 트리에리오스만 그를 지지해주었다.

"자, 자, 벌써부터 절망하면 안 되지." 트리에리오스가 쾌활하게 말했다. "나만큼 오랜 세월 각료 의회 의석을 차지하고 있다면 절망할 권리가 있겠지만. 뭐 내가 얼마나 더 오래 자리를 지키겠느냐만은." 그가 어두운 얼굴로 술잔 바닥을 응시하면서 덧붙였다.

"왜 그런 말씀을?" 라스티아낙스가 놀란 얼굴로 물었다.

"이유는 자네도 알 텐데. 각료 의회는 점점 식민지들의 운명에 대해서는 관심을 갖지 않아." 트리에리오스가 유감스러운 어조로 말했다. "내가 몇 번이나 알현을 간청해서 그 식민지들은 우리의 식량과 포도주의 주요 공급원이라고 상기시켰는데도 바실레우스는 한사코 리쿠르고스에게 식민지들을 매각하려고 해. 최근에 오기기아 섬을 로크새 한 마리와 맞교환한 건 알고 있지? 애완동물 한 마리 때문에 광석이 가장 풍부한 식민지를 포기하다니."

286

그는 고개를 절레절레 저으면서 술잔을 단숨에 비웠다. 라스티아낙스가 좀 더 자세히 물어보려고 할 때 트리에리오스가 군중 속에서 뭔가를 보고 몹시 당황했다.

"자네 친구들이 오는군." 그가 다급하게 말했다. "이만 친구들에게 가보게."

트리에리오스가 허둥지둥 자리를 떴다. 라스티아낙스는 어리둥절해서 어떤 친구들을 말하는 건지 보려고 돌아봤다.

아주 신나 보이는 로도프와 함께 피라가 다가오고 있었다. 트리에리오스가 피라와의 점심 식사를 망쳤던 아픔에서 아직 회복하지 못한 것이 분명했다. 라스티아낙스도 피라와 사귄다는 로도프의 말을 듣고 받은 충격에서 아직 벗어나지 못하고 있었다. 로도프는 그 어느 때보다 위세당당하게 피라의 어깨에 한 팔을 두르고 주변의 모든 사람들에게 인사를 하는데 정작 피라는 그렇게 과시하는 행동을 아주 짜증스러워하는 것 같았다.

"라아아스트!" 로도프가 피라의 팔을 잡아끌면서 라스티아낙스를 향해 돌진하면서 소리쳤다.

"안녕, 라스티아낙스." 피라가 여전히 로도프에게 팔을 잡힌 채로 인사했다.

피라가 어깻짓으로 벗어나려고 하자 로도프는 강제로 끌어안았다. 깜짝 놀란 라스티아낙스는 어떻게 이런 애정 행각을 하는지 어이가 없었다. 여자들은 진짜 알다가도 모르겠다고 생각했다. 피라는 로도프의 팔을 치우고 라스티아낙스가 들고 있는 술잔을 쳐다보면서 물었다.

"그거 뭐야? 벌꿀주? 와우."

피라가 술잔을 빼앗더니 트리에리오스처럼 단숨에 비웠다. 옆에 있던 로도프가 또다시 그녀의 어깨에 팔을 두르려고 했지만, 피라는 옆으로 몸을 피하면서 외쳤다.

"수력 파이프오르간이잖아, 근사하다!"

라스티아낙스는 피라의 반응에 또다시 놀랐다. 평상시에 피라는 수력 파이프오르간을 보고 이렇게 경탄한 적이 없었다. 신비학자의 파이프오르간보다 훨씬 멋진 오르간이 그녀의 집에 있었기 때문이다. 로도프가 또 팔을 두르려고 하자 피라는 연주를 듣는 척하면서 오르간 쪽으로 다가갔다. 라스티아낙스는 마침내 피라가 로도프를 교묘하게 피하는 행동이라는 걸 알아차리고 은근히 기분이 좋아졌다.

"한 곡 연주해줄래, 피라?" 라스티아낙스가 활짝 웃는 얼굴로 물었다.

"그러지 뭐!" 피라가 안도하는 얼굴로 외쳤다.

피라는 파이프오르간 주위를 에돌다가 연주자에게 자리를 비켜달라고 말했다. 갑자기 연주가 중단되자 손님들이 대화를 멈추고 오르간을 돌아봤다. 모든 시선이 자신에게 쏠려 있지만 피라는 토가 자락을 모으고 오르간 의자에 앉았다. 아트리움에 잠시 정적이 흘렀다. 심지어 분수대의 물조차 멈춘 것 같았다. 이윽고 피라가 손가락을 건반에 올리고 복잡한 곡을 치기 시작했는데 좀 전에 연주하던 대중음악과는 사뭇 다른 격렬한 멜로디가 울려 퍼졌다. 뛰어난 연주에 감동하면서도 히페르보레아 상류 사회의 여성이 구경거리가 되는 모습을 보며 충격에 빠진 손님들이 웅성거렸다. 라스티아낙스는 열렬하게 박수를 쳐주고 싶었다. 이것이 바로 진정한 피라의 모습이었다. 마법 평가전 때부터 그가 탄복했던 멋지고 자유분방한 피라, 바로 그 피라의 모습이었다.

"피라가 저렇게 오르간을 잘 쳐?" 옆에 있는 로도프가 깜짝 놀랐다.

"아주 어렸을 때부터 부모님이 집에 안 계실 때마다 건반을 두드렸지." 라스티아낙스가 대답했다.

라스티아낙스는 페트로클루스가 없는 것이 더욱 아쉬웠다. 지난해에는 둘이서 오르간 연주를 들으러 피라의 집에 자주 놀러 갔고, 부모님이 돌아오실 때쯤에는 공부를 하는 척했다. 음악적 재능을 타고난 피라는 최근에야 진로를 바꿔 마법사가 되기로 결심을 굳혔다. 부모님이 보기에 다른 딸 셋은 좋은 신랑감을 찾으려고 연회를 쫓아다니며 아주 영리하게 구는데 피라는 왜 그런 엉뚱한 생각을 하게 됐는지 도무지 이해되지 않았다. 피라가 마법 평가전 시험에 합격하자 큰 충격을 받은 그녀의 어머니는 훌륭한 남편감을 찾는 데는 이상적이라고 애써 긍정적으로 생각했다. 하지만 딸이 자주 어울리는 남자가 7지구 출신이 아닌 라스티아낙스와 페트로클루스라는 걸 알았을 때 많이 실망했다. 어머니에게 야단을 맞았지만 피라는 전혀 개의치 않았다. 라스티아낙스는 최근인데도 아주 먼 옛날로 느껴지는 그때로 돌아갈 수만 있다면 뭐든 다 내어줄 수 있었다.

"그래, 너희 셋이 되게 친했지. 피라, 페트로클루스 그리고 너." 로도프가 말했다. "그렇게 셋이 어울려 다니더니 언제부터 안 만난 거야? 피라와 사귀기 시작한 게 언제였지? 아니다, 피라가 널 차버린 때가 사귄 지 20일 후였던가?"

눈 깜빡할 사이에 아름다운 추억이 깨져버렸다. 어이가 없는 라스티아낙스는 로도프를 향해 돌아섰다. 이 자식이 그걸 어떻게 알지……? 그들의 짧은 로맨스를 아는 사람은 아무도 없었다. 페트로클루스조차 둘 사이를 의심했을 뿐 정확히는 모르고 있었다. 하루아침에 피라와 라스티아낙스는 서로 말도 하지 않았고 사이는 점점 더 악화되었다.

"그런 눈으로 쳐다보지 마, 라스트." 로도프가 비웃음을 흘리면서 말했다. "피라가 해준 말을 따라한 것뿐이니까. 어쨌든 지난 일이잖아, 아닌가?"

라스티아낙스는 잠자코 피라 쪽으로 고개를 돌려 수력 파이프오르간의 크리스털 파이프 너머로 좀 전과는 다른 멜로디를 연주하는 피라를 지켜보았다. 처음으로 피라가 원망스러웠다. 그는 피라의 모든 조롱을 용서해줄 준비가 되어 있었다. 그나마 뒤에서 말하는 것보다는 차라리 앞에서 대놓고 말하는 것이 낫다고 생각했기 때문이다. 그런데 둘 사이의 일을 로도프에게 장난삼아 말했다고 생각하자…….

"연주해줘서 고맙다고 나 대신 말해줘." 라스티아낙스는 담백하게 말했다.

그러고는 돌아서서 마법사들이 모여 있는 곳으로 사라졌다. 그 순간 오르간 연주가 멈췄다. 피라는 로도프에게 갈 것이고, 둘이서 그의 출신을 비웃을 터였다. 라스티아낙스는 개의치 않았다. 이제 피라와는 완전히 끝난 것이다.

"오, 라스티아낙스! 벌써 가는 건 아니겠지?"

신비학자가 뚱뚱한 배로 손님들을 헤치면서 뒤뚱뒤뚱 쫓아왔다. 라스티아낙스는 교수와 나누는 진부한 얘기를 빨리 끝내고 싶었다.

"죄송하지만 이틀 후에 소집되는 의회 준비로 저는 이만……." 라스티아낙스는 출구 쪽으로 몸을 반쯤 돌린 채 말했다.

"그걸 누가 모르겠나." 실렌이 말을 끊으면서 몸집이 큰 사람치고는 예상 밖의 순발력으로 길을 가로막았다. "주위를 둘러보게, 장관들이 모두 참석해 있어! 심지어 최고 장관까지 나의 조촐한 연회에 와주었다는 것은 다음 의회가 그리 중요하지 않다는 뜻이지. 솔직히 바실레우스도 자신의 탄생 축일인 **쥐빌레르**에 이렇게 거물급 손님들이 대거 참석할 거란 기대는 못 할 거야. 그리고 잠시 후 인사말을 하면서 자네의 승진을 축하하는 자리도 마련하고 찬사를 아끼지 않을 건데 그걸 놓치면 유감스럽지 않겠나?"

라스티아낙스는 붙들고 놓아주지 않으려는 신비학자에게서 도망칠 변명을 궁리했다. 그가 대답하려는 순간 아트리움에 비명 소리가 울려 퍼졌다. 즉시 모든 대화가 멈췄다.

"무슨 일이지?" 신비학자의 목소리가 떨렸다.

라스티아낙스는 귀를 기울이면서 천장을 바라봤다. 갑자기 여자 목소리가 외쳤다. **"도와주세요!"** 한순간 그는 피라에게 무슨 일이 생겼을까 봐 걱정했지만 도와 달라는 요청은 아트리움 옆쪽의 어둠에 잠긴 층계에서 나는 소리였다.

라스티아낙스는 발광체 전구 하나를 낚아채 신비학자의 안내를 받아 층계 쪽으로 달려갔다. 그는 계단을 황급히 올라가서 어두컴컴한 복도로 돌진했다. 한 여자가 활짝 열린 문 쪽으로 시선을 고정한 채 옴짝달싹 못하고 있었다. 충격을 받은 여자는 그가 온 걸 알아채지 못했다. 라스티아낙스는 트리에리오스가 마음에 들어 하던 그 여급이라는 걸 알아봤다.

라스티아낙스가 발광체 전구를 흔들면서 다가갔다.

"무슨 일입니까?" 그가 얼굴이 파랗게 질린 여자에게 물었다.

여자는 아무 말도 못하고 문을 가리켰다. 라스티아낙스는 발광체 전구를 들어서 비쳤다. 어둠에 잠긴 욕실에 대리석 욕조 네 개의 윤곽이 드러났다.

"저기…… 욕조 안에……." 여급이 말을 더듬으면서 떨리는 손으로 가장 큰 욕조를 가리켰다.

심장이 두근거렸지만 라스티아낙스는 욕실 안으로 들어갔다. 발광체 전구 불빛에 모자이크 바닥, 향유 단지들, 대리석 욕조들의 가장자리가 드러났다. 두 번째 욕조 안에 사람의 형체가 보였다. 라스티아낙스는 너무 놀라서 딸꾹질이 나왔다.

석 달 사이에 그가 발견한 두 번째 시신이었다.

두 번째 장관의 시신이기도 했다.

욕조 바닥에 검붉은 피가 흥건히 고여 있고 트리에리오스가 눈을 뜬 채로 마치 칼날에 벌어진 목의 상처를 봉하려는 듯 두 손으로 목을 움켜잡고 있었다.

8

파란연꽃파

라스티아낙스

신비학자의 연회는 일찍 끝났다. 사망 소식이 전해지자마자 손님들의 절반이 서둘러서 저택을 떠났고, 나머지 절반은 사건의 내막을 더 듣기 위해 꾸물거렸다. 아무도 말해주는 사람이 없자 이들마저 결국 기다리다 지쳐서 집으로 돌아갔다. 그사이 출동한 경찰이 여급과 라스티아낙스의 증언을 기록했다. 두 사람 다 수사관들이 트리에리오스가 사망한 상황을 이해하는 데 도움이 될 만한 어떤 것도 알지 못했다. 여급은 한 손님이 실수로 포도주를 엎지르는 바람에 자신의 튜닉에 묻은 얼룩을 지우러 욕실에 들어갔다가 나가는 순간 욕조 안에 쓰러져 있는 시신을 발견했다. 트리에리오스가 2층으로 올라가는 모습을 본 사람도 없고, 평상시와 다른 점도 없었다. 테라스에서 술을 마시고 있을 때 저택에서 커다란 새 한 마리가 날아가는 걸 봤다고 주장하는 마법사가 한 명 있었지만, 술에 많이 취해 있는 상태라서 그의 말은 신빙성이 떨어졌다.

라스티아낙스는 신비학자의 하인들이 피투성이 시신을 천으로 감싸 고인의 저택으로 실어 가는 모습을 지켜봤다. 그는 현장의 음울한 분위기를 피해 복도로 나갔다. 이번에는 의심의 여지 없이 타살이 확실했다. 트리에리오스는 연회가 한창일 때 목이 잘려서 숨졌다. 2층 욕실에서 뭘 하고 있었을까? 무엇에 홀려서 2층으로 갔을까? 그리고 결정적으로 누가 살해했을까?

여급이 계단에 쭈그리고 앉아서 눈물을 흘리고 있었다. 3지구 출신인 그녀는 운 좋게도 인력 관리부에서 일자리를 얻어 파견된 것인데, 여급이 2층에 있었다는 걸 알게 된 즉시 저택의 집사는 그녀를 해고해버렸다. 하인들은 사적인 거처에 들어갈 수 없기 때문이다. 라스티아낙스는 호주머니에서 손수건을 꺼내 말없이 여자에게 내밀었다. 그녀는 고개를 끄덕이는 것으로 고마움을 표했다.

라스티아낙스는 눈살을 찌푸리면서 층계를 내려갔다. 살해된 장관 두 명, 미수에 그친 자신에 대한 공격, 이건 각료 의회의 장관들을 제거하겠다는 것인데 목적이 뭘까? 장관은 나라의 귀중한 존재였다. 혹시 트리에리오스도 테미스키라에 의심을 품고 있었을까? 그렇다면 이 살인의 배후에 리쿠르고스의 밀사가 있는 것이 틀림없었다.

한편 아트리움에서는 충격에 휩싸인 실렌이 테이블을 정리하고 조각상들을 제자리로 옮기는 하인들 사이를 이리저리 돌아다니고 있었다. 라스티아낙스는 한순간 아르카가 신비학자에 대해 제기한 의혹이 떠올랐다. 터무니없는 의혹이었다. 아무도 그렇게 연기를 잘할 수는 없었다. 마치 자택에서 일어난 살인 사건 때문에 꺼진 것처럼 교수의 배가 평소보다 덜 불룩해 보였다.

"괜찮으세요?" 라스티아낙스가 물었다.

실렌은 마치 방금 잠을 깬 듯 그를 쳐다봤다.

"아, 자네군, 라스티아낙스. 글쎄 모르겠네. 누가 그런 짓을 저질렀을까? 세상이 왜 이 모양인지!"

실렌의 배가 파르르 떨렸다.

"복잡한 세상입니다." 라스티아낙스는 순간 피라 생각이 스쳤지만 이 사건에 집중해야 했다. "이 사건과 제게 말씀해주셨던 그 밀사가 연관이 있을까요?" 그가 나직하게 덧붙였다.

실렌이 어깨를 으쓱하더니 바쁘게 움직이는 하인들을 쳐다보는 체하면서 속삭였다.

"누가 봐도 타살이 뻔한 방법을 사용했다니 그저 놀라울 뿐이야. 최소 백 명에 이르는 마법사들이 모인 내 집 연회에서 장관을 살해하다니! 그자가 히페르보레아 정치에 간섭하겠다는 야심을 온 세상에 고하려는 것이라면 이보다 더 노골적일 수는 없겠지."

"진짜 이상한 일입니다." 라스티아낙스는 자신이 습격받은 일을 생각하면서 말했다.

지금까지 라스티아낙스는 팔라테스에게 그랬던 것처럼 자객이 살인 사건을 사고사로 위장하는 수법을 쓰고 있다고 확신했다. 그런데 이번에는 왜 누가 봐도 타살이 분명한 방식으로 트리에리오스를 살해했을까?

어쩌면 이번 살인은 리쿠르고스가 직접 지시한 것이 아닐지도 모른다. 가장 먼저 트리에리오스에 반대한 최고 장관을 시작으로 히페르보레아의 다른 정치인들도 식민지 매각에 찬성하고 있었다. 생각에 잠긴 라스티아낙스는 신비학자에게 인사하고 밖으로 나갔고 등불을 밝혀놓은 길을 따라갔다. 갑자기 거북을 타러 한꺼번에 몰려나온 손님들 때문에 정신없이 바빴던 운전사들이 운하 기슭에 앉아서 한숨 돌리고 있었다. 그들이 등을 돌리고 앉아서 살인 사건에 대해 열띤 토론을 벌이고 있었다.

"정치적 사건이 틀림없어. 마기스테리움에 썩은 놈들이 좀 많아야지."

"장담하는데 조폭에게 돈을 빚진 거야. 내 동생이 트리에리오스 장관 집에서 세탁부로 일하는데 장관이 늘 밀반입한 포도주를 가져오고, 쉽게 구할 수 없는 귀한 물건들도 집에 들인다고 했어. 파란연꽃파가 제공해주는 것 같다던데."

"파란연꽃파?" 라스티아낙스가 되물었다.

살인 사건과 관련해 두 번째로 이 이름을 듣게 되자 라스티아낙스는 최고 장관에게 품고 있는 의심이 더 커졌다. 조직범죄 집단과 손을 잡은 메젠스는 1지구의 질서 유지를 위한 것이라는 명분을 내세워 파란연꽃파에 톨게이트를 맡기고 있었다. 그 대가로 그 조직이 강탈, 밀수로 벌어들이는 수입의 상당 부분을 최고 장관에게 바치고 있다는 건 누구나 아는 사실이었다. 만약 트리에리오스가 파란연꽃파에게 돈을 빚졌다면, 최고 장관에게도 빚을 졌을 게 틀림없다.

거북 운전사들이 벌떡 일어나서 난처한 시선을 주고받았다.

"네, 파란연꽃파라고 했습니다, 마스터." 방금 말했던 운전사가 말했다. "동생한테 들은 거라서 저는 잘 모릅니다. 거북을 대령할까요, 마스터?"

라스티아낙스는 한숨을 쉬면서 동전을 내밀었다. 마법사가 아니었다면 운전사들이 주저 없이 더 자세히 말해줬을 텐데. 하지만 히페르보레아에서는 누구든 마법사 앞에서는 항상 말을 조심해야 했다.

"그래요, 갑시다."

운전사가 거북을 대놓은 곳으로 뛰어가다 어둠 속으로 사라졌다. 잠시 후, 뛰어오는 발소리가 들렸다. 라스티아낙스는 운전사가 돌아오는 거라고 생각했다. 하지만 운하에 빠졌는지 흠뻑 젖은 검은색 레오타드 차림의 소년이었다. 소년이 숨을 헐떡이면서 다가왔다. 라스티아낙스는 최고 사서의 조카인 스테릭스를 알아봤다.

"마스터……, 라스티아낙스 마스터." 소년이 거친 숨을 내쉬었다. "마스터의 문하생인 아르카가 양아치들에게 납치됐어요. 놈들이 아르카에게 수면가스 볼을 던진 다음 끌고 갔어요. 세 명이었고, 좀 이상한 이름이었는데. 뭐라고 했더라, 무슨 세쌍둥이라고 했는데……. 아, 생각났어요, 장대한 세쌍둥이라고 했어요!"

아르카

아르카는 방화범을 공격했다. 치명상을 입힌 게 분명했다. 시론……. 아니, 지금은 시론을 생각할 수 없다. 아직은 아니었다. 도망치는 데만 모든 에너지를 쏟아야 할 때는 시론 생각을 하지 말아야 했다. 멈추지 말고 무조건 뛰어야 했다. 주변에 있는 유칼립투스들이 불쏘시개처럼 타고 있었다. 최근 수십 일간의 가뭄으로 바짝 마른 긴 잎들이 완벽한 땔감이 되었다. 아르카는 오솔길을 따라 전속력으로 달리는 동안 발밑에서 낙엽이 바스러지는 걸 느꼈다. 자욱한 연기 때문에 세 걸음 앞도 보이지 않아서 그 지형을 잘 알아야만 넘어지지 않을 수 있었다. 잿빛 장막 사이로 나무 밑동들이 유령처럼 불쑥불쑥 나타나는데 지옥이 따로 없었다. 공기가 부족해서 정신착란이 일어나는 것 같았다. 다리가 더는 지탱하지 못할 것 같았다. 뛰는 속도가 이미 느려지기 시작했다. 갑자기, 연기를 뚫고 들어온 한 줄기의 빛에 드러나 보이는 테르모돈강의 시커멓고 잔잔한 물에 시뻘건 불길이 비치고 있었다. 아르카는 헤엄칠 줄 모르지만 무작정 물속으로 뛰어들었다…….

깨어나면서 아르카가 처음 느낀 건 머리가 깨질 듯이 아프다는 것이었다. 아르카는 눈을 감은 채 관자놀이에 불룩 올라온 비둘기 알만 한 크기의 혹을 문질렀다. '여기가 어딘데 내가 이러고 있지?' 아르카는 차가운 벽에 등을 기대고 있지만 두 다리가 비틀린 아주 불편한 자세로 늘어져 있었다. 기억이 조각조각 돌아왔다. 신비학 교수 저택 잠입, 활공, 세쌍둥이와 수면가스 볼.

아르카는 몽롱한 상태로 눈을 떴다. 옷은 아직 젖어 있었다. 세쌍둥이와 마주친 뒤로 시간이 얼마 지나지 않은 것이었다. 아르카는 마른 우물 바닥 같은 곳에 있었고, 위로 약 4미터 높이에 두꺼운 쇠로 된 원형 격자 판이 덮여 있었다. 어떤 방의 바닥을 파놓은 곳이라서

격자판 구멍을 통해 빛이 조금 들어오고 있었다. 관자놀이에 혹이 난 것으로 보아 세쌍둥이가 아르카를 마른 우물에 던져버린 것이 틀림 없었다.

아르카는 벽에 의지해서 천천히 일어났다. 1지구에 있는 것이 분명했다. 히페르보레아에서 유일하게 우물을 팔 수 있는 곳이기 때문이다. 아르카는 희미한 빛 속에서 손으로 우툴두툴한 벽면을 더듬어 봤다. 멍청한 세쌍둥이가 아르카를 가두는 데 성공한 것이었다. 아르카는 스테릭스가 도망칠 시간이 있었을지 걱정이 됐다.

상황이 좋지 않지만, 아르카는 훨씬 위험한 곳에도 여러 번 있어 봤다. 아르카는 졸음을 쫓기 위해 머리를 흔들고 나서 쇠판을 올려다 봤다. 공중부양한 후 쇠창살에 폭발 인장을 그리면 탈출할 수 있을 터였다.

아르카는 공중부양을 하기 위해 눈을 감고 정신을 집중했다. 하지만 아무런 변화가 없었다. 몸이 한계에 이르렀는지 아니마가 흐르지 않았다. 아르카는 수면가스 때문이라고 생각했다. 열 번이나 시도 했지만 번번이 실패했다. 10분 후에도 여전히 두 발이 바닥 위로 떠오르지 않았다. 시간이 흘렀으니 수면가스의 효력은 사라졌을 게 틀림없었다. 머리가 맑았고 감각도 다 돌아와 있었다. 그런데 왜 마법이 작동하지 않는 거지?

그 순간 신비학 첫날 수업이 떠올랐다. 네 가지 한계가 있다고 했다. 피로, 거리, 추위 그리고…… 비프아주르. 눈을 감고 있던 아르카는 깜짝 놀랐다. 어떻게 이걸 더 빨리 알아채지 못했을까? 블루존에 갇혀 있는 것이었다.

아마조네스 숲에 불이 난 이후로 아르카는 블루존에 있었던 적이 없었다. 세쌍둥이는 그리 멍청한 놈들이 아니었던 것이다. 그런데 그들이 비프아주르를 어떻게 손에 넣었을까? 아마존족만 소유하고 있는 것인데.

아르카는 비프아주르의 파란 광채가 있는지 벽면을 살폈다. 전혀 보이지 않았다. 납치범들이 비프아주르를 포로의 손이 닿는 곳에 두었을 리 없었다. 따라서 비프아주르는 머리 위쪽 어딘가에 있을 게 틀림없었다.

아르카가 생각에 잠겨 있을 때 우물 밖에서 소란이 일었다.

"우리를 모옥하면 어떻게 되는지 어디 맛 좀 봐라!" 알키가 크게 소리쳤다.

"모옥이 아니라 모욕! 멍청한 놈." 라스티아낙스의 목소리가 응수했다.

몸이 바닥에 끌리는 소리가 나더니 쇠창살 너머에 화가 나서 얼굴이 시뻘게진 라스티아낙스의 토가 깃을 움켜잡은 알키가 나타났다. 알키가 쇠판을 벌컥 열더니 그를 우물 안으로 떠밀었다. 잠시 후, 아르카는 멘토의 몸에 깔렸다. 라스티아낙스가 바로 몸을 일으키면서 기침을 했다.

"다친 데 없니, 아르카?"

"사부의 충격을 완화할 수 있어서 다행이었죠." 아르카가 옆구리를 문지르면서 중얼거렸다. "여긴 어떻게 오신 거예요?"

라스티아낙스가 우물 위쪽을 힐끔 쳐다봤다. 알키는 사라지고 없었다.

"실렌의 연회가 끝나고 나가는데 스테릭스가 나한테 달려오더니 숨을 헐떡이면서 말했어." 라스티아낙스가 토가를 가다듬으면서 대답했다. "세쌍둥이가 너를 납치했다고."

"그럼 저를 찾으러 오신 거네요." 아르카는 바보 같은 미소를 지으며 말했다.

라스티아낙스는 문하생을 구하러 달려올 정도로 아르카를 아끼는 것이었다. 비록 마법의 도움을 받지 못할 곳에 둘 다 갇히는 신세가 되었으니 그 용감한 행동이 쓸데없는 짓이 되버렸지만.

"음…… 뭐…… 그렇지, 너를 구하러 온 거지." 라스티아낙스가 어물어물 말했다.

"세쌍둥이를 어떻게 찾았어요?"

"그게…… 원래…… 잘 아는 놈들이야. 내가 어렸을 때 녀석들이 걸핏하면 나를 운하에 빠트리는 장난을 쳤지." 라스티아낙스가 멋쩍은 얼굴로 머리를 쓸어 넘기면서 대답했다. "내가 마법사가 되고 싶었던 것이 놈들 때문이야." 그가 눈살을 찌푸리면서 덧붙였다. "그리고 너를 찾는 건 별로 어렵지 않았어. 파란연꽃파의 활동 구역에 가서 세쌍둥이에 대해 온갖 욕설을 퍼부었더니 놈들이 10분도 안 돼서 나타나더라고. 내 욕설이 먹혔던 거지." 라스티아낙스가 우쭐거렸다.

아르카는 그렇게 점잖은 체하는 멘토가 그것도 야회복 토가 차림으로 1지구의 조폭들에게 욕하는 모습을 상상했다. 멘토가 그 정도로 저속하게 굴었다고 생각하자 아르카는 위안이 되었다.

"아까 멍청이라고 욕했죠?" 아르카가 지적했다.

"생각나는 말이 없더라고." 라스티아낙스가 딴청을 피웠다. "어쩌다 여기에 끌려와 있는지 나중에 나한테 설명해야 된다. 일단 여길 나가자. 공중부양······."

"근데요······, 사부?"

"폭발 인장 그리고······."

"사부?"

"왜?"

"여기서는 마법을 쓸 수 없어요."

라스티아낙스가 눈을 깜박거렸다.

"뭐라고?"

라스티아낙스는 아르카의 대답을 기다리지 않고 손바닥을 앞으로 내밀었다. 아무 일도 일어나지 않았다.

"진짜네." 그는 어리둥절한 얼굴로 손을 쳐다보면서 말했다. "무슨 일이지? 거리, 피로, 추위의 문제는 아니고······. 아, 여기 블루존이구나."

이런 현상이 놀라운 듯 그는 또다시 자신의 손을 쳐다봤다. 아르카는 자존심이 상한 얼굴로 팔짱을 꼈다. 자신은 알아차리는 데 15분이나 걸렸는데 라스티아낙스는 대번에 추론했기 때문이다.

"이 부근 어딘가에 꽤 많은 양의 비프아주르가 있는 거 같아요." 아르카는 멘토가 새로운 추론을 도출하기 전에 얼른 말했다.

"틀림없어." 라스티아낙스가 대꾸했다. "밀수로 들여온 거야. 카라반들의 장부에서 밀수품이 확인됐으니까." 그는 당황스러울 정도로 쉽게 덧붙였다. "이곳을 수색해야겠어. 하지만 우선 여길 어떻게 빠져나간다?" 그가 혼잣말을 중얼거렸다.

"손을 사용해야죠." 아르카는 신이 난 어조로 제안했다. "목말 어떻게 태우는 건지 알죠, 사부?"

5분 후, 아르카는 멘토의 어깨 위에 올라서서 쇠창살을 향해 두 손을 뻗었다.

"손이 닿니?" 라스티아낙스가 숨을 몰아쉬면서 물었다. "너 그리 가볍지가 않구나."

"사부가 중심을 못 잡는 거죠." 아르카는 쇠판에 손을 대려고 까치발을 들었다.

아르카가 창살 하나를 잡자 라스티아낙스는 끙끙대면서도 두 손으로 아르카의 발목을 잡아서 더 올려주었다. 하지만 쇠창살이 어찌나 단단한지 꿈쩍도 하지 않았다. 아르카는 두 발을 창살 사이에 끼워 넣고 거꾸로 매달린 자세로 손을 틈새로 뻗어봤다. 걸쇠가 손가락에 닿았다.

"열쇠로 잠가놨어요. 자물쇠 부서뜨릴 수 있어요, 사부?"

"나 마법사야."

"그래도 불가능한 건 있지요."

"까불지 말고 일단 내려와."

아르카는 한숨을 내쉬면서 창살에서 두 발을 빼서 흔들다가 쇠판을 놓고 라스티아낙스 옆에 착지했다. 그는 언짢은 얼굴로 아르카가 어깨에 묻힌 발자국을 살펴보고 있었다.

"손을 쓴다며?"

"더 좋은 생각이 있으면 말씀하세요." 아르카가 응수했다.

"있지." 라스티아낙스가 대꾸했다. "기다리는 거."

그가 벽에 기대어 미끄러지듯 주저앉더니 무릎을 구부렸다. 아르카도 잠시 머뭇거리다 멘토처럼 앉았다. 아르카는 갑자기 자신은 물론 멘토까지 이런 상황에 놓이게 한 것이 부끄러워서 해진 소맷자락을 만지작거렸다. 하지만 아르카가 멘토에게 구하러 와 달라고 부탁한 게 아니었다. 게다가 아르카가 아는 한 멘토는 문하생을 구하겠다는 한 가지 이유만으로 왔을 리가 없었다. 옆에 있는 라스티아낙스가 벽에 머리를 기대고 눈을 감았다.

"세쌍둥이가 왜 너를 이곳으로 끌고 온 거니?"

"그게……." 당황한 아르카가 둘러댔다. "사실은…… 그게…… 7지구에 가려고 그들의 거북을 빌렸는데 그게 기분이 나빴던 모양이에요."

라스티아낙스가 한쪽 눈을 떴다.

"빌렸다고?"

"돌려줄 생각이었다고요!" 아르카가 버럭 하면서 덧붙였다. "그런데 놈들이 나를 추적하는 바람에 상황이 꼬여버렸죠. 그 뒤로 복수하겠다고 벼르더니 결국 이렇게 된 거예요."

침묵이 흘렀다. 아르카는 라스티아낙스가 더는 캐묻지 않는 것에 안도했다. 멘토가 아르카를 구하기 위해서만 온 게 아니라는 생각에 확신이 생겼다. 그러나 불행히도 침묵은 짧게 끝났다.

"근데 너는 스테릭스랑 2지구에는 왜 간 거니, 한밤중에?"

아르카는 2지구에 있었던 이유를 뭐라고 말할지 궁리했다. 신비학 교수 집에 잠입한 사실은 물론이고 히페르보레아의 법을 위반하지 않은 그럴듯한 이유를 둘러대야 했다.

"그냥 돌아다녔어요." 아르카가 마침내 어깨를 으쓱하면서 대답했다.

"한밤중에?"

아르카는 대답할 말이 없었다. 라스티아낙스는 머리를 긁으면서 헛기침을 하더니 마치 납치범이 돌아오길 바라는 것처럼 위의 쇠판을 올려다봤다.

"아르카, 나는 멘토로서 네가 공부에 전념해야 한다는 걸 상기시켜야 할 의무가 있어."

아르카가 공손하게 고개를 끄덕였다.

"나도 네 나이 때가 있었으니까 잘 알지." 그는 아버지 같은 어조로 말했다. "사춘기가 시작되면 이성에 대한 호기심, 달빛 아래에서 포옹 같은……."

"아니요, 절대 그런 거 아니에요! 전혀!" 아르카가 화들짝 놀라면서 소리쳤다.

아르카는 라스티아낙스가 다른 쪽으로 생각하고 있어서 오히려 다행이라는 생각이 들었다. 2지구에 있었던 걸 설명하기 위해 거짓말을 지어낼 필요조차 없었다.

"사실은 사부의 말이 맞아요. 앞으로는 딴짓하지 않겠다고 약속할게요."

라스티아낙스가 고개를 끄덕였으니 그 얘기는 끝난 것이었다. 그들은 벽에 등을 기대고 동시에 한숨을 내쉬었다. 아르카는 눈을 감고 멘토가 말한 달빛 아래에서 포옹을 상상했다. 어쨌든 멘토는 아르카가 신비학 교수 저택에 간 걸 모르고 있었다. 갑자기 여급의 비명 소리가 기억났다. 무슨 일이 일어났던 걸까?

"연회는 어땠어요, 사부?" 아르카가 뜬금없이 물었다.

라스티아낙스가 수상쩍은 얼굴로 아르카를 쳐다봤다.

"그건 왜 물어보니?"

"그냥 궁금해서요." 아르카가 얼렁뚱땅 둘러댔다. "수업 시간에 문하생들이 연회 얘기만 했거든요."

"도중에 중단됐어." 라스티아낙스가 대꾸했다. "실렌 교수의 저택 욕조에서 식민지 장관의 시신이 발견됐거든. 이번에는 피살된 게 확실해."

아르카가 눈이 동그래져서 벌떡 일어섰다.

"피살이요? 누구한테요? 리쿠르고스가 보낸 자객한테요?"

"글쎄. 이건 아주 중대한 사건이야. 나는 최고 장관이 가장 의심스러워. 트리에리오스를 제거해서 가장 이득을 볼 사람이니까. 나를 제외하고 트리에리오스 장관만 유일하게 식민지 매각에 반대했거든. 그리고 식민지 장관이 파란연꽃파에 빚을 진 게 틀림없어. 그런데 파란연꽃파는 최고 장관에게 뇌물을 바치는 조직이란 말이지. 요컨대 내가 여기 온 것은 너를 구하는 것 말고도 다른 이유가 있었기 때문이야."

"그러니까 여기 갇히는 척하면서 실은 파란연꽃파를 조사하려는 거군요?" 아르카가 날카롭게 지적했다. "역시, 생각이 남다르네요, 사부. 이런 방식 진짜 마음에 들어요."

"다 예상했는데, 블루존만 빼고." 라스티아낙스가 아르카의 지적을 못 들었는지 생각에 잠겼다. "파란연꽃파가 어떻게 많은 양의 비프아주르를 손에 넣었을까? 비프아주르로 무슨 짓을 하려고?"

"아마조네스 숲에서 가져온 게 틀림없어요." 아르카가 자신만만한 어조로 말했다. "2년 전 화재가 났을 때 훔친 것이 분명해요. 비프아주르 일부가 그날 없어졌거든요."

아르카는 말을 끝내자마자 큰 실수를 저질렀다는 걸 깨달았다. 소수의 아마존들만 비프아주르 도난 사실을 알고 있었다. 열세 살 소녀가 알아서는 안 되는 일이었다. 이 말을 듣고 라스티아낙스가 합리적 결론을 내리기 전에 거짓말이든, 무슨 설명이든 둘러대야 했다. 아르카는 아마조네스 숲에 불이 났을 때 리쿠르고스의 군대에 강제로 징집된 나포카인 삼촌이 목격한 이야기라고 둘러댔다. 라스티아낙스는 돌덩어리처럼 무표정한 얼굴로 들었다. 아르카는 이야기를 계속하다 사실과 날짜가 뒤죽박죽되는 바람에 신빙성이 떨어지고 있음을 느꼈다. 라스티아낙스가 고개를 절레절레 저었다.

"아르카, 거짓말을 하려거든 그럴듯하게 해야지. 네 이야기는 듣고 있기가 고역이구나."

당황한 아르카는 가상의 삼촌이 겪은 무용담을 한창 묘사하던 중에 이야기를 중단했다. 둘 사이에 흐르는 침묵은 숟가락으로 내리치면 깨질 것처럼 밀도가 높았다.

"너 아마존이지?"

아르카의 폐가 납덩어리가 된 것 같았다. 아르카의 가면을 벗길 때를 기다리고 있던 라스티아낙스에게는 우물에 갇혀 있는 지금이 절호의 기회였다.

그는 당장에라도 덤벼들 기세의 야수처럼 아르카를 관찰했다.

그는 히페르보레아인이고, 아르카는 아마존이었다. 지난 몇 달간에
쌓인 신뢰가 아직 두텁지 않아서 대화는 순조롭게 진행될 수 없었다.

한편 아르카는 멘토가 상황에 대처해 나가는 순발력이 부족하다
는 걸 알고 약간 실망했다. 멘토는 마법을 사용하지 못하면 자신의
상대가 되지 않았다. 아르카는 아니라고 딱 잡아뗄 작정이었지만 생
각을 바꿨다.

"언제부터 아셨어요, 사부?"

라스티아낙스의 어깨가 미세하게 풀어졌다.

"평가전 때부터 의심이 들었어. 시험을 치를 때 보인 호전적인 면
모, 아마존족에 대한 질문에 네가 적은 훌륭한 답, 철자가 엉망인 것
으로 보아 교육을 제대로 받지 못했는데도 불구하고……."

"글 쓰는 것 말고도 배워야 할 것들이 얼마나 많은데……." 아르카
가 쫑알거렸다.

"……그리고 네가 나포카어로 말하는데 억양이 있더라고. 그래서
너의 모국어가 히페르보레아어라는 걸 대번에 알아차렸지. 그런데
말이지, 히페르보레아인들을 제외하고 누가 우리의 언어를 사용하
느냐? 바로 아마존족이지."

몇 달 동안 멘토를 감쪽같이 속였다고 믿고 있던 아르카는 자신
이 너무 어리석었다는 걸 깨달았다. 라스티아낙스의 관심사 순위로
보면 자신은 발톱의 때나 토가의 주름만도 못하다는 느낌을 자주 받
았는데, 그 무관심이 표정 관리였다는 걸 이제야 알았다. 아닌 척하
면서 늘 문하생을 주시했다는 건데…….

"이런저런 단서들이 계속 쌓였지." 라스티아낙스가 벽에 기댄 채

로 말을 이었다. "바실레우스 그랑프리 대회 참가, 프레톤과 벌이는 싸움질, 네 방에 있는 도끼들. 그래, 그것도 알고 있었어. 요컨대 짐작한 지 좀 됐다는 거지."

아르카는 신경질적으로 머리칼을 질경질경 씹었다.

"왜 고발하지 않으셨어요?" 아르카가 물었다. "내가 스파이일 수도 있는데요."

라스티아낙스의 웃음이 터졌다.

"내가 스파이일 수도 있다니까요!"

"아마존족이 너를 스파이로 삼은 거면 크게 걱정 안 해도 되지."

"마기스테리움이 내 출신을 알아도 나 역시 걱정 안 해요." 아르카가 당돌하게 응수했다.

라스티아낙스의 얼굴에서 웃음기가 사라졌다.

"너는 스파이일 수가 없어." 그가 단정적으로 말했다. "첫째, 평가전에서 합격한 것은 순전한 우연이었어. 하늘이 도운 아마존족에 관한 문제가 아니었다면 너는 절대 마지막 시험을 통과하지 못했을 테니까."

아르카는 몹시 기분이 상했지만 반박해봐야 득 될 게 없었다. 그리고 맞는 말이었다.

"둘째, 아마존 특유의 상투적인 태도에서 벗어나려고 한 적이 전혀 없는데 나를 제외하고는 왜 아무도 네가 어디 출신인지 알아채지 못했는지 의아해. 셋째……"

"'아마존 특유의 상투적인 태도'라는 게 무슨 뜻이에요?" 아르카가 말을 끊었다.

"머리를 안 빗고, 잘 씻지도 않고, 무지하고, 호전적이고, 충동적인 태도." 라스티아낙스는 아르카가 골이 난 표정을 짓거나 말거나 열거했다. "셋째……."

"또 있어요?" 아르카가 반격할 기세였다.

"네 나이가 겨우 열세 살이라는 것." 라스티아낙스가 어깨를 으쓱하면서 말했다. "아마존족이 어릴 때부터 훈련을 시작한다는 건 나도 알아. 하지만 마법사들을 염탐하라고 너처럼 어린 소녀를 아르카디아에서 수천 킬로미터 떨어진 곳으로 보낸다는 건 상상하기 힘들어."

그는 생각에 잠긴 얼굴로 우물 벽면을 응시했다.

"그렇더라도 네가 히페르보레아에 온 이유는 설명해야 해. 아마존의 딸인 네가 어쩌다가 이곳으로 마법을 배우러 온 거니?"

아르카는 멘토에게 거짓말을 할 수 없을 것 같고, 그러고 싶지도 않았다. 몇 달 만에 처음으로 누군가에게 진실을 털어놓을 수 있는 기회였다.

아르카는 자신의 존재에 대해, 그동안 겪었던 일을 털어놓는다고 생각하자 이상한 두려움이 엄습했다. 몇 명 안 되지만 자신을 아는 이들은 모두 죽었다. 어쩔 수 없이 신원을 감추고 살아야 하는 것 때문에 아르카는 늘 마음이 무거웠다. 하지만 이따금, 마치 과거가 오직 자신만 손에 넣을 수 있는 신비한 보물인 것처럼 자부심 같은 걸 느끼기도 했다.

"내가 전부 다 얘기하면 나를 고발하지 않겠다고 약속해주실 거예요?" 아르카가 평소와 달리 소심하게 물었다.

라스티아낙스는 잠시 침묵했다.

"아르카, 너를 고발할 생각이 있었다면 벌써 했겠지."

멘토의 말에 제방이 터지듯 생각도 하고 싶지 않던 사건들이 떠올랐다. 대부분 고통스러웠던 순간들의 여러 이미지가 머릿속을 휙휙 지나가기 시작했다. 숲을 떠나는 순간부터 일어난 모든 일을 더는 생각하지 않은 지 오래되었는데 그 기억들이 이야기가 되기를 바라는 것처럼 마음의 문 앞으로 몰려나오는 것 같았다. 아르카는 마른 우물 안의 습한 냉기 때문에 붉어진 무릎을 쳐다보면서 눈살을 찌푸렸고, 얘기해야 할 것과 얘기하지 말아야 할 것을 선별하려고 노력했다.

"어머니는 계급이 없는 전사였는데 나를 낳다가 사망했다고 늙은 후견인 시론이 말해줬어요. 나는 아마존들과 함께 숲에서 자랐고, 수습생으로 그냥 평범하게 살았어요. 숲에 불이 난 날까지는. 불이 난 날, 내 후견인 시론이 사망했고, 내가 사는 지역을 방어해주던 비프아주르를 도난당하면서 내가 마법을 할 수 있다는 걸 알았어요."

아르카는 라스티아낙스가 이야기를 끊으려다가 참고 있는 걸 느꼈다.

"그때 나는 안티오페 왕의 딸 펜테실레이아처럼 수습생이었어요."

아르카는 자신의 입에서 나오는 공주의 이름이 이상하게 들렸다. 눈앞에서 공주가 죽는 걸 본 뒤로는 한 번도 입 밖에 내지 않았던 이름이었다. 목이 꽉 막히면서 음 이탈이 일어났다.

"숲이 불탄 뒤 리쿠르고스의 병사들이 펜테실레이아를 납치해서 인질로 삼았어요. 그때 공주와 함께 있던 나도 끌려갔는데……."

"너는 왜?"

"우리 둘 중에 누가 공주인지 몰랐으니까요." 아르카가 설명했다.
"펜테실레이아가 나에게 죽지 않으려면 내 이름도 펜테실레이아라
고 말하라고 했거든요. 리쿠르고스의 병사들은 실수하게 될까 봐 우
리 둘 다 끌고 간 거죠."

라스티아낙스는 생각에 잠겨서 턱을 문질렀다.

"공주가 아주 기지가 있네."

아르카는 멘토가 펜테실레이아 같은 영리한 문하생을 꿈꾸었을
거란 생각에 마음이 상했다. 한때 공주를 질투한 적도 있었지만 옛날
일이었다. 그런데 그 오랜 감정이 여전히 남아 있는 느낌이 들었다.
아르카가 고개를 끄덕였다.

"공주가 똑똑하지 않았다면 나는 죽었을 거예요. 그들은 우리를
테미스키라로 끌고 갔어요. 우리가 그곳에 도착한 직후에 도망쳐서
리쿠르고스는 우리를 이용해서 안티오페 왕을 압박할 겨를이 없었
죠."

"어떻게 도망치는 데 성공했니?"

아르카는 처음으로 멘토의 눈빛에서 감탄하고 있다는 걸 읽었
다. 아르카는 도주에 대해 조목조목 자세히 설명하려다가 입을 다물
었다. 프레톤과 자주 싸우면서 한 가지 배운 것이 있었다. 상대가 상
상하게 내버려 두는 것이 감탄을 불러일으키기 훨씬 쉽다는 것을.

"약간의 기지와 아마존족의 몇 가지 비밀 기술 덕분이었죠." 아르
카는 대답하면서 속으로 말했다. '운이 되게 좋았죠.'

"리쿠르고스의 병사들이 곳곳에 깔려 있어서 우리는 나포카로 도망쳤어요. 아르카디아로 돌아가면 붙잡힐 게 뻔하기 때문에 나포카에 있는 게 낫다고 판단한 거죠. 우리는 나포카어를 배웠고, 몇 달 동안 숨어서 지냈어요. 내 어머니의 옛 비밀 정보원이 우리를 도와주었거든요. 내가 태어나기 1년 전에 안티오페 왕이 어머니를 나포카에 밀사로 파견했기 때문에……. 그런데 얼마 후, 또다시 상황이 나빠지기 시작했어요."

"탄압?"

"네, 탄압이 시작됐어요." 아르카가 침울한 얼굴로 고개를 끄덕였다. "끔찍했어요. 거리에서 사람들을 산 채로 화형시키는 냄새가 진동했어요. 뭔가를 공중부양시키거나 누군가를 화나게 하면 즉시 고발당했어요. 아르카디아를 떠난 뒤로 저도 마법을 사용하기 시작했기 때문에 잡혀서 화형대에서 타 죽을 뻔했어요. 그래서 나만 반란에 동참했어요. 펜테실레이아는 좋은 생각이 아니라고 판단해서 빠졌고요."

평소에 마음 한구석에 품고 있던 엄청난 죄책감이 갑자기 되살아났다. 아르카는 공주의 말을 듣지 않은 걸 많이 후회했다. 공주의 말대로 했다면 상황이 완전히 달라졌을지도 모른다.

"반란은 나쁘게 끝났어요." 회상에 잠긴 아르카는 허공을 바라보면서 말을 이어 나갔다. "총독이 사망했지만, 리쿠르고스가 지원군을 이끌고 와서 나포카를 다시 장악했어요. 그때 펜테실레이아가 살해되었고, 나는 도망쳤어요. 아무도 나를 추적하지 않은 건 테미스키라인들이 공주가 아닌 나를 잡을 필요는 없다고 판단했기 때문이라고 생각해요."

머릿속에서 공주의 뜯어 먹힌 얼굴이 어른거렸다. 아르카는 눈을 감았다. 기억의 경계선에서 언제든 튀어나올 기세로 맴도는 나포카에서 마지막 날들에 대한 기억. 아르카는 지울 수만 있다면 그러고 싶었다. 하지만 이따금 펜테실레이아의 유령이 애써 잊으려고 하는 아르카의 노력을 비난하는 것 같은 느낌이 들었다. 기억에 대한 모욕이라는 걸 알지만, 아르카는 생존 본능이 강했다. 머릿속의 모든 감정을 비우는 것만이 살아서 나포카를 빠져나가 산맥을 넘을 수 있는 유일한 방법이었다.

그 어느 때보다 긴 침묵이 흘렀다. 라스티아낙스가 평소처럼 딴데를 응시하는 대신 아르카를 뚫어져라 쳐다보았다.

"그러니까 네가 어떻게 되었는지 아무도 모르고 있다는 거야? 가족도, 친구도?" 그가 마침내 물었다.

아르카는 고개를 끄덕였다.

"그럼 네 아버지는?"

아르카는 눈을 깜박였다.

"첫 의회를 끝내고 나온 날, 내가 사부에게 나포카에서 살았던 마법사를 아느냐고 물어봤잖아요. 그분이 내 아버지예요. 아버지는 나포카에서 어머니를 만났고 서로 사랑에 빠졌대요. 하지만 임신 사실을 알리자 아버지가 어머니를 버리고 떠나버렸죠. 너무 화가 난 어머니도 나포카를 떠났는데 아마존족의 나라로 돌아가지 않고 숲 부근의 한 마을에서 나를 낳으려고 했고, 도와줄 산파가 없어서 나를 낳다가 돌아가셨어요. 그래서 시론이 나를 키워준 거예요."

라스티아낙스의 얼굴에 동정하는 빛이 보여서 아르카는 짜증이 나기 시작했다.

"네 어머니는 왜 아마존족의 나라로 돌아가지 않았을까?"

아르카는 어깨를 으쓱했다.

"나포카에서 임무를 소홀히 한 것에 대한 자책감 때문이거나 마법사와 살았던 것이 부끄러웠기 때문이겠죠. 아마존은 남자에게 빠지면 안 된다는 규칙이 있거든요." 아르카가 거기서 이야기를 끊고 화제를 바꿨다. "아무튼 아버지가 아직 살아 있는지 그건 몰라요. 오래전에 사망했거나 아니면 여기 히페르보레아에 살고 있을 수도 있어요. 하지만 여기 있다면 벌써 만났겠죠!"

아르카의 낙심하는 말에 또다시 침묵이 흘렀다. 아르카는 할 수만 있다면 라스티아낙스의 머릿속으로 들어가서 무슨 생각을 하는지 알고 싶었다. 곁눈질해보니 멘토는 생각에 잠겨서 손가락에 낀 인장반지를 돌리고 있었다.

"마법사와 아마존의 딸이라……. 있을 수 없는 결합이군." 라스티아낙스가 마침내 말했다.

아르카가 턱을 치켜들었다. 라스티아낙스의 말을 들으면서 무언가가 떠올랐다. 빙하의 안개 속에서 마주쳤을 때 얼음뱀 피톤이 썼던 표현이었다.

"아버지에게 집착하는 것이 아마존으로서는 이례적인 일이지." 라스티아낙스가 지적했다.

"네." 아르카가 대답했다. "하지만 마법을 사용하고 히페르보레아에 사는 것도 아마존으로서는 이례적인 일이죠."

라스티아낙스가 고개를 들고 아르카를 쳐다봤다.

"사실 나는 아마존이었던 적이 없어요." 아르카가 말을 계속했다. "나는 수련 훈련을 마치지 않았어요. 아마존족의 나라로 돌아간다고 해도 아무도 나를 원하지 않을 거예요."

아무도 원하지 않는다는 것, 아르카에게는 사형 선고 못지않게 절망적인 판결이나 다름없었다. 돌아갈 곳이 없었다. 이제 아르카의 미래는 히페르보레아였다.

그때 발소리가 들렸다. 쇠판 위쪽으로 희미한 불빛의 천장에 그림자 두 개가 어른거렸다.

"수면가스 볼로 그 계집애를 잡았어요, 엄마!" 알키의 목소리가 말했다. "그리고 우물에 처넣었어요. 그러면 계집애가 마법을 쓸 수 없으니까요, 나 바보 아니죠?"

바둑판 모양의 쇠창살 너머에 실루엣이 나타났다. 아르카는 세 쌍둥이의 어머니를 알아봤다. 여자가 밑을 내려다보다 라스티아낙스를 발견하고 인상을 썼다.

"저 사람은 누구야?"

"우리를 모욕한 주정꾼인데 본때를 보여주려고 저기에 처넣었어요."

알키의 어머니가 다시 몸을 숙이고 쇠창살 아래쪽을 내려다봤다. 라스티아낙스는 활짝 미소를 지어 보였다. 여자가 벌떡 몸을 일으켰다.

"이런 머저리 같은 놈들!"

"왜요, 엄마?"

"마법사잖아! 우리가 비프아주르를 히페르보레아에 들여왔다는 걸 마기스테리움에서 알게 되잖아! 저 둘이 도망치면 경찰이 들이닥친다고!"

이번에는 쇠판 너머에 알키의 얼굴이 나타났다.

"아니에요, 엄마, 보세요, 보라색 토가가 아니잖아요."

알키가 얼굴을 쑥 내밀었다.

"저자가 끼고 있는 반지 안 보이니, 이 바보야? 토가를 봤으면 반지도 봤어야지, 응? 네 눈에는 저게 1지구에 사는 술주정뱅이의 토가로 보여?"

"진짜 아주 멋진 토가네요, 사부." 아르카가 말했다.

"내 배 속에서 어떻게 이런 멍청한 놈들이 나왔는지……. 낭비할 시간 없어, 멍청한 짓을 만회해야지." 여자가 내뱉었다. "먼저 저 둘을 익사시킨 다음, 아무도 모르게 감쪽같이 운하에 던져버려. 그러면 위에서 사고라고 믿을 거야."

숨쉬기가 힘든 아르카가 멘토를 쳐다봤다. 멘토는 창백한 얼굴로 천천히 머리를 쓸어 넘겼다.

"수문을 열어." 여자가 알키에게 지시했다. "나는 가서 손님에게 나중에 배송해주겠다고 말하고 돌려보낼게. 손님이 알면 절대 안 되니까."

여자가 방을 나가는 발소리가 들렸다. 쇠판 너머에서 알키가 투덜거리면서 수문 장치를 작동하는 소리가 들렸다. 콸콸거리는 물소리가 들리더니 우물 벽 위에서 폭포수가 쏟아져 내렸다. 아르카와 라스티아낙스는 흙탕물을 뒤집어쓰면서 펄쩍펄쩍 뛰었다. 빠른 속도로 물이 발목까지 올라왔다.

"사부, 저 헤엄칠 줄 모르는데요." 아르카가 겁먹은 얼굴로 중얼 거렸다.

익사는 아르카가 상상할 수 있는 최악의 죽음이었다. 물이 가차 없이 점점 차오르면서 폐에서 마지막 기포마저 빠져나갈 것 같았다.

"헤엄칠 줄 알아도 달라지는 건 없어." 라스티아낙스가 나직한 소리로 말했다. "물이 쇠판 위로 차오르면 어차피 우리는 꼼짝없이 당하는 거니까."

멘토의 말이 맞았다. 아르카는 당황하지 않으려고 노력했다. 상황이 정말로 좋지 않았다. 아르카는 허리를 쭉 펴서 몸을 곧게 세우고 소리쳤다.

"야! 알키!"

양아치의 머리가 쇠창살 너머에 나타났다.

"왜 불러, 도둑년아?"

"인터니보 은행에 천 히페르가 있어. 쇠판을 열어주면 다 줄게."

알키는 대답 대신에 우물 안으로 침을 뱉었다. 끈적거리는 침이 이마에 딱 떨어지자 아르카는 무심하게 닦았다. 이제는 차가운 물이 무릎까지 올라왔다. 덜덜 떨리기 시작했다. 어떡하지? 해결책은 분명히 있기 마련이고, 아르카는 늘 해결책을 찾았다.

"살려 달라고 소리라도 질러볼까요?"

라스티아낙스는 고개를 끄덕였다. 좋은 생각이 없었기 때문이다. 그들은 소리를 지르면서 더 시끄럽게 하려고 우물 벽면을 치기 시작했다. 몇 분이 흘렀지만 아무도 오지 않았다. 아르카의 발이 바닥에 닿지 않게 되었기 때문에 라스티아낙스는 소리 지르던 걸 멈추고 물에 떠 있게 도와주었다. 곧이어 둘 다 물에 둥둥 뜨자 그들은 점점 가까워지는 쇠판을 쳐다봤다. 아르카는 손가락 뼈마디가 하얘질 정도로 벽면의 요철을 잡고 매달린 채 몸을 떨었다. 라스티아낙스는 그 옆에서 물에 젖어 무거워진 토가 때문에 발버둥을 치고 있었다. 두 사람은 쇠창살을 잡고 매달릴 수 있을 정도로 물이 높이 차올랐을 때 잠시 한숨을 돌렸다. 아르카는 멘토를 쳐다보면서 자신도 같은 모습일 거라고 생각했다. 창백한 안색, 물이 줄줄 흘러내리는 얼굴, 두려움에 떨지 않으려고 앙다물고 있는 입. 아르카는 죽기 전에 무슨 말이든 하고 싶었다.

"좋은 멘토셨어요, 사부." 아르카가 거짓말을 했다.

"너는 끔찍한 문하생이고." 라스티아낙스가 대꾸했다.

다른 상황이었다면 그의 대답이 분위기를 풀어줄 수도 있었겠지만, 그냥 힘든 순간이 아니라 목숨이 걸린 최후의 순간이었다. 아르카는 두 손으로 창살을 잡고 매달린 채 다시 부들부들 떨기 시작했다.

"죄송해요, 저 때문에 오셨다가……."

"내 결정이었어. 그리고 네가 없었다면 나는 석 달 전에 카누에 깔려 죽었을 거야."

"익사는 고통스럽겠죠?"

"곧 알게 되겠지." 라스티아낙스가 중얼거렸다.

그는 머리에서 떨어지는 물을 피하려고 눈을 깜박였다. 그의 머리가 쇠창살에 닿을 듯 말 듯했다. 지하실의 희미한 빛 속에서 아르카는 멘토의 홍채가 한 가지 색이 아니라는 걸 알았다. 한쪽은 밤색, 다른 쪽은 좀 더 짙은 밤색이었다. 아르카는 또다시 창살 틈으로 손을 뻗어서 걸쇠를 흔들어봤다. 단단히 잠겨 있었다. 마법을 쓸 수 없으니 속수무책이었다.

아르카는 온갖 역경을 딛고 살아남았는데 이렇게 끝난다는 걸 받아들일 수 없었다. 지금까지는 죽음이 멀리서 오고 있거나 당장 물리쳐야 하는 위험으로 나타났다. 정신도 맑고, 몸도 건강한데 이토록 가까이에서 죽음을 바라보고 있던 적은 없었다.

물이 계속 차올라서 라스티아낙스는 고개를 쳐들고 쇠창살 틈에 입을 대고 숨을 쉬었다. 여전히 쇠판 창살에 매달린 자세로 아르카도 따라했다. 호흡이 빨라지고 있었다. 물이 목까지 차올랐다. 아르카는 눈을 감았다. 믿을 수 없었다. 그 모든 고난을 뚫고 살아남았는데 이렇게 어이없이 끝나게 되다니. 내일, 1지구의 운하에서 시신이 발견되면 어느 누가 슬퍼할까? 시론은 죽었고, 펜테실레이아도 죽었다. 자신의 역사를 아는 유일한 사람도 함께 죽을 터였다. 아르카에게는 이제 아무것도 남지 않을 터였다.

물이 턱을 넘어 얼굴에 닿고 있었다. 아르카는 마지막으로 숨을 들이쉰 다음 입을 다물고 쇠창살에서 두 손을 뗐다. 심장이 터질 듯 뛰고 있었다. 아르카는 물속의 고요함에 놀라서 눈을 떴다. 더러운 물속에서 나부끼는 머리칼, 거대한 파란색 해파리처럼 흐늘거리는 토가, 라스티아낙스가 쳐다보고 있었다. 공기를 머금어서 빵빵해진 볼, 공포로 가득한 눈동자, 그는 아르카에게서 눈을 떼지 않은 채 손을 내밀었다. 아르카는 그 손을 잡고 히페르보레아식으로 깍지를 끼었다.

숨이 가빠지기 시작했다. 마치 폐가 필사적으로 한 모금의 공기를 찾는 듯 상체가 여러 차례 들썩거렸다. 입에서는 큼직한 기포들이 새 나왔다. 아르카는 가라앉는 걸 느꼈다. 라스티아낙스가 손을 잡아주었다. 아르카는 딸꾹질을 하면서 숨을 쉬려고 했다.

하지만 들이마실 공기가 없었다. 기관지가 찢기는 것 같았다. 폐에 물이 더 많이 들어와서 아르카는 기침을 했다. 주위가 온통 빨갛게 변했고, 정적이 흘렀다. 마지막으로 느낀 것은 가슴을 파고드는 짙은 냉기였다.

9

비프아주르

알칸드로스

등, 접힌 두 다리, 금발에 가려진 얼굴, 여자는 자는 것 같았다. 알칸드로스는 여자의 두 팔을 잡아서 운하에 던졌다. 그가 여자의 허리에 매단 돌의 무게 때문에 시신이 소용돌이를 일으키며 물속으로 사라졌다. 알칸드로스는 한 번의 손짓으로, 부두 위까지 물보라를 일으키는 파도를 만들었다. 범죄의 핏자국이 씻겨 나가려면 여러 번 파도를 만들어야 했다. 물을 지배하는 것은 그의 특기가 아니었다.

알칸드로스는 너무 지쳐서 운하 둔치에 앉았다. 며칠 동안 함께한 여자가 죽어서 자신의 발밑 몇 보 아래에 있었다. 여자가 그를 만나러 오지 않고 도망치는 분별력이 있었다면 좋았을 텐데! 여자는 은밀하게 트리에리오스를 연회장에서 멀리 유인하라는 임무를 완벽하게 이행했다. 여자의 진짜 같은 눈물에 모두가 감쪽같이 속았다. 하지만 여자는 왜 그에게 후회한다고 말했을까?

알칸드로스는 밀려드는 죄책감을 떨치려고 두 손으로 얼굴을 부여잡았다. 개인으로서는 이 죽음이 가슴 아프지만 자신의 계획을 차질 없이 이행하는 것이 수만 명의 목숨을 구하는 일이라고 생각해야 했다. 테미스키라의 장군들이 히페르보레아를 공격하게 됐다면 어차피 여자는 죽은 목숨이었을 테니 그의 책임이 아니었다. 그가 만나기도 전에 여자는 이미 죽을 운명에 처해 있었다.

"무슨 일인가, 시람?" 그가 물었다.

먼지회오리를 일으키면서 생령이 그 옆에 방금 나타났다. 시람의 얼굴은 평소처럼 무표정했지만, 알칸드로스는 어떤 감정, 불안이 보이는 것 같았다.

"아르카에게 문제가 생겼습니다, 주인님. 아르카가 거북을 훔친 데 대한 보복으로 파란연꽃파의 공격을 받았습니다."

알칸드로스는 시람이 왜 그런 일로 자신을 방해하는지 의문이 들었다.

"알아서 빠져나오겠지." 그가 일어서면서 말했다. "가서 도움을 주든가."

그는 두 손으로 뒤통수를 받치고 돔 너머 하늘을 바라보면서 몇 걸음 걸었다. 밝은 달빛에 별들이 묻혀 있었다. 별빛 없는 이 밤이 갑자기, 트리에리오스를 함정에 빠트리도록 도와 달라고 여급을 설득했던 그 밤을 떠오르게 했다.

"도와줄 수가 없습니다, 주인님." 시람이 뒤에서 대답했다. "놈들이 비프아주르가 있는 곳으로 아르카를 끌고 갔습니다. 지금 블루존에 갇혀 있습니다."

알칸드로스의 얼굴이 굳어지더니 생령을 향해 돌아섰다.

"확실한가?"

"접근할 수가 없습니다. 하지만 살려 달라고 소리치는 걸 들었습니다. 아르카가 위험에 처해 있는 것 같습니다."

알칸드로스가 승강장을 향해 뛰었다. 블루존에서는 아르카가 힘을 쓸 수 없다. 시람도 도와줄 수 없다. 그 아이를 구할 수 있는 사람은 자신밖에 없었다.

그는 승강장 난간에 서서 아래쪽을 힐끔 쳐다봤다. 수백 미터 깊이의 심연이 까마득히 펼쳐져 있었다.

"1지구로 따라올 수 있겠나?" 그가 생령에게 물었다.

"네."

"그럼 바로 쫓아와."

그렇게 말하고 알칸드로스가 뛰어내렸다. 순식간에 그의 몸이 현란한 속도로 낙하했고, 공기 마찰로 인해 얼굴이 일그러졌다. 좁은 운하들을 통과해서 도시의 깊은 바닥으로 향했다. 그는 빨랫줄이 손에 닿자 널려 있는 시트들을 날려버렸다. 이어서 흡사 집어삼킬 준비가 되어 있는 야수처럼 도시의 바닥이 나타났다. 알칸드로스는 생각했다. '시람이 올 때가 됐는데.'

잠시 후, 생령이 알칸드로스의 양쪽 겨드랑이를 잡아 위력적인 공중부양으로 추락을 막았다. 알칸드로스가 1지구의 진창길에 착지하자 생령이 놓아주었다.

"어디로 데려갔어?"

"저쪽이요, 주인님." 시람이 손으로 어두운 길을 가리켰다.

알칸드로스는 생령 뒤에서 쓰레기가 잔뜩 널린 제방을 따라 뛰었다. 얼마 후 그들은 반쯤 흙이 묻은 문 앞에 이르렀다. 시람이 허공으로 사라지는 사이 알칸드로스가 발길질로 문을 열었다. 기름 램프로 불을 밝힌 복도가 나타났다. 발광체 전구는 보이지 않았다. 그는 방으로 전진했다.

요란한 등장에 놀란 조폭 넷이 복도에 불쑥 나타났다. 알칸드로스는 당장 때려죽이고 싶지만, 아직은 놈들이 필요할 수도 있었다. 그는 사정없이 주먹을 날렸고, 눈 깜짝할 사이에 네 명 다 뻗었다.

상자와 가방, 항아리들이 잔뜩 쌓인 여러 개의 방을 지나쳤다. 비프아주르가 그곳 어딘가에 숨겨져 있었다. 오레이칼코스로 문신을 했는데도 알칸드로스는 비프아주르가 아니마에 영향을 주는 것이 느껴졌다. 당장 뒤져서 찾고 싶지만 파란연꽃파에게 비프아주르를 히페르보레아에 들여오라고 시킨 것이 자신이었다. 일단은 아르카를 구하는 것이 먼저였다.

알칸드로스는 눈앞에 보이는 층계를 내려갔고, 조폭들이 밀수품을 잔뜩 쌓아놓은 지하실에 이르렀다. 물이 가득 차 있는 우물이 방 한가운데에 있었다. 아르카는 보이지 않았다.

그는 눈을 이리저리 굴렸다. 혹시 시람이 잘못 알았나? 하지만 생령은 절대 그럴 리 없었다. 인간이 아니기 때문에. 알칸드로스는 더 들어가서 상자 몇 개를 들어봤다. 갑자기 우물 안에서 일어나는 소용돌이가 눈길을 끌었다. 가까이 다가갔다.

물속에서 눈이 동그래진 라스티아낙스가 알칸드로스를 쳐다보았다. 입에서 기포가 나오는 것으로 보아 뭐라고 소리를 지르는데 알아들을 수 없었다. 그가 한 손으로는 물에 잠긴 쇠창살을 움켜잡고 다른 손으로는 누군가를 잡고 있는데…… 아르카였다.

아르카의 몸이 축 늘어져 있었다. 알칸드로스가 물속으로 두 팔을 넣고 쇠창살을 움켜잡더니 거칠게 잡아당겼다. 그의 아니마가 작동하면서 쇠창살이 우그러지고 우물의 돌들이 떨어졌다. 그가 기합소리를 내면서 쇠창살을 뜯어낸 다음 라스티아낙스의 손목을 움켜잡고 물 밖으로 끌어당겼고 아르카가 딸려 왔다. 기진맥진한 라스티아낙스가 쓰러져 있는 사이, 알칸드로스는 아르카를 살리기 위해 마구 흔들었다. 아르카가 반쯤 뜬 눈으로 쳐다보았지만 초점이 없었다. 가슴이 들썩거리지 않았다. 그는 아르카를 놓고 안절부절못했다. 13년이나 공들였는데 수포로 돌아갈 참이었다. 얼음뱀이 거짓말을 한 건가. 자신의 모든 계획이 물거품이 될 판이었다.

그때 갑자기 아르카의 몸이 경련을 일으키더니 딸꾹질을 하면서 입에서 끈적이는 액체가 새어 나왔다. 알칸드로스는 재빨리 아르카를 옆으로 눕혀서 물이 흘러나오게 했다.

"아이가 숨을 쉬네요." 라스티아낙스가 말했다.

십년감수한 알칸드로스는 땀에 젖은 이마를 닦았다.

"여기서 애를 데리고 나가요." 알칸드로스가 말했다.

라스티아낙스는 한 상자에 의지해서 몸을 일으켰다.

"잠깐만요! 우리를 어떻게 찾으신 겁니까? 어떻게 마법을 쓸 수 있는 겁니까?"

알칸드로스는 대꾸 없이 지하실 출구를 향해 돌아섰다. 그의 계획이 성공하려면 아르카가 라스티아낙스와 함께 7지구에 머물러 있어야 하지만, 호기심이 없는 멘토였으면 좋았을 텐데.

"*아르카의 아버지십니까?*" 라스티아낙스가 나포카어로 덧붙였다.

제법 예리한 질문에 허를 찔린 알칸드로스는 걸음을 멈췄다. 대답해주고 싶어도 해줄 수 없는 질문이었다. 아르카의 아버지, 그의 신원은 형이상학적 영역에 속한 문제였다. 알칸드로스는 젊은 마법사를 혼란에 빠져 있게 두고 대꾸 없이 멀어져 갔다.

알칸드로스는 소굴을 지나가다가 벽에 기대어 세워 둔 밀가루 포대에 눈길이 갔다. 폭력 조직의 은신처에 있기에는 어울리지 않는 물건이었다. 그는 포대를 벌리고 밀가루를 흔들었다. 하얀 밀가루 속에 무지갯빛이 영롱한 파란색 금속 한 조각이 보였다. 알칸드로스는 미소를 지으면서 포대를 어깨에 짊어졌다. 그는 널브러진 조폭들 앞을 지나쳐서 어둠 속으로 나갔고 휘파람을 불면서 걷기 시작했다. 걸어가는 도중에 잠을 깬 노숙자와 마주쳤지만, 노숙자는 알칸드로스를 이른 아침에 빵집으로 밀가루 배달을 가는 심부름꾼이라고 생각했다. 노숙자는 히페르보레아의 운명이 결정될 막이 올랐다는 걸 꿈에도 모른 채 도로 잠들었다.

라스티아낙스

라스티아낙스에게는 영원히 끝나지 않을 것처럼 길고 긴 밤이었다. 생명의 은인은 가버렸고, 그와 함께 블루존도 사라졌다. 너무 지쳐서 이 두 가지 사건의 연관성을 알아차릴 수 없는 그는 회복된 마법 능력을 사용하여 아르카의 옷을 말렸다. 하지만 이 마법 때문에 에너지가 고갈되었다. 할 수 없이 의식이 없는 문하생을 간신히 어깨에 짊어졌다. 아르카는 죽은 당나귀처럼 무거웠다.

"메타니르에게 식단을 조절하라고 해야지 안 되겠어." 라스티아낙스가 구시렁거렸다.

아르카가 코고는 소리로 대답했다. 비틀거리면서 지하실을 나가 출입구의 복도를 지나다가 널브러진 채 통로를 가로막고 있는 조폭넷을 발견하고 하마터면 아르카를 떨어뜨릴 뻔했다. 관자놀이와 목덜미에 얻어맞은 자국이 있기에 망정이지 술에 취해서 곯아떨어진 것처럼 보였다.

라스티아낙스는 통로를 막고 있는 다리와 팔 사이를 요리조리 피해서 지나갔다. 그들을 구해준 남자의 정체는 모르지만 위력에 대해서는 의심의 여지가 없었다. 어떤 사람이 알지도 못하는 사람 두 명을 구하겠다고 주저 없이 네 명씩이나 되는 조폭을 때려눕힌단 말인가? 더구나 블루존에서 마법을 쓸 수 있는 마법사가 존재할까? 현실적으로 불가능한 일이었다.

문 앞에 이르자 그는 걸음을 멈췄다. 의문이 많은데 이대로 나가면 또 시간만 허비할 뿐이었다. 답을 찾아야 할 때였다.

라스티아낙스는 아르카를 출입구에 내려놓고 되돌아가서 꼼짝도 않는 조폭들을 발로 여러 번 걷어찼다. 그중 벽에 부딪혀서 얼굴이 깨진 놈이 애처로운 신음소리를 냈다. 라스티아낙스는 쭈그리고 앉아서 널브러진 몸을 끌어당겨서 뒤집었다. 알키였다. 눈두덩이 찢어져서 얼굴이 피투성이였다. 놈의 눈꺼풀이 파르르 떨리고 있었다. 라스티아낙스는 피를 이용해서 놈의 튜닉에 몸이 둔해지는 인장을 그리고 활성화했다. 인장이 그의 에너지를 빨아들였다. 기력이 빠진 라스티아낙스가 마지막 힘을 내 놈의 머리 위로 젖은 토가의 물기를 짜자 조폭이 깨어났다. 알키는 일어나려고 했지만 실패했다. 튜닉의 무게도 이기지 못했다.

"뭐?"

"너희를 공격한 자가 누구야?" 라스티아낙스가 내심 위압적이길 바라는 어조로 물었다.

"나는 몰라. 모르는 사람이야."

"그가 누군지 진짜 몰라?" 그가 다그쳤다.

"네 동료 중 한 명 아니겠어? 마법사가 틀림없어." 알키가 말했다. "마법으로 우리를 때려눕힌 걸 보면."

"비프아주르를 어디서 밀반입했어? 누가 주문했어?"

알키는 대답 대신에 눈을 부라렸다. 라스티아낙스는 덜덜 떨렸다. 7지구에서 마법사 훈련을 받으면서 무자비한 폭력을 쓰는 범죄자들을 상대하는 방법은 배우지 않았다. 그런데 범죄와 폭력에 있어서는 알키를 따라갈 자가 없었다. 아르카라면 어떻게 할지 틀림없이 알 텐데 지금은 어떤 도움도 줄 수 없는 상태였다.

라스티아낙스는 복도 끝에 쓰러져 있는 세쌍둥이 중 둘째를 발견하고 다가갔다. 허리춤에 단도를 차고 있는데 미처 뽑을 겨를도 없었던 모양이었다. 라스티아낙스는 단도를 뽑아들고, 조폭의 두툼한 근육질 어깨에 팔을 둘러서 자신의 몸에 기대어 앉혔다. 실신한 둘째의 머리가 대롱거리는 것으로 보아 목이 취약한 것 같았다. 라스티아낙스는 둘째의 경정맥 부위에 칼끝을 대고 당장이라고 찌를 듯한 기세로 다시 알키를 노려봤다.

평상시에는 이런 위협에 아무도 속지 않았을 터였다. 하지만 라스티아낙스는 창백한 안색과 젖은 머리, 술독에 빠진 것 같은 자신의 모습에 아둔한 알키가 흔들릴 거라 계산하고 있었다.

"비프아주르가 어디서 온 거냐고?" 라스티아낙스가 재차 물었다.

그가 단도의 손잡이를 어찌나 꽉 쥐고 있는지 둘째의 목에서 칼날이 흔들리고 있었다. 이때까지는 센 척하던 세쌍둥이의 첫째 알키의 얼굴에 불안한 빛이 역력했다.

"아마조네스 숲에서." 알키가 내뱉었다. "내 동생 건드리지 마!"

라스티아낙스가 둘째의 목에 칼날을 좀 더 세게 눌렀다.

"누가 너희에게 비프아주르를 히페르보레아에 들여오라고 했어?"

"몰라." 알키가 내뱉었다.

라스티아낙스가 단도를 더 세게 눌렀다. 피 한 방울이 맺혔다.

"모른다고 했잖아." 알키가 몸을 일으키면서 소리쳤다. "고객 관리를 하는 사람은 우리 어머니야. 우리는 그 사람 본 적도 없어. 우리는 그냥 그걸 통과시켰을 뿐이야. 그러는 데 몇 달이 걸렸어. 더 빨리

할 수도 있었지만 고객이 위험을 원하지 않았어. 고객이 그걸로 뭘 하려는지는 몰라. 좋은 일이 아니라는 건 분명하지만."

점점 더 오리무중이 되었다. 그 고객이란 작자가 알키 같은 멍청한 놈에게 자신의 계획을 말했을 리 없다. 라스티아낙스는 실렌이 말했던 테미스키라의 밀사가 떠올랐다. 밀사, 고객, 생명의 은인, 장관 두 명의 살해범, 다 한 사람일까? 그렇다면 미로의 성에서는 왜 그를 죽이려고 해놓고, 물속에서는 구해주었을까?

"석 달 전에 평등화 장관 팔라테스를 살해한 게 파란연꽃파지?" 라스티아낙스가 여전히 둘째의 목에 칼날을 댄 채 물었다.

처음으로 알키가 어리둥절한 표정을 지었다.

"그게 누군데? 마기스테리움에서 죽었다는 그 뚱보?"

"그래, 그 뚱보." 라스티아낙스가 고개를 끄덕였다.

"그가 누군지도 모르는데, 우리는 아니야!" 알키가 꼴에 억울하다는 듯 알량한 자존심을 내세웠다.

"그래도 본 적은 있잖아?" 라스티아낙스는 뭔가를 숨기고 있는 낌새를 채고 물었다.

"죽기 얼마 전에 여기에 왔어." 알키가 마지못해서 시인했다. "수집을 하는지 닭 조각품을 사겠다면서."

라스티아낙스는 그날이 기억났다. 졸업 심사가 있기 전전날, 그가 발명품 발표를 연습하기 위해 도움을 청했지만, 팔라테스는 닭 조각품을 구한다며 나가버렸다. 라스티아낙스는 당연히 멘토를 원망했다. 멘토가 사실은 문하생에게 알려주기에는 너무 위험한 조사를 하고 있었다는 걸 어떻게 짐작이나 할 수 있었겠는가? 멘토는 이 소굴에 왔다가 블루존과 비프아주르가 있다는 걸 알아차린 것이다. 그래서 목숨이 위태롭다는 걸 느낀 팔라테스가 신중을 기하기 위해 바로 그날 저녁 유언장에 라스티아낙스를 상속자로 적어 넣었던 것이다.

"우리는 닭 조각품 같은 건 밀수하지 않아." 알키가 말을 이었다. "우리는 상품 가치가 없을 정도로 조악한 불량품을 수입품이라고 속여서 팔거든. 그때 내가 닭 조각품을 50히페르에 팔았으니까 완전히 등쳐먹은 거지!"

그렇게 지껄이면서 알키가 만족스러운 웃음을 터뜨렸다. 그러고는 마치 같이 웃어줄 거라고 기대하는 것처럼 라스티아낙스를 쳐다봤다. 라스티아낙스는 알키가 팔라테스의 방문에 대해 누군가에게 말했고, 그 이야기가 그 고객의 귀에 들어간 것이 틀림없다고 결론지었다. 팔라테스를 처치한 것이 파란연꽃파가 아니라면 그 고객의 짓이 분명했다. 라스티아낙스는 한숨을 내쉬었다. 이제 남은 질문은 하나였다.

"그럼 식민지 장관 트리에리오스는? 너희가 살해했어?"

"뭐라고? 그 사람도 죽었다고?"

알키는 이렇게 진짜로 놀라는 척할 정도로 영리하지 않았다. 라스티아낙스가 일어나자 둘째가 힘없이 바닥으로 픽 쓰러졌다. 그는 단도를 옆으로 던지고 여전히 깨어나지 못한 아르카에게 돌아가서 어깨에 짊어졌다. 알키가 고래고래 소리를 질렀다.

"응분의 대가를 치를 테니 두고 봐! 알아들었어, 마법사? 그 못생긴 계집애도!"

"까불지 마, 나 말고는 아무도 내 문하생은 못 건드려!" 라스티아낙스가 으름장을 놨다.

그는 나가면서 더러운 문을 쾅 닫았다. 밖으로 나오자 서늘한 밤 공기 덕분에 머리가 맑아지면서 생각을 정리할 수 있었다. 첫째, 그는 히페르보레아에서 주거 환경이 가장 열악한 구역에 있다. 둘째, 깨어나지 못한 문하생을 짊어지고 가야 하는데 혹시라도 누군가 공격해 오면 물리칠 에너지가 없다. 셋째, 이 시간에 깨어 있는 수력 전신 기사를 찾아 7지구에 도움을 요청하는 것은 무리다. 넷째, 운하가 텅 비어 있어서 7지구로 데려다줄 거북이 없다. 라스티아낙스는 눈을 감았다. 방법은 하나, 부모님 집으로 가는 수밖에 없었다.

라스티아낙스는 어깨를 바꿔서 아르카를 짊어지고 걷기 시작했다. 어둠 속에서 발길에 채는 쓰레기 때문에 계속 비틀거렸다. 부모님의 집 현관 층계에 이르렀을 때는 등이 끊어질 것 같았다. 계단에 자신의 헌 운동화가 보이지 않았다. 어머니는 아들이 와서 신길 바라는 마음으로 오랫동안 운동화를 계단에 놔두었다. 라스티아낙스는 어머니가 운동화를 치웠다고 생각하자 가슴이 오그라드는 것 같았다. 아무튼 이젠 너무 작아서 신을 수도 없는 운동화였다. 그는 현관 층계를 올라갔다. 현관 앞에 이르자 그는 노커를 잡고 두드리려다가 멈췄다.

쇄골을 짓누르는 아르카 때문에 주저앉을 듯 힘든데도 그는 잠시 그대로 서서 주저했다. 아버지를 안 본 지 6년이었다. 이제는 아버지를 용서할 마음이 있는지 확신이 안 섰다. 그러다 문하생의 무게 때문에 할 수 없이 노커를 두드렸다. 몇 초 후, 집 안에서 중얼거리는 소리와 발소리가 울렸다. 아버지가 문을 열었는데, 기억 속의 모습보다 머리털이 더 빠져서 대머리가 되어 있었다. 아버지의 밤색 눈동자가 커졌다.

"라프티아낙프?"

아버지와 아들은 잠시 말없이 서로를 쳐다봤다. 라스티아낙스는 아버지에게 말을 걸고 싶은지, 얼굴에 주먹을 날리고 싶은지 알 수가 없었다. 푸발도 기분이 그리 좋아 보이지 않았다. 아버지의 굳은 표정이 6년 동안 더 늘어난 주름을 두드러져 보이게 했다. 라스티아낙스는 자신이 아버지보다 머리 하나가 더 큰 걸 알아차리고 약간 충격을 받았다. 아버지 뒤로 어머니의 오동통한 실루엣이 나타났다.

"라스트? 내 아들 라스트?"

샤리클로는 기뻐서 어쩔 줄 모르는 얼굴로 아들에게 달려들었다. 그녀는 아들을 끌어안고 싶었지만 그럴 수 없다는 걸 알았다. 그녀의 눈이 동그래졌다.

"얘는…… 아르카잖아! 무슨 일이니? 얘가……."

"아니, 아니에요." 라스티아낙스가 어머니를 안심시켰다. "기절한 거예요."

"어쩌다가……?"

"내 문하생인데…… 얘기하자면 길어요." 그는 말을 잘랐다. "아르카는 괜찮을 거예요, 그냥 잠이 필요한 거니까. 나도 그렇고요. 엄마, 잠자리 좀 만들어주실래요? 내일 다 말씀드릴게요, 우선 잠부터 자고 나서."

푸발이 무슨 말을 하려는데 샤리클로가 아들이 들어오게 비켜주라고 손짓을 했다.

"물론이지, 아들. 아르카는 덮개 위에서 재우면 되고, 너는 이부자리를 가져오면 되지."

라스티아낙스는 한마디도 못 하고 다시 침묵하는 아버지 앞을 지나쳐서 어머니를 따라 안으로 들어갔다. 거실은 기억 속의 방보다 훨씬 작아 보였다. 어쩌면 그의 키가 많이 자라서 그런지도. 이제는 그의 머리가 천장에 거의 닿을 듯했다. 그것 말고는 그가 집을 떠난 이후로 달라진 것이 거의 없었다. 정리하려고 애쓰는 어머니의 노력에도 불구하고 집은 흡사 마사 같았다. 그는 새로운 물건 몇 개를 발견했다. 파란색 단지 하나, 반지르르한 가구 하나. 크리스털 물시계 하나. 바실레우스 그랑프리 대회에서 아르카가 우승하면서 부모님의 형편이 약간 나아져 있었다.

"내 침대가 안 보이네요?" 라스티아낙스가 아르카를 내려놓을 데를 찾으면서 물었다.

"지난 몇 년간 형편이 안 좋아서 살림살이 몇 개를 팔아야 했어." 어머니가 미안해하는 미소를 지으면서 고백했다. "하지만 지금은 훨씬 나아졌다!"

어머니가 얼마나 힘들게 사는지 알아차리기는커녕 생각도 해본 적 없었던 것이 부끄러운 라스티아낙스가 말없이 고개를 끄덕였다. 집을 떠난 뒤로 그는 정기적으로 어머니를 만났다, 물론 집 밖에서. 아버지와 아들이 화해하길 바라는 어머니의 간청에도 불구하고 그는 한사코 집으로 돌아가길 거부했다. 그리고 아버지에게는 그들이 만나고 있다는 사실을 말하지 못하게 했다. 어머니는 아들을 만나는 것이 너무 행복해서 거부하지 못했다. 어머니는 아들을 만날 때마다 근황을 물으면서 7지구에 사는 아들의 밝은 미래에 황홀해했고, 동네 소식을 시시콜콜 들려주었다.

라스티아낙스가 짐짝 내리듯 말 덮개 더미 위에 아르카를 눕혔다. 아르카는 짜증을 내듯 코를 곯았다. 그가 덮개 하나를 집어서 어깨까지 아르카를 덮어주자 만족스러운 코 골기로 응답했다.

"이 아이와 이 아이의 말 덕분에 내가 마침내 바필레우프 그랑프리 대회 우풍을 했다." 푸발이 말했다.

갑작스런 아버지의 말에 소스라친 라스티아낙스는 아버지의 시선을 피하기 위해 아르카에게서 눈을 떼지 않은 채 일어났다.

"알아요." 그가 대꾸했다. "4지구의 말에 걸어서 처음으로 돈을 땄거든요."

"내 말에 걸었다고?" 푸발이 물었다.

아버지의 투박하면서도 거의 소심한 질문 속에는 화해할 수 있다는 희망이 숨어 있었다. 라스티아낙스는 숨이 막힐 것 같아서 재빨리 떨떠름한 어조로 내뱉었다.

"네. 27히페르 땄어요."

푸발은 인상을 찌푸렸다. 부자 간 대화는 그걸로 끝났다. 라스티아낙스는 돌아서서 덮개 더미 옆에 거적을 까는 어머니를 도우러 갔다. 그의 머릿속에서 작은 목소리가 27히페르를 상기시킨 것은 너무 좀스럽다고 그를 비난하고 있었다. 그럼 6년 전에 아버지가 보여준 좀스러움은 어떻고? 라스티아낙스는 내면의 목소리에 퉁명스럽게 응수했다. 27히페르는 그가 7지구까지 가기 위해 아버지에게 부탁한 통행료 액수였다. 푸발은 돈도 없거니와 라스티아낙스가 마법 평가전에 합격할 가능성이 전혀 없다면서 딱 잘라 거부했다. 당시 푸발은 바실레우스 그랑프리 대회에서 또 실패한 뒤였다. 그래서 라스티아낙스는 마법 평가전에 참가할 수 없었다. 자기보다 재능이 없는 소년들이 문하생이 되는 동안 그는 집에서 쩍쩍 갈라진 말굴레에 기름칠이나 하고 있어야 했다. 열흘 후, 그는 아버지가 평가전 전날 시시한 경마에서 도박을 하다가 30히페르를 잃었다는 사실을 알았다. 바로 그다음 날, 라스티아낙스는 눈물을 흘리는 어머니를 뒤로하고 집을 나갔다. 그리고 다시는 집으로 돌아가지 않았다.

1년 동안 그는 작은 나포카의 유리공장에서 일하면서 돈을 모았다. 그리고 거기서 나포카어를 배웠다. 그해 연말에 7지구까지 올라가는 데 필요한 통행료를 낼 수 있었고, 마법 평가전에 당당히 합격했다.

샤리클로는 지친 기색이 역력한 아들을 보면서 궁금한 게 많지만 아무것도 묻지 않았다. 라스티아낙스는 그런 어머니가 고마웠다. 어머니는 아들의 이마에 입을 맞추면서 자고 일어나면 얘기해주겠다는 약속을 받고 자러 갔다. 라스티아낙스는 우물의 구정물에 젖은 뒤로 악취가 지독한 파란색 토가를 벗고 허름한 거적 위에 속옷 차림으로 누웠다. 샤리클로가 담요 몇 장을 겹쳐 쌓아 어떻게든 편안한 잠자리를 만들어주려고 애썼지만, 결과는 그가 7지구에 정착한 뒤로 익숙해진 푹신한 양털 침대와는 거리가 멀었다. 라스티아낙스는 한숨을 내쉬면서 눈을 감았다.

"27히페르……. 내가 네 합격을 바라지 않았다고 팽각하는 거 알아."

라스티아낙스는 다시 눈을 떴다. 푸발이 기척도 없이 다가와 있었다. 그는 등 뒤에서 아버지가 머뭇거리는 걸 느꼈다.

"그건 아니야." 푸발이 말을 계속했다. "뼈저리게 후회했다. 하지만 평가전에서 합격하지 못했을 때 돌아올 통행료를 줘야 하는데 그때는 나한테 돈이 없었어. 그것 때문에 경마 도박을 했던 거야. 네가 그 위에퍼 혼자 곤경에 처할까 봐 걱정프러웠지. 너를 믿었어야 했는데. 미안하구나."

라스티아낙스는 여전히 등을 돌린 채 아무 대꾸도 하지 않았다. 그는 아버지가 돌아서서 침실로 가길 기다렸다. 아버지가 나가자 그는 눈물을 닦았다. 이어서 어깨 위로 덮개를 끌어올렸고 마침내 잠들었다.

아르카

따뜻한 말 냄새가 포근한 고치처럼 아르카의 몸을 감싸고 있었다. 물속에 있을 때보다 수천 배는 기분 좋고 경이로운 느낌마저 들었다. 저승에 있는 것이 틀림없었다. 눈을 뜨면 아마조네스 숲, 시론, 펜테실레이아가 보이길…….

"아, 이제 깼구나. 아주 일찍은 아니지만."

아르카가 눈을 뜨자 눈앞에 라스티아낙스가 보였다. 그래서 얼른 눈을 감고 더 간절하게 아마조네스 숲, 시론, 펜테실레이아를 보

게 해 달라고 빌었다. 저승에서도 멘토와 함께 보낸다는 건 말도 안
되는 일이었다.

"이 낡은 운동화를 어디선가 봤다 했더니." 라스티아낙스가 덧붙
였다.

아르카가 다시 눈을 떴다. 말 냄새는 몸에 두르고 있는 덮개에서
나는 것이었다. 말 덮개도, 누워 있는 방도 낯이 익었다. 푸발의 집이
었다. 뒤집은 양동이에 앉은 라스티아낙스가 머리맡에 놓인 운동화
를 쳐다보면서 눈살을 찌푸리는데 움푹 꺼진 광대뼈에 푸르스름한
멍이 들어 있었다. 아르카는 어찌나 몸이 무거운지 천장만 바라보면
서 몇 시간이고 이대로 누워 있고 싶었다. 어떻게 된 거지? 마지막 기
억은 폐에 물이 밀려들면서 숨이 멎는 느낌이었는데…….

"우리가 죽은 건 아니죠?"

"너의 추리 능력은 절대 기대를 저버리지 않는구나." 라스티아낙
스가 여전히 운동화를 쳐다보면서 대답했다. "어떻게 내 운동화를
알아보지 못했을까?" 그가 중얼거렸다.

"왜 안 죽은 거예요?" 아르카가 전날의 일들을 기억하려고 노력
하면서 물었다. "그리고 여기서 우리 뭐하는 거예요?"

"누군가가 우리를 우물에서 꺼내줬으니까." 라스티아낙스가 대
답했다. "그리고 네가 의식을 잃었는데 너무 늦은 시간이라 7지구로
돌아갈 수 없어서 내 부모님 집으로 데려왔어."

"여기가 부모님 집이라고요?" 아르카가 벌떡 일어나 앉으면서 외
쳤다.

아르카는 늘 불안했는데 이제 마음이 놓이는 것 같았다. 라스티

아낙스에게 부모가 있다고 하니까 왠지 인간적으로 보이는 데다 그의 부모가 잘 아는 사람들이었기 때문이다.

"사부가 푸발 조련사의 아들이라고요?" 아르카가 소리쳤다.

"응. 근데 더 흥미로운 얘기가 있어." 라스티아낙스가 아르카의 질문을 쓸어버리는 손짓을 하면서 덧붙였다. "우리를 구해준 생명의 은인."

호기심이 발동해서 어찌할 바를 모르는 것처럼 아르카가 덮개 안에서 몸을 비틀었다. 라스티아낙스가 집안 얘기를 길게 할 기분이 아닌 것 같아서 아르카는 물었다.

"우리를 누가 어떻게 우물에서 꺼내줬는데요?"

라스티아낙스가 하품을 하면서 눈을 비볐다.

"그 상황을 어떻게 이해해야 할지 몇 시간째 생각하고 있어. 한 남자가 조폭들을 때려눕힌 다음 지하실에 들이닥쳤는데 네가 익사하기 직전이었지. 그가 맨손으로 쇠판을 뜯어내더니 우리를 우물에서 끌어냈어."

"맨손이요?" 아르카가 황당한 얼굴로 되물었다. "마법을 사용했다는 뜻이에요? 하지만 블루존인데 그 남자는 어떻게 마법을 썼을까요?"

"모르겠어. 그게 다가 아니야. 우리를 구해준 뒤에 한마디도 하지 않고 사라졌는데 동시에 블루존도 사라졌어. 하지만 그 이유는 알 것 같아."

아르카는 흐릿한 기억을 더듬으면서 골똘히 생각했다.

"그 사람이 비프아주르를 갖고 떠난 거라고 생각하세요?" 아르카가 마침내 물었다.

라스티아낙스는 고개를 끄덕였다.

"놈들의 말로는 '고객'이 비프아주르를 주문했다고 했으니까 그 남자 자신이거나 고객의 지시를 받은 하수인이 틀림없어. 파란연꽃파에게 돈을 주고 히페르보레아에 비프아주르를 들여오게 한 다음 물건을 찾으러 온 거겠지. 그건 논리적으로 맞아. 내가 이해 안 되는 건 우리를 구해준 이유야."

"착해서?" 아르카가 한번 말해봤다.

"그런 사람이 조폭들을 때려눕혀? 아니, 착한 사람은 그런 짓을 하지 않아." 라스티아낙스가 반박했다. "그 남자는 우리가 살기를 바랐어. 왜 그랬을까?"

"우리를 아는 사람이었을까요?" 아르카가 추측했다.

"나는 처음 보는 사람이야." 라스티아낙스가 대답했다.

"어떻게 생겼어요?"

"너 신경 쓰느라고 자세히 보진 못했어." 라스티아낙스는 이 말에 문하생의 얼굴에 번지는 미소를 모른 체하면서 말했다. "삼십 대, 키가 꽤 크고, 얼굴은 구릿빛이고, 밤색 머리, 파란 눈, 내 생각에는……. 뭐 생각나는 거라도 있니?"

"아니에요." 아르카가 대답했다.

바로 그 순간 문이 열리고 상다리가 부러지도록 차린 음식이 보였다.

"사랑둥이 라스트, 이것 좀 도와주겠니?" 식탁 뒤에서 샤리클로의 목소리가 물었다.

라스티아낙스의 귀가 빨개지는 사이, 아르카는 어머니의 사랑이 듬뿍 담긴 애칭에 귀를 쫑긋 세웠다. 그가 문하생에게 몸을 숙이고 속삭였다.

"내 부모님께 아무 말도 하지 마, 나중에 다시 얘기하자. 그리고 웃지 마!"

아르카는 히페르보레아의 가정식을 접해본 적이 없지만, 지금까지 먹은 것은 아무것도 아니었다는 느낌이 들었다. 모두 식탁에 앉았고, 라스티아낙스와 푸발은 서로 본 척도 않고 해초 샐러드를 먹는데 열중했다. 샤리클로는 음식을 덜어주면서 어떻게든 분위기를 바꾸려고 했지만 헛된 노력이었다. 이번에는 아르카가 일상적인 얘기를 꺼내봤으나 그것도 별 성과가 없었다. 아르카가 승마에 대한 얘기를 꺼냈을 때는 라스티아낙스가 짜증스럽다는 듯 한숨을 내쉬었다. 아르카가 마법에 관해 말하자 이번에는 푸발이 인상을 팍 썼다. 계속 끊기는 대화로 어색해진 식사 시간이 한 시간쯤 지났을 때 아르카는 가족끼리 불화를 풀게 하려고 나보를 보러 가야겠다는 핑계를 대면서 자리를 떴다.

마사에 들어가자 나보가 드르렁거리는 소리로 아르카를 반겼다. 나보는 왕처럼 극진한 대접을 받으면서 그새 배불뚝이가 되어 있었고, 새로운 규정이라도 만들어졌는지 모든 마부가 나보가 있는 칸의 문 앞에서는 조심스럽게 반원을 그리면서 지나다녔다. 아르카는 15분쯤 나보의 목을 긁어주다가 푸발의 집으로 돌아갔다. 라스티아낙스는 현관 층계에서 어머니와 대화를 나누고 있었다.

"사랑둥이 라스트, 네가 마기스테리움에서 일한다니까 하는 말인데 바실레우스에게 이곳의 생활 환경을 개선하자고 주장할 때가 됐어. 뭔가를 해야지 더는 이렇게 못 살 것 같아. 네 아버지는 1지구를 떠날 생각이 없지만, 나는 다른 사람들이 버린 쓰레기 속에서 사는 것이 넌덜머리가 나."

"나는 바실레우스에게 건의만 할 뿐이지, 내 의지를 주장하지는 못해요, 엄마."

"하지만 바실레우스가 장관들의 말은 듣잖아? 게다가 네 대고모한테 들었는데 최고 장관이 정화 인장을 다시 가동했다고 하던데……."

"최고 장관이 아니라 내가 가동한 거예요, 엄마." 라스티아낙스가 신경질적으로 말을 끊었다. "그리고 마기스테리움을 움직이는 게 얼마나 힘든지 엄마는 모르잖아요. 아르카, 가서 거북 운전사를 찾아. 이제 7지구로 돌아가야지!"

아르카는 다음 얘기가 흥미로워지려고 하는데 중단된 걸 아쉬워하면서 걸음을 옮겼다. 몇 분 후 아르카가 등갑에 해초가 뒤덮인 거북을 타고 돌아오는데, 합죽이 노인이 몰고 있었다. 거북을 발견한 라스티아낙스는 어머니와 작별하고 침울한 얼굴로 현관 층계를 내려갔다.

"괜찮아요, 사부?" 아르카가 물었다.

"아니." 라스티아낙스가 아르카 옆에 털썩 주저앉으면서 대답했다. "어머니는 내가 세상을 바꿀 수 있다고 믿고 계시지. 게다가 빠른 시일 내에 저녁을 먹으러 오겠다는 약속을 하게 했어."

"나는 밥 먹으러 오라고 하는 부모님이 있으면 정말 좋겠어요."

아르카가 꿈꾸는 표정으로 말했다.

얼굴이 빨개진 라스티아낙스는 운전사가 여러 지구를 거쳐 올라가는 동안 한마디도 하지 않았다.

물살을 가르는 거북의 주둥이를 쳐다보던 아르카는 구토를 동반한 현기증이 일었다. 제압할 수도, 빠져나갈 구멍도 없이 사방이 꽉 막힌 곳에 포위된 느낌…… 아르카는 숲에 불이 나고 불길 속에 갇혀 있을 때 똑같은 경험을 했다. 아르카는 기억에서 떠오르는 이미지들을 쫓으려고 눈꺼풀에 힘을 주면서 눈을 꼭 감았다.

거북이 6지구의 운하에 이르렀을 때 갑자기 한 가지 생각이 머리를 스쳤다.

"사부, 생명의 은인 말이에요…… 혹시 나랑 닮았어요?"

라스티아낙스는 그 질문에 놀라지 않는 것 같았다. 그가 아르카 쪽으로 고개를 돌리고 빤히 쳐다봤다. 아르카는 긴장을 숨기기 위해 머리카락을 만지작거렸다.

"아니, 안 닮았어." 라스티아낙스가 마침내 말했다. "네 아버지는 아닌 거 같아. 내가 나포카어로 말했는데 못 알아듣는 것 같았거든."

실망한 아르카는 고개를 숙이고 거북의 들쑥날쑥한 비늘을 응시했다.

"어떡하실 거예요, 사부?" 아르카가 잠시 후 물었다. "비프아주르 말이에요?"

"우리가 간밤에 알아낸 사실을 마기스테리움에 보고해야지. 비프아주르가 아마조네스 숲에서 온 것이 사실이라면 그 배후에 리쿠르고스가 있을 가능성이 커지는데, 이 비밀을 우리만 알고 있으면 히페르보레아는 그 어느 곳도 안전하지 않아."

"마기스테리움에 언제 보고하실 거예요?"

"당장." 라스티아낙스가 대답했다.

그는 늙은 운전사의 어깨를 톡톡 건드리면서 주소를 알려주었다.

"긴급 의회를 소집할 거야." 그가 일어서면서 덧붙였다. "장관이 또 한 분 사망했으니 의회 소집은 거부하지 못해."

"다른 장관들에게 우리를 구해준 생명의 은인에 대해 말씀하실 거예요, 사부?"

멘토는 눈을 감고 마치 아주 복잡한 방정식이라도 푸는 것처럼 두 손으로 이마를 문질렀다.

"아니." 그가 마침내 고개를 들면서 말했다. "그 남자가 우리를 우물에서 구해준 이유를 모르는데 그건 말하지 않는 게 낫겠지. 우리를 구해주면서 그 사람이 지시를 거역한 걸지도 모르니까."

"파란연꽃파는요?" 아르카가 덧붙였다. "어떻게 나올까요? 비밀이 탄로 났다고 조폭들이 그 일을 접겠어요?"

"그럴 리가." 라스티아낙스가 무심코 콧등을 만지작거리면서 대답했다. "파란연꽃파 체포를 요청할 거야." 그가 말하는 사이 거북이 마기스테리움 앞에 펼쳐진 맑고 투명한 운하로 진입했다. "그동안은 가능한 한 나와 함께 있어야 해."

"나를 보호해주려고요?" 아르카가 전날의 실패를 떠올리면서 빈정거렸다.

"아니, 네 보호를 받으려고." 라스티아낙스가 윙크를 하면서 바로

잡았다. "이제 벌집을 쑤실 때가 됐어."

그들은 거북에서 내린 다음 마기스테리움의 광장을 향해 달렸다. 원형 홀의 분수대 앞을 지나가는 순간, 아르카는 가슴이 벅차오르는 걸 느꼈다. 간밤에 여러 사건을 겪은 뒤로 멘토가 마침내 문하생의 가치를 인정해준 것이다. 아르카는 검객이고, 그는 전략가였다. 둘이 함께하면 그 무엇도 그들을 막을 수 없었다. 그들은 최강 콤비였다.

"라아아아스트!" 갑자기 멀리서 누군가가 소리쳐 불렀다.

그들을 향해 달려오는 꺽다리를 보면서 라스티아낙스가 대답했다.

"안녕, 페트로클루스."

"내 멘토에게 일어난 일 알고 있지?" 페트로클루스가 그들 앞에 떡 버티고 서서 물었다.

"현장에 가장 먼저 도착한 사람이 나야." 라스티아낙스가 어두운 얼굴로 고개를 끄덕였다.

"웩, 이거 무슨 냄새냐? 너 밤새도록 운하 물속에 있었던 거야, 뭐야?" 페트로클루스가 코를 찡그리면서 말했다.

"믿기지 않을 거야." 라스티아낙스가 한숨을 내쉬었다. "네 멘토에게 일어난 일은 정말 유감이고 심심한 애도를 표할게……."

"응, 그래." 페트로클루스가 손을 내저으면서 말을 끊었다. "상실감이 너무 커. 무한한 지혜로 나를 지켜주신 멘토가 이제 새로운 별이 되어 히페르보레아 마법사들의 하늘나라에 합류했으니 내가 뭘할 수 있을까. 네 생각에는 누가 그런 거 같아?"

"전혀 모르겠어." 라스티아낙스가 무표정한 얼굴로 대답했다.

"라스트, 무슨 단서 같은 게 있을 거 아냐?" 페트로클루스가 반박했다.

라스티아낙스는 대답하는 대신 페트로클루스 옆으로 아르카의 어깨를 잡아끌었다.

"의회를 소집하기 위해 나는 수력 전신을 보내러 가야 하니까 그동안만 얘 좀 데리고 있어줘. 여기서 기다려, 끝나는 즉시 바로 돌아올게."

"나의 멘토가 욕조에서 목이 잘려 돌아가셨으니 내가 마법사가 될 기회는 거의 없다는 거 알아. 그렇다고 나를 돌보미로 만들다니, 이건 아니지, 라스트!" 페트로클루스가 돌아서서 멀어져 가는 라스티아낙스를 향해 소리치고 나서 아르카에게 덧붙였다. "근데 너는 수업 없니?"

"지금 들어가 봐야 수업이 한 시간도 안 남았어요."

"열심히 공부해도 모자랄 텐데 안됐구나. 하긴 어제 연회에서 일어난 일로 신비학 교수가 그렇지 않아도 황망할 텐데 늦게 들어가서 강의를 방해할 필요는 없지. 나를 연회에 초대하지 않은 걸 생각하면 한편으로는 고소하지만……."

페트로클루스는 한숨을 내쉬면서 분수대 가장자리에 털썩 주저앉았다. 아르카도 따라 앉았다. 페트로클루스의 슬픈 눈이 원형 홀을 바쁘게 지나가는 마법사들을 좇고 있었다. 아르카는 페트로클루스가 멘토의 죽음을 잘 감당해낼지 의문이 들었다. 그가 허리에 차고 있는 다섯 줄 벨트는 발명품을 제출하지 않아서 멘토가 진급시키지 못한 마지막 문하생이었다는 걸 영원히 상기시킬 게 틀림없을 텐데.

아르카는 운동화 앞코로 분수대의 시원한 물을 휘저었다. 갑자기 어제 신비학자의 저택에 잠입했던 기억이 났다. 운하에 착수하는 것은 아주 위험하다는 걸 빼고 그 잠입으로 얻은 것은 그리 많지 않았다. 이번만은 빨리 프레톤을 만나고 싶었다. 트리에리오스를 살해한 자객에 관해 뭔가를 아는 사람이 있다면 프레톤이었다. 아르카는 수업이 끝나고 그가 나오길 기다리기로 했다.

아르카는 강의실의 회랑 쪽으로 고개를 돌리다가 분수대의 조각상이 눈에 들어왔다. 열세 명의 아이들에게 에워싸인 채 하염없이 눈물을 흘리는 남자를 표현한 조각상이었다. 아르카는 그 앞을 자주 지나다니다 보니 처음 봤을 때보다는 작품에 대한 감동이 무뎌져 있었다. 하지만 조각가가 깊은 슬픔에 잠긴 남자의 지친 표정과 절규하는 아이들을 담아내는 데 성공한 작품이었다.

"이 분수대는 뭘 표현한 거예요?" 아르카가 페트로클루스에게 물었다.

"응? 아…… 162년 전에 살해된 히페르보레아의 후계자 열세 명을 기리는 거야."

"열세 명의 후계자요?" 아르카가 되물었다.

"아마존족의 치욕스러운 역사에 대해서 들은 적 없니, 43번?" 페트로클루스가 입담을 자랑할 기회가 생기자 힘이 나는지 사악한 이야기꾼처럼 속삭였다. "162년 전에 아마존들은 히페르보레아에서 여성 해방을 부르짖는 잔혹한 집단이었지. 그러던 어느 날, 화가 난 여자들이 궁전에 침입해서 바실레우스가 보는 앞에서 왕위 후계자들을 한 명 한 명 참수해버린 거야." 페트로클루스가 우물에 조각된 남자를 가리키면서 덧붙였다. "그런 다음 바실레우스를 거세해버렸지."

"거세요?"

"바실레우스가 다시는 자식을 낳지 못하도록 만들어버린 거지." 페트로클루스가 쓸쓸한 표정을 지으면서 설명했다.

아르카가 눈이 동그래져서 조각상을 찬찬히 살폈다. 마치 처음 보는 조각상 같았다. 그러니까 그 사건이 바실레우스가 아마존족을 증오하는 시초가 된 것이었다. 162년 전, 아마존들은 차라리 죽는 것이 낫다 싶을 정도로 바실레우스의 몸과 마음을 불구로 만드는 용서할 수 없는 짓을 저지른 것이었다.

"그래서 그 아마존들은 어떻게 됐어요?" 아르카가 기어드는 목소리로 물었다.

"체포돼서 고문당했지." 페트로클루스가 대답했다. "그런데 바실레우스가 왜 그 아마존들을 떠나게 내버려 두었는지 아무도 이유를 몰라. 바실레우스가 놓아주기 전에 아마존들에게 대대손손 대물림되는 저주를 걸었다는 설이 내려오고 있어. 나는 그런 설을 믿지 않지만 어쨌든 그 뒤로 아마존들이 히페르보레아를 떠나 아르카디아에서 완전히 여자들만 사는 꿈을 이룬 것은 사실이야."

내 공격을 피한답시고 요리조리 빠져나가는 저주받은 계집!

아르카는 심장이 벌렁거려서 일어났다. 얼음뱀 피톤의 말이 떠올랐다. 대대로 이어지는 저주에 걸린 아마존족……

아르카는 예닐곱 살이던 어릴 적의 이상한 일화가 기억났다. 아르카디아에서 매달 정기적으로 받는 배급 식량으로는 배를 채우기 부족해서 시론이 아르카를 데리고 숲으로 **엘라프** 사냥을 나갔다. 온종일 추적한 끝에 호숫가에서 목을 축이던 늙은 사슴 한 마리를 사냥하는 데 성공했다. 사슴고기를 자르느라고 피범벅이 된 시론은 옷을 벗고 씻으러 호수에 들어갔다. 시론은 옷가지 위에 아마존 허리띠를 풀어놓았다. 가죽에 박힌 비프아주르 조각이 햇빛에 반짝였다. 무지갯빛이 영롱한 비프아주르에 매료된 아르카는 허리띠를 차보고 싶은 유혹을 뿌리치지 못했다. 아마존 전사만 허리띠를 찰 수 있었다. 허리띠는 전사로 승격하는 날에 받으며, 허리띠를 차고 있으면 숲을 나갔을 때에도 주위에 형성되는 블루존의 보호를 받을 수 있었다. 그래서 수습생들은 숲을 벗어나는 것이 금지되었다.

호수에 비친 자신의 전사 모습에 취한 나머지 아르카는 시론이 물에서 나오는 소리를 듣지 못했다. 후견인은 즉시 따귀를 날리면서 거칠게 허리띠를 빼앗았다. 따귀가 아파서라기보다는 억울한 마음이 더 커서 아르카는 울기 시작했다. 시론이 다시 허리띠를 차는 사이 아르카가 울먹이면서 말했다.

"왜 어른들만 허리띠를 찰 권리가 있는 거예요?"

"권리가 아니야, 아르카. 저주 때문이야."

"아르카디아는 내가 이 세상에서 가장 마지막으로 가고 싶은 곳이야." 페트로클루스가 말을 계속했다. "완전 무장을 해도 내 가랑이 사이에 있는 걸 잠재적 전리품으로 보는 미치광이들! 남자가 없는 사회잖아. 병력을 보충하려면 남자의 도움이 필요할 텐데……."

"페트로클루스, 어떤 저주를 말하는 거예요?" 아르카가 말을 끊고 물었다.

"내 생각에 그런 건 존재하지 않아." 페트로클루스가 대답했다. "마법을 전혀 이해하지 못하는 단순한 사람들의 머릿속에 두려움을 심어 두기 위해 교활하게 꾸며낸 이야기일 뿐이라고 생각해. 하지만 그런 말도 안 되는 얘기를 믿을 정도로 순진하다니, 언제든 도서관에 가서 싹 뒤져보든가. 나는 서기들이 그 저주에 관련된 문헌들을 훼손시켜놨을 거라고 확신하니까……. 장관들이 속속 도착하네. 저 늙은 사기꾼, 전쟁 장관 좀 봐. 콧수염 때문인가, 점점 병약한 메기를 닮아가네……."

"나 갈게요." 아르카가 벌떡 일어나면서 말했다.

"뭐야?"

아르카는 마기스테리움의 귀한 목재로 문양을 박아 넣은 문을 향해 달렸다. 아마존족에게 저주를 걸었다는 말에 프레톤을 만나서 빨리 물어봐야 한다는 걸 까맣게 잊고 있었다. 바실레우스가 아마존들을 놓아주기 전에 대대손손 대물림되는 저주를 걸었다는 설이 있다……. 조상 중에 누군가가 관련되어 있다면 아르카도 저주에 걸려 있는 걸까?

멀어져 가는 아르카를 보면서 페트로클루스가 구시렁거렸다.

"도대체 왜 다들 나한테 이유도 설명해주지 않고 가버리는 거야?"

라스티아낙스

바실레우스가 통과하자 중정의 마법역학 문이 접혔다. 바실레우스는 장관들 사이를 지나서 흑단 옥좌에 앉았다. 군주가 등장할 때면 늘 그렇듯 라스티아낙스는 몸서리가 쳐졌다. 거의 184년에 이르는 통치 기간 동안 바실레우스는 수많은 장관들, 실패로 끝난 별의별 정치적 음모들을 겪었고, 세대가 여덟 번 바뀌는 동안 한 번의 혁명은 실패로 끝났다. 시간조차 비켜 간 이 인간—아직 인간이긴 한 걸까?—에게 타격을 줄 수 있는 건 아무것도 없는 것 같았다.

필기도구 앞에 서 있는 서기관과 의회를 소집한 목적을 발표해야 하는 라스티아낙스를 제외하고 장관들은 일제히 자리에 앉았다. 라스티아낙스의 눈길이 장관들을 훑고 가다 트리에리오스의 빈 의자에 잠시 머문 다음 최고 장관의 얼굴에서 멈췄다. 예상대로 최고 장관은 라스티아낙스에게 소집된 걸 가소로워하는 태도가 역력했다. 이 점은 평소 태도와 다르지 않았다. 라스티아낙스는 머리를 쓸어 넘겼는데, 아버지의 탈모증을 물려받은 건 아닌지 확인하다가 생긴 버릇이었다.

"모두 아시다시피 어제 식민지 장관이 살해되셨습니다." 라스티아낙스가 말문을 열었다. "연회 중에 범행이 일어났고, 범인의 신원은 아직 밝혀지지 않았습니다. 마기스테리움에 있다가 변을 당한 저의 전임 장관의 죽음에 이어 진상이 규명되지 않은 두 번째 장관의 죽음……."

"우리를 소집한 것이 항간에 떠도는 구설을 전하기 위한 것이오,

라스티아낙스?" 최고 장관이 말을 끊었다. "최근에 들은 바에 따르면 팔라테스는 자연사라고 하던데." 그가 퉁명스럽게 덧붙였다. "괜한 분란 일으키지 말고 수사는 경찰에 맡기시오."

"분란을 일으키려는 것이 아닙니다." 라스티아낙스가 반박했다. "장관 한 명이 어제 마법사들이 백 명이나 참석한 연회 중 욕조에서 목이 베여 사망했습니다. 제 멘토가 예기치 못하게 사망한 지 여섯 달도 채 되지 않았는데 말입니다. 머지않아 저를 포함하여 제삼의 장관이 사망한다고 해도 놀랄 일이 아닌 상황입니다. 그렇지만." 라스티아낙스는 웅성거리는 장관들의 반발을 중단시키기 위해 손가락을 들었다. "제가 의회를 소집한 것은 다른 문제를 논의하기 위해서입니다."

라스티아낙스가 주의를 끌기 위해 잠시 뜸을 들였다. 바실레우스가 관심을 보이면서 앞으로 몸을 숙였다. 최고 장관은 턱에 주름이 잡히도록 입을 삐죽거렸다.

"어제 저녁, 트리에리오스가 살해된 지 얼마 후 상당량의 비프아주르가 히페르보레아에 들어와 있다는 확실한 정보를 입수했습니다." 라스티아낙스가 카랑카랑한 목소리로 말했다.

경악한 장관들의 눈썹이 하나둘 치켜 올라갔다.

"1지구, 파란연꽃파의 밀수업자들을 통해 들어온 겁니다." 라스티아낙스는 노골적으로 최고 장관을 쳐다보면서 덧붙였다.

격노한 최고 장관의 얼굴이 어찌나 부어올랐는지 입만 겨우 달싹거릴 수 있을 정도였다.

"이 무슨…… 지금 나 들으라고 하는 말이오……? 내가 누군데, 나

최고 장관 메젠스요!"

"저는 사실을 보고하는 것뿐입니다." 라스티아낙스는 의연하게 대꾸했다.

"그 정보를 알려준 사람이 누구요?" 재무 장관이 곧바로 공격했다.

라스티아낙스가 여전히 선 채로 재무 장관 쪽으로 고개를 돌렸다. 그의 질문에 대답할 수 없었다. 한편으로는 파란연꽃파의 소굴에 있게 된 상황을 얘기하면 신빙성을 잃을 터였고, 다른 한편으로는 최고 장관을 상대로 벌어질 싸움에 아르카를 끌어들이고 싶지 않았기 때문이다.

"정보원의 신변 보호를 위해 공개하지 않겠습니다." 그가 대답했다.

"그거 참 편리하군요!"

"제가 말한 것을 확인하고 섣부른 결론을 내리지 않기 위해서라도 비프아주르를 찾기 위한 수사를 진행하고, 파란연꽃파의 조직원들을 오늘부터 당장 신문하자고 제안합니다." 라스티아낙스가 말을 이었다.

자리에 앉은 그는 너무 꼭 조이는 토가의 깃 안으로 손가락을 집어넣어 느슨하게 풀었다. 중정의 조용한 식물과 술렁거리는 장관들이 대조를 이루고 있었다. 그의 폭로는 기대한 만큼의 효과를 발휘했다. 마법사들이 수군거리기 시작했고, 심지어 늘 무표정하던 바실레우스조차 평소와 달랐다. 최고 장관은 라스티아낙스가 던진 모호한 비난의 효과인지 부글부글 끓는 분노를 꾹꾹 누르고 있는 것 같았다.

"라스티아낙스, 상당량의 비프아주르라고 했는데……. 어디서 들여온 것이오?" 상무 장관이 물었다.

"아마존족에서 온 것이 틀림없어요." 전쟁 장관이 턱수염을 가다듬으면서 말했다.

"숲에 불이 났을 때 리쿠르고스가 아마존족에게서 훔친 것이 분명합니다." 라스티아낙스가 더 구체적으로 덧붙였다.

바실레우스가 라스티아낙스를 응시했다.

"전에도 느꼈는데, 그대는 우리의 동맹을 비난하기 위해 우리의 적을 아주 쉽게 옹호하는 것처럼 보이는군, 라스티아낙스." 군주가 의심이 가득한 목소리로 말했다.

"아마존족에게는 비프아주르가 절실하게 필요한 것이기에 적은 양이라도 히페르보레아에 내보냈을 리가 없습니다, 폐하." 라스티아낙스는 군주의 깊은 시선과 마주치지 않으려고 코를 응시하면서 말했다.

"바로 그겁니다. 히페르보레아를 침략하려는 고육지책일 수도 있습니다." 전쟁 장관이 응수했다.

"하지만 그게 어떻게 가능하겠소?" 상무 장관이 물었다. "라스티아낙스, 그대의 정보가 믿을 만하다고 쳐도 밀수로 들여온 약간의 비프아주르를 가지고는 히페르보레아 같은 도시를 침략할 수는 없어요."

침묵이 흘렀다. 희귀식물과 화가 잔뜩 난 장관들이 가득한 양지바른 중정에는 고랑을 따라 흐르는 물소리만 들렸다. 최고 장관이 일어나서 발언했다.

"폐하, 비프아주르 이야기가 사실이라면, 사실인지 의심스럽기는 하지만, 폐하의 쥐빌레르에 궁전의 경호를 두 배로 늘려야겠습니다. 아마존족이 한데 모여 있는 마법사들을 공격하는 것으로 승부수를 던질 가능성이 있습니다."

꼿꼿한 자세로 토가 자락을 팔뚝 위로 그러모은 최고 장관의 모습은 확고부동하다는 걸 보여주는 것 같았다. 최고 장관의 발언은 특히 1지구의 밀수품에 대한 라스티아낙스의 폭로가 촉발한 의혹을 피하려는 아주 영리한 방법이었다. 라스티아낙스는 입지가 너무 약해서 최고 장관의 현명해 보이는 제안을 지지할 수밖에 없었다.

"마법 이외의 다른 치안책을 마련할 필요가 있습니다." 최고 장관이 한술 더 떴다. "비프아주르가 있는 곳에서는 마법 번개창이나 방어 인장 같은 것들이 무용지물이니까요. 그래서 제안하는데……."

"요직의 마법사들에게 경호원을 두세 명 더 붙이면 되지요." 전쟁 장관이 말을 잘랐다.

"재무부는 추가 경호에 들어가는 자금은 지원하지 않습니다." 재무 장관이 바로 끼어들었다.

동료 장관들이 돈을 쓰지 않고 인원을 늘려서 개인 경호를 강화할 수 있는 방법을 두고 열띤 토론을 벌이는 사이, 라스티아낙스는 참 부질없는 의회라는 생각에 허탈했다. 장관 한 명이 살해되었고, 비프아주르가 버젓이 도시에 나돌고 있다는데, 장관이란 사람들이 재산이 축날 걱정만 하고 있었다. 게다가 이제는 그를 지지해줄 트리에리오스마저 이 세상에 없었다. 라스티아낙스는 군주를 힐끔 쳐다봤는데 유난히 눈빛이 흐렸다. 최근 들어 군주가 다른 세계에 있는 것 같은 순간이 잦았다. 라스티아낙스는 육신이 죽음에 굴복하길 기다리다 지친 군주의 영혼이 포기하기 시작한 것이 아닌지 의문이 들었다. 마치 그의 생각을 들은 듯 바실레우스가 갑자기 당황한 표정으로 자세를 바로 했다. 눈 깜짝할 사이에 군주는 평정을 되찾았다.

"반드시 밝혀내야 할 중대한 사건이다." 군주가 호령하는 것으로 장관들의 언쟁을 중단시켰다. "비프아주르가 히페르보레아에 들어온 것이 사실로 확인되면, 메젠스, 그대에게 책임을 물을 것이오. 그대는 히페르보레아의 행정 장관일 뿐만 아니라 조직범죄 집단들과 협력 관계를 항상 열렬히 옹호한 사람이기 때문이오." 군주가 서슬이 시퍼렇게 최고 장관을 뚫어져라 쳐다보자 질겁한 메젠스가 파랗게 질렸다. "파란연꽃파에 대한 수사를 실시하라. 모든 지구를 수색해서 비프아주르를 찾으라." 군주가 의회에 명했다.

장관들은 총애를 잃은 최고 장관에게 눈길도 주지 않고 즉시 고개를 끄덕였다.

"식민지 장관 자리는 어떻게 해야 합니까, 폐하?" 상무 장관이 고갯짓으로 트리에리오스의 빈 의석을 가리키면서 물었다.

"그대가 맡으시오." 바실레우스가 그 어떤 대꾸도 듣지 않겠다는 어조로 대답했다.

장관들이 술렁거렸다. 식민지 장관 자리가 협의나 투표의 과정을 거치지 않고 아예 없어진 것이었다. 라스티아낙스는 군주가 그를 별로 탐탁지 않게 여기고 있기 때문에 평등화 장관 자리도 머지않아 같은 운명에 처해지는 게 아닐까 생각했다.

추가로 쥐빌레르와 그날의 축연에 관해 몇 가지를 협의한 뒤 의회는 끝났다. 개탄스러울 정도로 피상적인 결론에도 불구하고 라스티아낙스는 평소보다는 덜 실망했다. 그가 폭로한 정보 덕분에 그나마 군주가 단호한 결정을 내렸기 때문이다. 마침내 수사를 진행할 수 있게 되었다. 게다가 이제는 아르카의 출신지를 분명히 알았으니 아마존족과 비프아주르에 대한 정보를 캐낼 수 있었다.

라스티아낙스가 마기스테리움의 입구로 향하고 있을 때 갑자기 복도의 벽으로 떠밀렸다. 격분한 메젠스 최고 장관의 일그러진 얼굴이 시야에 들어왔는데 손 하나가 위험할 정도로 라스티아낙스의 목 부위를 누르고 있었다.

"너……." 최고 장관이 헉헉대면서 그의 쇄골을 짓눌렀다.

메젠스의 콧방울에서 연기가 풀풀 나오는 것 같았다. 라스티아낙스의 키가 그보다 머리 하나가 더 크지만 안심할 수 없었다.

"그렇게 중상모략을 하면 너는 무사할 줄 알아?" 최고 장관이 고함을 질렀다.

최고 장관이 라스티아낙스의 목을 놓아주고는 종종걸음 치면서 순식간에 복도 끝으로 사라졌다. 라스티아낙스는 숨을 몰아쉬면서 쇄골을 문질렀다. 이 악담이 최고 장관에 대한 의심을 확고하게 하는지, 해소시키는지 바로 판단할 수 없어서 걸어가면서 생각했다. 메젠스가 리쿠르고스를 위해 일하고 있다면 이렇게 대놓고 패를 드러내는 멍청한 짓을 하지는 않을 터였다. 하지만 자기 앞길을 가로막는 사람은 누구든 가차 없이 공격하는 다혈질이었다. 어쨌든 그의 반응은 전혀 좋은 징조가 아니었다. 치명상을 입은 멧돼지처럼 그는 라스티아낙스를 벼랑 끝으로 끌고 가서 같이 떨어지고도 남을 위인이었다.

적어도 한 가지는 그들의 의견이 같았다. 쥐빌레르에 히페르보레아가 매우 취약하리라는 것이었다. 만약 라스티아낙스에게 비프 아주르가 있다면 히페르보레아의 모든 마법사들이 바실레우스 궁전에 참석해 있는 날 사용할 터였다. 모든 정치인들에게서 마법 능력을 빼앗는 것으로 도시를 점령하는 것보다 더 기발한 방법이 있을까?

어쩌면 쥐빌레르에 아르카를 데려가는 것이 현명할지도 모른다. 한 쌍의 눈이 추가되면 사건을 살피는 데 도움이 되면 됐지 불필요하지는 않을 터였다. 더군다나 그 한 쌍의 눈이 전투 훈련을 받은 소녀의 것인 경우에는. 그렇지만 그는 가능한 한 나중에 아르카에게 말하기로 했다. 쥐빌레르까지 남은 며칠간 흥분해서 날뛰는 아르카를 보는 것은 생각도 하고 싶지 않았다.

아르카

운하를 따라 질주하던 아르카는 중앙도서관에 도착했다. 입구에서 들뜬 손으로 도서 목록을 조회한 뒤 최고 사서의 의혹에 찬 눈길을 받으면서—그는 아르카가 책을 읽기 위해 저토록 열의를 보이는 걸 본 적이 없었다—공중부양기를 향해 뛰었다. '마법역학' 구역에 이른 아르카는 선반을 들춰보다 세상에 알려지지 않은 마법을 다룬, 서른 권의 책을 발견했다. 아르카는 그중 필사본 한 권을 꺼내들고 바닥에 앉았다.

한 시간 동안 스물두 권을 훑어본 뒤, 아르카는 히브리어 성경에 나타난 숫자, 숫자로 푸는 점, 손금 점에 대해서는 척척박사가 될 정도로 많은 걸 알게 됐지만, 저주에 대해서는 아무것도 알아내지 못했다. 아르카는 방금 훑어본 책 《혈액학: 피의 마법의 비밀》을 덮으려는 순간 하단의 각주에 시선이 끌렸다.

…… 그런 관점에서 피의 마법이 저주와 연관되어 있다는 것은 잘못된 것임을 알 수 있다. 저주가 '피를 통해' 대물림된다는 생각은 잘못된 것이다. 엄밀히 말해 피는 저주의 매개체가 아니기 때문이다. 사실, 저주받은 집안은 몸에 찍힌 인장을 대대로 물려주는 것이며, 저주 주문을 건 마법사는 그 집안의 누구도 빠져나가지 못하도록 인장이 보이지 않게 신경을 쓴다. 요컨대, 저주에 걸린 집안이 운명에 맞서는 최선의 방어는 인장이 활성화되지 못하도록 블루존 안에서 살다 죽는 것이다.

또한 희귀한 저주는 마법 실행이 어려워서가 아니라, 마법사가 저주 주문을 건 집안과 동일한 고통을 마법사 자신과 자신의 가족에게도 가하는 것이 의무이기 때문이라는 점에 유의해야 한다. 이 등가성 원칙을 일반적으로 '저주의 거울'이라고 한다. ……

"하, 이런 못된 계집을 봤나! 감히 내 책들을 이렇게 함부로 다루다니!"

아르카는 소스라치게 놀라서 고개를 들다가 부르르 떠는 최고사서의 뻘게진 얼굴과 마주했다. 주변에 아르카가 아무렇게나 내던진 고서적들이 흩어져 있었다. 아르카는 머쓱한 미소를 지으면서 들고 있던 책장의 귀를 접은 다음 선반에 꽂고 줄행랑쳤다. 화가 나서 씩씩거리던 늙은 마법사가 도서관에서는 큰 소리를 내면 안 된다는 불문율을 어기고 고함쳤다.

"진짜 넌더리가 나네! 너 도저히 안 되겠다, 네 멘토를 만나 담판을 지어야지!"

아르카가 가장 신경 쓰는 사람이 라스티아낙스인데 최고 사서가 제대로 짚은 것이었다. 공중부양기를 타고 출구로 향하는 아르카의 머릿속에 몇 가지 기억이 떠올랐다. 아마존족은 역사에 대한 얘기를 거의 안 했지만, 시론이 160여 년 전 소수의 전사들이 어떻게 비프아주르가 엄청나게 매장되어 있는 아르카디아의 거대한 숲에 공동체를 세웠는지 얘기해준 적이 있었다. 이제 아르카는 그런 선택을 한 이유가 이해되었다. 아마존 건국자들은 저주를 피하기 위해 밤이든 낮이든, 허리띠를 착용했든 아니든, 마법이 작동할 수 없는 은신처를 만든 것이었다. 그런데 아르카는 그곳을 떠나왔으니……

안티오페 왕은 저주에 대해 알고 있는 것이 틀림없었다. 그래서 왕은 자신의 딸을 포함하여 허리띠가 없는 수습생들을 더 안전한 곳으로 데려가는 대신 화재를 면한 작은 숲에 가둬 두려고 애를 썼던 것이다. 그렇지만 펜테실레이아와 아르카가 리쿠르고스에게 붙잡혔으니 결과적으로 보면 저주 때문이었다.

아르카는 마기스테리움으로 돌아가면서 몸 어딘가에 숨어 있는 인장이 드러나게 하려고 팔과 다리를 문질러봤다. 아르카도 건국자들에게 걸려 있는 저주를 물려받았을까? 소중한 사람을 모두 잃은 것이 그 저주 때문이었을까? 숲에 화재가 났을 때 시론이 사망하자 블루존도 함께 사라졌고, 아르카는 마법 능력이 있다는 걸 알았다. 그렇다면 혹시…… 시론의 죽음이 아르카 때문이었을까?

"아르카! 헤이, 아르카! 아야……!"

아르카는 마기스테리움에서 나오는 스테릭스와 꽝 부딪쳤다. 아르카는 뒤로 펄쩍 물러서면서 미안한 몸짓을 했다.

"미안해." 아르카는 하필 혹이 나 있는 데를 또 부딪쳐서 퉁퉁 부어 오른 관자놀이를 만지면서 중얼거렸다. "내가 조심했어야 했는데."

스테릭스는 마치 아르카 때문에 거의 죽을 뻔했으면서도 이렇게 기쁠 수가 없다는 듯 환한 미소를 보냈다.

"너 도망쳤구나!" 스테릭스가 "어떻게 빠져나왔어? 놈들이 너를 죽일 거라고 생각했는데."

아르카는 세쌍둥이에 대해 말하고 있다는 걸 이해하는 데 몇 초 걸렸다. 7지구에서 2지구까지의 비행, 파란연꽃파에게 당한 납치……. 반면에 스테릭스는 전날의 우여곡절을 거의 다 기억하고 있는 것 같았다.

"내 멘토가 구해줬어." 아르카가 말했다. "멘토에게 알려줘서 고마워. 너 아니었으면 난 아직 거기 붙잡혀 있을 거야."

"난 아직도 긴가민가해!" 스테릭스는 흥분을 감추지 못했다. "우리가 날았어! 너는 믿겨져? 난 정말 끝장났다고 생각했는데, 그 높은 실렌의……."

"쉿!" 아르카가 황급히 스테릭스를 옆으로 잡아끌면서 속삭였다.

이번에는 신비학 교수가 마기스테리움의 문을 통과하고 있었다.

평소에는 덩실덩실 몸을 흔들던 걸음걸이가 이날은 숙연하고 점잖았다. 트리에리오스의 죽음 때문에 충격을 받은 건지 아니면 단순히 연기를 잘하는 건지 알 수가 없었다.

"살인 사건에 대한 얘기 들었어?" 스테릭스가 흥분한 목소리로 속삭였다. "우리가 욕실 문을 열었을 때 못 봤다는 건, 장관이 이미 욕조 안에 들어 있었다는 거야. 그러니까 우리가 욕실 문을 연 때는 자객이 나간 직후가 되는 거지."

"그래, 맞아." 아르카는 저주에 대한 생각을 잠시 접어 두고 소곤거렸다. "너는 뭐 본 거 있어?"

바로 그때 마기스테리움의 광장에 프레톤이 패거리와 함께 나타났다. 방금 저속한 농담을 던졌는지 히죽거리고 있었다. 하지만 아르카와 스테릭스를 발견한 순간 목구멍에서 웃음이 소멸됐는지 얼굴에서 웃음기가 싹 사라졌다. 그는 패거리와 헤어지고 그들 쪽으로 걸음을 옮겼다. 아르카 옆에 있는 스테릭스는 뭔가 확신이 서지 않는지 우물쭈물하는 것 같았다. 그는 마치 대인 관계의 지침이 호주머니 속에 있기라도 한 듯 손을 넣고 꼬물거렸다. 아르카는 프레톤이 무슨 생각을 하는지 알았다. 전날 밤, 스테릭스가 자기 대신 위험을 무릅썼는데도 프레톤은 그들의 운명은 걱정도 않고 비겁하게 혼자 도망쳤기 때문이다.

"안녕, 스테르." 프레톤이 다가오면서 인사했다.

프레톤은 아르카를 못 본 체하려고 애를 쓰고 있었다.

"안녕, 프레톤." 스테릭스가 인사했다.

스테릭스는 아주 잠깐 머뭇거리다 호주머니에서 손을 빼더니 반지를 내밀었다.

"자, 네 아버지의 반지." 스테릭스가 쉰 목소리로 말했다. 아르카
는 그 목소리에서 적개심을 느꼈다.

"고마워, 친구." 프레톤이 눈길도 주지 않고 반지를 호주머니에
넣으면서 말했다. "이따 저녁에 다른 애들이랑 볼까?" 그는 마치 아
무 일도 없었다는 듯 덧붙였다.

스테릭스는 딜레마에 빠진 것 같았다. 그는 아르카에 이어 프레
톤, 멀찍이 떨어져서 모여 있는 패거리를 차례로 쳐다봤다.

"오늘은 시간 없어." 스테릭스가 마침내 대답했는데 이번에는 적
개심이 똑똑히 들리는 것 같았다.

프레톤이 파랗게 질리더니 입술을 실룩거렸다. 그러고는 마치
스테릭스의 불복에 애써 개의치 않는다는 듯 어깨를 으쓱했다.

"마음대로 해."

프레톤이 패거리 쪽으로 발길을 옮겼는데 스테릭스는 이제 우리
편이 아니니까 신경 쓸 필요 없다는 말을 하러 가는 것이 틀림없었
다.

"진짜 어이가 없네." 스테릭스가 구시렁거렸다. "나한테 어떻게
빠져나왔냐고 물어봐야 하는 거 아닌가……."

"쟤는 원래 자기 말고 다른 사람은 안중에도 없잖아." 아르카가
한마디했다. "야, 프레톤!"

프레톤이 몸을 돌리고 칩떠보는 사이 아르카가 다가갔다.

"뭐냐, 못난이?" 프레톤이 패거리가 들을 수 있게 큰 소리로 내뱉
었다.

"어제, 네 알량한 목숨 구하겠다고 우리만 내버려 두고 도망치기 전에 트리에리오스를 죽인 사람이든 이상한 점이든 뭐 본 거 없어?" 아르카는 코앞으로 바짝 다가서서 프레톤의 얼굴이 빨개지거나 말거나 나직한 소리로 물었다.

프레톤은 마치 아르카가 신비학 수업 숙제에 대해 물어보기라도 한 듯 한숨을 푹 내쉬었다. 그러고는 자기가 지금 쓸데없이 시달리고 있는 걸 패거리가 제대로 이해하고 있는지 확인하려는 것처럼 애들을 힐끔 쳐다보고 나서 낮은 목소리로 대답했다.

"복도에 들어서는 여급을 봤지. 그 여자가 머리를 매만지더니 트리에리오스를 부르면서 욕실 문을 두드렸어. 그 여자가 온 이유는…… 뻔해 보였고. 더 구체적으로 말하지 않아도 되지, 43번? 너한테는 미지의 영역이 틀림없겠지만, 아닌가?" 프레톤이 걱정스러운 척하는 가식적인 표정으로 덧붙였다.

아르카는 프레톤을 벽으로 밀어붙여서 낯짝을 뭉개버리고 싶은 본능과 싸웠다.

"요약하자면 트리에리오스는 대답하지 않았고 그 여자는 욕실로 들어갔어." 프레톤이 말을 이었다. "이내 그 여자가 비명을 지르면서 뛰쳐나왔고, 다른 마법사들이 몰려왔지. 나는 바로 거길 나왔고, 그 이상은 몰라."

"욕실로 들어가는 다른 사람은 못 봤어?" 이번에는 스테릭스가 다가오면서 물었다.

"응, 못 봤어." 프레톤이 어깨를 으쓱하면서 대답했다. "아무튼 여급이 우연히 거기 있었던 건 아냐. 트리에리오스와 약속이 있었던 거지. 무슨 음모가 있는 거 같긴 한데 이제는 그 여자가 없으니 알아내기 어려울 거야."

아르카가 고개를 쳐들었다.

"마법사들이 모든 걸 알아내도록 우리가 뭐든 도와야 해!" 아르카가 힘주어 말하면서 주먹으로 자신의 손바닥을 쳤다. "잠깐만……'그 여자가 없으니' 그 말은 뭐야?" 아르카가 눈살을 찌푸리면서 덧붙였다.

"경찰 한 명이 아버지에게 하는 말을 들었는데 7지구의 한 운하에서 그 여자 시체를 발견했대, 오늘 아침에."

아르카의 눈이 동그래졌다. 프레톤이 초조한 듯 머리를 쓸어 넘겼다.

"내 말 잘 들어. 그런 부질없는 희망은 당장 버리는 게 좋아. 그리고 너 같은 거지에게 3초 이상 관심을 기울이는 건 내 체질에 안 맞거든. 따라서 이만 나는 간다……." 프레톤이 느릿느릿 말하고 나서 패거리를 향해 돌아서는데 갑자기 나타난 카시크가 끼어들었다.

"근데 너 오늘 아침에 아르카의 자리를 열한 번이나 돌아봤잖아." 카시크는 늘 그렇듯 아주 구체적으로 말했다.

방금 마기스테리움에서 나온 카시크의 말에 프레톤의 여드름 난 얼굴이 붉게 물들었다.

"반지 받으려고 그랬지. 스테릭스가 갖고 있는지 몰랐으니까!" 얼굴이 더 빨개진 프레톤이 변명했다. "아무튼 꿈 깨라, 43번."

프레톤이 성큼성큼 멀어져 갔다.

"무슨 말인지 하나도 모르겠네." 순진한 카시크가 말했다. "반지 얘기는 또 뭐야?"

"얘기하자면 길어." 아르카가 말했다.

"아침 수업에는 왜 안 들어왔어?" 카시크는 아르카가 교칙을 어길 때마다―거의 언제나 그런 편이지만―보이는 비난조의 얼굴로 물었다.

"멘토 도와주고 있었어." 아르카는 짤막하게 대답했다(교칙은 반드시 지켜야 한다고 생각하는 카시크는 신비학 교수의 저택에 침입했다고 고백하면 고발할 수도 있는 아이였다). "게다가 나는 지금 바로 멘토를 만나러 가야 해." 아르카가 턱으로 마기스테리움의 안쪽을 가리키면서 덧붙였다. "나중에 보자!"

머릿속이 온통 저주와 살인 사건, 여드름투성이의 비열한 사춘기 소년들로 가득 찬 아르카는 마기스테리움의 문 안으로 들어갔다. 둘만 남게 되자 카시크와 스테릭스는 처음으로 긴 대화를 나누었다.

"너도 이제 우리 친구 된 거야?" 카시크가 물었다.

"하는 거 봐서." 스테릭스가 신중하게 대답했다. "신비학 숙제 네가 도와주면."

10
어둠에 잠긴 방

라스티아낙스

그 후 두 달 동안 일곱 개 지구에서 비프아주르를 찾기 위한 수색을 치밀하게 진행했지만 성과가 없었다. 세쌍둥이와 그들의 어머니는 물론이고 밀반입에 관련된 모든 정보마저 감쪽같이 사라졌다. 그들이 자진해서 모습을 감춘 건지 아니면 '고객'이 그들을 어디다 숨긴 건지 알 길이 없었다. 라스티아낙스는 그들의 목숨을 구해준 마법사에 대해서도 아무런 흔적을 찾지 못했다. 신비학자가 말한 리쿠르고스의 밀사였을까? 하지만 밀사가 왜 그들을 우물에서 구해줬을까? 라스티아낙스는 머리를 아무리 굴리고 쥐어짜봐도 그의 이상한 행동이 전혀 이해되지 않았다. 한 가지 확실한 것은 그들을 구해준 생명의 은인과 미로의 성에서 그를 공격한 자객은 동일 인물이 아니라는 것이었다. 동일 인물이라면 그를 죽이려고 한 사람이 왜 몇 달 후에는 목숨을 구해줬겠는가?

의회에서는 장관들이 라스티아낙스가 자신의 위상을 높이기 위해 위험천만한 일을 꾸민 거라고 비난했다. 하지만 파란연꽃파 두목 실종 사건은 의혹이 크기 때문에 바실레우스가 아직은 라스티아낙스의 손을 들어주었다. 라스티아낙스는 그 어느 때보다 빨리 수사를 매듭지어야 한다는 걸 알고 있었다. 이제는 단순히 그의 멘토를 살해한 범인을 찾는 문제만이 아니라 그의 인생과 도시의 명운이 걸린 문제이기도 했다.

최고 장관이 비프아주르 수색에 끼어든 뒤로 그가 연루되어 있다는 의심은 더 커져 갔다. 최고 장관이 히페르보레아 경찰을 통제하면서 단서들을 흩트릴 수 있었기 때문이다. 라스티아낙스는 최고 장관이 수사를 방해하고 있다는 확신이 점점 커졌다. 이런 이유로 그는 최고 장관에 대한 경계를 늦추지 않고 있었다.

함께 수사관들의 보고서를 살펴보던 어느 날 아르카가 물었다.

"근데요, 마법이 작동하지 않는 곳이 있는지 그걸 알아봐야 하지 않을까요?"

그들은 쓸모없는 잡동사니를 다 치운, 팔라테스의 서재에 있었다. 몇 달째 저택을 가득 채운 잡동사니를 치운 끝에 방 몇 개를 싹 비울 수 있었다. 라스티아낙스는 법랑을 입힌 꽃병들을 보관하고 있다가 창틀에 장식해놓았다. 졸업 심사 때 그가 제출한, 아니마를 볼 수 있는 외알박이 안경이 원고 더미 위에 놓여 있었다. 아르카가 언급한 대로 그는 아니마를 탐지할 생각으로 외알박이 안경을 늘 지니고 다녔다. 하지만 현재까지는 아무런 소득이 없었다.

"그렇긴 한데 비프아주르를 무력화하는 방법이 있는 것이 틀림 없어. 너는 아마존들 속에서 살았는데 뭐 생각나는 거 없니?"

아르카는 힘없이 어깨를 으쓱했다. 라스티아낙스가 이 질문을 한 것이 처음이 아니었다. 아르카는 책상에서 닭 조각품을 집어 들었는데 깨진 조각들을 엉성하게 붙여놓은 것이었다.

"이건 왜 이래요?"

"조심해, 함부로 만지면 안 돼." 라스티아낙스가 아르카의 손에서 조각품을 빼앗았다.

그러고는 고상한 서재와는 끔찍하게 어울리지 않는다고 생각하는 그 닭 조각품을 책상에 다시 올려놨다.

"너는 보고서를 계속 살펴보고 있어. 두 시간 후에 돌아올 테니." 그가 일어나면서 말했다.

"어디 가시는데요, 사부?" 아르카가 물었다.

"히페르보레아에서 비프아주르가 있을 거라고 확신하는 곳이 딱 한 군데 있어. 엑스트락트리스." 멘토가 방을 나가면서 대답했다.

따분하게 보고서를 들여다보고 있으니 따라가겠다고 소리치는 아르카를 뒤로하고 서재 문이 닫혔다. 라스티아낙스는 거북을 타고 교도소의 7지구 입구로 향했다. 교도소는 탑 전체를 모두 차지하고 있고, 히페르보레아에서 가장 강력한 보안 장치를 갖추고 있었다. 창문은 모조리 아다만트로 만든 유리라서 탈옥이 불가능했다. 각 지구마다 설치된 문은 마법역학으로 설계되어 허가증이 없는 사람의 출입을 철저히 막고 있었다. 무장한 교도관들이 부랑자에서부터 강력한 마법사에 이르기까지 각 층에 배치된 수감자들을 감시했다. 라스티아낙스는 장관이라는 신분 덕분에 특별 허가증으로 교도소를 방문할 수 있었다.

건장한 체격에 키가 큰 소장이 입구에서 라스티아낙스를 맞아주고 교도소 내부를 안내해주었다. 소장은 오른쪽 어깨를 앞으로 흔들면서 걸었는데 마치 지나가는 길에 있는 모든 문을 부숴버릴 것 같았다.

"교도관들에게 아니마 탐지기를 소지하게 할 겁니다." 소장이 말했다. "최근에 발명의 탑에서 특허를 받은 발명품인데 장관님의 작품이죠?"

"그렇습니다." 라스티아낙스는 자기 발명품의 용도를 알고 약간 실망했지만 내색하지 않고 대답했다.

"아주 훌륭한 기구입니다." 소장이 고개를 끄덕이면서 말했다.

발명의 탑은 수련을 끝낸 문하생들이 개발한 발명품들을 활용하고 교부하는 권한이 있었다. 이 특허권 제도 때문에 히페르보레아는 다른 도시국가들과 비교해 월등히 높은 기술적 진보를 이룰 수 있었다. 따라서 마법사들은 이 일을 아주 고무적으로 여겼다. 몇 달 전, 발명의 탑을 관장하는 행정관이 발명품들의 설계도를 먼 도시국가들에 팔아넘긴 죄로 종신형을 선고받기도 했다. 강화된 문 옆으로 난 복도를 지나갈 때 라스티아낙스가 그 행정관이 아직 수감되어 있는지 물었다.

"네, 수감되어 있습니다. 저기 있습니다." 소장이 대답하면서 손가락으로 감방 문을 톡톡 치면서 덧붙였다. "근데 무슨 일로 오셨습니까? 비프아주르에 대해 더 알고 싶어서 오신 거죠?"

"그렇습니다. 소장님이 아니마를 추출하는 데 비프아주르를 사용하는 걸로 알고 있어서요. 어떻게 처리하는지 알고 싶습니다."

소장이 고개를 끄덕였다.

"따라오세요, 어떻게 하는지 보여드리지요."

소장이 라스티아낙스를 교도소의 거대한 아트리움으로 데려갔는데, 범죄자들이 수용된 감방들이 빙 둘러서 있고, 중앙부에는 좁은 금속 육교와 공중부양기들이 설치되어 있었다. 빨간색 튜닉 복장의 수감자들에게서 땀과 배변 냄새가 진동했다. 소장이 공중부양기를 작동하여 그를 건물 아래쪽으로 데려가면서 수감되어 있는 다양한 부류의 무법자들을 가리키며 큰 소리로 열거했다. 살인범, 도둑, 돌팔이 약장수, 파란연꽃 껌 장사꾼, 난폭 운전사…… 층을 이동하는 동안에도 휙휙 지나가는 철창들을 보면서 소장이 죄목을 열거하자 철창 안의 수감자들이 사나운 눈초리로 노려보았다. 수감자들은 하나같이 불안하고, 야위고, 지쳐 보였다. 라스티아낙스는 수감자들의 콧구멍 아래 거무스름하게 패인 고랑이 마른 핏자국이라는 걸 알아차렸다. 그들은 아트리움 바닥에 이르자 공중부양기에서 내렸다. 새로운 보안 장치를 통과할 때 라스티아낙스가 소장에게 수감자들의 건강이 쇠약해진 이유를 물었다.

"피로와 코피는 아니마를 추출할 때 발생하는 전형적인 후유증이지요." 소장이 방어적으로 대답하면서 긴 복도로 들어섰다. "한계를 넘지 않으려고 최선을 다해 계산하는데도 측정하기 어려울 때가 이따금 있거든요. 너무 낮게 계산하면 오히려 추출 장치에서 아니마가 빠져나가서 수감자들이 폭동을 일으킬 정도의 에너지를 얻게 되지요. 너무 높게 계산하면……."

소장이 하려던 말을 완성해주는 것처럼 교도관 두 명이 들것을 들고 옆을 지나갔다. 시신을 덮은 천 밑으로 오그라든 손 하나가 빠져나와 있었다. 속이 거북해진 라스티아낙스는 걸음을 빨리하면서 성큼성큼 앞서가는 소장을 쫓아갔다. 그들은 흰색과 노란색 페인트 칠이 군데군데 벗겨진 한 방에 도착했다. 방 한복판에 이상한 기계가 있는데 수갑이 달린 탁자 끝에 관으로 뒤덮인 헬멧이 놓여 있었다. 그 관들은 커다란 구리 증류기에 연결되어 있고, 증류기의 나선관 끝에는 금속 막대가 달려 있는데, 황동 큐브와 연결되어 있었다. 큐브 바로 위에 있는, 줄무늬로 덮인 새파란 비프아주르 칼날은 뭐든 베어버릴 듯 날카로워 보였다.

라스티아낙스는 헬멧에 다가갔는데 그 안쪽에 복잡한 문양이 새겨져 있었다. 그는 처음 각료 의회에 참석한 날 바실레우스의 손에 아주 잠깐 나타났던 인장이라는 걸 알아봤다.

"우리의 추출기 중 하나입니다." 소장이 손바닥으로 기계를 탁 치면서 우쭐해했다. "이 탁자에 수감자를 눕히고 흡입 인장이 새겨진 헬멧을 머리에 씌웁니다. 그러면 수감자의 아니마가 증류기 안으로 흘러든 다음, 이 큐브 안에서 전이가 일어나면서 응축되지요. 큐브 안에 충분한 양이 저장되었을 때 비프아주르 칼날을 내려서 아니마를 끊어버리면 수감자와 완전히 분리됩니다. 그렇게 해서 오레이칼코스 주괴를 얻는 겁니다."

라스티아낙스는 홀린 듯 광채가 영롱한 파란 칼날에 다가서서 시험 삼아 손바닥에 작은 불빛을 만들어봤는데 마법이 작동했다.

"비프아주르가 있는데 어찌된 일이죠?" 라스티아낙스가 손바닥을 오므리면서 물었다.

"여기 줄무늬 보이시죠? 오레이칼코스입니다. 오레이칼코스가 비프아주르의 활성을 무력화하기 때문이죠. 다시 말해 비프아주르를 소지하고 있어도 오레이칼코스를 돌파할 수는 없어요."

라스티아낙스는 칼날을 살피면서 만감이 교차했다. 지지부진한 수사가 탄력을 받으려면 천연 비프아주르를 찾아야 하는데 쉽지 않을 것 같았다. '고객'이라는 작자가 비프아주르에 오레이칼코스를 씌워놓았다면 히페르보레아 어디든 있을 수 있었다. 그리고 바실레우스의 궁전 어딘가에 있을 수도 있었다.

라스티아낙스는 그들을 우물에서 구해준 마법사를 생각했다.

"비프아주르로부터 마법 능력을 보전하기 위해 오레이칼코스로 무장하는 것이 가능한 일일까요? 예를 들어 오레이칼코스로 옷을 짓는다거나?"

소장이 생각에 잠긴 얼굴로 턱에 손을 얹었다.

"그 문제에 대해 많은 실험을 했지만 확실한 결과를 얻진 못했습니다. 오레이칼코스는 정해진 반경 내에서는 비프아주르가 힘을 발휘하지 못하게 차단할 수 있는데, 아니마는 신체 너머로 범위가 확장될 수 있지요. 그러니 여기 오레이칼코스로 지은 옷이나 갑옷은 별로 도움이 되지 않을 겁니다. 고농도의 오레이칼코스라면 마법 속성이 탁월하니 가능할 수도 있겠지만, 생산하는 데 비용이 많이 듭니다. 그런 주괴 한 개를 얻으려면 지금보다 아니마가 백 배는 더 필요하거든요."

생각이 많아서 머리가 무거워진 라스티아낙스가 가슴을 폈다.

"자세히 설명해주셔서 고맙습니다."

"천만의 말씀입니다."

"이 주괴들은 판매되겠지요?" 라스티아낙스가 소장이 배웅해주기 위해 교도소를 가로지르는 동안 물었다.

"그건 재무부 소관이죠." 소장이 대답했다. "판매는 엄격한 통제를 받는데, 대부분의 오레이칼코스는 7지구 밖으로 나가지 못합니다. 오레이칼코스의 일부가 테미스키라로 나가기도 하지만 바실레우스는 수출을 엄격히 제한하고 있지요. 아주 현명한 결정이죠. 테미스키라가 많은 양의 오레이칼코스를 확보하면 군대가 막강해질 수 있으니까요. 게다가 리쿠르고스가 수년간의 노력 끝에 추출기를 만들었다고 하는데 최근 소식에 따르면 아직은 우리 기술을 따라오지 못하고 있대요. 출구는 저쪽입니다."

라스티아낙스가 정보를 꼼꼼하게 기록하는 사이 그들은 또 다른 공중부양기를 탔고, 일련의 독방들 앞을 지나가는데 이전 못지않게 악취가 진동했다. 그들이 공중부양기에서 내렸는데 7지구의 감방은 분위기가 사뭇 달랐다. 배불리 먹고 편안해 보이는 수감자들이 쾌활하게 미래의 계획을 얘기하고 있었다. 라스티아낙스는 소장에게 수감자들이 기분이 좋은 이유를 물었다.

"사형수들이거든요." 소장이 짧게 말했다.

"사형수들치고는 아주 즐거워 보이는데요." 라스티아낙스는 이웃 독방 안에서 굶주리고 있는 수감자들을 약 올리려고 쇠창살 안에서 닭다리를 흔들고 있는 죄수들을 다시 한번 힐끔 쳐다보면서 말했다.

"아, 특별 사면을 받기 위해 바실레우스 앞으로 갈 거란 말을 들은 거죠." 소장이 대답했다. "해마다, 궁전에서 사형수 십여 명을 보내라는 지시가 내려오거든요. 그들이 어떻게 되는지는 몰라요. 다시는 보지 못하니까요."

소장이 질겁해서 멈춰 서 있는 라스티아낙스를 돌아봤다. 소장의 설명으로 바실레우스 장수 비결에 대한 베일 한 자락이 벗겨졌다.

"그렇다고 달라지는 건 없어요." 소장이 구시렁거렸다. "어차피 죽음을 면치 못하는 사형수들이 가벼운 마음으로 삶을 즐기면서 마지막 몇 시간을 보내는 것이니 그나마 다행인 거죠."

친절하게 안내해준 소장에게 고맙다고 인사한 뒤 엑스트락트리스를 나왔을 때 라스티아낙스의 마음은 결코 가볍지 않았다.

아르카

멘토가 나간 뒤, 서재에 혼자 남은 아르카는 수사 보고서를 건성으로 훑어보고 있었다. 아르카는 다른 생각을 하지 않기 위해서라도 라스티아낙스를 따라가고 싶었다. 요 며칠간 아무리 떨쳐내려고 해도 아마존족의 저주에 대한 생각에서 벗어나지 못하고 있었다. 보이지 않는 인장이 몸 어딘가에 찍혀 있다는 생각에 피부가 근질근질했다. 페트로클루스가 말한 대로 저주는 지어낸 날조일 뿐이라고 생각하면서 마음을 달래기도 했다. 그러다가도 아르카디아의 비프아주르 보호 구역을 떠난 날부터 자신에게 일어난 모든 일이 떠올랐다. 저주의 내용을 알게 되는 두려움과 저주라는 건 아예 존재하지 않았다는 걸 확인하고 싶은 희망이 뒤섞여 있었다. 증세로 보아 죽을병이라는 진단을 받을까 두려워하는 환자처럼 아르카는 라스티아낙스에게 말하지도 못하고 도서관에 가서 서적을 훑어볼 엄두도 못 내고 있었다.

망치 소리가 서재 창문을 통해 들려왔다. 아르카는 일어나서 창턱에 팔꿈치를 괴었다. 아래쪽 운하를 따라 목수들이 뚝딱뚝딱 단상과 정자를 만들고 있었다. 며칠 전부터 바실레우스의 쥐빌레르 준비로 도시가 활기가 넘치면서 흥분으로 들썩이고 있었다. 기분 전환을 하고 싶은 아르카도 기대에 부풀었다.

아르카는 바실레우스의 탄생 축일에 시행하는 통행료 면제를 이용하여 하위 지구를 돌아다니자고 스테릭스와 카시크를 설득해놓았다. 성대한 카니발이 준비되고 있고, 히페르보레아인들은 저마다 독창적인 의상을 만드는 데 공을 들이고 있었다. 아르카는 카라반의 짐승 몰이꾼으로 변장하고, 나보를 팔라테스의 수집품 중에서 찾은 가죽과 뿔을 사용해 사향소로 꾸며줄 생각이었다. 하지만 이 계획은 모피를 찾아야 완성할 수 있었다.

아르카는 책상 위에서 기다리는 보고서 더미를 대충 훑어본 뒤 멘토가 돌아오기 전까지는 몰이꾼 복장을 찾을 시간이 충분하다고 판단했다.

하인 부부는 툴툴거리면서 저택의 다른 곳을 치우느라고 바빴다. 주방은 뒤질 필요가 없을 것 같아서 아르카는 1층에 있는 방으로 들어갔다. 잡동사니가 엄청나게 쌓여 있고 거미줄까지 쳐 있었다. 방 뒤편에 커다란 궤짝들이 쌓여 있는데 두루마리 천이 삐죽 나와 있는 것이 보였다.

아르카는 여러 대의 손수레를 넘어가서 신비한 무늬의 큰 합 더미 위로 공중부양을 했다가 경사지게 놓인 수반에 착지했다. 그러고 는 내려가서 궤짝을 뒤지기 시작했다. 정장 튜닉, 망토, 수놓인 스카 프가 가득 차 있었다. 자수 장식과 진주가 잔뜩 달린 묵직한 천에서 퀴퀴한 냄새가 풍겼다. 아르카는 궤짝 몇 개를 엎었지만 모피를 찾지 못했다. 네 번째 궤짝에 이르자 아르카는 먼지투성이 견직물 더미 속 으로 겨드랑이까지 팔을 밀어 넣었다. 갑자기 보석이 박힌 넓은 가죽 띠에 손가락이 닿았다. 아르카는 견직물 더미에서 가죽 띠들을 끄집 어내고는 아연실색했다.

아마존들의 허리띠!

아르카는 가죽에 박힌 보석들을 살펴봤는데 의식의 모티브가 형 상화되어 있었다. 보고 있는데도 눈을 믿을 수 없었다. 아마존들은 절대로 허리띠를 버리지 않는다. 죽을 때도 같이 매장된다. 가죽이 갈라진 것으로 보아 이 허리띠들은 오래전에 죽은 전사들의 것이었 다. 그런데 허리띠에 박혀 있어야 하는 천연 비프아주르가 없었다.

그 순간 갑자기 바람이 훅 불면서 견직물이 흔들렸다. 히페르보 레아에는 바람이 불지 않는데…….

아르카는 고개를 들고 창문에 잘려서 사다리꼴이 된 하늘을 살 폈다. 저 멀리 새 한 마리가 물결치듯 날아가고 있었다.

아마존족에게 아주 특별하고 아주 친숙한 물건을 여기서 다시 보게 된 것이 혼란스러운 아르카는 궤짝에 다시 집어넣기 전에 마지막으로 허리띠를 쳐다봤다. 2년 가까이 아마존을 보지 못했다.

아르카가 또 하나의 궤짝에서 찾은 모피를 한 아름 들고 서재로 돌아왔을 때는 반 시간이 흐른 뒤였다. 아르카는 자동의자에 앉아서 생각에 잠겼다. 팔라테스는 세상에 있을 수 있는 온갖 물건을 쌓아놓은 사람이니 그가 아마존족의 허리띠를 수집한 것이 놀랄 일은 아니었다. 하지만 그가 어떻게 허리띠를 손에 넣을 수 있었는지 이해가 되지 않았다. 아르카디아에서 온 것들일까? 아마존족 건국 시대의 것일까?

그때 라스티아낙스가 평소보다 훨씬 어두운 얼굴로 서재에 들어오는 바람에 아르카는 소스라치게 놀랐다.

"너 나랑 바실레우스가 궁전에서 베푸는 공식 연회에 갈 거야, 내일 저녁에." 라스티아낙스가 의자에 털썩 주저앉으면서 툭 내뱉었다.

언제 허리띠를 보고 놀랐냐는 듯 쥐빌레르 축제에서 보게 될 온갖 신나는 볼거리를 상상하던 아르카는 귀를 의심했다.

"**네?**" 아르카가 소리쳤다. "아니, 왜요?"

라스티아낙스가 뜻밖이라는 눈으로 아르카를 쳐다봤다.

"난 네가 좋아서 팔짝팔짝 뛸 줄 알았는데. 그 연회에서 테러가 일어날 것 같은 몇 가지 이유가 있어서. 그러니까 네가 감시하는 걸 도와주면 좋겠어."

"그럼…… 너무 위험하잖아요!" 아르카가 대뜸 소리쳤다. "겨우 1학년 문하생인 저를 그런 위험한 곳에 데려가면 안 되는……."

"근데 바로 어제 네가 미로의 성 외벽을 타고 넘어오는 걸 내가 봤단 말이지. 안전하지 않은 곳이라서 못 가겠다는 말은 설득력이 없어." 라스티아낙스가 차분한 어조로 응수하면서 수사 보고서를 집어 들었다. "더는 군말 하지 마, 그래봐야 아무 소용 없다, 넌 나랑 내일 갈 거니까."

아르카는 자러 갈 때까지 뿌루퉁해 있었다.

다음 날 저녁, 아르카는 마지못해 바실레우스의 연회에 갈 준비를 하기 위해 튜닉 두 벌을 손에 들었다. 하나는 잉크 얼룩이 묻어 있고, 다른 하나는 무릎이 찢겨 있었다. 아르카는 얼룩 있는 튜닉을 입고서 라스티아낙스에게 갔는데 그는 야회복 토가 차림으로 아트리움에서 기다리고 있었다.

"신경 좀 쓰지." 그가 아르카의 차림을 보고 구시렁거렸다.

"매우 우아하십니다, 라스티아낙스 마스터!"

아르카와 라스티아낙스가 얼굴을 찌푸리는 사이 메타니르가 양손에 꾸러미를 하나씩 들고 종종걸음으로 다가왔다.

"가면이 오늘 아침에 도착했어요." 늙은 찬모가 두 사람에게 꾸러미를 하나씩 내밀면서 말했다. "아, 이제 됐네요. 어서들 가서 쥐빌레르를 즐기세요!"

메타니르가 아르카의 뺨을 살짝 쥐고 흔들면서 마귀할멈같이 웃었다. 라스티아낙스는 똑같이 당할까 봐 얼른 뒷걸음쳤다. 메타니르는 궁전 연회에 참석하는 젊은이들이 부러운 듯 탄성을 지르면서 돌아갔다.

"내가 장관이고 고용주인데도 메타니르는 항상 나를 다섯 살짜리 아이 취급 한다니까." 라스티아낙스가 몸서리치면서 말했다. "그만 가자." 그가 돌아서면서 말했다.

그들은 저택을 나와 초록색 거북에 올랐다. 라스티아낙스가 첫 각료 의회에 참석하고 나서 얼마 뒤에 구입한 거북이었다.

"제가 몰아도 돼요?" 라스티아낙스가 거북을 운하 쪽으로 몰고 있을 때 아르카가 물었다.

"안 돼. 다른 사람들처럼 우그러진 거북으로 연습해서 면허부터 따."

가슴이 뜨끔한 아르카는 뾰로통해서 주변을 둘러봤다. 날이 저물고 있었다. 쥐빌레르가 아니면 감상할 기회가 거의 없는 풍광을 구경하기 위해 사람들이 7지구에 몰려들고 있었다. 곳곳에서 곡예사들이 줄을 타기 시작했다. 두 탑 사이에 매단 철사 줄 위에서 바퀴를 굴리는 곡예사가 있는가 하면 질겁한 관중을 향해 입으로 용 형상의 불을 뿜어내는 차력사도 보였다. 좀 더 멀리 떨어진 수도교의 빙판에서는 수력 파이프오르간 연주가 시작되었다. 사람들이 평소에는 입을 권리가 없는 보라색 토가를 입고 으스대면서 즐거워하고 있었다. 이미 술에 취한 젊은이들이 운하의 맑은 물에 뛰어들어서 물장구를 치자 진짜 마법사들이 눈살을 찌푸렸다. 아르카는 카시크와 스테릭스를 발견했다. 그들이 가장 가까이 있는 거북 승강기 쪽으로 가고 있었다. 심지어 카시크도 흥분해 있었다.

"쥐빌레르는 모든 걸 뒤엎는 날이야." 라스티아낙스가 말했다. "바실레우스는 평민에게 귀족처럼 살아볼 기회를 주기 위해 이 축제를 만들었어. 체제를 유지하면서 사람들의 해방되고 싶은 욕망을 달래주는 하나의 방법인 거지."

"아주 효율적이네요." 아르카는 해방되고 싶은 자신의 욕망을 생각하면서 시큰둥하게 대답했다.

그때 요란한 함성이 울려 퍼졌다. 한 단상 위에서 몸에 딱 맞는 가죽옷 차림의 아마존 전사들이 짐승의 울음소리를 내지르면서 막강한 힘을 가진 마법사 네 명과 대결하는 쇼를 벌이고 있었다. 아마존들의 원뿔 모양 투구에는 빨간색 말총 술 장식이 달려 있었다. 창과 활로 무장한 아마존들이 돌진하자 마법사 넷이 파란 번개와 불덩어리를 날리고, 알록달록한 연기를 터뜨리면서 맞섰다. 단상 바로 앞에 모인 청년들은 가짜 아마존들이 팔을 크게 휘두르는 모습을 쳐다보고 있는데, 호전적인 기량보다는 드러나 보이는 몸에 더 관심을 보이고 있었다. 아르카는 혀를 끌끌 찼다.

"네가 보기에는 제대로 하는 것 같아?" 라스티아낙스가 놀리듯 물었다.

"아마존들이 저렇게 허접한 장비로 싸운다면 아주 오래전에 멸족했을 거예요." 아르카가 톡 쏘아붙였다. "장난치나, 배도 안 가려지는 쇠사슬 갑옷이 무슨 소용 있다고! 그리고 저 술 장식 달린 투구, 저거 없어진 지는 6년은 됐다고요. 너무 눈에 띄어서 화살의 표적이 되기 때문에. 그리고⋯⋯."

듣다 지친 라스티아낙스가 진정하라고 달랠 때까지 아르카는 계속 쫑알거렸다. 그들은 도시의 중심이자 가장 높은 곳에 이르렀다. 눈앞에 얕은 돌을새김으로 새긴 근사한 나선 장식이 둘러져 있는 웅장한 탑이 우뚝 서 있었다. 탑 쪽으로 수도교들이 모여 있고, 탑 꼭대기에 있는 바실레우스의 궁전이 도시를 굽어보고 있었다. 거대한 그리핀 석재 조각상들이 거품 이는 물을 운하로 토해내고 있었다. 아르카는 공중 정원들과 비취 테라스들 위로 솟아 있는 파란색과 금색 돔을 한동안 멍하니 바라봤다. 아마존들이 열세 명의 아이들을 죽이고 대대로 저주를 받은 곳이 저기 어디쯤일까?

"경비를 강화한 것 같네." 라스티아낙스가 고개를 끄덕이면서 말했다.

그는 궁전 출입을 통제하는 경찰관 앞에 거북을 멈춰 세우고 인장반지를 보여주었다. 경찰관은 고개를 끄덕이면서 거북을 살펴본 뒤 통과시켰다. 라스티아낙스는 톱니바퀴들이 복잡한 기하학적 형태로 맞물려 있는 커다란 마법역학 문 앞에서 멈췄다. 즉시 문이 열리고 작은 선창과 연결된 우아한 회랑을 지나 하얀 목재 부교 밑으로 전진했다. 바실레우스의 금박 입힌 호화로운 거북들이 부두 부근에서 해초를 질겅질겅 씹으면서 대기하고 있었다. 라스티아낙스는 물에 띄운 초롱들로 불을 밝힌 부교에 거북을 댔다. 운전사 한 명이 이내 나타나서 손님이 거북을 댈 수 있도록 접이식 계단을 펼쳤다.

"와, 멋지네요." 아르카가 감탄했다.

운전사가 계단을 다시 접고 좀 더 멀리 대기 위해 거북에 올랐다. 라스티아낙스는 궁전 입구로 이르는 알록달록한 대리석 층계를 턱으로 가리켰다.

"이제 가면을 쓰자."

아르카가 메타니르에게서 받은 꾸러미를 풀다가 성난 돼지 소리를 냈다. 새끼돼지의 얼굴을 표현한 가면이었다.

"이게 뭐예요, 좀 덜 우스꽝스러운 걸로 선택할 순 없었어요, 사부?" 아르카가 미로의 성에 두고 나온 카라반의 짐승 몰이꾼 변복을 생각하면서 투덜거렸다.

"왜 그래, 난 딱 어울린다고 생각하는데." 라스티아낙스가 웃음을 터뜨렸다.

라스티아낙스의 것은 비늘 대신 얇은 벽옥 조각으로 장식한 이구아나 가면이었다. 새끼돼지가 멘토를 죽일 듯 째려봤다. 재스민 향기 그윽한 저녁 공기 속에 입구로 향하는 그들의 발소리가 울려 퍼졌다.

잉크 얼룩이 진 토가에 돼지 가면을 쓴 아르카는 공식 연회의 분위기를 모욕하는 느낌이 들었다. 이 느낌은 궁전 안에 발을 내딛는 순간 확인되었다. 아르카는 이토록 사치스러운 곳을 본 적이 없었다. 가구는 벽화와 완벽한 조화를 이루고 있고, 모자이크 바닥은 조각이 된 천장과 잘 어우러졌다. 라스티아낙스와 아르카는 조용히 방 몇 개를 가로질러서 열대식물이 울창한 숲을 이룬 중정으로 들어섰다. 종려나무 녹음이 드리워진 산책로에서 마법사들이 크리스털 발광체 전구들의 따뜻한 불빛 속을 거닐고 있었다. 제복 차림의 여급 한 명이 그들에게 시원한 음료수를 권했다.

"정말 아름다워요, 모든 것이." 아르카는 생전 처음 보는 벌꿀주를 한 모금 삼켰다.

라스티아낙스는 건성으로 고개를 끄덕였다. 그가 벌꿀주를 마시려고 가면을 들추고 중정을 둘러보는데 그의 얼굴에서 아르카는 이제껏 본 적이 없는 슬픈 표정을 보았다. 아르카는 멘토가 외로운 탓이라고 생각했다. 그는 페트로클루스 말고는 또래를 만나는 일이 없었다. 사회생활로 바쁘다면 문하생을 들들 볶을 시간이 그만큼 없었을 텐데 정말 안타까운 일이었다.

아르카는 갑자기 멘토에게 여자 친구를 찾아주는 것이 자신이 해야 할 일이라고 느꼈다. 쉽지 않은 일이었다. 하는 일 없이 연회를 찾아다니는 데 시간을 보내는 7지구의 여자들은 라스티아낙스의 취향이 전혀 아니었기 때문이다. 멘토에게는 속물이 아닌 여자가 필요했다.

계속 가다가 연못 부근에 이르렀는데 지느러미가 엄청 많은 물고기 한 마리가 너울너울 유영하고 있었다. 반짝이는 비늘이 별 모양으로 군락을 이룬 수련 밑으로 간간이 사라졌다. 좀 멀리 떨어진 곳에는 갈대 모양의 창살 너머로 군데군데 털이 빠진 늙은 로크새 한 마리가 보였다. 너무 작아서 날개를 펼칠 수도 없는 작은 우리 안에서 거대한 맹금류가 빙빙 돌고 있었다.

"세상에 남은 몇 안 되는 로크새 중 한 마리인데, 여기서 생을 마칠 거야." 라스티아낙스가 말했다. "오기기아 섬을 리쿠르고스에 넘기고 이 새를 데려왔거든."

"리쿠르고스에게는 로크새가 많이 있는데 저 새보다는 상태가 더 나았어요." 아르카가 대꾸했다. "펜테실레이아와 나를 테미스키라로 끌고 갈 때 로크새에 태워서 데려갔거든요."

"아." 라스티아낙스가 짤막하게 말했다.

이 말을 듣고 라스티아낙스는 화가 더 난 것 같은데 대답은 너무 담담했다. 하지만 더는 아무 말도 덧붙이지 않았다.

"바실레우스는 희귀조라면 사족을 못 쓰지." 그가 설명하면서 토끼장보다 약간 클까 말까 한 울타리 앞을 지나가는데 **헤로알디프** 한 마리가 있었다.

아르카는 머리가 둘 달린 헤로알디프가 두 마리분의 건초를 먹어 치우는 모습을 신기하게 쳐다봤다. 이어서 그들은 커다란 하얀 알들이 보관되어 있는 거대한 대리석 받침돌 앞을 지나갔다. 동면 주문을 거는 인장이 새겨져 있어서 차가운 안개가 알들을 에워싸고 있었다.

"바실레우스는 저기로 나타날 거야." 라스티아낙스가 중정 중앙에 있는 대형 정자를 가리키면서 말했다.

정자 밑으로 사람들이 몰려들고 있었다. 멘토와 함께 정자에 다가가는 사이 아르카는 그곳에서는 멘토를 위한 파트너를 찾을 기회가 없다는 걸 확인하고 실망했다. 모여 있는 이들은 모두 마법사들이었다. 젊은 마법사들은 위축된 얼굴로 장엄한 반구형 천장을 올려다보고 있었다. 늙은 마법사들은 태연한 얼굴로 들고 있던 벌꿀주 술잔을 종려나무 형태의 기둥 받침돌 위에 무심히 내려놨다.

"바실레우스는 어디 있어요?" 아르카가 물었다.

"곧 나타날 거야……. 너는 정신 똑바로 차리고 주위에서 무슨 일이 일어나는지 잘 살펴봐. 넌 놀러 온 게 아니니까." 라스티아낙스는 방금 자신에게 벌꿀주 한 잔을 건네준 시중꾼이 떠난 뒤에 말했다.

골이 난 아르카는 모인 사람들을 보려고 라스티아낙스에게서 등을 돌렸다. 병약한 모습의 아이들을 표현한 열세 개의 조각상이 군중을 굽어보고 있었다. 페트로클루스에게서 히페르보레아의 역사에 대해서 들은 뒤로 아르카는 이 조각상들이 바실레우스의 후계자들이라는 걸 이제는 확실히 알고 있었다. 가장 가까이 있는 조각상은 서글픈 표정으로 먼 데를 바라보는 긴 머리의 소녀를 표현한 것이었다.

"중상모략을 하고도 여전히 자신만만하신가, 라스티아낙스?"

아르카가 얼른 돌아섰다. 부엉이 가면을 쓴 마법사가 경호원 두 명의 호위를 받으면서 라스티아낙스에게 말하고 있었다. 아르카는 경호원들의 굵은 팔과 갑옷 틈새로 드러난 목덜미에 새겨진 연꽃 문신을 알아봤다.

"저는 아무도 중상모략하지 않았습니다." 라스티아낙스가 냉정하게 대답했다.

"자네의 수사는 여전히 답보 상태인 걸로 들었는데." 부엉이 가면이 가슴을 내밀면서 거들먹거렸다. "나는 트리에리오스를 살해한 범인을 찾기 직전이지만, 수사 책임자는 내가 아니니 말할 수도 없고. 아무튼 평등화 장관 자리도 곧 없어지게 생긴 것이 걱정돼서 하는 말이네. 아, 왔구나!" 그가 군중 속에 방금 나타난 젊은 여자에게 소리쳤다.

각양각색의 가면들 속에서 단연 돋보이는 차림의 여자가 검은색 벨벳 늑대 가면을 쓰고 있었다. 어깨를 드러낸 롱드레스, 검은색 머리를 단정하게 뒤로 넘겨서 달걀형 얼굴선이 선연해 보였다. 전체적으로 색깔이라고는 초록빛 눈밖에 없었다.

아르카는 자신도 모르게 새끼돼지 가면을 삐딱하게 머리에 걸쳤다. 옆에 있는 라스티아낙스는 마치 자신감이 생기길 바라는 듯 벌꿀주 잔을 비우고 있었다. 피라 앞에서는 누구든 주눅이 드는 것 같았다.

피라는 대담하게 라스티아낙스의 턱을 툭 건드리고 나서 전 멘토가 내미는 팔을 잡고 멀어져 갔다. 피라가 사라지자 라스티아낙스는 이구아나 가면의 비늘 몇 개가 떨어져 나갈 정도로 거칠게 내렸다. 아르카는 위안이 될 말을 건네는 것이 자신의 의무라고 느끼면서 돼지 가면을 똑바로 썼다.

"제 생각에 피라는 사부에게 필요한 여자가 아니에요. 사부에게는 따분하기 짝이 없는 두꺼운 책을 읽거나 온종일 책상 앞에 앉아 있거나 하면서 사부와 관심사를 공유할 수 있는 사람이 필요해요."

그 순간 갑자기 기발한 생각이 떠올랐다.

"혹시 최고 사서에게 딸 있어요?" 아르카가 여전히 가면을 삐딱하게 머리에 걸친 채로 물었다.

"그 입 다물어." 라스티아낙스가 짜증난다는 몸짓으로 마스크를 바로 쓰면서 나무랐다.

"난 저쪽을 감시할게."

그렇게 말하고 나서 라스티아낙스는 폭발할 것 같은 감정을 억누르려는 듯 어깨를 으쓱 올린 채 군중 속으로 사라졌다. 자신의 조언을 귓등으로도 안 듣는 데 실망한 아르카는 멘토가 외톨이로 살든가 말든가 상관하지 않기로 했다. 바실레우스가 여전히 나타나지 않았기 때문에 아르카는 조각상에서 조각상으로 이동하면서 조각가가 입체적으로 새긴 머리칼이며 올록볼록한 코의 윤곽이 어찌나 사실적인지 깊은 인상을 받았다. 이어서 열세 번째 조각상 앞에서 멈춰 섰는데, 후계자 중 이십 대의 장남을 표현한 이 조각은 주름 하나 없이 너무 매끈해서 이 작품만 유일하게 사실적이지 않았다.

"이 조각상에 대해 어떻게 생각하나?"

아르카가 소스라치게 놀랐다. 맞은편에서 마법역학 교수 게오르곤이 조각상을 감상하고 있었다. 게오르곤은 술잔을 들고 있는데 공작 가면을 쓸 생각이 없는지 목에 걸고 있었다. 아르카는 다른 사람에게 한 말이라 생각하고 주변을 둘러봤다. 하지만 주위에 있는 마법사들은 모두 일행과 대화를 나누고 있었다.

"음……." 아르카는 감히 대답했다. "음…… 아름다운…… 조각상 아닌가요?"

"아주 가증스러운 작품이지." 게오르곤이 말했다. (그는 몸짓까지 써 가며 단호하게 혹평하다 벌꿀주를 여기저기 엎질렀다.) "완전한 실패작이야. 게다가 바실레우스도 이 작품을 몹시 언짢아했고."

"그래도 다른 조각상들은 아주 아름답다고 생각하는데요, 교수님." 아르카가 말했다.

"훨씬 쉬웠으니까." 교수가 콧방귀를 뀌면서 대꾸했다. "이렇게 부동자세를 표현한 작품은 거의 없었어."

아르카는 무슨 뜻인지 이해하지 못했다. 게오르곤이 아르카 쪽으로 고개를 돌리고 쳐다보는데 눈빛이 흐릿해서 아리송했다.

"재미있는 거 보여줄까? 문하생, 가자." 교수가 대답을 기다리지 않고 제일 가까운 산책로 쪽으로 휠체어의 방향을 돌렸다.

멘토가 주위를 감시하라는 지시를 내렸는데 자리를 뜨는 것이 불안하면서도 호기심이 동한 아르카는 산책로로 멀어져 가는 교수를 바라봤다.

"에라 모르겠다." 아르카는 큰 소리로 말했다.

아르카는 나무고사리가 군락을 이룬 숲 모퉁이로 사라지는 휠체어를 쫓아갔다. 산책로에는 식물에 가려진 우리 안에서 잠자는 기이한 동물 몇 마리를 제외하고 아무도 없었다. 그들이 열대림 속으로 들어갈수록 사람들의 말소리가 점점 희미해졌다. 이윽고 떠다니는 휠체어의 붕붕거리는 소리와 그들이 지나가면서 옷자락이 나무고사리에 스치는 소리밖에 나지 않았다. 아르카는 교수에게 시선을 고정한 채 돌아가는 것이 더 낫지 않을까 생각했다. 게오르곤은 한 번도 아르카에게 호의적이었던 적이 없어서 교수가 총애하는 학생이 아니라는 걸 분명히 알고 있었다. 하지만 동행을 거절하는 것은 교수가 자신에 대해 갖는 편견을 더 악화시킬 뿐인 데다 뭘 보여주려는 건지 너무 궁금했다.

아르카는 트리에리오스도 휠체어에 앉은 마법역학 교수를 따라 어두컴컴한 산책로로 들어갔다가 죽음을 맞이한 게 아닐까 하는 생각이 들기 시작했다. 그때 울창한 나뭇잎 사이로 금빛 광채가 나타났다. 얼마 후, 그들은 오레이칼코스로 만든 대형 문 앞에 이르렀는데 거인이 드나들 정도로 아주 높았고, 석벽은 식물에 가려져 있었다. 톱니바퀴 장치가 그리는 복잡한 기하학 문양 속에 인장이 뒤얽혀 있었다. 떠다니는 휠체어가 아르카 쪽으로 회전했다.

"내가 만든 마법역학 문이야. 바실레우스가 15년 전 조각상들이 완성되었을 때 나에게 이 문을 보수하라는 명을 내렸지. 나 대신 네가 열림 인장을 활성화해. 이 빌어먹을 휠체어를 타고서는 할 수가 없거든."

아르카는 문에 다가가서 까치발을 들었다. 톱니바퀴 장치에 손바닥을 대는 순간, 뭔지도 모르는 인장을 활성화하는 것은 바보 같은 짓이라는 생각이 들었다. 하지만 문이 진동하기 시작했다. 잠시 후, 문의 장치가 찰칵 소리를 내면서 스르륵 접혔다. 어둠에 잠긴 방이 나타났는데 냉기가 돌았다. 멀리서 빛나는 황금빛이 그 깊이를 짐작케 했다.

"옛 왕실인데 바실레우스가 162년 전에 개조했지." 교수가 알려 주었다.

떠다니는 휠체어가 안으로 들어갔다. 아르카는 한참을 망설이다 두 주먹을 꽉 쥔 채 무슨 일이든 생기면 대응할 마음의 준비를 하고 들어갔지만 계속 찜찜했다.

얼마 후, 장소의 윤곽이 명확해졌다. 아주 길쭉하고 커다란 방, 공간의 절반을 차지하는 층계는 아래쪽 반달형 공간으로 이어지고 있었다. 그곳에는 이상한 궤짝 열두 개가 배열되어 있는데 궤짝들이 빛을 발하고 있었다. 그 빛은 화려한 궁전과는 대조적으로 아무것도 없는 텅 빈 공간을 비추고 있었다.

휠체어가 층계로 가더니 궤짝 쪽으로 움직였다. 아르카는 일단 천천히 따라가다 계단의 일정한 높이를 파악한 뒤로 걸음이 점점 더 빨라졌다.

"인상적이지?" 교수가 빛을 발하는 궤짝 사이로 휠체어를 조종하면서 말했다. "이들이 여기서 기다린 지…… 162년이 됐어. 마치 언젠가 누군가가 와서 깨워줄 것처럼."

아르카는 무슨 말을 하는 건지 궁금했다. 그러다 궤짝처럼 보이던 것이 사실은 크리스털 덮개로 덮인 석관이라는 걸 알아차렸다. 석관 안에는 시신들이 영롱하게 빛나는 화려한 토가 차림으로 누워 있었다.

까닭 모를 불안감이 아르카를 엄습했다. 가장 가까이 있는 석관을 향해 다가갔는데 중정에서 봤던 조각상을 빼닮은 어린 소녀가 누워 있었다. 잠든 아이처럼 평온해 보였다. 다만 목에 나 있는 자줏빛 가는 줄이 마지막 흔적으로 남아 있었다.

시신에서 눈을 돌릴 수 없는 아르카는 목멘 소리로 물었다.

"어떻게 한 건데 이렇게……?"

"방부 처리를 한 건 아니야." 교수가 대답했다. "바로 이곳에서 일어난 사건으로 사망한 뒤에 정교한 보존 인장이 사용되었지. 바실레우스가 자식들을 생전의 모습 그대로 보존해놓은 거야."

아르카는 더 불안해졌다. 지금까지 피비린내 나는 역사적 사실에 불과했던 것이 갑자기 눈앞의 현실이 되어 있었다. 아마존 건국자들이 저지른 만행의 생생한 증거처럼 눈앞에 시신들이 있었다. 격한 감정에 사로잡힌 아르카는 몇 걸음 물러섰다. 시신을 본 적은 있지만 시신 때문에 이토록 충격을 받는 경우는 거의 없었다.

어린애들과 청소년들의 얼굴들이 마치 산사람은 접근할 수 없는 영원한 꿈속에 잠겨 있는 것처럼 불가사의한 표정으로 말없이 아르카를 에워싸고 있었다.

"여긴 시신이 없네요." 아르카가 가장 큰 석관을 가리키면서 말했다.

"후계자들 중 장남의 석관이었지."

교수가 더 편안한 자세를 취하기 위해 손으로 장애가 있는 다리를 약간 움직였다.

"15년 전 내가 보수 공사를 끝냈을 때 장남의 시신을 도난당했지. 누가 왜, 어떻게 훔쳐 갔는지 아무도 몰라. 모델이 없는데 조각가가 무슨 수로 장남과 닮은 조각상을 만들 수 있었겠어. 바실레우스는 조각가를 즉각 해고했지."

게오르곤이 갑자기 휠체어를 회전시키더니 층계 쪽으로 이동했다.

"충분히 봤으니 이제 돌아가자." 교수가 어떤 대답도 허락하지 않는 단호한 어조로 말했다.

아르카는 안도의 숨을 내쉬면서 비어 있는 관과 숨이 멎는 순간 영원히 굳어버린 열두 명의 후계자들을 뒤로 하고 교수를 뒤따라 나갔다.

라스티아낙스

라스티아낙스는 시중꾼이나 빈 술잔을 내려놓을 쟁반을 찾으려고 비틀비틀 한 바퀴 돌았다. 그의 눈에 연회의 정경이 흐릿하고 불안정해 보였다. 중정 한복판에서는 바실레우스가 환영의 인사말을 시작하고 있었다. 바실레우스는 이제 다른 세계에 있는 것처럼 보이지 않았다. 라스티아낙스는 군주가 에너지를 회복한 것이 사형수들과 흡입하는 인장과 관련이 있는 게 틀림없다고 생각하면서 막연한 혐오감이 일었다. 그는 술잔을 가까운 조각상 초석에 내려놨는데 이미 자신이 비운 술잔이 세 개나 있었다. 그는 이구아나 가면이 성가셔서 가면을 벗고 조각상에 씌웠다.

알코올 덕분에 혀가 풀릴수록 사람들의 말이 많아지고 있었다. 바실레우스에게서 멀리 떨어져 있을수록 사람들이 취해 있고 수다스러웠다. 라스티아낙스는 군중 속이 아니라 주변에 어정쩡하게 서 있었다. 그렇지만 그는 팔라테스와 트리에리오스를 살해한 범인이 마법사들이 취해 있는 때를 기회 삼아 승부수를 던질 경우를 대비해 경계를 게을리 하지 않겠다고 다짐했다. 그런데 돌아가는 상황이 여의치 않았다. 그의 수사는 허탕을 치고 있어서 최고 장관의 이중성을 증명하는 데 실패했는데, 최고 장관은 바실레우스가 아직 그에게 품고 있는 몇 가지 의심을 씻어주기에 충분한 범인을 조만간 찾아내서 라스티아낙스를 각료 의회에 소환할 터였다.

"그게 무슨 대수냐고, 그래, 안 그래?" 그는 너무 쉽게 포기하는 걸 꾸짖는 것 같은 이구아나 가면을 쓴 조각상에게 내뱉었다.

그는 영예로운 장관이 되었다. 사실 피라에게 강한 인상을 주려는 목적도 있었다. 하지만 피라가 알은체도 안 하는데 의회에 소환되든 말든 이제는 걱정할 이유가 없었다.

"여길 뜨지 뭐, 아르카디아에 가서 염소나 키우며 살면 되지, 까짓것." 그는 조각상을 향해 구시렁거렸다.

한 시중꾼이 쟁반을 들고 다가왔다. 라스티아낙스는 투덜거리면서 시중꾼을 맞았다.

"참, 일찍도 오네." 그는 다섯 번째 술잔을 집으려고 팔을 뻗었다.

하지만 시중꾼은 술잔 대신 네 번 접은 쪽지를 손바닥에 올려놓았다.

"이게 뭔가?" 라스티아낙스가 쪽지를 흘겨보면서 내뱉었다.

"마스터께 전해 달라는 메시지입니다." 시중꾼이 대답하고 나서 꾸벅 인사를 하고 돌아섰다.

시중꾼은 술을 주는 것도 잊고 부리나케 가버렸다. 라스티아낙스는 시중꾼의 뒷모습을 노려보면서 쪽지를 폈다. 7지구의 한 요리사가 발주한 과일과 채소 주문서였다. 그는 눈을 깜박이면서 행간을 살펴보며 목록을 다시 읽었다. 왜 이런 채소 주문서를 전하게 했을까? 너무 취해서 이해를 못 하는 건가.

그 순간 갑자기 머릿속에서 한 가지 생각이 번쩍 떠올랐다. 라스티아낙스가 종이의 오른쪽 상단을 누르자 엄지 밑에서 감춘 것을 드러내 보이게 하는 인장이 나타났다. 잠시 후, 주문서에서 글자 몇 개가 분리되더니 종이 중앙으로 이동해서 문장 하나가 만들어졌다.

그리핀 우리 근처로 와.

갑자기 너무 더웠다. 그가 마신 벌꿀주 네 잔과는 아무런 관계가 없었다. 거의 1년 만에 처음으로 피라가 그에게 메시지를 보낸 것이었다. 그는 피라가 이 메시지를 보낸 것이 맞는지 확인하기 위해 서명 같은 걸 찾을 필요가 없었다. 페트로클루스와 라스티아낙스, 피라가 친구로 지내던 시절, 이 쪽지 전달 방식을 만든 사람이 피라였다.

이 술책 덕분에 그들은 5년 동안 강의 양피지를 교환하는 척하면서 여봐란듯이 교수들을 속이곤 했다.

그들 셋의 우정이 시작된 것은 실렌 교수가 신비학의 기본 강의를 시작하던 순간 피라가 그들을 팔꿈치로 툭 치면서 드러내 보이게 하는 인장을 보여준 날이었다.

그리핀 우리의 위치가 군중과 멀찍이 떨어져 있는 것은 바실레우스가 자신의 문장으로 삼을 정도로 가장 애지중지하는 그리핀이 손님들 때문에 방해받는 걸 원치 않기 때문임이 틀림없었다. 라스티아낙스는 어두운 산책로를 따라 한동안 비틀거리면서 걸었다. 그는 잠시 작은 연못 앞에서 걸음을 멈추고 작은 폭포를 이루면서 쏟아지는 찬물을 얼굴에 끼얹었고 좀 더 맑아진 머리로 다시 걸었다.

그곳에 도착했을 때 그리핀은 자고 있었다. 거대한 야수의 몸뚱이는 접힌 날개의 보드라운 금빛 깃털에 가려져 있었다. 피라는 바실레우스의 조각상들보다 더 근사한 우리 앞에 팔짱을 끼고 한 손에 술잔을 든 자세로 등을 돌린 채 기다리고 있었다. 두 발을 덮은 검은색 롱드레스 자락이 웅덩이처럼 보였다.

"오늘밤은 과일과 채소 주문서를 어디서 구했어?" 라스티아낙스가 바보같이 물었다.

"그런 식으로 호출해서 미안해." 피라가 돌아서면서 대답했다. 검은색 늑대 가면이 그녀의 초록빛 눈과 어찌나 잘 어울리는지 라스티아낙스는 '호출'이라는 말에 불쾌할 수가 없었다. "단 둘이 얘기하고 싶었어."

"무슨 얘기?" 그가 물었다.

라스티아낙스는 가까이 가면 그렇지 않아도 취기 때문에 멍한 머리가 잘 돌아가지 않을 게 뻔해서 신중하게 피라와 거리를 두고 있었다.

"네 수사에 대해서." 피라가 대답하고는 술을 한 모금 마셨다.

"그리고 페트로클루스에 관해서."

"무슨 관계가 있는데?" 라스티아낙스가 물었다.

피라는 여전히 팔짱을 낀 채로 술잔을 천천히 돌리면서 잔에 어리는 벌꿀주 방울들을 쳐다보고 있었다. 라스티아낙스는 이 호출이 로맨스와 아무 상관 없다는 걸 알아차렸다.

"관계가 있지. 메젠스가 트리에리오스를 살해한 범인으로 페트로클루스를 고소할 생각이니까."

"뭐라고? 아니, 왜?" 라스티아낙스가 목멘 소리로 물었다.

"메젠스 말로는 페트로클루스가 각료 의회에서 자기 멘토의 자리를 차지하려고 트리에리오스를 죽였다는 거야. 팔레테스가 사망한 후 너에게 일어난 일처럼."

라스티아낙스는 술이 확 깼다.

"무슨 말도 안 되는 소리야!" 그가 버럭 소리를 질렀다. "페트로클루스는 절대 그럴 애가 아니야. 나도 절대 죽이지 않았고……."

그리핀의 날개가 움직이더니 깃털 사이로 황갈색 왕방울 눈이 나타났다. 라스티아낙스가 목덜미를 격하게 문지르면서 몇 걸음 다가갔다.

"메젠스는 페트로클루스와 나를 기소해서 자신에게로 향한 혐의를 벗으려는 거라고!" 화가 머리끝까지 치민 라스티아낙스가 갑자기 피라 앞에 멈춰 서서 소리쳤다.

피라는 여전히 팔짱을 끼고 있었고, 검은색 늑대 가면 뒤의 얼굴도 냉랭했다.

"그래서 너는 메젠스의 말을 믿어?" 라스티아낙스가 망연자실한 얼굴로 물었다. "내가 장관 자리를 차지하려고 내 멘토를 죽였다고 생각하느냐고?"

"이게 다 자존심 싸움 때문이잖아, 멍청하기는!" 피라가 폭발하면서 술이 땅바닥에 엎질러질 정도로 격하게 팔짱을 풀었다.

이번에는 피라가 왔다 갔다 하기 시작했다. 라스티아낙스는 어이없는 얼굴로 멍하니 서 있었다.

"당연히 아니지, 네가 그런 짓을 저지를 거라고 상상도 한 적 없어. 메젠스도 아니고. 메젠스는 너를 직접 공격할 수 없어. 그러면 일이 너무 커질 테니까. 그리고 페트로클루스와 네가 각별한 친구 사이라는 걸 알아. 그래서 걔를 협박하는 것일 뿐이야. 그러니까 위험을 줄이려면 다른 친구들과 자주 만나는 모습을 보여줘야 해." 피라가 신랄하게 덧붙였다.

"그럼 메젠스가 범인이 확실하네." 라스티아낙스는 피라의 마지막 지적을 무시하고 대꾸했다. "페트로클루스를 기소하기 전에 증거를 수집해야겠……."

"안 돼!" 피라가 말을 자르면서 다시 팔짱을 꼈다. "네가 메젠스를 궁지에 몰아넣었잖아. 메젠스는 범인이 아냐. 5년 동안 메젠스의 문하생이었기 때문에 내가 알아. 범인이 아냐."

"의회 끝나고 나오는데 메젠스가 내 목을 졸라서 반쯤 죽을 뻔했단 말이야." 라스티아낙스가 목을 만지면서 반박했다. "근데 너는 어떻게 메젠스가 범인이 아니라고 확신할 수 있지? 메젠스는 권력에 목말라서 더 많은 권력을 쟁취하기 위해서라면 무슨 짓이든 할 사람이야."

"너도 마찬가지잖아." 피라가 내뱉었다. "너도 의석을 차지하겠다고 나보다 세 배나 나이 많은 늙은 마법사를 만나 달라고 했잖아. 그리고 나는 아직까지 어떤 장관도 여성의 권리에 대해 말했다는 소리를 듣지 못했어."

라스티아낙스는 따귀를 세게 얻어맞은 느낌이었다. 그는 일그러진 얼굴로 피라의 큰 눈을 쳐다봤다. 뒤쪽에 있는 그리핀 못지않게 그녀의 눈에 차가운 빛이 번득였다.

"나는…… 하지만……."

"그리고 상기시키는데 우리가 마법 평가전을 통과한 뒤, 메젠스는 나를 문하생으로 받아준 유일한 마법사였어." 피라가 말을 끊었다. "여자가 평가전에 참가한 것도 처음이었고. 정치적 부담을 무릅쓰고 용기를 내준 메젠스를 제외하고는 내 멘토가 되어주겠다는 마법사가 없었어. 내가 1등이었는데도."

"메젠스가 너를 선택한 건 네가 예뻐……."

라스티아낙스는 말하다 멈췄지만 이미 엎질러진 물이었다. 술이 생각지도 않은 말을 내뱉게 한 것이었다. 문하생 시절 초기에 피라는 사내아이 같았고, 아르카와 막상막하로 말괄량이였다. 그때는 아무도 피라를 '예쁘다'고 하지 않았다. 피라는 5년 동안 여성도 마법사 공동체의 일원이 될 수 있다는 걸 증명해 보였다.

라스티아낙스는 피라가 가슴에 품고 있던 독설로 그가 방금 내뱉은 말을 후회하게 만들 거라고 예상했다. 하지만 그 정도가 아니었다. 피라가 고개를 숙여 긴 머리로 가리려고 했지만 상처받은 얼굴이 드러나 보였다. 잠시 후, 라스티아낙스가 변명하려고 애를 썼지만 고개를 든 피라의 얼굴은 무표정했다.

"페트로클루스가 기소되기 전에 메젠스에게 선처해 달라고 읍소하고 진범을 찾아." 피라가 쉰 목소리로 말했다.

그러고는 라스티아낙스에게 눈길도 주지 않고 휙 가버렸다. 우리 안의 그리핀은 눈을 감은 채, 다시 조용해진 것에 만족한 듯 날개속에 머리를 파묻었다.

그때였다. 중정에서 비명 소리가 울렸다. 라스티아낙스는 비틀거리면서 돌아봤다. 또 시작된 습격. 그가 어두운 산책로로 뛰어가는 사이 연달아 들리는 울부짖는 소리가 이국적으로 꾸민 숲의 고요함을 깨뜨리고 있었다. "남자 여러 명의 목소리야, 남자 여러 명의 목소리." 그는 되뇌었다. 세 갈래 길에서, 그는 비명 소리가 나는 방향으로 뛰어오던 피라와 하마터면 부딪힐 뻔했다.

"라스트!" 그가 피라의 얼굴에서 읽은 안도감은 세상의 모든 사랑의 맹세와 비길 만했다.

"저쪽이야!" 그는 세 번째 오솔길을 가리키면서 말했다. 싸우는 소리가 들렸다.

그들은 뛰었고 라스티아낙스가 10분 전에 얼굴을 식힌 작은 폭포수 연못에 이르렀다. 비명 소리가 멈췄다. 소리를 지른 이들은 사망해 있었다. 연못 가장자리에 기댄 채 축 늘어져 있는 한 마법사의 훼손된 시신에서 엄청나게 많은 피가 흘러나오고 있었다. 찢어진 채 땅바닥에 떨어진 부엉이 가면이 없었다면, 얼마나 맞았는지 얼굴이 심하게 뭉개져 있어서 신원을 알기 힘들었을 터였다.

"메젠스." 피라가 웅얼거렸다.

다른 두 희생자는 연못 바닥에 입을 벌리고 눈을 뜬 채 널브러져 있었다. 라스티아낙스는 최고 장관의 경호원들이 착용하고 있던 갑옷을 알아봤다. 자객은 그들을 물속으로 밀어 넣기만 하면 되었다. 나머지는 갑옷의 무게가 할 테니까.

멘토에게 다가간 피라는 라스티아낙스가 팔라테스의 시신을 발견했을 때 엄습했던 것과 같은 설명할 수 없는 감정에 사로잡혔다. 라스티아낙스는 어찌할 바를 모르고 있었다. 피라 곁에 있어야 하나, 비상을 걸어야 하나, 범인을 찾아나서야 하나? 피라는 얼굴이 뭉개진 멘토 옆에 꿇어앉았다. 라스티아낙스는 잠시 머뭇거리다 피라의 어깨에 손을 얹었다.

"이거 봐." 피라는 시신 주위의 붉은 흙을 가리켰다.

자객과 경호원들 간의 격렬한 싸움으로 바닥에 흙탕물이 튀어 있었다. 메젠스의 피가 서서히 물을 뻘겋게 물들이고, 그의 손가락 부근에 피로 쓴 글자가 물에 희석되고 있었다. 라스티아낙스는 글자가 완전히 사라지기 전에 'lémure(생령)'라는 단어를 간신히 알아볼 수 있었다.

11
저주의 거울

라스티아낙스

또다시 비상 의회가 소집되었다. 이번에는 바실레우스가 직접 요청한 것이었다. 생존한 장관 네 명이 빈 의석을 쳐다보고 있었다. 그들은 같은 질문으로 괴로워하고 있었다. 다음 차례는 누굴까?

후계자들이 살해된 지 162년 후, 처음으로 궁전 안에서 저질러진 살인 사건에 진노한 군주는 장관들의 무능함을 질책한 다음 이번 사건도 아마존족이 벌인 것이라고 결론을 내렸다. 궁전을 샅샅이 뒤졌지만 신비학자의 연회 때와 마찬가지로 범인은 사라져버렸다.

라스티아낙스는 어떻게 생각해야 할지 갈피를 못 잡고 있었다. 바실레우스의 결론이 틀렸다고 볼 수 없었다. 세 명의 연쇄 살인은 아마존족이 저질렀을 것 같은 냄새가 났다. 메젠스와 그의 경호원 두 명은 마치 범인이 비프아주르를 사용한 것처럼 마법을 쓰지도 못한 채 아주 능숙하면서도 무자비하게 살해되었다. 팔라테스 독살, 트리에리오스 참수, 라스티아낙스도 당한 교살 미수는 아마존들의 방식을 상기시켰다.

하지만 그를 공격했던 복면 자객은 체격으로 봐서 남자가 거의 확실했다. 그런데 그자는 비프아주르를 사용하지 않았다. 아마존들이 저지른 것으로 결론 내리기에는 너무 황당무계하다. 이렇게 산발적으로 장관들을 공격해서 아마존족이 무슨 이득을 얻을 수 있을까? 장관 세 명을 죽인다고 도시국가가 무너지는 것도 아닌데. 이런 식으로 히페르보레아인들을 공격하면 리쿠르고스와 동맹을 더욱 굳건하게 만들 뿐이다.

게다가 메젠스가 의식을 잃기 직전에 자신의 피로 쓴 글자가 있었다. 생령……. 이 단어를 어디선가 분명히 본 적이 있는데, 어디서 봤더라?

격분한 바실레우스가 어찌나 호통을 치며 장관들의 무능함을 질책하는지 모두 공포에 질렸다. 라스티아낙스는 끔찍한 의회를 마치고 집으로 가는 동안에도 그 단어가 머릿속을 떠나지 않았다. 그는 자신의 거북을 미로의 성 앞에 대놓고 집으로 들어갔다. 현관에 들어서자 메타니르가 몹시 흥분해서 뛰어나와서는 그의 팔을 마구 잡아끌었다.

"라스티아낙스 마스터, 친구들이 기다리고 있어요!" 찬모가 아트리움을 향해 종종걸음 치면서 말했다.

라스티아낙스는 미간을 찌푸렸다. 친구는 단 한 명 페트로클루스밖에 없었다. 하지만 우정이 아직 변함없는지는 의문이 있었다. 그가 장관으로 승격한 뒤로는 그 우정을 소홀히 하고 있었기 때문이다.

"정말 아주 오랜만에 오셨어요, 그 매력적인 피라와…… 키가 큰 친구." 찬모가 말했다.

찬모가 까치발을 들고 라스티아낙스의 귀에 조가비처럼 모은 손을 갖다 대고 속삭였는데 소리가 너무 컸다.

"내 생각에 피라는 좋은 신붓감이에요, 히히히!"

라스티아낙스는 고개를 들면서 제발 피라가 메타니르의 말이 들리지 않는 거리에 있기를 바랐다. 하지만 피라는 아트리움 입구에 놓인 안락의자에 페트로클루스와 나란히 앉아 있었다. 라스티아낙스가 들어갔을 때 두 친구가 즐겁게 웃고 있어서 얼굴이 화끈거렸다.

"찬모의 입담이 그리웠어, 라스트." 페트로클루스가 말했다.

"난 아니야." 라스티아낙스는 고개를 절레절레 저었다. "근데 너희들이 웬일이야?" 그는 피라의 시선을 피하면서 덧붙였다.

"좋았던 시절에 대한 그리움이라고나 할까." 페트로클루스가 안락의자에서 기지개를 켜면서 대답했다. "여기 많이 달라졌다. 마침내 팔라테스의 잡동사니를 치우는 데 성공했네."

"좋았던 시절에 대해 얘기하러 온 거 아냐." 피라가 딱 잘랐다.

피라는 얼굴이 초췌했고, 이번만은 히페르보레아 패션의 선두 주자가 되길 포기한 것 같았다. 평소에는 매끈하고 단정하던 새카만 머리가 헝클어져 있었다. 라스티아낙스는 적어도 최근 2년간은 피라가 머리를 풀어헤친 걸 보지 못했다.

"우리 멘토들이 살해됐고 범인은 여전히 휘젓고 다니는데, 네 수

사는 갈피도 못 잡고 있잖아, 라스트. 우리 없이는 사건을 해결하지 못할 게 분명해." 피라가 말하면서 일어섰다.

"우리한테 있는 실마리는 '생령'이라는 단어 하나뿐이야. 그리고 그게 무슨 뜻인지 아무도 몰라. 도서관으로 가자!" 피라는 결론을 내리고 현관 쪽으로 멀어져 갔다.

라스티아낙스는 행복한 미소를 애써 참으면서 피라를 따라갔다. 무능력하다는 말을 들었는데도 너무나 행복했다.

그들은 문하생 시절 오직 신비학 시험공부에만 몰두하던 때처럼 도서관의 한적한 곳에 자리를 잡았다. 그들은 '생령'과 연관이 있을 만한 주제 목록을 확인한 뒤 작업에 착수했다.

닷새 후에도 그들의 조사는 여전히 제자리걸음이었다. 그들이 열람한 수많은 개론서와 연대기, 마법서, 소논문 어디에도 '생령'이라는 단어는 나오지 않았다. 그들은 먹고 씻기 위해서 나갈 때를 빼고는 오로지 필사본들을 훑어보는 데 시간을 보내면서 잠도 도서관 장의자에서 잤다. 얼마 후, 라스티아낙스는 밖으로 나갈 때마다 페트로클루스와 피라가 동행할 구실을 찾고 있다는 걸 알아차렸다. 친구들이 시치미를 떼고 눈이 닿는 거리에 그를 책 더미 속에 가두고 보살피는 이유가 명백해졌다. 페트로클루스와 피라는 장관들을 살해한 범인에게 라스티아낙스가 공격을 받을까 걱정하는 것이었다. 친구들의 염려에 화가 나면서도 감동을 받은 그는 알아채지 못한 체하면서 더 열심히 '생령'이란 단어를 찾는 데 열중했다.

라스티아낙스는 늘 몇십 분 만에 책 한 권을 읽고 내용을 기억하는 자신의 능력에 큰 자부심을 가지고 있었다. 하지만 자디잔 글씨로 휘갈겨 쓰거나, 반대로 공들여 쓴 글씨를 하도 들여다본 나머지 눈이 침침해지고 있었다. 피라도 옆에서 빠른 속도로 책을 훑어보고 있었다. 라스티아낙스는 피라가 눈살을 찌푸릴 때 만들어지는 반달 같은 눈썹에 매료되어 이따금 곁눈질을 했는데 그녀의 피곤한 얼굴에서 결기 같은 것이 보였다. 그들의 무릎이 살짝살짝 스치고 있었다. 그는 피라가 무심하게 자세를 바꿀 때까지 그들의 무릎 사이의 작은 틈을 가상의 산이 가로막고 있다고 상상하는 자신에게 깜짝 놀랐다. 자존심이 상한 라스티아낙스는 《동물 정복의 역사》 제1권을 덮고는 조사에 집중하는 것이 더 생산적이라고 생각하면서 다음 권을 집어 들었다.

몇 시간 후 라스티아낙스는 《동물 정복의 역사》 열세 권을 모두 훑어보았다. 그러나 그는 수많은 신비한 동물들을 발견했지만, '생령'이란 단어는 단 한 번도 보지 못했다. 그는 눈을 비비면서 소리 나게 한숨을 내쉬었다. 신비한 동물들을 파고든 건 이유가 있었다. 메젠스 살해 사건이 동물원이나 다름없는 곳에서 발생했기 때문이다.

"성과는?" 그가 이제는 마법 무기에 관한 두꺼운 설명서를 읽고 있는 피라에게 물었다.

"성과가 있었다면 탄성을 지르면서 내가 의자에서 벌떡 일어나는 걸 봤겠지?" 피라가 설명서에서 눈을 떼지 않은 채 내뱉었다.

"그러네…… 없지?"

"응, 전혀."

피라는 갈피에 갈대 펜을 끼운 다음, 자기 앞에 불안정하게 쌓인 책 더미 위에 올려놨다.

"나 바람 쐬고 올게."

"먹을 것 좀 가져와." 페트로클루스가 소리치는 사이 피라는 이미 사라지고 없었다.

"여기서는 먹는 거 금지야." 라스티아낙스가 상기시켰다.

"그래도 먹을 것 좀 가져오면 좋겠다." 페트로클루스가 걱정스런 얼굴로 덧붙였다. "여자애들은 새 모이만큼씩 먹고 어떻게 사는지 모르겠어."

"아르카가 먹는 거 못 봐서 그래." 라스티아낙스가 구시렁거렸다. "여자애들 얘기가 나왔으니까 말인데 피라는 왜 여전히 나를 싫어할까?" 라스티아낙스는 너무 많이 글을 읽은 탓에 뻑뻑해진 눈을 문지르면서 짜증을 냈다. "쥐빌레르 연회 이후에 최선을 다해서 위로해 줬고 괜찮은 것 같았거든. 근데 지금은 또 나를 미워하는 것 같아. 하여튼 변덕이 죽 끓듯 해서 도저히 갈피를 못 잡겠어." 그러고는 거칠게 책장을 넘겼는데 좀처럼 하지 않는 행동이었다.

페트로클루스가 의자에서 몸을 흔들면서 도서관 중앙에서 타원형으로 둥둥 떠다니는 거대한 발광체 전구들을 멍하니 쳐다봤다.

"라스트, 너는 아주 총명하지만 감성이 너무 메말랐어."

라스티아낙스가 어리둥절해서 고개를 들었다.

"무슨 뜻이야?"

"피라는 화낼 충분한 이유가 있다는 뜻이야." 페토로클루스가 차분하게 부연했다. "피라는 졸업 심사를 통과한 뒤부터 슬럼프에 빠져 있어. 믿기지 않지만, 어쩔 수 없이 무위도식한다는 것이 어떤 사람들에게는 끔찍한 일인 거지. 너는 장관인데 피라는 고위급 공무원이나 엔지니어가 될 권리조차 없어. 메젠스가 피라가 특례를 받을 수 있도록 조치를 취하고 있었는데……. 너를 죄책감에 빠지게 하려고 하는 말이 아니라, 피라는 네가 의회의 꼰대들을 움직여서 여성 평등권 문제를 도와주길 기대하고 있었어."

라스티아낙스는 부끄러움을 감추느라 고개를 숙이고 필사본을 들여다봤다. 살인 사건 수사와 평등화 장관의 직무로 바쁘다 보니 피라에게 한 약속은 뒷전으로 밀렸다는 걸 인정해야 했다.

"의회에서 그 사람들을 움직이는 건 진짜 힘들어." 그가 한숨을 쉬었다.

"내 생각에 피라는 친구인 네가 자기를 그저 예쁜 여자로만 여기고 있다는 사실을 받아들이기 힘든 거야." 페트로클루스가 덧붙였다.

라스티아낙스는 몹시 난처해하며 목덜미를 긁적였다. 페트로클루스가 라스티아낙스와 피라의 복잡한 관계를 언급하는 동시에 그간의 상황까지 정확히 파악하고 있다고 밝히기는 처음이었다. 문하생 마지막 학년 때 라스티아낙스는 피라를 여자 친구로 만나는 걸 포기했다. 까칠하지만 인간적이던 진짜 피라는 어디로 사라져버리고 여전히 매혹적이지만 차츰 냉혹하고 비정한 인간으로 변해 가고 있다고 느꼈다.

라스티아낙스는 피라가 왜 사귀자는 그의 제안을 받아들였는지 이해되지 않았다. 그때는 그에게 애정이 있어서 사귀어볼 생각이 있었던 것이 틀림없었다. 하지만 그들의 연애는 순조롭지 않았고, 짧게 끝났다. 피라와 함께 있으면 그는 너무 긴장한 나머지 바보가 되었다. 그건 지금도 여전했다.

"결국은 다 잘될 거야, 라스티." 페트로클루스가 어깨를 다독거리면서 말했다.

라스티아낙스는 침울한 얼굴로 고개를 끄덕이면서 다시 필사본을 훑어봤다.

해가 뉘엿뉘엿 저물고 있을 때 피라가 간식이 잔뜩 든 보따리를 들고 돌아왔는데 아르카가 발을 질질 끌면서 따라 들어왔다. 피라는 필사본이 쌓인 책상의 비어 있는 공간에 간식 보따리를 올려놨다.

"길에서 발견했어." 피라가 책을 집어 들면서 말했다.

"이걸 다?" 페트로클루스가 과자를 미어터져라 욱여넣은 입으로 외쳤다.

"아니요, 나를 발견했다는 거예요." 아르카가 피라를 흘겨보면서 대답했다.

"네가 지금 흘겨보는 사람은 마법사야. 조심해, 문하생." 피라가 위협하듯 갈대 펜으로 아르카를 가리키면서 응수했다.

"닷새 동안 뭐하고 다녔니?" 그들이 조사를 시작했을 때부터 문하생을 보지 못했던 라스티아낙스가 물었다.

"수업 들었죠."

"나머지 시간은?"

"저는 사부가 어디 계신지 궁금했어요." 아르카는 솔직하게 대답했다.

"도서관에 와서 찾아볼 생각은 안 했니?"

"사부 말씀이 맞네요. 아, 그 생각을 못 했네요."

페트로클루스는 웃음이 빵 터졌고, 라스티아낙스는 고개를 저었다. 수사에 열정을 보이던 아르카는 한동안 조사를 중단하고 있었다. 라스티아낙스는 자기 옆에 있는 의자를 끌어당겼다.

"앉아." 그가 명했다.

아르카는 쌜쭉한 얼굴로 복종했다. 그가 아르카 쪽으로 한 무더기의 책을 밀었다.

"그거 읽다가 '생령'이라는 단어를 발견하면 우리에게 말해."

"생령이요?"

"그래, 생령. 최고 장관이 죽기 전에 쓴 마지막 글자거든."

고요한 도서관에서 두 시간 동안 드르렁거리는 소리가 끊임없이 귓가를 맴돌았다. 라스티아낙스는 차츰 소음에 익숙해졌다. 이윽고 밤이 깊어졌을 때 드르릉거리는 소리가 마침내 멈췄다. "되게 지져웠나 보다." 페트로클루스가 책을 펼쳐놓고 코를 고는 아르카를 턱으로 가리키면서 말했다.

라스티아낙스가 손짓을 하자 필사본이 아르카의 뺨을 건드리면서 닫혔다. 아르카가 벌떡 일어났다.

"아야! 왜 이러시는데요?" 아르카가 광대뼈를 만지면서 소리쳤다.

"가서 자라고."

"잠깐 눈 좀 붙인 거 같고!" 아르카는 발끈했다.

아르카는 문하생의 시간을 착취하는 것은 부끄러운 일이라고 좋알거리면서 도서관을 나갔다.

"뭐냐, 쟤?" 피라가 못마땅한 얼굴로 말했다. "겨우 50쪽 읽고 잠을 자? 메젠스의 말이 맞았어. 진짜 수준 떨어지네." 피라가 목덜미를 덮은 구불구불한 머리를 틀어 올리면서 말했다. "저런 애가 어떻게 평가전에서 합격하고 네 선택을 받았지?"

"어쩌다 그렇게 됐어." 라스티아낙스가 중얼거렸다.

피라는 틀어 올린 머리를 갈대 펜으로 고정하고 돌아봤다.

"진전이 없어. 이 도서관에 있는 책 십분의 일을 읽는 데만 10년은 걸릴 거야. 내 멘토를 살해한 범인은 버젓이 활개를 치고 다니는데."

페트로클루스가 책을 밀어내고 의자에서 몸을 흔들었다.

"'lémure(생령)'라고 쓴 건 확실해? 생령이 정확히 뭘 말하는 거지? 혹시 'lémurien(여우원숭이류)'이나 'lumignon(타다 남은 양초)'처럼 엘(L)로 시작하거나 철자가 비슷한 다른 단어 아닐까?"

"여우원숭이가 메젠스를 무참히 공격했다면 모를까, 난 '생령'이 맞다고 생각해." 피라가 딱 잘라 말했다.

라스티아낙스는 목덜미를 세게 문질렀다.

"아무래도 우리가 방향을 잘못짚은 거 같아." 그가 신경질적으로 말했다. "장관들을 살해하면 누가 이득을 보는지 알아봐야겠어."

"장의사들?" 페트로클루스가 내뱉었다.

라스티아낙스의 눈이 동그래졌다.

"그거다!" 그가 소리치면서 벌떡 일어나는 바람에 책이 무릎에서 떨어졌다.

페트로클루스와 피라가 시선을 교환했다.

"라스트, 농담이었는데." 페트로클루스가 말했다. "너 요즘 잠은 자냐?”

"내 말은 그런 뜻이 아니라……. '생령'이라는 글자를 어디서 봤는지 기억났어. 장의사를 찾아갔다가 한 표본병에 쓰여 있는 걸 봤어! 1지구로 가야겠어.”

"지금 새벽이야.” 페트로클루스가 반대했다.

"그게 뭐?”

"장관들의 사망률을 감안하면 한밤중에 그런 음산한 데 가는 건 결코 현명한 생각이 아냐, 라스트.” 페트로클루스가 부연했다.

"그러니까 연쇄 살인을 끝내야지.” 라스티아낙스가 대꾸했다.

피라와 페트로클루스가 또다시 시선을 교환했다.

"우리도 같이 갈게.” 피라가 반박의 여지가 없는 어조로 말했다.

라스티아낙스의 가슴에 뜨거움이 밀려왔는데 피라를 만날 때마다 요동치던 타오르는 것 같은 뜨거움이 아니라 분명히 잃었다고 생각했는데 마침내 품안으로 돌아온 우정의 평온한 뜨거움이었다. 그는 이 뜨거움이 얼마나 그리웠는지 깨달았고, 거의 1년 동안 이런 감정 없이 어떻게 살 수 있었는지 의문이 들었다.

"좋아.” 그는 짧게 대답하는 것으로 만족했다. 괜히 길게 말했다가 목소리에서 울컥하는 자신의 감정이 드러날까 두려워서였다.

아르카

탑 사이에 운하들이 거미줄처럼 걸려 있는, 밤에 보는 히페르보레아는 거대하고 환상적인 놀이터 같았다. 아르카는 궁전의 시커먼 형체에 시선을 고정한 채 도시의 침묵에 귀 기울이면서 미로의 성으로 돌아가고 있었다. 아르카는 라스티아낙스에게 보여준 것처럼 태평한 게 아니었다. 최고 장관이 사망한 뒤 머릿속이 뒤죽박죽이었다. 후계자 열세 명의 비극, 저주, 비어 있는 관, 비프아주르, 아마존족, 그 기능을 이해하지 못하면 조립할 수 없는 기계의 부품 같았다. 아르카는 실타래처럼 얽히고설킨 미스터리의 의문을 풀기 위해 자신만의 조사를 하고 있었다.

머리 위로 보이는 돔에 굴절된 초승달 달빛이 도시에 회색빛 입체감을 주고 있었다. 커다란 박쥐 한 마리가 그림자처럼 소리 없이 지나가더니 도시의 북쪽으로 계속 날아갔다. 아르카는 박쥐를 눈으로 좇다가 운하 난간에 앉은 실루엣 하나를 발견했다. 어두운데도 1학년 동급생 중 가장 교만한 아이의 곱슬곱슬한 머리를 알아봤다.

2주 전 아버지가 사망한 뒤로 프레톤은 수업에 들어오지 않고 있었다. 포네리아가 떨리는 목소리로 프레톤이 집에 틀어박혀서 아무도 만나주지 않는다면서 자기가 친구인 게 맞는지 모르겠다고 말했다.

프레톤이 아르카가 미로의 성으로 가려면 거쳐야 하는 운하에 있었다. 보통 때라면 그와 마주치지 않으려고 돌아서 가겠지만 아버지를 잃은 동급생이 한밤중에 난간에 앉아 있다는 것은 조짐이 좋지 않았다. 아르카는 운하를 따라 프레톤이 있는 쪽으로 걸어갔다.

프레톤은 반짝이는 작은 물체를 던졌다가 공중부양으로 되돌아오게 하는 부메랑 놀이를 하고 있었다. 그는 새로 던질 때마다 좀 더 멀리 보내면서 능력의 한계를 시험하고 있었다. 발소리에 그가 물체를 낚아채고 돌아보다 눈살을 찌푸렸다.

"아, 너구나, 43번."

프레톤은 한밤중에 운하에서 아르카를 보는 것이 놀랍지 않은지 무덤덤했다. 그가 다시 부메랑 놀이를 시작했다.

"괜찮아?" 아르카가 물었다.

아르카는 위로가 될 만한 말을 건네고 싶지만 어떤 말도 떠오르지 않았다. 프레톤은 동정을 받아들이기에는 너무 자존심이 강한 아이였다.

"걱정 마, 43번, 뛰어내리지 않을 거니까." 그는 마치 아르카의 생각을 읽은 것처럼 대답했다.

"그거 아버지 반지야?" 아르카가 물었다.

"응."

프레톤이 반지를 다시 던졌다. 아르카는 마음이 편치 않았다. 프레톤을 혼자 있게 놔두고 가야 하나, 아니면 옆에서 단답형으로 대답할 게 뻔한 질문을 계속 하고 있어야 하나?

잠시 머뭇거리다 아르카는 난간에 올라가서 시커먼 허공으로 두 다리를 늘어뜨렸다.

"아버지 보고 싶어?" 아르카가 물었다.

"모르겠어." 프레톤이 잠시 후 대답했다. "'그 따위 말투로 한 번만 더 말대꾸해봐, 상속권을 박탈해버릴 테니.' 이게 아버지가 내게 한 마지막 말이야. 앞으로 우리 잘 지내보자는 인사나 하고 가봐, 43번.

억지로 옆에 있을 필요 없으니까. 나 혼자서 슬픔을 감당할 수 있어. 아니 슬픔이 없어서 모르겠다."

아르카는 야경을 바라보면서 길게 숨을 들이쉬었다.

"나도 잃은 사람이 있어."

"엄마?" 프레톤이 다시 반지를 던지면서 물었다.

"아니기도 하고 맞기도 해. 엄마는 나를 낳다가 돌아가셨으니 보고 싶다고 말하는 건 맞지가 않지." 아르카가 대답했다. "내 후견인 시론을 잃었어, 내가……."

아르카는 '아마조네스 숲에 살고 있을 때'라고 말하려던 참이었기 때문에 입을 다물었다.

"……나포카의 내 집에 살고 있을 때."

"보고 싶어?"

"응, 많이."

"그래도 너는 괜찮네." 프레톤이 말했다. "후견인이 좋은 추억을 남겨준 것 같으니까. 내 아버지는 나쁜 기질만 남겨줬어."

아르카는 웃음이 터졌지만 얼른 입을 다물었다. 이런 때에 프레톤을 비웃는 것은 너무 인정머리가 없는 데다 프레톤이 이상한 표정으로 쳐다보고 있었기 때문이다.

"왜 그래?" 아르카는 머뭇거리다 물었다.

프레톤은 대답 대신 아르카 쪽으로 몸을 숙이고 입을 맞췄다.

입맞춤은 1초밖에 안 걸렸지만, 아르카는 어리둥절했다. 아마존의 교육에 달빛 아래에서 하는 입맞춤에 대한 것은 없었다. 아르카는 허공으로 떨어져서 운하에 빠지는 느낌이 들었다. 뺨이 어찌나 불타오르는지 어두운 주변이 밝아진다고 해도 놀라지 않을 것 같았다. 옆에 있는 프레톤도 자신의 행동에 당황한 것 같았다. 잠시 후, 프레톤이 난간 위에서 두 발을 흔들다가 멍한 얼굴로 아르카를 뚫어져라 쳐다본 뒤 한마디도 덧붙이지 않고 운하를 떠났다. 아르카는 어둠 속으로 사라지는 프레톤을 바라보면서 묘한 감정으로 방금 일어난 일을 생각했다.

난간 위에 놓인 메젠스의 인장반지, 아르카의 손 옆에서 달빛을 받아 반짝이는 반지가 꿈이 아니라 실제로 일어난 일이었음을 확인해주었다. 아르카는 언제고 프레톤에게 돌려줄 날이 있을 거라고 생각하면서 그리핀 형상의 큼직한 반지를 자신의 엄지에 끼었다.

그 순간 몇 달 전에 들었던 말이 기억 깊은 곳에서 떠올랐다. 마치 먹잇감이 더는 빠져나갈 수 없는 순간에 공격하기 위해 구멍 속에서 기다리는 뱀처럼 그 말이 기억 속에서 튀어나왔다. *사랑받으려는 웃음……. 네 손가락에 감긴 그리핀……. 영묘에서 너를 기다리는 열세 번째 후계자…….*

피톤의 수수께끼 같은 말이 갑자기 이해가 되었다. 아르카는 왠지 모르게 뱀의 예언을 추적하면 얽히고설킨 미스터리를 풀 수 있다는 확신이 들었다. 궁전의 영묘에 가서 열세 번째 후계자를 찾자.

아르카는 난간 위에 서서 팔찌의 인장을 눌렀다. 아르카의 몸에 금속 깃털이 퍼지더니 커다란 구릿빛 날개 두 개가 등에 나타났다. 아르카는 궁전에 시선을 고정한 채 어둠 속으로 돌진했다.

알칸드로스

방에서 기계 부품을 가공할 때 사용하는 기름 냄새가 진동하고 있었다. 자동의자에 앉아 있던 알칸드로스는 지겨워하는 얼굴로 게오르곤이 자동장치의 톱니를 조절하는 모습을 지켜보고 있었다. 마법역학자의 작업실은 온통 연장과 시제품, 금속 부스러기로 뒤덮여 있었다. 마법역학자는 발명의 탑 꼭대기에 있는 작업실 한쪽 구석에 변변치 않은 침대 하나를 놓고 숙소로 사용하고 있었다. 오래전에 자신의 저택을 팔고 파란연꽃 껌을 복용하는 자금으로 쓰고 있는 게오르곤에게 마기스테리움이 선의를 베풀어준 것이었다.

먼지가 쌓인 바닥에는 알칸드로스의 발자국들만 찍혀 있었다. 마법역학자는 젊었을 때 결함이 있는 기계에 등을 크게 다친 뒤로 두 발로 일어서지 못했다. 사고가 난 뒤 그는 파란연꽃 껌에 대한 의존도가 심각한 수준에 이르렀다. 마약성 진통제를 복용해야 휠체어를 타고 다니는 가혹한 시련을 견딜 수 있었던 것이다.

알칸드로스가 15년 전 같이 일하자고 그를 설득할 수 있었던 것도 바로 파란연꽃 껌 덕분이었다.

"그 아이가 궁전에 올 거라고 확신하시오?"

"미래를 예언하는 뱀이 거짓말한 게 아니라면 아이는 올 겁니다." 게오르곤이 톱니를 조절하는 데 정신을 집중하면서 말했다. "그 아이가 영묘에서 크리스털 덮개의 석관에 완전히 홀려 있던 모습을 보셨어야 하는데."

"그 아이가 서둘러야 하는데." 알칸드로스는 초조해하면서 일어났다. "의회의 수사가 빠르게 진행되고 있어요."

알칸드로스가 맨날 봐도 다 똑같아서 의심스러운 기계와 기계장치들 사이를 왔다 갔다 서성이기 시작했다. 피톤의 예언이 거짓으로 드러난다면?

나포카를 점령한 뒤 피난민 행렬에 섞여서 리파이아 산맥을 넘을 때 알칸드로스는 뱀의 존재를 알았다. 그는 전지전능에 가까운 뱀이 자신의 정복 계획에 어떻게 도움이 될지 바로 알아차렸다. 리파이아 출신의 카라반들이 그 뱀이 터를 잡고 있는 빙하를 통과하느니 차라리 수십 일이 더 걸리는 경로를 택하는 걸 보면 그 뱀을 얼마나 두려워하는지 알 수 있었다. 미신 때문에 상인들은 피톤에 대해 함구했다. 알칸드로스는 뱀에 관한 정보를 얻기 위해 상인들에게 자신의 강점인 설득력을 발휘해야 했다.

피톤을 만나겠다면서 떠나는 알칸드로스를 보면서 카라반들은 고개를 절레절레 저었다. 하지만 알칸드로스는 기지를 발휘해서 뱀에게서 예언을 얻어냈고, 그 예언들이 현재까지는 정확한 진실로 드러났다. 아르카가 태어난 것도, 아르카가 히페르보레아에 들어온 것도, 아르카가 처음으로 영묘를 여는 데 성공한 것도.

그렇지만 계획이 마지막 단계에서 지체되고 있었다.

"껌 남아 있습니까?" 게오르곤이 휠체어를 급회전하면서 물었다.

그의 턱에 경련이 일면서 금단 현상을 보였다. 알칸드로스는 경멸하는 눈으로 그를 잠시 쳐다보다 호주머니에서 밤색의 물렁한 반죽 한 덩이를 꺼내서 게오르곤 앞으로 공중부양시켰다. 마법역학자는 연장을 내려놓고 껌을 낚아채서 입 속에 욱여넣었다.

"나를 날아다니게 해주겠다고 약속했잖아요." 게오르곤이 불평을 늘어놓았다. "지시한 대로 모든 일을 했지만 나는 여전히 여기서 옴짝달싹 못 하고 있습니다." 게오르곤이 휠체어를 가리키면서 말했다.

"곧 날아다니게 될 거요." 알칸드로스가 마지못해 대답했다. "현재로서는 히페르보레아에 로크새를 들여올 수가 없어서 그래요."

그때 갑작스런 돌풍이 그의 얼굴을 할퀴면서 시람이 나타났다. 시람의 오른쪽 뺨이 함몰되기 시작하면서 벗겨진 살갗 속으로 광대뼈가 드러나 보였다. 생령은 하루가 다르게 분해되면서 지나간 자리마다 소용돌이 모양의 먼지를 남기고 있었다. 몇 번만 더 물질분자가 파괴되는 과정을 거치면 관자놀이에 찍힌 인장과 함께 알칸드로스가 준 허울뿐인 생명도 해체될 터였다. 생령이 소임을 거의 끝낸 시점이라는 것이 그나마 다행이었다.

"그 아이가 영묘로 가고 있나?"

"네, 주인님."

알칸드로스는 크게 안도했다.

"내가 잘될 거라고 했잖아요." 게오르곤이 투덜거렸다.

"이제 남은 일이 뭔지 알지, 시람?" 알칸드로스가 궁전의 은빛 돔이 뚜렷이 보이는 창문 쪽을 바라보면서 말했다.

"주인님……."

알칸드로스가 돌아봤다. 얼굴이 함몰된 시람은 이제 인간처럼 보이지 않았다. 그는 시람에게 내어준 아니마가 없어질수록 생령에 대한 지배력이 약해지는 걸 느끼고 있었다.

알칸드로스는 자신의 실수를 알았다. 생령은 그리 오래 살게 만들어진 것이 아니었다. 그가 창조했을 때 시람은 경험한 기억도, 느껴본 감정도, 후회할 것도 전혀 없고 심지어 식솔도 없는 종에 지나지 않았다. 하지만 15년이란 세월이 흐르면서 시람에게는 기억이란 것들이 축적되었고, 이 기억들이 감정을 만들고, 이 감정들이 양심의 가책 같은 걸 만들었다. 감정과 양심이 조금이나마 생긴 생령은 이제 혼신의 힘을 기울여 주인의 명에 맞서고 있었다.

"저는……."

알칸드로스는 시람이 말을 계속하게 내버려 두지 않았다. 그는 주먹 안에서 어린 새가 으스러지고 있는 느낌이 들었다. 생령의 이목구비가 함몰되고, 피부가 좀 더 부스러졌다. 시람도 감히 주인에게 대들 깜냥이 안 되는 걸 알고 있었다.

잠시 후, 생령의 얼굴이 다시 무표정해졌다.

"즐거운 여행이 되길, 시람." 알칸드로스가 말했다.

"하직 인사드립니다, 주인님."

생령이 약간의 먼지만 남기고 증발했다. 알칸드로스는 한동안 생령이 있던 자리를 쳐다봤다.

"시람을 잃었는데 괜찮으십니까?" 아주 먼 데서 말하는 것 같은 게오르곤의 목소리가 등 뒤에서 물었다.

"시람이 어떻게 끝날지 알고 있었으니까." 알칸드로스는 즉답을 피했다.

그는 창가에 다가서서 히페르보레아에서 유일하게 평온해 보이는 궁전을 관찰했다. 그리 오래 가지 못할 평온이었다. 창턱에 놓인,

군주의 지시로 제작한 바실레우스 흉상이 준엄한 표정으로 그를 응시하고 있었다. 알칸드로스가 흉상의 금속 머리를 토닥였다.

"이런!" 그가 말했다. "그렇게 쳐다보지 마시오, 내가 방금 당신의 아들을 보냈으니."

바실레우스

162년 동안 바실레우스는 몽롱한 상태로 살았다. 그가 아마존족에게 저주를 걸면서 보장받은 불멸이 그를 몽상 속에 살게 한 것이다. 완전히 깨어 있는 것도, 완전히 잠들어 있는 것도 아닌 무의식과 의식 사이의 흐릿한 정신 상태에서 그는 한 인간이 살 수 있는 수명의 세 배를 살고 있었다.

닫집 달린 침대의 커튼이 바람에 펄럭거리자 바실레우스는 바로 눈을 떴다. 베일이 천천히 가라앉으면서 군주는 수놓인 실크 베일에 다시 둘러싸였지만 더는 잠이 오지 않았다.

바실레우스는 침대 가장자리에 앉아서 커튼을 젖혔다. 침실의 대형 창문은 중정의 우거진 나무숲 쪽으로 나 있었다. 유리가 없는 창문이지만 히페르보레아에는 바람이 불지 않으니 커튼이 펄럭인다는 것은 납득이 되지 않는 일이었다.

바실레우스는 일어나서 침실 한쪽 구석에 놓인 전신 거울 앞으로 갔다. 노인들은 날마다 일어나는 것이 힘겨울 정도로 몸이 둔해지고 피로감을 느끼는지 그는 날마다 궁금했다. 지금까지 긴 세월을 끌고 온 것은 몸보다는 마음이었다. 먼 바다에서 온 산호로 장식된 거울 속에 비친 얼굴에서 이마에 새로 생긴 주름이 드러나 보였다. 몇 달 전부터는 사형수들로부터 빨아들인 아니마가 노화 진행을 막지 못했다. 젊음을 유지하는 특단의 처치가 없으면 머지않아, 목숨만 붙어 있을 뿐 거동 불편한 쭈글쭈글한 산송장이나 다름없을 터였다.

돌풍에 그의 수면 모자가 흔들리더니 갑자기 거울 속에 20대 남자의 이미지가 나타났다.

바실레우스는 공포에 사로잡혀서 뒤돌아봤다. 여기저기 떠다니는 먼지 입자들을 제외하고 침실은 평소와 다름없이 고요했다. 그는 한동안 방을 구석구석 살폈지만 방금 왜 그런 이미지가 거울에 보였는지 이해되지 않았다. 아주 잠깐이긴 하지만……. 그래도 절대로 있을 수 없는 일이었다. 그 아이가 어떻게……?

그러다 그는 걷잡을 수 없는 혼란에 빠졌다. 아이들의 죽음을 되씹다 보니 급기야 환각 증세가 일어나는 건가. 아주 잠깐이지만 그는 거울에 비친 자신의 장남 시람을 봤다. 헛것일 수도 있지만……. 그는 어떤 그림자나 가구의 한쪽 구석, 무슨 옷자락 같은 것을 조합하면 아이들이나 노인들을 기절초풍하게 만드는 귀신이라도 보게 되길 기대하면서 거울 쪽으로 돌아섰다. 하지만 아무것도 없었다.

바실레우스는 모자를 바로 쓰고 침대로 돌아갔고, 환영과 환영이 불러일으킨 엉뚱한 희망을 떨쳐내려고 노력했다. 15년 전부터 계속, 그는 기적적으로 소생한 아들의 환영과 싸우고 있었다. 장남의 시신이 갑자기 사라진 일에 대해 설명해주는 것은 아무것도 없지만.

이번에는 그의 오른쪽에서 또다시 돌풍이 일었다. 바실레우스는 침실 문 쪽을 쳐다보다 아연실색해서 한 발짝 물러섰다. 사람이 서 있었다. 어둠에 얼굴이 반쯤 가려져 있지만, 160여 년 전에 그들이 대화를 나눌 때 아들이 짓던 표정과 똑같았다. 금발, 몽상적인 눈빛, 호리호리한 체격도 똑같았다. 영락없이 그가 잃은 후계자의 모습이었다.

"사람……."

바실레우스가 다가가서 아들을 향해 손을 내밀었지만 턱만 움찔거릴 뿐 말이 나오지 않았다. 이번에는 사람이 손을 내밀고 검지로 늙은 아버지의 손을 건드렸다.

"영묘에서 기다릴게요, 아버지." 아들이 속삭였다.

그렇게 말하고 사람이 먼지회오리 속으로 사라졌다. 바실레우스는 멍한 시선으로 손을 내민 채 행복한 미소를 머금었다.

바실레우스는 광기에 사로잡혔다. 영묘, 영묘에 가면 사람을 만날 수 있어. 그가 두 손으로 침실 문을 벌컥 밀고 나가자 번개창에 기대어 졸고 있던 근위병들이 소스라치게 놀랐다.

"내 아이들을 만나러 간다." 바실레우스가 명했다. "나 혼자 갈 거니까 물러서라."

근위 대장이 소리가 나게 발뒤꿈치를 마주치면서 경례했다.

"폐하, 테러가……."

"상관없다." 바실레우스가 잘라 말했다.

바실레우스는 긴 잠옷자락을 휘날리며 성큼성큼 멀어져 갔다. 그가 달빛이 내린 회랑을 지나가자 모자이크 바닥에 드리워진 기둥의 그림자들이 일그러졌다. 그는 맨발로 나선형 층계의 대리석 계단을 급히 내려갔다.

으르렁, 크르릉, 잠든 동물들의 울음소리가 들렸다. 바실레우스는 동물원을 가로지르면서 희귀동물들의 잠을 방해하고 있었다. 그가 손바닥에 불러낸 동그란 불빛이 주변을 하얀 빛으로 밝혀주었다. 중정의 작은 정글 속으로 들어갈수록 울창한 식물들이 불쑥불쑥 나타났다가 어슴푸레한 어둠 속으로 물러났다. 그가 지나가도록 물러나는 나무들, 그것이 세 가지 확신을 주었다. 하나, 꿈이 아니었다는 확신. 둘, 정말로 아들을 봤다는 확신. 셋, 아들이 영묘에서 기다리고 있다는 확신.

바실레우스가 마침내 마법역학 문 앞에 도착했다. 그의 혈통만 열림 인장을 활성화할 수 있었다. 이 문이 사람의 소생을 믿는 이유였다. 그렇지 않다면 조각가가 떠난 뒤 그가 직접 영묘를 잠갔는데 어떻게 아들의 몸이 사라질 수 있단 말인가?

바실레우스가 주먹에 힘을 주자 이내 동그란 불빛이 꺼졌다. 그는 문턱을 넘은 다음 손짓으로 문을 잠갔다. 그리고 희미한 빛에 싸인 영묘 깊숙한 곳에서 열세 개의 관이 연출하는 황금빛 반원에 시선을 고정한 채 전진했다. 162년 동안 드나들었는데 그 어느 때보다 심장이 더 빠르게 뛰고 있었다. 사람은 보이지 않지만 아주 가까운 어딘가, 어둠 속에 있는 것이 틀림없었다.

그는 층계를 내려가면서 계단에 발을 디딜 때마다 좀 더 크게 아들의 이름을 불렀다. 아주 오랜 세월 동안 그리워하던 아이들이 잠들어 있는 열세 개의 석관들 중앙에 이르렀을 때는 아들의 이름을 거의 소리쳐 불렀다. 그는 빙글빙글 돌면서 아들이 숨어 있을 만한 곳을

찾기 위해 구석구석을 살폈다. 빛을 발하는 석관 열세 개 중 열두 개
는 시신이 있고, 하나는 비어 있었다. 갑자기, 바실레우스는 더는 참
을 수 없었다. 그가 두 팔을 들자 손바닥에서 빛이 폭발했다. 이제는
영묘 안의 곳곳이 드러나 보였다.

아무도 없었다.

바실레우스는 천천히 두 팔을 내렸다. 그러자 그의 손에서 흐릿
한 후광에 불과할 정도로 빛이 희미해졌다. 그의 머리가 말도 안 되
는 잔혹한 장난을 친 것인가. 그는 기진맥진해서 바닥에 웅크리고 앉
았다. 주위에는 열두 명의 자식들이 여전히 석관 안에 누워 있었다.
크리스털 덮개 안에 잠든 아이들의 평온한 얼굴이 보였다. 이토록 아
이들 곁으로 가고 싶었던 적이 없었다. 그렇지만 후계자들을 죽인 아
마존족에게 저주를 내린 뒤로 그의 죽음 또한 선택 사항이 아니었다.

라스티아낙스

"이게 무슨 냄새야? 이 거리는 진짜 더럽다."

"오버하지 마, 피라, 우리가 라스트랑 1지구를 얼마나 많이 돌아
다녔는데?"

"그래, 여기 냄새가 너무 역한 걸 내가 깜빡했네."

라스티아낙스는 페트로클루스와 피라가 옥신각신하는 소리를
건성으로 들으면서 1지구의 좁은 운하를 다니기에는 너무 긴 거북을
몰았다. 장비를 완벽하게 갖춘 거북을 구입한 터라 등갑 앞부분에 부

착한 마법의 전조등 불빛에 고인 물이며 오물에 파묻힌 거리가 훤히 드러나 보였다. 그 불빛에 땅바닥에서 자던 노숙자들이 잠을 깼다.

상위 지구들과는 달리 1지구는 한밤중에도 부산스러웠다. 쓰레기 더미에서 쥐들이 찍찍거리면서 나오는가 하면 양아치들이 탑 입구에 앉아서 파란연꽃 껌을 씹고 있었다. 좀 떨어진 부둣가에서는 조폭들이 서성거리고 있었다.

"내일 밝을 때 왔어야 했는데." 피라가 말했다.

"마법사가 셋이나 되는데 누가 감히 공격하겠어." 라스티아낙스가 좁은 운하로 거북을 몰면서 말했다.

"마법사 2.5명." 피라가 바로잡았다.

"그래도 내 자존심에 절반만 상처를 줘서 고맙다." 페트로클루스가 응수했다.

"진정해, 다 왔어." 라스티아낙스가 갑자기 고삐를 잡으면서 말했다.

너무 깜깜해서 그는 운하와 닿아 있는 한 탑의 벽에 낸 대문을 지나칠 뻔했다. 머리 위로 간판 대신 쇠사슬에 매단 해골이 나름 예쁜 미소로 그들을 맞았다. 전조등 불빛에 진줏빛 두개관이 반짝였다.

"멋지네." 페트로클루스가 평했다.

라스티아낙스가 대문으로 연결되는 미끄러운 계단으로 뛰어올랐다. 그는 대문에 고정된 인간의 대퇴골을 들어올렸다. 팔라테스가 살아 있다면 틀림없이 이 노커를 수집품에 추가하고 싶었을 터였다. 길게 느껴지는 몇 초가 흘렀다.

"내일 왔어야 했다니까. 이 시간에 누가 있겠어." 피라가 아무도 나오지 않아서 다행이라는 듯 구시렁거렸다.

"누가 나오는 것 같아." 라스티아낙스가 말했다.

잠시 후 문이 열리고 장의사의 앙상하게 마른 실루엣이 나타났는데 전조등 불빛에 더 창백해 보였다.

"얼마나 놀랐는지요!" 장의사가 외쳤다. "라스티아낙스 마스터와 친구 두 분까지. 아아, 얼마 전에 최고 장관을 잃으셨지요. 고인은 그저께 콜룸바리움으로 떠나셨습니다." 그가 마치 그들이 시신에게 작별을 고하는 것보다 더 뜻깊은 일은 없을 거라고 생각하는 듯 유감스러운 어조로 덧붙였다. "혹시 일거리를 가져오셨습니까?"

"몇 가지 물어볼 것이 있어서요." 라스티아낙스가 대답했다. "이 시간에 방해해서 죄송한데 들어가도 되겠습니까?"

장의사는 한쪽 눈꼬리를 올리고는 시체실로 앞장서는 것으로 그들을 어두운 통로에 들어서게 했다. 라스티아낙스는 악취에 대비해 몇 분 전부터 이미 입으로 숨을 쉬고 있었다. 경험이 없는 피라와 페트로클루스는 체액의 악취가 코끝에 닿았을 때 낯빛이 녹색으로 변했다.

근사한 관 네 개가 벽에 기대 세워져 있는데 미래의 시신들을 위한 준비로 보였다. 장의사가 경중경중 다가와서 뼈마디가 앙상한 손가락으로, 최고급 맥주로 광택을 낸 목재를 쓰다듬었다.

"현재의 추세를 감안할 때 장례를 치르게 될 장관님들의 수요를 예상하면……. 아무튼 이게 바로 손님의 관입니다, 라스티아낙스 마스터! 지난번에 말씀드린 대로 아주 근사하지 않습니까?"

라스티아낙스는 헛기침을 했다.

"세심하게 배려해주셔서 고맙습니다만…… 주문하러 온 것이 아 닙니다."

실망한 장의사가 작업대 앞으로 이동했는데 소금물을 채운 유골 단지 여섯 개가 놓여 있었다. 커다란 대야에 있는 주요 장기들이 담 길 것이었다. 그가 흐물흐물한 허파 덩어리 하나를 집어서 첫째 유골 단지에 집어넣었다.

"뭘 도와드릴까요?"

"메스꺼워서 토할 거 같아." 피라가 페트로클루스의 팔을 움켜잡 으면서 소곤거렸는데, 그 역시 덜덜 떨고 있었다.

"내가 몇 달 전에 방문했을 때 표본병 중 하나에 '생령'이라고 적 혀 있는 걸 봤던 기억이 나서요." 라스티아낙스가 누런색 살점이 가 득 담긴 단지들이 놓인 선반 쪽으로 고개를 돌리면서 말했다. "그게 무슨 뜻입니까?"

장의사가 둘째 단지 안에 간 하나를 집어넣으려다가 동작을 멈 췄다.

"아, 그거요."

갑자기 그가 의욕을 잃은 것처럼 보였다. 피라가 페트로클루스 의 팔을 놓고 노골적으로 코를 틀어쥐면서 라스티아낙스 옆으로 갔 다.

"아주 중요한 거니까 말씀해주셔야 해요." 피라가 코맹맹이 소리 로 말했다.

장의사가 간을 대야에 떨어뜨리고는 뭔지 알고 싶지 않은 얼룩 이 잔뜩 묻은 앞치마에 두 손을 닦았다.

"같은 질문을 한 사람이 또 있었지요. 생령은 가장 알려지지 않은 난해한 마법 기술에 속합니다." 그가 설명했다. "생령은 죽은 마법사의 시신으로 만들어지는 겁니다. 이론상으로는 반드시 마법사의 시신이어야 하는 건 아니지만 마법사의 시신일 경우 성공 확률이 높아지죠. 성공 확률을 높이는 또 한 가지 기준은 가능한 한 덜 훼손된 시신을 선택하는 겁니다."

피라와 페트로클루스, 라스티아낙스가 경악하는 시선을 주고받았다.

"잠깐만요……. 죽은 자들을 살릴 수 있는 방법이 있다는 겁니까?" 페트로클루스가 물었다.

"천지신명께 맹세코 아닙니다!" 장의사가 외쳤다. "그런 방법이 있다면 오늘날의 사회는 존재하지 않겠지요. 그게 아니라 생령이란 훨씬 신중하면서 훨씬 강력한 마법으로 실현한 작품이죠. 생령은 정신이 아니라 육신만 소생한 거니까요."

"무슨 말인지 이해가 안 되는데요." 피라가 말했다.

"마법사가 생령을 만들 때 오직 육신만 되살려놓는다는 말이요." 장의사가 다시 장기들을 단지에 집어넣으면서 설명했다. "그 육신의 주인이었던 사람의 정신은 없어지고요. 생령에게는 본인의 마음이나 의식이라는 것이 없어서 아니마의 일부를 내주는 것으로 그를 창조한 마법사를 주인으로 섬기게 되지요."

"왜 몸만 소생시키는 겁니까?" 라스티아낙스가 물었다. "정신이 없다면……"

"한때 실존했던 인간의 육신이 소생해서 주인이 시키는 대로 복종한다면 어떤 이득을 얻을 수 있을지 상상해보세요!" 장의사가 갑자기 목소리를 높였다. "도둑질하고 죽이고 친족을 등쳐먹고…… 버젓이 극악무도한 짓을 저지르면서 돌아다니겠지요."

장의사가 어찌나 흥분해 있는지 그렇지 않아도 돌출된 안구에서 눈알이 튀어나올 것만 같았다.

"그게 다가 아니에요……. 생령은 몸의 주인이었던 사람의 기억을 마음껏 이용할 수 있지요, 어떤 영향도 받지 않고……. 도착 장소를 봐 두었다면 순간이동도 할 수 있고요."

피라와 라스티아낙스가 동시에 고개를 들었다. 이 마지막 정보로 범인이 어떻게 연쇄 살인을 할 수 있었는지 이해가 되었다. 생령은 메젠스와 경호원들이 군중으로부터 멀리 있는 때를 기다렸다가 공격한 것이었다. 트리에리오스가 욕실에 혼자 있는 순간에 목을 베어 죽인 것도 그 생령이었다. 라스티아낙스도 미로의 성에서 생령의 공격을 받은 것이었다. 팔라테스의 경우는……. 한 하인이 건네는 물을 받아서 마셨던 게 틀림없었다. 생령이 독을 탄 물인 줄도 모르고.

"마법사 한 명이 동시에 여러 명의 생령을 지배할 수 있습니까?" 라스티아낙스가 물었다.

장의사는 비관적인 웃음을 흘렸다.

"생령을 소유하려면 상당한 능력이 필요한데 한 명이 여러 생령을 지배하는 건 불가능하다고 봐요."

"생령의 수명은 얼마나 돼요?" 피라가 물었다.

"몇 시간에서 몇 년이 될 수 있지요." 장의사가 앙상한 목을 크게 흔들면서 대답했다. "생령은 절대 늙지 않고, 진짜 사람에게는 치명상이 될 타격을 버텨낼 정도로 강력한 마법 능력을 부여받죠. 생령이 걱정하는 건 두 가지밖에 없지요. 주인의 죽음과 주인이 자기에게 내어준 아니마가 소진되는 것."

라스티아낙스는 피라와 페트로클루스를 쳐다봤다. 친구들의 눈에서 그가 느끼는 것과 같은 공포를 읽었다. 엄청난 임무가 그들을 기다리고 있었다. 생령의 주인을 찾아서 또 다른 살인을 저지르기 전에 죽여야 했다. 그리고 언제 나타날지 모를 생령에게 살해되지 말아야 했다. 라스티아낙스는 갑자기 등 뒤에 비어 있는 공간이 있다는 걸 알아차렸다. 생령이 유형화되어 그의 목을 벨 수 있을 만큼 충분히 큰 공간이었다.

그는 침을 삼켰다.

"생령을 만들어본 적 있습니까?"

라스티아낙스의 질문에 얼굴이 경직된 장의사가 이마에 떨리는 손을 얹었다.

"그렇다고 대답하면 나를 체포할 겁니까? 그런다 한들 숨겨서 뭐 하겠어요. 나는 대다수 사람들보다 늘 죽음과 가까이 있으니 당연히 생령에 대한 호기심이 크지요. 네, 시도해본 적은 있어요. 그리고 매번 실패했죠. 생령을 창조한다는 건 나는 도저히 엄두도 내지 못할 재능을 요구하지요."

"마지막 질문이에요." 피라가 말했다. "다른 사람에게 생령에 대해 말한 적 있어요?"

"한 번 있지요." 장의사가 대답했다. "한 남자가 찾아와서 내 집 대문의 노커를 살 수 있느냐고 물었죠. 나는 거절했고, 이런저런 대화를 하다가 생령에 대한 얘기로 흘렀어요. 아주 호감이 가는 마법사였는데 얼마 후 내 고객이 되었을 때 얼마나 유감스러웠는지 모릅니다."

라스티아낙스의 얼굴이 어두워졌다. 장의사가 라스티아낙스 쪽으로 고개를 돌렸다.

"내 기억이 맞는다면 그분은 손님의 멘토셨던 팔라테스 마스터였습니다."

아르카

아르카는 몇 번의 날갯짓으로 바실레우스의 궁전으로 가기에 충분한 고도를 얻는 데 성공했다. 마침내 비상을 자유자재로 할 수 있게 되었다. 밤의 서늘한 공기가 옷깃 속을 파고들면서 튜닉이 흩날렸다. 아르카는 탑들의 상공을 날면서 처음으로 공중을 나는 행복을 만끽했다. 이때까지는 위급한 상황에서만 날개를 사용했다. 비행하는 순간에는 마음이 평온해지면서 나보를 타고 질주할 때를 제외하고, 한 번도 경험해보지 못한 자유로움을 느꼈다. 아르카는 어느 지구든, 어느 발코니든 착륙할 수 있었다. 도시가 아르카의 것이었다.

하지만 풀어야 할 수수께끼가 있었다. 열세 번째 후계자가 영묘에서 기다리고 있었다. 아르카는 방향을 살짝 틀어서 궁전의 둥근 지붕을 향하도록 날갯짓을 했다. 성벽 위를 그림자처럼 통과한 뒤, 라스티아낙스와 산책했던 이국적인 숲의 상공을 날았다. 중정을 둘러싼 회랑에서 번개창들의 파란 빛이 번쩍이고 있었다. 바실레우스의 근위대가 지키고 있는 것이었다. 아르카는 착지하는 데 필요한 30초 동안만 근위병들이 하늘을 보지 않기를 바랐다. 아무튼 근위병들은 침입자가 공중에서 내려온다는 것은 전혀 예상하지 못할 게 틀림없었다. 아르카가 아는 한 날개팔찌는 세상에 하나밖에 없었다.

아르카는 올빼미만큼 조용히 원을 크게 그리면서 궁정 쪽으로 하강하다 나무 터널을 이룬 울창한 숲을 발견하고 그 위쪽의 옥상 테라스에 착륙하기로 했다.

번개창의 빛은 여전히 움직임이 없었다. 아르카는 길이로 보나 장식이 없는 걸로 보나 착륙하기에 적당한 지붕을 발견했다. 저공비행으로 다가가 속도를 줄이기 위해 상체를 세우고 발끝으로 바닥을 내딛었다. 몇 걸음을 뛰다가 날개를 접고 그리핀 형상의 지붕 장식 뒤에 웅크렸다. 그러고는 위험을 무릅쓰고 측면을 살피면서 근위병들의 움직임이 없는지 확인했다. 착륙할 때 마법 경보는 울리지 않았다. 창문마다 탐지 인장이 설치되어 있을 것이 틀림없었다. 아르카는 메젠스를 죽인 범인이 어디로 침투했는지 알아차렸다.

아르카는 쪼그린 자세로 중정 바로 위까지 전진하다가 허공으로 두 다리를 뻗어봤다. 두 발이 나뭇가지에 닿았다. 아르카는 뒤꿈치로 몇 번 눌러보면서 튼튼한지 확인한 다음 나무를 타고 미끄러지다 밑동까지 엉금엉금 기어서 내려갔다. 얼마 후 나뭇가지와 우툴두툴한 껍질 덕분에 수월하게 나무를 내려갔다.

무성한 나뭇잎에 별빛이 가려져서 어둡지만 근위병들의 주의를 끌 테니 마법으로 빛을 불러낼 수 없었다. 다행히 나무 터널 숲에 나 있는 오솔길은 시야가 확보되어 있었다. 아르카는 우리 안의 동물들을 깨우지 않으려고 살금살금 걸어갔다. 지난 시절에 대한 그리움이 몰려왔다. 불이 나기 전, 밤에 아마조네스 숲을 수없이 돌아다니던 때가 떠올랐다. 아르카는 이토록 먼 곳에 이르게 한 운명을 저주하면서 계속 걸었다. 어쩌면 떠돌아다녀야 했던 이유를 마침내 알게 될지도 모른다. 영묘에서 너를 기다리는 열세 번째 후계자······.

목적지에 도착했지만 마법역학 문은 닫혀 있었다. 마법역학 교수와 함께 왔을 때 했던 대로 아르카는 까치발을 들고 열림 인장을 활성화했다. 톱니바퀴 장치가 찰칵 소리를 내면서 문이 접혔다. 눈앞에 펼쳐진 어둠 속에 석관들이 뿜어내는 빛이 반원을 이루고 있었다. 아르카는 가슴을 졸이면서 눈을 가늘게 떴다. 한 남자가 석관들 한복판에 꿇어앉은 자세로 기다리고 있는 것 같았다. 열세 번째 후계자일까? 거리가 멀어서 고개를 숙인 남자가 머리에 쓴 수면 모자만 보였는데 엄숙한 장소와는 어울리지 않는 차림이었다. 아르카는 층계를 내려가면서 어쩌면 오래전부터 찾고 있는······ 아버지일지도 모른다고 생각했다.

층계를 다 내려온 아르카는 불현듯 공포에 사로잡혔다. 뱀이 아버지에게 이르게 한 걸까? 어머니를 버린 히페르보레아인 마법사?

남자가 마침내 발소리를 듣고 눈물범벅이 된 얼굴을 들었다. 아르카는 남자를 알아봤다. 바실레우스였다.

얼룩진 튜닉 차림의 문하생과 잠옷 바람의 군주는 한동안 서로를 뚫어져라 쳐다봤다.

"누구냐?" 그가 호통쳤다. "네가 어떻게 여길 들어와?"

아르카는 분노와 절망이 섞인 표정으로 일어서는 바실레우스를 쳐다보면서 온몸이 굳었다.

"너는 여기 들어올 수 없다. 여긴 내 자식들과 나를 제외하고는 아무도 들어올 수 없는 곳이다."

바실레우스가 갑자기 다가와서 아르카의 팔을 움켜잡았다. 목이 멘 아르카는 소리를 낼 수 없었다. 그가 광기에 휩싸인 눈으로 아르카를 아래위로 훑었다.

"너 아마존이구나, 맞아, 아마존이야. 여기 온 게 처음이 아니야, 그렇지? 이런 요망한 계집!"

그가 아르카의 어깨를 거칠게 흔들었다.

"15년 전에 내 아들을 훔쳐 가더니 이번에는 그 아버지를 죽이러 온 거야!" 그가 고함쳤다.

바실레우스가 어찌나 격하게 떠미는지 아르카는 뒤로 넘어지면서 바닥에 머리를 찧었다.

"자, 어서 끝내! 저 아이들에게 했던 것처럼 내 목을 따보란 말이다!" 그가 열두 명의 후계자들을 가리키면서 고래고래 소리를 질렀다.

아르카는 바닥에서 꿈틀거리면서 뒤로 물러났다. 바실레우스는 제정신이 아니었다. 그는 겨우 열세 살짜리 문하생을 성인 아마존으로 보면서 아르카를 자식들을 죽인 아마존 중 한 명으로 혼동하고 있었다. 아르카의 등이 한 석관의 받침돌에 부딪혔다. 빨리 도망쳐야 했다.

"이번에도 내가 너를 놓아줄 거라고 생각하나 본데!" 바실레우스는 자신의 가슴을 치면서 퍼부었다. "천만에, 오늘밤은 저주를 거는 걸로 끝나지 않아. 오늘밤 죽는 건 너야!"

아르카는 일어설 겨를이 없었다. 그가 달려들어서 두 손으로 목을 졸랐다. 아르카의 머리가 석관에 부딪혔다. 시야가 흐려졌다. 아르카는 살 속으로 파고드는 바실레우스의 손가락을 느꼈다. 눈앞에서 그의 눈동자가 뒤집히고 있었고 모자가 바닥으로 떨어졌다. 아르카는 실성한 군주의 눈을 찌르려고 손가락 두 개를 세웠다. 하지만 그가 팔을 움켜잡고 있어서 손이 얼굴에 닿지 않았다. 아르카는 할 수 없이 공격자의 두 팔을 손톱으로 찔렀다. 살갗이 찢어지는데도 무쇠 같은 손목의 힘은 약해지지 않았다. 필사적으로 공기를 삼키려고 애쓰는 아르카의 가슴이 들썩였다. 마법을 쓸 수 없으니 아르카는 덫에 걸려서 버둥거리는 한낱 짐승에 불과했다. 이제 시야는 바실레우스의 일그러진 얼굴 주위로 좁아졌다. 온몸에서 경련이 일어났다. 아르카는 어떻게든 숨을 쉬려고 손톱으로 목을 조르는 두 손에 상처를 냈다.

찰칵 하는 소리가 났다. 의식이 가물가물한 아르카는 그제야 메젠스의 반지를 끼고 있다는 걸 알아차렸다. 몸싸움 중에 반지를 작동시킨 것이다. 아르카는 바실레우스의 겨드랑이를 향해 팔을 들었다.

얼굴 바로 앞에서 붉은빛의 폭발이 일어났다. 아르카는 석관과 함께 나가동그라졌고, 벽에 부딪힌 석관이 박살이 나면서 수많은 크리스털 파편에 살갗을 베였다. 빛을 발하는 옷을 입힌 소년의 시신이 관에서 떨어지다 아르카의 등과 충돌했다. 목에 피멍이 든 아르카는 핏대를 세우며 비명을 질렀다. 아르카는 기어서 빠져나왔고, 손바닥에 크리스털 파편이 잔뜩 박혔다.

아르카는 일어나서 숨을 쉬려고 노력했다. 방 한가운데 쓰러진 바실레우스의 주위에 피가 흥건했다. 폭발로 인해 군주의 팔과 어깨가 떨어져 나간 상태였다. 군주는 아직 숨을 쉬고 있었다. 머리가 옆으로 꺾인 군주는 몽롱한 얼굴로 자신의 훼손된 몸을 응시하고 있었다. 그의 흐릿한 눈이 아르카 쪽으로 움직였다.

"네가 어떻게?" 그가 중얼거렸다. "아무도 나를 죽일 수 없⋯⋯."

나머지 말은 갑작스런 돌풍에 묻혀버렸다.

아르카가 홱 돌아섰다. 히페르보레아에는 바람이 불지 않는데⋯⋯.

크리스털 파편과 먼지회오리 속에 한 남자가 나타나 있었다. 그가 회갈색 눈으로 아르카를 쳐다보면서 대답했다.

"이 아이가 내 딸이니까요."

바실레우스는 바닥에서 힘겹게 머리를 쳐들었다. 그의 머리털은 자신의 피에 젖어 있었다. "시람." 그가 울먹였다. "내 아들아."

바실레우스는 생령을 향해 성한 손을 뻗어 발목을 붙잡고 경탄하는 미소를 지었다. 남자가 천천히 고개를 숙이면서 자신의 다리를 붙잡고 있는 피범벅이 된 손을 쳐다봤다. 그는 발을 빼면서 뒤꿈치로 손을 짓이겼다.

바실레우스에게서 죽어가는 짐승의 거친 숨결이 새어 나왔다. 군주가 이해할 수 없다는 표정을 지었다. 잠시 후, 그의 머리가 기울어지더니 들썩거리던 가슴이 멈췄다. 숨을 거둔 것이다.

남자는 군주에게 눈길도 주지 않고 아르카에게 다가왔다. 이상하게 찢어진 흉터가 있는 이마, 인장이 문신되어 있는 관자놀이. 자줏빛 줄 하나가 길게 그어져 있는 목. 공중에 떠다니는 뿌연 먼지. 아르카는 남자가 방금 한 말이 무슨 뜻인지 생각하지 않으려고 이런 것들을 세세히 살펴보고 있었다. *이 아이가 내 딸이니까요.* 아르카는 도망치고 싶었지만 다리가 말을 듣지 않았다. 그가 아연실색해 있는 아르카의 손을 잡아서 뒤집고는 손바닥을 유심히 살펴봤다. 부드럽고 따뜻한 접촉. 그렇지만 아르카는 얼어붙는 것 같은 공포가 엄습했다.

"육신, 정신, 아니마……. 너는 완벽해." 남자가 숨을 헐떡이면서 중얼거렸다.

"누구세요?" 아르카가 손을 빼면서 큰 소리로 물었다.

남자가 감정이라고는 없어서 읽어내기 힘든 눈으로 쳐다봤다.

"15년 전에 저기 있던 육신으로 만들어진 생령." 그가 열세 번째 석관을 가리키면서 말했다.

바실레우스의 장남이 누워 있던 석관. 얼굴이 알려지지 않은 후계자. 아르카는 이제 열세 번째 후계자의 얼굴을 알았다. 반듯한 코, 회색 눈, 넓은 어깨. *이 아이가 내 딸이니까요.* 생령이 석관에 다가가서 크리스털 덮개를 열었다. 그가 누비 비단에 손을 얹고 잠시 눈을 감았다. 그러고는 마치 말 한 마디 한 마디가 내면의 적과 치열한 투쟁의 대가를 치러야 나오는 것처럼 한 번씩 끊어서 느리게 말했다.

"몸을 제외하고는 162년 전에 여기 있었던 인물과 나는 아무 관계가 없어. 나의 주인은 오직 몸에만 관심이 있었으니까. 나의 주인은 바실레우스를 제거하고 싶은데 그렇게 할 수 있는 유일한 방법은 후손을 찾는 일이었지."

생령이 척추를 따라 경련을 일으켰다. 그의 어깨가 휘어지고 볼이 움푹 꺼졌다.

"살아 있는 완벽한 후손." 생령이 고개를 숙이면서 말했다. "언제가 되었든 바실레우스를 죽여야만 하는 운명의 후손. 그게 바로 너야."

아르카는 피 웅덩이에 사지가 절단된 인형처럼 널브러져 있는 바실레우스를 쳐다봤다. 자신이 죽인 것이었다. 아르카는 땀범벅이 된 얼굴을 문질렀다. 팔뚝이 시뻘겠다. 그건 땀이 아니라 바실레우스의 피였다. 아마존의 딸인 아르카가 히페르보레아의 군주를 죽인 것이다. 여기 있다가 발각되면……. 당장 도망쳐야 했다.

하지만 아르카는 알아야 했다.

"왜 그럴 운명이라는 거죠?"

"네 어머니의 혈족이 비프아주르 방패 뒤로 피신해야 했던 것과 같은 이유 때문에." 생령이 한층 고른 목소리로 대답했다.

그가 천천히 고개를 들었다. 좀 전에 그가 싸우고 있던 내면의 적이 항복한 것 같았다. 그는 마치 새로운 곳을 발견한 갓난아이처럼 두리번거리면서 석관들을 따라 걷기 시작했다. 그가 가장 어린 소녀의 관 앞에서 걸음을 멈추더니 갑자기 향수에 젖은 듯 눈을 깜박이다가 말을 이었다.

"바실레우스는 자식들을 살해한 아마존들에게 저주를 걸면서 자신도 똑같은 저주에 걸렸지. 저주의 거울이라고 하는 마법에. 엄청나게 강력한 마법을 썼을 때 치러야 하는 희생이지."

"그 저주라는 게 뭔데요?" 아르카가 담담한 목소리로 물었다.

생령이 고개를 들었다. 이마의 살갗이 재처럼 부스러졌다. 인장이 문신된 관자놀이에서 생살이 삐져나오는 것 같았다.

"아직도 이해가 안 됐니?" 그가 부드럽게 물었다. "너는 왜 늘 죽음의 위기 속에서 살아남았을까? 안티오페 여왕은 왜 비프아주르들을 도난당한 뒤 딸을 자신에게서 멀리 떨어진 곳에서 지켜주려고 했을까? 바실레우스는 그토록 오랜 세월이 흐른 뒤에 왜 너에게 죽임을 당했을까?"

그는 말을 중단하고 마치 피부의 분해를 늦추려는 것처럼 두 손가락을 관자놀이에 얹으면서 덧붙였다.

"그 저주에 걸린 사람은 누구든 자기 후손의 손에 죽게 되기 때문이지."

생령이 영묘 탐험을 재개하는 사이 아르카는 이 정보가 낳게 될 결과를 이해하려고 노력하고 있었다. 그 저주에 걸린 사람은 누구든 자기 후손의 손에 죽게 된다…….

"그 저주 덕분에 바실레우스는 영생하고 있었지." 생령이 계속 말하면서 이제는 맞은편 벽을 살펴보고 있었다. "후손이 없으니 죽을 수도 없었던 거야. 바로 그런 이유로 내 주인이 나에게 생명을 부여한 거지. 내 주인은 내가 아마존을 만나서 그 여자가 내 자식을 낳길 바랐으니까. 그래서 내가 나포카에서 네 어머니에게 접근한 거야."

생령이 빈 석관으로 돌아와서 크리스털 덮개에 기대고 섰는데 피로에 지친 넓은 어깨가 축 처져 있었다.

"멜라니페를 유혹하기 위해서 멜라니페가 좋아할 수 있는 모든 것이 되라고 내 주인이 명했지. 우리의 가짜 연애는 몇 달간 지속되었고, 네 어머니가 임신하자 내 주인이 나를 불러들였어. 멜라니페는 아르카디아로 떠났고, 네가 태어났고, 네 엄마는 죽었어. 이게 우리의 역사야."

아르카의 두 손이 부들부들 떨렸다. 생령이 해준 이야기는 일고의 가치도 없지만, 아르카는 내면 깊은 곳에서 그가 진실을 말하고 있다는 걸 알고 있었다. 아르카는 누군가의 꼭두각시에 불과한 생령의 딸이었다. 지난 몇 달간 찾아다닌 아버지는 인간이 아니었다. 자신의 존재가 15년 전에 바실레우스를 제거하고 싶은 누군가에 의해 실현된, 파렴치한 계산의 결과물이었다니. 아르카는 고개를 들고 생령의 눈을 쳐다봤다. 생김새도 색깔도 그녀의 눈과 똑같았다.

"당신의 주인이 누구예요?"

생령이 대답하려고 입을 벌렸지만 또다시 경련이 일어나자 가슴에 손을 얹었다. 얼굴이 땀범벅이 된 그가 휘둥그레진 눈으로 허공을 쳐다보았다. 이윽고 경련이 빠르게 멈추자 그가 가슴에서 손을 뗐다. 또다시 얼굴에서 모든 표정이 사라졌다.

"그걸 말해줄 권리가 나한테는 없어." 그가 딱 잘라 대답했다.

아르카는 걷기 시작했다. 발밑에서 크리스털 파편들이 빠드득거렸다.

"당신이 아들이니까 바실레우스를 직접 죽일 수도 있었잖아요!" 아르카가 성큼성큼 걸으면서 부르짖었다.

"나는 바실레우스 아들의 육신일 뿐이야." 생령이 담담한 어조로 대답했다. "나는 그 저주의 영향을 받지 않으니 결코 죽일 수가 없었을 거야. 너는 태어났고, 완벽하게 자랐어. 네가 바실레우스의 진정한 후손이야."

아르카가 멈춰 섰다.

"왜 내 어머니였죠? 왜 아마존이었죠? 다른 여자를 선택할 수도 있었잖아요!"

그때 멀리서 발소리가 울렸다. 생령이 문 쪽을 쳐다보다 석관에서 내려왔다.

"왕을 죽이는 게 능사는 아니야. 뒤이어 통치할 수 있어야 하니까."

"그게 무슨 뜻이에요?" 이번에는 아르카가 출구 쪽을 쳐다보면서 물었다.

생령은 대답하지 않았다. 이제는 문의 틈새로 흔들리는 불빛이 보였다. 왁자지껄한 소리가 들렸다.

"그게 무슨 뜻이냐고요?" 아르카가 여전히 침묵하는 생령을 향해 더 크게 외쳤다.

"곧 알게 될 거야." 생령이 더는 말하지 않았다.

그가 바닥 쪽으로 몸을 숙이고 크리스털 파편 하나를 주웠다. 그는 세모난 크리스털 파편을 손바닥에 놓고 자신의 얼굴을 비춰봤다. 그의 표정이 풀리더니 얼굴에 이상한 미소가 나타났다. 이어서 그가 관자놀이에 문신된 인장에 파편을 대고서 아르카를 향해 돌아섰다.

"안녕, 내 딸. 너를 만나서 행복했다."

"그게 무슨 뜻……."

생령이 크리스털 파편으로 인장을 찢었다. 즉시 그의 몸이 먼지 회오리로 분해되었다. 먼지 입자들이 아직 완전히 바닥으로 떨어지지 않았을 때 영묘 안으로 들이닥친 근위병들이 살인자라고 외치면서 아르카에게 달려들었다. 아르카는 출구 쪽으로 끌려가면서도 시선은 근위병들에게 무참히 짓밟히고 있는 한 줌의 먼지에 고정되었다. 근위병들은 구조를 요청하면서 군주의 시신 주위를 둘러쌌다.

12

정의의 탑

라스티아낙스

복도에서 발소리가 간간이 울리다가 희미해졌다. 라스티아낙스가 눈을 떴다. 메타니르는 오늘만 벌써 네 번 그의 방문 앞에 와 있다가 돌아갔다. 찬모가 아르카를 못 본 지도, 집주인과 말 한 마디 못한 지도 사흘째였다. 아르카는 바실레우스 살해범으로 투옥되어 재판을 기다리고 있기 때문이고, 라스티아낙스는 문하생이 체포되었다는 소식을 들은 뒤로 방에서 나오지 않았기 때문이다. 방에서 씻지 않은 남자의 퀴퀴한 냄새가 진동했다.

닫집 침대에 누운 라스티아낙스는 애도 기간인 사흘 내내 곡하는 여자들의 통곡 소리를 듣고 있었다. 그의 방 창문은 여전히 파랗고 고요한 하늘이 보이는 돔 쪽으로 나 있었다. 하지만 일어나서 도시 아래쪽을 내려다보면 히페르보레아 시민들이 바실레우스 장례를 위해 내건 수많은 흰색 천을 보게 될 걸 알고 있었다.

라스티아낙스는 눈을 감고 돌아누워서 곡하는 여자들의 절망적인 울음소리가 들리지 않도록 손가락으로 귀를 틀어막았다. 그는 바실레우스가 살해된 책임이 자신에게 있는 게 아닌지 백 번도 더 생각했다. 그는 아마존을 거두었고, 아마존에게 마법을 가르쳤다. 게다가 아마존을 궁전으로 데려갔다. 정황상 그에게 책임이 있다는 건 의심의 여지가 없었다. 장의사를 두 번째로 만나고 온 뒤, 한밤중에 들이닥친 경찰이 아르카 체포 소식을 전하면서 미로의 성을 수색했을 때 즉시 도의적 책임을 지고 마땅히 자수했어야 했다. 하지만 그는 그럴 용기가 없었다.

모든 정황이 바실레우스를 살해한 범인으로 아르카를 가리키고 있는데도—영묘에서 발견되었을 때 아르카는 희생자의 피가 묻어 있는 상태로 혼자 있었고, 바실레우스의 팔이 떨어져 나간 것으로 보아 무기로 사용했을 것이 틀림없는 메젠스의 반지를 손가락에 끼고 있었다—라스티아낙스는 아르카가 결백할 거란 터무니없는 희망을 억누를 수 없었다. 곁에 두고 지내다 보니 그는 아르카에게 거의 형제 같은 감정, 아니 적어도 반려동물에게 지닐 수 있는 정도의 애정이 생겼고, 이 애정이 판단력을 흐리게 하는 것이 틀림없었다. 평소에 아르카가 아첨하는 말이나 순진한 척 꾸며내는 말을 했거나 능란하게 위선적인 면을 보였다면 오래전에 알아차렸을 터였다. 그를 대하는 아르카의 태도는 그저 실수를 연발한다거나 뻔히 보이는 서툰 거짓말을 하고 버릇없는 언행을 하는 정도가 전부였다. 아무리 생각해도 마법사에게 농간을 부릴 이유가 없거니와 하물며 군주를 죽일 이유는 더더욱 없었다. 하지만 몇 가지 석연치 않은 의문이 남아 있었다. 아르카가 어떻게 영묘에 들어갈 수 있었을까? 바실레우스는 왜 그 야심한 시간에 침실을 나서면서 호위를 받지 않고 혼자 가겠다고 했을까? 어떻게 아르카가 메젠스의 반지를 갖고 있었을까?

아르카는 왜 미로의 성에서 위험을 무릅쓰고 그의 목숨을 구해줬을까?

아르카에 대한 재판은 오후에 시작될 예정이었다. 라스티아낙스가 벌떡 일어났다. 아르카에게 이런 것들을 물어볼 시간이 두 시간밖에 남지 않았다. 그는 낡은 토가를 입었고, 메타니르가 혹시 씻을지도 모른다는 생각에 물을 받아놓은 세숫대야에 머리를 담갔다. 대야 위쪽 거울에 비친 얼굴이 해쓱했다. 사흘간 면도를 하지 않은 티가 나는 거뭇거뭇한 턱, 눈 위로 흘러내린, 물에 흠뻑 젖은 기름진 머리털. 라스티아낙스는 머리털을 헝클어뜨리고 쏜살같이 방을 뛰어나갔다.

밖으로 나오자 햇살에 눈이 부셨다. 운하를 건너는 동안 그의 흐트러진 차림새를 보면서 아는 마법사들이 놀라워했다. 원형 경기장이 눈앞에 나타났는데 외벽에 흰색 천이 빼곡히 걸려 있었다. 재판이 열리는 곳이 원형 경기장이었다. 머지않아 구경꾼들이 방청석을 가득 메울 터였다. 향후 세대가 열 번이 바뀐 뒤에도 회자될 엄청난 사건의 재판을 참관하고자 몰려온 하위 지구의 유지들은 이미 줄을 서 있었다. 라스티아낙스는 정문의 어두운 복도로 들어갔다. 지하 감옥 문 앞에 번개창으로 무장한 십여 명의 경비병들이 지키고 있었다.

"출입 금지입니다." 경비 대장이 한 걸음 앞으로 나서면서 말했다.

"나는 장관이오."

경비 대장이 특혜가 아닌지 판단할 겨를도 주지 않고 라스티아낙스는 문을 열고 지하 감옥 안으로 들어갔다.

얼음장 같은 추위가 그를 맞이했고, 긴 복도의 천장에 매달린 낡은 기름 램프 몇 개가 밝혀주는 희미한 빛 속에 감방이 양쪽으로 늘어서 있었다. 라스티아낙스는 자신이 불안으로 떨던 장소였던 것이 기억났다. 마법 평가전이 있을 때마다 후보생들이 대기하던 곳이 바로 이 복도였기 때문이다. 그때와는 분위기가 사뭇 달랐다.

수감자용 빨간 튜닉 차림으로 철창에 기대고 앉은 아르카는 퀭한 눈으로 다가오는 라스티아낙스를 쳐다보고 있었다. 문하생에게서 늘 힘이 넘치는 모습만 봐 왔던 라스티아낙스는 열세 살 소녀가 맞나 싶을 정도로 병약해진 모습에 충격을 받았다. 감방 구석진 곳에 놓인 양동이에서 배변 냄새가 진동하고 있었다. 죄수들이 힘을 쓰지 못하도록 복도의 온도를 마법으로 낮춰놓고 있었다. 건강이 아주 좋은 상태라도 아르카는 감방의 철창을 빠져나오는 데 성공하지 못할 터였다. 라스티아낙스는 감방에 걸어놓은 정교한 방호 인장에 엄지손가락을 대본 뒤 문하생 옆의 바닥에 앉았다.

"참 일찍도 오시네요, 사부." 아르카가 추위 때문에 덜덜 떠는 것 같은 목소리로 내뱉었다.

"진실을 듣고 싶어."

아르카는 떨지 않으려고 두 팔로 무릎을 감싸면서 시선을 피했다.

"설명해봐야 믿지 않으실 거예요, 사부."

"그래도 말해봐."

실제로 설득력이 없었다. 라스티아낙스는 바실레우스가 살해된 날 밤, 아르카가 영묘에 이르기까지 있었던 일련의 사건에 대한 이야기를 들었는데 너무 믿기 어려웠다.

"그러니까 미래를 예언할 수 있는 얼음뱀을 만났고, 그 예언 중한 가지가 너로 하여금 몇 달 후, 궁전의 영묘에 들어가게 했단 말이지? 네 출신에 대해 자세히 알고 싶은 희망으로?" 라스티아낙스가 요점을 정리했다.

벽과 철창 사이의 구석에 웅크린 아르카는 체온을 유지하기 위해 여전히 두 팔로 무릎을 감싼 채 어깨만 들썩거렸다.

"내 말을 안 믿을 줄 알았어요."

라스티아낙스는 눈을 감고 콧등을 문질렀다. 《동물 정복의 역사》 제9권 중 한 대목이 떠올랐다. 빙하에 사는 전설의 뱀에 관한 것이었다.

"그 뱀이 존재한다는 걸 인정한다고 쳐도," 그가 고개를 들면서 말했다. "네가 왜 위험을 무릅쓰면서까지 그 말에 따라 궁전으로 불법 침입을 했는지 이해가 안 돼."

"위험에 대한 내 개념과 사부의 개념이 다르니까요." 아르카가 허세를 부렸다.

하지만 그 허세도 전혀 설득력이 없었다.

"그다음에 무슨 일이 있었어?"

"영묘 안으로 들어갔어요. 안에 아무도 없을 거라고 생각했는데…… 바실레우스가 거기 있었어요. 바실레우스가 나를 보더니 아주 이상하게…… 미치광이가 됐어요. 마치 내가 오래전에 자식들을 살해한 아마존 중 한 명인 것처럼 나를 공격했고 내 목을 졸랐어요." 아르카가 목에 있는 보랏빛 멍을 가리켰는데 라스티아낙스가 미처 알아보지 못한 것이었다. "방어하지 않았다면 나는 목이 졸려서 죽었을 거예요. 일부러 그런 게 아니에요. 바실레우스를 죽일 생각이 없었다고요."

라스티아낙스는 아르카가 갖은 변명을 늘어놓을 거라고 예상은 했지만 사고로 바실레우스를 죽였다고 인정할 줄은 생각도 못 했다. 그런 끔찍한 일이 있었으니 그 또래의 아이들이라면 으레 눈물을 펑펑 쏟을 텐데 아르카는 마치 자기 방어를 하듯 단호한 표정을 지었다.

"변호사가 지금 한 얘기를 하지 말라고 조언했어요. 미치광이 취급을 당할 거라면서." 아르카는 얼마나 물어뜯었는지 뭉개진 손톱을 내려다보면서 덧붙였다.

"변호사?"

"재판이니까 당연히 변호사가 있죠, 사부. 아무튼 여자는 자신을 변호할 권리가 없는 것 같아요."

갑자기 감옥의 문이 열리더니 거구의 경비 대장이 나타났다. 라스티아낙스가 바로 일어섰다.

"여기서 나가십시오, 마스터." 경비 대장이 우렁차게 말했다. "피의자는 면회할 권리가 없다는 걸 확인했습니다."

"그 지시를 내린 사람이 누구요?"

"신비학자이십니다, 마스터. 바실레우스가 사망했으므로 그분이 최고 재판관이십니다. 당장 나가셔야 합니다."

경비 대장의 태도로 보아 좋든 싫든 당장 내쫓을 기세였다. 라스티아낙스는 감방 구석에 웅크리고 있는 문하생을 내려다봤다. 아르카가 창살 사이로 그를 쳐다보는데 무슨 말을 하고 싶은데 주저하는 것 같았다. 경비 대장이 다가와서 두툼한 손을 라스티아낙스의 어깨에 얹었는데 충격으로 몸이 흔들렸다.

"마스터, 따라 나오시는 게……."

"나가고 있네." 경비 대장에게 손목을 잡힌 라스티아낙스가 끌려 나가면서 내뱉었다.

지하 감옥을 나가는 순간 '생령'이라는 말이 얼핏 들렸다. 그가 뒤돌아보는 순간 문이 꽝 닫혔다. 경비 대장이 문 앞에 뒷짐을 진 자세로 버티고 서서 그를 위아래로 훑어봤다. 라스티아낙스는 문하생이 생령에 대해 더 많은 걸 알고 있는 걸까, 생각하면서 멀어져 갔다.

라스티아낙스는 방청석에 앉아서 두 시간째 집행관들이 재판관들의 연단과 변론을 위한 특별석을 설치하는 걸 쳐다보고 있었다. 히페르보레아의 사법 기관이 **정의의 탑**이라는 별명으로 불리는 것은 하위 지구에서부터 원형 경기장이 있는 7지구에 이르기까지 탑 전체에서 재판이 열리기 때문이었다. 1, 2지구에 걸쳐 있는 탑에서는 일반 범죄, 3, 4지구에 걸쳐 있는 탑은 돈과 관련된 범죄, 5, 6지구에 걸쳐 있는 탑에서는 살인죄를 다루는 재판이 열렸다. 도시의 존립 자체를 위태롭게 하는 범죄만 경기장에 법정을 설치했는데, 그만큼 중대한 재판임을 상징했다.

　재판 시간이 다가올수록 방청석에서 엄청난 욕설과 야유가 쏟아졌다. 마법사들은 재판에 참석하는 것이 히페르보레아의 법으로 정해져 있지만 대체로 이 직무를 소홀히 했다. 마법사들은 너무 바빠서 재판에 참석할 수 없다는 핑계를 대며 서민들에게 돈을 주고 대신 참석하게 했다. 이 불법적인 제도가 법제화되면서 수천 명의 하위 지구 주민들이 배심원으로 참여하여 돈 몇 푼을 벌겠다고 날마다 정의의 탑 문 앞으로 몰려들었다. 라스티아낙스도 자신의 직무를 위임하기 위해 모르는 사람들에게 상당한 금액을 지불했다. 그 결과 재판이 진행되는 동안 쿨쿨 자다가 깨서 얼떨결에 잘못된 평결을 내리는 시민들로 인해 어수선하고 지루한 재판이 진행되기 일쑤였다.

　그렇지만 이날은 법정이 극도로 흥분한 상태로 술렁거렸다. 열세 살의 문하생이 사흘 전에 영원불멸할 것으로 여겨지던 군주를 살해한 혐의로 기소되었기 때문이다. 따라서 방청석은 토가 차림인 사람들이 가득 들어차 있고, 맨 윗줄만 호기심에 찾아온 구경꾼들이 차지하고 있었다.

　라스티아낙스는 오른쪽에서 짜증 섞인 불평이 들려서 고개를 돌렸다. 보라색의 호리호리한 실루엣이 방청석에 두 줄로 이미 착석해 있는 마법사들의 발을 밟으면서 걸어오고 있었다. 라스티아낙스는 페트로클루스라는 걸 알아차리는 데 시간이 좀 걸렸다. 페트로클루스는 다리를 쩍 벌리고 앉은 사람들 사이를 비집고 들어가서 라스티아낙스 앞줄에 있는 빈 좌석에 앉았다. 그러고는 호주머니에서 소스가 가득한 샌드위치를 꺼내서 게걸스럽게 먹었다.

"안녕, 라스트." 그가 라스티아낙스의 장딴지를 주먹으로 툭 치면서 말했다.

"너 졸업 시험 통과했어?"

"왜?" 페트로클루스가 빵 부스러기를 뿜으면서 물었다. "아, 이 토가 때문에?"

그가 다 씹지도 않고 꿀꺽 삼키자 커다란 덩어리 하나가 식도로 내려갔다.

"그게 아니라 언젠가 나한테 쓸모가 있을 거 같아서 내 멘토의 것을 슬쩍 해놨거든. 상황이 이렇게 될 줄은 상상도 못 하고, 당연히……. 그런 그렇고 라스트, 네 문하생은 어쩌면 좋냐!"

"그러게……. 사흘 내내 그 아이가 왜 그런 짓을 했는지 이해하려고 노력하는 중이야."

라스티아낙스는 페트로클루스에게 아르카가 해준 믿을 수 없는 이야기를 말해주고 싶지만 옆 사람들이 이미 그들의 대화에 귀를 기울이고 있었다.

"어쩌면 피라와 내가 네가 이해하도록 도와줄 수도 있었는데, 네가 며칠 동안 방 안에 틀어박혀 있지만 않았다면." 페트로클루스가 진지한 어조로 응수했다. "근데 너희 집 찬모가 어찌나 철통같이 문을 지키는지 네 방 앞에 얼씬도 못 하게 했어."

"피라는 어디 있는데?" 라스티아낙스가 말을 끊고 경기장을 훑어봤다. "안 온 거지?"

"야, 여기 어디 여자가 한 명이라도 보여? 라스티, 너는 성평등에 관해 공부를 좀 더 하는 게 좋을 거 같다. 여자는 배심원이 될 자격도,

재판을 방청할 권리도 없어. 왜냐하면, 내가 옳을 테니까 들어봐. **우리는 이성이 아니라 감정에 근거하는 여성의 판단을 신뢰할 수 없다. 그리고 법정에서 논의된 사실들이 감수성이 예민하고 온화한 여성들의 본성에 혼란을 일으킬 우려가 있다.** 바실리카법 제3조 제132항. 그러니까 여자는 살인 사건에 대한 재판 역시 방청할 수 없어."

라스티아낙스는 잠시 재판을 잊었다.

"감수성이 예민하고 온화한 피라? 감수성이 예민하고 온화한 아르카? 둘 중 어느 경우도 안 어울리는데⋯⋯."

그는 성평등 문제에 관한 법적 절차를 연구하기로 다짐했다.

그때 군중 속에서 웅성거림이 일었다. 재판을 위해 착용한 황금빛 토가에 그리핀 꼬리로 뚱뚱한 배를 졸라맨 실렌이 방금 원형 경기장에 들어선 것이다. 그가 연단에 놓인 자리에 착석하자 정의의 탑 재판관 두 명이 합류했다. 서기 한 명이 책상 앞에 앉았다. 신비학자가 청중의 주의를 끌기 위해 작은 종을 흔들었다.

"친애하는 마법사들, 친애하는 배심원 여러분, 오늘 우리는 히페르보레아의 시조이시자 위대한 건국자, 최고 마법사, 아마존족의 정복자, 민중의 친구, 최고 재판관이셨던 바실레우스 폐하 살해 사건의 진상을 밝히고자 이 자리에 모였습니다." 신비학자는 평소의 유머 넘치는 유쾌한 말투와는 거리가 먼, 엄숙한 목소리로 시작했다. "그렇지만 본 법정에서는 한 건이 아니라 세 건의 범죄에 대한 재판을 진행할 것입니다. 정황상 세 사건이 밀접한 관련이 있기 때문입니다. 따라서 이 재판이 끝났을 때 바실레우스 폐하를 비롯하여 트리에리오스 마스터, 메젠스 마스터를 살해한 범인에 대해 정의의 심판이 내려지길 기대합니다. 집행관은 피의자를 데려오라."

좌중에서는 전보다 더한 술렁거림이 일어났다. 페트로클루스가 돌아보자 라스티아낙스는 어안이 벙벙한 얼굴로 고개를 흔들었다. 라스티아낙스는 아르카가 두 장관을 살해한 혐의로도 기소된 걸 모르고 있었다. 그때 그의 문하생이 경비병들의 호송을 받으면서, 인장을 그리지 못하도록 두 손에 금속장갑이 끼워진 채 경기장으로 들어왔다. 하지만 아르카는 탈출할 생각 같은 건 없어 보였다. 불빛에 눈이 부신 소녀는 마치 재판을 구경하러 온 것처럼 배심원들과 재판관들을 쳐다보았다. 경비병들이 아르카를 연단 앞에 놓인 등받이 있는 의자에 앉히고 양쪽 팔걸이에 금속장갑을 고정하는 것으로 피의자라는 걸 인식시켰는데 아르카가 느끼는 것과는 아주 거리가 멀었다. 구경꾼들이 차지하고 있는 맨 윗줄의 방청석에서 야유의 휘파람 소리가 울려 퍼졌다.

"재판이 진행되는 동안 방청석에 계신 분들은 침묵을 지켜줄 것을 명합니다." 신비학자가 외쳤다. "집행관들은 변호인과 증인들을 입장시키라."

라스티아낙스는 아르카가 의심쩍은 변호인을 선정한 걸 보면서 자신이 무책임했다고 자책했다. 진주로 장식된 머리하며 수백 개의 알록달록한 띠로 엮은 너덜너덜한 토가, 차림새로 보아 이 변호인은 어느 식민지에서 방금 도착한 것 같았다. 원형 경기장에 들어서던 변호인이 변론하는 모습을 지켜보게 하려고 가족을 동원했는지 위쪽 방청석을 향해 손을 크게 흔들었다. 라스티아낙스는 두 손바닥에 대고 이마를 짓눌렀다.

헛기침 소리에 그는 고개를 들었다. 늙은 집행관 한 명이 그의 관심을 끌려고 애쓰고 있었다. 길게 늘어진 콧수염에 턱이 가려져 있었다. 진홍색 토가를 입은 집행관의 허리춤에 열쇠꾸러미가 매달려 있었다.

"라스티아낙스 마스터, 소환되셨습니다. 따라오십시오."

불시에 소환된 라스티아낙스는 페트로클루스와 시선을 교환한 뒤 일어나서 집행관이 서 있는 층계를 향해 걸어갔다. 집행관이 짧은 보폭으로 조심스럽게 계단석을 내려가는데 걸음을 뗄 때마다 열쇠꾸러미가 쩔렁거렸다. 라스티아낙스는 노인의 느린 걸음을 이용해서 생각을 정리했다. 누가 소환한 걸까? 재판관 측? 변호인 측? 뭐라고 말해야 하지? 배심원들이 아르카가 어디서 왔는지 알게 되면 문하생과 라스티아낙스는 동시에 끝장나는 것이었다. 히페르보레아는 그가 아마존을 보호하고 있었다는 걸 절대 용서하지 않을 텐데…….

집행관이 계단석 아래, 경기장과 방청석 사이에 놓인, 새장처럼 생긴 오레이칼코스로 만든 거대한 그물 돔 앞에 이르렀다. 집행관은 떨리는 손으로 열쇠꾸러미에서 큼직한 열쇠 하나를 떼어내서 문의 자물쇠에 집어넣었다. 지하 감옥에서 봤던 것과 같은 방호 인장이 창살에 새겨져 있었다. 집행관이 문을 열고 라스티아낙스를 경기장 안으로 들어가게 했다. 그의 샌들이 아브락산의 모래에 닿자 눈부신 햇살에 반짝이는 먼지가 뭉게뭉게 일어났다.

방청석 위로 설치된 차일의 그늘은 경기장의 중앙까지는 드리워지지 않았다. 뙤약볕에 앉은 아르카는 재판관들이 앉은 연단을 마주보고 있어서 라스티아낙스를 등지고 있었다. 라스티아낙스는 실렌에게 고갯짓으로 인사를 했는데 평소의 호의적인 시선과는 달리 아주 차가운 눈초리에 짐짓 놀랐다. 집행관이 문을 걸어 잠근 다음 라스티아낙스에게 다가왔다.

"여기 앉으십시오." 집행관이 연단 옆에 놓인 장의자를 가리키면서 말했다.

라스티아낙스가 장의자 쪽으로 가는데 우람한 실루엣 셋이 이미 착석해 있었다. 그는 두꺼운 목덜미에 새긴 연꽃 문신을 굳이 보지 않고도 재판관이 소환한 증인들이 알키와 악시, 아리라는 걸 알아봤다. 자신이 몇 달째 비프아주르의 행방에 관한 정보를 얻기 위해 세쌍둥이를 찾으려고 수소문했지만 아무 성과가 없었다. 세쌍둥이는 경찰을 피하기 위해 1지구의 지하조직망을 이용하여 은둔해 있었다. 그런데 그들이 왜 갑자기 다시 나타난 걸까?

출두한 조폭들, 실렌의 냉랭한 태도와 그의 최고 재판관 대행, 뭔가 석연치 않은 조짐 때문에 라스티아낙스는 불안해지기 시작했다. 그는 알키 옆에 앉았고, 놈이 보내는 사악한 눈길을 무시했다. 오른쪽으로 몇 걸음 떨어진 자리에서 아르카가 라스티아낙스 쪽으로 고개를 돌렸지만 그는 문하생에게 불리해질 걸 알고 있기에 눈길을 외면했다. 아르카와 그사이에 조금이라도 공모하고 있다는 인상을 주면 배심원들이 그의 증언을 불신할 터였다.

다섯 번째 증인이 합류했다. 여드름이 더 심해진 소년이 나이 들어 보이려고 머리에 포마드를 바른 상태였다. 메젠스의 외동아들이 자신의 아버지 살해 사건 재판에 출두한 것이었다.

실렌이 헛기침을 했다.

"좋습니다, 이제 모든 증인이 착석했으니……."

라스티아낙스는 변호인석을 쳐다봤다. 텅 비어 있었다.

"……이제 시작하겠습니다. 명확성을 위해 정의의 탑은 일련의 사건을 시간 순서대로 다루기로 결정했습니다. 따라서 제일 처음 다룰 사건은 식민지 장관 트리에리오스 마스터의 살해 사건입니다. 두 달 반 전, 내가 연회를 열고 있는 동안 자정 무렵 내 집 욕실에서 트리에리오스 마스터의 시신이 발견되었습니다. 트리에리오스 마스터는 숙련된 전사의 손에 목이 잘려 있었습니다. 그날 저녁은 손님들이 내 집을 자유롭게 돌아다닐 수 있도록 내 명에 따라 탐지 인장은 활성화되어 있지 않았습니다. 따라서 트리에리오스 마스터가 더위를 식히러 욕실에 갔을 때 접근했을 수 있는 사람이 누군지 특정하기가 어렵습니다. 그렇지만 현 상황에서 정의의 탑은 트리에리오스 살해와 관련하여 피의자에게 다음과 같은 질문을 던질 수밖에 없습니다. 자, 질문하겠다. 피의자는 자정 무렵 그 연회에서 뭘 했는가?"

여전히 양손이 팔걸이에 고정된 아르카가 의자에서 움찔거리면서 입을 열려고 했지만 변호인이 손짓으로 막았다.

"제 의뢰인이 최고 재판관님의 질문에 답하기 전에," 언제 와 있었는지 변호인이 일어나더니 토가 자락을 팔뚝 위로 걷어 올리면서 말했다. "이 사건에 대한 절차가 매우 이례적이라는 점을 짚고 넘어가겠습니다. 본 법정에서는 바실레우스 폐하와 두 장관님들의 암살 사건을 분리해서 다루는 것이 아니라, 세 건의 극악한 범죄를 제 의뢰인에게 전가하고 있는데 정황상 가장 최근에 고소된 건만 정당화

될 수 있습니다. 게다가 정의의 탑은 이런 사실을 사전에 변호인 측에 알리지도 않고……."

"정의의 탑은 적절한 채택이라고 판단하는 절차에 대해 보고할 필요가 없습니다." 실렌 우측에 앉은 재판관이 말을 끊었다. "예의를 지키시오, 여기가 어딘 줄 알고!"

방청석에서 킥킥거리는 소리가 들렸다. 변호인은 이를 악물고 알록달록한 머리 타래를 뒤로 넘기면서 의젓하게 자리에 앉았다. 실렌이 옆자리의 재판관에게 진정하라는 손짓을 보낸 뒤에 아르카를 가리키면서 발언했다.

"질문에 대답하라."

"저… 저는 1지구에 있었습니다."

"거기서 뭘 하고 있었나?"

"파란연꽃파 조폭들에게 납치당해서 조폭들의 소굴에 붙잡혀 있었습니다." 아르카가 덧붙였다. "저의 멘토와 함께."

아르카가 던지는 시선을 의식한 라스티아낙스는 대답에 신중을 기했다. 실렌이 라스티아낙스 쪽으로 고개를 돌렸다.

"라스티아낙스 마스터, 사건이 일어나는 시간에 문하생과 함께 있었습니까?"

"아니라는 걸 잘 알고 계시잖습니까?" 라스티아낙스가 일어나서 차분하게 반박했다. "저는 교수님의 연회에 참석해 있었고, 교수님과 제가 가장 먼저 트리에리오스의 시신을 발견했으니까요. 그로부터 한 시간 뒤에 아르카의 친구로부터 내 문하생이 1지구에 있다가 방금 전에 아르카가 설명한 대로 내 옆에 앉아 있는 세 조폭들에게 붙잡혀서 파란연꽃파의 소굴로 끌려갔다는 걸 알았습니다. 얼마 후 그 소굴에서 내가 아르카를 찾은 것은 사실입니다. 따라서 아르카가 자정 무렵 1지구에 있었던 것은 틀림없습니다."

"범행이 일어났을 때 문하생과 같이 있었던 건 아니지 않습니까?"

"네, 하지만 문하생이 7지구에서 트리에리오스를 살해한 직후에 1지구에 있는 조폭 집단의 소굴에 붙잡혀 있다는 건 물리적으로 불가능한 일입니다."

라스티아낙스는 다시 자리에 앉았다. 실렌이 고개를 끄덕이면서 앞에 놓인 서류를 보면서 말했다.

"그 진술은 옆에 출두한 증인들이 확인해주겠지요. 알키비아데스, 아낙시메네스, 아리스토불로스, 그대들은 피의자가 지목한 파란연꽃파의 일원들이다. 범행이 일어난 시간에 피의자와 함께 있었던 것이 맞는가?"

"함께 있었던 것은 맞습니다만 범행이 일어난 시간은 아닙니다." 알키가 굽실거리면서 일어나 대답했다. "말씀하신 대로 자정 무렵에 피의자와 1지구에 함께 있었습니다."

"피의자가 7지구에서 살인을 저지른 직후에 그대들과 함께 있는 게 시간적으로 불가능했을 거라는 라스티아낙스 마스터의 진술에 동의하는가?"

"말씀하시는 것처럼 그 진술에 동의하는 건 아닙니다. 피의자는 마법을 사용하면 번개처럼 7지구에서 1지구로 이동할 수 있습니다."

아르카의 변호인이 웃음을 터뜨렸다.

"눈 깜짝할 사이에 산을 옮겨놨다고 하지 그럽니까? 증인은 마법의 한계를 모르는군요. 내가 아는 한 아직까지 순간이동을 완전히 숙달하는 데 성공한 사람은 아무도 없습니다. 그리고 피의자는 천부적으로 타고난 마법사가 아니라 열세 살의 어린 문하생입니다."

이 지적에 법정 안에서는 킥킥거리는 소리가, 변호인의 가족이 있는 방청석 맨 위에서는 폭소가 터져 나왔다. 알키는 주먹으로 해결하라고 꼬드기는 원초적 본능과 싸우고 있는 것 같았다.

"네, 저는 순간이동에 대해서는 모르지만, 소녀는 마법의 날개를 갖고 있습니다, 맹세합니다!"

"나는 정의의 탑이 악당의 증언을 듣는 게 과연 현명한 일인지 의문이 듭니다." 변호인이 비웃었다. "게다가 증인은 교도소에 있어야 하는 거 아닙니까? 내 의뢰인에게 불리한 증언을 하기로 합의한 거 아닙니까?"

이내 법정 안이 술렁거렸다. 라스티아낙스는 변호인의 변론이 마음에 들기 시작했다. 실렌이 작은 종을 흔들었다.

"우리는 증인들의 자격을 논하기 위해서가 아니라 증언을 듣기 위해 여기 모인 것이오." 실렌이 냉랭하게 말했다. "알키비아데스, '마법의 날개'라는 건 무슨 뜻인가?"

"날아갈 수 있는 마법의 날개입니다." 알키가 날개 치듯 두 팔을 휘저으면서 설명했다. "소녀가 이렇게 날개를 사용하는 걸 제가 봤습니다. 저기 있는 금속 창살과 같은 색이었습니다."

그 순간 형제 중 한 명이 알키 쪽으로 몸을 기울이더니 귀에 대고 속삭였다.

"아, 오-레-이-칼-코-스로 만든 날개였습니다." 알키가 유식한 체하는 말투로 한 글자씩 끊어서 진술했다. "장관님이 살해된 밤, 저는 소녀가 7지구에서 오-레-이-칼-코-스 날개를 사용해서 나는 걸 봤습니다. 소녀는 2지구의 운하에 착수했다가 어떻게 한 건지 모르지만 날개를 사라지게 했고, 바로 그때 우리가 붙잡은 겁니다."

그 순간 퍼뜩 떠오르는 생각이 있어서 라스티아낙스는 아르카 쪽으로 고개를 돌렸다. 아르카는 자신의 무릎을 응시하고 있었다. 그는 아르카의 손목을 쳐다봤다. 평소에 차고 있던 굵직한 금속 팔찌가 보이지 않았다. 이때까지 그는 그 팔찌를 주의 깊게 본 적이 없었다. 그냥 여자들이 하는 장신구에 불과하다고 봤는데, 지금 생각해보니 아르카는 장신구로 치장하는 아이가 아니었다……

"내가 이 증언을 뒷받침하겠습니다." 실렌이 말했다. "트리에리오스 살해 사건이 있던 날, 강의 시간에 나는 여기 증인으로 나와 있는 프레톤이 고인이 되신 아버지의 반지로 굵직한 구리빛 팔찌를 파괴하려다 실패한 뒤, 피의자에게서 팔찌를 압수했지요. 그 팔찌가 파괴 인장을 견뎌내는 걸 보고 예사롭지 않은 물건이라는 걸 대번에 알아챘지요. 사실은 그래서 팔찌를 압수했던 것이고요. 내 서재에서 팔찌를 살펴보면서 비범한 물건이라는 걸 알았는데……. 내 손에 있는 것이 마법역학을 창시한 크테시비오스 마스터가 만든 대단히 희귀한 날개 중 하나라는 걸 알았을 때 얼마나 놀랐는지 모릅니다!"

좌중에서 웅성거림이 일었다. 라스티아낙스는 대경실색했다. 크테시비오스의 날개는 전설이었다. 10년이 멀다 하고 날개를 찾았다고 호들갑 떠는 사람이 있었고, 그때마다 귀족들은 흥분해서 날뛰다

헛소문이라는 걸 알고 실망하기 일쑤였다. 작은 보석 상자에 오렌지 빛 톱니바퀴 장치가 달린 마법역학 날개를 진열해놓고 하위 지구의 유지들에게 보여주면서 유세를 떠는 마법사들도 몇 명 있었다. 명색이 수집가라고 하면 모조품이라도 구할 수 있길 꿈꿀 정도였다. 심지어 팔라테스도 크테시비오스의 날개를 얻을 수 있다면 가진 것 전부를 내주겠다고 수차례 말했다. 그런데 아르카는 그걸 어디서 구했을까?

"그런데 불행히도 나는 그 날개를 오래 살펴볼 수가 없었습니다. 살해 사건이 일어난 다음 날 수사관들에게 서재에 들어가는 걸 허락했을 때 가짜 팔찌로 대체되어 있는 걸 알고 깜짝 놀랐지요."

실렌은 청중이 자신의 입술에 집중하게 두려고 잠시 침묵했다.

"다시 말해서 사건 당일 누군가가 내 집에 침입해서 트리에리오스 마스터를 살해하고 팔찌를 훔쳐 간 것이지요. 그리고 그 누군가는 필시 날개를 사용해서 도망친 겁니다. 그런데 피의자가 자정 무렵, 그 야심한 시간에 문하생이 해야 할 일이 아무것도 없는 구역인 2지구에서 팔찌를 지닌 채 발견된 것입니다."

아르카의 변호인이 벌떡 일어났다.

"내 의뢰인이 그날 저녁 연회에 있었다는 증거가 없습니다. 우리가 가진 유일한 정보는 이미 소송 사건에 연루되어 있으면서 법을 지키지 않은 한 악당의 의심쩍은 증언뿐입니다!"

"팔찌에 대한 증언을 뒷받침해줄 두 가지 다른 증언이 있습니다." 실렌이 응수했다. "먼저, 내 연회에 참석한 손님이 살해 사건이 일어난 밤에 내 집에서 날아가는 번쩍이는 거대한 새를 보았다고 주장하는 증언입니다. 보고서에 적힌 이 증언(그가 한 손으로 두꺼운 서류 묶음을 들췄다)을 수사관들은 신빙성이 없다고 판단했지요. 술에 취한 손님의 횡설수설에 가까운 증언은 실제로 수사에 아무 도움이 되지 않았으니까요. 하지만 피의자의 동무이자 메젠스 마스터의 아들이고, 1학년 문하생인 프레톤의 증언도 있습니다. 프레톤 문하생, 자네는 살해 사건이 일어난 저녁에 뭘 하고 있었나?"

프레톤이 불안한 몸짓으로 일어났다. 그가 머리에 바른 포마드가 녹아내리면서 여드름투성이 이마에 번질번질한 자국을 남기고 있었다. 긴장한 것이 역력한데도 그의 목소리는 경기장 멀리까지 울려 퍼졌다.

"저는 아르카와 교수님의 저택 앞에서 만나기로 했습니다. 저희는 수업 중에 교수님이 압수하신 물건, 저는 아버지의 반지, 아르카는 자신의 팔찌를 되찾고 싶었습니다."

"자네들이 내 집에 불법 침입할 계획을 세웠다고 말하는 것인가?" 실렌이 물었다.

좌중이 웅성거렸다. 프레톤은 반짝이는 눈으로 뚫어져라 쳐다보는 아르카의 시선을 슬쩍 피했다. 그는 턱에 난 여드름을 만지작거렸다.

"네. 저희는 그 물건들을 되찾고 싶었습니다. 저는 아버지의 반지를 몰래 갖고 나갔다가 압수당한 걸 아버지가 아시게 될까 봐 두려웠고, 아르카는 그 팔찌가 아주 소중한 것이었기 때문입니다. 물론 저는 그 팔찌가 크테시비오스의 날개인지 몰랐습니다."

"그리고 무슨 일이 있었나?"

프레톤의 눈길이 아주 잠깐 아르카에게로 향하다 이내 고개를 돌렸다.

"제가 약속한 장소에 도착했을 때 아르카는 이미 와서 기다리고 있었습니다. 아르카의 지시에 따라 저는 오레이칼코스 덩어리로 반지와 팔찌를 복제했습니다. 그리고 교수님의 저택 담을 넘어서 거처로 들어갔습니다. 저희는 반지와 팔찌를 찾으려고 방들을 뒤지기 시작했습니다. 욕실 문을 열어봤지만, 욕조 가장자리에 가려져 있었는지 트리에리오스 장관님의 시신을 보지 못했습니다. 저는 아래층에 남았고, 아르카는 서재를 뒤지러 위층으로 올라갔습니다. 바로 그때 시신을 발견했다는 그 여급이 복도에 나타났습니다. 저는 살인 혐의를 받을까 두려워서 교수님의 침실 벽을 타고 도망쳤습니다. 저는 내려가면서 그애가 날아가는 걸 봤습니다."

"누가 날아가는 걸 보았다고?"

"아르카입니다. 아르카가 날개를 펼치고 하위 지구를 향해 날아갔습니다."

관자놀이가 젖은 프레톤이 아르카의 이글거리는 눈빛을 모른 체하고 자리에 다시 앉자, 아르카가 변호인에게 뭐라고 속삭였다.

"내 의뢰인이 크테시비오스의 날개를 갖고 있었다고 해서 이 증언에 의뢰인이 트리에리오스를 죽일 수 있었다고 할 만한 증거는 없습니다." 변호인이 소리쳤다. "그리고 배심원 여러분, 정의의 탑은 장관 살해 사건이 있고 몇 시간 뒤에 살해된 여급의 운명에 대해서는 함구하고 있음을 짚고 넘어가고 싶습니다. 그 여급은 사건 다음 날 운하에서 발견되었고……."

"따라서 그날 저녁을 시간 순서대로 명확히 할 필요가 있습니다."
실렌이 말을 끊었다. "프레톤, 자네가 도착했을 때 피의자가 이미 와
있었다고 말했는데……"

프레톤이 신비학자를 향해 고개를 들었는데 좀 전보다 더 불안
해 보였다. 그는 여러 번 기름진 머리를 쓸어 넘겼다.

"네, 그렇게 말씀드렸습니다."

"자네가 도착하기 전에 피의자가 트리에리오스를 죽일 수 있었
을까?"

그 말에 정적이 흘렀다. 프레톤의 얼굴은 무표정했다. 프레톤이
이 질문을 기다리고 있었던 게 틀림없었다.

"네."

피의자의 의자가 삐걱거렸다.

"거짓입니다!" 아르카는 의자가 허락하는 만큼 몸을 일으키면서
외쳤다. "저는 트리에리오스를 죽이지 않았습니다. 그건 거짓입니
다!" 아르카가 반복했다.

"하지만 자네가 그날 저녁 범죄 현장에 있었던 건 맞는가?" 신비
학자가 물었다.

"네, 하지만……"

"그리고 크테시비오스의 날개를 사용해서 2지구까지 날아갔는
가?"

"네, 하지만……"

"트리에리오스를 죽이지 않았다는 걸 입증할 수 있는가?"

아르카는 입을 벌리다가 다물었다. 그사이 라스티아낙스는 빠르

게 돌이켜보고 있었다. 트리에리오스가 욕실에서 시신으로 발견되기 얼마 전, 연회가 한창일 때 그와 마주쳤던 기억이 났다. 과연 아르카가 그 짧은 시간에 실렌의 거처로 들어가서 트리에리오스를 죽인 다음, 다시 내려갔다가 프레톤과 함께 다시 올라가서 날개팔찌를 회수하고 가짜로 바꿔놓고 도망치는 것이 가능한 일일까? 게다가 트리에리오스가 정확하게 그 시간에 욕실에 있는 걸 아르카가 어떻게 알 수 있고? 그리고 실렌은 왜 여급의 죽음에 관한 얘기를 못 하게 막았을까?

"내 의뢰인이 무슨 이유로 잘 알지도 못하는 트리에리오스 마법사를 살해했겠습니까?" 변호인이 끼어들었다. "한낱 1학년 문하생에 지나지 않는데 말입니다!"

"매우 타당한 질문이므로 그 문제에 대해서는 내일 아침에 다시 다루도록 합시다." 실렌이 대꾸했다. "재판은 내일 속개합니다!" 실렌이 작은 종을 흔들면서 말했다.

라스티아낙스가 어이가 없는 얼굴로 앉아 있는 사이 참관하고 있던 마법사들이 방청석을 내려오기 시작했다. 몇 보 떨어진 곳에서 아르카도 연단을 떠나는 재판관들과 신비학자를 멍하니 쳐다보고 있었다. 아르카가 변호인에게 고개를 돌리고 무슨 말인가를 속삭였다. 그사이 프레톤이 한 집행관과 함께 서둘러서 경기장을 빠져나갔다. 라스티아낙스는 불안한 얼굴로 콧등을 문질렀다. 실렌의 공정성에 대한 신뢰가 크게 흔들리기 시작했다. 그렇지만 모든 것이 아르카의 유죄를 가리키고 있는 것 같았다. 팔찌, 신비학자의 저택에 불법 침입, 아마존이란 정체를 몇 달간 숨긴 것……. 아직도 숨기고 있는 비밀이 있을까?

　이번에는 라스티아낙스가 일어났다. 문하생이 죄를 지었을 수도 있지만 재판이 사전에 짜인 대로 흘러가는 것 같은 석연찮은 느낌이 들었다. 그는 여전히 의자에 묶여 있는 아르카 옆을 지나가다 나포카어로 속삭였다.

　"반지와 팔찌는 어디 있니?"

　"바실레우스 궁전 부근의 운하에 던져버렸어요." 아르카가 대답했다.

　라스티아낙스는 고개를 살짝 끄덕이고 지체 없이 자리를 떴다. 그는 운하 바닥에서 반지와 팔찌를 찾는 데 하룻밤을 보냈다.

아르카

　아르카는 딱딱한 바닥에서 조금이라도 편한 자세를 취하려고 돌아누웠다. 나흘 동안 거의 잠을 자지 못했다. 차디찬 감방에서 오들오들 떨다 보니 온몸이 쑤셨다. 아르카는 육체적으로나 정신적으로나 녹초가 되어 있었다. 변호인은 재판이 끝난 후까지 살아남을 가능성에 대해 아르카보다 더 낙관적이지 않았다. 실렌은 아르카를 희생양으로 삼기로 작정했는지 세세한 부분까지 들춰냈다. 트리에리오스와 메젠스 살해 혐의를 제쳐놓더라도 바실레우스 살해 사건이 남아 있었다. 아르카는 정당방위를 주장할 수 있지만, 어떤 합리적인 설명도 그날 저녁 영묘에 있었다는 사실을 정당화하지는 못할 터였다. 끝장난 것이었다.

지하 감옥 안을 밝히는 한결같은 등불에 아르카는 시간 감각을 잃었다. 한밤중인가 아니면 벌써 새벽인가? 아르카는 아무 생각이 없었다. 재판에 대한 불안과 생령이 폭로한 사실들이 불러일으킨 불안이 뒤섞여 있었다. 그토록 찾아 헤맸던 아버지는 실존 인물이 아니었다. 한 세기 반 전에 죽은 남자의 육신으로 만들어진 영혼 없는 피조물, 아르카는 괴물의 딸이었다. 이 모든 일은 오직 바실레우스를 죽이기 위한 목적으로 계획된 것이었다.

이 결과를 얻기 위해 아르카를 태어나게 한 사람이 누굴까? 신비학자? 그래야 아르카를 마기스테리움을 강타한 연쇄 살인의 가해자로 지목한 그의 행동이 설명될 터였다. 생령(아르카는 그 피조물을 '아버지'라고 부를 수 없었다) 덕분에 실렌은 팔라테스, 트리에리오스, 메젠스를 제거할 수 있었다. 그렇다면 그의 최종 목적은 무엇일까? 재판이 끝난 뒤에 구원자로 추앙받으면서 몰락한 정부를 지배하길 바라는 걸까?

지하 감옥으로 이르는 복도에서 나는 발소리에 아르카는 무기력한 상태에서 빠져나왔다. 비록 판결의 시간이 좀 더 가까워진다 할지라도 아르카는 서둘러서 경기장으로 나갔다. 적어도 지하 감옥 밖은 따뜻하고 사람들이 있으니까. 히페르보레아에서 여섯 달을 보내면서 아르카는 이제 추위와 외로움을 견디기 힘들었다. 리파이아 산맥에서조차 나보가 곁에 있었는데 면회를 온 변호인과 라스티아낙스를 빼고는 아무도 보지 못했다.

멘토는 재판이 진행되는 동안 눈길도 주지 않았다. 아르카는 라스티아낙스가 그녀를 위해서 모른 척하는 거라고 믿고 싶었지만, 멘토가 이미 범인으로 판단했을까 봐, 아니 혹시라도 목숨을 구해주려고 애쓰고 있을까 봐 두려워지기 시작했다. 공공연하게 범죄자를 옹호하는 것은 그의 정치 생명에 도움이 되지 않을 터였다. 그가 지나가다 옆에 멈춰 섰을 때 아르카는 어떤 충고나 용기를 줄 거라고 기대했다. 하지만 그는 반지와 날개팔찌가 어디 있는지 묻는 것으로 그쳤다. 하긴 그 물건들을 찾을 생각도 하지 않는 것이 더 바보 같은 짓일 터였다. 사람들의 신뢰를 얻어야 상황을 최대한 활용할 수 있을 것이다. 라스티아낙스는 어쩌다가 열아홉 살 나이에 장관이 된 것이 아니었다.

그렇지만 아르카가 가장 충격을 받은 것은 프레톤의 반응이었다. 뭐 대단한 걸 기대한 건 아니지만 둘 사이에 그런 일이 있었는데 프레톤이 그렇게 불리하게 증언할 줄은 몰랐다. 프레톤은 아르카가 자기 아버지를 죽였다고 생각하는 것이 틀림없었다. 2차 재판 역시 1차 재판과 마찬가지로 전개된다면 프레톤은 더 생각해볼 것도 없이 아르카가 자기 아버지를 죽였다고 확신할 터였다.

변호인의 설명에 따르면 스테릭스는 부모님이 증언을 못 하게 막았다. 아르카는 모두에게 버림받았다는 생각이 들기 시작했다.

갑자기 지하 감옥의 문이 열리고 경비병 다섯 명이 들어왔다. 번개창에다, 머리끝부터 발끝까지 갑옷으로 완전무장을 했는데 얼마나 기름칠을 했는지 쇠붙이 소리가 전혀 나지 않았다. 아르카는 자신의 나약함에 놀라면서 일어났다.

한 경비병이 감방 문을 열었다.

"두 손." 경비병이 짧게 말했다.

아르카는 두 팔을 내밀고 경비병이 손에 금속장갑을 끼우게 했다. 금속장갑이 너무 커서 손목 부분이 헐렁했다. 전날과 마찬가지로 경비병이 아르카의 팔꿈치를 잡아서 감방에서 끌어냈다. 경비병들이 두 명씩 아르카를 앞뒤로 에워쌌다. 그들은 함께 지하 감옥을 나갔고 경기장으로 가는 복도로 들어섰다. 복도 맞은편 끝에서 비쳐 드는 반원형의 금빛 햇살에 원형 경기장을 에워싸고 있는 운하가 보이고, 그 너머로 7지구의 탑들이 보였다. 여느 날과 다름없는 히페르보레아의 아침이었다.

아르카는 눈을 깜박였다. 아르카는 다리가 후들거려서 넘어졌다.

즉시 호송대가 움직였다. 뒤에 있던 경비병 중 한 명이 앞으로 와서 완력으로 아르카를 일으켜 세웠다. 아르카는 그 틈을 타서 뒤에 남은 경비병을 밀어버렸다. 그가 바닥에 쓰러지면서 번개창을 놓쳤다. 아르카는 발길질로 번개창을 차서 오른쪽에 있는 경비병에게 날렸다. 그러고는 벌떡 일어나서 금속장갑 낀 손으로 세 번째 경비병의 투구를 내리쳤다. 그 충격으로 투구가 우그러지면서 경비병이 바닥에 쓰러졌다. 아르카는 바닥에 쓰러진 경비병들을 뛰어넘어 출구를 향해 내달렸다. 뒤에서 회복한 경비병들이 경보를 울렸다. 출구가 가까워지고 있었다. 몇 걸음만 더 가면…….

갑자기 역광 속에 한 실루엣이 보였다. 질주하던 아르카가 실루엣과 정면으로 부딪혔다. 충격으로 머리가 멍해진 아르카는 경비병들이 쫓아오는 발소리를 들었다. 잠시 후, 충격이 온몸을 관통했고, 아르카는 의식을 잃었다.

470

아르카가 깨어났을 때는 경비병 두 명에게 겨드랑이를 잡힌 채 경기장으로 질질 끌려가면서 두 발이 흙바닥을 긁고 있었다. 후추 냄새가 진동하면서 코가 따끔거렸다.

"운 좋은 줄 알아. 마침 **에페드린 가루**가 가까운 데 있었기에 망정이지." 경비병 중 한 명이 내뱉었다.

아르카는 킁킁거리면서 그들이 깨어나게 하려고 콧구멍에 각성제 물질을 투약했다는 걸 알아차렸다. 아르카는 힘겹게 머리를 들고 뒤를 돌아봤다. 아르카를 감전시킨 경비병이 부드러운 얼굴로 어깨를 토닥여주는 젊은 마법사에게 고마워하고 있었다. 아르카는 체격을 보고 누군지 바로 알았다. 라스티아낙스가 가장 싫어하는 적수 로도프였다.

"쌍." 아르카가 중얼거렸다.

너무 실망해서 툭 나온 말이었다. 탈옥할 수 있는 유일한 기회를 날려버린 것이다. 그들은 경기장으로 이르는 문 앞에 도착했다. 번개를 맞은 후 아직 마비가 풀리지 않은 아르카는 다리를 움직여보려고 애를 썼다. 한 집행관이 문을 열어주자 경비병들이 아르카를 거칠게 잡아끌었다. 조금이라도 허튼 짓을 했다가는 때려눕힐 기세였다. 아르카는 그들을 원망할 수 없었다.

전날과 마찬가지로 아르카는 경기장 중앙에 내리쬐는 햇빛에 눈이 부셨다. 오레이칼코스 우리 뒤편, 차일을 드리운 그늘에 보라색 토가 차림의 배심원들이 둘러싸고 있는데 당장에라도 잡아먹을 듯 쩍 벌리고 있는 아가리처럼 보였다. 연단에 앉은 실렌과 두 명의 동료 재판관들이 하인들에게 커다란 종려나무 잎으로 부채질을 하라고 채근하고 있었다. 아르카는 같은 대접을 기대할 수 없는 처지지만 그래도 너무 더웠다.

경비병들이 아르카를 피의자석에 앉히고 팔걸이에 금속장갑을 고정했다.

"우리가 엄중히 감시하고 있다." 경비병 중 한 명이 나직한 소리로 으름장을 놓았다.

"알겠습니다, 대장님." 아르카가 대답했다.

이 상황을 이겨내기 위해 아르카가 할 수 있는 것이라고는 지껄이는 것밖에 없었다. 경비병은 불신하는 눈초리로 자세를 바로 했다. 전날과 마찬가지로 한 집행관이 아르카의 변호인과 증인들을 입장시켰다. 이번에는 프레톤이 보이지 않았지만, 라스티아낙스는 여전히 무표정했다. 귀에 익은 소리가 들리더니 날아다니는 휠체어에 앉은 마법역학 교수 게오르곤이 변호하는 쪽에 자리를 잡았다. 그는 목덜미를 구부린 상태로 턱을 기계적으로 흔들면서 불안한 표정으로 주위를 둘러봤다. 변호인이 아르카 쪽으로 몸을 기울이면서 말했다.

"설득하기 힘들었지만 마법역학 교수가 증언해주겠다고 했어. 좋은 소식이지."

아르카가 고개를 끄덕였다. 어쨌든 메젠스 살인에 대해서는 확실한 알리바이가 있었다. 그 살인은 아르카가 마법역학 교수와 함께 영묘에 있을 때 일어난 사건이었다. 신비학자는 그 살인을 아르카에게 전가할 수 없을 터였다. 실렌이 손을 들어서 정숙을 당부했다.

"이제 증인들이 모두 참석했으니 시작하겠습니다." 실렌이 선언했다. "어제 알게 된 사실들을 상기하겠습니다. 피의자는 트리에리오스 마스터가 살해된 시간에 범행 현장에 있었고, 크테시비오스의 날개를 소지하고 있었습니다. 지금부터는 메젠스 마스터 살해 사건에 집중합시다. 그 범행은 바실레우스의 탄생 축일인 쥐빌레르 20시에서 21시 사이, 궁전 안에서 일어났습니다. 최고 장관은 칼에 여섯 번 찔렸고, 경호원 두 명은 연못에서 익사한 상태로 발견되었습니다."

아르카의 눈길이 맨 위쪽 방청석으로 향했다. 변호인을 열렬히 지지하는 가족 옆에 프레톤이 무릎에 팔꿈치를 괸 채 듣고 있었다. 아르카가 자기를 발견한 걸 알아차린 프레톤이 고개를 돌렸다.

"……다시 묻겠다. 메젠스 살해 사건이 일어난 저녁에 어디에 있었는가?"

아르카는 흠칫 놀라서 연단 쪽으로 고개를 돌렸다. 실렌이 아르카에게 질문하고 있었다. 그동안 수업 시간에 보내던 호의적인 눈빛과는 사뭇 달랐다. 아예 인격이 바뀐 것 같았다.

"저는 바실레우스의 연회에 저의 멘토와 함께 있었습니다. 멘토께서 같이 가자고 하셨기 때문입니다." 아르카가 대답했다.

실렌이 라스티아낙스 쪽으로 고개를 돌렸다.

"라스티아낙스 마스터, 그대는 살해 사건이 일어난 지 얼마 후에 현장에 도착했습니다. 문하생의 말을 확인해주겠습니까?"

라스티아낙스는 잠시 침묵했다.

"제가 아르카에게 궁전에 함께 가자고 한 것이 맞습니다. 또한 아르카는 그 연회에 가는 걸 그리 좋아하지 않았습니다. 연회 중에 약 반 시간쯤은 같이 있지 않았습니다. 아르카는 내 곁을 떠나려고 하지 않았는데 내가 자리를 떴기 때문입니다. 시신이 발견되고 얼마 안 돼서 아르카를 다시 만났습니다. 나 못지않게 아르카도 살인 사건에 충격을 받은 것처럼 보였고, 그 반 시간 동안 게오르곤 마스터와 얘기를 나눴다고 말했습니다." 라스티아낙스는 여전히 불안한 표정으로 진술을 듣고 있는 마법역학 교수 쪽으로 고개를 돌리면서 말을 맺었다.

아르카는 맥박이 빨라지는 걸 느꼈다. 실렌이 이제 게오르곤에게 영묘를 방문한 것에 대해 질문할 터였다. 그건 확실한 알리바이였고, 아르카의 유죄를 확신하고 아침부터 방청석에 앉아 있는 히페르보레아의 배심원들의 생각에 의혹을 심어줄 수 있을 터였다.

"친애하는 동료 교수이신 게오르곤 마스터, 메젠스 마스터와 경호원 두 명이 살해되었을 때 피의자와 함께 계셨는지 확인해주시겠습니까?"

"아니요, 나는 그 시간에 피의자와 함께 있지 않았습니다. 그리고 잘 아시다시피 나는 강의 시간 외에는 문하생에게 눈길도 줘본 적이 없습니다." 게오르곤이 불쾌하다는 듯 내뱉었다. "나는 피의자의 변호인이 왜 나를 소환했는지 모르겠습니다. 사건이 일어났을 때 나는 혼자 동물원으로 산책을 갔습니다."

아르카는 납덩어리 같은 것이 위에 얹히는 것 같았다.

"거짓말입니다!" 아르카가 소리쳤다. "저랑 함께 있었어요!"

방청석에서 배심원들이 비난조로 고개를 절레절레 흔들었다. 아르카의 왼쪽에 있는 게오르곤이 마치 미치광이의 말이니 어쩔 수 없이 참는다는 듯 성난 눈초리를 던졌다. 그 순간 아르카의 머릿속에 서서히 의심이 생겼다. 영묘에 들어간 것이 꿈이라면? 그리고 자신이 진짜로 메젠스를 살해한 거라면? 소생한 왕자와 생령의 이야기들이 모두 환각에 불과하다면?

"나는 메젠스를 죽이지 않았어." 아르카는 자기 자신에게 확신을 주는 것처럼 중얼거렸다.

아르카의 오른쪽에 앉은 변호인이 일어섰다.

"그날 밤 궁전에는 내 의뢰인만 있었던 것이 아닙니다! 최고 재판관님의 연회도 마찬가지였고요. 트리에리오스의 시신을 발견한 평민 여성이 그 이튿날 운하에서 시신으로 발견된 것만큼이나 이 사건에는 뭔가 석연치 않은 것들이 있습니다. 어제도 이미 말씀드린 대로 내 의뢰인이 무슨 이유로 두 마법사를 죽이겠습니까? 1학년 문하생에 불과한 어린 소녀입니다! 따라서 변호인은 본 재판이 아주 미흡하게 진행되고 있다고 생각하며……."

실렌이 손을 들어서 폭주하는 변호인의 말을 끊었다.

"바로 그래서 그런 미흡한 부분을 채우고자 합니다. 지난 나흘 동안 정의의 탑은 변호인의 의뢰인의 과거를 조사했습니다. 그리고 우리가 알아낸 것은 아주 놀라웠습니다."

아르카는 의자에 몸을 파묻었다. 아르카는 체포된 뒤로 죽음을 면할 수 없다고 되뇌면서도 작은 희망의 끈을 놓지 않았다. 하지만 더는 헛된 기대는 하지 않게 되었다. 이제 무슨 일이 일어날지 알고 있었다.

실렌이 탁자에 양 팔꿈치를 괸 자세로 방청석을 향해 서류 한 장을 들어 보였다.

"우선, 이것은 피의자에 대해 언급되어 있는 행정 문서 중 수력 전신의 사본으로, 세관 서류입니다. 이 서류를 보면 피의자는 작년 겨울 끝자락에 서문을 통해 히페르보레아에 도착했습니다. 피의자는 나포카에서 왔다고 말하면서 혹독하게 추운 것으로 알려진 리파이아 산맥을 혼자서 넘어왔다고 자신을 소개했습니다. 이제 배심원들에게 묻겠습니다. 평범한 어린 소녀가, 나포카인이든 히페르보레아인이든, 그런 험난한 여행을 하는 것이 가능할까요?"

방청석에서 웅성거리는 소리가 점점 퍼져 나갔다. 아르카는 감히 고개를 들지 못하고 있었다.

"피의자가 어디 출신인지 알 수 있는 몇 가지 단서도 있습니다." 실렌이 말을 이었다. "교수로서 나는 아르카가 소년들과 싸우는 걸 여러 번 봤는데 보통 어린 소녀에게서 볼 수 없는, 예사롭지 않은 동작이었습니다. 오늘 경기장으로 들어오기 직전에 피의자가 마법을 사용하지 않고 눈 깜짝할 사이에 경비병 세 명을 때려눕히고 탈옥 시도를 했다는 보고를 받았습니다. 게다가 바실레우스 그랑프리 대회에서 우승한 말을 탄 기수가 바로 피의자였습니다."

벌집을 쑤셔놓은 듯 웅성거리는 소리가 커졌다.

"하지만 가장 확실한 단서는 피의자가 거주하는 멘토의 집을 가택 수색하면서 이 물건을 발견했다는 겁니다."

신비학자가 아마존의 허리띠를 흔들었다.

아르카는 팔라테스가 수집해놓은 오래된 허리띠 중 하나라는 걸 대번에 알아봤다. 쩍쩍 갈라지고 뻣뻣한 가죽을 가까이에서 보면 수십 년 동안 사용하지 않은 허리띠라는 걸 누구라도 알아차렸을 터였다. 하지만 방청석에 앉은 배심원들은 식별할 수 없었다.

"네, 여러분은 이 허리띠가 뭔지 잘 알 겁니다. 따라서 우리 앞에는 말을 탈 줄 알고, 싸울 줄 알고, 악조건의 산악지대를 혼자 넘을 수 있는 소녀가 있습니다. 그리고 이 소녀는 162년 전 열세 명의 후계자 살해 사건 이후 히페르보레아에서 일어난 가장 끔찍한 세 건의 범죄 현장에 있었습니다. 배심원 여러분, 이 소녀는 아마존입니다."

그 순간 방청석에서 분노가 폭발하는 것 같았다. 야유가 빗발쳤다. 경기장에서 누군가가 "아마존에게 사형을!" 하고 소리치자 그 외침이 방청석 곳곳에서 울려 퍼졌다. 나흘 전까지만 해도 사람들이 존재조차 거의 모르던 문하생이었는데, 이런 무서운 말을 듣게 될 줄은 아르카는 상상도 하지 못했다.

"너무 터무니없습니다!" 변호인이 소란을 덮으려고 벼락같이 고함을 질렀다. "내 의뢰인은 한낱 문하생입니다. 마법사가 되는 교육을 받으려고 자유의지로 히페르보레아에 온 것입니다. 언제부터 아마존족이 마법을 사용한단 말입니까? 아마존족은 마법을 혐오합니다!"

"피의자 덕분에 히페르보레아의 심장부를 공격할 수 있다는 걸 아마존족이 알았을 때부터지요!" 실렌이 소리쳤다. "그리고 아마존족은 여기서 멈출 생각이 없습니다."

실렌이 라스티아낙스를 돌아봤는데 원형 경기장에서 그만 유일하게 동요되지 않고 잠자코 앉아 있었다.

"라스티아낙스 마스터, 트리에리오스가 살해되던 밤, 문하생과 함께 파란연꽃파가 비프아주르를 밀반입한 사실을 알아차렸다고 했지요? 바실레우스는 즉시 그 비프아주르는 아마존족이 보낸 것이라고 의심했고요. 문하생이 그 비프아주르를 회수하기 위해 1지구에 있었다는 생각은 들지 않았습니까?"

라스티아낙스는 속을 알 수 없는 표정으로 일어났다.

"그런 생각도 해봤습니다."

실렌이 질서 회복을 위해 방청석을 향해 손을 흔들었다.

"그러니까 문하생이 아마존이라는 걸 의심하고 있었다는 말입니까?"

갑자기 잠잠해지더니 군중의 시선이 일제히 라스티아낙스의 입술을 향했다.

"의심한 것이 아니라 알고 있었습니다."

아연실색한 아르카의 눈이 동그래졌다. 라스티아낙스가 딱 한마디로 사형 선고를 내린 것이었다. 그때 그가 아르카 쪽으로 고개를 돌리고 엷은 미소를 지어 보였다. 재판이 시작된 뒤로 그들은 처음으로 시선을 교환했다. 갑자기 아르카는 라스티아낙스가 우물 속에서 손을 잡으면서 보여주었던 침착한 용기를 다시 보는 것 같은 느낌이 들었다.

"알고 있었다고요?" 실렌이 되물었다.

"몇 달 전에 알았습니다." 라스티아낙스가 자신에게로 주의를 집중시키면서 대답했다. "내가 고발하지 않은 것은 지금처럼 작위적인 재판으로 너무 성급하게 사형 선고를 내릴까 두려웠기 때문입니다." 그가 큰 소리로 덧붙이면서 군중을 둘러봤다.

욕설이 터져 나왔다. 아르카는 마법사들이 그들을 향해 주먹을 휘두르는 모습을 겁먹은 얼굴로 쳐다보고 있었다. 방청석 곳곳에서 고함을 질러댔다. "아마존에게 사형을!", "반역자에게 사형을!" 라스티아낙스는 자리에 앉았다.

재판은 빠르게 끝났다. 배심원들은 만장일치로 엄지를 아래로 내리는 것으로, 트리에리오스와 메젠스, 바실레우스를 살해한 죄로 아르카에게 유죄 판결을 내렸다. 이어서 라스티아낙스는 아마존과 공모한 혐의로 유죄 판결을 받았다. 실렌은 이날 저녁에 사형 집행이 있을 거라고 공포했다. 경비병들이 아르카와 라스티아낙스를 데리러 왔고, 배심원들이 욕설을 퍼붓는 가운데 그들을 지하 감옥으로 끌고 갔다.

13

아마존 전사들

라스티아낙스

"멍청한 놈!"

철창 너머에서 피라가 분노로 몸을 떨고 있었다. 페트로클루스는 피라의 어깨에 손을 얹고 간신히 진정시키고 있었다.

유죄 판결을 받으면 마지막으로 한 번 면회 기회가 있기에 두 사람이 면회를 왔다고 경비병이 알려줬을 때 라스티아낙스는 부모님을 보게 될 거라고 예상했다. 그런데 피라와 페트로클루스가 나타나자 오히려 안도의 숨을 내쉬었다. 부모님의 절망보다는 차라리 격분한 전 여친을 보는 게 나았다.

"왜 네 문하생이 아마존이라는 걸 알고 있었다고 말했어?" 피라가 소리쳤다.

"사실이니까. 나는 오래전부터 알고 있었어. 그렇다고 저 아이가 나보다 더 죽어 마땅한 건 아니야."

피라는 기막혀하면서 복도 건너편 감방 안에 앉은 아르카를 보기 위해 돌아섰다. 아르카는 말없이 고개를 숙이고 있었다.

"너는 왜 저 아이가 무죄라고 확신하는데?" 피라가 물었다.

"확신은 없지만 난 저 아이를 믿어." 라스티아낙스가 팔짱을 끼면서 대답했다.

피라의 입에서 분노의 탄성이 새 나왔다.

"뭐라고?" 피라가 홱 돌아서면서 내뱉었다. "늘 이성적이던 그 대단한 라스티아낙스가 오로지 믿는다는 이유만으로 아무것도 아닌 어린 아마존 계집애를 위해 바보같이 자신을 희생하기로 결정한다는 게 말이 된다고 생각해? 모든 정황이 저 아이가 범인이라고 가리키고 있는데도?"

피라가 어찌나 불같이 화를 내는지 라스티아낙스는 그녀의 아니마가 감방 안에서 지지직거리는 것 같았다.

"너 죽는 거 보러 경기장에 들어갈 권리가 나한테 없어서 천만다행이다. 너는 그래줄 가치도 없어." 도저히 눈물을 흘리는 것만은 용납할 수 없는 피라가 그렁그렁한 눈을 찌푸리면서 말했다.

피라는 페트로클루스를 어깨로 확 밀어내고 나가버렸다. 라스티아낙스는 창살에 머리를 대고 피라가 마지막으로 돌아봐주길 바랐다. 하지만 문이 쾅 닫혔다. 이제 남은 사람은 그들의 대화를 감시하는 경비병과 페트로클루스뿐이었다. 그의 껑다리 친구도 이토록 슬퍼 보인 적이 없었다.

"방금 네가 한 짓은 도무지 이해가 안 된다, 라스티." 페트로클루스가 토가 자락으로 촉촉해진 눈가를 닦으면서 나직하게 말했다. "네 부모님은 이 재판에 대해 모르셔. 나중에 소문으로 아들의 치욕스러운 죽음을 듣게 되시겠지."

"누군가 알려야 한다면 네가 해주라." 라스티아낙스가 여전히 복도의 문을 응시한 채 말했다. "어머니에게는 자주 찾아뵙지 못한 걸 후회한다고 전해줘. 아버지에게는 내가 용서한다고 전해주고."

"면회 시간이 끝났으니 그만 나가야 합니다." 대화를 지켜보고 있던 경비병이 알렸다.

라스티아낙스는 페트로클루스 쪽으로 고개를 돌렸다.

"몸조심해."

페트로클루스는 입을 벌렸지만 목구멍에 걸려서 아무 말도 나오지 않았다. 페트로클루스는 경비병이 팔을 움켜잡자 깜짝 놀라서 끌려 나갔다. 그는 입술만 달싹거릴 뿐 소리 없는 작별 인사를 했다. 문이 또 닫혔다. 계속 살아갈 친구들에게는 너무 짧은 기억을 남겼고, 부모님에게는 결코 극복하지 못할 기억을 남겼다는 생각에 라스티아낙스는 가슴을 옥죄는 번민만큼이나 무거운 침묵을 지켰다.

"사부……." 아르카가 주저하는 어조로 말문을 열었다.

"이렇게 된 마당에 라스티아낙스라고 불러도 돼."

라스티아낙스는 인장반지와 보라색 토가를 빼앗겼다. 그는 더는 장관도, 마법사도 아니었고 아르카도 더는 그의 문하생이 아니었다. 수감자용 빨간색 튜닉을 입은 그는 자신의 희생이 얼마나 큰 대가를 치르고 있는지 깨닫기 시작했다.

"왜 나를 믿으세요?" 아르카가 물었다.

라스티아낙스는 감방 안쪽에 무릎을 감싸는 자세로 앉아 있었다. 수감자의 튜닉은 추위를 막기에는 너무 얇았다. 건너편 감방에 있는 아르카도 같은 자세로 그를 마주보고 있었다.

"네가 범인이라면 너는 지금쯤 엑스트락트리스에 끌려가서 비프아주르가 있는 곳을 실토하라는 고문을 당하고 있을 거야. 그런데 실렌이 너에게서 정보를 캐려고도 하지 않는다는 건 네가 갖고 있지 않다는 걸 알고 있다는 거지."

그는 감방 벽에 머리를 기대고 천장을 쳐다봤다

"네 말이 맞았어." 그가 마지못해서 고백했다. "실렌이 이 사건의 배후였던 거야. 관례에 따른 재판을 진행하는 대신 엄밀한 수사를 피하기 위해 서둘러서 우리에게 유죄 판결을 내렸어. 실렌은 리쿠르고스의 하수인이야."

팔라테스가 써놓은 메모가 몇 달 동안 머릿속에서 맴돌더니 드디어 그 뜻을 알았다. 밀반입……. 테미스키라……. 아마조네스 숲에 불을 질러서 얻는 이득은……? 누군가 고의적으로 부추기는 피해망상증, 하지만 누가……? 테미스키라의 군주 리쿠르고스는 비프아주르 천연 덩어리들을 손에 넣기 위해 숲에 불을 질렀고, 이후 히페르보레아에 밀반입시켰다. 바실레우스의 피해망상증을 부추긴 것은 실렌이 틀림없다. 바실레우스가 그를 전적으로 신뢰한다는 걸 이용하여 각료 의회 장관들에게 아첨하라는 술책을 쓰는 것으로 군주를 미혹한 것이다. 그리고 실렌이 라스티아낙스에게 테미스키라의 밀사에 대한 가짜 단서를 흘린 것도 의심을 사지 않고 자유롭게 획책하기 위한 것이었다.

그렇지만 모호한 점들이 남아 있었다. 그는 왜 라스티아낙스를 부추겨서 장관이 되게 했을까? 그는 어떻게 권력을 잡으려는 걸까? 그리고 리쿠르고스는 일단 자신의 꼭두각시를 히페르보레아의 수장으로 앉힌 다음에는 뭘 하려는 걸까?

라스티아낙스는 잠시 눈을 감았다. 이제 와서 이런 의문을 제기하는 것이 부질없게 느껴졌다.

"우리를 우물에서 꺼내 살려주라고 지시한 사람이 실렌인 것 같아." 그가 큰 소리로 계속 말을 이었다. "너를 희생양으로 이용하려면 살려둘 필요가 있었던 거야. 오래전부터 네가 아마존이라는 걸 알고 있었던 게 틀림없고⋯⋯. 평가전 때부터. 그렇지만 실렌이 어떻게 너의 행적에 대해 그렇게 많은 걸 알 수 있었는지 이해가 안 돼."

아르카가 허공을 응시하면서 중얼거렸다.

"그 사람의 생령이 내가 어디를 가든 미행하고 있었어요. 그 생령이 장관들을 죽였고, 그 근처에 내가 있도록 꾸민 거예요."

이어서 아르카가 덧붙였다.

"생령은 바실레우스의 장남, 열세 번째 후계자의 육신으로 창조된 피조물이에요. 그 생령이 내가 도착하기 직전에 바실레우스를 영묘로 유인했고, 실성하게 만든 거 같아요. 생령은 내 눈앞에서 자살했고, 가루로 변했어요."

아르카는 고개를 들다가 철창과 철창 사이로 라스티아낙스의 눈과 마주쳤다. 깜짝 놀란 라스티아낙스가 앉은걸음으로 전진해서 철창을 움켜잡았다.

"잠깐…… 생령……. 네가 그게 생령이라는 걸 어떻게 알아? 너는 나흘 전만 해도 그 단어가 무슨 뜻인지도 몰랐잖아."

아르카는 어깨를 으쓱하면서 전 수감자가 벽에 새긴 글자를 손톱으로 긁었다.

"생령이 죽기 전에 나한테 말해줬으니까요. 자기를 만든 주인이 내가 바실레우스를 죽이게 하려고 자기를 창조한 거라고요."

"아르카, 난 네가 무슨 말을 하는지 전혀 못 알아듣겠어." 라스티아낙스는 점점 더 황당해하는 얼굴로 말했다. "바실레우스를 죽이기 위해서 왜 죽은 자를 소생시키는데? 너랑 무슨 관계가 있다고?"

아르카는 여전히 낙서에 시선을 둔 채 대답하지 않았다. 라스티아낙스는 아르카의 얼굴에서 이토록 수수께끼 같은 표정을 본 적이 없었다. 아르카가 깊은 침묵에 빠져 있다고 생각할 때 갑자기 아르카가 심호흡을 하면서 그를 향해 고개를 돌렸다.

"아마존족에 대한 저주가 사실이었다는 거 아세요, 사부? 바실레우스가 162년 전 후계자들을 죽인 아마존들에게 저주를 걸었다는 게 사실이었어요. 바실레우스는 아마존족에게 자기 후손의 손에 죽임을 당하는 저주를 걸어놨어요. 모든 아마존 혈통에게 내린 저주였어요. 그 때문에 아마존족은 아르카디아로 떠나 비프아주르의 보호를 받게 된 거고요. 그동안 바실레우스가 계속 살았던 것은 아마존들에게 저주를 걸면서 그 자신도 같은 저주에 걸렸기 때문이에요. 그런데 바실레우스에게는 자식이 없기 때문에 죽을 수가 없었던 거죠. 그게 바로……"

"저주의 거울." 라스티아낙스가 말했다.

그는 다시 뒤로 이동해서 벽에 기대앉았다.

그러니까 그것이 바실레우스의 장수 비결이었다. 적에게 저주를 걸면서 그 자신도 같은 저주에 걸릴 수밖에 없는…….

그는 바실레우스가 은총을 베푸는 대신에 죽인 수감자들을 생각했다. 수감자들의 아니마는 군주가 늙지 않게 해주었고, 저주는 그의 목숨을 지켜준 것이었다. 이 복수 때문에 얼마나 많은 아마존과 죄수들이 희생되었을까?

"나는 여전히 네가 뭘 하러 거기 갔는지 이해가 안 돼." 그가 말했다.

흥분한 아르카가 머리카락을 움켜쥐고 질겅질겅 씹기 시작했다.

"관계가 있으니까요. 그 생령이 내가 자기 딸이라고 했어요."

"자기 딸이라고?"

아르카가 공포에 질린 표정으로 바닥을 응시하면서 무릎을 두 팔로 감싸고 등을 구부렸다.

"바실레우스를 죽이는 유일한 방법은 그 사람에게 후손이 있어야 하니까요." 아르카가 중얼거리듯 말했다. "그래서 열세 번째 후계자를 소생시켰던 거예요. 주인이 생령에게 아마존을 유혹하라고 명했는데 그 아마존이 내 어머니였어요. 나는 바실레우스를 죽일 목적으로 태어난 거예요. 아마조네스 숲에 불이 난 뒤로 내가 겪은 그 모든 일이 나를 바실레우스 가까이 오게 만들려는 목적이었어요. 나는 자유로워진 거라고 생각했는데 잘못 생각한 거였죠. 나는 저주에 따라……."

그때 복도 문이 벌컥 열렸다. 갑옷 차림의 경비병 여덟 명이 한 명씩 통로에 모여들었다. 라스티아낙스는 아르카가 일어나는 걸 쳐다봤다. 물어볼 게 엄청 많은데 시간이 없었다. 라스티아낙스도 일어섰고 경비병이 한 명씩 감방에 들어와서 금속장갑을 끼웠다. 그가 손을 떨자 경비병이 손목을 움켜잡고 움직이지 못하게 했다. 그러고는 라스티아낙스의 어깨를 잡아서 감방 밖으로 끌고 나갔다. 그는 문하생 옆에 섰다. 아르카가 체념한 얼굴로 복도 문을 쳐다보고 있는데 마치 마침내 알게 된 저주에 맞서 싸우겠다는 의지를 완전히 포기한 것 같았다. 갑자기 아르카가 침을 삼키더니 겁을 잔뜩 먹은 눈으로 라스티아낙스를 쳐다봤다.

"집행은 어떻게 진행돼요?"

"쇼를 하는 것처럼 거창하게." 라스티아낙스는 가슴이 미어질 정도로 불안하지만 애서 태연하게 대답했다. "마법사들은 늘 재미를 원하니까."

경비병들이 등을 떠밀었고, 그들은 경기장을 향해 걸어가기 시작했다.

아르카

아르카는 히페르보레아에서 보낸 여섯 달이 하룻밤 꿈에 불과한 것 같은 이상한 느낌이 들었다. 경기장을 둘러싼 보라색 토가 차림의 마법사 수백 명이 오레이칼코스 우리 너머에서 아르카를 쳐다보고 있었다. 차일을 드리운 그늘 속에서 마법사들의 인장반지가 번쩍이고 있었다. 발밑에서 아브락산의 모래가 반짝이는데 마법 평가전을 치르던 날보다 훨씬 밀도가 강한 것 같았다.

경비병들은 금속장갑을 벗긴 후, 아르카와 라스티아낙스만 경기장 중앙에 있게 내버려 뒀다. 모든 감각이 곤두선 두 사람은 등을 맞대고 앉은 자세로 오레이칼코스 창살 벽에 나 있는 여러 개의 문을 응시했다. 아르카는 심장이 어찌나 요란하게 뛰는지, 마법사들이 느낌을 주고받는 소리라든가 그들의 발치에 날아와서 빵 부스러기를 쪼아 먹는 새들의 소리, 보라색 토가 바스락거리는 소리 같은 주위에서 나는 소리가 잘 들리지 않을 정도였다. 맨 위쪽 방청석은 비어 있었다. 사형 집행은 배심원들만 참관할 특권이 있는 것이 틀림없었다.

"실렌이 없어요." 아르카가 나직한 소리로 말했다.

"집행할 때는 재판관이 절대 참석하지 않아." 라스티아낙스가 대답했다. **"정의는 자신이 내린 심판을 즐기지 말아야 한다.** 바실리카법 제98조. 나랑 한 바퀴 돌자." 그가 손을 잡으면서 덧붙였다.

"네?"

더는 설명하지 않고 그가 아르카의 손을 잡아끌면서 빙글 돌았다. 그들 주위에 모래회오리가 일면서 반짝이는 모래구름이 경기장의 나머지 부분을 가렸다. 라스티아낙스가 앞으로 팔을 쭉 뻗자 그의 발밑 땅바닥에서 떠오른 천 뭉치가 그의 손으로 들어왔다. 공중에 떠 있는 모래구름이 계속해서 마법사들의 시야를 가리는 사이, 그가 천을 펼치자 금테 외알박이 안경과 정교하게 세공한 반지와 구릿빛 팔찌가 나타났다.

아르카는 얼굴이 환해지면서 갑자기, 작은 희망이 돌아오는 걸 느꼈다.

"탈출 계획도 세우지 않고 감금될 정도로 내가 바보라고 생각한 건 아니지?" 라스티아낙스가 외알박이 안경을 얼굴에 맞게 조절하면서 말했다.

"반지와 팔찌를 어떻게 찾았어요?" 아르카가 크테시비오스의 날개를 자신의 손목에 차면서 물었다.

"이게 도와줬지." 라스티아낙스가 눈에 낀 외알박이 안경을 톡톡 치면서 말했다. "지난 재판 때 이것들을 숨겨놨거든. 이제 여길 나가자, 빨리."

라스티아낙스는 아르카에게 반지를 준 다음, 손짓으로 모래구름을 다시 바닥으로 가라앉혔다. 경기장이 드러나 보이자 마법사들이 놀라서 탄성을 내지르는 모습이 보였다. 아르카는 마법사들이 놀란 것이 라스티아낙스의 마법 기술 때문이라고 생각했는데 마법사들은 아르카 뒤쪽에 있는 다른 걸 바라보고 있었다. 아르카가 돌아봤다.

경비병들이 뒤에서 휘두르는 번개창에 떠밀린 엄청나게 큰 그리핀 한 마리가 가장 큰 문을 통과하고 있었다. 사나운 맹수가 빨간색 갈기를 흔들어대면서 쉭쉭거리는 소리가 허공을 갈랐다. 아르카의 팔만 한 길고 시커먼 발톱들이 바닥을 긁자 반짝이는 모래구름이 일었다. 경비병들이 맹수를 몰아서 새장 안으로 들여보내자 그리핀이 넓은 공간에 있는 것에 놀란 듯 커다란 금빛 날개를 펼쳤다. 그리핀 뒤로 문이 닫혔다.

"바실레우스의 그리핀." 라스티아낙스가 믿기지 않는 얼굴로 말했다.

"굶주려 있는 상태예요." 아르카가 히페르보레아의 법정이 망나니로 선택한 맹수의 홀쭉한 배를 살피면서 말했다.

새로운 환경을 탐색하는 그리핀에게 발각되지 않으려고 그들은 천천히 뒷걸음쳤다. 맹수가 경기장과 방청석을 가르는 거대한 새장을 따라 어슬렁어슬렁 걸어 다녔다. 창살 너머에서 그리핀의 크기에 질겁한 마법사들이 상체를 최대한 뒤로 빼고 있었다.

"여길 빠져나가는 작전이 정확하게 뭔데요." 아르카가 물었는데 라스티아낙스는 외알박이 안경을 통해 경기장을 살피고 있었다.

"오레이칼코스 창살에서 가장 약한 지점을 찾고 있어." 라스티아낙스가 대답했다. "그 지점에 반지의 파괴 인장을 사용하면 구멍을 낼 수 있을⋯⋯."

"서둘러요." 아르카가 재촉했다. "그리핀이 곧 우리에게 관심을 가질 거예요."

실제로 그리핀이 경기장 안에 출구가 없다는 걸 차츰 알아차리고 있었다. 그리핀의 긴 꼬리 끝에 달린 빨간색 부채꼴 깃털이 힘차게 허공을 휘저었다.

"저기!" 라스티아낙스가 소리치는 바람에 맹수의 이목을 끌었다. "꼭대기!"

"조심해요!" 아르카가 외쳤다.

아르카는 라스티아낙스를 잡아끌면서 옆으로 뒹굴었고, 그리핀의 날카로운 부리가 운동화를 쪼는 걸 느꼈다. 맹수가 빙그르르 돌자 그 무게에 경기장이 흔들렸고, 반쯤 펼친 날개를 펄럭이자 아브락산의 모래가 회오리를 일으켰다. 맹수는 갇혀 있었고, 굶주려 있었고,

두 발 달린 살덩어리들은 평소에 먹는 야생 양과 착각할 정도로 닮아 있었다. 그리핀은 너무 천천히 몸을 일으키는 라스티아낙스를 또다시 공격했다.

아르카는 돌진해서 두 발로 힘껏 땅바닥을 두드렸다. 그리핀이 라스티아낙스를 부리로 쪼려는 순간 아브락산의 모래구름이 일었다. 눈이 멀게 된 그리핀이 뒷발로 서서 어찌나 크게 울부짖는지 아르카는 잠시 귀가 먹먹해졌다.

아르카 옆에서 라스티아낙스가 기어 다니면서 모래를 파헤치고 있었다.

"안경을 잃어버렸어." 그가 중얼거렸다.

"할 수 없죠!" 아르카가 소리치면서 그의 튜닉 깃을 잡아당겼다. "이제 필요 없어요..어디를 공략해야 하는지 아는데!"

라스티아낙스는 어리둥절한 얼굴로 일어나서 아르카를 따라갔다. 경기장 중앙에서 그리핀이 눈을 따갑게 하는 모래를 털기 위해 머리를 어깨에 대고 비벼대고 있었다.

"저 위로 올라가야 해요." 아르카가 말했다. "내가 날아가서……."

하지만 라스티아낙스는 듣지 않고 얼이 빠져서 연단을 쳐다보고 있었다. 그리핀이 비벼대는 걸 멈추고 경기장 바깥쪽을 응시하고 있었다. 아르카도 그쪽으로 고개를 돌리다 형언할 수 없는 희열을 느꼈다.

방청석의 마법사들이 소리를 지르면서 출입로에서 가능한 한 멀리 떨어지려고 난리법석이었다. 몇몇 마법사는 소동을 견뎌내면서 마법을 사용하려고 했지만 허사였다. 입구마다 무장한 아마존 전사들이 나타났기 때문이다. 금속 미늘이 덮인 가죽 갑옷 차림의 전사들이 창을 앞세우고 계단으로 전진하면서 겁먹은 관중을 새장 쪽으로 밀어붙이고 있었다. 원뿔 모양의 투구에 달린 빨간색 술 장식이 등에서 대롱거렸고, 모두 파란 광택이 나는 허리띠를 착용하고 있었다.

"아마존들이야!" 라스티아낙스가 아르카를 돌아보면서 외쳤다.

아르카가 전사들을 보면서 느꼈던 기쁨은 이미 사라진 뒤였다.

"아니에요, 아마존이 아니에요." 아르카가 수수께끼 같은 얼굴로 말했다. "아마존족은 이제 술 장식이 달린 투구를 쓰지 않는다고 했잖아요."

"하지만 저건……."

"모르겠어요, 나도 모르겠다고요!" 아르카가 외쳤다. "내가 아는 건 지금 도망치지 않으면 저놈이 다시 우리에게 관심을 가질 거라는 거예요." 아르카가 그들을 향해 어슬렁어슬렁 다가오는 그리핀을 가리키면서 덧붙였다.

바로 그 순간, 몰려 있는 보라색 방청객 무리에서 튀어나온 한 마법사가 칼을 들고 가짜 아마존을 향해 돌진했다. 푹! 전사의 창에 찔린 마법사의 피가 아래쪽 사람들에게 튀었다. 여자가 쓰러진 마법사에게 발길질을 하면서 몸에서 창을 뽑았다. 경비병들이 아마존들을 무력화하려고 했지만 무기가 활성화되지 않아서 마법사와 같은 운명을 맞았다. 잘린 머리 하나가 계단을 데굴데굴 굴러 떨어지다 창살 틈을 통과해서 경기장 안으로 굴러왔다. 의식의 마지막 편린들이 빠져나가는 순간까지 눈알이 움직이고 있었다. 그리핀이 다가가더니 조심스럽게 부리로 쪼아보다 꿀꺽 삼키고는 하늘을 향해 목을 길게 뽑았다.

아연실색한 라스티아낙스는 모래에 길게 난 핏자국을 응시하고 있었다. 아르카가 그의 어깨를 흔들었다.

"이러고 있을 때가 아니에요!" 아르카가 나직한 소리로 말했다. "여길 나가야 한다고요!"

라스티아낙스가 어깨에 손을 얹으면서 아르카를 쳐다보더니 정신이 돌아온 것 같았다.

"나는 저 위로 날아가서 꼭대기에 구멍을 낼게요." 아르카가 속삭였다. "그사이 사부는 그리핀의 주의를 산만하게 해봐요."

라스티아낙스가 고개를 끄덕였다. 그는 넋이 나간 것 같았다.

"그리핀의 주의를 산만하게 하라고…… 알았어." 그는 기어들어가는 목소리로 말했다. "하지만 반지와 팔찌는 작동하지 않을 거야, 도처에 비프아주르가 있어서."

"근데 우리가 지금 오레이칼코스에 둘러싸여 있단 말이죠." 아르카는 경기장과 방청석을 가르는 거대한 오레이칼코스 새장을 가리키면서 말했다. "오레이칼코스는 비프아주르를 무력화한다, 내가 사부의 가르침을 잘 기억하고 있거든요."

아르카는 윙크를 하면서 팔찌의 인장을 눌렀다. 금속 깃털이 아르카의 온몸에 뒤덮였다. 그리핀의 황갈색 왕방울 눈이 즉시 아르카 쪽으로 향했다.

"출발." 아르카가 중얼거렸다.

아르카는 날개를 펼쳤고, 그리핀이 덮치려는 순간 날아올랐다. 아르카는 휘어진 창살을 스치면서 날아올랐다. 새장 밖에서는 가짜 아마존들이 마법사들을 창으로 위협하면서 바닥에 엎드리게 하고 있었다. 그리핀이 아르카를 쫓기 위해 목을 쭉 빼고 날개를 반쯤 펼치더니 갑자기 달려들었다.

아르카는 한 번의 날갯짓으로 그리핀의 등을 스치면서 공격을 피했다. 라스티아낙스가 달려가서 그리핀의 꼬리에 달린 빨간색 부채꼴 깃털을 움켜잡는 것이 보였다.

그리핀이 고통 때문에 미친 듯이 날뛰었다. 꼬리를 잡힌 야수가 벗어나려고 뱅글뱅글 돌다 커다란 날개가 창살 틈에 끼여 옴짝달싹 못했다. 경기장에 아브락산의 모래구름이 일어났다. 하지만 라스티아낙스는 야수의 몸부림에 이리저리 흔들리면서도 눈을 감은 채 꼬리 깃털을 놓지 않았다.

빠르게 위로 날아간 아르카는 꼭대기에 부딪히기 직전 날개를 접고 창살을 움켜잡은 채 거꾸로 매달렸다. 그러고는 반지의 파괴 인장을 활성화하고 새장 꼭대기의 오레이칼코스 덮개에 대고 작동시켰다.

폭발음이 울렸다. 덮개가 부서지면서 파편이 경기장으로 쏟아져 내렸다. 아르카도 떨어지다 그리핀의 등에 부딪혀서 오레이칼코스 조각들이 쌓인 바닥으로 미끄러졌다.

그 충격으로 머리가 멍해진 아르카가 비틀거리면서 일어났다. 방청석에서는 폭발이 일어난 틈에 도망치려는 마법사 몇 명에게 가짜 아마존들이 폭력을 행사하고 있었다.

그때 창살 벽에 정면으로 부딪히는 라스티아낙스의 모습이 아르카의 눈에 들어왔다. 땅바닥에 쓰러진 라스티아낙스는 빨간색 깃털

하나를 손에 쥔 채 옴짝달싹못하고 있었다. 잠시 후, 그리핀이 발톱을 세우고 그에게 달려들었다.

아르카는 부서진 창살 하나를 움켜잡고 마법을 사용하여 야수의 머리를 향해 힘껏 던졌다. 하지만 오레이칼코스 우리가 반쯤 파괴되면서 비프아주르의 영향을 받게 된 창살이 힘없이 그리핀의 어깨를 스치면서 땅바닥으로 떨어졌다.

그리핀이 먹이를 뜯어 먹을 기세로 몸을 움츠렸다. 그 순간 그리핀의 커다란 날개 위로 날아오른 아르카는 척추 부위까지 달려가서 양손으로 갈기를 움켜잡고 뒤로 잡아당겼다. 그리핀은 이건 또 뭐야 하는 낯짝으로 대가리를 쳐들고 포효하다 머리 위쪽이 뻥 뚫려 있다는 걸 알아차렸다.

"안 돼, 안 돼, 안 돼." 아르카는 거대한 야수가 활 모양으로 몸을 구부리는 걸 느꼈다.

그리핀이 놀라울 정도로 유연하게 모래에서 몸을 빼더니 뚫린 구멍으로 날아올랐다. 너무 심하게 흔들리자 아르카는 갈기를 놓고 잽싸게 날갯죽지에 매달렸다.

그리핀이 차일 위쪽, 경기장 외벽 꼭대기에 내려앉았다. 그리핀이 둥지에서 뛰어내릴 준비를 하는 어린 새끼처럼 머뭇거리다 황혼녘의 지평선을 향해 모가지를 길게 뽑았다. 그리핀은 한 번도 날아본 적이 없었다.

아르카는 날갯죽지를 놓지 않으려고 기를 쓰면서 경기장 쪽으로 고개를 돌렸다. 마법사들이 이제는 목덜미에 깍지를 낀 자세로 바닥에 납작 엎드려 있었다. 마법사들 옆에서 가짜 아마존들이 그리핀을 가리키면서 무슨 말인가 나누고 있었다. 아르카는 그중 한 명이 근육을 긴장시키면서 그리핀을 향해 창을 던지는 걸 봤다. 창이 공기를 가르면서 아르카 바로 옆, 야수의 등에 꽂혔다. 야수가 울부짖으면서 앞으로 돌진했다.

첫 날갯짓에 아르카는 허공으로 내던져졌다. 느리게 올라가다 한순간 정지했던 아르카의 몸이 이미 어둠에 잠긴 히페르보레아의 바닥으로 돌멩이처럼 떨어지기 시작했다.

아르카는 팔찌의 인장을 눌렀다. 아무 일도 일어나지 않았다. 추락하는 속도가 빨라지고 있었다. 탑, 운하, 돔, 주위의 모든 것이 뒤섞였다. 공포에 질린 아르카는 여러 번 팔찌를 팔뚝에 대고 두드린 다음 다시 인장을 눌렀다.

마침내 날개가 펼쳐졌다. 한동안 아르카는 빙글빙글 돌다가 안정을 찾았고, 몇 번의 날갯짓으로 고도를 높였다. 2지구, 3지구, 4지구, 5지구. 아르카는 도시 상공을 선회하는 그리핀의 커다란 그림자를 발견했다. 그리핀의 발톱 사이로 라스티아낙스의 실루엣이 보였다. 마기스테리움으로 향하던 그리핀이 석양에 물든 둥근 지붕 꼭대기에 내려앉았다. 아르카는 속도를 높였다. 그리핀이 주위를 둘러보면서 조용한 곳을 찾은 데 만족하는 것 같았다. 그리핀이 발톱에서 벗어나려고 필사적으로 발버둥치는 라스티아낙스를 향해 등을 구부렸다. 아르카는 날개를 접고 곤두박질쳤다. 그리핀이 먹잇감의 팔을 뜯어내려고 부리를 벌리는 순간 열세 살 소녀의 공격에 야수의 대가리가 젖혀졌다. 그로기 상태의 그리핀이 젊은 마법사를 놓아주고 둥근 지붕에서 외장재 일부와 함께 미끄러졌다. 아르카는 라스티아낙스 옆에 착지했고, 두 주먹을 허리에 얹은 자세로 소리쳤다.

"나 말고는 아무도 내 멘토는 못 건드리지!"

마기스테리움의 두 둥근 지붕 사이, 대리석과 석고 조각들에 반쯤 파묻힌 그리핀이 일어나더니 날개를 펼치기 위해 몸을 흔들다가 허공 속으로 날아갔다. 그리핀의 구슬픈 울음소리가 아다만트 돔 안에 울려 퍼졌다.

페트로클루스

몇 달 동안 히페르보레아를 발칵 뒤집어놓을 그리핀 탈출 사건은 원형 경기장에 남은 마법사들이 거의 알아채지 못하는 가운데 일어났다. 아마존들과 비프아주르 앞에서 힘을 못 쓰는 마법사들은 땀에 젖은 짐승처럼 서로 뒤얽힌 채 엎드려 있어야 했다. 공포에 질린 로도프와 한 고위 관리 사이에 낀 페트로클루스는 주위를 오가는 무장한 전사들의 각반을 관찰했다. 그들의 창끝에 피가 응고되어 있었다. 페트로클루스는 공포를 이겨내려고 수를 세었다. 아마존들은 몇 명이나 될까? 오십 명, 백 명? 원형 경기장에 어떻게 들어온 걸까? 아르카를 구하러 온 건가? 라스티아낙스는 어디로 간 거지? 머릿속으로 이런 의문을 제기할 수 있는 시간은 길게 가지 못했다.

"모두 일어나!" 하얀색 술 장식의 투구를 쓴 전사가 명령했다.

아마존들이 재촉하기 위해 창으로 인질들의 등을 마구 후려갈겼다. 공포에 질린 마법사들이 일어났다. 페트로클루스는 허리를 구부리고 움직임을 눈으로 좇았다. 다른 사람들보다 키가 커서 자신의 머리가 비죽 나오면 참수를 당할 것 같은 불안함을 느꼈기 때문이다.

마법사 중 한 명은 그와 상반되는 어려움에 직면했다. 그는 턱을 덜덜 떨며 움직이지 않는 무거운 다리를 끌면서 두 팔로 계단석을 짚고 일어서려고 애를 쓰고 있었다. 옆에 자빠져 있는 휠체어는 이제 그에게 아무 쓸모가 없었다. 그의 입에서 욕지거리가 튀어나오면서 누런 치아가 드러났다. 게오르곤은 자세가 위태롭지만 이목을 끌지 않으려고 더는 아무 말도 하지 않았다.

하얀색 술 장식의 아마존 대장이 게오르곤의 욕설에 뒤를 돌아보았고, 얼굴을 바짝 쳐들어 군중을 훑어봤다. 마법사들이 하나둘 고꾸라지고 있었다. 무슨 수를 써서라도 뭔가를 시도해야 하는데 그럴 용기가 없는 것에 좌절하는 인질들 앞에 아마존이 무표정한 얼굴로 다가왔다. 페트로클루스는 영웅이 될 생각이 전혀 없었다. 트리에리오스의 보라색 토가를 걸친 페트로클루스는 목을 잔뜩 움츠린 채 뼈마디가 굵은 자신의 발가락들을 쳐다보면서 인생이 참 더럽게 꼬인다고 생각했다. 절친은 하루아침에 자기가 저지르지도 않은 범죄 혐의로 사형 선고를 받고, 그 자신은 마법사로 승격하지도 못했는데 보라색 토가를 입은 것 때문에 인질로 붙잡혀 있었다.

아마존이 페트로클루스의 전 스승 뒤에 멈춰 섰다. 게오르곤은 고개를 돌리다 자신을 내려다보는 키다리 아마존을 보면서 얼굴이 창백해졌다. 아마존은 그를 잠시 쳐다보다 페트로클루스와 로도프를 가리키면서 명령했다.

"너희 둘이 데려와."

페트로클루스는 움찔했다. 그는 막연한 두려움을 느끼면서 로도프를 따라갔다. 페트로클루스와 로도프가 앙상한 등을 바닥에서 들어 올리자 게오르곤이 안도의 숨을 내쉬었다.

아마존들은 겁먹은 양떼를 지키는 양치기 개처럼 인질들을 몇 개의 무리로 나누어 계단석으로 몰아놓았다. 아마존 대장이 앞으로 걸어가라고 손짓을 했다. 페트로클루스와 로도프는 게오르곤을 앞뒤에서 받쳐 들고 따라갔다. 게오르곤의 체중 때문에 두 팔이 늘어나는 것 같았다. 촘촘하게 열을 지은 마법사들이 피투성이 시체들을 뒤로 하고 천천히 계단을 올라가서 원형 경기장을 나갔다.

페트로클루스는 운하에 둥둥 떠 있는 시체들이며 아마존 군대가 유린한 히페르보레아를 보게 될 거라고 예상했다. 그런데 도시는 원형 경기장 안에서 일어난 비극을 모르고 있었다. 여느 때와 다름없이 여러 탑에서는 하인들이 설거지를 하거나 양탄자 먼지를 털고, 점원이 건네는 식품 꾸러미를 창문을 통해 받고 있었다. 그들이 마법사 행렬을 발견하고 동작을 멈췄다.

아마존들은 엑스트락트리스로 이르는 운하 쪽으로 인질들을 몰았다. 행렬 끝에서 페트로클루스와 로도프는 전 스승을 떨어뜨리지 않으면서 행렬에서 뒤처지지 않으려고 오리처럼 뒤뚱뒤뚱 걸어갔다. 게오르곤은 쉼 없이 불평하고 있었다.

"이놈들아, 팔 아프다……. 아야……. 내 엉덩이가 땅바닥에 끌린다니까."

"교수님의 엉덩이가 워낙 커서 우리가 고생하는 건 생각 안 하시나 봐요." 페트로클루스가 거친 숨을 몰아쉬면서 말했다.

운하 중앙에 이르렀을 때 아마존 대장이 빙긋이 웃으면서 낑낑
대며 오는 그들을 쳐다보았다.

"멈춰라." 그들이 가까이 오자 대장이 명령했다.

그들은 복종했다. 어깨가 아픈 페트로클루스는 땀을 뚝뚝 흘리
고 있었다. 게오르곤의 두 다리를 받쳐 들고 오느라고 힘이 다 빠졌
는데 공포까지 더해지고 있었다. 아마존이 그들에게 또 뭘 시키려는
걸까?

아마존 대장은 운하 난간에 팔꿈치를 괴더니 허공 쪽으로 머리
를 까딱했다.

"셋에 던진다. 하나!" 아마존이 내뱉었다.

침묵이 흘렀다. 무거워서 상체를 앞으로 숙이고 있던 페트로클
루스는 로도프를 쳐다봤는데 얼굴이 창백해져 있었다. 두 제자 사이
에 매달린 게오르곤은 공포에 질려 있었다.

"안 됩니다, 안 됩니다." 게오르곤이 더듬더듬 말했다. "그러지 마
시오……. 착오가 있어요……. 나는 도와준……."

팔다리가 부들부들 떨리는 페트로클루스는 눈을 떴다 감았다 하
면서 허공과 아마존, 전 스승, 로도프를 번갈아 쳐다봤다. 너무 상식
밖이라서 현실 같지 않은 상황이었다. 아마존이 손으로 창을 돌리면
서 재촉하는 사이 그는 빠져나갈 구멍을 궁리하고 있었다. 아마존이
갑자기 페트로클루스 쪽으로 창을 겨누더니 그의 배를 쿡쿡 찔렀다.

"하나는 이미 셌다!" 아마존이 버럭 소리를 질렀다.

"안 됩니다!" 게오르곤이 계속 애원하는데 눈물이 뺨을 타고 흘
러내리기 시작했다. "이해를 못 하신 거 같은데, 나는 도와준 사람이

오. 물어봐요……."

페트로클루스는 전 스승의 시선을 피했다. 맞은편의 로도프가
그의 시선을 끌기 위해 눈썹을 움찔거리면서 신호를 보냈다. '끔찍한
일이라는 거 알지만 선택의 여지가 없어. 그가 아니면 우리가 죽는
거야.' 로도프가 일그러진 얼굴로 난간을 향해 게오르곤을 세게 흔들
기 시작했다. 게오르곤은 욕설을 내지르면서 로도프의 손을 할퀴었
다. 페트로클루스는 두 팔을 내리면서 장애인의 감각 없는 두 다리를
소극적으로 흔들었다.

"둘!" 아마존이 외치면서 다른 아마존들에게 재미있어 죽겠다는
윙크를 보냈다.

게오르곤은 비명을 지르면서 몸부림쳤다. 그는 상체를 비틀면서
두 팔을 마구 휘저었지만 로도프의 손아귀에서 빠져나갈 수 없었다.
전 스승의 종아리를 꽉 붙잡고 있는 페트로클루스는 도저히 용납할
수 없는 짓에 동조하고 있다는 사실에 치를 떨고 있었다.

"셋!"

로도프는 장애인의 몸이 난간을 넘어가는 순간 손을 놨지만, 페
트로클루스의 두 손은 전 스승의 두 다리를 움켜잡고 있었다. 잠시
후, 게오르곤의 체중에 딸려 나간 페토로클루스는 석재 난간에 부딪
히면서 겨드랑이가 난간 턱에 걸렸다. 그의 팔 끝에 거꾸로 매달린
마법역학자가 허공에서 좌우로 흔들리다 공중 운하의 외벽에 부딪
혔다. 게오르곤이 계속 되뇌던 '안 돼'라는 말이 거칠게 몰아쉬는 숨
소리로 바뀌었다.

상체가 난간에 짓눌려서 숨이 막히는 페트로클루스는 게오르곤

의 종아리가 자신의 축축한 손에서 서서히 미끄러지는 걸 느꼈다. 온몸의 근육이 찢어지는 것처럼 고통스러웠다. 그의 팔에 매달린 전 스승이 공중 운하를 뒤덮은 덩굴식물에 닿으려고 몸을 빙빙 돌리고 있었다. 페트로클루스는 그가 두꺼운 덩굴손 하나를 움켜잡는 걸 봤다.

그것이 잡은 손을 약간 느슨하게 푸는 데 필요한 구실이 되어주었다.

마법역학자의 다리가 그의 손아귀를 떠나고 있었다. 게오르곤이 잡고 있던 덩굴손도 더는 버티지 못했다. 그 순간 공포의 비명 소리가 들렸고, 게오르곤이 점으로 보일 정도로 작아지다가 3지구의 운하에서 빨간 후광에 휩싸였다.

페트로클루스는 뒤에서 잡아당기는 힘에 이끌려서 인질 속으로 돌아갔다. 아마존 대장이 만족한 얼굴로 창을 들었다. 인질 행렬이 다시 움직였다. 페트로클루스는 꼼짝도 않고 허공을 응시하는데 목구멍으로 쓴물이 올라왔다. 뺨을 타고 눈물이 흘러내리고 있었다. 누군가에게 떠밀리자 그는 자동으로 걷기 시작했다. 엑스트락트리스로 연결되는 수도교로 진입하는 순간에도 전 스승의 비명 소리가 여전히 귓가에 울리고 있었다.

교도소 입구에 서 있던 무장한 경비병들이 아마존들과 인질들을 발견하고 즉시 경종을 두드리기 위해 달렸다. 즉시 화살이 날아와 그들의 투구 틈새에 꽂혔다. 경비병들이 비틀거렸고, 갑옷 틈새로 피가 흘러나왔다.

아마존들의 비프아주르 덕분에 마법역학 문을 무사통과한 페트로클루스가 마법사들과 함께 교도소에 들어섰을 때 경비병 한 명이 보초를 서고 있었다. 한 아마존이 거침없이 경비병의 목을 베었다.

아마존들은 블루존으로 인해 교도소 내의 보안 장치를 쉽게 통과했다. 한 시간 후, 아마존들은 수감자들을 교도소에서 쫓아내고 인질들을 여러 명씩 나눠서 감방으로 몰아넣었다. 감방에 갇힌 페트로클루스는 교도소의 총안을 통해 도시 안으로 뿔뿔이 흩어져서 줄행랑치는 죄수들을 바라봤다. 마기스테리움의 둥근 지붕이 시야의 일부를 가리고 있었다. 키 큰 실루엣과 키 작은 실루엣이 지붕 꼭대기에 서 있었다.

"라스트, 저 키 큰 실루엣이 너였으면 좋겠어. 진짜로 네 도움이 필요하거든." 페트로클루스가 중얼거렸다.

14
마지막 마법사

라스티아낙스

마기스테리움에서 내려다보니 운하를 따라 걸어가는 마법사들의 긴 행렬이 흡사 보라색 뱀처럼 보였다. 해가 저물고 있었고, 원형 경기장에서 일어난 습격 사건을 모르는 도시는 야간 활동이 시작되고 있었다. 금빛 돔을 비추는 석양빛에 눈이 부신 아르카와 라스티아낙스는 난간 위에서 내던져져서 떨어지는 마법사의 모습을 지켜보면서 공포에 사로잡혔다.

"누구였을까요?" 아르카가 물었다.

"모르겠네, 너무 멀어서." 라스티아낙스가 대답했다.

그는 사형 집행을 보러 왔던 페트로클루스를 생각하면서 눈에 띄는 행동을 하지 않았기를 진심으로 바랐다.

그리핀은 마기스테리움을 떠나 발명의 탑 상공을 선회하고 있었다. 라스티아낙스는 아직 살아 있다는 것이 믿기지 않았다. 그는 아르카를 곁눈질했다. 비록 아마존족의 등장으로 그 어느 때보다 아르카의 결백이 의심스럽긴 하지만 아르카에 대한 그의 애정은 한결같았다.

마법사들이 교도소 안으로 사라진 뒤 승강장에는 세 명의 아마존만 남아 있었다. 가장 키가 작은 아마존이 활을 맨 채 몇 걸음을 걷다가 갑자기 그들이 있는 방향으로 머리를 돌렸다. 철가면을 쓰고 있었다. 라스티아낙스가 놀라 뒷걸음쳤다.

"걱정할 필요 없어요." 아르카가 안심시켰다. "이 거리에서는 포물선을 그리는 화살을 쏴야 하는데 이런 조건에서는 그 누구도 표적을 맞출 수 없어요."

마치 도전에 응기로 결심했다는 듯, 아마존이 난간 쪽으로 가더니 허리띠에 달린 활집 **고리토스**에서 화살 한 개를 뽑아서 활시위에 메기고 당겼다. 화살이 곡선을 그리면서 허공을 갈랐다. 라스티아낙스는 화살이 그를 향해 날아오는데도 멍하니 서 있었다.

아르카의 손이 바로 그의 코앞에서 날아오는 화살을 낚아챘다. 라스티아낙스가 정신을 차릴 겨를도 없이 아르카는 이미 그의 소매를 잡아서 안전한 곳으로 끌고 갔다. 그들은 지붕 위를 달려서 보수 중인 계단으로 피했다.

"뭐, 이런 조건에서는 그 누구도 표적을 맞출 수 없다고?" 라스티아낙스는 신경질적으로 되물으면서 계단에서 몸을 웅크렸다.

그 옆에서 아르카가 화살을 살펴보는데 표정이 이상했다.

"아직까지 살아 있는 사람이 있을 리 없는데." 아르카는 화살에 달린 깃에 시선을 고정한 채 중얼거렸다.

아르카는 불길한 생각을 쫓으려는 듯 고개를 젓다가 튜닉 허리춤에 화살을 끼워 넣으면서 덧붙였다.

"여기 있으면 안 돼요, 곧 우리를 잡으러 올 거예요. 사부는 유일하게 자유로운 마법사니까요."

"난 이제 마법사가 아니지." 라스티아낙스가 바로잡았다.

그는 목덜미를 문지르고 나서 생각을 정리하려고 두 손으로 얼굴을 감쌌다. 불과 몇 시간 전에 사형 선고를 받았는데 그 뒤로 여러 가지 일이 정신 못 차릴 정도로 빠르게 일어나고 있었다. 그는 안전한 곳으로 빨리 피신하여 깊이 생각할 필요성을 절실하게 느꼈다. 그는 미로의 성을 생각했지만, 실렌이 이미 그들을 찾으려고 아마존들을 미로의 성으로 보냈을 터였다.

"의회 회의실로 가자."

아르카가 날개팔찌를 흔들었다.

"아니, 계단으로 이동하자." 라스티아낙스가 구시렁거렸다. "오늘만 벌써 죽을 고비가 몇 번인데 난 한계에 이르렀어."

그들은 지붕 옆면에 만든 좁은 계단을 내려갔고 비밀 쪽문을 통해 마기스테리움 안으로 들어갔다. 그들이 입은 빨간색 죄수복을 보고 줄행랑친 하인 몇 명을 제외하고 회랑은 텅 비어 있었다. 라스티아낙스는 빠른 걸음으로 원형 홀로 향하면서 중대한 사건이라는 걸 차츰 깨닫기 시작했다. 히페르보레아의 귀족 전체가 방금 감금된 것이었다.

"꼬리를 잡은 건 좋은 생각이었어요."

어리둥절해진 라스티아낙스가 아르카 쪽으로 고개를 돌리다 두려움 때문에 아직도 빨간 깃털을 손에 쥐고 있는 걸 알아차렸다.

"그리핀은 꼬리 깃털이 아주 민감하다는 걸《동물 정복의 역사》에서 읽었거든."

원형 홀은 평소와 다르게 고요해서 포석을 밟는 그들의 발소리가 열 배는 크게 울렸다. 그들은 바실레우스와 열세 명의 후계자 조각상이 있는 분수대 앞을 지나갔다. 라스티아낙스는 뒤에서 따라오던 아르카의 발걸음이 느려지는 걸 느꼈다. 그가 돌아보니 아르카가 석재 조각상들을 뚫어져라 쳐다보고 있었다. 그 순간 라스티아낙스는 감방을 나가기 직전에 아르카가 털어놨던 말이 기억났다. 아르카는 자신의 가족을 바라보고 있는 것이었다. 아르카가 마침내 걸음을 떼면서 말없이 회의실로 이르는 긴 회랑을 따라왔다.

몇 분 후 그들은 중정의 마법역학 문 앞에 이르렀다. 라스티아낙스가 톱니바퀴 장치에 있는 방호 인장에 손을 얹자 오레이칼코스 기계가 활성화되면서 문이 스르륵 접혔다.

"실렌이 너무 빨리 우리에게 선고를 내리는 바람에 마법역학자들이 미처 인장을 바꿔놓을 시간이 없었네." 그가 말하는 사이 뒤에서 문이 자동으로 닫혔다. "나는 이제 이 방에 들어오면 안 되지만 여기가 가장 안전하거든. 아마존들의 허리띠에 박힌 비프아주르가 오레이칼코스에는 효력이 없을 테니."

아르카는 고개를 끄덕이면서 아다만트 창문, 울창한 식물들, 라스티아낙스가 그동안 회의를 하면서 오랜 시간 좌절감에 빠졌던 석재 의자를 응시했다. 아르카는 하얀 그리핀 가죽을 씌운 흑단 옥좌에 다가가서 책상다리를 하고 앉아 무릎 사이에 낀 빨간색 튜닉 자락을 잡아당겼다. 라스티아낙스는 바실레우스의 자리에 앉은 아르카를 보면서 결백하다고 믿는 게 맞는지 불안해졌다. 아르카는 그를 혼란 스럽게 하는 행동이라는 걸 대번에 알아차렸다.

"나를 의심하기에는 너무 늦었어요, 사부."

라스티아낙스는 아르카가 계속 사부라는 호칭으로 부르는 걸 알 아차렸다. 아르카가 여전히 그를 멘토로 여기고 있다는 것에 감동하 면서도 그는 계속 뚫어져라 쳐다봤다.

"사람들이 아마존 습격 사건을 어떻게 생각하는지 너도 알잖아." 그가 말했다.

아르카는 고개를 끄덕였다.

"네, 모두들 가짜 아마존들이 나를 구하러 왔다고 생각하겠죠."

라스티아낙스는 또 아르카를 잠시 관찰하다가 어깨를 쭉 펴고 중정의 석재 의자들 사이를 거닐다가 내뱉었다.

"그 아마존들이 어디서 나타난 건지 네가 설명을 좀 해줘야겠다. 가짜 아마존치고는 무기 다루는 솜씨가 예사롭지 않았어."

"나도 그 아마존들에 대해서는 아는 게 없어요." 아르카가 방어적 으로 대꾸했다. "하지만 아까부터 이어진 일들을 생각해봤는데요." 아르카는 손가락으로 머리칼을 돌돌 감으면서 덧붙였다. "쥐빌레르 때 우리가 봤던 가짜 아마존들 생각나세요? 나는 같은 여자들이라고 확신해요. 축제를 위한 거라고 하면서 그 여자들이 장비를 들여왔다 고 봐요."

"그럼 그 여자들은 전투 기술을 어떻게 배웠을까?" 라스티아낙스가 계속 거닐면서 반박했다.

아르카가 옥좌에 앉은 채로 조소를 흘렸다.

"훈련을 받으면 누구든 그렇게 할 수 있어요, 사부."

"테미스키라에서?"

"확실해요. 리쿠르고스에게는 여자 사병들이 있어요, 내가 봤거든요."

아르카가 입을 다물었고, 라스티아낙스는 머리를 쥐어짜면서 계속 걸어 다녔다.

"사부 생각에는 앞으로 무슨 일이 일어날 거 같아요?" 긴장한 아르카가 무릎을 흔들면서 마침내 물었다.

라스티아낙스는 걸음을 멈추고 콧잔등을 찌푸렸다.

"실렌이 테미스키라에 지원군을 요청할 수 있는 명분을 만드는 것이 리쿠르고스의 계획이라면 그 구조 작전을 신뢰할 수 있도록 시간을 좀 흘려보내겠지…… 최소 몇 주 정도는. 가짜 아마존들은 그때까지 마법사들을 교도소에 감금해놓을 거고."

그는 손을 내리고 냉소적으로 덧붙였다.

"온갖 만행에 시달리다가 리쿠르고스의 군대가 구해주러 오면 마법사들이 얼마나 고마워하겠어."

그는 눈을 반쯤 감고 한 석재 의자에 앉았다.

"다른 장관들은 살아서 교도소를 나오지 못할 거야. 몇 주 이내에 실렌은 살아 있는 최고 마법사이자 히페르보레아의 구원자가 되겠지. 그러면 실렌이 권력의 자리에 오르는 걸 아무도 거부하지 않을

거야. 그리고 히페르보레아는 조용히 리쿠르고스의 손에 넘어가는
거지."

"왕을 죽이는 게 능사는 아니죠. 뒤이어 통치할 수 있어야 하니
까." 아르카가 멍하니 허공을 응시하면서 결론지었다.

아르카는 의아해하는 멘토의 시선에 개의치 않고 물었다.

"이제 어떡하죠?"

라스티아낙스가 두 손바닥을 의자에 대고 누르면서 심호흡을 했
다. 상황에 비추어 그들은 과감한 결단을 내리는 수밖에 없었다.

"리쿠르고스의 계획을 저지하는 최선의 방법은 실렌을 체포하는
거야. 실렌이 없으면 리쿠르고스는 바실레우스를 대체할 꼭두각시
를 잃게 되는 거니까."

"실렌을 어떻게 체포하려고요?"

"운이 좋으면 실렌이 아직 자택에 있을지도 모르지. 잡으러 가
자."

아르카

자신에게 사형 선고를 내린 마법사들을 구하는 것이 썩 내키지
는 않지만 아르카는 라스티아낙스의 과감한 결단을 따르지 않을 수
없었다. 하지만 지난 몇 달 동안 철자가 조금만 틀려도 보고서에 줄
을 찍찍 그으면서 좀스럽게 굴던 라스티아낙스를 생각하면 그의 작
전 수행 능력에 대해서는 회의적일 수밖에 없었다.

그렇지만 작전의 첫 단계는 차질 없이 진행되었다. 회의실을 나온 그들은 마기스테리움의 부속 건물에 들어가서 빨간 죄수복을 벗고 시종들의 옷으로 갈아입었다. 나흘 동안 감방에서 굶은 아르카는 그 기회에 찬방을 뒤져서 배를 채웠다. 그들은 탑 밖에서 발견한 배달 거북을 타고 이미 노을에 물든 7지구를 전속력으로 통과했다. 정찰대가 교도소로 몰려가고 있었다. 경찰들은 아르카와 라스티아낙스는 거들떠보지도 않았다. 거북에 묶인 상자들과 시종 복장을 한 그들이 대수롭지 않은 배달원으로 보였던 것이다. 그래서 어떤 방해도 받지 않고 피라의 저택에 갈 수 있었다.

작전의 두 번째 단계는 더 숨 가쁘게 진행되었다. 독창성이라곤 없이 그저 호화롭기만 한 피라의 부모 저택 앞에 정박해놓은 거북에 앉은 채로 아르카는 대문 앞에서 피라와 논쟁을 벌이는 라스티아낙스를 지켜보았다. 7지구에 어둠이 내릴수록 사각형 대문이 점점 더 밝게 빛나고 있었다.

아르카는 피라의 집으로 가는 동안 멘토가 두 팔 벌려 환영을 받을 거라 기대하는 걸 느꼈다. 그런데 그는 지금 크게 실망하고 있었다. 라스티아낙스가 피라에게 경기장에서 일어난 일에 대해서도, 앞으로의 계획에 대해서도 자세히 말해주지 않고 숨기는 걸 보면서 아르카는 자신도 피라처럼 반응했을 거라고 생각했다. 화가 난 피라는 믿을 수 없다는 듯 질문을 계속했지만 라스티아낙스는 "아는 것이 적을수록 좋아", "너를 지키기 위해서는 아무 말도 안 하는 게 나아" 같은 속 터지게 하는 말로 상대의 화를 돋우고 있었다. 급기야 피라는 벼락같이 집 안으로 사라졌다가 들고 나온 황금빛 원반 하나를 라스티아낙스의 손에 던져주고는 문을 꽝 닫았다.

라스티아낙스는 몹시 흥분한 상태로 거북에 올랐는데 아르카가 이제껏 본 적이 없는 모습이었다.

"영웅의 귀환 장르였는데 실패했네요." 아르카가 내뱉는 사이 라스티아낙스는 거칠게 거북의 고삐를 잡았다.

"외아들로서 나는, 매사에 끼어드는 여동생들을 참아줄 필요가 없다고 생각하는 사람이야." 라스티아낙스가 구시렁거렸다.

아르카는 그 말에 터져 나오려는 폭소를 참느라고 이를 악물어야 했다.

라스티아낙스는 실렌의 저택으로 방향을 잡고 시야가 허락하는 만큼 빠르게 거북을 몰았다. 시커먼 운하에서 거북을 몰면서 그는 아르카에게 황금빛 원반을 내밀었다.

"자, 받아. **아니마 흡입기**인데 내가 신호를 보낼 때만 사용해. 피라가 자기 발명품을 망가뜨리면 죽이려고 할 거야. 그리고 일단 도착하면 어떻게 할지 다시 한번 말해봐."

"들어간다." 아르카는 원반을 벨트에 매달면서 대답했다. "아니마 흡입기로 실렌을 무력화한 다음 상자 안에 넣어서 1지구로 간다."

라스티아낙스는 이런 단순한 전략이 통할지 받아들이기 힘든 것 같았다. 아르카는 그가 떨떠름해하는 이유가 이 전략을 제안한 사람이 자신이 아니기 때문이라고 생각했다.

"1지구에 어떻게 가려고?" 그가 반대했다. "나는 이제 인장반지가 없어. 그리고 돈 찾으러 인터니보 은행에 가는 건 별로 좋은 생각이 아니야."

"우리에게는 메젠스의 반지가 있잖아요." 아르카가 손가락에 낀 반지를 가리키면서 말했다.

"실렌이 혼자 있는 게 아니면?"

"지금이 아니면 실렌을 체포할 기회가 다시는 없을 거라고 말한 건 사부였어요." 아르카가 상기시켰다.

"전술적 재능보다 순발력이 더 강하기 바란다." 라스티아낙스가 운하에서 방향을 바꾸면서 말했다.

수백 미터를 더 가자 신비학자의 저택이 나타났는데 산꼭대기에 앉은 작은 궁전 같았다. 마지막 노을빛이 리파이아 산맥 쪽으로 난 저택의 정면을 비추고 있었다. 라스티아낙스가 고삐를 잡아당기자 정문 앞 층계로 이어지는 판자 다리 앞에 거북이 멈췄다. 그들은 뛰어내려 정문으로 다가갔다. 정문 앞에는 지키는 하인이 한 명도 없었다. 라스티아낙스는 아르카에게 고개를 끄덕였다. 아르카가 정문을 밀어서 열자 어둠에 잠긴 저택의 세련된 현관이 보였다. 그들은 사방을 살피면서 살금살금 들어갔다. 아르카는 아니마 흡입기를 쥔 채 반지의 파괴 인장을 작동할 준비를 하고 있었다.

현관문과 직통으로 연결되는 아트리움은 수력 파이프오르간에 물을 공급하는 분수대 물소리만 들릴 뿐 조용했다. 오르간은 여전히 중앙에 놓여 있었다. 크리스털 파이프들이 공중에 매단 발광체 전구의 은은한 빛을 회절하고 있었다. 아르카의 눈길이 모자이크 바닥에서 바실레우스의 장례를 위해 중이층에서 길게 늘어뜨린 흰색 벽걸이 천으로 이동했다.

"서재는 저 위에 있어요." 아르카가 속삭였다.

"네가 그걸 어떻게 알⋯⋯." 라스티아낙스도 속삭였다. "아, 아는구나, 여기 들어온 적 있으니까, 불법 침입으로."

"사부의 멘토를 살해한 범인에 대한 조사가 목적이었다고요." 아르카가 바로잡았다.

"네가 앞장서." 라스티아낙스가 고갯짓으로 계단을 가리키면서 중얼거렸다.

그들이 아트리움의 벽을 따라가는 동안 미풍에 흰색 벽걸이 천이 나부꼈다. 아르카가 첫 계단에 발을 내딛는 순간 오르간 소리가 울려 퍼졌다. 아르카는 움찔해서 홱 돌아섰다. 오르간의 파이프들 뒤로 실루엣의 움직임이 어렴풋이 보이고 오르간에서 애절한 멜로디가 흘러나오고 있었다. 그들은 들어오면서 실루엣을 보지 못했다. 단조로운 선율이 커지다가 불길한 화음으로 끝났다.

"그냥 도망치는 게 나았을 텐데, 라스티아낙스."

실루엣이 일어나서 오르간을 돌아 나왔다. 실렌이 뚱뚱한 배에 두 손을 얹은 채 미소를 짓고 있었다. 아르카는 혐오감이 엄습했다. 몇 시간 전 그들에게 사형 선고를 내린 기만적인 남자가 어이없게도 아주 편안하게 눈앞에 서 있었다. 실렌이 덧붙였다.

"아르카는 아직 해줘야 할 역할이 있지만, 자네는⋯⋯ 활용 가치가 이미 오래전에 끝났어. 게다가 자네의 조사가 좀 더 성과가 있었다면 자넨 벌써 죽었을 거야."

라스티아낙스의 입술 모양이 일직선이 되었다. 그는 당장 아니마 흡입기를 사용할 때라는 신호를 주는 것처럼 아르카의 어깨에 손을 얹었다. 아르카는 눈치 채지 못하게 살짝 고개를 끄덕이면서 손가락으로 배를 두드리는 신비학자를 쳐다봤다.

"그리고 너, 귀염둥이 아르카." 실렌이 아르카를 돌아보면서 말을 이었다. "네가 그렇게 성실하게 임무를 수행할 거라고는 기대하지 않았는데. 아무튼 162년이라는 오랜 기다림 끝에 고대하던 저주가 마침내 실현되었지."

"나는 처음부터 당신이 범인이라고 의심하고 있었어요." 아르카가 거칠게 응수했다.

"범인이라! 너무 심하군, 나는 역사의 흐름을 따랐을 뿐인데." 실렌이 어깨를 으쓱하면서 대꾸했다. "이 도시국가는 과거에 집착하는 유령 한 명과 자중지란을 일삼는 마법사들의 지배를 받느라 발전이 느려. 이젠 정말 변할 때가 되었어, 그렇게 생각하지 않나?"

"동료들을 죽이고 그 책임을 아마존들에게 전가하면서 말입니까?"

신비학자가 즐거운 표정으로 라스티아낙스 쪽으로 고개를 돌렸다.

"자네가 문하생에 대해 불평한 건 잘못이야. 정말 총명한 아이거든."

실렌이 배 위로 두 손을 모으고 그들을 향해 허리를 숙였다.

"아주 멋진 공조였는데 애석하지만 끝내야겠어. 라스티아낙스, 자네는 이제 나에게 아무 쓸모가 없거든. 자네에게 작별을 고할 필요가 없으면 좋았을 텐데 유감이야. 총명한 제자도 그렇고……. 자네의 충성심이 걸림돌이 될 우려가 있으니 어쩔 수 없지."

라스티아낙스는 고갯짓으로 아르카를 가리켰다.

"저 아이의 충성심이 당신에게 걸림돌이 될 우려도 있지."

신비학자가 웃음을 터뜨리면서 무심히 손목을 돌리자 아트리움에 둥둥 떠 있던 발광체 전구 여섯 개가 라스티아낙스를 향해 돌진했다. 라스티아낙스는 눈부신 전구를 쳐다보면서 원을 그리는 동작을 취했다. 그가 서 있는 주변의 바닥에서 대리석 모자이크가 조각조각 찢겼고, 대리석 조각들에 맞고 폭파된 발광체 전구들이 산산조각 났다. 즉시 어두워졌다.

유리 파편들이 떨어지지 않고 공중에 떠 있었다. 파편들이 라스티아낙스를 향해 회전했다. 아르카는 실렌을 쳐다봤다. 실렌이 유리 파편들을 조종하고 있었다. 그가 손을 내리자 파편들이 멘토에게 몰려갔다.

"조심해요!" 아르카가 소리쳤다.

하지만 라스티아낙스는 움직이지 않았다. 파편들이 그의 머리에 이르는 순간 보이지 않는 어떤 힘에 의해 방향을 바꿔 옆으로 우수수 떨어졌다. 아르카는 바닥을 쳐다봤다. 멘토가 대리석 조각을 떼어내서 보호 인장을 그려놓았던 것이다. 실렌이 발꿈치로 바닥을 치자 파동이 일어나면서 라스티아낙스의 발밑에 있는 모자이크가 뜯겨나갔고 인장이 사라졌다.

"단순한 봉쇄 인장이로군. 5년 동안 내 수업을 들었는데 고작 할 수 있는 게 그건가?" 신비학자가 외쳤다.

"안심하세요, 내가 아주 섬세하게 준비했으니까요." 라스티아낙스가 응수했다. "나는 당신과 달라요." 그가 턱을 쳐들면서 덧붙였다.

실렌이 올려다봤다. 분수대에서 끌어온 엄청난 물이 그의 머리 위에 떠 있었다.

그 순간 물이 실렌에게 쏟아져 내렸다. 그의 놀란 고함이 꾸르륵 소리로 바뀌었다. 물이 즉시 얼어서 얼굴을 비롯해 그의 몸이 얼음덩어리 속에 갇혔다. 실렌은 이제 입도 벙긋할 수 없었다. 오직 눈동자만 움직이고 있어서인지 아연실색한 표정이 한층 두드러져 보였다.

"추위는 마법의 힘을 약화시킨다." 라스티아낙스가 암송했다. "1학년 첫 수업에서 강의하셨지요."

아르카는 박수를 치고 싶지만 참으면서 실렌에게 다가가는 멘토를 만족스럽게 쳐다봤다. 자신의 전략이 훌륭하게 진행되고 있었다. 실렌을 체포하는 데 자신이 역할을 한 게 없는 것이 좀 아쉬울 뿐이었다.

"내 작전은 확실하다고 내가 분명히 말했잖아요, 사부." 아르카가 으스댔다. "이제 거북에 태우기만 하면 되……."

아르카는 말을 끝내지 못했다. 벙어리가 된 실렌의 포동포동한 얼굴을 쳐다보고 있는데 불현듯 불안이 엄습했다. 뭔가 잘못되었다. 놓친 게 있는 거 같은데……. 아르카는 아트리움을 살펴봤지만, 벽걸이 천에서부터 이제는 물이 없는 분수대까지 모든 것이 고요하고 움직이는 것이라곤 없었다.

그 순간 떠오르는 것이 있었다. 신비학자가 오르간 뒤에서 모습을 드러내기 직전에 미풍이 벽걸이 천을 나부끼게 했던 것이 기억났다.

히페르보레아에는 바람이 불지 않는데.

"생령이에요!" 아르카가 외쳤다.

바로 그때, 얼음덩어리가 액체화되면서 실렌이 해체되었다가 멘토의 등 뒤에 다시 나타났다. 실렌이 라스티아낙스의 어깨를 움켜잡고 수력 파이프오르간으로 내던졌다. 크리스털 파이프들이 산산조각 났고, 물이 흥건한 바닥에 쓰러진 라스티아낙스는 고통스러운 신음소리를 냈다. 아르카가 벨트에 매단 아니마 흡입기를 빼서 생령을 향해 던졌다. 원반은 먼지회오리를 통과해서 반대쪽으로 튀어 올랐다.

아르카는 자신의 몸이 옆으로 들렸다가 공중에서 흔들리는 걸 느끼는 순간 땅바닥에 등이 부딪혔다. 아르카는 반쯤 녹초가 된 몸을 일으키다 실렌이 날카로운 크리스털 파이프를 손에 쥐고 라스티아낙스에게 다가가는 걸 봤다. 멘토는 물웅덩이에서 일어나려고 애를 쓰지만 자꾸 미끄러지고 있었다. 아르카는 벽감 안에 놓인 단지를 집어서 마법의 힘으로 생령을 향해 힘껏 던졌다. 단지는 생령의 머리를 맞고 박살이 났다. 생령의 얼굴에서 피가 철철 흘러내리지만 별로 개의치 않는 것 같았다. 생령이 아르카 쪽으로 손짓을 했다. 잠시 후, 아르카는 중이층에서 늘어뜨린 흰색 벽걸이 천에 돌돌 말려 있었다. 아르카가 벗어나려고 발버둥치는 사이 실렌이 멘토의 상체를 짓누르면서 크리스털 파이프를 휘둘렀다. 코가 깨진 라스티아낙스가 몸을 일으키려고 하자 뾰족한 파이프가 튜닉 속을 파고들기 시작했다. 라스티아낙스는 한 손으로 파이프를 뽑으려고 애를 쓰고 있었다. 아르카가 천에서 빠져나가려고 야수처럼 몸을 비틀자 생령이 동작을 멈췄다.

"내 주인님이 자네에게 복종할 기회를 주려고 한다, 라스티아낙스."

그 목소리에 거드름 피우는 억양은 사라져 있었다. 미소가 사라진 생령의 물컹거리는 얼굴은 더는 아르카에게 신비학을 가르쳤던 교수의 쾌활한 얼굴이 아니었다. 창백한 얼굴에서 피가 뚝뚝 떨어지고 있었다.

"당신의 주인이 누군데?" 라스티아낙스가 파이프를 움켜잡은 채 물었다.

"자네의 처지, 자네의 미래를 생각해." 생령이 대꾸했다. "권력의 카드가 다시 섞이는 중이니까. 이 도시에 자유로운 마법사는 이제 남아 있지 않아."

"틀렸어." 뒤쪽에서 한 목소리가 외쳤다. "내가 남아 있으니까!"

아르카는 목을 틀어서 뒤를 쳐다봤다. 호리호리한 실루엣이 현관의 희미한 빛 속에 방금 나타났다. 피라가 숨을 헐떡이면서 아트리움에 들어섰다. 피라에게서 몇 걸음 떨어진 바닥에서 떠오른 아니마 흡입기가 금빛 광채를 내면서 실렌을 향해 가로질렀다.

실렌이 증발했다가 피라 옆에 다시 나타났다. 그의 이동을 예상하고 있던 라스티아낙스는 좀 전에 쥐고 있던 파이프로 생령을 찔렀다. 피라가 비명을 지르는 사이 생령이 비물질화되면서 크리스털 파이프가 벽을 맞고 박살이 났다.

마침내 벽걸이 천에서 벗어난 아르카는 펄쩍 뛰어내리면서 주변을 살폈다. 실렌이 보이지 않았다. 라스티아낙스는 다친 어깨를 잡으면서 일어나려고 애를 썼다. 피라는 자신의 발명품인 원반을 주워서 뒤쪽을 살피기 위해 빙그르르 돌았다.

그때 갑자기 불어 닥치는 돌풍에 아르카의 튜닉이 어깨에 들러붙었다. 아르카는 생령이 또다시 등 뒤에서 잡는 걸 느꼈지만 이번에는 준비가 되어 있었다. 아르카는 생령의 팔을 움켜잡고 앞뒤로 흔들다가 떠밀었다. 생령이 바닥으로 나가동그라졌다. 피라는 생령이 일어나는 순간 아니마 흡입기를 날렸다.

원반이 생령을 공격하는 대신 머리 위에서 빠른 속도로 돌기 시작했다. 소용돌이 모양의 빛이 내리비치더니 빛의 장막으로 생령을 휘감았다. 갑자기 고장 난 자동인형처럼 생령의 동작이 느려졌다. 잠시 후, 생령은 꿈쩍도 하지 않았다.

아르카는 가슴을 졸이면서 생령에게 시선을 고정한 채 또다시 물질화될 경우 반격할 준비를 하고 있었다.

하지만 아무 일도 일어나지 않았다. 실렌은 어정쩡한 자세로 굳어 있었다.

그때 발소리가 들려서 아르카는 고개를 들었다. 피라가 불안한 걸음으로 조각상처럼 굳어 있는 생령에게 다가오고 있었다. 피라는 생령 가까이에서 걸음을 멈추고 자신의 발명품이 생성하는 빛의 장막을 유심히 살폈다.

"내 흡입기는 생명체가 생산하는 모든 아니마에 통한다는 얘기네. 그리고 이 생령은 죽지 않았어. 어떤 식으로든 다시 살아날 거야."

이 말이 이상한 반향을 일으키면서 아르카는 아버지를 생각했다.

"피라……"

피라가 라스티아낙스 쪽으로 돌아섰다. 어깨가 탈구된 라스티아낙스는 바닥에 주저앉은 채 고통과 기쁨의 중간쯤 되는 표정을 짓고 있었다. 이런 상황에서도 피라 앞에서는 얼간이처럼 굴고 있는 것이었다. 갑자기 피라의 초록빛 눈이 분노로 이글거렸다.

"너 진짜……." 피라가 라스티아낙스에게 가면서 말했다.

그녀가 옆에 쭈그리고 앉아서 그의 팔을 잡는 순간 라스티아낙스의 입에서 고통스러운 신음소리가 새 나왔다.

"그래도 네가 조금은 내 걱정을 하는구나." 그가 행복한 미소를 짓다가 고개를 흔들면서 비명을 질렀다. "아야아아!"

피라는 거침없이 그의 탈구된 어깨를 다시 맞추었다. 그러고는 그의 겨드랑이 밑을 잡아서 분수대 가장자리에 기대 있게 했다.

"이게 바로 영웅 놀이를 한 대가야!"

15

생령의 주인

알칸드로스

게오르곤의 거처는 겉보기에는 볼품없지만, 전망이 탁 트여 있었다. 알칸드로스는 창턱에 팔꿈치를 괸 채 집주인의 추락을 흡족하게 지켜볼 수 있었다. 그의 아마존들은 지나칠 정도로 열성을 보였다. 그는 아마존들에게 인질극을 이용해서 이 골치 아픈 공범을 없애라는 지시를 내렸지만 그렇게 곧이곧대로 복종하리라고는 기대하지 않았다. 어쨌든 그는 게오르곤에게 날게 해주겠다고 한 약속을 지킨 것이었다.

알칸드로스는 마법역학자를 없앤 데 아무런 가책도 없었다. 게오르곤은 그에게 충성심을 보인 적이 없었다. 그가 알칸드로스를 섬기게 된 이유는 오직 파란연꽃 껌을 얻기 위해서였다. 게오르곤은 군주를 배신했던 것처럼 언제고 알칸드로스를 배신할 터였다.

15년 전, 영묘의 문을 제작하던 게오르곤은 엄청난 양의 파란연꽃 껌을 제공받는 조건으로 알칸드로스를 몰래 영묘에 들어갈 수 있게 했다. 알칸드로스는 그때 시람의 생령을 창조한 다음 그 피조물을 석관묘 안에서 기다리게 두고 떠났다. 바실레우스는 자신의 아들 중 한 명이 소생한 걸 전혀 모른 채 영묘를 걸어 잠갔다. 시람은 증발해서 밤새 알칸드로스에게 합류했다.

몇 달 전 알칸드로스가 히페르보레아에 돌아왔을 때 게오르곤은 그를 반기지 않았다. 그는 처음에 알칸드로스가 내리는 지시를 거부했지만, 파란연꽃 껌 때문에 또다시 복종할 수밖에 없었다. 알칸드로스의 지시에 따라 게오르곤은 마법 평가전에서 문제지를 빼돌려 아르카가 쉽게 풀 수 있도록 도왔고 그다음에는 영묘에 데려갔다. 게오르곤은 열의가 부족한 탓에 매번 작전이 수포로 돌아갈 뻔했다. 알칸드로스는 그와 끝낸 것이 아주 만족스러웠다.

반면에 마지막 작전은 예기치 않은 변수 때문에 별로 만족스럽지 않았다. 인질극은 예정대로 진행되었지만, 아르카의 경기장 탈출은 절대로 일어나서는 안 될 일이었다. 늘 그랬듯, 아르카는 그를 당혹시켰다. 뱀의 예언에는 예상치 못한 상황이 있을 거란 말이 없었다. 알칸드로스는 아르카를 찾기만 하면 다시는 놓치지 않겠다고 다짐했다. 아르카를 미행할 시람이 없으니 모든 것이 더 복잡해지고 있었다.

알칸드로스는 갑자기 경련처럼 불쾌한 감정이 일었다. 긴장한 얼굴로 알칸드로스는 자신의 상체에 손을 가져다댔다. 실렌이 위험을 알리고 있었다. 무슨 문제가 생긴 것이었다. 알칸드로스는 아르카와 연관이 있는 게 틀림없다고 생각했다. 그는 창턱에 놓인 접이식 번개창을 움켜잡고 쏜살같이 방을 나갔다.

15분 후 그는 생령이 신비학자 역할을 하고 있는 저택 앞에 도착했다. 그는 번개창을 펼치고 현관을 지나 아트리움에 들어갔다.

놀라운 광경이 기다리고 있었다. 물 천지가 된 아트리움에서 라스티아낙스와 피라가 회전 원반이 만들어내는 빛의 장막에 휩싸여서 옴짝달싹못하는 실렌을 가리키면서 얘기를 나누고 있었다. 알칸드로스는 원반이 바로 실렌이 말해준 적이 있는 피라의 발명품, 아니마 흡입기라는 걸 알아차렸다. 아르카는 실렌 옆에 서서 라스티아낙스와 피라가 나누는 대화를 듣고 있었다. 알칸드로스가 과시하듯 창을 좌우로 흔들면서 물웅덩이를 향해 걸어가자 일제히 돌아봤다.

"아르카, 충고하는데 실렌을 풀어줘." 알칸드로스가 말했다.

아르카는 물웅덩이와 깨진 크리스털 파이프에 반사되는 번개창을 보면서 망연자실한 표정을 지었다. 2년 전에 잠깐 만난 뒤로 알칸드로스가 아르카에게 말을 걸기는 처음이었다. 알칸드로스는 아르카가 그를 알아보지 못하는 것에 실망했다. 아르카의 눈길이 알칸드로스의 얼굴을 떠나 물에 닿아 치직거리는 창끝을 주시하다 라스티아낙스의 젖은 발로 이동했다.

"당신이 생령의 주인입니까?" 라스티아낙스가 긴장된 목소리로 물었다.

알칸드로스는 들은 체도 하지 않았다. 시간을 벌려는 목적에서 하는 질문이 뻔했다.

"실렌을 언제 생령으로 만들었죠?"

아르카의 입에서 나온 질문이었다. 수년 동안 아르카에게 많은 기대를 걸었던 알칸드로스는 대화를 나누고 싶은 충동을 억제할 수 없었다.

"너를 재판하기 직전에. 더 일찍 했으면 좋았겠지만 실렌이 의외로 신중했지. 내가 고위급 마법사들에게 원한을 품고 있는 걸 알고 있었으니까."

알칸드로스가 웅덩이를 따라 몇 걸음을 걸었다.

"팔라테스도 생령이 될 수 있었는데 시체를 가져올 시간이 없었지." 그가 여전히 물 가까이에서 번개창을 흔들면서 계속 말했다. "아무튼 그는 영향력이 별로 없는 인간이었지만 그래도 각료 의회에서 그가 알아낸 사실들을 폭로하는 건 막을 필요가 있었지."

라스티아낙스는 경직되어 있었다. 피라는 번개창에 시선을 둔 채 라스티아낙스를 물 밖으로 끌어내려고 팔을 잡아당겼지만, 그는 위험을 잊은 것 같았다.

"당신은 나도 생령으로 만들려고 했어요. 그래서 평가전 다음 날 후계자의 생령이 나를 공격한 거죠. 나는 당신을 알아요." 라스티아낙스는 피라가 보내는 위험 신호를 무시하고 덧붙였다. "조폭들의 은신처인 우물에서 우리를 구해준 것도 당신이에요. 당신은 누구죠? 리쿠르고스의 사람? 밀사?"

알칸드로스는 그들에게 숨 돌릴 틈을 충분히 줬다고 생각했다.

"정복자." 그가 대답했다.

그러고는 창을 물속에 꽂았다. 파란 섬광이 수면을 따라 미끄러졌다. 그 순간 라스티아낙스와 피라가 물웅덩이에 푹 쓰러졌다. 활 모양의 불꽃 방전에 닿은 그들의 몸에서 경련이 일었다. 알칸드로스는 그 모습을 지켜봤다.

"그 사람들을 놓아줘요!"

알칸드로스가 고개를 들었다. 물웅덩이 밖에 있는 아르카가 공포에 질려 있지만 단호한 얼굴로 반지 낀 손가락을 생령에게 바짝 대고서 흔들고 있었다. 알칸드로스는 파괴 인장을 알아보고 아르카가 실렌에게 가할 수 있는 피해를 계산했다. 그가 번개창을 거두자 즉시 라스티아낙스와 피라의 경련이 멈췄다.

라스티아낙스는 몸을 부르르 떨면서 일어나려고 애를 썼다. 옆에 쓰러진 피라는 근육이 마비되어 있는데도 여전히 그의 팔을 잡고 있었다. 알칸드로스는 번개를 맞고 피라가 죽었는지 궁금했다. 라스티아낙스는 꿈쩍도 하지 않는 피라를 보면서 절망에 빠졌다. 그는 꿇어앉아서 피라의 뺨을 두드리면서 알아들을 수 없는 소리를 내질렀는데 마치 다른 사람은 존재하지 않는 것 같았다. 기분이 상한 알칸드로스는 벌레 씹은 얼굴을 하고 있었다.

"사부, 피라를 데리고 빨리 나가요!" 아르카가 소리쳤다.

라스티아낙스는 혼란스러운 얼굴로 아르카를 쳐다본 뒤 알칸드로스 쪽으로 고개를 돌렸다. 그는 한 팔은 피라의 겨드랑이 밑으로, 다른 팔은 무릎 밑에 넣은 다음 자신의 몸에 받쳐서 그녀를 들어올렸다. 그러고는 다시 아르카를 쳐다봤다.

"나는……."

"내가 하라는 대로 해요!" 아르카가 고함을 질렀다.

라스티아낙스는 눈을 깜박거리다가 피라의 무게에 휘청거리면서 일어났다. 젖은 튜닉에서 줄줄 흘러내리는 물이 웅덩이로 떨어지면서 찰랑거렸다. 그가 의식이 없는 피라를 안고 마지막으로 문하생을 힐끔 쳐다보고 나서 아트리움을 빠져나가는데 축 늘어진 여자의 머리가 흔들리고 있었다. 알칸드로스는 여전히 실렌을 위협하고 있는 아르카와 단 둘이 남았다.

"우리가 빼도 박도 못하는 신세가 되었구나."

아르카는 대답하지 않았다. 손은 여전히 빛의 장막과 불과 몇 센티미터 거리에 정지되어 있었다. 알칸드로스는 아르카의 뇌가 해결책을 찾기 위해 전속력으로 돌아가는 것이 느껴졌다.

"거래를 제안할게." 알칸드로스가 말하면서 평온한 걸음으로 분수대 앞으로 가서 가장자리에 앉았다. "네가 실렌을 풀어주고 소란 피우지 않고 나를 따르면 그 두 명은 건드리지 않겠다고 약속하마."

"어머, 고마워라, 이럴 줄 알았어요?" 아르카가 내뱉었다. "실렌이 풀려나는 즉시 나를 죽일 거면서. 나 그렇게 바보 아니거든요. 약속은 무슨, 허풍이면서."

알칸드로스가 웃음을 터뜨렸다. 뱀은 사람의 딸이 어떤 아이로 자라게 될지 말해주지 않았다. 그는 아르카의 호전적인 성격에 흥분이 되었다. 아직 열네 살도 안 됐는데 지능과 지략이 웬만한 성인보다 뛰어났다. 그는 자신을 따르라고 아르카를 설득하는 것이 즐거웠다. 그의 주특기는 막후공작이기 때문에 반항적인 정신과 설전을 벌이는 것은 얻을 것이 없었다.

"내가 네 아니마의 주인이라는 걸 생각해본 적 있니, 아르카?" 알칸드로스는 아르카를 심리적으로 흔들기로 했다. "네 아버지는 내 아니마를 공유했지. 따라서 너는 하나밖에 없는 내 딸이나 다름없 어."

이 말에 아르카가 당황하는 것 같았지만 그에 대한 불신은 눈곱 만큼도 줄지 않았다.

"믿든 말든 너는 나를 아주 많이 닮았어." 그가 계속 말했다. "우리 는 네가 상상하는 것보다 많은 공통점이 있지."

"아이고, 그러셔요." 아르카가 내뱉었다. "내 입장에서 생각해봐 요. 그렇게 태어난 게 좋겠나. 하긴 반유령이 아닌 당신이 알 리가 없 지."

"원하는 만큼 나를 원망해도 돼, 어쨌든 내 덕분에 네가 생명을 얻은 건 사실이니까." 알칸드로스가 말했다. "그리고 너의 생령 아버 지는 다른 어떤 부모보다 훨씬 더 너를 지켜줬어."

그는 마음속으로 시람이 겉으로 보이는 것보다 딸에게 훨씬 많 은 애착을 갖고 있었던 것이 틀림없다고 생각했다. 그는 아르카가 반 박하려는 순간 재빨리 말을 막았다.

"나는 너를 해치려고 한 적이 없어. 너는 내 방식이 이기적이라고 생각하겠지만 정반대야." 알칸드로스가 여전히 부드러운 목소리로 덧붙였다. "네가 없었다면, 이 작전이 아니었다면 어떻게 됐을까? 전 쟁을 일으켰으면 아주 간단하게 끝나는 거였어. 테미스키라가 히페 르보레아를 포위 공격했겠지, 나포카에 했던 것처럼."

실렌의 머리 위를 회전하는 원반이 부서진 오르간과 물에 잠긴 모자이크 바닥에 빛을 분사하고 있었다. 알칸드로스는 최면을 거는 동작에 맞춰 목소리를 내며 자신의 패를 하나씩 꺼내 보였다. 아르카의 손이 미세하게 생령에게서 멀어지고 있었다.

"너라는 존재 덕분에 나는 아마존들의 소규모 교전을 통해 사상자를 적게 내면서 이 도시를 정복하고 있어. 하지만 내 목적은 히페르보레아의 내정을 간섭하지 않는 거야. 평민들은 달라질 게 아무것도 없을 거다. 그들의 정부와 히페르보레아를 자랑스러워하며 살아갈 거니까. 오직 나만 모든 도시국가들 간의 관계를 평정할 수 있어. 그리고 나는 아마존족과 전쟁을 끝낼 생각인데, 그러려면 네 도움이 필요해."

알칸드로스는 아르카의 관심을 끄는 데 성공했다. 아르카가 더는 자신의 손에 주의를 기울이지 않고 있었기 때문이다. 그는 이제 행동으로 옮기기에 앞서 아르카를 산만하게 할 몇 가지 노력만 하면 되었다.

"그래서 부탁하는데 한 시간 전에 너를 죽이려고 했던 마법사들을 돕지 마. 네가 풀어주면 마법사들은 빨리 사형 집행을 하려 들 테니까."

"당신의 꼭두각시가 나에게 사형 선고를 내리도록 마법사들을 부추긴 거였잖아요." 아르카가 여전히 옴짝달싹못하는 생령을 가리키면서 내뱉었다(아르카의 손이 다시 생령과 가까워졌다). "그리고 경기장에서 나를 죽이려고 했던 건 당신이고요!"

"오레이칼코스 새장 안에서는 네가 죽을 위험이 없다는 걸 나는 알고 있었어." 알칸드로스는 아르카의 손을 주시하면서 반박했다. "너는 내 아마존들이 있는 바깥보다는 오레이칼코스 안에 있는 것이 더 안전했어."

"아무 위험이 없었죠, 그리핀에 잡아먹히는 것 말고는!"

알칸드로스는 아르카의 지능을 하향조정했다. 아르카는 자신이 얼마나 엄청난 능력을 지니고 있는지 모르고 있었다. 그는 일어났고, 몇 걸음을 물러나서 설명을 해주는 게 나을지 고민했다.

"너한테 그렇게 뛰어난 순발력이 있다는 것이 이상하다고 생각해본 적 없니?" 그가 마침내 물었다. "숙련된 아마존들과 노련한 마법사들도 죽는 상황에서 살아남은 것이 이상하지 않아?"

이 질문들이 아르카의 허를 찔렀다. 아르카는 불신하는 눈초리로 알칸드로스를 훑어봤다. 갑자기 아르카의 어깨가 축 처지고 헝클어진 머리에 눈썹이 가려졌다. 파괴 인장은 이제 생령을 위협하지 않고 있었다.

"저주, 그거 말하는 거예요?" 아르카가 물었다.

"맞아." 알칸드로스가 대답했다.

그가 미소를 지어 보였다.

"너는 네 후손의 손에 죽는 저주에 걸려 있어. 다시 말해 네가 비프아주르가 있는 데서 멀리 떨어져 있고 자식이 없는 한 영생하는 거지."

"하지만 바실레우스는 죽었잖아요!" 아르카가 소리쳤다. "따라서 바실레우스가 내린 저주는 중단……."

"저주의 거울은 너를 통해서 살아남았어." 알칸드로스가 말을 잘랐다. "나는 너를 죽이고 싶지 않고, 죽일 수도 없어. 너는 오레이칼코스 안에서 죽을 위험이 없었거든. 불도 그 저주를 이기지 못했고, 그리핀도 너를 이기지 못하니까."

알칸드로스는 방금 큰 실수를 저질렀다는 걸 깨달았다. 불은 절대로 언급하지 말았어야 했는데. 아르카의 눈이 커지는 걸 보면 기억난 것이 틀림없었다. 하필이면 평화로운 정복이라느니 부성애를 느낀다느니 같은 말을 해놓고서 그 기억을 떠올리게 하다니.

"당신이었어!" 아르카가 치가 떨리는 목소리로 외쳤다. "2년 전 숲에 불을 지르고 내 후견인을 죽인 게 당신이었어!"

아마조네스 숲에 불을 질렀을 때 죽은 그 늙은 아마존……. 그 아마존을 죽인 것이 그의 계획을 이렇게 꼬이게 할 줄이야. 그는 방금 아르카를 설득할 가능성을 완전히 잃었다. 물어뜯을 기세로 웅크린 동물의 등줄기처럼 분노에 치를 떠는 아르카의 머리칼이 곤두서 있었다.

"그래서 아까부터 사탕발림으로 나를 속이려고 한 거였어! 내가 바실레우스의 유일한 후손이기 때문에 내가 필요해서. 내가 없으면 저주의 거울도, 아마존족에게 걸어놓은 저주도 다 소용없게 되니까! 안 그래?"

알칸드로스는 대답하지 않았다. 아르카의 눈길이 사방을 훑어보고 있었다. 그를 죽일 방법을 찾고 있는 것이었다. 그는 아르카가 아니마 흡입기를 던질 생각만은 하지 않기를 바랐다. 아르카가 그와 실렌, 둘을 다 막을 수 있는 유일한 방법은 흡입기밖에 없었다.

그의 생각을 읽은 것처럼 아르카의 눈길이 갑자기 원반으로 향했다. 아르카는 주저 없이 원반을 잡아서 그를 향해 던졌다. 아니마 흡입기가 공기를 갈랐고, 알칸드로스는 피하기 위해 옆으로 뒹굴었다. 바로 그 순간 폭발음이 울렸다. 충격파를 맞고 귀가 먹먹해진 상태로 일어난 알칸드로스는 실렌의 배가 반쯤 뜯겨 있는 걸 봤다. 피가 줄줄 흐르는 살점이 벽과 모자이크 바닥에 흩어져 있었다. 아르카가 생령에게 파괴 인장을 사용한 것이다.

그는 문을 향해 달려가는 아르카를 눈으로 좇았다.

알칸드로스는 약해진 아니마를 한 손에 집중시키고 출구를 향해 불덩어리를 날렸다. 화르르, 화르르, 문에 불이 붙었다. 아르카는 불타는 문을 피해 층계 쪽으로 방향을 틀었다. 또 날아온 불덩어리에 벽걸이 천이 불타오르면서 아르카를 막아섰다. 아르카의 눈길이 아트리움 천장의 동그란 구멍으로 향했다. 유일하게 남은 탈출구였다.

"아르카!" 알칸드로스가 벽화를 핥으면서 타오르는 불길 소리를 덮을 정도로 크게 소리쳤다. "네가 불멸할지는 몰라도 난공불락은 아니야. 나를······."

그가 말을 끝낼 겨를도 없이 아르카는 이미 날개를 작동했다. 아주 잠깐 주저하다가 그는 아르카를 향해 물결치는 불을 날렸다.

아르카는 비행 중에 공격을 받았다. 다행히 날개의 보호 인장이 큼직한 불길을 흡수했다. 그는 바닥에 떨어진 아르카의 머리에서 연기가 나는 걸 봤다. 아르카는 오레이칼코스 깃털 속에서 몸을 웅크렸다.

알칸드로스는 그 순간 상황이 자신에게 불리해지고 있음을 알아차렸다. 벽걸이 천들이 불타고 있었고, 이제는 아트리움의 출구 쪽으로 엄청난 불길이 치솟고 있었다. 매캐한 연기가 저택에 퍼지고 있었다.

박살이 난 썩은 시체처럼 오르간 부근에 널브러져 있던 실렌이 그의 아니마를 모조리 빨아들이면서 조금씩 복구되고 있었다. 상체의 커다란 살덩어리들이 모자이크 바닥에 핏자국을 남기면서 실렌을 향해 꿈틀꿈틀 기어갔다. 알칸드로스는 연기 때문에 눈이 매워 눈물을 흘리면서 아직 바닥에 뒹굴고 있는 살덩이 몇 개를 주워서 생령에게 던져주었다. 시야가 점점 좁아지고 있었다. 그는 마지막 남은 아니마를 끄집어내서 생령을 공중부양시키고 아르카를 바라봤는데 화염 때문에 거의 보이지 않았다. 아르카가 날개 속에서 조금씩 움직이고 있었다. 알칸드로스는 튜닉 깃을 코 위로 올려서 연기를 막은 다음 돌아섰다. 아르카는 불구덩이 속에서도 살아남을 수 있지만, 실렌은 아니었다.

그는 발길질로 벽면을 부수고 그 구멍을 통해 저택과 인접한 승강장으로 나갔다. 뚫린 구멍으로 들어온 밤의 서늘한 공기가 불을 일으키면서 아트리움 안의 불이 거세지고 있었다. 알칸드로스는 뭉게뭉게 피어오르는 연기 속으로 사라진 아르카를 찾으러 돌아가야 한다고 생각했다. 바로 그때 벽이 무너져 내리면서 엄청난 양의 먼지와 모르타르가 그를 향해 떨어졌다. 그는 무중력 상태로 떠 있는 실렌과 함께 불덩이가 되어 떨어지는 것들을 피하기 위해 운하를 따라 도망쳤다.

알칸드로스는 멀찍이 떨어진 거리에서 걸음을 멈추고 일부가 붕괴된 채 불에 타는 저택을 봐라봤다. 불이 이제는 외벽을 타고 올라간 넝쿨식물을 집어삼키고 있었다.

그는 아르카가 이 상황에서도 정말로 살아남을 수 있을지 궁금했다.

라스티아낙스

해질 무렵, 배달 거북 하나가 질풍같이 내달려서 1지구의 불결한 운하에 이르렀다. 거북이 계단 앞에 멈추자 주변의 배들이 연쇄적으로 흔들렸다. 라스티아낙스는 피라의 무게 때문에 휘청거리면서 거북에서 내렸다.

그는 아트리움을 빠져나오면서 피라의 맥박을 쟀다. 심장은 아직 뛰고 있지만 규칙적이지 않고, 숨소리가 점점 약해지고 있었다. 마법 치료사들도 교도소에 갇혀 있어서 도움받을 곳은 단 한 곳밖에 없었다.

그는 부모님 집의 계단을 올라가서 어깨로 문을 밀었다. 문이 열리고 희미한 불빛 아래 탁자에서 연근 껍질을 벗기고 있던 샤리클로가 깜짝 놀라서 칼을 내려놨다.

"라스트! 무슨 일……? 누군데……?"

라스티아낙스는 의식을 잃은 여자를 안고 불쑥 집에 찾아온 것이 벌써 두 번째라는 걸 깨달았다. 설명할 시간이 없어서 방으로 들어가서 피라를 말 덮개 더미에 눕혀놓고 아버지가 말 치료제를 정리해 두는 선반으로 뛰어갔다.

"대체 어떻게 된 거니, 라스트?" 샤리클로가 쫓아오면서 외쳤다.

"피라가 번개에 맞았어요." 그가 유리병들에 붙인 이름표를 빠르게 훑어보면서 설명했다. "아빠가 에페드린 가루를 어딘가에 숨겨뒀다가 경주를 앞두고 귀리에 섞어서 말에게 먹이는 거 알아요. 그게 아빠의 오랜 비책……."

그때 등 뒤에서 긁는 소리가 들려서 돌아봤다. 샤리클로가 맞은편 벽에서 커다란 벽돌 하나를 뽑아냈다. 숨은 벽감 안에 작은 주머니가 있었다. 그녀가 주머니를 아들에게 내밀었다.

"한 꼬집만, 그 이상은 안 돼, 피라는 말이 아니니까. 그리고 무슨 일인지 말해줘야 해, 라스트!"

라스티아낙스는 주머니를 받아서 어머니가 탁자에 둔 칼을 공중부양으로 피라의 머리맡에 이르게 했다. 떨리는 손으로 주머니를 열고 칼끝으로 노란 가루를 조금 덜었다. 그러고는 아주 조심스럽게 에페드린 가루를 피라의 콧구멍에 집어넣고 코를 비틀었다.

그가 손을 뗐을 때 피라의 숨소리가 다시 커지면서 심장 박동이 규칙적이 되었다. 라스티아낙스는 잠시 행복한 얼굴로 피라를 쳐다보고 있다가 벌떡 일어났다.

"나는 아르카를 찾으러 가야 해요. 엄마가 피라를 좀 돌봐주세요!"

그는 어리둥절한 어머니의 이마에 입을 맞추고 부리나케 방을 나갔다. 일단 거리로 나와 신비학자의 저택을 찾으려고 탑 사이로 보이는 어두워지는 하늘을 살폈다. 살아난 피라를 어머니의 손에 맡기고 나자 이제야 아르카가 걱정되었다. 어떻게 문하생이 혼자서 생령의 주인과 맞서게 놔둘 수가 있었을까?

그는 성벽을 따라 공터에 만든 마사를 향해 달렸다. 말들이 건초를 쑤셔대는 소리만 들릴 뿐 텅 빈 마사는 조용했다. 그는 나무 울타리를 뛰어넘었고, 숨을 헐떡이면서 발굽 자국이 선명한 경주로 중앙에 멈춰 섰다. 머리 위로 보이는 아다만트 돔에 보라색과 황토색의 마지막 석양빛이 굴절되고 있었다. 경주로 끝자락에 신비학자의 탑이 서 있었다. 맨 꼭대기에 있는 저택은 석양에 물든 노란빛의 이상한 안개에 휩싸여 있었다. 그는 호흡을 가다듬기 위해 허벅지에 두 손을 얹은 채 저택을 바라보다 이맛살을 찌푸렸다. 잠시 후, 그는 안개가 아니라 연기라는 걸 알아차렸다. 뚫려 있는 모든 구멍에서 뭉게뭉게 새 나오는 연기가 빠르게 돔 밑으로 모여들고 있었다. 그가 아르카를 생령의 주인과 남겨 둔 지 20분 만에 신비학자의 저택에 불이 난 것이다.

라스티아낙스는 아르카가 도망쳤을 거라고 확신했다. 그는 불안한 눈으로 도시를 둘러보면서 몇 번이나 문하생이라고 생각한 것들이 금빛 둥근 지붕 끝이나 청동상, 날아가는 새라는 걸 알아차렸다. 그러다 동쪽의 한 탑 위에 앉아서 발톱으로 먹이의 가죽을 벗기느라고 바쁜, 거대한 그리핀의 실루엣을 발견했다. 라스티아낙스는 온몸에 소름이 돋았다.

"어디 있는 거야, 모습을 보여줘, 아르카……." 그가 중얼거렸다.

그때 저택의 지붕이 무너져 내리면서 재와 불길이 치솟았다. 망연자실한 라스티아낙스는 널름거리는 불길을 보면서 방금 문하생의 죽음을 목격했다는 생각을 받아들이길 거부했다.

불이 난 걸 알아차린 히페르보레아 시민들이 창문에서 화염에 휩싸인 탑을 가리키고 있었다. 라스티아낙스는 두 손으로 관자놀이를 누르면서 머리를 흔들었다. 뭘 할 수 있지? 아직 할 수 있는 일이 있을까?

탑의 하위 지구 주민들이 집을 뛰쳐나와서 허둥지둥 아이들과 살림살이를 거북에 싣기 시작했다. 어둠 속의 탑은 불꽃이 탁탁 튀는 거대한 횃불 같았다. 갑자기 유난히 반짝이는 불꽃 하나가 불덩이에서 빠져나와 별똥별처럼 연기로 자욱한 어둠을 갈랐다. 라스티아낙스는 눈을 깜박이면서 기쁨의 탄성을 질렀다.

"**아르카!**" 그는 이 거리에서는 들리지 않는다는 걸 잊고 고함을 질렀다.

오레이칼코스 날개가 방향을 바꾸면서 점점 더 짙어지는 연기 속에서 원을 그리고 있었다. 라스티아낙스는 사라졌다가 불길 뒤로 다시 나타나는 날개를 바라봤다. 금속 깃털에 붉은 빛이 비치고 있었다. 또 한 번의 붕괴로 탑의 한 층이 줄어들자 날개가 원을 더 크게 그리면서 주위를 돌았다. 탑과 연결된 운하가 무너지면서 허공으로 물과 돌이 폭포처럼 쏟아져 내렸다.

탑의 꼭대기가 불기둥이 되면서 크테시비오스의 날개가 타원형 비행으로 궤도를 돌고 있었다. 라스티아낙스는 불길에 내몰린 실루엣들이 허공으로 몸을 던지는 광경을 보면서 공포에 사로잡혔다. 그는 무력감을 느꼈다. 그는 아르카가 탑 주위를 날면서 그들을 붙잡으려고 애를 쓰고 있다는 느낌이 여러 번 들었다. 하지만 창문으로 투신하는 사람들이 너무 멀리 있는 데다 너무 빨리 떨어지고 있었다.

이어서 6지구에 속한 층이 통째로 붕괴되면서 인접한 운하와 함께 주민들이 어둠 속으로 사라졌다. 오레이칼코스 날개가 낙하물을 피하기 위해 탑에서 멀어졌다가 돔을 따라 선회하기 시작했다.

라스티아낙스는 아르카에게 자신의 위치를 알려줄 방법을 찾기 위해 주변을 둘러봤다. 마침내 그가 연속해서 동작을 취하자 경주로의 모래가 파이면서 땅바닥에 문하생의 이름이 붉은색으로 아주 크게 그려졌다.

라스티아낙스는 그 작품에서 고개를 들다가 재난의 규모가 엄청나게 커졌다는 걸 알아차렸다. 화재로 인해 건물이 크게 흔들리면서 운하들이 무너지자 탑이 돔 쪽으로 점점 빠르게 기울고 있었다. 엄청나게 많은 돌이 기총 소사를 퍼붓듯 초원으로 쏟아졌다. 굉음과 함께 탑이 옆으로 붕괴하면서 성벽의 일부와 아다만트 돔의 한 면이 통째로 날아갔다. 라스티아낙스가 발밑의 땅이 흔들리는 걸 느끼는 순간 충격파가 경주로의 모래와 함께 얼굴을 강타했다.

라스티아낙스가 눈을 비비면서 일어났다. 구름 같은 먼지에 탑의 나머지 부분이 가려져 있었다. 돔에 뻥 뚫린 구멍으로 몰려들어온 평원의 눈보라에 연기가 소용돌이치면서 히페르보레아 전역으로 퍼져나갔다. 잿개비와 얼음이 실린 바람에 피부가 따끔거렸다.

한 번도 경험하지 못한 느낌에 그는 정신이 번쩍 들었다. 발광체 전구를 든 실루엣들이 탑을 휩싸고 있는 시커먼 연기 속으로 뛰어가는 것이 보였다. 혼비백산해서 가족의 이름을 외치면서 뛰쳐나오는 실루엣들도 보였다.

라스티아낙스는 고개를 쳐들고 아다만트 돔을 바라보다 도심을 향해 날아가는 오레이칼코스 날개를 발견했다. 발밑의 모래를 쳐다봤다. 충격파에도 거의 변형되지 않은 '아르카'라는 이름이 어둠 속에서 또렷이 보였다. 그는 그 글자들이 7지구에서도 보였을 거라고 확신했다. 그런데 아르카는 왜 그를 찾으러 오지 않을까?

그 순간 용납할 수 없는 생각들이 천천히 머릿속에 싹 트기 시작했다.

만약 저 위에 있는 사람이 아르카가 아니라면?

생령의 주인이 오레이칼코스 날개를 빼앗은 거라면?

문하생이 불길 속에 갇혀 있는 거라면?

그는 경주로를 비틀거리면서 걷다가 탑에 가까워질수록 걸음을
빨리했다. 초원에 이른 그는 바람 때문에 눈앞이 흐리지만 숨을 헐떡
이면서 폐허가 된 탑을 향해 달렸다. 구름 같은 먼지가 그를 집어삼
켰다.

16
바람 부는 도시

라스티아낙스

추위는 잔해 속에서 반쯤 탄 채로 발견된 시신들의 부패를 늦춰 주었다. 훼손된 아다만트 돔의 구멍으로 불어 닥치는 얼음장 같은 바람이 주는 유일한 이점이었다.

사흘 만에 도시의 기온이 뚝 떨어졌고, 주민들은 카라반이나 늑대 사냥꾼 조상들이 입던 낡은 털옷을 찾으려고 트렁크를 뒤져야 했다. 어디를 가나 기침 소리와 훌쩍이는 소리가 들렸다. 운하들은 얼음덩어리로 뒤덮여서 거북을 모는 것도 점점 힘들어지고 있었다. 덩굴식물들은 죽어가고, 연꽃들은 시들고, 벽에 붙은 이끼들은 거무스름한 빛을 띠었다. 새들이 유리 없는 창문으로 거침없이 집 안으로 돌진하는 바람에 주민들은 헝겊과 기름 먹인 종이를 동원해서 메우려고 애를 썼다.

불탄 탑의 상위 지구에서 수거해 온 목재 가구를 사용해 피워놓은 원뿔형 모닥불이 도처에 보였다. 추위 때문에 파리와 모기가 없어졌다. 누추해도 지면에 가까운 집이 열기 보존이 잘되고, 상황이 악화될 경우 탈출하기가 더 쉽다는 걸 알아차린 사람들이 도시의 바닥으로 거처를 옮기기 시작했다. 불과 며칠 전까지만 해도 숨기기에 급급했는데 이제는 우쭐대면서 말하는 소리를 점점 더 자주 들을 수 있었다.

"응, 난 1지구에 사는 친척이 있어!"

라스티아낙스는 말 덮개를 뒤집어쓰고서 부모님의 집 현관 앞 계단에 앉아 사람들이 아래 지구로 이동하는 것을 바라보고 있었다. 그는 현재 도시에 드리워진 회색 풍경을 닮은 어두운 생각에 잠겨 있었다. 지난 사흘은 탑의 잔해를 뒤지면서 보냈다.

바람이 구름 같은 먼지를 몰아내면서 붕괴된 탑의 거대한 뼈대가 드러났다. 실종자 수는 수백 명으로 추산되었다. 라스티아낙스는 폐허의 끝 부분, 즉 신비학자의 저택이 아다만트 돔을 훼손한 지점을 중점적으로 수색했다.

혹시라도 탑이 붕괴될 경우를 대비해 아다만트 돔을 훼손할 정도로 탑을 높이 지으면 절대로 안 되었다. 도시 외곽을 공터로 놔둔 것도 바로 이런 재앙에 대비하기 위한 것이었다. 하지만 실렌은 규정을 지키지 않고 두 층을 증축했다. 라스티아낙스가 반쯤 무너진 성벽 밑에서 석공들과 몇 마디 나누다 알아낸 사실이었다. 마법 건축가들 역시 교도소에 억류되어 있는 상황이라서 아다만트 돔의 보수 작업을 지휘할 수 있는 전문가가 없었다. 따라서 노동자들이 긴급히 구멍을 모르타르로 메워놓고 도시를 얼어붙게 하는 엄청난 바람을 막을 벽을 세우고 있었다.

노동자들이 벽을 쌓는 사이 라스티아낙스는 동상 방지를 위해 손을 천으로 싸매고, 낡은 담요와 승마 장비라는 어울리지 않는 조합으로 몸을 감싸고 발굴 작업에 참여했다. 살아 있는 아르카를 발견할 거란 희망이 몇 시간 만에 사라졌다. 저택에는 성벽의 돌덩어리와 그의 키보다 더 큰 아다만트 조각들에 박살이 나버린 귀한 석재 더미만 쌓여 있었다. 이렇게 날카로운 것에 맞으면 아무도 살아남을 수 없었다. 게다가 하위 지구에서 발견된 시신들은 갈기갈기 찢긴 상태로 얼어붙어 있었다. 라스티아낙스가 계속해서 시신을 발굴하는 이유는 문하생을 구조하겠다는 의지와는 아무 상관이 없었다. 그는 알고 싶었다. 아르카가 탑에서 죽은 게 아니면 어디에 있는지. 가장 확실한 만남의 장소가 그의 부모님 집인데 아르카는 왜 찾아오지 않는 걸까? 그가 미로의 성으로 보낸 심부름꾼은 왜 빈손으로 돌아왔을까?

등 뒤에서 문이 삐걱거리는 소리가 났다. 피라가 담요로 어깨를 감싸고 현관 앞 계단으로 나왔다. 구불구불 흘러내린 검은색 머리가 창백한 얼굴과 대조를 이루고 있었다. 피라는 번개를 맞은 다음 날 깨어난 뒤부터 계속 두통에 시달리고 있었다. 불과 닷새 전만 해도 큰 재산을 물려받을 상속자로서 안락한 생활을 하던 그녀는 불평하는 대신 잠자코 두통을 참아내고 있었다. 라스티아낙스는 피라가 부모님의 누추한 집에서 깨어났을 때 보여준 의연한 태도에 놀랐다.

그가 인사하는 사이 피라는 조심스럽게 계단에 앉았다. 바짝 붙어 앉아 있으니 가슴이 두근거렸지만 그는 생각하지 않으려고 노력했다. 헛된 희망으로 너무 괴로웠던 과거가 있었기 때문이다. 이상하게도 아르카를 잃은 것이 피라를 담담하게 대할 수 있도록 도와주었다. 마치 이미 겪은 것보다 더 괴로워지는 걸 머리가 거부하는 것 같았다.

"오늘 어머니와 동생들을 만나러 가보려고." 피라가 말했다. "틀림없이 4지구에 있는 대고모 집으로 피신했을 거야. 나 괜찮아." 피라는 단호한 어조로 덧붙이는 것으로 라스티아낙스가 좀 더 조심해야 되는 거 아니냐는 말을 못 하게 했다. "많이 좋아졌어. 그리고 나는 아무것도 하지 않고 여기 머무를 수 없어."

침묵이 흘렀다. 그들은 히페르보레아의 젊은이들이 가구를 잔뜩 실은 수레를 끌고 가는 광경을 지켜봤다. 젊은이들은 모두 호화로운 토가 두세 벌을 껴입었는데 발에 걸려 넘어지지 않으려고 토가 자락을 다리에 묶은 모습이었다. 라스티아낙스는 그들이 하위 지구의 부랑자들인지, 1학년 문하생들인지 구분할 수 없었다.

"아르카 소식은 여전히 없지?" 피라가 물었다.

라스티아낙스는 비난 섞인 질문이라는 걸 느꼈다. 그는 고개를 저으면서 행여나 구리빛 광채가 보일까 히페르보레아의 차가운 하늘을 바라봤다. 어떤 소식이 가장 두려울까. 잔해 더미에서 아르카의 유해가 발견되었다는 소식, 아니면 살아서 교도소에 있는 가짜 아마존들에게 합류했다는 소식? 어느 쪽이든 좌절과 죄책감에서 벗어나지 못할 것이 분명했다. 라스티아낙스는 상반된 생각에 시달리다 보면 이성을 잃어버릴 것만 같았다. 그는 밤마다 "내가 하라는 대로 해요!" 하고 외치는 아르카의 일그러진 얼굴에 놀라서 잠을 깼다. 일련의 사건을 재구성하다 보면 생령의 주인이 아르카에게서 크테시비오스의 날개를 빼앗아서 불타는 탑을 빠져나가는 모습만 보였다. 그러다 잠시 후, 악몽 속의 장면이 바뀌면서 살인범과 함께 저택에 불을 지르고 아마존들에게 합류하는 아르카가 보였다. 그는 불안에 시달린 나머지 당장 교도소로 달려가서 아마존들에게 아르카를 봤는지 물어보고 싶은 심정이었다. 하지만 교도소에 갔다가는 참수당할 거라는 생각이 그의 발목을 붙잡았다.

라스티아낙스는 인질극에 대한 소식을 소문으로 접하고 있었다. 상황은 바뀌지 않은 것 같았다. 마법사들은 여전히 엑스트락트리스에 억류되어 있고, 아마존들은 감히 접근하는 자를 발견하는 즉시 가차 없이 머리에 화살을 날렸다. 아마존들이 우연히 교도소를 선택한 것이 아니었다. 교도소야말로 소수의 인원이 통제할 수 있도록 설계된 곳이었기 때문이다.

남편의 석방을 강력히 요구하는 마법사의 아내들에게 고무된 장교 몇 명이 교도소 침투를 시도했다. 하지만 그들은 아무런 성과 없이 바로 쫓겨났다. 그 뒤로는 누구도 함부로 나서지 못하고 상부의 지시를 얌전히 기다리고 있었다. 교도소 안에서 무슨 일이 일어나고 있는지는 전혀 알 길이 없었다. 아마존들이 마법사들을 불구로 만들고 있다, 아마존들이 마법사들의 힘을 빨아들이고 있다, 아마존들이 히페르보레아를 점령하기 위해 군대를 기다리고 있다는 소문만 파다했다.

라스티아낙스는 페트로클루스를 생각하지 않으려고 회피했는데 이 정신적 비겁함 때문에 죄책감이 점점 무거워지고 있었다. 히페르보레아, 마법사들, 그의 미래, 장관직, 멘토의 의무, 모든 것이 악화되고 있었다. 도시처럼 그는 정체성을 잃어 갔다.

피라조차 그의 무기력한 모습을 보면서 걱정했다.

"우리 종조부가 고문서 담당이었으니까 교도소의 설계도에 접근하는 방법을 아는지 물어볼게. 제노도토스 최고 사서가 틀림없이 도서관 어딘가에 설계도를 밀봉해놨을 거야. 그 설계도를 손에 넣으면 모두를 구출할 방법을 찾을 수 있어."

"좋은 생각이야." 라스티아낙스는 의욕적으로 보이려고 애쓰면서 찬성했다.

피라는 상황을 뒤집기 위해 그들이 할 수 있는 것과 해야 하는 모든 것에 대해 말했다. 그리고 생령의 주인은, 아르카와 함께든 아니든, 화재에서 살아남았다고 확신했다. 라스티아낙스와 마찬가지로 머지않아 그가 실렌과 함께 나타나서 마법사들을 풀어주고 권력을 찬탈할 거라고 예상했다. 그와는 달리 피라는 전의를 상실하지 않았다.

라스티아낙스의 반응이 시원치 않자 피라는 하던 말을 중단하고 기분 전환 삼아 산책이라도 나가라고 제안했다. 라스티아낙스는 그녀를 기쁘게 하려고 결국 수락했다.

피라는 인장반지가 있으니 4지구로 갈 수 있지만, 사형 선고로 신분이 박탈된 라스티아낙스는 인터니보 은행의 계좌까지 막혀서 아버지에게 돈을 부탁해야 했다. 아버지가 이번에는 바로 들어주었다. 라스티아낙스는 최근 들어 거의 찾기 힘든 거북 운전사를 소리쳐 불렀고, 추위 때문에 힘을 못 쓰는 거북에 올랐다.

라스티아낙스는 누군가에게 발각되어 톨게이트에서 체포되는 것이 아닐까 약간 불안했다. 아마존과 공모한 혐의로 사형 선고를 받았으니 그는 신분 상승 기회를 호시탐탐 노리는 할 일 없는 경찰의 표적이 되기 십상이었다. 하지만 그의 신원과 재판 결과를 아는 대부분은 교도소에 억류되어 있었다. 게다가 말 덮개로 몸을 감싸고 있는 데다 칙칙한 안색, 수염이 텁수룩한 그는 전직 장관의 모습이 아니었다.

운하들이 교차하는 지점을 무사히 빠져나온 운전사가 각양각색의 노커들이 잔뜩 달린 문 앞에 거북을 세웠다. 라스티아낙스는 거북에서 내려 잠시 미로의 성을 바라보다 왠지 모르게 갑자기 둘러보고 싶은 충동이 일었다. 미로의 성 꼭대기의 무성한 초목은 노랗게 물들어 있고, 벽에 고정된 간판들이 바람에 삐걱거리고 있었다. 그는 다가가서 대문을 열었다.

그와 도시가 온갖 변화를 겪은 터라 저택도 많이 달라졌을 거라고 예상했다. 하지만 미로의 성은 그가 있을 때의 모습 그대로였다. 그는 썰렁한 방들을 둘러보다가 저택이 진정으로 자신의 집이었던 적이 없었음을 깨달았다. 그는 팔라테스의 수집품 일부를 치우는 것으로 저택을 비우는 데 만족했을 뿐 자신의 물건을 새로 들여놓지 않았다.

그는 아트리움 중앙에 놓인 안락의자에 앉아서 말 덮개로 어깨를 감쌌다. 주위에 있는 모든 것이 정지되어 있는 것 같았다. 그는 신비주의자가 아니지만 갑자기 팔라테스의 영혼이 아주 가까이 있는 느낌이 들었다.

"수사를 끝냈습니다, 스승님." 그가 나직한 소리로 말했다. "스승님을 살해한 범인을 찾았습니다."

그리고 묵상하면서 그는 무언의 다짐을 했다.

그때 뭔가 묵직한 것이 그의 머리 위로 떨어지면서 와장창 깨지는 소리가 났다. 라스티아낙스는 머리통이 둘로 쪼개진 것 같은 느낌이 들면서 눈앞이 깜깜했다. 땅바닥에 박살난 토기가 흩어져 있었다. 그는 흐릿한 눈으로 아트리움의 중이층 쪽을 쳐다봤지만 아무도 없었다. 깨진 테라코타* 닭의 머리가 땅바닥에서 그를 쳐다보고 있었다. 라스티아낙스는 허리를 숙이고 조각을 주우면서 고인이 된 멘토가 이것을 영매로 그에게 대답한 것이 아닐까 생각했다.

바로 그 순간, 땅딸막한 여자가 팔라테스의 수집품 중 하나를 휘두르면서 아트리움의 계단을 황급히 내려왔다. 메타니르였다. 찬모가 소리를 지르면서 두 팔을 벌리고 달려왔다.

"라스티아낙스 마스터!" 찬모가 울부짖었다. "살아 계셨네요! 이럴 수가!"

"네, 그렇게 됐어요." 라스티아낙스는 머리를 주무르면서 말했다.

"도둑놈인지 알았지 뭐예요! 들어가요, 어서 들어가요!" 메타니르가 별채 쪽으로 방향을 틀면서 말했다. "어서 들어가서 몸을 녹여야죠. 그리고 전할 게 있어요!"

찬모가 라스티아낙스에게 말할 틈도 주지 않고 소매를 움켜잡고

테라코타 점토를 구워 만든 것.

저택을 가로지르면서 고막이 먹먹해질 정도로 쩌렁쩌렁 뇌까렸다.*
주방으로 들어가니 아우스가 안락의자에 앉아서 코를 골고 있었다.
풍기는 냄새로 보아 노인은 향료를 넣은 싸구려 포도주를 마시는 것
으로 힘든 상황을 견디는 것이 틀림없었다. 주방은 온기가 가득했다.
라스티아낙스는 그 이유를 알았다. 하인들이 팔라테스의 수집품 중
나포카에서 온 토기 난로를 사용하고 있었다. 그는 무엇을 땔감으로
사용하는지 궁금해하다가 자신의 서류가 한쪽 구석에 쌓여 있는 걸
보고 경악했다. 그사이 메타니르는 아우스를 흔들어 깨웠다. 아우스
가 소스라치게 놀라서 눈을 뜨고 악을 쓰는 찬모의 얼굴을 멍하니 쳐
다봤다.

"게으름뱅이 영감탱이, 마스터가 오셨어요. 정신 차리고 빨리 드
려요, 어제 온 소포!"

알아들을 수 없는 말을 구시렁거리면서 일어난 아우스가 선반
꼭대기에서 보자기로 싼 꾸러미를 내려서 라스티아낙스에게 내밀었
다. 그는 보자기를 풀다가 꼬질꼬질한 낡은 운동화를 발견하고 몹시
놀랐다. 운동화 바닥에 들어 있는 그리핀 형상의 반지에 양피지 조각
이 돌돌 말려 있었다. 그는 떨리는 손으로 양피지를 풀었다.

---

* "팔라테스 어르신의 영혼이 평온하시길! 존경하는 팔라테스 어르신께서 마스터를
잘 모시라고 하셨으니 어르신을 실망시키고 싶지 않아요! 아, 어르신이 마스터를
보고 계시다면! 그사이에 얼마나 바싹 야위었는지, 얼굴은 또 얼마나 창백한지 오
죽하면 내가 착각했겠어요. 팔라테스 어르신의 귀한 수집품을 노리는 그 야비한
약탈자 중 한 놈으로! ……"

생령들의 주인은 실렌과 함께 도망쳤고 나는 여전히 저주에 걸려 있어요.

나는 저주 때문에 아마존의 나라로 돌아가요.

사브에게 위협 위험하니까 나를 찾지 마세요.

이 반지가 ~~생령~~ 생령으로부터 ~~자브~~ 사부를 보호해줄 거예요.

나를 위해 해준 모든 것에 다시 한번 감사드립니다.

사부가 그리울 거예요.

서명은 없지만 철자가 엉망인 것만 봐도 아르카가 쓴 것이 확실했다.

"아직도 이 모양이네!" 라스티아낙스는 울컥했다.

미칠 듯이 기쁘고, 모든 에너지가 갑자기 돌아온 것 같았다. 오자 투성이 여섯 개의 문장이 무너지고 있던 라스티아낙스에게 제동을 걸었다. 그가 인장반지를 갖고 미로의 성을 뛰쳐나가자 메타니르와 아우스는 어안이 벙벙해 있었다. 운전사가 아직 대문 앞에서 기다리고 있었다. 그는 거북에 올라타면서 외쳤다.

"1지구로 갑시다, 빨리!"

내려가는 동안 라스티아낙스는 만감이 교차했는데 한 번도 경험하지 못한 감정이었다. 6지구와 5지구를 통과하는 사이 그가 아르카의 쪽지를 읽고 또 읽다가 간간이 웃음을 터뜨리는 바람에 운전사가 걱정스러운 눈으로 쳐다봤다. 라스티아낙스는 휙휙 지나가는 운하를 바라보면서 초조해서 다리를 떨었다. 4지구에 이르렀을 때는 행복감이 의문으로 바뀌기 시작했다. 아르카가 왜 갑자기 떠났는지 납득되지 않았다. 아르카와 생령의 주인 사이에 무슨 일이 있었던 걸까? 생령의 주인이 뭐라고 했기에 아르카가 그를 만나지도 않고 그렇게 도망쳐버린 걸까?

마지막 톨게이트에 이르렀을 때는 의문이 분노로 바뀌었다. 그는 아르카를 머릿속으로 다시 떠올릴 때마다 배은망덕한 도주 때문에 더 화가 났다. 자기는 문하생을 위해 목숨을 걸었는데, 아르카는 아무것도 알려주지 않고 그를 버리고 떠나버린 것이다.

운전사가 운하 끝에 그를 내려주었다. 그는 얼어붙은 진흙길을 미끄러지면서 뛰기 시작했다. 얼어붙은 목초지에 바람을 타고 날아온 눈발이 날리고 있었다. 라스티아낙스는 말들이 바람을 등지고 어슬렁거리는 오솔길을 가로질러서 마사로 돌진했다. 그는 반대 방향에서 뛰어오던 아버지와 부딪힐 뻔했다.

"나보가 파, 파라졌어." 아버지가 더듬거렸다.

"아르카, 아르카가 찾아간 거예요!"

라스티아낙스는 덮개를 코 위로 끌어올리고 밖으로 뛰쳐나갔다. 성벽을 따라 뛰는데 이미 눈이 쌓여 있었다. 추위에 뻣뻣해진 풀이 발밑에서 부서졌다. 목구멍이 따갑고 화끈거렸다. 다리가 점점 더 무거워지는 것 같았다. 마침내 아다만트 돔 아래 웅장한 서문이 모습을 드러냈다. 계속 늘어나는 이주자들에 대한 출국 심사를 위해 성벽 안쪽에 급히 설치한 막사 앞에는 몇 명이 이미 대기하고 있었다. 라스티아낙스는 금발을 찾기 위해 길게 줄을 선 사람들을 살펴봤다. 아르카를 찾을 거란 터무니없는 희망 속에 분노를 가라앉혔다. 하지만 사향소들을 끌고 히페르보레아를 서둘러 떠나려는 카라반들밖에 없었다. 그는 상인들이 서 있는 줄의 맨 끝에 섰다. 이따금 까치발을 들고 열린 문 밖으로 보이는 풍경을 바라봤다. 리파이아 산맥으로 가는 긴 길에 까만 점들이 보였다. 그는 그중 한 명이 아르카인지 알 수만 있다면 어떤 대가라도 치르고 싶은 심정이었다.

마침내 카라반 행렬이 가축을 몰면서 도시를 나갔다. 라스티아낙스는 걱정이 가득한 얼굴로, 출국 심사를 하는 무뚝뚝한 세관원 앞에 섰다.

"당신도 떠나려고요?" 여자가 못마땅한 얼굴로 물었다.

"아닙니다, 나는……." 그는 대답하다가 아르카의 신원을 밝히면 안 된다는 걸 깨달았다. "여동생을 찾고 있습니다. 별로 깔끔하지 않은 열세 살 금발 소녀인데 최근에 하얀 조랑말과 함께 여기 왔을 텐데, 그런 아이 본 적 있습니까?"

세관원이 자세를 바로 했는데 눈에서 이상한 빛이 반짝였다.

"네, 어제 오후에 왔는데……. 못 가게 붙잡았어야 했나. 아니, 그냥 떠나게 놔두는 게 나아요. 나가서 죽도록 고생하다 보면…… 결국 돌아오게 되어 있거든요. 그래서 더는 자세히 묻지 않고 내보냈죠." 여자가 잘 알고 있다는 태도로 라스티아낙스에게 덧붙였다.

세관원이 성가셔 하는 것 같아서 그는 고개를 끄덕이면서 다음 차례를 위해 비켜섰다.

산을 타는 데 익숙한 아르카가 하루하고 반나절을 앞서 갔으면 이미 멀리 갔을 터였다. 라스티아낙스는 눈 덮인 평원을 한참 동안 응시했다. 추위가 얼굴을 할퀴고 있었다. 그는 도시 밖으로 나가본 적이 없었다. 문하생은 리파이아 산맥을 혼자 넘어갈 용기가 어디서 났는지 궁금했다. 그리고 그 자신은 문하생을 따라나설 용기가 있을

지 의문이 들었다.

쪽지를 다시 한번 봤다.

사부가 그리울 거예요.

다음 날 새벽, 라스티아낙스는 또다시 세관원 앞에 모습을 드러 냈다. 이번에는 사향소 세 마리와 흙터투성이 목양견 한 마리를 이끄 는 카라반 한 명과 함께였다. 라스티아낙스는 털옷 몇 벌과 반추동 물들에 싣고 갈 식량을 사고, 길잡이가 되어줄 카라반에게 줄 비용 을 마련하기 위해 아버지에게 상당한 금액을 부탁해야 했다. 길잡이 는 리파이아 산골 마을의 사투리가 섞인 히페르보레아어를 구사하 는 데다 가래 끓는 소리에 말이 한 번씩 끊겨서 알아듣기가 쉽지 않 았다. 길잡이는 저렇게 허약한 체질로 어떻게 돔 밖의 환경을 버텨낼 수 있을까 걱정되는 듯 라스티아낙스를 힐끔힐끔 쳐다봤다.

길잡이의 의심 섞인 시선이 라스티아낙스를 불안하게 만들었다. 그렇지 않아도 출발하기 전날, 그는 이미 부모님의 걱정과 피라의 분 노에 맞서야 했다. 재판 때와 마찬가지로 피라는 죄의식도 없는 정신 나간 놈이라고 비난을 퍼부었다. "아르카가 찾지 말라는 글을 남겼 다면서! 그런 일이 있었으니 그 아이로서는 여길 떠나는 것이 상책 이란 말이야……. 내 아버지와 페트로클루스가 교도소에 갇혀 있고, 마법사들을 탈출시키려면 네 도움이 필요한 때에 나한테 다 떠넘기 고 떠난다는 게 말이 되냐고!" 라스티아낙스는 결정을 내리는 데 이 토록 힘든 적이 없었다. 아마도 이렇게 비이성적인 결정을 내린 적이

552

한 번도 없었기 때문일 터였다.

그렇지만 라스티아낙스는 아르카가 아마존들의 나라에 혼자 있는 것보다는 히페르보레아에서 그와 함께 있는 편이 더 안전하다고 생각하는 몇 가지 이유가 있었다. 곰곰이 생각하다가 그는 마침내 아르카가 걸려 있다고 주장하는 저주의 의미를 깨달았던 것이다. 블루존 밖에서는 아무도 아르카를 죽일 수 없었다. 그런데 아르카는 비프아주르가 가장 많이 매장되어 있다고 알려진 곳으로 향하고 있었다. 그곳은 히페르보레아의 문하생이었던 과거가 알려지면 목숨이 위태로운 곳이었다. 그는 두 번 다시 아르카를 버리지 않을 터였다. 하지만 그가 아르카를 찾기로 결심한 진짜 이유는 이런 생각들과는 아무 상관 없었다. 아르카 없이 생령의 주인과 맞서 싸운다는 건 상상도 할 수 없었기 때문이다. 그의 생각에 아르카를 붙잡아서 데려오는 것이야말로 마법사들을 구출하는 데 반드시 필요한 전제 조건이었다. 그래서 그는 반박의 여지 없이 논리적인 피라의 설득을 뿌리친 다음 메젠스의 반지를 끼고 주먹을 꽉 쥐었다. 반지는 아르카를 데려오는 데 걸릴 거라고 예상하는 20일 동안 생령으로부터 그의 목숨을 지켜줄 유일한 물건이었다. 라스티아낙스는 부모님의 집을 나섰다.

과묵한 길잡이와 함께 세관원 앞에 있게 되자 라스티아낙스는 결정을 되돌리지 않으려고 애를 썼다. 다행히도 세관원은 그에게 머뭇거릴 겨를을 주지 않았다. 신원을 묻지도 않고 출국 도장을 찍어주었기 때문이다.

라스티아낙스는 두건을 귀까지 푹 덮어쓰고 길잡이를 따라 서문으로 갔다. 아치형 문 밑에 이르렀을 때 그는 걸음을 멈췄다. 안쪽 벽면에 히페르보레아의 위대한 역사를 나타내는 건국, 승전, 바실레우스의 왕관, 아마존들이 쫓겨나는 장면이 옻칠한 부조로 새겨져 있고, 고드름이 달리기 시작했다.

땅바닥에 도시의 출구를 표시하는 금선이 그어져 있었다. 라스티아낙스는 선 앞에서 꼼짝하지 않았다. 갑자기 한 걸음도 뗄 수가 없었다. 문 옆에서 창을 기대고 선 보초 두 명이 머뭇거리는 그의 모습을 지켜보면서 고개를 흔들었다.

"어제도 보지 않았나, 저 남자?" 한 보초가 말했다.

"막상 떠나려니까 흔들리나 보지." 동료 보초가 맞장구쳤다.

라스티아낙스는 심호흡을 하고 금선을 넘었다. 난생처음으로 히페르보레아를 떠나는 것이었다. 그는 초조한 얼굴로 기다리는 길잡이의 눈총이 따가워서 발자국에 패인 눈길을 따라 걸어갔다. 끝없이 길게 뻗어 있는 길이 리파이아 산맥의 산줄기를 휘어 감은 하얀 안개에 가려져 있었다. 얼음장같이 찬바람에 그는 턱을 당기고 엄지장갑 낀 손으로 입을 가리면서 사향소들을 따라 걷기 시작했다. 앞서 지나간 여행자들이 남긴 깊은 발자국에 장화가 푹푹 빠졌다. 발걸음을 떼기도 힘든 이 느린 고행에 부모님과 피라, 페트로클루스, 억류되어 있는 마법사들을 버리고 떠나는 죄책감마저 무뎌지고 있었다.

한참을 걸었을 때 갑자기 라스티아낙스는 앞서 가던 사향소의 엉덩이에 부딪혔다. 고개를 들고 보니 길잡이가 걸음을 멈추고 히페르보레아 쪽을 바라보고 있었다.

"저기." 그가 짤막하게 말했다.

라스티아낙스는 돌아섰다. 길잡이가 돔에 뚫린 구멍을 가리켰는데 불길처럼 생긴 거대한 형체가 보였다. 갑자기 불길이 날개를 펼치더니 날카로운 울음소리를 내며 날아갔다. 그 소리가 그의 귀에까지 들렸다. 그리핀이 더 따뜻한 곳으로 가기 위해 도시를 떠나고 있었다. 그리핀의 실루엣이 잿빛 하늘로 사라지는 사이 라스티아낙스는 히페르보레아의 혼이 상징적인 동물과 함께 떠나는 거라고 생각했다.

에필로그

열흘 후

아다만트 돔의 뚫린 구멍으로 기어들어 간 하얗고 긴 형체가 붕괴된 탑의 시커먼 돌무더기를 따라 미끄러지고 있었다. 초원에 이른 피톤이 바람에 의해 쌓인 눈밭에 구불구불한 자국을 남겼다. 뱀이 기어가는 소리를 제외하고 도시는 정적이 흐르고 있었다. 추위 때문에 히페르보레아인들이 야간 활동을 멈춘 것이었다. 집 안에 칩거해 있느라 사람들은 얼어붙은 운하를 따라 뱀이 기어가는 걸 모르고 있었다.

운하 곳곳에 보이는 길쭉한 그림자들은 얼음에 갇힌 보트나 거북이라는 걸 알려주었다. 탑의 하단마다 바람이 쌓아놓은 눈 더미가 하얀 파도를 이루었다. 눈 더미의 가장자리가 어둠 속에서 반짝거렸다. 목적지를 확실히 아는 뱀은 가장 가까운 승강기까지 계속 전진했다. 폭포도 얼어 있었다. 뱀이 몸을 흔들면서 반투명한 얼음벽에 기대어 곧추서더니 날카로운 비늘을 얼음에 박았다. 뱀은 얼어붙은 폭포를 따라 거의 수직 이동으로 느릿느릿 올라갔다.

몇 시간 후, 피톤은 7지구에 이르렀다. 지평선에서 동이 트기 시작했다. 피톤이 얼어붙은 운하에서 모든 체절을 그러모으고 갈라진 혀를 널름거리면서 궁전의 공중 정원을 향해 몸을 곧추세우자 정원에 닿았다. 뱀은 비늘로 빙판을 긁으면서 일련의 수도교를 기어갔다. 궁에 이르자 뱀은 몸뚱이를 한없이 길게 늘이더니 성벽을 타고 넘어갔다.

서리가 하얗게 앉은 황량한 궁전은 흡사 거대한 크리스털 조각품 같았다. 뱀은 정적이 흐르는 건물들을 지나 동물원에 이르렀는데, 아직 살아 있는 동물들이 우리 안에서 신음하고 있었다. 이국적인 숲에는 나무고사리의 줄기들이 오그라들어 있고, 종려나무들은 시들어 있었다. 뱀이 지나가자 식물들이 바스러졌다. 뱀은 중정의 중심부까지 구불구불 기어가서 마침내 목적지에 이르렀다. 그곳에 궁전의 주인이 수십 년 전에 훔쳐 간 커다란 하얀 알들이 있었다.

뱀은 알들을 둘러싸면서 똬리를 틀었다. 바실레우스는 히페르보레아에서 가장 접근하기 어렵고, 얼음뱀에게는 치명적으로 더운 곳에 알들을 보관함으로써 그 자신과 국가의 멸망을 초래했다. 뱀은 둥글게 말린 몸뚱어리에 삼각형 머리를 얹고 갈라진 혀를 널름거리면서 빼앗겼던 알들을 품기 시작했다.

등장인물 그리고 동물

아르카: 마법 사용이 금지된 나포카를 떠나 히페르보레아로 온 열세 살 소녀. 최근에 발견한 자신의 마법 능력을 향상시키고 '히페르보레아의 마법사'라는 단서가 유일한 아버지를 찾기 위해, 애마 '나보'와 함께 험난한 리파이아 산악지대를 가로질러 왔다. 숱한 위기의 순간에도 뛰어난 순발력과 지략으로 난관을 헤쳐 왔기에 히페르보레아에 적응하는 일도 식은 죽 먹기라고 생각한다.

라스티아낙스: 열아홉 살의 마법사. 최하층 1지구 출신이지만 몇십 분 만에 책 한 권을 읽고 내용을 다 기억할 정도로 지적 능력이 뛰어나다. 멘토 팔라테스가 평등화 장관의 직무보다 온갖 희귀한 물건을 수집하는 데 집착하는 터라, 문하생으로서 졸업 심사 준비에 더해 멘토의 일까지 뒤치다꺼리하느라 불만이 많다. 하루 빨리 멘토에게서 벗어나고 싶어 동기생 중에 제일 먼저 졸업 발명품을 제출했는데, 심사 당일 '엄청난 사건'이 일어난다.

알칸드로스: 15년 전 나포카에서 온 선원으로 알려진 인물. 흰칠한 외모에 뛰어난 언변까지 갖춰 사람들에게 쉽게 호감을 사곤 한다. 이런 매력을 자신의 '비밀스러운 계획'에 이용하려고 한다.

피라: 라스티아낙스의 동기이자 최고 장관 메젠스의 문하생. 최상층 7지구 출신이지만 성차별이 심한 히페르보레아에서 결혼이 인생의

전부가 아닌 삶을 소망하는 당찬 여성이다. 마법역학에 뛰어난 소질이 있다. 부모님의 극렬한 반대를 뚫고 '마법 평가전'에 참가해 뛰어난 마법 능력으로 1등을 차지했다. 졸업 심사에도 통과했지만 히페르보레아의 '유리 천장'이 앞길을 가로막고 있다.

게오르곤: 문하생들의 교육을 맡고 있는 마법역학 교수. 두 다리를 쓰지 못하는 장애인이어서 둥둥 떠다니는 마법 휠체어를 타고 다닌다. 파란연꽃 껌에 중독되어 있다.

나보: 아르카의 범상치 않은 애마. 하얀 조랑말처럼 생겼으나 날쌘 데다 성깔이 있다.

로도프: 라스티아낙스의 문하생 동기. '마법 평가전' 때부터 라스티아낙스와 악연으로 얽혔다. 겉으로는 라스티아낙스에게 친한 척하지만 속으로는 1지구 출신에 대한 경멸감으로 가득하다. 과한 자신감으로 모든 관계에서 주도권을 쥐고 싶어 한다. 그 상대가 좋아하는 피라일지라도.

리쿠르고스: 테미스키라의 군주로서 나포카를 정복하면서 이름을 날린 전쟁 영웅이다. 바실레우스가 신뢰하는 동맹이다.

리타스: 3지구 기수.

메젠스: 히페르보레아의 최고 장관. 행정 장관이자 각료 의회 의장이다. 피라의 멘토이며 프레톤의 아버지이다. 1지구의 질서 유지라는 명분을 내세워 조직폭력 집단 '파란연꽃파'에 톨게이트를 맡겼는데, 그 대가로 많은 뒷돈을 받고 있다는 설이 파다하다.

메타니르: 라스티아낙스가 물려받은 저택에서 일하는 수다쟁이 찬

모.

멜라니페: 아마존이자 아르카의 어머니.

바실레우스: 히페르보레아의 군주. 184년간 히페르보레아를 지배하고 있다. 특별한 마법의 힘으로 늙지도 않고 불멸하는 것으로 알려져 있다. 162년 전 일어난 '그 사건'으로 아마존족에게 깊은 원한을 품고 있다.

스테릭스: 1학년 문하생이자 아르카의 친구. 수자원 백작의 아들이자 최고 사서의 조카이다. 늘 등산 모자를 쓰고 다니며 예술 없이는 살 수 없다고 생각한다.

시론: 아르카의 후견인으로 아마조네스 숲에 큰 불이 나서 사망했다. 이 일로 아르카는 아르카디아를 떠나야 했다.

실렌: 문하생들의 교육을 맡고 있는 신비학 교수. 신비학과 마법서를 가르치며, 최고 부재판관이기도 하다.

아바리스: 히페르보레아 출신의 위대한 신비학자. 60년 전 붉은 역병 당시 다른 도시국가로 피난을 가 마법 기술을 전해준 것으로 유명하다.

아스파시: 피라의 여동생. 단골 재단사에게 옷 주문하는 일을 좋아한다.

아우스: 라스티아낙스가 물려받은 저택에서 일하는 집사. 메타니르의 남편이다. 빗자루에 기대어 자곤 한다.

안티오페: 아마존족의 왕이자 펜테실레이아의 어머니.

알키, 악시, 아리: 우둔한 세쌍둥이로 본명은 알키비아데스, 아낙시메네스, 아리스토불로스이다. 조직범죄 집단 '파란연꽃파'에 속해 있는데, 세쌍둥이의 어머니가 두목이다.

엠브론, 테토스: 히페르보레아의 서문을 지키는 경찰관들. 단순한 데다 눈치가 없다.

제노도토스: 히페르보레아의 도서관 최고 사서. 고문서를 망가뜨리는 일을 극도로 싫어한다.

카시크: 1학년 문하생이자 아르카의 친구. 2지구 출신이며 마법을 연구하는 것을 좋아하는 모범생이다. 고지식한 데다 매사 아주 구체적으로 말하는 경향이 있어 상대방을 당황하게 한다. 마법 평가전에서 1등을 차지해 상무 장관에게 배정되었으나 돔 엔지니어의 선택을 받지 못한 걸 내심 아쉬워하고 있다.

크테시비오스: 마법역학의 창시자. 아르카가 지니고 있는 날개팔찌를 발명한 전설의 마법역학자.

트리에리오스: 식민지 장관이자 페트로클루스의 멘토. 소문난 바람둥이이다.

팔라테스: 평등화 장관이자 라스티아낙스의 멘토. 수집벽이 있어 도시를 돌아다니며 희귀한 물건을 찾는 데 집착한다. 덕분에 그의 자택은 온갖 잡동사니로 가득해 '미로의 성'으로 불린다.

페트로클루스: 라스티아낙스의 유일한 친구이자 식민지 장관 트리에리오스의 문하생. 깡마른 데다 키가 크며 '오늘 할 일을 내일로 미루자'는 신조를 지닐 만큼 게으르다. 동기생 중 유일하게 졸업 심사를 통과하지 못할 위기에 처해 있다.

펜테실레이아: 안티오페의 딸로서 아마존족의 공주. 명석한 데다 활솜씨가 뛰어나다. 치명적인 부상을 입기 전까지 나포카에서 아르카와 함께 지냈다.

포네리아: 1학년 문하생. 프레톤을 혼자 좋아한다.

푸발: 라스티아낙스의 아버지. 히페르보레아 4지구의 경주마들을 훈련시키는 조련사. 대머리, 절름발이며 '시옷(ㅅ)' 발음을 '피읖(ㅍ)'으로 발음해 사람들에게 놀림받는다.

프레톤: 1학년 문하생이자 최고 장관 메젠스의 아들. 아버지의 권력이 자기 것인 양 거드름을 피우며 아래 지구 출신들을 업신여기고 괴롭힌다.

피톤: 길에서 마주치는 인간에게 과거와 현재, 미래를 알려주는 얼음뱀.

필리피데스: 푸발의 마사에서 일하는 기수. 어릴 때부터 푸발 밑에서 승마 기술을 연마했다. '바실레우스 그랑프리 대회'에서 우승하는 것이 인생의 목표.

헤르미: 히페르보레아 서문의 세관원. 인정머리가 없기로 악명이 높지만 딱 한 사람에게만 친절하다.

용어

(아마존) 건국자들: 히페르보레아 출신으로서 아르카디아에 정착한 아마존족의 시조.

고리토스: 아마존족 허리띠에 달린 활집.

공중부양기: 탑의 중앙에서 수직으로 이동할 수 있는 기계.

금속장갑: 마법사들이 인장을 그리지 못하도록 수갑으로 사용하는

뻣뻣한 장갑.

나무 위 오두막: 아마존들의 거처.

날개팔찌: 한 쌍의 날개로 변형되어 날 수 있는 마법역학 팔찌.

라피스라줄리: 보석과 장식품으로 활용된 역사가 가장 오래된 돌 중 하나. 청금석이라고도 한다.

로크새: 테미스키라에 서식하는 거대한 맹금류.

마법: 아니마로 물질을 지배하는 술법. 거리, 추위, 피로도에 따라 제약이 따르며 비프아주르가 있는 블루존에서는 마법을 행할 수 없다.

마법 평가전: 1년에 한 번 문하생을 선발하는 마법 토너먼트 대회. 13세 이상 참가할 수 있으며 3차 시험까지 있다. 1차 시험은 수완, 2차 시험은 힘, 3차 시험은 지식을 평가한다. 최종 13인에 들면 각각 멘토에게 배속되어 문하생 자격으로 5년간 마법 공부를 하게 된다.

번개창: 히페르보레아 경찰관들이 소지하는 무기. 상대를 감전시킬 수 있으며 접어서 곤봉으로 사용할 수도 있다.

블루존: 마법이 작동하지 않는 구역.

비프아주르: 마법을 방해하는 아주 희귀한 파란색 금속이다. 천연 금속일 경우 힘이 강력해서 반경 몇 걸음 안에 블루존을 형성한다.

수력 전신: 히페르보레아에 고유한 수력 통신 방식.

수력 파이프오르간: 히페르보레아의 악기.

수면가스 볼: 순식간에 잠들게 만드는 공격용 무기. 볼을 던져 깨뜨리면 달콤한 보라색 연기가 피어올라 몇 걸음 내에 있는 사람이나 동물을 잠재운다.

실피온: 허브식물.

아니마: 신체에서 마법 에너지를 공급하는 만져지지도 보이지도 않는 유체.

아니마 탐지기: 아니마의 형태, 힘, 흐름을 관찰할 수 있는 외알박이 안경. 라스티아낙스가 발명했다.

아니마 흡입기: 아니마를 빨아들이는 황금빛 원반. 소용돌이치면서 빛의 장막을 내리비치면 아니마를 흡입당한 생명체는 기절한 것처럼 움직임을 멈춘다. 피라가 발명했다.

아다만트: 매우 단단하고 투명한 물질. 히페르보레아를 에워싸는 돔이 아다만트로 이뤄져 있다.

아마존: 용맹한 여전사를 지칭하며, 아마조네스는 아마존의 복수형으로 아마존족을 가리킨다.

아브락산의 모래: 아니마의 작용을 보이게 해주는 회색 모래. 후광처럼 아니마 주위를 감싼다.

에페드린 가루: 육상식물 에페드라에서 추출한 각성제.

엘라프: 아르카디아에 서식하는 사슴.

오레이칼코스: 마법을 활성화하며, 자체적으로 아니마를 지니고 있는 오렌지색 금속이다. 연금술을 통해 황동 큐브에 아니마를 응축시켜 만든다. 아니마의 농도가 높을수록 훨씬 강력하다.

인장: 기호와 원으로 구성되는 마법 주문. 어떤 물체에 쓰거나 새기는 것으로 마법의 속성을 부여할 수 있다.

졸업 심사: 5년간의 수련을 끝낸 문하생이 마법사가 되기 위해 거쳐야 하는 최종 진급 과정. 발명품을 제출해 심사를 받아야 한다.

쥐빌레르: 바실레우스의 탄생 축일로, 가면무도회, 카니발 등 성대

한 축제가 열린다.

파란연꽃 껌: 수생식물인 파란연꽃에서 추출한 마약성 진통제.

헤로알디프: 머리가 둘 달린 희귀조.

히페르, 보레온, 칼코스: 히페르보레아의 화폐. 1히페르는 36보레온이고 1보레온은 12칼코스이다.

히페르보레아: 북쪽에 위치한 마법의 도시국가. '아다만트'라는 특수 물질로 이뤄진 투명한 돔이 도시 전체를 에워싸고 있어서 추위를 막아준다. 돔 때문에 도시 안에서는 바람이 불지 않는다. 히페르보레아는 일곱 개 지구로 나뉘어 있는 계급 사회이며, 여기서 '지구'는 주거지를 수직으로 구분하는 단위이다.

　1지구: 각 탑의 맨 아래층 주거지 일대를 지칭하며, 가장 낮은 등급의 하층민들이 거주한다.

　2지구: 나포카 이주민들이 거주하며 유리 공장이 있다.

　3지구: 운하를 따라 상점들이 줄지어 있으며, 거대한 시장이 있다.

　4지구: 주물 공장, 방적 공장, 도기 공장이 즐비한 산업 지대다.

　5지구: 공장장과 부자 상인들이 거주한다.

　6지구: 관료들이 거주한다.

　7지구: 군주의 궁전과 정부 기관들이 있으며, 마법사를 비롯한 고위 공직자들은 각 탑의 꼭대기 층을 차지하는 저택에 거주하고 있다.

마기스테리움

관료: 각료 의회의 결정을 이행할 책임이 있는 고위 공직자.

교수: 문하생들의 교육을 맡고 있는 마법사. 1학년생들은 신비학과

마법역학을 배운다.

마법사: 졸업 심사를 통과한 정식 마법사. 장관을 비롯해 수석 건축가, 최고 사서, 수자원 백작, 돔 엔지니어, 발명의 탑의 행정관, 고문서 사관, 치료사 등 마법사들이 히페르보레아의 고위 관직을 맡고 있다.

멘토: 문하생이 마법사로 승격될 수 있도록 5년간 학업과 생활을 책임지는 마법사. 이들이 모인 멘토 대학은 과반수 투표로 각료 의회의 장관을 선출할 수 있는 권한이 있다.

문하생: 1년에 한 번 열리는 '마법 평가전'에서 선발된 수련 마법사. 허리에 차는 오렌지색 벨트의 줄 개수로 학년을 나타낸다.

바실레우스: 히페르보레아의 군주를 지칭하는 칭호.

서기관: 각료 의회에서 토론한 내용을 기록하는 관리.

장관: 바실레우스에게 정치적 결정을 조언할 책임이 있는 마법사. 각료 의회는 바실레우스와 6인의 장관들로 구성되어 있으며 열흘마다 소집된다.

> 상무 장관
>
> 식민지 장관
>
> 전쟁 장관
>
> 재무 장관
>
> 최고 장관: 장관들의 수장. 도시의 일반 행정을 맡는다.
>
> 평등화 장관: 일곱 지구 간의 평등을 책임진다.

도시와 지방

나포카: 테미스키라가 지배하고 있는 도시국가.

리파이아 산맥: 히페르보레아 남쪽에 있는 산맥.

아르카디아: 히페르보레아 남쪽에 있는 지역. 북쪽에 '아마조네스 숲'이라 불리는 광대한 유칼립투스 숲이 있는데, 그곳에 아마존족이 살고 있다.

오기기아 섬: 히페르보레아의 식민지. 광석이 풍부한 곳이다.

카시테리데스 군도: 히페르보레아의 식민지. 희귀 광물이 나는 곳으로 유명하다.

테르모돈강: 아마조네스 숲을 가로지르는 강.

테미스키라: 아마존족으로부터 나포카를 지켜주기 위해 고용된 용병들의 군사 전초 기지.

히페르보레아의 탑

마기스테리움: 히페르보레아의 정책 기관들이 있는 건축물.

물의 성: 바실레우스 궁전의 별칭.

미로의 성: 라스티아낙스가 멘토에게서 물려받은 저택의 별칭.

발명의 탑: 문하생들의 발명품을 보관하는 히페르보레아의 탑.

엑스트락트리스: 히페르보레아의 교도소를 가리키는 별칭으로, '추출소'라는 뜻이다.

인터니보 은행: 히페르보레아의 은행.

정의의 탑: 히페르보레아의 법정. '마법 평가전' 지원자들은 정의의 탑 꼭대기에 있는 원형 경기장에서 시험을 치른다.

콜룸바리움: 히페르보레아의 납골당.

이원희

프랑스 아미앵 대학에서 〈장 지오노의 작품 세계에 나타난 감각적 공간에 관한 문체 연구〉로 석사 학위를 받았다. 옮긴 책으로 장 지오노의 《영원한 기쁨》 《세상의 노래》, 아민 말루프의 《사마르칸드》 《타니오스의 바위》, 다이 시지에의 《발자크와 바느질하는 중국소녀》, 엠마뉘엘 베르네임의 《그의 여자》 《금요일 저녁》 《다 잘된 거야》, 카트린 클레망의 《테오의 여행》, 피에르 보테로의 《에윌란의 모험》 시리즈, 기욤 프레보의 《시간의 책》 시리즈, 소피 오두인 마미코니안의 《타라 덩컨》 시리즈, 마린 카르테롱의 《분서자들》 시리즈, 마르크 레비의 《그녀, 클로이》 《고스트 인 러브》, 나탈리 코프만 켈리파의 《최악의 여성, 최초의 여성, 최고의 여성》 등 다수가 있다.

아르카 1
마법사의 도시

2022년 12월 30일 초판 1쇄 발행

지은이 • 엘레오노르 드빌푸아
옮긴이 • 이원희
펴낸이 • 한예원
편집 • 이승희, 윤슬기, 양경아, 김지희, 유가람
본문 조판 • 성인기획

호루스의눈
전화 • 02)2266-2776 | 팩스 • 02)2266-2771
출판등록 • 제2022-000297호
horusbook@naver.com

ISBN 979-11-980880-1-7
ISBN 979-11-980880-0-0 (세트)

* '호루스의눈'은 교양인의 문학 브랜드입니다.